MAXIME CHATTAM

Né en 1976 à Herblay, dans le Val-d'Oise, Maxime Chattam fait au cours de son enfance de fréquents séjours aux États-Unis, à New York, et surtout à Portland (Oregon), qui devient le cadre de *L'âme du mal*. Après avoir écrit deux ouvrages (qu'il ne soumet à aucun éditeur), il s'inscrit à 23 ans aux cours de criminologie dispensés par l'université Saint-Denis. Son premier thriller, *Le 5e règne*, publié sous le pseudonyme Maxime Williams, paraît en 2003 aux éditions Le Masque. Cet ouvrage a reçu le prix du Roman fantastique du festival de Gérardmer. Maxime Chattam se consacre aujourd'hui entièrement à l'écriture. Après la trilogie composée de *L'âme du mal*, *In tenebris*, et *Maléfices*, il a écrit *Le sang du temps* (Michel Lafon, 2005) et *Le cycle de la vérité* en trois volumes aux éditions Albin Michel : *Les arcanes du chaos* (2006), *Prédateurs* (2007) et *La théorie Gaïa* (2008). *L'Alliance des trois* (2008), *Malronce* (2009), *Le cœur de la Terre* (2010) et *Entropia* (2011), composant sa série *Autremonde*, ont paru chez le même éditeur, ainsi que *Leviatemps* (2010) et *Le requiem des abysses* (2011).

Retrouvez toute l'actualité de l'auteur sur :
www.maximechattam.com

LÉVIATEMPS

DU MÊME AUTEUR
CHEZ POCKET

LE 5ᵉ RÈGNE
LE SANG DU TEMPS
CARNAGES

LA TRILOGIE DU MAL
(existe en un seul volume)

L'ÂME DU MAL
IN TENEBRIS
MALÉFICES

LE CYCLE DE L'HOMME ET DE LA VÉRITÉ

LES ARCANES DU CHAOS
PRÉDATEURS
LA THÉORIE GAÏA
LA PROMESSE DES TÉNÈBRES

LÉVIATEMPS

MAXIME CHATTAM

LÉVIATEMPS

ALBIN MICHEL

Pocket, une marque d'Univers Poche,
est un éditeur qui s'engage pour la préservation
de son environnement et qui utilise du papier fabriqué
à partir de bois provenant de forêts gérées
de manière responsable.

Le Code de la propriété intellectuelle n'autorisant, aux termes de l'article L. 122-5, 2° et 3° a, d'une part, que les « copies ou reproductions strictement réservées à l'usage privé du copiste et non destinées à une utilisation collective » et, d'autre part, que les analyses et les courtes citations dans un but d'exemple et d'illustration, « toute représentation ou reproduction intégrale ou partielle faite sans le consentement de l'auteur ou de ses ayants droit ou ayants cause est illicite » (art. L. 122-4).
Cette représentation ou reproduction, par quelque procédé que ce soit, constituerait donc une contrefaçon, sanctionnée par les articles L. 335-2 et suivants du Code de la propriété intellectuelle.

© 2010, Éditions Albin Michel
ISBN : 978-2-266-20704-1

Parce qu'il n'existe pas meilleure bulle pour s'isoler de la réalité et plonger parmi les mots, voici les musiques qui m'ont accompagné le plus souvent pendant ce voyage, puissent-elles opérer sur vous, avec la même magie, si vous tentez l'expérience :
— *The Village* de James Newton Howard.
— *Le Parfum* de Tom Tykwer, Johnny Klimek et Reinhold Heil.
— *Frost/Nixon* de Hans Zimmer.
— *The Wolfman* de Danny Elfman.

« Les hommes amassent les erreurs de leurs vies et créent un monstre qu'ils appellent le destin. »

John HOBBES.

MISE EN GARDE

Mes mains tremblent.
Ce n'est pas la peur, celle-ci m'a quitté depuis longtemps. Elle a déserté ce corps sans épaisseur, sans emprise possible. Trop de vie a déjà glissé dessus jusqu'à en lisser les aspérités au creux desquelles se cache habituellement la peur.
C'est le temps.
Qui n'a besoin d'aucun repli, d'aucune faille pour saisir et corrompre l'âme et la chair.
Ce précieux temps qui a emporté avec lui tant d'existences.
Les gens contemplent rarement le temps. Ils n'en ont qu'une vision très approximative, relative et subjective à la fois.
Le temps est pourtant réel, n'en déplaise aux scientifiques de l'atome et de l'espace que j'ai vus fleurir au cours de ce vingtième siècle finissant. Il est pourtant palpable, plus qu'une entité, je l'ai vu revêtir des habits et endosser un visage.
Je l'ai vu tuer.
Cela doit être dit.
Tandis qu'un rayon de soleil dessine le contour de ma tasse de thé froid, je vois et j'entends mon arrière-

arrière-arrière-petite-fille rire dans le jardin, entre les cyprès et la balançoire. Ses éclats résonnent, saccadés, imperturbables, comme la trotteuse fraîchement posée d'une horloge rutilante, bien avant que l'huile de ses rouages ne viennent à prendre les poussières, que ses pignons ne s'éliment, que ses mécanismes ne s'usent. Pour l'heure, tout fonctionne avec la justesse du neuf. C'est cela, je le crois, l'innocence, lorsque tout opère sans fatigue ni rugosité.

Plus d'un siècle me sépare de cet ange.

Moi, le très vieux monsieur du monde.

Le cliquetis autrefois limpide de mes entrailles égrène maintenant chaque seconde avec lourdeur et insistance, la grande tocante, je le sens, est à bout ; et je vais m'éteindre bientôt, avec ce siècle fou.

Avant cela, je voudrais accomplir une dernière chose.

Faire de ma conscience une machine à voyager dans le temps.

Vous emporter, en quelques pages, loin en arrière, là où cette société que je contemple s'est véritablement bâtie. À l'heure où je vous vois parler mondialisation, races, nationalisme et insécurité, j'aimerais vous entraîner chez moi, là où j'ai vu un autre siècle atteindre son tournant, où l'avenir s'est ouvert à nous, plein de promesses formidables.

Les livres d'histoire ne s'intéressent jamais qu'aux grands noms, jamais à ces petites gens comme vous et moi qui l'écrivent pourtant avec leur sang, et sans qui il n'y aurait pas d'Histoire.

C'est de cela dont il s'agit ici.

De ce qui se passe dans l'ombre. Dans les profondeurs des villes, dans les arcanes des politiques, de ces crimes qui donnent naissance à des civilisations.

Mon histoire s'est déroulée en l'année 1900, celle de la grande Exposition universelle de Paris.

Un changement de siècle qui, pour beaucoup, s'avérait capital.

Après le fiasco du second Empire, la défaite humiliante face aux Allemands, la guerre civile de l'hiver 1870, cette IIIe République qui nous gouvernait alors n'avait de stables que ses doutes et l'incertitude de son avenir. Les monarchistes et les anarchistes guettaient la moindre occasion de faire vaciller l'échiquier politique dans leur direction, les pays de l'Europe se toisaient avec la méfiance de chats forcés à occuper la même ruelle, dans l'attente du premier coup de griffe pour riposter ; et c'était sans compter avec l'affaire Dreyfus qui, en 1900, continuait d'ébranler l'opinion publique, entre dreyfusistes, dreyfusards, antisémites et autres radicaux prêts à en découdre pour ce qui était encore un sujet brûlant sur les Boulevards parisiens, même six ans après la condamnation du « traître ».

Les rues de la capitale n'étaient pas toutes sûres, il existait des quartiers entiers où il ne faisait pas bon s'aventurer, des bandes y sévissaient – on allait bientôt surnommer leurs membres les « Apaches ». La plus grande misère côtoyait le luxe avec indécence.

Et, tandis que tremblait chaque jour cette société vulnérable, que les progrès de la science ne cessaient d'émerveiller le monde, que l'industrialisation sonnait comme la promesse d'une ère nouvelle, à la gloire du confort pour tous, l'Église, elle, se voyait reculer, sans cesse repoussée par cet État aux élans laïcs, dans l'attente de l'abscission.

C'est dans ce contexte que vint l'Exposition universelle de 1900.

Ce devait être le lieu de tous les rassemblements, l'occasion de montrer au monde la grandeur de la France, de faire taire les rumeurs sur sa fragilité, l'occasion d'asseoir à nouveau la stature de notre République aux yeux de tous. L'Exposition serait l'occasion rêvée pour dévoiler toutes les nouvelles découvertes scientifiques, tout en servant de prétexte pour faire venir les politiciens de tous horizons et ainsi négocier de nouvelles alliances internationales.

À l'aube de cette année 1900, beaucoup pensaient que du succès de l'Exposition dépendrait l'avenir de la France et certainement des guerres à venir.

Pendant cet étalage festif à la gloire du progrès se joueraient la vie et la mort de millions d'âmes.

J'ai arpenté ces rues irisées par la fée Électricité, ce fut le plus grand moment de mon existence à bien des égards. Du tréfonds de ma mémoire, j'ai tenté de colliger tous les souvenirs, les témoignages qui me restaient, j'ai fouillé les notes de chacun pour reconstituer au mieux ce qui s'est passé cette année-là, et ce que je n'ai vécu directement ou pu apprendre, je l'ai imaginé au plus près.

Je dois me concentrer pour me souvenir comment tout a commencé, quel événement a été le point de départ sournois de cette folle histoire.

Tout d'abord les sens, je me souviens.

La première différence notoire avec aujourd'hui, c'était le son de la ville. Une chape de ronflements graves ne plombait pas la ville de ce temps, Paris n'avait pas le même son. C'était celui du vent, des oiseaux sur les balcons et dans les arbres, et le martèlement des sabots sur le pavé. Les gens parlaient moins fort sur les trottoirs des quartiers fréquentables, on pouvait entendre l'accordéon ou le violon des musiciens à plusieurs encablures de distance, ainsi que les cris des métiers de rue. Oui, le son de Paris était tout autre. Il s'en dégageait une musicalité envoûtante que quelques très rares automobiles venaient perturber. C'est cela, je me souviens, je retrouve mes sens.

Le voyage a déjà commencé, par la magie de quelques mots, voici que filent en arrière les années.

Ma peau se retend, mon dos se redresse.

Les veines sur mes mains s'atténuent.

Le vingtième siècle recule.

Je suis jeune.

Nous sommes en 1900.

Prenez ma main, serrez fort.

Et ne la lâchez surtout pas avant la fin.

1

Je m'appelle Guy.
Et je suis un lâche.

La pluie qui cogne contre les tuiles de la soupente sonne à ses oreilles tels des sanglots. Dans ce grenier qui est maintenant son antre, les quatre lucarnes laissent entrer l'éclat de chaque éclair comme l'embrasement de magnésium des flashes d'appareil photo, éclaboussant d'une lumière blanche chaque recoin, jetant les ombres sur le plancher gris. Mais la flamme de la bougie qui trône au milieu du grenier, elle, reste imperturbable.

Guy s'en sert de révélateur.

Pour imprimer sa conscience sur le papier blanc entre ses doigts.

Peu à peu, elle apparaît, dessinant des arabesques noires. Les mots, d'abord réticents, se bousculent à présent, tombent les uns après les autres, s'enchaînent avec de simples virgules pour toute respiration, bientôt si nombreuses que la phrase semble en suspens dans l'air, en manque d'oxygène, si bien qu'un point vient s'imposer.

Soudain freiné, Guy ne sait plus comment poursuivre.

Il comprend pourtant cet art, il maîtrise cette expression, elle l'a fait vivre, mais cette fois, ce n'est plus l'esprit qui commande à l'encre, c'est l'encre qui s'est imposée à l'homme. Et Guy ne sait comment l'appréhender. Il ne sait plus ce qu'il doit écrire, il voit ce qu'il a commis. À peine expulsés de son cerveau, les mots ont séché, ils ne sont déjà plus les siens. Il est surpris par ce qu'il lit.

La bougie a joué son rôle.

Guy a fixé la flamme pendant longtemps. Jusqu'à s'y perdre. Jusqu'à ce qu'elle fasse fondre les murs de cire qu'il a montés entre la réalité et ce qu'il veut bien se raconter. Et sa conscience s'est étalée, l'instant de quelques mots, sur le papier.

Cette vie qu'il a trahie.

Lui le romancier dont les histoires plaisaient tant à la bourgeoisie parisienne.

Cette fois, c'est à lui-même qu'il a raconté une histoire.

Qui vient de fondre entre ses doigts.

Une larme tombe sur le papier et tente d'effacer le mot « moi », en vain. Il reste parfaitement reconnaissable, même étiré et baveux.

Guy sait que cette page lui semblera étrangère au petit matin, il n'en saisira plus la pleine mesure, il ne la comprendra plus, pis, il en reniera jusqu'à la paternité, la jugeant de peu de pertinence.

Se réfugiant une fois de plus dans la lâcheté, esquivant ce qu'il est, ce qu'il a fait.

Lui le romancier à qui tout souriait.

Il refusera le souvenir de sa femme, de sa fille, de sa fuite. Il niera leur chagrin de n'avoir plus de nouvelles. Au motif qu'il s'est enfin retrouvé. Loin de toutes les pressions qu'il ne savait gérer, loin des attentes engendrées, loin d'une vie de contrôle, de faux-semblants.

À peine se souviendra-t-il de ce jour de novembre où il a su qu'il devait se sauver.

Se sauver.

Fuir et survivre en même temps.

Et si les premières semaines furent effroyables de culpabilité, il parvint toutefois à s'éloigner des dangers oblitérants de l'absinthe et de l'opium ; il n'avait pas fui un carcan pour s'enfermer dans un autre.

Il s'abandonna plutôt aux vices de la chair, pour corrompre cette moralité chrétienne qui le contraignait à s'exhorter à la pénitence. Guy ne voulait pas revenir auprès des siens, son salut n'était point là et, lorsqu'il se remit à respirer à pleins poumons chaque matin, il sut qu'il avait fait le bon choix.

Lâche il était, mais un lâche libre et qui retrouvait une joie de vivre.

Loin de cette bonne société qui plaçait en lui des attentes démesurées, loin de sa famille exigeante, de sa femme qui imposait au lieu de partager. Il percevait dans le regard de sa propre fille une attente, au-delà de l'admiration, le vœu pieux de ne jamais être déçue par ce père que tout le monde voulait formidable.

C'en était trop pour cet homme qui s'était toujours rêvé voyageur, aventurier, libre comme l'air, à décortiquer le monde et les âmes sans autre pression que celle de ses besoins naturels.

Combien d'hommes avait-il admirés secrètement tandis que pesait sur leurs épaules le poids, non d'une famille, mais de dynasties entières, d'entreprises ancestrales, de noms prestigieux ? Tous encaissaient, vaillamment, comme habités par ce devoir, chevauchant fougueusement leur avenir en apparence alors qu'ils n'étaient que prisonniers volontaires d'une destinée. Pour Guy, cela avait fini par devenir impossible.

Il avait étouffé.

Incapable de prononcer les mots auprès des siens, il avait déserté son appartement de Passy, un matin, tandis que tous dormaient, sans un mot, rien qu'un baiser d'adieu sur le front de sa fille de huit ans.

Sachant ce qu'il en sera de cette page dans quelques heures, Guy la suspend au-dessus de la bougie.

Il regarde sa conscience roussir.

Il faut croire que toute morale chrétienne n'a pas totalement quitté son corps.

Les angles se racornissent, des trous noirs apparaissent ici et là, puis, rapidement, la flamme grimpe, se jette sur cette offrande et la dévore goulûment.

Une fois de plus, Guy se dit qu'il a passé le test.

Il s'affranchit de plus en plus de ses démons.

Demain sera un jour meilleur.

La tempête sera bientôt passée.

Tout ce qui n'est pas parfaitement étanche aura été lavé.

À coups de tonnerre et de grosse pluie froide.

Ne laissant que des souvenirs oubliés flotter dans les caniveaux, avant d'être entraînés dans les égouts.

Et définitivement perdus dans les ombres.

Guy de Timée ouvrit la petite boîte en cèdre et prit un cigare cubain qu'il enflamma lentement et méthodiquement jusqu'à s'envelopper d'un nuage de fumée bleutée.

Armé de ce onzième doigt, il parcourut tout le grenier pour allumer les lampes à pétrole – le gaz n'arrivait pas si haut dans l'immeuble – et ainsi s'entourer d'une clarté bienvenue.

La pièce servait de débarras au lupanar du dessous, plusieurs sommiers fissurés s'y entassaient avec des fauteuils au cuir craquelé, des tables rafistolées et tout un bric-à-brac dépassant de grosses malles entrouvertes. Guy s'était arrangé de cette pagaille en bricolant. N'étant pas regardant sur l'apparence de son mobilier, il avait pu s'aménager un espace chaleureux autour d'un immense tapis ottoman tacheté sur lequel il se plaisait à marcher pieds nus.

Un bureau dont le cylindre refusait de descendre servait de table de travail au jeune homme. Car, s'il avait quitté son ancienne vie d'auteur à succès, il n'en avait pas pour autant renoncé à l'écriture. C'était le sujet de ses livres qui avait changé.

Adolescent, Guy avait traîné dans des quartiers peu recommandables en quête de palpitations, il avait dévoré chaque numéro du *Journal des Voyages*, les romans de Jules Verne ou d'Eugène Sue, et très tôt il avait su ce qu'il ferait de sa vie : conteur d'histoires. À vingt ans, il écrivait quelques articles pour *Le Petit Parisien*, puis contribua aux débuts de *L'Aurore*, ses premières nouvelles furent publiées dans *Le Bon Journal*, avant que le public n'écrive à la rédaction pour en demander davantage de ce jeune auteur inconnu. Guy de Timée était lancé. Ses romans-feuilletons plurent tant et si bien qu'un éditeur lui commanda un ouvrage inédit avant même ses vingt-trois ans. Guy s'était fait remarquer par la pertinence de ses portraits de bourgeois parisiens et par sa manière de décortiquer l'âme morceau par morceau, ne distillant les informations sur ses personnages qu'au compte-gouttes, créant ainsi un suspense dont ses lecteurs raffolaient.

Ses romans eurent le même succès et bientôt, si son visage était totalement inconnu, son nom, lui, était couramment lancé dans les salons de lecture de la capitale.

Les premières années, Guy s'amusa avec ses récits, il consacrait chaque heure libre à poser quelques notes pour un prochain roman, ou à observer les clients des cafés du huitième arrondissement qu'il fréquentait assidûment pour y puiser l'inspiration. Mais à toujours tourner autour du même sujet, des mêmes préoccupations, livre après livre, Guy se lassa.

Le coup de grâce vint avec la découverte de Conan Doyle.

Les récits policiers du Britannique lui firent l'effet d'un plongeon dans l'eau glacée d'un lac. Il fut d'abord électrisé, puis transi.

Comment avait-il pu se fourvoyer si longtemps ? C'était cette littérature-là qu'il avait attendue ! C'était cette littérature-là qu'il devait pratiquer ! Parcourir l'homme pour en appréhender les zones les plus troubles, alpaguer le lecteur par le mystère du crime, pour ensemble descendre là où la morale n'osait s'aventurer.

Elle lui permettrait d'aller au plus profond de l'individu, dans ce qu'il avait de plus sombre, les racines du monde, tout en conservant le ludisme de la littérature.

Il commença avec deux nouvelles qui reçurent un accueil des plus tièdes. Pas échaudé pour autant, il entreprit la rédaction d'un roman, mais les éditeurs ne manifestèrent que peu d'enthousiasme pour cette noire inspiration et il fut contraint de publier sous pseudonyme ce qu'il considérait comme son meilleur ouvrage.

Guy entama la rédaction d'un nouveau roman, sur la trame d'une enquête policière, mais la plume lui tomba des mains avant d'atteindre la centième page. Plus il se relisait et plus la vérité lui sautait aux yeux : il n'était pas inspiré. Son confort douillet du seizième arrondissement l'avait engourdi, la poigne ferme de sa femme l'avait étouffé, il n'était plus ce jeune homme fringant, prêt à tout, qui avait pratiqué la savate, qui avait suivi les chiffonniers dans leurs périples nocturnes, qui n'hésitait pas à se grimer pour se fondre dans les ruelles de Montmartre à la découverte d'un autre monde. Année après année, il s'était enfoncé dans le luxe et, se protégeant d'une certaine réalité, il n'était plus capable de la disséquer.

Ce soir-là, constatant qu'il ne quittait pas son bureau malgré l'absence de mots à poser sur ses feuilles, il prit conscience qu'il avait fait de son travail un moyen de fuir sa famille. L'air lui manqua. Sa poitrine lui parut soudainement trop étroite.

Il ne fallut pas plus d'un mois de tourments pour, un ballot d'effets sur l'épaule et assez d'argent pour vivre un long moment, qu'il quitte son appartement.

Cinq mois avaient passé depuis.

Il avait élu domicile dans les combles du *Boudoir de soi*, une maison close du neuvième arrondissement, où il s'était lié d'amitié avec le personnel à force d'y passer ses jours et ses nuits. Les premières semaines de sa folle fuite, il avait logé à l'hôtel avant de craindre qu'on l'y retrouve. Sa femme était de bonne famille, son père, un riche avocat, capable de dépêcher des hommes auprès de chaque concierge pour étudier les registres des voyageurs, avait des contacts avec la brigade des garnis – ces inspecteurs surveillant les logeurs et les hôtels de la ville –, Guy ne voulait pas prendre le risque, même sous une fausse identité, de tomber nez à nez avec un commis muni de sa photographie. Un soir qu'il arpentait le pavé en cherchant une destination, sinon un moyen de se loger pour quelque temps sans crainte, il passa devant ce lupanar signalé par une lanterne rouge de chaque côté de la porte, à la manière des maisons closes de province. Il n'en ressortit pas avant une semaine.

Il s'était enfui de chez lui avec de quoi mener un train de vie agréable, aussi n'hésita-t-il pas à s'offrir tous les services de la maison : de la blanchisserie aux repas en passant par une galante compagnie toujours de bonne composition.

Au fil des mois, il s'était pris d'amitié pour cet endroit mais, voyant son pécule fondre petit à petit, il avait obtenu de loger au grenier en échange d'un peu d'instruction aux filles. La tenancière était stricte sur ce point : elle ne voulait pas d'un langage rustre et bannissait l'argot parisien. Si ses filles ne rechignaient pas à dévoiler leur entrecuisse au visiteur, il fallait le faire avec élégance pour que l'établissement demeure bien fréquenté et maintienne ses prix supérieurs. Ainsi Guy corrigeait-il l'expression de ces dames, rédigeait parfois leur courrier et rendait quelques services à l'occasion.

Mais pensionnaire, il en avait perdu le droit d'être client. La tenancière ne voulait pas tout mélanger, et s'il payait pour ses repas et son linge, il lui était désormais interdit de fréquenter les filles.

Les marches de l'escalier grincèrent et Guy déposa son cigare sur un cendrier en cristal ébréché. Il était très tard, même pour un lieu comme celui-ci et il n'avait pas pour habitude de recevoir de la visite à minuit passé. Les pas grimpaient, à la fois rapides et précautionneux, on ne claquait pas le talon contre les marches.

Empressé et retenu à la fois.

Guy sut qu'il s'agissait d'une urgence. Quelque chose le concernant directement. Quelque chose qu'il ne fallait cependant pas propager dans toute la maison.

Il se leva pour rentrer sa chemise dans son pantalon et reboutonner son col juste avant que la porte s'ouvre sans qu'on y ait frappé.

La propriétaire de l'établissement, Mme de Sailly – un nom tout trouvé pour sa profession –, apparut, tout essoufflée, une couverture de laine sur les épaules, sa chemise de nuit dépassant en dessous. La quarantaine, maigre mais dégageant une prestance remarquable, elle se frottait nerveusement les mains, ses longs doigts déformés par l'arthrite. Plusieurs mèches sombres et grises s'échappaient de son chignon et ses joues étaient toutes roses.

— Julie ? Qu'y a-t-il ?

Tout le monde l'appelait par son prénom.

— C'est Milaine, elle est coincée chez un client et je ne peux m'en occuper, M. Courtois est ici pour la nuit !

Courtois était le régulier de la patronne.

Guy attrapa son manteau.

— Je m'en charge, retournez au chaud.

— Je vous le revaudrai, Guy.

— Vous avez déjà bien assez fait.

Il se faufila dans l'escalier étroit et Mme de Sailly ajouta par-dessus son épaule :

— Et n'oubliez pas la politique de la maison : pas de scandale !

Il ne faisait pas froid dans la rue malgré l'heure tardive, tout juste humide. Un garçon d'à peine une douzaine d'années, vêtu de haillons, attendait au pied d'un fiacre.

— C'est toi qui as fait la commission ? demanda Guy.

Le garçon hocha vivement la tête et ouvrit sa main dans laquelle l'écrivain déposa vingt-cinq centimes avant de le pousser pour grimper derrière lui dans la voiture.

— Raconte-moi.

Le garçon compta tout d'abord ses sous, le nez collé à la paume, puis s'essuya les lèvres d'un revers de manche pour chercher ses mots :

— J'gafais l'pavé en attendant la dame Milaine quand...

— C'est Milaine qui t'emploie ? s'étonna Guy.

Le garçon approuva avec fierté avant de réaliser qu'il n'avait pas retiré sa casquette tachée, il s'empressa de l'arracher par respect et pour montrer qu'il avait des manières.

— J'goupine pour elle de temps à autre ! Elle me d'mande d'attendre pour des p'tits services.

Le gamin faisait office de coursier bon marché et probablement de guetteur dans certaines situations que Guy préféra ne pas imaginer.

— J'ramassais les mégots, poursuivit le garçon, quand la largue est passée dans mon dos ! M'en suis rendu compte trop tard. L'temps que j'monte et ça rejaquait dans la piaule !

Le fiacre les secouait tandis qu'il prenait de la vitesse en atteignant la rue de Châteaudun. Tous les théâtres étaient fermés, la rue habituellement bruyante et drainant une large clientèle nocturne n'affichait pas âme qui vive. Guy voulut sortir sa vieille montre de sa poche avant de réaliser qu'il n'avait pas enfilé son gilet.

Il devait être trois heures du matin passées, estimat-il. *Trop tard pour les bourgeois et encore trop tôt pour le petit peuple. Le moment de la nuit qui n'appartient à personne, l'hiatus de la civilisation.*

— Il y a combien de temps que tu es parti nous prévenir ? s'enquit Guy.

— J'dirais une quinzaine, peut-être vingt minutes !

Ils poursuivirent jusqu'à la rue des Vinaigriers dans le dixième arrondissement où le fiacre s'arrêta à la demande du garçon. Celui-ci sauta avant même l'arrêt des chevaux et se précipita devant une porte que l'absence de lampadaire noyait dans l'obscurité.

— C'est au premier ! Là où il y a de la lumière !

Guy alluma le gaz dans la cage d'escalier et grimpa les marches à vive allure pour s'arrêter pile devant la porte que lui désignait le jeune commissionnaire. Il posa une oreille contre le battant et entendit une femme crier un galimatias d'injures et de reproches entrecoupés de profonds sanglots.

Guy redonna une pièce au gamin.

— Ton travail est terminé, merci.

Comme le petit ne semblait pas prêt à partir, Guy dut le repousser vers les marches et insister pour s'en débarrasser, après quoi, il rajusta son manteau et frappa deux coups énergiques. Sans réponse, il insista avec plus de force encore.

N'ayant pas plus de succès, il posa une main sur la poignée ronde et la tourna. À sa grande surprise, la porte s'ouvrit.

Le hall d'entrée était plongé dans la pénombre mais, au bout du couloir, plusieurs lampes à huile diffusaient une clarté ondoyante. Une femme, en tenue de soirée, taffetas et dentelles, se tenait sur le seuil d'une chambre, elle n'avait pas ôté ses gants de cuir, bien que son chapeau et les épingles pour le retenir reposassent à ses pieds.

Elle fixait Guy, dont la silhouette demeurait presque invisible, le visage rougi par la colère et les larmes. La présence subite d'un inconnu chez elle ne semblait pas l'émouvoir au-delà de ce qu'elle éprouvait déjà, elle se contentait de le regarder sans ciller.

— Je m'appelle Guy. Je suis venu chercher mon amie.

La femme, troublée, pivota alors vers la chambre. Guy s'approcha doucement jusqu'à mieux distinguer la pièce. Un homme d'au moins quinze ans l'aîné de sa femme se tenait au milieu d'un lit, les draps remontés jusqu'au cou. Il tremblait tant que même sa barbe blanche oscillait.

Milaine se tenait assise dans l'angle opposé, sa robe serrée contre elle ne suffisait pas à dissimuler sa nudité. Son ample chevelure rousse lui tombait sur les épaules sans rien pour la retenir ; il n'y avait aucun doute sur ce qu'il s'était passé dans cette chambre avant que la femme trompée ne fasse irruption.

— Madame, dit Guy, je suis certain que le scandale ne sied guère à la réputation de votre famille dans cet immeuble, aussi vais-je raccompagner la demoiselle et vous laisser régler votre différend dans l'intimité de votre couple.

Il était presque parvenu à son niveau, il allait pouvoir entrer dans la pièce lorsqu'il aperçut le petit pistolet noir qu'elle tenait contre elle, parmi les replis de son ample tenue, pointé vers son mari.

— Personne ne sort, personne, murmura-t-elle entre ses mâchoires serrées.

Guy leva les mains devant lui aussitôt, en signe d'apaisement.

— Ne faites rien de fou, dit-il d'une voix qu'il tenta de rendre ferme malgré l'emballement de son cœur. Il faut garder toute votre raison, ce n'est pas avec une arme que vous pourrez régler ce problème.

— Mon mari est un porc !

Le peu de dignité qu'affichait l'homme en question, suant toute sa peur à grosses gouttes sous la protection d'un mince drap froissé, inclina Guy à non pas le défendre mais, au contraire, à prendre le parti de l'offensée :

— C'en est un, assurément, madame, et c'est une bonne raison pour ne pas gâcher votre vie pour ce crime ! Vous imaginez-vous au bagne à cause de lui ? Ou pire : sur l'échafaud ! Il n'en vaut pas la peine !

— Il est pitoyable ! Lui et ses grands discours de savoir-vivre ! De bienséance !

Devinant une brèche dans les certitudes de la femme bafouée, Guy s'y engouffra, il devait lui faire perdre ses repères, que sa morale vacille, qu'elle se sente incapable de prendre une décision, qu'elle soit dépassée.

— L'homme est ainsi constitué, vous savez ? Il a des besoins, c'est bien pour cela que notre bonne société tolère et même encourage les lupanars, et cela, ni vous ni moi n'y pouvons rien changer. Votre mari n'est pas plus vicieux qu'un autre, il ne fait qu'obéir à une pulsion ancestrale, et il a à cœur de ne pas vous en faire subir le caprice directement !

— Un porc ! Et cette garce ne vaut pas mieux !

— Voyez en lui, madame, juste un être de chair et de sang, et d'instincts. Quant à cette malheureuse fille, dont le quotidien est de satisfaire tous ces maris dont la bestialité doit être épanchée pour qu'ils reviennent à leur famille raisonnables et civilisés, ne la punissez pas !

— Dans notre propre lit…, commenta la femme du bout des lèvres.

— C'est cela que vous ne pouvez accepter, je vous le concède ! Et, vous allez le lui faire payer, madame. Pour sa faute, il vous offrira les toilettes dont vous rêvez, il devra vous accompagner partout où vous le souhaiterez, et ne pourra rien vous refuser. Je crois que ce serait un bon début, n'est-ce pas, monsieur ?

L'homme acquiesça durant plusieurs secondes en fixant sa femme.

Guy tendit la main vers le pistolet. La femme pleurait. Était-ce une grande surprise ou la sinistre confirmation de ce qu'elle devinait chez son homme depuis longtemps déjà ? Le flot de larmes était tel qu'il lui serait impossible de viser. C'était le bon moment.

— Maintenant baissez votre arme, cette folie vous ferait perdre la face aux yeux de tous, alors que vous avez maintenant un moyen de *lui* faire perdre pied.

Guy sentit le canon froid au bout de ses doigts et il put le prendre sans aucune résistance. D'un bref regard, il fit comprendre à Milaine qu'elle pouvait sortir et il entraîna la femme bafouée vers le salon où il alluma une lampe à gaz et trouva une carafe pour lui servir un verre d'alcool.

— Tenez, remettez-vous de vos émotions. Et commencez à songer à votre vengeance, à tout ce que vous allez pouvoir lui demander. Maintenant que vous lui avez occasionné la peur de sa vie, il vous obéira au doigt et à l'œil.

S'avisant que Milaine était déjà sur le palier, il déposa une tape amicale sur la main encore gantée de la maîtresse de maison et s'éclipsa en reculant.

À peine la porte fermée, il lâcha un profond soupir. Ses jambes étaient toutes cotonneuses.

Milaine terminait d'enfiler sa robe, le jupon sur les bras et ses bottines renversées sur le paillasson.

— Ne restons pas là, dit-il en épongeant la sueur de son front.

— Je te dois une sacrée chandelle ! Cette fois, j'ai bien cru que le sang allait couler.

Guy la poussa dans le fiacre qui détala en vitesse pour longer le quai de Valmy.

— Tu as gardé le pistolet, fit remarquer Milaine en désignant l'arme que Guy tenait encore.

Il parut seulement s'en rendre compte et haussa les épaules.

— Ça lui évitera de tuer son mari dans un moment de lucidité.

— C'était culotté de la jouer sur ce registre ! Je connais des femmes qui t'auraient braqué l'arme sur la tempe pour ça ! Qu'elle rengaine sa fierté contre des cadeaux !

— Ce n'est pas moi qui ai fait une société misogyne ! Le bonhomme a eu tellement peur qu'il va céder à tous les caprices de sa femme, elle va prendre sa revanche, pour un temps au moins, c'est lui qui sera aux petits soins et qui obéira à toutes ses volontés ! Et comme il continuera d'aller au bordel, il fera amende honorable en étant au service de sa femme. Elle aurait même dû me remercier !

Milaine pouffa. Elle s'était déjà remise de ses émotions. Elle en avait vu d'autres, des tragédies bien pires, et compte tenu de ce qu'elle faisait subir à son corps, elle était de celles qui considéraient que son cœur pouvait bien s'adapter.

Guy se pencha sur la banquette et lança le pistolet vers les eaux noires du canal Saint-Martin.

De retour au *Boudoir de soi*, ils furent accueillis par Gikaibo, un colosse japonais de plus d'un mètre quatre-vingt-dix pour cent cinquante kilos, qui assurait la sécurité de l'établissement.

La grande salle du bordel n'était éclairée que par une bougie sur une coupelle. Faustine, la confidente de Milaine, attendait au bar, devant un verre vide. En les voyant entrer, elle se précipita vers son amie qu'elle serra dans ses bras.

— Je me suis fait un sang d'encre ! Tu ne dois plus accepter les rendez-vous au-dehors ! Ce n'est pas la première fois que je te le dis ! Et tous les problèmes qui sont arrivés aux filles ont toujours eu lieu à l'extérieur ! Ici tu es protégée de ce genre d'histoires !

— Il paye bien pour ça, qu'est-ce que tu veux que je te dise, c'est son obsession : coucher dans le lit conjugal ! Je ne vais tout de même pas lui dire de venir avec la prochaine fois ! Tant qu'ils alignent la monnaie, on ne va pas se plaindre !

Faustine lui pinça la joue.

— Tête de mule !

Guy les regardait se chamailler avec un sourire tendre. Il y avait une complicité entre les deux femmes qui lui réchauffait le cœur. Il aimait cette amitié de gamines en ce lieu de vice. Les premiers mois de sa fréquentation du *Boudoir de soi*, il avait couché avec plusieurs filles qui exerçaient ici, incapable d'arrêter sa préférence. Avec le temps, il s'était établi une relation de confiance, comme si partager leur corps sans l'engagement de l'amour leur avait permis de tout se dire, sans craindre un retour de bâton, un jour. Ils ne se devaient rien sinon un peu de plaisir. Les mots étaient facultatifs, ainsi les confidences avaient une authenticité touchante, du domaine du sacré. La chair et la vérité.

La plupart des filles savaient qui il était et ce qu'il avait fui. Lui, il connaissait, pour certaines, leur histoire, leur trajectoire. Le *Boudoir de soi* n'avait rien de ces bordels aux allures de salon politique où la tenancière ou le gérant servait d'intermédiaire et d'informateur pour les hautes sphères politiques, Julie s'en était toujours bien gardée. Son établissement n'était certes pas le plus couru de Paris, mais il était pérenne.

Si Milaine lui avait toujours paru un peu trop « folle », délurée, pour avoir envie de coucher avec elle, avec Faustine, il en était autrement.

Faustine était le joyau de la maison. Pour l'avoir, il ne suffisait pas de tomber les billets, il fallait que Faustine ait confiance. Il fallait qu'elle connaisse le client, que ce soit un habitué. Et s'il était enfin prêt à mettre le prix prohibitif pour s'offrir une nuit avec Faustine, encore devait-elle l'accepter. Car Faustine s'octroyait le luxe de refuser.

Au-delà de sa beauté ensorcelante, c'était ce mystère qui la rendait célèbre dans l'établissement.

Après plusieurs mois de fréquentation, Guy avait manifesté le désir de partager le lit de la belle, il avait consenti à payer ce qui partout ailleurs lui aurait offert un mois de débauche extraordinaire pour, finalement, se voir refuser l'accès à la chambre rouge du bout du couloir. Faustine n'avait pas voulu de lui.

Elle ne s'en était jamais expliquée, « les reines n'ont pas à justifier leurs décisions », commentait Julie aux clients offusqués dont Guy avait rejoint la longue liste.

Il l'observait sous l'éclairage de la bougie : sa chevelure était si noire que, par moments, elle paraissait bleutée ; ses lèvres ressemblaient à une cerise mûre, elles donnaient envie de les croquer. Le châle de laine avait glissé et il entraperçut ses épaules douces, couvertes de grains de beauté. Le regard bleu pivota et vint attraper celui de l'écrivain. Il lui sembla une seconde qu'une vague déferlait sur lui, qu'une lame cristalline s'élevait sur le paysage, pure comme le saphir, avec la force authentique d'une mer en mouvement, prête à tout raser, à tout engloutir sur son passage.

Guy cligna des paupières pour rompre le contact et recula pour laisser passer les jeunes femmes. Il salua Gikaibo et monta rejoindre son grenier.

Il ne se sentait pas à l'aise. La présence de Faustine le déconcertait.

Il était tard, il était fatigué.

Et ce qu'il venait de vivre l'avait éprouvé. Le sang aurait pu couler cette nuit.

Il pressa le pas vers le dernier étage.

Dans les combles. Loin de la rue.

Loin de la société qu'après l'avoir tant décortiquée dans ses romans, il se sentait obligé de fuir pour survivre.

Comme s'il fallait en payer le prix.

Ogre insatiable, la civilisation dévorait ceux de ses enfants qui osaient remettre en question son règne.

2

Le fil du rasoir glissa sur la peau en émettant un raclement râpeux.

Un sillon pourpre apparut aussitôt, de minuscules rigoles de sang se mirent à corrompre la blancheur de la mousse de savon et plusieurs gouttes d'un rouge intense perlèrent.

Guy ignora la coupure pour terminer de se raser et hésita en arrivant au niveau des pattes qui lui descendaient juste devant les oreilles. Il recula d'un pas pour contempler son visage dans le miroir.

De larges mèches châtaines dessinaient des arrondis de part et d'autre de son front, contrastant avec les angles droits de ses arcades hautes, de ses mâchoires et de son menton. Une petite fossette pointait sa différence entre ses deux sourcils. Guy avait rasé sa moustache en s'installant au bordel. Il avait réalisé qu'il ne l'avait jamais arborée par goût, mais uniquement pour suivre les recommandations de sa femme quant à l'élégance masculine.

Le trait de sang sur le bas de sa joue s'élargissait.

Guy hésita puis secoua le coupe-chou dans l'eau chaude ; il garderait ce prolongement de sa tignasse volumineuse encore quelque temps. Cela encadrait bien ses traits, songea-t-il, et rendait plus viril son visage glabre.

Il avait vingt-huit ans et une étrange lueur dans le regard lui en donnait beaucoup plus. Ses prunelles se fixèrent dans le miroir, réalité contre illusion réfléchissante. Un nuage noisette cerclait un cœur noir comme les abysses. Le regard ne tombait pas, il demeurait droit, profond, dégageant une force peu commune. Guy l'avait souvent remarqué, lorsqu'il insistait en appuyant sur ses mots, agrippant de ses yeux son interlocuteur, rares étaient ceux qui ne finissaient pas par capituler. Il s'était déjà interrogé sur les raisons d'un pareil magnétisme, lui qui n'était pas du genre autoritaire, ni violent, comment avait-il pu façonner pareille force ?

Il avait sillonné les rues sordides durant son adolescence, il avait assisté à plusieurs drames, à quelques tragédies, il avait enduré certaines épreuves, et cette vie avait assis sa personnalité. Lorsque à cela s'était greffé son désir de décortiquer la société, peu à peu, il en avait fait tomber le fard pour voir l'homme tel qu'il était, sans l'illusion de la bienséance, sans le maquillage public de la « civilisation », il avait appris à descendre en lui, dans ses instincts encore bien présents, pour nourrir ses réflexions d'auteur, jusqu'à perdre toute naïveté. À présent, lorsqu'il observait un individu, il lui était facile de passer au travers des habits pour imaginer ses déviances, ses obsessions, envisager ses vices ; et cette ouverture au pire lui permettait parfois de voir juste.

Lorsque lui-même se dévoilait, son regard perdait toute humanité et pénétrait dans l'intimité de ses interlocuteurs, les mettant très mal à l'aise.

D'un coup de linge humide, il fit disparaître son reflet et épongea sa fine blessure, puis s'en alla passer une chemise propre sur laquelle il ajusta un faux col montant. Depuis qu'il avait fui sa famille, sa vie, il avait pris l'habitude de peu se vêtir, d'aller à l'essentiel, de bannir tout raffinement excessif. Mais depuis quelques semaines, il retrouvait le plaisir de s'habiller élégamment, il pouvait ainsi mieux se fondre dans le décor et les portes s'ouvraient plus aisément devant lui.

Il noua une large cravate de soie sur laquelle il referma son gilet, mit sa montre dans le gousset et enfila sa veste qui lui tombait jusqu'aux genoux. Il attrapa sa canne dont le pommeau d'acier représentait le globe terrestre, son chapeau melon et quitta son logis.

Guy de Timée était bien décidé à rédiger ce qui serait son meilleur ouvrage. Une histoire d'intrigues scélérates, de crimes perfides, aux résolutions intellectuelles brillantes. Digne des meilleurs Conan Doyle, il l'espérait…

S'il reprenait progressivement un rythme de travail satisfaisant, il n'en restait pas moins à l'ébauche de notes encore peu concluantes. Il lui fallait chercher l'inspiration.

Cela, il le savait, commençait par reprendre contact avec la réalité, pas celle d'un homme conduit par sa femme, alimenté en tout par des domestiques, mais bien celle de celui qui voit le monde tel qu'il est, et non qui se le fait rapporter.

Ainsi Guy, l'œil aux aguets, arpentait le pavé des beaux quartiers à Montmartre ; festif et rustre, il se perdait près des fortifications qui ceignaient encore Paris, s'aventurant de plus en plus loin dans les zones nauséabondes des chiffonniers, sous les remparts qui ombrageaient leurs cabanes. Jour après jour, il sentait la vie, la vraie – pas celle codifiée, sans sel, des apparences – refluer en lui.

Cette réalité qui, tôt ou tard, l'aiderait à créer.

Guy passa sa journée du côté du dix-neuvième arrondissement, entre les gigantesques citernes de gaz semblables à celles qui pullulaient en périphérie de la ville, puis vers les abattoirs de la Villette. Trois longs convois de wagons stationnaient devant les grands bâtiments de pierre et d'acier. Le royaume des bouchers exerçait une évidente attraction, ce temple de la mort ne pouvait être qu'une formidable source d'inspiration !

Il se faufila entre les voies de chemin de fer et approcha des étables étrangement silencieuses.

C'est que, et Guy ne tarda pas à l'apprendre, les bêtes étaient tuées la nuit, puis dépecées et préparées durant le jour. Un concerto de raclements aigus et rapides s'élevait d'un peu plus loin, des échaudoirs. Là, une armée d'hommes à la carrure développée terminaient de découper les carcasses qui allaient faire vivre tout Paris l'espace d'une journée. Ces hommes, les chevillards comme on les appelait à cause des chevilles, les crocs en fer sur lesquels ils suspendaient les bêtes, effectuaient leur labeur en plaisantant, d'humeur plutôt bonne, et souvent enclins à rire bruyamment. Guy ne s'attarda pas. S'il n'était pas mal à l'aise face à cet étalage de viande morte, il était plutôt déçu par la jovialité qui se dégageait des travailleurs. Il s'était attendu à quelque chose de plus sinistre. Il n'y avait guère que l'odeur de viande et de sang, ce parfum pénétrant, chaud et dense, qui devenait écœurant à la longue.

Il longea le crématorium, des cheminées duquel s'envolait un épais panache gris, et n'eut aucune peine à imaginer les restes des carcasses qui y brûlaient. Les vents soufflant d'ouest en est comme à leur habitude, la fumée partait en direction des villes ouvrières et des usines de la banlieue. Soudain, Guy eut la révélation de ce qui était pourtant évident : les quartiers bourgeois de la capitale, ainsi que les villes riches, avaient été développés à l'ouest de Paris, les usines et les quartiers populaires à l'est pour que les vents ne viennent pas indisposer les gens de la bonne société !

Il s'empressa de noter dans son petit carnet cette remarque et reprit sa marche vers le bassin de la Villette.

Guy aimait Paris. Cette ville folle, cette bête cruelle, prête à donner autant qu'à tout prendre. Des quartiers élégants abritant des fortunes considérables, dépassant l'entendement, aux taudis à peine masqués des arrière-cours, Paris était en mouvement permanent, les fortunes s'y faisaient aussi vite que mouraient les gagne-misère. Ville-échiquier, la diplomatie du monde s'y jouait, carrefour des espions d'Allemagne, d'Angleterre et d'ailleurs, et à quelques jours de l'inauguration de l'Exposition universelle de 1900, les regards du monde entier se braquaient sur cet amas grouillant de rues droites et dégagées, et de ruelles tortueuses aux impasses et aux cours aveugles.

La journée de Guy fut relativement fatigante ; se refusant à se déplacer en fiacre pour profiter au maximum de chaque détail, il avait sauté le déjeuner, pris par sa quête d'informations. Lorsqu'il rentra en début de soirée, il se massa longuement les pieds en songeant à ce qu'il avait vécu.

Il coucha quelques notes à son bureau, trop peu pour être satisfait, mais, ne trouvant rien à ajouter, il abandonna son stylo à encre et descendit pour faire taire son estomac criant famine.

Six des dix filles de Julie étaient dans le grand salon, en compagnie de deux messieurs bien vêtus et d'un âge certain. Elles effectuaient le service, veillant à ce qu'ils ne manquent de rien, ni d'alcool, ni de cigares, ni d'agréable conversation. Pour elles, c'était de l'absinthe, comme chaque soir, privilégiée pour ses vertus abortives.

Faustine traversa la pièce sous le regard libidineux des deux hommes mais, ils le savaient, elle ne leur était pas accessible. Elle disparut derrière un paravent pour remettre le gramophone en marche. Après quelques grésillements, une douce musique pour violons et piano s'éleva.

La conversation tournait autour du même sujet, celui qui obsédait tout Paris :

— Il n'y a qu'à voir le gigantisme des palissades ! Elles témoignent à elles seules des folies qui nous attendent au-delà !

— Ah, qu'il me tarde de découvrir cette exposition ! J'ai déjà acheté trois planches de vingt tickets !

— Et moi cinq ! C'est que je compte bien y retourner en famille tout au long de l'été !

Julie opérait de discrets allers-retours entre le salon, le hall d'entrée et la bibliothèque où Guy devina la présence d'autres clients. Pour ne pas déranger, il ne franchit pas l'épais rideau et recula vers la porte de service pour atteindre la cuisine. Gikaibo y était attablé, devant une assiette de ragoût de poulet. Guy le salua ; se servit un bol dans la marmite et s'installa en face de lui.

— Tu ne quittes jamais ton pyjama ? dit-il d'un ton amical en désignant les vêtements traditionnels japonais.

— Mon vêtement plus confortable que ton lit.

Les couverts semblaient ridicules dans les immenses mains du Japonais.

Gikaibo dégageait une fragilité touchante malgré sa carrure démesurée.

C'était à cause de son histoire, devina Guy. Celle d'un sumotori entraîné depuis son plus jeune âge dans le but de gagner, dont l'honneur avait été bafoué, et qui avait été déchu de sa position, humilié, rabaissé. Gikaibo avait quitté son pays, sa famille, son déshonneur en sautant à bord d'un paquebot. Guy ignorait comment il avait fini ici, à Paris, dans un bordel, mais le sumo était peu bavard, et il suspectait même Julie de ne pas connaître les détails de sa vie.

Diane et Violette, les deux sœurs de l'établissement, entrèrent à toute vitesse, chargées d'un plateau et de bouteilles vides.

— Vite ! Les gourmandises ! s'exclama la première, la plus blonde des deux.

— M. Espérandieu adore les sucreries !

Ne pouvant passer entre le sumo et le buffet, les deux sœurs émirent un raclement de gorge pour inviter le gros Japonais à se décaler. Celui-ci attrapa la table par les côtés et la souleva pour la pousser. Guy dut appuyer sur ses talons pour reculer avec sa chaise avant de se prendre le bord de la table dans le ventre, et le meuble retomba sur le parquet.

— Pardon, fit Gikaibo avec son phrasé sec, comme si parler relevait d'un effort énorme.

Les deux sœurs prirent un plat recouvert d'une cloche en verre. Des beignets et diverses viennoiseries badigeonnées de sucre glace s'y amoncelaient.

— Bon appétit, messieurs ! dirent-elles en chœur avant de sortir.

— Vous aussi, fit Guy avec ce qu'il fallait d'ironie dans la voix.

Gikaibo fixa l'écrivain, les lèvres humides de ragoût.

— Tu as couché, elles ? demanda-t-il sans moduler sa phrase.

— Les frangines ? Moi ? Non ! C'est… malsain !

— Hippocampe !

— Gikaibo, à moins que tu ne cherches à faire référence à mon anatomie en des termes volontairement réducteurs, je crois que c'est *hypocrite* le terme exact. Et non, je ne suis pas hypocrite à ce sujet. C'est une affaire incestueuse de coucher avec deux sœurs, même s'il ne s'agit pas de tes sœurs, il y a quelque chose de repoussant dans l'idée de les voir se caresser et partager un amant en même temps.

— Tu as couché toutes, ici !

Guy se fendit d'un rictus teinté d'une pointe de gêne.

— Loin de là, répliqua-t-il. Marguerite, Eugénie, Rose et Marthe, voilà tout ! Ah, et Jeanne, une seule fois.

— Tu n'as pas respect !

— Pardon ? Elles en parlent encore plus crûment que moi ! Marguerite et Marthe ont commenté mes performances d'amant ! Et c'est moi qui manque de respect ?

Gikaibo attrapa son assiette creuse et but bruyamment le jus de son ragoût.

— On se demande qui est le plus mal élevé ! murmura Guy entre ses lèvres.

Il avala son dîner en écoutant les rires des filles provenant du grand salon et descendit une demi-bouteille de vin en attendant que ces messieurs fassent grincer les marches de l'escalier conduisant aux chambres.

Gikaibo, lui, patientait comme tous les soirs, un verre d'alcool de riz devant lui, ne se resservant que lorsque l'horloge du couloir sonnait les heures. Il n'avait que rarement à intervenir, la plupart des clients savaient se tenir.

Guy se leva, lui adressa un signe et monta jusqu'aux combles pour aller dormir. Le mur de droite tremblait en rythme, une cadence molle, qui n'affectait pas les gémissements généreux d'une des filles.

— Doucement, Marguerite, bafouilla Guy embrumé par les vapeurs de l'alcool, tu vas nous le casser, le doyen…

Ce soir, il le sentait, aucun fantôme ne viendrait retarder Morphée sur son chemin.

Il serait ponctuel et direct.

À peine poserait-il la tête sur l'oreiller qu'il l'aspirerait dans les limbes du repos, sous le bercement des coups de reins fatigués de vieillards imbibés.

Elle hurlait.

Les traits déformés par la souffrance.

Ses mains froides et moites agrippèrent les poignets de Guy pour le sortir de ses rêves.

Dans le frémissement orangé d'une bougie, Faustine apparut. Ses cheveux aussi noirs que la nuit tissaient un rideau duquel sortaient son visage et ses grands yeux lumineux.

Guy cligna des paupières à nouveau pour desserrer les serres du sommeil qui le retenaient. Faustine lui parlait à toute vitesse, elle ne criait pas vraiment, mais le mal de crâne de Guy lui en donnait l'impression.

— ... devons descendre. Dépêchez-vous !

— Quoi ? Quoi ? balbutia Guy en se frottant le coin des yeux. Qu'est-ce qui se passe ? Quelle heure est-il ?

Ses sens se réacclimatèrent à son environnement. Faustine était paniquée. Ses narines s'entrouvraient nerveusement, sa mâchoire tremblait et elle respirait fort. Guy tira sur ses draps et s'assit face à la jeune femme.

— Qu'y a-t-il ? Faustine, vous êtes toute pâle !

Il voulut tirer sur sa chemise de nuit et remarqua les traces sombres sur ses manches. Il saignait.

Le cœur battant, il inspecta son corps avant de réaliser soudainement que ce n'était pas lui. Faustine lui avait attrapé les bras.

Il saisit ses poignets et les leva vers lui, au-dessus de la bougie.

Ses paumes étaient couvertes de sang.

— Il s'est produit un drame, Guy, un cauchemar, dit-elle, le regard habité d'une inquiétante lueur.

— Quoi donc ? Êtes-vous blessée ?

Faustine ignora sa question, les mains toujours levées devant elle, le liquide luisant sinistrement sous la mince flamme. Du bout des lèvres, elle ajouta :

— C'est... l'œuvre du Diable !

3

Guy dévalait les marches derrière Faustine.
Tout comme elle, il ne portait qu'une robe de chambre par-dessus sa tenue de nuit et avait chaussé à la hâte ses souliers, à la demande de la jeune femme.
La maison tout entière était endormie. Quoi qu'il se fût produit, cela n'avait pas eu lieu en ces murs.
Guy avait mal à la tête, il lui semblait qu'une brique de plomb s'était fichée sous son front et tentait de sortir à chaque pas. Ce n'était pas un bon vin, ou bien il en avait un peu trop abusé...
Faustine l'entraîna jusque dans le hall, elle n'avait plus lâché un seul mot, fonçant aussi vite et aussi discrètement que possible vers la sortie de l'immeuble. La porte était ouverte.
Les lanternes rouges qui encadraient le perron étaient éteintes et l'absence de lampadaires à gaz dans la rue la plongeait dans une profonde obscurité.
Guy entendit Faustine renifler, ses épaules se soulever alors qu'elle ne parvenait pas à retenir un sanglot et elle s'agenouilla en bas des marches, sur le trottoir, la bougie posée dans une soucoupe à côté d'elle.
Guy allait dévaler le petit escalier de pierre lorsqu'il la vit.

Une forme recroquevillée dans une position grotesque et improbable.

Il crut tout d'abord qu'il s'agissait d'une métisse avant de se raviser pour une de ces Indiennes d'Amérique comme il en avait croisé une fois dans un théâtre quelques semaines plus tôt. Elle était vêtue d'une robe d'été, ample et décolletée, garnie de rubans et de franges en dentelle. Ce qui ressemblait à une fine traîne en voile, presque invisible, s'étalait derrière elle, à l'instar des tenues de mariée.

Allongée sur le flanc, elle était horriblement cambrée, sa tête rejetée en arrière, les cheveux recouvrant une partie de son visage. Ainsi couchée, elle ressemblait à une danseuse figée dans un effort, comme si elle avait voulu prendre la forme d'une roue.

Ses bras étaient serrés contre sa poitrine, les doigts crispés pour retenir quelque chose.

Guy se précipita à son chevet avant de se raidir au-dessus du corps.

Un frisson de terreur lui remonta le long de l'échine pour envahir son esprit.

Il s'était totalement trompé.

Ce n'était pas une Indienne. Elle ne portait pas non plus de robe de mariée.

Il l'identifia malgré les cheveux humides qui masquaient ses traits, il connaissait cette robe.

Milaine.

— Mon Dieu…, murmura-t-il en se couvrant la bouche d'une main.

Il posa un genou à terre pour approcher son index de sa gorge.

— Elle… est… morte, dit Faustine tout bas.

Guy palpa la gorge chaude à la recherche d'un pouls qu'il ne trouva pas. Sa peau était mouillée.

Alors il comprit. Il s'empara de la bougie et l'approcha de la pauvre fille.

Elle transpirait du sang. Par tous les pores de la peau, elle avait exsudé son précieux liquide comme si elle avait été plongée dans un bain de vapeurs acides. Ce n'était pas une traîne dans son sillage, mais tout le sang qu'elle avait perdu tandis qu'elle rampait pour rentrer chez elle.

Faustine étouffa un sanglot dans les plis de sa manche.

Guy remarqua alors les talons des bottes qui dépassaient de la large robe étalée sur le sol. Les jambes étaient également tirées vers son dos.

La position de Milaine était incompréhensible. Recroquevillée en arrière, comme si elle avait tenté de toucher ses talons avec l'arrière de son crâne.

— Vous n'avez pas prévenu Julie ? demanda Guy.

— Non, fit Faustine entre deux reniflements. Dès que... dès que je l'ai vue ainsi, j'ai paniqué. Elle est... morte !

— Il faut faire appeler le sergent de ville.

— J'ai pensé à vous tout de suite...

— Mo... moi ? Pourquoi moi ? bafouilla-t-il.

— Parce que... vous êtes cultivé, vous savez beaucoup de choses.

— Faustine, j'ai peur qu'il s'agisse... d'un crime. C'est à la police de s'en charger.

Faustine secoua doucement la tête.

— C'est l'œuvre du Diable, Guy. Regardez.

Elle repoussa les mèches qui dissimulaient le visage de Milaine.

Guy sursauta et glissa sur son séant, le cœur battant la chamade.

Les lèvres de Milaine étaient toutes retroussées sur ses gencives luisantes de sang, ses dents maculées par le fluide pourpre, mâchoires serrées. Cette parodie de sourire abominable la rendait effrayante, mais ce n'était rien à côté de son regard.

Ses yeux n'étaient plus que deux billes noires

Le blanc de l'œil avait totalement disparu.

Ainsi déformée, Milaine ressemblait à un démon tout droit descendu d'un vitrail prophétisant l'Apocalypse.

Faustine serra les deux poings devant sa bouche et mordit la chair autour de son pouce tandis que des larmes coulaient sur ses joues.

Guy lâcha un profond soupir.

La tête lui tournait légèrement sans qu'il sache bien si c'était la vive émotion d'une pareille découverte ou les reliquats de l'alcool.

Quel martyr avait bien pu endurer Milaine ?

Sa position, tout ce sang transpiré, et cette terrifiante grimace morbide, tout cela étourdissait Guy. Il se savait dépassé, abruti par la stupeur.

— Je ne sais... pas quoi faire, lâcha Faustine entre deux respirations.

— La police, il faut prévenir la police...

— Guy, la police n'y pourra rien, chuchota Faustine, malgré l'émotion qui l'étranglait, c'est l'œuvre du Diable que nous contemplons. L'œuvre du Diable.

Cinq gardiens de la paix encadraient le corps de Milaine.

Plusieurs policiers en civil supervisaient la scène, dont deux qui interrogeaient Faustine et Guy sur les marches du perron, sous l'œil attentif de Julie, tandis que toutes les filles de l'établissement étaient amassées dans le hall, en larmes.

La fraîcheur de la nuit avait fini par glacer les membres de chacun, après une interminable attente, avant que les inspecteurs « en bourgeois » finissent par arriver. Mais elle n'avait nullement anesthésié les sensibilités.

Le bruit avait également attiré une demi-douzaine de curieux, du gentilhomme de passage au chiffonnier en pleine tournée de poubelles, tous se tenaient sur le trottoir d'en face, l'œil brillant de curiosité et de dégoût.

— Dans quelles circonstances avez-vous découvert le corps de votre amie ? s'enquit l'un des policiers auprès de Faustine.

Cette dernière serrait un mouchoir contre son menton, les yeux rougis par les larmes.

— Je me suis réveillée vers trois heures du matin, j'avais laissé la porte entre ma chambre et celle de Milaine ouverte, pour qu'elle me réveille en rentrant. Ce n'était pas fermé, j'ai pris peur, il était très tard. Alors, je suis descendue vérifier qu'elle n'était pas dans le salon ou dans la cuisine. C'est lorsque j'ai jeté un coup d'œil par la fenêtre pour voir la rue que j'ai distingué une forme.

— Avec toute cette pénombre, vous l'avez aperçue depuis l'intérieur ? s'étonna l'homme au regard perçant.

— Comme je viens de vous le dire : j'ai distingué une forme. Prise d'un doute je suis sortie... Et...

Elle abrita le bas de son visage derrière son mouchoir quelques secondes.

— Elle rentrait souvent tard ?

Faustine prit le temps d'avaler sa salive, de contenir son émotion, avant de répondre :

— Milaine a eu quelques ennuis ces derniers temps. Et... elle sortait un peu trop, c'est pour ça que je laissais la porte ouverte. Cela me rassurait de la savoir bien rentrée.

— Quel genre d'ennuis ?

Julie se pencha pour intervenir :

— Avec des voyous, au coin des rues.

Faustine lui lança un regard surpris dans lequel ne tarda pas à apparaître de la colère.

Le policier acquiesça et rangea son crayon ainsi que son carnet.

— Bon, ce sera tout pour ce soir. Ah, si, j'ai besoin de deux témoins qui peuvent certifier de l'identité que vous m'avez donnée, dit-il en s'adressant à Faustine et Guy.

Guy frissonna. Il venait de mentir sur son nom.

Julie s'avança en compagnie de Marguerite.

— Nous nous portons garantes, dit la tenancière.

— Veuillez signer là, s'il vous plaît, avec vos nom et prénom ainsi que la ville de naissance.

Rassuré, Guy s'approcha du corps de Milaine. Les gardiens de la paix venaient de déposer sur le pavé un sac en toile de jute. Ils se mirent à quatre autour du cadavre et le soulevèrent pour le déposer sur le sac.

Guy remarqua qu'un liquide s'écoulait entre les dents serrées de Milaine.

Il s'accroupit et constata que c'était un peu pâteux et blanchâtre.

— Elle a quelque chose entre les dents, dit-il aux policiers.

Les gardiens de la paix le regardèrent comme s'il venait de proférer une bordée de jurons, mais un des policiers en civil descendit les marches pour venir jeter un œil.

— Ouvrez-lui la bouche, ordonna-t-il à ses hommes tout à coup dégoûtés. Allez, bon sang ! Faut-il que je le fasse moi-même ?

L'un d'eux s'exécuta aussitôt et, avec une délicatesse qui surprit Guy, attrapa les mâchoires de Milaine sur lesquelles il tira ensuite de toutes ses forces.

— Ah ! lâcha-t-il, après un effort intense. C'est verrouillé ! Je n'y arrive pas.

— Les morts sont capables d'une force prodigieuse, intervint un des policiers, c'est bien là la preuve de l'âme ! Elle lutte encore pour contrôler le corps !

L'homme en civil leva la main en l'air comme si ce n'était pas important.

— Tant pis, ils verront ça à la morgue.

Lui et son collègue saluèrent l'assemblée avant de grimper avec leurs hommes dans le fourgon où le corps de Milaine venait d'être installé. Les sabots se mirent à claquer sur le pavé tandis qu'ils descendaient la rue de plus en plus vite. Les quelques badauds, soudain extraits de leur contemplation béate, commencèrent à se disperser à leur tour.

— C'est tout ? se plaignit Marguerite. Ils n'ont même pas inspecté sa chambre !

— Ils reviendront demain, supposa Julie.

— Je n'en suis pas sûre.

Rose s'en mêla, y allant de son petit commentaire :

— Et vous avez vu cette pauvre Milaine ? Mon Dieu, mais que lui est-il arrivé ?

— C'est monstrueux, fit une des filles dans le hall.

La plupart des regards convergeaient vers la longue traînée obscure qui maculait le pavé. Puis ils scrutèrent le fourgon qui dodelinait au loin.

— Allons, allons ! tempéra Julie. Rentrez donc, il n'est plus l'heure de traîner, Jeanne, va nous faire chauffer de l'eau pour une tisane, tout le monde dans le salon.

Guy attendit que la voiture se fût éloignée, que Julie eût attrapé Faustine par les épaules pour la pousser à l'intérieur et que les silhouettes se fussent toutes détournées pour poser un genou au sol.

Il déplia soigneusement le mouchoir propre qu'il avait dans sa poche et épongea ce qu'il restait du liquide blanchâtre qui avait coulé de la bouche de Milaine. Il le porta à ses narines, il n'y avait pas d'odeur particulière. Du moins rien que son odorat – qu'il savait, hélas, peu développé – pût identifier.

Gikaibo sortit de la maison, un seau à la main. En voyant le géant japonais, les derniers spectateurs, deux jeunes chiffonniers édentés qui demeuraient rivés à leur bout de trottoir, décampèrent aussitôt avec leurs guenilles, effrayés par cette silhouette aussi massive qu'inattendue en pleine nuit dans Paris. Gikaibo écarta Guy d'un bras puissant et déversa toute son eau pour nettoyer le sang de leur amie.

Il fallut trois seaux pour disperser la sinistre traîne. Trois seaux pour dissoudre ce qu'il restait d'elle entre les jointures des pavés, et dans le caniveau.

Tout s'était déroulé si vite.

Guy se réveillait à peine de sa trop courte nuit, des vapeurs étouffantes de l'alcool et, pourtant, Milaine était déjà partie.

Sa dépouille terrifiante emportée.

C'en était terminé, jamais plus ils ne la reverraient.

Milaine avait vécu sa courte vie à pleine vitesse, sans jamais dire non pour peu que le client payât, elle avait voulu amasser le plus d'argent, le plus vite possible.

Elle s'était saignée aux quatre veines. Et Paris, ne refusant jamais pareille offrande, l'avait bue dans ses rues grises.

4

Le soleil d'avril s'invitait, de biais, par les hautes fenêtres du grand salon, et irisait de ses lames dorées les volutes de poussière en suspension.

Toute la maison était calme. Ni musique, ni chant, ni frottements du ménage, ni grincements des parquets, à peine le pas lent d'un cheval tirant sa carriole depuis la rue parvenait-il jusqu'aux oreilles de Guy.

Il repoussa sa tasse de thé qu'il n'avait pas touchée et se leva.

Un parfum de pâtisserie chaude flottait au rez-de-chaussée, Julie s'affairait aux cuisines.

Les filles étaient dans leurs chambres, consignées pour la matinée par Julie. Pour qu'elles se reposent, comprenait Guy, mais également pour les avoir à l'œil, pour éviter qu'elles n'aillent parler ou pour gérer d'éventuelles crises de nerfs. Personne n'avait dormi de la nuit après la découverte du corps de Milaine.

Sa position grotesque, tout le sang qu'elle avait perdu et surtout l'expression monstrueuse de son visage, celles qui l'avaient aperçue en frissonnaient encore.

La porte d'entrée claqua et Guy s'approcha du hall. Gikaibo, toujours affublé de son kimono bleu marine, revenait des courses que Julie lui avait confiées, un panier bien rempli de légumes au bout du bras.

Guy le salua et retourna dans le salon d'où il guetta la rue.

La police n'était manifestement pas pressée de revenir.

Guy avait du mal à revoir le pavé de la chaussée sans que les traits déformés de Milaine ressurgissent dans son esprit.

Lèvres horriblement retroussées, à la manière d'un chien dévoilant ses crocs. Dents couvertes de sang. Peau entièrement enduite d'un voile de sueur sanguine. Et ses yeux !

Diable, ce regard ! Comment est-ce possible ? Qu'a-t-elle pu voir dans ses derniers instants pour se brûler ainsi toute la sclérotique ?

Guy secoua la tête pour chasser cette image effrayante.

La rue Notre-Dame-de-Lorette n'était pas très passante, à peine quelques dames, des domestiques et des chariots remplis de sacs en toile la parcouraient. Personne pour se douter du drame qui s'était joué quelques heures plus tôt. Guy ignorait si c'était un tour de son imagination, mais il lui semblait qu'une longue tache plus sombre subsistait sur le pavé, là où Milaine avait rampé et laissé sa funeste empreinte.

Il ne parvenait pas à penser à autre chose.

Comment le pourrais-je ? Ce souvenir vivace est si abject, si traumatisant que nul ne peut l'effacer de sa mémoire sur un simple commandement !

Au contraire même. Il en voulait plus. Il s'impatientait en attendant le retour de la police, avide de savoir comment Milaine était morte.

Mais la vraie question le tourmentait sans qu'il ose la formuler tout à fait. Il tournait autour, sans parvenir à l'énoncer clairement, trop réticent à affronter ce qu'elle impliquait, toutes les conséquences d'une vérité si subite, si inattendue.

— Milaine a-t-elle été assassinée ?

C'était sorti. Il l'avait dit. À voix haute même.

Un meurtre. Quelqu'un derrière tout cela. Un coupable.

Guy prit son inspiration et retourna s'asseoir face à sa tasse de thé froid. Pour un court moment car trois coups furent frappés à la porte dans la minute suivante.

Guy se précipita pour ouvrir et reconnut aussitôt les deux inspecteurs de la nuit passée.

— Monsieur Thoudrac-Matto, bonjour.

Guy eut une seconde d'incompréhension avant de se souvenir que c'était l'identité qu'il avait donnée pour ne pas trahir sa retraite. Un nom complexe et curieux, le premier qui lui était venu. La dernière chose qu'il voulait était que sa belle-famille puisse remonter jusqu'ici par le biais de la police. Le père de sa femme était assez puissant pour mettre la Sûreté générale et la préfecture de Paris dans sa poche.

— Entrez, messieurs.

Guy les installa dans le salon, sur les banquettes de velours violet, sous le grand tableau représentant Vénus allongée dans une clairière, entourée de jeunes femmes et jeunes garçons se caressant. Les deux inspecteurs jetèrent un regard furtif au décor, avant de s'asseoir. L'un était grand et gros, une moustache noire débordant largement sur sa bouche, l'autre n'avait presque plus de cheveux et des yeux vert très clair. C'était ce dernier qui impressionnait le plus Guy, il avait l'impression qu'il pouvait lire en lui tant son regard était perçant.

— Je suis l'inspecteur Pernetty, rappela-t-il, et voici mon collègue, Legranitier. Mme... (il relut rapidement ses notes dans un petit calepin qu'il tenait devant lui)... de Sailly est-elle là ?

— À votre service, fit cette dernière en entrant dans la pièce, un gros livre relié sous le bras. Peut-on vous servir à boire ? Un thé ou un alcool pour vous mettre à l'aise ?

— Nous ne sommes pas vos clients d'un jour, madame, la coupa Legranitier en lissant sa moustache machinalement.

Julie ne releva pas et s'installa sur une bergère en face d'eux, son livre sur les genoux.

— Nous ne nous sommes pas bien présentés cette nuit, avec toute cette agitation, enchaîna Pernetty. Nous sommes envoyés directement par la préfecture de police, et mon compagnon, M. Legranitier, est un ancien de la brigade des mœurs, aussi connaît-il bien les maisons de tolérance.

— J'ai pris soin de vous apporter notre registre, s'empressa de préciser Julie de Sailly en l'ouvrant sur la table basse, toutes les filles y sont légalement enregistrées, et il a été visé régulièrement par le commissariat de quartier, comme vous pouvez le constater.

Pernetty fit glisser son regard pénétrant vers Guy, qui demeurait debout.

— J'ai peur de n'avoir pas bien compris votre fonction dans cette maison, monsieur.

— Je suis l'homme à tout faire. Je bricole, aide aux tâches, j'appelle les fiacres pour nos clients lorsqu'il est tard le soir et qu'il faut descendre sur le boulevard pour en trouver, ce genre de choses.

— Lui et Gikaibo sont mes seuls employés annexes. Je n'emploie pas de bonnes ni de domestiques, expliqua Julie. J'ai été moi-même bonne de courtisane dans ma jeunesse, et je sais trop bien comme elles ont tendance à doubler le prix de chaque commission ! Mes filles doivent tout faire, cela fait partie de ma politique. Elles sont débrouillardes, courageuses, personne ici ne joue la princesse gâtée, et elles connaissent la vraie valeur du travail.

— Et cette… (Pernetty lut ses notes à nouveau)… Milaine Rigobet, était-elle dans votre établissement depuis longtemps ?

— Deux ans et demi.

— Comment est-elle arrivée ici, par le biais d'une procureuse ?

— Oui, une de celles qui traînent dans les églises, les hôpitaux, à la sortie des gares… Comme beaucoup de mes filles, Milaine venait du théâtre. Une fille de province qui rêvait d'une carrière sur les planches et qui, faute de revenus, est passée des mots de l'âme aux maux des corps.

Tandis que Pernetty écoutait attentivement les réponses, Legranitier semblait s'ennuyer profondément, il mirait la décoration, se penchant sur ses larges cuisses pour distinguer le couloir, exposant à Guy une nuque dodue dont les bourrelets laissaient une ride blanche à chaque mouvement de tête.

Guy mémorisait tous les détails, se surprenant à être plus excité qu'effrayé par la présence des deux policiers. Legranitier respirait par le nez, chaque inspiration provoquait un long sifflement, nota-t-il. Ses petits yeux noirs s'agitaient sous ses paupières gonflées par le manque de sommeil. Que cherchait-il ?

Le parquet grinça depuis le couloir, dans l'escalier. Une vieille bâtisse vivante, dont les murs avaient vu bien des choses que Legranitier s'efforçait manifestement de comprendre.

Ses lèvres épaisses s'entrouvrirent pour dévoiler sa langue qui traîna un instant sur le rebord de sa bouche crispée, la moustache soulevée dans une grimace grotesque.

— L'autre témoin, la fille qui a retrouvé le corps, est-elle présente ? continuait Pernetty.

— Elle se repose, répondit Julie du tac au tac, comme si elle avait attendu cette question depuis le début. Comprenez que mes filles sont sous le choc, elles ont besoin de se remettre rapidement, car je ne peux fermer mon établissement ce soir. Ce n'est pas à vous que j'apprendrai que les hommes sont des créatures d'habitudes qui n'aiment guère le changement, mais forcez-les une fois à la nouveauté, et ils y prennent aussitôt goût ! Je pourrais perdre ma clientèle la plus « fidèle », si j'ose dire !

— Et avant d'entrer à votre service, insista Pernetty, cette Milaine n'était-elle pas passée par la rue Monjol ?

— Monjol ? Pour qui nous prenez-vous, inspecteur ? Mon établissement est un lieu respectable, mes filles sont distinguées, toutes éduquées et saines, des courtisanes de grande classe !

Guy fronça les sourcils. Il connaissait la rue Monjol. L'Enfer sur terre. Le cul-de-sac des miséreux, la fosse de ceux qui tombaient plus bas que tout, là-bas les prostituées n'avaient d'humain que le nom, une zone de non-droit, infâme et sordide. Tous à Paris craignaient un jour de finir rue Monjol, car celui qui s'y installait par obligation, n'ayant plus d'autre option, savait qu'il n'en ressortirait jamais vivant. Dans le commerce de la chair, tous savaient qu'une fois à Monjol, on ne pouvait plus revenir en arrière. Seul un inspecteur guindé ne connaissant rien à la profession et n'ayant jamais mis les pieds dans ce cloaque de Belleville pouvait l'ignorer.

— Pourquoi cette question ? demanda Guy.

Le faisceau vert glissa sur lui, les prunelles aiguisées découpèrent l'espace et les protections mentales de Guy pour se ficher dans son cerveau.

— C'est mon travail que de savoir, ne rien omettre.

Guy se sentit mis à nu, la désagréable sensation que Pernetty n'allait pas tarder à comprendre qu'il mentait sur son identité. Son regard était terrifiant.

Rose le sauva, ses boucles rousses détournèrent l'attention lorsqu'elle entra dans le salon, chargée d'un plateau avec quatre tasses, une théière fumante et une assiette en porcelaine remplie de madeleines chaudes. Elle déposa l'ensemble sur la table basse, saluant les inspecteurs d'une courbette rapide et disparut aussi vite qu'elle était apparue sous le regard méfiant de Legranitier.

— Je voudrais le nom de votre procureuse, ordonna Pernetty.

Julie se raidit.

— C'est que... C'est un secret d'approvisionnement qu'un établissement ne peut divulguer...

Elle n'y mettait pas le ton farouche dont Guy la savait capable. Probablement déjà résignée, sachant que, face à l'autorité des inspecteurs, rien ne pouvait demeurer tabou, c'était sa façon de leur rappeler l'importance de garder la réponse pour eux.

— Madame, dois-je insister lourdement ? demanda Pernetty en la transperçant de son regard.

Julie répliqua immédiatement :

— Yvonne Confiance, c'est ainsi que nous l'appelons. Elle a fait le métier pendant longtemps, maintenant elle bat le pavé pour recruter, elle a l'œil pour cerner les désespérées, les peu farouches et les filles perdues de province que la capitale a englouties.

— C'est son vrai nom ?

— Je ne crois pas, tout le monde l'appelle ainsi parce qu'elle sait mettre les filles en confiance, les préparer pour entrer dans une maison. Vous pouvez la trouver rue Lepic, son mari tient une échoppe de raccommodeur, vous ne pouvez pas la rater, c'est minuscule et encombré de chaises, de soupières en porcelaine, de dentelles, de fourrures pendues au plafond, un vrai capharna…

— Ça sera suffisant, la coupa Pernetty après avoir noté l'adresse.

Il échangea un bref regard avec son collègue et les deux hommes semblèrent d'accord pour ne pas insister sur ce sujet. Legranitier enchaîna, en se caressant la moustache :

— Vous avez, parmi vos clients, des hommes un peu… originaux ?

Julie haussa les épaules.

— Qu'entendez-vous par « originaux » ? L'accoutrement ? Une nationalité exotique, ce genre de choses ?

— Je pense plutôt à leurs mœurs, vous savez… leurs désirs, des demandes qui sortent de l'habitude.

Guy lut l'embarras sur le visage de Julie. Il la connaissait assez bien pour savoir qu'elle n'était pas à l'aise avec ce sujet.

— Ce qui se passe dans l'intimité des chambres ne regarde que ces messieurs, tant que cela ne nuit pas aux filles…

— Allons, madame ! insista Legranitier en haussant le ton. Nous savons très bien qu'entre elles les filles parlent ! Et vous êtes la tenancière, vous ne pouvez ignorer ces choses-là !

— En tout cas, je n'ai rien entendu d'inquiétant si c'est la question. Maintenant, bien des hommes viennent ici pour faire ce qu'ils n'osent demander à leurs épouses, donc oui, une partie des pratiques de ce lieu sont… originales ! Mais rien qui soit violent, si c'est à cela que vous faites allusion.

Legranitier grommela et détourna son attention sur les madeleines encore tièdes.

— Vos clients sont tous des bourgeois, s'enquit Pernetty, pas de traîne-misère qui viendrait dépenser le fruit de ses longues économies en une nuit ?

— Non, nous exigeons une tenue impeccable pour entrer.

Pernetty approuva et guetta la réaction de son collègue qui terminait sa madeleine. Legranitier suça le bout de son pouce puis épousseta son gilet avant de dresser les mains devant lui comme pour signifier qu'il en avait fini.

Ils se levèrent.

— Une dernière chose, fit Pernetty. Cette Milaine, elle vient d'où ?

— De la région de Tours.

— Elle a une famille ?

— Je l'ignore, elle n'en parlait pas.

— Elle ne recevait pas de courrier ?

— Non, jamais de Tours, rien que des missives de Paris. Les billets doux de ces messieurs, vous qui avez travaillé dans les mœurs, vous savez comme ils sont : certains témoignent davantage de sentiments à leur courtisane qu'à leur femme !

Pernetty et Legranitier s'observèrent ; ils ne purent dissimuler une certaine satisfaction.

— Merci madame, ce sera tout.

— Vous avez déjà une idée de ce qui a pu se produire ?

— L'enquête est en cours, nous ne pouvons rien vous dire.

— C'est un fou, n'est-ce pas ? Pour faire une chose pareille !

— Tout est possible madame. Par les temps qui courent, il faut tout envisager ! Ce pourrait être un fou, une bande ou même un enfant !

Julie frissonna.

— Ne vous moquez pas ! La criminalité juvénile a été multipliée par sept en dix ans ! C'est de pire en pire ! Tout est possible que je vous dis !

— Ce pourrait même être un accident ! intervint Pernetty.

Guy se pencha.

— Son... état, sa condition effroyable, ce n'est pas un accident. Savez-vous ce qui a pu lui arriver ? Qu'est-ce qui pourrait causer une mort aussi terrifiante ?

Legranitier posa un index dur sur le sternum de l'écrivain.

— C'est l'affaire de la police, restez en dehors de tout ça.

— Mais... vous... vous allez nous tenir informés ?

La pression s'intensifia, jusqu'à devenir douloureuse. Guy fut contraint de faire un pas en arrière pour s'écarter du doigt menaçant.

— Désormais ça ne vous concerne plus, conclut Pernetty en agitant son chapeau melon devant lui.

Julie les raccompagna dans le hall.

— Comprenez que, pour la respectabilité de mon établissement, j'apprécierais que le drame ne s'ébruite pas, je ne veux pas passer pour un monstre sans cœur, cette tragédie m'affecte profondément, mais je dois aussi penser à mon commer...

— Ne vous en faites pas, madame de Sailly, l'interrompit Pernetty, l'enquête est menée dans la plus grande discrétion. Pour vous, comme pour nous, personne n'en parlera, veillez à ce qu'il en soit de même avec vos filles, nous ferons notre part.

— Je vous en remercie.

Ils les saluèrent et franchirent la porte d'un pas rapide. À peine était-elle refermée qu'ils se coulèrent dans la rue sans un regard en arrière. Guy les surveilla par l'imposte, sur le côté du hall d'entrée. Ils parlaient en scrutant les façades et, à sa grande surprise, ils ne s'arrêtèrent pas pour entrer dans les autres immeubles mais sautèrent dans un fiacre qui les attendait un peu plus bas.

— Ils ne vont pas interroger les voisins, s'étonna Guy à voix haute. Ils ne cherchent même pas de témoin éventuel !

— C'est arrivé en pleine nuit, tout le monde dormait.

— Sait-on jamais ! Je ne dors pas tout le temps la nuit, et je ne suis pas le seul insomniaque de l'arrondissement !

Julie se tenait face à lui. Petite brune, des mèches blanches auréolaient son visage comme un diadème d'argent puis se noyaient dans un chignon sur la nuque. Elle régnait sur sa maison avec fermeté et humanité. Et sa principale qualité était de comprendre les autres, de lire en eux.

— Je vous vois venir, Guy l'écrivain, vous laissez galoper votre esprit au-delà de ce que vous vivez, arrêtez cela dès maintenant. Milaine est partie, vous vous ferez plus de mal que de bien à vouloir pourchasser son fantôme.

— Je m'interroge, c'est tout.

— La curiosité et l'imagination sont les fiacres du danger ! Ne grimpez pas à bord. Croyez-en l'expérience d'une femme qui a déjà bien vécu.

— Julie, enfin ! Milaine est… morte ! Assassinée ! Vous avez vu son visage ? Son corps ? C'était abominable !

Elle lui prit le poignet avec une fermeté surprenante pour un petit bout de femme et lui intima de baisser d'un ton en posant son index sur ses lèvres.

— Vous allez effrayer les filles ! Un peu de retenue ! Cette vision nous a tous glacé les sangs, Guy ! Mais laissez faire la police, c'est leur métier que d'élucider des affaires, pas le nôtre ! Et je dois m'assurer que les clients ne trouvent pas les portes closes ce soir, que la bonne humeur triomphe, ce sera éprouvant pour tout le monde, surtout si un client demande après Milaine, mais c'est notre travail : l'illusion. Ne nous le rendez pas plus difficile qu'il n'est déjà !

Guy la fixait avec attention. Elle s'exprimait toujours dans un langage imagé, et parfois plein de justesse. Il n'avait jamais su si elle avait été elle-même courtisane, avant ou après être passée au service d'une maison parisienne, ni comment elle avait amassé son pécule pour fonder la sienne. Mais elle demeurait jolie, les rides n'enlevaient rien à la grâce de ses traits. Ses paupières tombaient un peu, tout comme le bas de ses joues, sa peau n'avait plus la même élasticité, ni le même teint, son cou était marqué par le voyage du temps. Malgré tout, son charisme avait pris la relève là où le physique s'était affaissé pour en faire une femme qu'on ne regardait pas facilement dans les yeux, une de celles dont on se prenait, par surprise, à songer à ce qu'avait pu être sa vie, une de ces femmes dont on admirait la prestance.

— Faites-moi confiance, Guy, laissez filer le fantôme de Milaine. Il n'y a rien que vous puissiez faire pour le retenir. Aidez-moi plutôt à préparer la soirée, cela vous changera les idées. Il faudrait remonter de la cave une caisse d'absinthe, ce soir les filles en auront bien besoin.

Guy déposa les six bouteilles de la fée verte sur la table de la cuisine et fila dans le couloir dans l'idée d'ouvrir les fenêtres pour aérer. Il avait besoin d'air frais, de sentir la fraîcheur de la brise sur sa peau.

— Psssst !

Guy se figea au niveau de l'escalier. Dans la pénombre, une forme se tenait accroupie, une main sur la rambarde.

Cheveux longs. Tenue ample.

— Guy, venez ! fit la silhouette en opérant des moulinets du poignet pour qu'il monte la rejoindre.

Circonspect, l'écrivain grimpa jusqu'à l'étage où elle venait de se réfugier sans un bruit. Elle le poussa dans la lingerie qui sentait le savon et la lavande et où pendaient une dizaine de robes et autres linges sur des crochets rivés aux poutres. La petite lucarne éclaira le visage de l'inconnue.

Un éclair bleu capta l'attention de Guy.

Le côté slave dû aux pommettes rondes, à la peau claire, et puis le satin noir de la chevelure : *Faustine*.

Elle portait sa chemise de nuit avec une robe de chambre noire par-dessus. Ses cheveux étaient détachés et flottaient, comme pour prolonger le tissu d'une coiffe.

— J'ai tout entendu, dit-elle en s'approchant de lui pour ne pas élever la voix.

— Vous étiez supposée vous reposer…

— Ils se fichent de Milaine !

Guy lut une colère teintée d'indignation sur les traits de la jolie jeune femme.

— J'ai bien peur que l'assassinat d'une courtisane ne vaille pas, à leurs yeux, plus d'efforts qu'ils n'en ont déjà fourni.

— Ils n'ont même pas demandé à voir sa chambre, ses affaires ! Ils n'ont pas posé de questions sur les prétendus voyous avec qui elle aurait eu des ennuis ! Ils n'en ont cure !

— Julie a inventé cette histoire pour couvrir son client, Faustine, heureusement qu'ils n'ont pas insisté !

Elle se rapprocha encore, il pouvait à présent sentir son haleine, parfumée de thé au jasmin, devina-t-il.

— Ces questions à propos de sa famille, de son courrier, c'est pour s'assurer que les proches ne feront pas d'esclandre, qu'ils n'insisteront pas pour que l'enquête aboutisse ! Ils étaient aux anges lorsque Julie leur a demandé d'être discrets, je pouvais deviner leur sourire rien qu'à les entendre répondre !

Faustine haussait le ton, brassant l'air de ses bras, manquant de peu gifler Guy au passage. Il posa une main sur son épaule pour la calmer.

— Je suis d'accord avec vous, Faustine, et indigné également, mais que pouvons-nous y faire ? Julie doit préserver la respectabilité de son établissement et rendre public le meurtre abject d'une de ses lorettes ferait fuir les clients ! Et la préfecture de police ne consacrera pas beaucoup de moyens à résoudre le meurtre d'une fille de joie, cela ne fait aucun doute ! En revanche, notre devoir est de nous charger de la mémoire de Milaine ! À nous de prévenir sa famille, de rassembler ses affaires et...

— Et d'oublier ce que nous avons vu d'elle cette nuit ? demanda Faustine, amère. Quelqu'un a fait de son corps le temple de l'horreur ! Je ne veux pas que la vérité soit enterrée avec elle ! (Elle se dégagea d'un coup d'épaule et recula d'un pas.) Et s'il y a un assassin, il doit payer ! Je connais Milaine, c'est mon amie. Et je lui dois la vérité.

Elle pivota et, dans un bruissement de soie, disparut dans le couloir obscur, laissant Guy la bouche ouverte, une main en l'air.

— *C'était* votre amie, dit-il tout bas. Milaine appartient au passé, désormais.

Le déjeuner, frugal, que prit Guy en compagnie de Gikaibo ne le réchauffa pas. Il était parcouru de frissons erratiques dans lesquels le froid n'avait aucune responsabilité. Les babines retroussées de Milaine jaillissaient à chaque coin de pièce, ses dents luisantes de sang, son regard totalement noir, un abysse dans lequel Guy se sentait lentement glisser, comme aspiré.

Était-ce la culpabilité que Faustine avait révélée en lui, tandis qu'il s'efforçait d'obéir à Julie en remisant le souvenir de la morte dans un recoin de sa mémoire ?

Les filles, pour celles qui avaient pu manger quelque chose, avaient pris leur repas dans leurs chambres, sans descendre. Julie avait assuré le service pour chacune, jouant le rôle de confidente, de mère et de médecin pour celles qui avaient besoin d'une infusion pour parvenir à dormir quelques heures. De la cuisine, Guy n'entendit aucun sanglot, aucun cri de désespoir, la peine et la peur s'évacuaient avec pudeur dans les étages.

En début d'après-midi, il alla s'installer dans le salon de musique, sur la méridienne confortable où il aimait lire. Il tira un plaid en laine sur ses jambes et se reposa ainsi pendant que l'odeur de la tarte aux pommes préparée par Julie se propageait dans toute la maison.

La chaleur et le confort le bercèrent, Guy se mit à rêvasser, somnolant, il songea au silence des lieux, aux yeux perçants de l'inspecteur Pernetty, au sang qui battait aux tempes de Faustine...

La grimace démoniaque qui avait emporté Milaine.

Les regards complices des deux policiers.

La rue Monjol... La procureuse... Les clients excentriques...

Dans cette somnolence où s'entrecroisent conscience et inconscience, Guy assemblait les réflexions, les souvenirs défilaient en même temps qu'ils étaient à nouveau analysés, avant d'être classés et rangés à l'abri de la mémoire.

La rue Monjol... La procureuse... Les clients excentriques...

Soudain Guy ouvrit les yeux, tout à fait éveillé.

Ses lèvres se descellèrent et il inspira à pleins poumons comme s'il sortait d'une apnée prolongée.

Il se redressa au milieu de la méridienne.

Ils ne posaient pas leurs questions au hasard, lançant leurs hameçons au gré des idées et moulinant pour voir s'il allait en revenir quelques prises! Ils orientaient précisément le débat ! En quête d'un recoupement ! Un lien avec la rue Monjol, avec une procureuse, dès que Julie avait lâché un nom, ils étaient passés à autre chose, ce n'était pas la bonne !

Ils savaient quoi chercher.

Dès le lendemain du drame, ils avaient une salve de questions bien particulières ! Et, à bien y réfléchir, Guy s'étonnait que les inspecteurs n'eussent pas été plus choqués par la découverte du corps horriblement déformé !

Et pour expliquer cela, Guy ne voyait qu'une solution : Milaine n'était pas la première.

5

Les mains moites, Guy cogna doucement à la porte de Faustine après s'être assuré que Julie n'était pas dans les parages.

— Que voulez-vous ? demanda-t-elle doucement.

— J'ai à vous parler, c'est à propos de Milaine. Si vous le voulez bien, nous pourrions nous isoler dans la biblio…

Faustine ouvrit, vérifia que le couloir était vide avant de l'attraper et de l'entraîner à l'intérieur en refermant derrière elle.

— Je… Si Julie me trouve là, vous savez ! Aucun homme seul, s'il n'est pas client, dans la chambre des filles ! Elle va me…

— Vous geignez trop, Guy. Venez, installez-vous sur la banquette. Je vous écoute.

Un ourlet rougeâtre cernait son regard de saphir. À voir l'état de son lit, Guy devina qu'elle avait beaucoup pleuré, étouffant son chagrin dans les draps et les oreillers. Il demeura debout.

— Je crois que Milaine n'est pas la première à périr de la sorte.

— Pourquoi cela ?

— L'attitude générale des inspecteurs, vous et moi avons contemplé l'état de la malheureuse, c'était... abominable. Je veux bien croire que ces messieurs sont habitués à côtoyer les crimes et les horribles blessures, cependant, cette affaire est particulière, personne ne peut rester insensible à la vue d'un corps comme celui de Milaine ! Pourtant, ils n'ont pas cillé ! Et leurs questions, Faustine, elles étaient orientées, comme s'ils cherchaient déjà à faire des recoupements précis ! Ils en avaient après la procureuse, ils cherchaient un rapport avec la rue Monjol ! Pourquoi pas la rue Asselin qui n'est guère mieux, ou les quartiers des chiffonniers sous les fortifications ? Non ! C'était la rue Monjol qui les intéressait ! Ils savent quelque chose !

Faustine croisa ses bras sous sa poitrine.

— Une autre fille de nuit, vous dites ? Pourquoi tout de suite le pire ? Peut-être ont-ils tout simplement un suspect ! Quelqu'un arrêté peu après le crime ou un témoin qui s'est manifesté directement au commissariat de quartier !

Guy secoua la tête.

— Non, cela n'expliquerait pas que les inspecteurs soient aussi... préparés, aussi peu surpris par l'ampleur de l'horreur ! Et rappelez-vous cette nuit, lorsque le sergent de ville est arrivé sur les lieux, il a fait prévenir son commissariat aussitôt en précisant la nature du crime, et nous avons attendu longtemps, très longtemps l'arrivée des inspecteurs ! Et ce ne sont pas des gens de l'arrondissement, ils viennent directement de la Préfecture, ils l'ont avoué tout à l'heure ! Pourquoi les avoir prévenus, eux, s'il n'était une consigne concernant tout crime abject de ce genre ?

— Parce qu'ils font partie d'une section singulière ? Apte à diriger ce type d'affaire ?

Guy fit la moue, il faisait les cent pas, ne parvenant pas à rester en place, trop énervé par les déductions qui éclataient les unes après les autres sous son crâne.

— Ils ne sont pas nets, ils cachent quelque chose, je le sens !

L'intérêt de Faustine retomba brusquement, en détaillant ce grand homme un peu agité, cet écrivain réfugié sous ce toit dans la clandestinité.

— Je ne sais pas, soupira-t-elle. Je voudrais vous croire, Guy, mais j'ai bien peur que votre imagination d'auteur vous entraîne sur des pentes savonneuses.

— Mais… c'est vous-même qui êtes venue me trouver tantôt pour exiger que justice soit faite !

— Et je le veux ! Cela n'implique pas de courir après les hypothèses les plus… Soyons clairs : je veux que celui qui a fait cela à Milaine perde sa tête sur l'échafaud ! Je veux que la police fasse son œuvre ! Et qu'elle la fasse correctement ! Pour autant, l'heure n'est pas à l'imagination, mais au recueillement, Guy.

Elle désigna la porte pour le congédier.

— Attendez, m'autorisez-vous à jeter un œil à ses affaires ?

— Si c'est pour me faire plaisir que vous insistez, veuillez accepter toutes mes excuses pour tout à l'heure, je n'aurais pas dû vous parler de la sorte, j'étais sous le coup de l'émotion.

Guy secoua la main devant lui en guise de protestation.

— Ce n'est pas du tout cela, je crois sincèrement avoir mis le doigt sur quelque chose d'étrange. Manifestement, ces inspecteurs ne poursuivront pas leur enquête ou, en tout cas, ils n'en partageront rien avec nous. Faites-moi confiance, il y a là-dessous quelque mystère que je voudrais éclaircir, laissez-moi explorer son appartement, si je ne trouve rien, je ne vous importunerai plus.

Faustine le fixa un instant avant d'acquiescer.

— Vous… vous ne faites pas tout cela pour me faire plaisir, Guy, vous y croyez vraiment, n'est-ce pas ?

Pour la première fois depuis qu'il la connaissait, Guy devina en elle une faille, il lut le besoin d'une béquille pour se reposer. Elle était à bout.

— Je n'ai jamais été aussi sincère depuis que je suis là.

— Bien. Après tout, cela nous permettra peut-être d'apporter le nom de la dernière fréquentation de Milaine à la police. Venez.

Faustine poussa la petite porte au fond de sa chambre et traversa un cabinet de toilette qui sentait bon les pétales de rose pour pénétrer dans une chambre aux couleurs vives, des étoffes carmin, pourpres et d'un jaune brûlé recouvraient les murs, le baldaquin et même les épais tapis au pied du lit.

— À ma connaissance, Milaine n'avait pas beaucoup d'affaires personnelles, il y a cette coiffeuse ici, je crois qu'elle y abritait quelques lettres, je m'en occupe. Ne touchez pas à cette commode, Guy ! Il y a ses tenues les plus intimes, c'est à moi d'y regarder. Chargez-vous plutôt des livres sur les étagères, et d'inspecter le dessous des meubles, si Milaine tenait un journal, elle ne voulait certainement pas qu'une des filles puisse tomber dessus, elle l'aura dissimulé quelque part.

— Elle vous a confié en tenir un ?

— Non, mais je sais que la plupart le font. Vous devriez le savoir, c'est vous qui leur donnez des cours de langue française, non ?

— J'améliore leur élocution et, à leur demande, je les aide à rédiger des lettres, bien que la plupart n'aient pas vraiment besoin de moi, je crois que ça les rassure.

— Toutes ici sont lettrées, Julie en fait un critère de recrutement obligatoire, la plupart ont reçu une véritable instruction, c'est une habitude qu'on prend jeune fille et dont on ne se détache pas aisément, encore moins lorsque la vie est difficile. Milaine avait sûrement un journal.

Guy inclina la tête, étudiant la sémillante brune.

L'entendre employer ces termes de vie difficile le surprenait. Non qu'il se fût imaginé qu'elle portait aux nues sa profession, mais l'entendre, elle d'habitude si pudique, toujours dans le spectacle du bonheur, lâcher pareille vérité détonnait.

— Allez ! Ne restez pas ainsi sans rien faire !

Guy s'exécuta aussitôt, sondant les titres remisés sur les étagères, exclusivement des pièces de théâtre, un guide de Paris, et quelques romans romantiques, puis soulevant chaque exemplaire par la tranche pour en secouer les pages au cas où une feuille aurait été glissée à l'intérieur. N'ayant rien trouvé, il se mit à genoux pour regarder sous le lit, où il ne distingua qu'un troupeau de moutons de poussière. Il répéta la manœuvre sous l'armoire, une commode et la coiffeuse sans plus de succès.

De son côté, Faustine avait mis de côté une pile de lettres et referma les tiroirs de la commode.

— Rien du tout, dit-elle.

— Ces lettres ?

— Des connaissances dans le monde du spectacle, des admirateurs, et une lettre de recommandation de l'établissement précédent où elle exerçait.

— Pas de journal intime ?

— Non. Elle avait pourtant un petit carnet sur lequel elle notait ses rendez-vous extérieurs.

— Elle l'avait peut-être sur elle au moment où... vous savez.

Faustine approuva silencieusement.

— Au moins la police l'aura récupéré, finit-elle par dire, songeuse.

— Et ces admirateurs, un homme pressant parmi eux ?

Faustine hésita puis lui tendit une liasse de lettres. Une bonne dizaine.

— Ah, tout de même ! s'étonna Guy. Je... je vais les emporter pour les lire tranquillement si vous n'y voyez pas d'objection. Milaine « exerçait » souvent à l'extérieur, n'est-ce pas ?

— La plupart des filles ici sont contre, pas elle. C'était de l'argent à prendre, et... vous connaissiez Milaine, elle n'en refusait jamais.

— Je suis confus d'entrer dans le détail, j'ignore tout de la chose, cependant, comment est-ce que ça se passe dans ces cas-là, le client doit effectuer une demande spéciale auprès de Julie ?

— Ça arrive. Toutefois, la plupart du temps, le client demande directement à la fille lors d'un de ses rendez-vous ici. Il lui propose de la revoir en dehors, chez lui souvent. Parfois, c'est pour l'emmener d'abord au théâtre, surtout si la fille est très jolie, pour la montrer, ou pour faire croire qu'il a les moyens d'une belle maîtresse ! Même si les tricheurs n'ont en fait que les moyens de s'offrir une fille le temps d'une nuit !

Guy connaissait ces bourgeois avides d'apparences. Avoir une maîtresse entretenue était signe de richesse, avoir les moyens de lui fournir appartement, parures et personnel, en plus de sa vie de famille, prouvait l'excellente santé financière de ces messieurs. Une maîtresse qu'il fallait sortir, exhiber, le meilleur moyen d'étaler sa fortune sans l'incorrection d'avoir à le dire.

— Julie cautionne cette pratique ?

— Elle rapporte, cette pratique. Et les filles espèrent toujours que le galant finira par vraiment en faire sa maîtresse exclusive. C'est une vie dont elles rêvent toutes ! Mieux vaut être la femme d'un homme riche que celle de plusieurs aisés !

Au regard surpris que lui lança Guy, Faustine jugea utile de préciser :

— Ce n'est pas le discours d'une femme intéressée, mais celui de celle qui sait comme il est parfois difficile d'avoir à ouvrir sa couche au premier venu sous prétexte qu'il crache jaune. Ne croyez pas que si j'ai le luxe de pouvoir choisir, moi, j'ignore ce qu'elles endurent au quotidien.

— Loin de moi cette pensée. Quant à l'arrivisme présumé des femmes, il ne faut point s'en plaindre dans une société comme la nôtre où tout est fait pour les rendre dépendantes de l'hom…

Des coups secs résonnèrent à la porte de la chambre de Faustine.

— Faustine ! Ouvrez-moi, j'ai de la tarte pour vous. Il faut manger, vous ne pouvez rester l'estomac vide toute la journée !

— Julie ! s'exclama la jeune femme.

Le sang de Guy se glaça.

— Vite, dans l'armoire ! lui ordonna Faustine en le poussant.

Il n'eut pas le temps de protester qu'il était jeté entre les robes élégantes et colorées de Milaine. Le battant se referma aussitôt, le plongeant dans le noir.

Le parfum fleuri de la prostituée embaumait l'armoire. Guy posa l'extrémité de son nez sur le décolleté d'une robe de satin qui bruissait au moindre mouvement. L'odeur était capiteuse, elle lui évoqua aussitôt un champ plein de fleurs blanches, un cerisier aux fruits éclatés par le soleil, les fragrances se répandant et se mélangeant sous l'effet d'une douce brise d'été.

Soudain, la lumière du jour inonda le réduit et Faustine le sortit de là.

— Elle termine sa tournée des chambres, vous pourrez partir dans quelques minutes.

— Elle n'a rien deviné ?

Faustine lui jeta un regard amusé.

— Pour qui la prenez-vous ? Ce n'est pas une sorcière !

À sa grande surprise, Faustine le prit par la main et l'entraîna dans sa chambre pour l'asseoir de force sur la banquette.

— Tenez, autant vous rendre utile, mangez cela pour moi, voulez-vous ? dit-elle en lui collant une assiette de tarte aux pommes entre les mains.

— Parlez moins fort, elle va entendre que vous n'êtes pas seule.

— Quel froussard vous faites ! Je n'aurais jamais cru ça de vous, à vous savoir tout le temps seul dans ce grenier sordide !

— Je les aime bien, moi, ces combles, répliqua-t-il avant d'enfourner une bouchée de tarte tiède.

— Pourquoi, parce qu'ils sont sinistres comme vous l'êtes parfois ?

Guy fronça les sourcils.

— Je ne… suis pas sinistre, dit-il après avoir avalé, je suis mélancolique.

— C'est aussi déprimant. (Faustine s'assit sur le bord de son lit et le regarda manger un moment avant de poursuivre :) Votre femme ne vous manque pas ?

Guy cessa de mâcher pour observer Faustine. Il ne lut aucune provocation sur son visage. Il prit le temps de déglutir et inspira avant de répondre :

— Non.

— Jamais ? Même la nuit ?

Il planta ses prunelles dans les siennes, cherchant à comprendre ce qu'elle attendait. Il ne distingua qu'une curiosité sincère.

— Jamais. C'est pour cela aussi que je me suis installé dans un bordel.

Un rictus triste déforma les lèvres de Faustine.

— Mais vous savez que ce n'est jamais que de l'illusion que vous achetez. Cette chaleur humaine, vous l'achetez, ce n'est pas celle d'un être qui est à vos côtés par choix.

— C'est *mon* choix.

— Qu'a pu bien faire votre femme pour que vous nourrissiez aussi peu d'amour à son égard ?

Guy déposa l'assiette à moitié vide sur un coussin près de lui.

— Julie doit être partie, je vais y aller. Merci de m'avoir écouté.

Faustine se leva en même temps.

— Merci à vous, Guy, de vous intéresser à Milaine.

— Nous n'avons rien trouvé.

— Ce n'est pas ce qu'on obtient qui compte, c'est le fait de chercher. C'est lui témoigner notre respect. Merci pour elle.

Guy s'empressa de rejoindre le dernier étage du bâtiment, en veillant à ne croiser personne. Il ne voulait pas parler. Il n'était plus d'humeur.

Si Faustine considérait plus importante l'action que le résultat, il ne partageait pas le même avis. Agir lui permettait de ne pas être parasité par des pensées douloureuses.

Ma femme.

Obtenir des résultats était un moyen de justifier cette fuite en avant.

Pour ne pas devenir fou.

Du moins le croyait-il.

Et parce que le visage difforme de Milaine lui offrait l'opportunité de ne pas songer à lui-même, il comptait bien exploiter cette piste jusqu'au bout.

La prochaine étape serait une expérience traumatisante.

Dangereuse.

La rue Monjol.

L'Enfer sur terre.

6

Le fiacre zigzaguait entre les impériales bondées de silhouettes – ombrelles à l'étage, messieurs debout au rez-de-chaussée –, entre les cabriolets des bourgeois élégants, les carrosses fermés dont les rideaux tirés masquaient les occupants et la pléthore de carrioles chargées de sacs, de caisses, de tonneaux ou de foin, tirées par des chevaux de trait à la démarche traînante.

Dans ce trafic au milieu duquel il convenait de ne pas oublier les tramways grinçants, qu'ils soient à chevaux, à vapeur ou électriques, Guy observait les passants qui tentaient de traverser les boulevards sans se faire piétiner. Quelques automobiles dépassaient tout le monde à grands coups de klaxon, bien que les pétarades de leur moteur suffissent en général à signaler leur présence. Guy détaillait ces gentlemen en costume bouffant, casquette de cuir vissée sur le crâne et lunettes masquant la moitié du visage, fous du volant, chercheurs de vitesse, et les autres plus prudents, conduisant leur bolide bruyant en vêtements de ville, un cigare planté entre les lèvres.

Il y avait tant à dire sur ces comportements, tant de plaisir à les décortiquer, et pourtant, Guy n'en éprouvait aucune joie. Il l'avait trop fait. Cent fois déjà, il s'était projeté le film de ce spectacle dans sa tête avant d'entamer un nouveau chapitre, pour moquer les uns et les autres et arracher quelques sourires à ses lecteurs. Son intérêt était maintenant ailleurs.

Derrière les hautes façades des boulevards, au fond des cours, dans les impasses étroites ou les caves à l'odeur de champignon. Maintenant qu'il avait disséqué les apparences et les mœurs publiques, il se sentait attiré par ce qu'il y avait au-delà, dans l'intimité des consciences, au creux des comportements.

Après six mois à vivre en marge de la société, il en était convaincu : ce qui le fascinait se nichait à l'abri des regards, dans l'ombre de chacun.

Il se pencha vers l'avant et s'écria :

— Cocher, j'ajoute un franc si vous accélérez encore !

L'homme fit claquer les rênes sur les flancs de ses deux chevaux qui prirent davantage de vitesse.

En se réinstallant au fond de sa banquette, Guy réalisa qu'il n'y tenait plus.

Je suis en route pour ce qu'il y a de pire à Paris, et je suis impatient d'y être ! Quel homme suis-je devenu ?

Il se rassura un moment en se répétant qu'il agissait pour Faustine, pour lui faire plaisir, avant de balayer cette excuse d'un revers de manche.

La vérité se cachait derrière ce qui s'était produit cette nuit même.

Ce qui avait surgi au milieu des brumes du sommeil. Le drame. L'horreur.

Et pourtant, cette incapacité à occulter le souvenir monstrueux.

Et si, au fond de moi, je n'en avais pas envie ?

Guy frissonna. Et si c'était lui le monstre ? Un homme venant de découvrir le cadavre abominable d'une proche, obsédé par sa mort !

Il avait sauté dans ce fiacre plus rapidement qu'un matelot courant au bordel.

Cette histoire n'était pas seulement intrigante.

Elle le captivait.

C'était la première fois de son existence qu'il contemplait la victime d'un crime.

Un meurtre ! Le corps de Milaine était le témoignage humain d'une rencontre entre une pulsion criminelle et une circonstance favorable au passage à l'acte. C'était la conséquence concrète d'un état d'esprit extrême ! Le reliquat tangible d'une expression rare !

Soudain, Guy prit conscience de son excitation et attrapa le montant de la portière qu'il serra de toutes ses forces.

Le meurtre, c'est l'irruption de l'impalpable – la pulsion – dans le concret : un cadavre ! Tuer est une expérience d'alchimie consistant à rendre réel et bien concret ce qui n'était qu'une pensée.

Milaine était morte, manifestement dans d'horribles souffrances, comment pouvait-il s'emporter, s'enthousiasmer avec ces pensées indignes ?

C'est alors qu'il répéta du bout des lèvres ce qu'il avait énoncé dans le silence de son esprit une seconde plus tôt :

— Elle est morte dans d'horribles souffrances...

Comment se faisait-il que personne ne l'ait entendue ? Le sévice avait-il entraîné une mort immédiate ?

Elle a transpiré du sang ! Elle a rampé sur plusieurs mètres en direction de la maison, non, ce n'était pas instantané !

Alors comment était-il possible qu'elle n'ait pas hurlé ?

Son assassin était avec elle ? Il l'en a empêchée ?

Guy cibla aussitôt l'essentiel : comment était-elle morte ?

Aucune arme ne permet un résultat de cette sorte ! Le blanc de ses yeux était si noir qu'il semblait avoir brûlé ! Quelle vision cauchemardesque pourrait carboniser le regard ?

Ce n'était pas à proprement parler la surface de l'œil qui avait brûlé, mais plutôt l'intérieur. Comme si la vision avait été trop forte, insoutenable pour l'âme... Guy avait beau chercher, il n'envisageait rien de plausible. Sauf peut-être à s'aventurer du côté des mythes et légendes...

Le basilic de la mythologie grecque...

Guy secoua la tête, c'était absurde.

Sa grimace également n'était pas anodine. Comment peut-on mourir figé de la sorte dans la terreur ? Un arrêt brusque du cœur ? Et la sudation de sang ?

Plus il y pensait, plus Guy envisageait une méthode chimique. C'était impossible autrement.

Je ne connais aucun poison au monde capable de donner la mort ainsi !

Mais il n'était pas un expert en la matière.

À moi d'analyser chaque indice, chaque geste, tout fait sens, c'est évident, il me faut simplement décrypter le langage du corps pour comprendre ce qu'il dit.

Depuis qu'il songeait à écrire son roman policier, Guy avait eu le temps de réfléchir à la mort violente et au criminel. Ses expériences de baroudeur, lorsqu'il était adolescent, lui avaient ouvert un champ de perception dont il était à présent fier de pouvoir se servir.

Il en avait tiré la certitude qu'un cadavre était le résultat d'une maladie, dont chaque détail, de la position aux blessures, constituait un symptôme. Identifier la maladie, c'était comprendre le mal qui avait saisi le criminel au moment des faits. C'était une piste pour remonter jusqu'à lui, ou au moins savoir ce qui l'avait poussé à un acte aussi extrême.

Quels sont les symptômes sur Milaine ?

Guy n'eut pas le temps de répondre ; le fiacre s'arrêtait sur le boulevard de la Villette.

— Voilà, monsieur, dit le cocher en tirant sur le levier du frein pour caler la voiture sur les pavés. La rue Asselin est en face, il faut la remonter pour trouver la rue Monjol plus haut sur la droite, mais moi je ne vais pas par là.

Guy le paya et se planta sur le trottoir, sa canne sur les épaules pour contempler cet endroit à la réputation sulfureuse.

Une rue étroite, grimpant tout droit vers un escalier abrupt. Des immeubles de deux étages à gauche, aux volets décatis, s'opposaient à une palissade encadrant un terrain vague. Sur sa deuxième partie, la rue s'élevait vers le sommet de la colline par un long escalier irrégulier, des habitations plus hautes se dressaient, dominant les friches de leurs façades multicolores, de briques trouées, de pierres usées et de planches sombres. Des fenêtres aux châssis vermoulus renvoyaient le soleil de la fin de journée, comme si la lumière elle-même n'était pas autorisée à entrer en ces lieux de perdition.

Guy avisa la présence d'un grand nombre d'adolescents assis sur les perrons, de quelques hommes au visage marqué par la misère et il aperçut une femme en train de vider une bassine d'eau au milieu de la rue. Aucun enfant.

Guy le savait, en pareil endroit, ils étaient tous chez le loueur.

Chaque enfant était une bouche à nourrir, un être à surveiller, tandis qu'en le plaçant chez un des loueurs d'enfants de la ville, c'était une petite rentrée d'argent en plus et des tracas en moins pour celles qui devaient travailler toute la journée sans pouvoir garder leur progéniture avec elles.

Pendant ce temps, les mendiants de tout poil accouraient chez les loueurs pour embarquer les plus chétifs, les plus mignons ou les plus estropiés, pour émouvoir les passants plus facilement, si bien qu'il s'était établi un véritable marché avec une cote pour chaque bambin. Ceux qui rapportaient gros pouvaient parfois même ne pas être ramenés le soir venu.

Guy traversa le boulevard en direction du café qui faisait l'angle avec la rue Asselin : *À la Renommée du picolo d'Auvergne*. Rien que le nom laissait présager le pire. À Paris, les Auvergnats avaient formé un clan à part, où l'étranger n'était pas le bienvenu. Ils avaient peu à peu mis la main sur le commerce du charbon et tous le savaient dans la capitale : il n'y avait plus un charbonnier qui ne soit pas de là-bas ; un être fort, têtu et travailleur, mais dont la communauté vivait refermée sur elle-même, avec ses quartiers et ses bougnats pour vider quelques verres entre Auvergnats.

Si c'était le cas ici, le plan de Guy risquait d'être compromis.

Les Auvergnats étaient réputés pour ne pas se mélanger et pour régler leurs différends entre eux.

Guy s'approcha de la devanture de bois fendu. L'intérieur du café, qui faisait également hôtel, était calme, il était encore un peu tôt.

Quatre hommes seulement étaient accoudés au bar, et un cinquième les servait tout en parlant, sa grosse moustache noire se soulevant au rythme de ses paroles.

Tous se turent dès que Guy entra.

— Messieurs, dit-il en retirant son chapeau melon.

Les regards n'étaient pas malveillants, mais ne l'accueillaient pas non plus avec plaisir.

Le tenancier reposa sa bouteille d'eau-de-vie, se frotta les mains sur son tablier blanc et vint vers l'écrivain en faisant cogner ses lourds sabots sur le plancher.

— Je suis complet.

Les mains sur les hanches, il bombait le torse. Ses avant-bras poilus étaient larges comme des bouteilles de champagne.

— Je ne cherche pas une chambre, plutôt un peu de compagnie pour partager quelques verres et me renseigner.

— À quel propos ?

Guy ne s'était pas attendu à entrer si vite dans le vif du sujet. Il s'était imaginé offrir une tournée ou deux pour faire connaissance avant de délier les langues.

— Je... profiterais bien d'un dé d'eau-de-vie.

Le patron le scruta de la tête aux pieds avant d'aller lui servir un verre qu'il posa à l'autre bout du comptoir. Guy le prit et se rapprocha du groupe d'hommes, mais le tenancier le cloua à sa place en lui attrapant le poignet d'une main de fer.

— Mes clients aiment être tranquilles.

— Je... je n'embête personne, je voudrais offrir une tournée à tous.

Le patron fronça les sourcils et se pencha, écrasant le poignet de Guy au passage.

— Que veux-tu vraiment ? Ne tourne pas autour du pot.

Un peu décontenancé, Guy chercha ses mots avant de répondre :

— Des inspecteurs de la préfecture de Paris sont venus poser des questions à propos d'un crime.

Acculé pour acculé, Guy avait décidé d'y aller carrément.

— Qu'est-ce que ça peut te faire ? C'est *notre* place, ici !

— Une amie à moi a été sauvagement assassinée, et je crois que ce n'est pas la seule, une fille de la rue Monjol, peut-être.

— Alors, va poser tes questions rue Monjol !

Guy acquiesça en baissant le regard. Il avait envisagé une arrivée plus agréable dans le secteur, rêvant même de glaner des renseignements au fur et à mesure de sa progression vers le cœur de l'Enfer.

La poigne se relâcha et Guy put boire le tord-boyaux en grimaçant avant de prendre la direction de la sortie.

Le patron le héla sur le seuil :

— J'en ai vu des comme vous venir s'encanailler sur la Monjol, pour jouer avec le feu. J'en ai vu pas mal venir, c'est sûr ! Mais croyez-le ou pas : j'en ai vu bien moins ressortir. Alors, réfléchissez une bonne fois avant de grimper cette rue. Réfléchissez bien, insista-t-il, l'œil soudain mauvais.

Les affiches recouvraient les planches de la palissade sur tout le flanc du boulevard de la Villette et, curieusement, une fois dans la rue Asselin, le mur de bois redevenait brut, comme si les colleuses d'affiches n'avaient osé s'aventurer dans cette pente de pavés souillés. Guy la remontait d'un pas tranquille et tentait d'apercevoir entre les lames disjointes le terrain vague qui s'étendait au-delà. Il distingua des buttes de terre et de hautes herbes ainsi que des monceaux de détritus. Cet endroit devait être un lieu redoutable à la nuit tombée. Combien de drames s'étaient joués ici dans le plus grand anonymat ?

L'écrivain sentait le regard des adolescents sur sa nuque, il percevait leurs murmures sur son passage. Il était bien vêtu, chapeau propre, chaussures de cuir cirées, manteau long, canne et faux col, toute la panoplie du bourgeois qui n'appartient pas à cet endroit lugubre. Pour autant, il ne se sentait pas en danger. Si son enveloppe le différenciait des habitants de ce quartier, son intérieur *ressentait* une certaine empathie pour eux, il connaissait cette misère, il l'avait côtoyée autrefois, et même si ce n'étaient que des visites, et qu'il avait toujours vécu dans le luxe de pouvoir rentrer chez lui, bien au chaud, de trouver une table garnie chaque soir, son cœur s'en était rapproché. Il n'était pas de ceux qui pouvaient dormir normalement après pareil voyage, car à chaque journée passée là-bas, c'était une part de lui-même qu'il y avait laissée. Cette terrible et si merveilleuse empathie qui le faisait se sentir profondément humain.

Celle-là même qui l'avait fait devenir écrivain.

Et qui, à présent, croyait-il, le protégeait.

Quatre chiens se prélassaient au soleil couchant, sur le perron d'un immeuble fissuré. Ils le fixaient avec le même étonnement que les adolescents un instant plus tôt.

Guy manqua trébucher sur un des nombreux pavés descellés déclenchant l'hilarité des adolescents qui ne l'avaient pas lâché du regard.

La rue Monjol se profila sur sa droite, entre le terrain vague et des constructions anciennes, irrégulières, de trois à quatre étages, et des arrière-cours plongées dans les ombres. Un livreur de bouteilles tirant sa voiture à bras à toute vitesse descendait à contresens ; il dévisagea Guy comme s'il était fou et disparut dans la rue Asselin.

Un hôtel, le *Fort Monjol*, dominait la chaussée de ses fenêtres en mauvais état. Guy s'approcha de l'entrée devant laquelle un homme, maigre et mal rasé, les vêtements tachés, attendait sur une chaise en pelant un morceau de bois. En le voyant, l'homme rangea son couteau dans une poche et se leva.

— Combien tu en veux ? Et quel âge ?

Guy agita sa canne devant lui pour signifier que l'autre n'y était pas.

— Je ne veux pas de filles, mais un renseignement.

L'homme grimaça et se racla la gorge avant de cracher sur le pavé ; manifestement, il préférait fournir de la chair humaine que des informations.

— Les inspecteurs de la préfecture de Paris sont venus vous voir à propos d'une fille, n'est-ce pas ?

Les prunelles noires s'agitèrent, sondant aussitôt la rue, puis ce visiteur curieux, trop curieux, semblaient-elles dire.

— C'est important, insista Guy.

L'homme recula pour entrer dans le hall de l'hôtel : un carrelage bleu et blanc poussiéreux, fendu, un comptoir minuscule lardé d'entailles et un escalier étroit grimpant vers des chambres que Guy préférait ne pas imaginer. Il régnait dans le bâtiment une odeur lourde d'humidité et de renfermé, et une obscurité désagréable.

— Important comment ? demanda son guide.

— Il s'agit d'une amie, je vou...

— Me raconte pas ta vie, le coupa l'homme en frottant son pouce contre son index. Important comment ?

Comprenant ce dont il s'agissait, Guy déposa deux francs dans la main calleuse.

L'homme tendit le bras vers les profondeurs de la rue Monjol :

— Va donc demander chez Victor, au numéro 17, et dis pas que c'est moi qui t'envoie ou je te coupe la langue !

Guy s'empressa de ressortir, aveuglé par la lumière du jour, et poursuivit sa route au milieu de la crasse qui s'étalait de part et d'autre, noircissant les façades et recouvrant le sol. Les fenêtres des rez-de-chaussée étaient ouvertes pour la plupart, leurs occupants accoudés sur le rebord, discutant avec des voisins. Les habits étaient rapiécés, crottés ; les mains sales, les visages creusés par la pauvreté, les bouches souvent édentées ; trop de privations et une méfiance permanente avaient rendu les regards perçants. Guy était devenu en quelques secondes le sujet de conversation de toute la Monjol, on l'observait, on guettait sa démarche, commentait son accoutrement en se moquant de lui.

Guy se rendit compte qu'il n'entendait plus le martèlement des fers de chevaux sur le pavé, le cri des petits vendeurs de journaux, Paris s'était éloigné, prenant ses distances avec ce lieu, le laissant seul au milieu de cette zone sans loi. Aucun sergent de ville ne venait y faire respecter l'ordre, jamais après la nuit tombée, car ici nul lampadaire, aucune électricité, Guy doutait même que le gaz fût parvenu dans le quartier.

Deux ouvriers, marchant à bonne vitesse, le dépassèrent et virèrent dans une impasse très étroite, entre deux immeubles. Ils écartèrent un rideau de toile qui en masquait l'entrée et Guy aperçut une femme agenouillée devant un homme. Les deux ouvriers se posèrent là, à attendre leur tour en profitant du spectacle.

Une maison sur trois n'avait plus ni fenêtres, ni porte, des morceaux de tissu ou des planches les remplaçaient, et Guy vit qu'il s'y entassait des familles entières, au milieu des courants d'air.

Le 17 était une bâtisse aux huisseries murées, au fond d'une cour longue et encombrée de tonneaux brisés, de caisses éventrées et de bouteilles cassées. Guy se fraya un chemin jusqu'à l'entrée obscure de laquelle surgit un individu barbu aux épaules massives.

— Vous avez de quoi payer ? demanda-t-il en articulant pesamment.

Guy savait qu'ici on parlait le Monjol, argot de Paris incompréhensible pour les autres, mais qu'en présence d'un bourgeois, client potentiel, on faisait l'effort de bien s'exprimer.

— J'ai ce qu'il faut, mais je vous déconseille de chercher à me détrousser, j'ai la canne prompte à frapper ! répliqua-t-il en agitant son pommeau devant lui.

Le barbu ne releva pas, pas même indigné qu'on puisse penser cela de lui, et lui fit signe de le suivre. Il attrapa une lanterne à huile et ils descendirent dans un sous-sol qui sentait fort. Un mélange de sueur, de mauvais vin, de viscères et même l'acidité de l'urine. Guy détecta un léger remugle anisé au milieu de cette atmosphère saturée par le commerce du stupre. De l'absinthe.

— À vrai dire, je cherche Victor.

Le barbu l'ignora et continua de le guider dans un couloir mal éclairé, en terre battue, qui s'élargit soudain.

Ce qui avait été autrefois un alignement de caves s'était transformé en une enfilade de box ouverts occupés par des femmes sur des paillasses crasseuses, cuisses ouvertes, jupons relevés quand elles n'étaient pas entièrement nues, une bougie posée sur le côté.

Un homme circulait entre les pièces, l'œil libidineux, avant d'en choisir une, et de dégrafer son pantalon sans un mot. La fille le vit à travers la poisse de l'ivresse, elle attrapa sa bouteille d'absinthe à tâtons et s'enfila une longue rasade avant d'écarter les jambes sans plus de formalités.

Guy se détourna du spectacle glauque qu'aucun rideau n'isolait et n'eut pas le temps de chercher plus longtemps qu'un garçon d'à peine vingt ans, un duvet brun sur la lèvre supérieure, vint vers lui, paume tendue.

— C'est trois francs, ensuite tu prends celle que tu veux. Pour un franc de plus, tu peux tout lui faire.

Guy sortit l'argent mais le garda en main.

— Pour ce prix-là, je ne veux pas une passe, mais des renseignements. Concernant une fille de la rue qui aurait été assassinée. Un crime effrayant.

Le jeune homme se renfrogna, entourant sa poitrine de ses bras minces et glabres.

— Non mais mirez l'rupin ! Il veut que j'mange le morceau ! lança-t-il, oubliant soudain son effort de langage.

— Je sais qu'une femme a été massacrée, tout ce que je vous demande, c'est son nom, et...

— Tu t'poses là et tu marches dedans ? Mais es-tu fou ? aboya-t-il. Icicaille, c'est chez nous, nos panturnes, ce qui leur arrive, c'est not' vie !

Guy ne se laissa pas impressionner par l'agressivité du jeune homme, il fit apparaître deux nouvelles pièces d'un franc et secoua la main devant lui.

— Je suis curieux, certes, mais je paye pour cela !

Le jeune garçon prit alors un air méfiant.

— Et qu'est-ce tu lui veux à la largue en question ?

— Savoir qui elle est, ce qui s'est passé exactement.

Le garçon tendit la main et Guy y déposa la moitié de la somme qu'il tenait.

— Elle s'est fait refroidir, y a rien à en dire, maintenant tu ferais mieux de démurger !

— Permettez-moi d'insister, je suis là car une amie à moi a été assassinée aussi, j'ai toutes les raisons de croire que sa mort est liée à celle de...

Tout à coup, le barbu attrapa Guy par le col et le souleva pour le plaquer contre le mur.

— Il t'a dit de partir ! gronda-t-il, les mâchoires contractées et en appuyant son bras contre le cou de sa victime.

Guy, surpris par la célérité de l'attaque, mit un moment avant de réagir. Il étouffait sous le poids du barbu.

Sa canne remonta à toute vitesse pour venir le cueillir à la tempe.

Mais celle-ci fut brusquement stoppée dans sa course par la main libre du barbu qui, en représailles, intensifia la pression.

Le garçon lança un ordre que Guy ne put comprendre et il prit deux coups successifs en pleine tête qui le sonnèrent avant d'être empoigné et reconduit brutalement jusque dans la petite cour insalubre devant la maison. Là, le barbu le fit tomber contre un tonneau éventré avant de lui lancer la pointe de cuir de ses chaussures dans les flancs pendant que le garçon lui faisait les poches.

Guy ne se débattait plus, il encaissait en essayant de se protéger au mieux, pourtant le barbu ne semblait pas près de mollir, il aimait ça, une écume blanche se profilait aux commissures de sa bouche, son regard était vide, comme débranché de toute conscience. Il frappait encore et encore, comme une mécanique bien huilée.

Puis une ombre tomba sur l'impasse.

Guy crut voir le jeune garçon voler dans les airs pour s'écraser contre un mur, mais il cilla ; il n'avait pas dû bien comprendre, aveuglé par la violence.

Cependant, le barbu décolla à son tour. La vie revint brusquement sur son visage, sous l'expression de la stupeur et, tandis qu'il tentait vainement de se défendre, ses jambes s'agitant à plusieurs centimètres au-dessus de la terre, son corps fut projeté contre une des fenêtres murées. Une horrible succession de craquements lugubres accompagna l'impact de la chair contre le ciment et le barbu s'effondra au sol.

Guy sentit une main le prendre par les épaules et l'aider à se redresser.

— Gik... Gikaibo, c'est... c'est toi ? bégaya-t-il.

— Allez, toi venir, pas traîner par ici.

Guy tenait à peu près debout. Il avait la tête lourde, son cerveau lui donnait l'impression de palpiter, de vouloir sortir de sa boîte crânienne, et il avait mal aux côtes. Gikaibo voulut le soutenir pour l'entraîner vers la rue, mais Guy se dégagea et retourna en arrière, vers le corps du jeune homme.

Il récupéra sa canne sur le sol et donna un petit coup avec le lourd pommeau sur la joue du garçon.

— Alors, cette fille ? Qui est-elle ? insista-t-il.

Le souteneur lâcha un gémissement et essaya mollement de repousser la canne.

Guy abattit le pommeau, avec force cette fois, sur le genou de son voleur qui poussa un cri de douleur.

— Son nom ?

— Viviane ! s'écria-t-il en gémissant. Viviane Longjumeau. C'était une catin de la rue...

— Continue, ordonna Guy en menaçant de frapper à nouveau.

— Elle a disparu un beau jour, sans laisser de traces, c'est tout ! Les curdeux de la Préfecture ont balancé toute la rue, ils ont posé des questions à tout le monde, soi-disant qu'elle aurait été sévèrement refroidie ! Mais nous on l'a plus jamais revue ! On n'sait rien !

— Quand était-ce ?

— Y a deux semaines.

— Et les curdeux de la Préfecture, il y en avait un gros avec une moustache et un autre presque chauve avec des yeux très clairs ?

— Oui, c'est bien eux !

Guy reprit ce qui lui avait été volé et s'empressa de s'éloigner tandis que plusieurs sifflements se propageaient d'immeuble en immeuble pour alerter tout le quartier qu'il y avait du grabuge.

La silhouette colossale du Japonais renvoya dans la pénombre de leur porche deux hommes qui se précipitaient pour voir ce qu'il en était.

Rue Asselin, les deux compagnons accélérèrent encore plus le pas jusqu'à retrouver le fiacre qui attendait Gikaibo boulevard de la Villette.

À peine assis, Guy poussa un profond soupir qui lui arracha une pique douloureuse au niveau du flanc gauche. Il essuya le sang qui coulait de ses lèvres avec son mouchoir et se tourna enfin vers le grand Japonais.

— Merci, je te dois une fière chandelle.

Gikaibo ne lui rendit pas son sourire.

— Ne dis pas merci. Ça c'était agréable pour toi. Maintenant, tu dois affronter Julie. C'est elle qui envoie moi. Et elle est pas contente.

Il fit craquer ses phalanges avant d'ajouter :

— Pas contente du tout.

Guy plia son mouchoir désormais taché et le replaça dans la poche de sa veste. L'ongle de son majeur cogna contre un objet dur qui n'avait rien à faire là. Il l'attrapa : c'était une petite clé noire.

— Ce n'est pas à moi, dit-il doucement.

L'immense Japonais lui jeta un regard désabusé, comme s'il trouvait ce Français décidément trop idiot.

— Non, je t'assure, cette clé n'est pas à moi. Et pourtant, les deux larrons m'ont vidé les poches tout à l'heure.

Il ne pouvait y avoir qu'une solution à ce problème.

Mais une bien curieuse solution.

Le jeune proxénète la lui avait glissée secrètement pendant qu'il le menaçait.

7

Rose avait noué ses longues boucles rousses à l'aide d'une barrette pour se dégager le visage et s'affairait au-dessus de Guy.

Armée d'un morceau de tissu imbibé d'alcool, elle nettoyait la petite plaie sur ses lèvres.

— Ah ! C'est douloureux, gémit-il.

— Mais quel homme ! se moqua-t-elle, assise à califourchon sur ses genoux.

Il y avait entre eux une proximité d'amants. Ils se connaissaient bien, durant les premiers mois de débauche qu'il avait passés ici, Rose avait eu sa préférence. Il adorait son odeur, chaude et fleurie. Et depuis qu'il n'était plus client mais pensionnaire, Rose était son plus grand regret, partager sa couche avait toujours eu un effet apaisant sur lui.

Julie entra à toute vitesse dans la cuisine, Rose sursauta et n'eut pas le temps de se lever.

— Rose, dehors, lui ordonna Julie sèchement.

La moue contrariée, comme une enfant prise en train de chaparder des friandises, Rose s'éloigna en prenant soin d'éviter le regard de sa matrone.

Guy l'observa sortir sans un bruit, en soulevant son imposante robe de taffetas.

— Vous êtes un imbécile ! lança Julie aussitôt qu'ils furent seuls.

— Parce que je veux savoir la vérité ? Parce que je me soucie de Milaine ?

— La rue Monjol ! Enfin Guy ! C'est un coupe-gorge ! Je vous connais, j'étais sûre que vous nous prépariez un mauvais tour, c'est pour ça que j'ai demandé à Gikaibo d'avoir un œil sur vous. Vous êtes si prévisible !

Sentant que le sang coulait à nouveau dans sa bouche, Guy appliqua un coin de tissu sur sa plaie. Les picotements de l'alcool l'élancèrent.

— Je suis touché par votre attention, parvint-il à articuler, mais je peux me débrouiller seul.

— Je vois ça !

Elle tira une chaise en face de lui et s'y installa. Son expression changea, elle passa de la colère à l'inquiétude. Cela apaisa Guy immédiatement, qui s'ouvrit à elle :

— Julie, je n'arrive pas à m'ôter de la tête le cadavre de Milaine. Il y a... il y avait quelque chose de bouleversant en elle, l'idée même d'un meurtre, de sa souffrance, et... et cette mise en scène ! Je ne peux pas l'oublier et passer à autre chose !

Julie lui prit le tissu des mains et, d'un geste ferme mais précis, lui tamponna la commissure des lèvres, puis le cuir chevelu, là où il avait une petite entaille.

— Bien sûr que ça vous obsède ! Ça obséderait n'importe qui, alors avec un romancier en quête d'émotions fortes pour écrire son livre, à quoi faut-il s'attendre ? Les filles ici connaissaient Milaine, depuis le début pour la plupart, deux ans et demi d'amitié, de vie commune et, malgré tout, celui pour qui je me fais le plus de souci, c'est vous ! Elles encaisseront, elles savent que notre métier est dur, elles ont déjà la couenne épaisse, il le faut pour exercer, et même si elles pleurent la mort de leur amie, je sais qu'elles sauront mettre le masque ce soir. C'est leur art, c'est à ça qu'elles excellent... Mais vous...

— Je ne suis pas là pour jouer la comédie...

— Justement, Guy, il va le falloir ! Si vous voulez rester sous mon toit, il va le falloir ! Que vous fassiez de la mort de Milaine votre croisade, c'est une chose contre laquelle je ne pourrai rien faire, j'en suis, hélas, consciente, cela dit, je ne vous laisserai pas perturber ma maison. Ne m'obligez pas à vous mettre dehors.

Elle jeta le mouchoir sur les genoux de l'écrivain puis se releva.

— Et Rose est trop proche de vous, ajouta-t-elle, sur le point de quitter la cuisine. N'oubliez pas les règles, Guy, gardez vos distances, si vous logez chez moi, vous ne touchez pas aux filles. Je ne souffrirai aucune exception. Aucune.

De retour sous les combles, Guy contemplait la petite clé noire.

Plusieurs lampes à pétrole étaient allumées dans la longue pièce au toit pentu. Guy demeurait allongé sur son lit de fortune, un bras plié sous la tête.

Pourquoi Victor le souteneur lui avait-il glissé cette clé dans la poche alors qu'il refusait de parler, préférant encaisser un coup de canne ?

Il voulait m'aider sans que ça se sache. Il craint son compagnon. Ou les oreilles indiscrètes de la rue Monjol peut-être...

Que savait-il au juste ? L'identité du coupable ? Ou ne voulait-il tout simplement pas passer pour un délateur ?

Au-delà des motifs, restait maintenant le plus délicat : trouver à quoi correspondait cette clé.

On cogna tout doucement à la porte.

Guy se redressa, surpris, il n'avait pas entendu les marches grincer.

— Entrez, dit-il avec méfiance.

Faustine se glissa dans le grenier sans un bruit et referma derrière elle.

— Je ne suis pas sûr que ce soit une bonne idée, fit Guy en guise d'accueil, Julie est remontée contre moi, si elle vous surprend ici, je serai…

— Elle ne m'a pas entendue, elle est trop occupée avec ces messieurs en bas, il y a du monde ce soir, cette fichue Exposition universelle ne draine finalement pas tous les clients. Gikaibo m'a raconté ce qui s'est passé aujourd'hui. Vous n'avez rien de cassé ?

— Un peu mal aux côtes, mais ce ne sont que des hématomes, je crois. Faustine, j'avais raison. Milaine n'est certainement pas la première. Les inspecteurs de la Préfecture étaient bien rue Monjol il y a deux semaines, pour le crime d'une prostituée, apparemment un meurtre odieux.

— Retirez votre chemise.

— Pardon ?

— Allez ! Retirez votre chemise ! J'ai aidé ma mère à soigner mes frères bagarreurs, je sais reconnaître un hématome d'une côte cassée.

Comme elle attendait avec l'entêtement qui lui était propre, Guy préféra ne pas protester et défit sa cravate de soie avant de déboutonner son linge qu'il ôta avec une certaine difficulté du côté gauche.

Au fond, il éprouvait une certaine satisfaction à être ainsi ausculté par Faustine.

Elle l'attira sous une des lampes pour inspecter les deux taches brunes qui lui maculaient les flancs puis tâta le pourtour des hématomes.

— Respirez à pleins poumons, demanda-t-elle.

Guy s'exécuta, non sans grimacer.

— Votre histoire d'un autre crime, poursuivit-elle, qu'est-ce que c'est ? L'œuvre d'un aliéné ? Milaine a été... assassinée par un fou ?

— Je n'en sais encore rien. Mais elle n'est pas la première.

— *Encore* rien ? Ça veut dire que vous allez continuer ?

Guy exhiba la clé noire.

— L'homme qui m'a renseigné m'a donné ceci. J'ignore à quoi elle sert, cependant, il en sait plus que ce qu'il veut bien dire. Je crois qu'il a peur des autres gens de la rue Monjol.

— On dirait la clé d'une armoire. Trop petite pour être celle d'un appartement.

— C'est ce que je me suis dit aussi. Ouch !

— C'est douloureux là ?

Guy retint à grande peine un cri et acquiesça vivement.

— Et là ?

— Non. Mais vous avez les mains froides.

— Je ne pense pas que ce soit cassé, peut-être fêlé, il va falloir être prudent, éviter les chocs, et prendre un peu de repos.

Guy agita la clé devant eux.

— Je ne vais pas refermer la porte à ce que cette clé ouvre !

— Vous ne parviendrez jamais à trouver la serrure, Guy, soyez lucide, enfin !

— Sans l'aide de Victor, celui qui me l'a donnée, c'est certain.

— D'après ce que j'ai compris, vous n'êtes plus le bienvenu là-bas ! Ce serait suicidaire.

— Je peux me grimer.

Faustine pouffa.

— Vous lisez trop Conan Doyle, mon cher !

Vexé, Guy se rhabilla et enfouit la clé dans la poche de son pantalon.

— Je ne vous comprends pas, Faustine. Vous pleurez la mort de Milaine, mais vous n'êtes pas désireuse de l'élucider.

— C'est le travail de la préfecture de police, pas le nôtre. Notre tâche est de nous assurer qu'ils le fassent, de les contraindre à chercher la vérité.

— Nous les avons entendus tous les deux, ces inspecteurs feront le minimum, à leurs yeux, ces prostituées ne méritent pas d'efforts particuliers, s'ils peuvent facilement arrêter un coupable, ils le feront, si c'est compliqué, j'ai bien peur que l'affaire soit bien vite oubliée !

Faustine ne répliqua pas. Au contraire, elle opina du chef. C'était elle qui avait alerté l'écrivain sur le manque de perspicacité des inspecteurs, c'était elle qui craignait depuis le début que la vérité ne sorte pas.

— Si je vais leur remettre cette clé, insista Guy, elle sera oubliée sur une étagère, ils ne se donneront pas la peine d'aller retourner la rue Monjol pour ça, pas avec les risques que ça implique. Ils l'ont fait une fois déjà, je ne crois pas qu'ils s'y aventureront une fois de plus.

— Vous non plus ne pouvez courir ce risque, dit-elle.

— Il va bien falloir.

— Pas si c'est moi qui y vais.

— Non, c'est bien trop dangereux pour une femme !

— Je sais me défendre. Et puis Gikaibo et vous pourrez m'attendre non loin, au cas où...

— Non, je ne...

Faustine tendit la main, la tête inclinée, son regard de saphir inondant Guy de sa détermination.

— Si ce Victor vous a glissé cette clé dans la poche, c'est parce qu'il veut aider, il souhaite juste que ça ne se sache pas. Je peux faire l'intermédiaire. Donnez-moi la clé, Guy.

La flamme de la lampe à pétrole dansait sur son visage aux courbes si douces, contrastant avec la noirceur de son épaisse chevelure.

Guy se sentait comme hypnotisé.

Il cligna des paupières, sachant qu'il venait à l'instant de capituler.

Il y avait en Faustine la promesse de colères formidables, mais aussi de plaisirs non moins spectaculaires, et Guy ne parvenait pas à se détacher de cette impression. Sans cesse intimidé par ces enjeux tourbillonnants, en sa présence, il n'était pas tout à fait lui-même, il perdait son assurance, il ne se sentait plus aussi stable. Ce regard pénétrant qu'il était capable de poser sur un homme, sur la société, il le perdait totalement avec elle.

Un rideau opaque se dressait entre elle et lui, le privant d'une partie de ses sens, il ne pouvait lire en elle.

Il se demandait seulement si c'était réciproque.

Guy marchait dans la rue de Châteaudun, son cigare entre les doigts.

Il croisait les spectateurs sortant des théâtres, les dames en belles tenues, les hommes très élégants, quelques vendeurs – souvent des enfants – d'oranges, de beignets et de poires cuites tentaient de liquider leur stock de la journée en cassant les prix.

Les lampadaires à gaz jetaient sur cette foule une clarté chaude que Guy préférait aux lampadaires électriques autour de l'Opéra, avec leur lumière blanche, presque spectrale. Il se demandait souvent si tous ces progrès qui n'en finissaient plus de révolutionner le monde n'allaient pas finir par priver l'humanité de ce que la vie avait d'original, de ses singularités. La science renforçait chaque année la supériorité de l'homme, mais n'allait-elle pas tôt ou tard altérer sa nature, le transformer lui-même ? Le rendre plus synthétique et, à terme, formater les êtres humains aussi sûrement que les machines des usines parvenaient désormais à répéter le même geste éternellement, produisant des pièces parfaitement identiques, sans aucun défaut.

Guy ne termina pas son cigare, il lui asséchait la bouche et sa blessure se mettait à craquer, se rouvrant avec une douleur lancinante. Il l'écrasa sur le pavé et remonta vers la rue Notre-Dame-de-Lorette.

Il était presque arrivé à hauteur du *Boudoir de soi*, reconnaissant ses lanternes rouges – d'habitude réservées aux commissariats de Paris mais que Julie avait importées des bordels de province –, lorsqu'il remarqua une silhouette debout sur le trottoir opposé, mirant l'établissement sans bouger. La personne était dans l'ombre de la rue et, en l'absence de lampadaire, il était impossible de distinguer de qui il s'agissait.

Guy hésitait à aller lui tenir compagnie, peut-être à l'inciter à entrer, amener un nouveau client à Julie, puis finalement, ne se sentant pas d'humeur à converser avec un inconnu, il opta pour entrer directement.

La silhouette sembla se décider au dernier moment : tandis que Guy montait les marches du perron, elle s'élança et l'interpella :

— Monsieur ! Pardonnez-moi, il me semble vous reconnaître…

À présent enveloppé par la lumière qui filtrait des rideaux par les hautes fenêtres et par celle des deux lanternes rouges, Guy pouvait apercevoir ses traits.

Un homme d'une vingtaine d'années, fine moustache sombre, costume sobre et gants de cuir. Guy l'avait déjà vu quelque part, pourtant son identité ne lui revenait pas en mémoire.

— Je m'appelle Martial Perotti, je suis policier.

Ravivé par cet indice, le souvenir de ce visage refit surface dans l'esprit de Guy : il était présent la nuit précédente, lorsque le corps de Milaine avait été enlevé.

— Guy Thoudrac-Matto, répondit-il, prenant soin de reprendre sa fausse identité.

— Je… J'hésitais à me présenter à l'intérieur, avoua Perotti avec une certaine timidité dans la voix.

— Eh bien venez, je vais vous introduire auprès…

— Non ! Ce ne sera pas nécessaire, vous croiser ici suffira à accomplir ma tâche.

— Votre… tâche ?

— Oui, je… j'ai connu Milaine, avoua-t-il avec gêne.

Cette fois, Guy fut tout à son écoute. Le nom avait quelque chose de magique depuis plusieurs heures.

— Connu ?

— Oui, bibliquement, si vous préférez.

— Ah. Et que puis-je pour vous ?

— Vous qui vivez ici, vous la connaissiez bien, n'est-ce pas ?

— Pas dans le même sens que vous, mais je la fréquentais, comme une amie. Pourquoi cela ?

— Mon nom n'évoque rien pour vous ? Elle n'en a jamais parlé ?

Guy s'assura que les noms Martial ou Perotti ne flottaient pas quelque part dans sa mémoire encombrée avant de secouer la tête.

— Non, j'en suis désolé. Pourquoi donc ?

Perotti ouvrit plusieurs fois la bouche sans parvenir à en sortir les mots qui s'accumulaient dans sa gorge, il soupira puis lâcha d'une traite :

— Elle était enceinte et, à l'en croire, elle pensait que je pouvais être le père.

Le cœur de Guy s'emballa, il posa une main sur la rambarde de pierre et détailla cet étrange garçon qui venait lui faire pareille confidence au début de la nuit.

— Je crois que vous devriez entrer, insista Guy, partager avec moi un verre de cognac, pour que nous parlions de tout cela.

— Non, vraiment, je préfère ne pas déranger la clientèle, je… je voulais juste savoir si elle n'avait pas parlé de moi.

— Je ne suis pas sûr d'être celui à qui elle se serait confiée à ce propos. Il faut que j'en discute avec quelqu'un. Voulez-vous revenir à une heure plus convenable ?

Perotti approuva avant de redescendre les marches.

— Demain matin dix heures, si cela vous convient.
— Attendez. (Guy le retint.) Vous avez vu ce qui a été fait à Milaine. Pourtant vos collègues, Legranitier et Pernetty, n'ont pas l'air de se sentir très concernés, n'est-ce pas ?
— N'attendez rien de ces deux-là. Au contraire, ils feront tout pour enterrer l'affaire.
— Pourquoi ?

Perotti scruta la rue de part et d'autre, comme s'il détenait un secret qui ne devait être entendu de personne.

— Elle dérange. Elle agace. À vrai dire, cette affaire fait peur.
— Alors vous savez qui est derrière tout cela ? Vous connaissez l'identité du meurtrier de Milaine ?

Perotti avala sa salive si bruyamment que Guy put l'entendre.

— Tout ce que je peux vous dire, c'est qu'ils sont plusieurs. Car aucun homme seul n'aurait pu accomplir ce qui a été fait aux autres filles. Aucun homme.

Perotti lança un nouveau regard inquiet vers la pénombre autour de lui.

— Je dois filer, à demain, monsieur.

Et il se coula à toute vitesse dans l'obscurité.

8

L'abdomen de l'homme était ouvert, la peau de ses bras difformes semblait avoir fondu comme la cire d'une bougie, il portait un plateau sur la tête avec ce qui ressemblait à son cœur posé dessus, et enfin, une paire d'oreilles fendues par une longue lame de couteau dominait ce spectacle sinistre.

La gravure de Hieronymus Bosch trônait en évidence sur le bureau de Guy.

Des formes angoissantes, ni humaines ni animales, se promenaient un peu partout, et des scènes de batailles entre les hommes et des démons remplissaient toute la partie supérieure de l'œuvre.

— Quand j'ai découvert le cadavre de la pauvre Anna Zebowitz, voilà à quoi j'ai aussitôt songé, avoua Martial Perotti. À cette partie du triptyque du *Jardin des délices* de Bosch. Depuis, je n'arrive plus à me l'enlever de la tête.

Perotti s'était présenté à l'heure à la maison close, et Guy l'avait fait entrer en silence avant qu'il frappe, pour éviter d'alerter Julie.

À présent, il se tenait au milieu des combles, son dessin déroulé devant lui, Guy et Faustine à ses côtés pour l'écouter.

— Prise par l'émotion et la fatigue, j'ai moi-même, sur le coup, évoqué l'œuvre du Diable en parlant de Milaine, intervint Faustine d'une petite voix. Mais maintenant, l'esprit reposé, je suis plus pragmatique. Ce que vous nous montrez est une allégorie de l'Enfer, il n'y a rien de vrai, rien d'humain, rien de plausible.

— Justement, fit Perotti d'un ton solennel. Anna Zebowitz n'avait plus rien d'humain, ce que j'ai vu d'elle ce jour-là n'était pas plausible ! Elle était… répandue comme sur ce tableau, les chairs ouvertes, les organes dispersés, c'était… une horreur ! Je vous l'assure !

— Et pour quelle raison pensez-vous que son meurtre est lié à celui de Milaine ? demanda Guy.

— La sophistication, monsieur. Contrairement à ce que les contes populaires peuvent raconter, les crimes de Paris sont bien souvent banals et, bien que dramatiques, assez peu sordides en vérité. Un coup de couteau, occasionnellement une arme à feu, la gorge tranchée dans une poignée d'affaires, et un aliéné de temps à autre qui s'acharne, mais il est souvent arrêté aussitôt. Avec Anna, Viviane Longjumeau et Milaine, il s'agit de meurtres sauvages avec une forme de… théâtralisation. Ces crimes sont plus que rares ! Trois en un mois, toutes des prostituées…

— Des courtisanes, s'il vous plaît, le corrigea Faustine. Milaine était une courtisane, accordez à sa mémoire cette noblesse sémantique.

Guy reporta son attention sur la jeune femme, surpris par cette précision de vocabulaire, rare sans une bonne éducation, qui n'était pas l'apanage des courtisanes, même dans un établissement comme celui-ci. Faustine jouait-elle à se donner l'apparence d'une femme de la haute société ou avait-elle vraiment grandi dans une bonne famille ? Là encore, Guy devait avouer ne rien savoir d'elle.

Perotti, lui, s'empourpra aussi sec, et se reprit immédiatement :

— Oui, pardon, des courtisanes donc. Il y a là un réseau d'éléments similaires qui appellent à les lier. C'est le même auteur, ou *les* mêmes auteurs, devrais-je dire.

— Pourquoi pensez-vous qu'ils sont plusieurs ? questionna Guy.

Perotti déglutit et jeta un coup d'œil nerveux à Faustine, ce qu'il avait déjà fait plusieurs fois avant de commencer son récit, quelques minutes plus tôt.

— C'est bon, vous pouvez y aller, l'incita Faustine, je ne suis pas une petite nature !

— Bien… c'est que le corps d'Anna a été retrouvé au sommet d'une tour, une haute tour. Et tout le sang dans les escaliers ne laisse planer que peu de doute : elle a été tuée ailleurs, puis on l'a transportée tout là-haut. Il y avait tant de… fragments, pardonnez-moi le terme cru, qu'il me semble impossible que ce soit là l'œuvre d'un homme seul !

— Vous avez parlé de théâtralisation, releva Guy, et qui dit mise en scène dit public, n'est-ce pas ? Vous pensez que c'est un spectacle que veut offrir le – ou les – tueur ? Dans quel but ? Et pourquoi donc une telle cruauté ?

— Je l'ignore.

— Anna a été… éventrée, c'est cela ?

— Entre autres choses, oui. Mutilée, les membres découpés, l'œuvre de barbares !

— Vous avez des pistes ?

— Le corps a été retrouvé au sommet d'un des bâtiments de l'Exposition universelle, juste avant son inauguration. Cela implique que les coupables avaient accès au site avant les visiteurs, donc des organisateurs ou des participants. Et il y a justement toute la zone des colonies à côté. Des centaines d'hommes et de femmes qui viennent spécialement de toutes les colonies françaises, mais aussi étrangères, pour être présentés dans leurs habitats. La plupart sont assez peu civilisés, il faut bien l'avouer. Il se pourrait fort bien qu'un groupe de ces sauvages soit le responsable.

— Des arrestations ?

— Aucune, beaucoup de questions des inspecteurs, mais rien de plus.

Guy se frotta le menton, l'air dubitatif.

— Eh bien, à quoi pensez-vous ? lui demanda Faustine.

— Je n'imagine pas un groupe d'indigènes déambuler dans Paris sans surveillance, sans être remarqué, et assassiner deux autres femmes. Ça ne colle pas.

— C'est bien pour cela qu'il n'y a eu aucune arrestation, confirma Perotti.

— Et l'hypothèse d'une… secte ? Un groupuscule de fanatiques, opérant au nom du Malin, c'est dans l'air du temps, après tout !

L'idée n'était pas malvenue à la veille de la séparation de l'Église et de l'État. Non seulement les cercles ésotériques pullulaient, en réaction contre le tout-scientifique et le tout-industriel qui faisaient rage depuis quelques décennies, mais quelques fanatiques religieux s'étaient aussi resserrés jusqu'à former des factions organisées pour lutter contre cet anticléricalisme virulent. L'idée d'un groupe d'extrémistes dérapant sur la pente du crime, bien qu'osée, ne choquait pas Guy.

— Elle a été envisagée aussi, sans aboutir. Autant vous le dire de suite : ce crime posait problème, il risquait de nuire à l'image de l'Exposition, de ternir son inauguration, alors l'affaire a été menée en toute discrétion, personne n'est au courant à part une poignée d'hommes qui étaient sur place.

— Legranitier et Pernetty ?

— Oui, ce sont eux qui ont débarqué les premiers. Ils semblaient savoir ce qu'ils faisaient.

— Et quelles ont été leurs conclusions ?

— Je l'ignore, je ne suis pas si proche d'eux.

— Quel est votre rapport avec ces deux-là ?

— Je suis un jeune inspecteur moi-même, j'assiste, mais je ne suis qu'un nouveau parmi d'autres à leurs yeux, je l'ai bien vu, ils m'ignorent, je parierais même qu'ils ne savent pas qui je suis ! Alors se confier à moi, certainement pas... Il n'y a guère qu'entre eux qu'ils se parlent. Ils sont méfiants.

— Que savez-vous sur le meurtre de Viviane Longjumeau ? s'enquit Guy.

— Peu de chose, je n'étais pas présent, sinon qu'elle a été retrouvée sur les quais de Seine, non loin du jardin des Plantes.

— C'est une sacrée promenade depuis chez elle, dans le dix-neuvième !

— En effet. Elle a été poignardée, traînée sur plusieurs dizaines de mètres, et ses yeux étaient tout noirs, comme... ceux de Milaine. Je n'en sais pas plus.

— Pas de témoins ? Les quais, à cet endroit, sont une zone de chargement de péniches, si je ne m'abuse, il y a la halle aux vins, c'est un endroit fréquenté, même la nuit, par tous les manutentionnaires.

— Pas que je sache.

Un long silence tomba sur le trio rassemblé autour d'un bureau en bois, une gravure effrayante sous les yeux.

— Alors, il y a un aliéné qui se promène dans les rues de Paris, déclara Faustine.

— Plus probablement un groupe d'aliénés ! reprit Perotti en roulant l'extrémité de ses moustaches entre son pouce et son index. Je vous ai dit tout ce que je savais. Maintenant, permettez-moi de vous demander si vous n'auriez pas le moyen de me remettre le journal de Milaine. Je sais que c'est une requête incongrue, mais j'insiste : j'étais le seul à me soucier véritablement d'elle, c'est l'un de ses propres aveux ! Elle m'a avoué n'avoir pas de famille proche, et je sais qu'elle tenait un journal, elle me l'a dit. J'aimerais savoir si elle y parle de moi. D'ailleurs, a-t-elle jamais cité mon nom ?

Faustine lui prit une main pour la lui tapoter affectueusement.

— Je suis désolée, dit-elle, Milaine parlait assez peu de choses sérieuses, elle tournait toujours tout en dérision avec nous. Et je n'ai pas souvenir qu'elle ait mentionné votre existence. Mais je suis sûre que cela ne remet pas en question l'affection qu'elle pouvait vous porter.

— Vous dites qu'elle tenait un journal, vous en êtes sûr ? s'enquit Guy.

— Certain, elle me l'a affirmé.

Guy et Faustine échangèrent un regard complice. Ils avaient pourtant fouillé sa chambre avec minutie.

— Eh bien, il y a là un autre mystère, avoua l'écrivain, car nous ne l'avons pas et, à moins qu'elle n'ait ailleurs dans Paris une cachette, il s'est volatilisé !

Perotti leva la main devant lui pour signifier qu'il avait une idée :

— Sauf s'il était sur elle au moment du… du crime.

Sa pomme d'Adam se souleva et l'émotion le fit cligner vivement des paupières.

— Monsieur Perotti, fit Faustine en regardant Guy, nous allons devoir prendre congé. Hélas, le temps nous presse pour un rendez-vous à l'autre bout de la ville.

— Au contraire, intervint Guy, je crois que la présence d'un policier, même s'il est en bourgeois, ne sera pas de trop. Voyez-vous, Faustine et moi-même sommes de vilains curieux et la mort de notre amie a laissé dans son sillage d'étranges éléments que nous souhaiterions éclaircir, au nom de sa mémoire. Peut-être pourriez-vous nous assister ?

— C'est que… je suis en service cet après-midi.

— Amplement le temps d'agir ! Allons, venez, et si nous croisons quelqu'un avant de sortir, dites que vous êtes là pour m'assister dans mon roman.

— Ah, vous écrivez ?

Guy s'était trahi. Il réprima aussitôt sa colère contre lui-même en serrant les poings et afficha un sourire de façade.

— J'essaye, et ce n'est pas très concluant, je dois l'avouer.

Il s'empressa de pousser le jeune inspecteur dans l'escalier et s'arrêta sur le seuil de sa chambre pour fixer Faustine.

— M. Perotti pourra approcher Victor, il n'est plus nécessaire que vous ven…

— N'y comptez pas ! Je viens et je vais jouer mon rôle. Le plan reste inchangé ! Je ne connais pas ce Perotti, je ne lui fais pas confiance.

Guy l'attrapa par le poignet pour l'attirer à lui et, tout bas :

— C'est une très mauvaise idée ! Je vous rappelle qu'il y a un ou des individus qui se plaisent à massacrer de jolies jeunes femmes dans votre genre, et en agiter une sous leurs yeux est la chose la plus stupide qui soit !

— Nous ne savons pas s'ils sont rue Monjol. Et rien ne nous indique que les crimes vont se poursuivre. Peut-être qu'il s'agissait d'anciennes maîtresses, et que tout est terminé désormais. Le ou les tueurs ont réglé leurs comptes.

— Les crimes vont continuer. Encore et encore, exposa Guy, l'air sombre.

— Pourquoi en êtes-vous si sûr ?

— S'il y a une mise en scène, c'est pour communiquer. C'est pour dire quelque chose. Et tant que ceux ou celui à qui est destiné le message ne l'aura pas compris, alors l'auteur de ce macabre spectacle continuera, cela ne fait aucun doute. Sauf si nous pouvons comprendre quel est ce message et y répondre avant qu'il ne soit trop tard.

9

Le ciel s'était couvert en fin de matinée.

Le vent avait tiré un voile gris sur le soleil, renforçant les ombres de Paris, creusant les impasses et les arrière-cours, même la pointe de la tour Eiffel semblait perdue, si haut, seule, à frôler de son mât métallique le ventre fuligineux des nuages.

Guy serrait la poignée de la fenêtre jusqu'à s'en blanchir les articulations. Il guettait l'escalier pentu de la rue Asselin, depuis une chambre de l'hôtel *Bel-Air* qui dominait la rue au sommet de la petite colline.

Plus d'une demi-heure que Faustine s'était engouffrée dans la rue Monjol.

Martial Perotti avait accepté de les accompagner mais, en découvrant le plan des deux complices, il avait vivement protesté, Faustine ne pouvait pas entrer rue Monjol seule, c'était une folie. Une si jolie femme risquait le pire des châtiments en pareil lieu !

Pourtant Faustine avait persévéré, la clé noire dans sa poche.

Maintenant qu'il attendait là, Guy réalisait combien il avait été stupide. C'était une bêtise de la laisser y aller, il le savait depuis le début, mais à présent qu'il se morfondait, que tout cela était bien réel, il prenait conscience que c'était criminel.

Faustine risquait très gros.

Comment avait-il pu céder ?

Ils n'avaient pas prévenu Gikaibo, celui-ci était occupé par les affaires de Julie et, si les choses tournaient mal, Guy ne pouvait compter que sur Perotti dont il ne savait à peu près rien. Serait-il à la hauteur ? Était-il de confiance ?

— Monsieur Perotti, puis-je savoir si vous êtes armé ?

— Appelez-moi Martial. Non, je ne le suis pas. Pas aujourd'hui. Je n'avais pas pensé me rendre ici, pour tout vous dire.

Guy soupira.

— Si elle ne revient pas dans les cinq minutes, j'y vais, lâcha-t-il.

— Je serais d'avis de ne pas attendre plus longtemps ! Je vous l'ai dit : ce n'est pas une bonne idée de la laisser rue Monjol sans surveillance ! Même en pleine journée, elle pourrait se faire happer dans une ruelle, dans un des taudis en ruine, et subir les pires...

— Faustine est impressionnante lorsqu'elle décide de tenir tête à un homme, le coupa Guy. Pour cela, je lui fais entièrement confiance.

— Et s'ils sont plusieurs ? S'ils tiennent des couteaux ou des tessons de verre ? Allons-y. Sincèrement, je crois que c'est préférable.

Guy leva la main pour le faire taire.

Une silhouette en robe venait d'apparaître dans l'escalier, sortant tout droit de la rue Monjol, elle grimpait à vive allure en direction de l'hôtel.

— C'est elle ! s'écria Guy.
— Est-elle seule ?

— Ça m'en a tout l'air.

Ils l'accueillirent avec soulagement, Guy la détaillant avec attention pour s'assurer qu'elle n'avait subi aucune offense. Elle avait les joues rouges, le regard agité et sa poitrine se soulevait rapidement. Il crut discerner la peur.

— Comment allez-vous ?

— Je préfère mourir que de finir ma vie là-bas, que ce soit dit ! J'ai vu Victor. Il va nous rejoindre. Vous aviez raison, Guy, il veut nous aider, mais il a une terreur enfantine à l'idée que cela se sache. J'ignore qui il craint ainsi, mais c'est impressionnant.

— Vous n'avez pas été importunée ? s'étonna Perotti comme s'il trouvait là une raison de reprendre espoir en l'homme.

— J'ai… J'ai fait face, éluda la courtisane.

Quelques minutes plus tard, Victor frappait à la porte et Perotti s'empressa de lui ouvrir.

Le jeune garçon à la moustache duveteuse se raidit en découvrant plus de monde qu'il ne se l'était imaginé, mais, après un dernier coup d'œil dans le couloir, il entra et referma la porte.

— Elle vous intéresse vraiment alors, ma Viviane ?

Guy nota son effort de parler un français compréhensible par tous. Il hocha la tête.

— À quoi sert cette clé ? demanda-t-il dans la foulée.

— C'est là qu'elle créchait. Son p'tit chez-elle. Je la connaissais bien, elle s'occupait d'moi des fois. En échange j'avais un œil sur elle. Enfin, j'essayais…

Il baissa le regard, manifestement honteux.

— Quelle est son histoire ? demanda Faustine. Comment est-elle arrivée sur la Monjol ?

— J'en sais rien. Elle causait pas d'ça. Elle a débarqué y a p'têt' deux mois d'ça, elle f'sait l'boulot, et voilà tout. Mais c'était… c'était une chouette fille. Belle comme une tulipe au printemps dans sa robe rouge, sa préférée, elle était pas toute fanée comme les autres filles ! C'était même fou d'être aussi belle dans un endroit si laid. Une fille gentille, à aider tout le monde, curieuse, à se faufiler partout, dans toutes les conversations, et à rendre l'sourire aux édentés d'la rue. C'est pas normal c'qui lui est arrivé. Pas normal. Comme si l'quartier avait voulu nous rappeler à tous que pareille gentillesse ne peut pas survivre ici.

— Elle dégageait la joie de vivre ? releva Faustine.

— Tous les jours. Au fond, c'était sûrement la plus triste de nous tous, la plus mélancolique, mais c'était celle qui le montrait le moins ! Sauf qu'à moi, ça on peut pas m'la faire, je vois à travers les gens !

Perotti s'immisça dans la discussion :

— Quelqu'un sait quand elle a disparu exactement ? Et y a-t-il des témoins ?

— C'était l'samedi d'il y a deux semaines, le 7 avril. Ce soir-là, on l'a vue traîner dans la rue, avec plusieurs clients. Et puis plus rien, le dimanche, elle avait disparu. On l'a jamais revue. Je suis passé plusieurs fois à sa chambre, elle m'avait confié une clé, mais elle y était pas. Dites, c'est vrai c'que vous avez raconté l'aut' jour, vous avez une amie à vous qu'est morte aussi ? Et vous croyez qu'il y a un rapport ?

Guy approuva.

— Notre amie était courtisane également, révéla Faustine. Elle… elle n'est pas morte dans des circonstances compréhensibles, celui qui lui a fait ça est… fou.

— Et si vous trouvez qui c'est, vous allez faire quoi ?

Faustine fixa Guy, gênée.

— Nous ne sommes pas enquêteurs, enchaîna l'écrivain. C'est notre curiosité qui nous a poussés jusqu'ici. Notre désir d'honorer la mort de notre amie.

Le cadavre rouge de Milaine, recourbé en arrière, son horrible grimace et son regard abyssal jaillirent dans l'esprit de Guy.

— Vous faites c'que les autorités feront pas : traquer la vérité. Y a qu'à voir quand ils sont v'nus ici, ils ont tout r'tourné, puis ils sont r'partis aussi sec, sans rien faire d'autre.

— Pourquoi m'avoir glissé cette clé dans la poche hier ?

— Pa'ce que vous aviez l'air sincère. Vous aviez vraiment envie de savoir. Vraiment envie de trouver quelque chose. Et qu'ici, c'est rare. Viviane, c'était mon amie... j'aurais dû la protéger. J'ai... raté.

Guy vit la tristesse envahir le jeune homme et aussitôt refluer, comme s'il était interdit dans ce quartier d'éprouver des émotions, interdit de manifester une preuve d'humanité, ce qui, ici, s'appelait une faille.

— Et qu'a cette chambre de particulier ? demanda-t-il pour aider Victor à se reprendre.

— Après quèques jours d'absence, juste avant qu'les hommes d'la Préfecture débarquent, j'ai vraiment eu peur qu'il lui soit arrivé malheur, à Viviane. Alors j'suis retourné chez elle, et j'ai un peu fouillé la cambriole, pour voir. Faut qu'vous voyiez ça. Regardez *dans* l'armoire.

— Vous pouvez nous conduire jusqu'à la chambre de Viviane ?

— Non. Mais je peux vous expliquer comment y aller. Depuis ça a sûrement été vidé par les gens de l'immeuble, mais avec un peu de chance, ce qu'il y de *vraiment* intéressant y s'ra encore.

— Victor, je voulais vous présenter mes excuses pour ce qui s'est passé hier, fit Guy.

— On est quittes. Fallait donner l'change.

— Pourquoi avez-vous si peur qu'on vous voie nous parler ?

Victor écarquilla les yeux, il eut soudain l'air d'un fou.

— Vous savez pas d'quoi sont capables les gens d'ici. Il y a un code à respecter : on dit rien aux étrangers, on règle nos problèmes entre nous. Et celui qui fait autrement… il joue avec sa vie. Mais Viviane, elle, elle était pas vraiment comme nous autres, elle méritait qu'on parle d'elle. Si vous voulez savoir c'qui lui est arrivé, à elle et à votre amie, alors c'est bien. Viviane, c'était pas une fille comme nous.

— Vous avez le droit d'agir comme il vous plaît, surtout vous, avec votre… établissement, vous avez de l'argent, non ? intervint Perotti.

Victor étouffa un rire moqueur.

— Qu'est-ce que vous croyez ? La rue Monjol, c'est la moins chère de tout Paris pour grimper au ciel vite fait, et ici les pervers trouvent tout ce qu'ils veulent. Ça attire forcément du monde, et quand il y a de l'argent, y a forcément un commerce qui s'installe derrière.

— Vous voulez dire que quelqu'un tire les ficelles derrière toute cette misère ? crut comprendre Guy.

Victor jeta un coup d'œil méfiant à la fenêtre puis répondit plus bas :

— Pour sûr ! Moi je fais l'gérant, mais tout l'argent, il part dans les poches d'un seul type ! Comme tout ce qui s'fait ici, rue Monjol.

— Et c'est qui cet homme ?

Victor se passa la langue sur les lèvres avant de répondre, sentencieusement :

— On l'appelle le roi des Pouilleux.

Les premières gouttes de pluie tombèrent pendant que Faustine, Guy et Perotti traversaient le terrain vague qui faisait l'angle des rues Asselin et Monjol. Faustine soulevait le devant de sa robe pour parvenir à avancer entre les hautes herbes et les ronces qui formaient des bosquets fournis. Suivant les explications de Victor, ils parvinrent à un trou dans le mur de planches qui leur ouvrit un passage sur une arrière-cour qui sentait l'urine.

Sous la porte cochère, cinq femmes vêtues de guenilles sales alpaguaient les visiteurs pressés d'obtenir le soulagement séminal en échange de quelques sous. La plus âgée avait à peine vingt ans et ses haillons ne masquaient presque rien de son intimité.

Il semblait à Guy que chaque bâtiment de cette rue abritait un cloaque infâme, comme si cette rue à elle seule formait l'égout de la civilisation.

Se faufilant dans le dos des petites putains, le trio grimpa par l'escalier de service jusqu'au dernier étage qu'un minuscule couloir sombre terminait. Deux lucarnes filtraient la lumière grise de l'orage imminent, martelées par des gouttes de plus en plus virulentes.

— L'avant-dernière porte, il a dit, répéta Guy tout bas.

Il n'eut pas à introduire la clé dans la serrure, la porte était fracturée. Il pénétra dans une chambre de bonne dans laquelle il ne restait plus qu'un sommier cassé, une étagère vide et une énorme armoire.

— Victor avait raison, il y a eu de la visite, tout a été vidé.

— Sauf les meubles, ajouta Faustine.

— Pour l'instant…

Par souci de bien faire, Guy vérifia tout de même s'il ne restait rien, mais il n'eut qu'à faire un tour sur lui-même pour s'en assurer. Le sifflement du vent s'engouffrait par un côté de la petite fenêtre qui ne fermait pas très bien.

Perotti se posta face aux deux battants de bois massif.

— L'armoire, a-t-il indiqué.

Les ouvrant, Perotti ne trouva rien d'autre que des étagères vides et une penderie tout aussi déserte. Il entra à l'intérieur et entreprit de pousser la cloison du fond.

— Victor parlait de faire coulisser, rappela Faustine.

Perotti appliqua ses deux mains sur le bois et tira d'un côté puis de l'autre.

La plaque glissa pour dévoiler une autre pièce.

— Par Dieu…, lâcha-t-il du bout des lèvres.

— Viviane était pleine de ressources, commenta Guy en passant à son tour dans une chambre de même taille.

— Vous ne croyez pas si bien dire, répliqua Perotti en lui désignant une tringle à laquelle étaient pendues une demi-douzaine de robes très élégantes en tissus luxueux et ouvragés.

— Il y en a pour pas mal d'argent, analysa Faustine, bien plus qu'une fille d'ici ne pourrait gagner en une année !

— Elle avait un amant généreux ?

— Un riche régulier qui serait venu à Monjol ? fit Faustine sur le ton de celle qui n'y croit pas du tout. Certainement pas ! Aussi belle fût-elle !

— Alors d'où lui viennent toutes ces parures ? demanda Perotti en ouvrant les tiroirs d'une coiffeuse pour dévoiler quelques bijoux, des rubans de soie, des broches en plumes dispendieuses, des épingles emperlées pour maintenir les chapeaux et plusieurs paires de gants en cuir.

Guy s'agenouilla au-dessus d'un exemplaire de *La Princesse de Clèves* et d'une photographie représentant une jeune fille d'environ quatorze ou quinze ans, posant dans une jolie robe blanche.

— Trop jeune pour que ce soit elle. Viviane avait une fille ?

— En tout cas, elle ne manquait pas d'argent !

Faustine venait de trouver un portefeuille en cuir duquel dépassaient plusieurs centaines de francs.

— Il est quasiment impossible, rue Monjol, d'amasser pareille fortune ! précisa-t-elle. Depuis quand était-elle là ?

— Deux mois à en croire Victor, rappela Guy.

— Est-ce là tout ce qu'il restait d'une fortune qui venait de s'effondrer ? proposa Perotti.

— Aucune femme ne viendrait se réfugier à Monjol de son plein gré ! s'indigna Faustine. Encore moins avec tout cet argent en poche ! La plupart préfèrent encore la survie des camps de chiffonniers sous les remparts de Paris.

— Alors Viviane Longjumeau est volontairement venue vivre en Enfer ! conclut Guy.

Perotti haussa les épaules :
— Il faudrait être folle !

— Ou particulièrement motivée, fit Guy en agitant la photographie devant lui.

— Elle faisait ça pour son enfant ? Non, enfin ! Il y a des centaines d'endroits plus sûrs et plus rentables pour vendre son corps !

— Je suis bien d'accord, ce qui ne nous laisse qu'une seule option. Quelle femme viendrait vendre son corps pour une misère dans un taudis dangereux alors qu'elle a les moyens de l'éviter ?

Faustine avait compris.

— Une femme qui recherche son enfant.

— C'est la seule explication, confirma Guy. Je n'en vois pas d'autre.

— La déduction est pertinente, avoua Perotti. Vous avez le sens de l'analyse.

Guy embrassa la petite pièce d'un geste ample.

— Viviane cachait cette partie d'elle, c'est donc qu'elle était ici pour une raison personnelle qu'elle ne souhaitait pas partager. Elle devait songer que sa fille…

Devant l'expression soudainement préoccupée de Guy, Faustine et Perotti s'alarmèrent.

— Qu'y a-t-il ? demanda la courtisane.

Guy jeta un coup d'œil vers l'accès secret de la chambre. Le sang avait quitté son visage.

— Ce n'est pas normal, dit-il.

— Quoi donc ? Guy, vous m'inquiétez !

Guy se précipita vers la fenêtre.

— Trop haut ! Et les tuiles sont glissantes avec cette pluie.

— Pourquoi donc ? À quoi pensez-vous ? questionna Perotti.

— Même s'il appréciait énormément Viviane, je n'imagine pas une seconde ce Victor découvrir pareille manne sans y toucher ! Encore moins en donner la clé au premier venu qui s'intéresse à sa douce amie morte !

Faustine comprit aussitôt, elle porta les mains à sa bouche.

— Un guet-apens !

— J'en ai bien peur ! Venez, il faut sortir d'ici sans perdre un instant.

Guy allait se précipiter vers l'armoire, mais il s'immobilisa, anéanti.

Faustine et Perotti le virent reculer lentement.

Le son de la pluie qui cognait à la fenêtre devint plus assourdissant.

Elle battait la mesure.

À l'instar d'un compte à rebours.

10

Guy leva les mains devant lui, tétanisé par ce qu'il voyait, comme s'il tentait de calmer un fauve prêt à bondir.

— Nous ne voulons pas d'ennuis, dit-il d'une voix moins assurée qu'il ne l'aurait voulu.

La silhouette d'un petit homme trapu apparut par le trou donnant sur l'armoire vide. Il tenait une longue lame brillante et ses yeux étincelaient de cupidité.

— C'est l'moment d'rincer les rupins gras ! Et tentez pas d'vous donner d'l'air si vous voulez pas qu'j'vous chourine ! Et les deux chênes là, reculez, que la faraude puisse se défrusquiner !

De ses nombreuses escapades adolescentes auprès des chiffonniers, Guy avait retenu bon nombre de mots et d'expressions employés dans cet argot singulier. Comprenant que l'homme voulait que Faustine se déshabille, son sang ne fit qu'un tour.

— Vous n'y pensez pas ! répliqua-t-il aussitôt, tenant tête à ce visage à la peau noire de crasse.

Sans plus de menace, l'homme tenta de planter sa lame dans le ventre de Guy qui ne dut son salut qu'à un prompt réflexe qui lui fit éviter le coup. Trois autres individus entrèrent, ce qui calma l'artiste du couteau.

— J'te surine aussi sec si tu r'commences ! aboya-t-il.

Victor fit son apparition le dernier.

— Victor, fit Guy d'un air désespéré, il y a malentendu, nous…

— Nettoyez-les, ordonna le jeune homme sans prêter d'attention à l'écrivain. Et gardez-moi la largue, j'vais pas partager l'sue d'un si beau butin !

Les quatre voleurs se rapprochèrent, détaillant les vêtements de leurs proies avec si peu d'humanité dans le regard que Guy comprit que la valeur d'une vie ici était inférieure au moindre effet, qu'il était préférable de ne pas résister pour garder une chance de ressortir debout.

Victor s'approcha de Faustine, un rictus obscène aux lèvres.

Il n'y avait aucun doute sur ses intentions et pour Guy cela était insupportable.

Jamais il ne pourrait supporter que Faustine se fasse violer sous ses yeux sans intervenir. Même s'il était certain du prix qu'il allait payer.

Il jaugea Perotti d'un bref coup d'œil, pour savoir s'il pouvait compter sur le policier. Celui-ci n'affichait aucune émotion, ses petits yeux marron s'agitaient à toute vitesse comme s'il s'efforçait d'analyser la situation pour en déduire une issue.

Guy songea que, s'il bougeait, Perotti ne tarderait pas à faire de même. L'homme avait plus de cran qu'il ne l'avait d'abord estimé.

Cinq années de savate ne pouvaient s'oublier avec le manque de pratique, se répéta-t-il en voyant approcher deux des voleurs. Il avait les mouvements, les enchaînements, la technique était son point fort, maîtriser son équilibre, assurer ses appuis, autant de choses qu'il avait tant et tant fait qu'il lui semblait pouvoir les restituer avec la même fluidité qu'autrefois.

Mais aujourd'hui son cœur battait à se rompre, ses jambes ne le portaient presque plus, vidées de toute force par la peur. Il craignait d'être lent, sans impact.

La première main vint l'attraper par le col pour tirer sur sa veste longue.

Main opposée. Saisie au poignet, doigts qui enveloppent la paume, rotation dans le sens inverse des articulations, l'autre main qui vient pousser sur le coude adverse. Et coup de pied derrière le genou pour envoyer à terre.

En un battement de cils, le vide-gousset se retrouva projeté au sol, l'épaule démise.

Guy enchaîna sans plus réfléchir.

Il stabilisa ses appuis et lança un coup de pied furieux vers le second, prenant soin de bien sortir sa hanche pour que le mouvement soit net et puissant.

Sa botte de cuir vint cogner les côtes, il crut même percevoir une force qui cédait sous la chemise tandis que l'homme se pliait, le souffle coupé instantanément. Mais déjà Guy était sur lui, coulant ses mouvements gracieux sur le fantôme de ses milliers d'entraînements.

Un direct du droit relayé par un crochet du gauche. Rapides. Secs.

Les poings claquèrent contre la peau, contre l'os.

Cette douleur dans les phalanges, Guy la reconnut, cette vieille amie synonyme de fierté virile, elle lui avait presque manqué.

L'homme était au tapis, il n'avait pas eu le temps de comprendre ce qui lui arrivait.

Cependant, les renforts accouraient, trois nouveaux scélérats s'étaient joints aux autres.

Perotti tentait d'esquiver les coups de surin qui sifflaient devant lui et Faustine hurlait. Victor tentait de la repousser contre le mur et elle se débattait comme une tigresse.

Du coin de l'œil, Guy détecta un éclair métallique et comprit qu'il allait se faire ouvrir en deux par une lame, il bondit vers la fenêtre et se prépara à enchaîner.

Les trois larrons formèrent un demi-cercle autour de lui, l'un tenait un couteau, l'autre un coupe-chou, le troisième n'avait que ses poings. La situation était mauvaise. Très mauvaise. Cette fois, il ne se faisait pas d'illusions, il n'aurait pas touché le premier que l'acier le taillerait en pièces.

Faustine poussa un cri rageur qui attira l'attention de Guy.

Elle venait de briser le nez de Victor d'un coup de coude. Celui-ci répliqua par une gifle féroce qui projeta la jeune femme dans un angle.

Cette déconcentration lui fut fatale.

Ses agresseurs en profitèrent pour lui sauter dessus.

Guy lança un coup de pied de face dans les parties du premier, avant de repousser d'un plat de la main le bras armé du second.

Quelque chose de froid inonda son avant-bras.

Puis il reçut un choc colossal sur le coin de la joue et tituba jusqu'à la fenêtre qu'il agrippa pour se retenir.

La pièce tremblait, elle était floue, Guy ne parvenait plus à penser, encore moins à envisager de se protéger, il était brusquement enfermé dans son corps meurtri, aussi sonné que s'il avait été dans une cloche au moment de l'angélus.

Il aperçut, malgré tout, deux hommes qui fondaient sur lui pour l'achever. Perotti n'était pas mieux, acculé contre la coiffeuse, un couteau sous la gorge, et Victor attrapait Faustine par les cheveux pour la soumettre.

Guy comprit que c'en était fait d'eux.

Ils avaient été imprudents. Ils s'étaient crus plus forts que la rue Monjol.

Elle venait de les terrasser en moins de trente secondes.

Le coup de grâce tardait à venir.

Un autre homme était entré.

Il avait lancé un ordre qui n'avait pas franchi les barrières ouatées qui enfermaient Guy.

— J'ai dit : lâchez-les ! commanda à nouveau l'individu, en criant cette fois.

Le plafond cessa de tournoyer et Guy parvint à cligner des paupières pour retrouver progressivement ses sens.

Celui qui avait parlé n'était pas très grand, mais un chapeau haut de forme usé lui donnait davantage de stature. Il avait la trentaine bien tassée, une moustache noire généreuse, les sourcils broussailleux, les joues mal rasées, et plusieurs vilaines cicatrices roses sur le menton et le front. Mais ce qui frappait le plus, c'étaient les minuscules fentes obscures qui lui servaient à observer l'activité de la chambre. Il ne paraissait pas plisser les yeux et, pourtant, ceux-ci n'étaient pas plus larges que s'il s'efforçait de distinguer un navire au loin sur la mer.

Et pour terminer le personnage, il avait enfilé un gilet de costume gris par-dessus un tricot élimé de laine bleue.

Il se tenait bien campé sur ses deux jambes, une canne horizontale sur ses épaules où se suspendaient ses mains.

Constatant qu'ils maîtrisaient la situation, les voleurs aidèrent leurs deux camarades amochés par Guy à se relever et l'un d'entre eux les ausculta.

— Elle est pour moi, patron ! s'empressa de dire Victor en désignant Faustine. C'est moi qu'a tout machiné ! Les rupins c'est vot' sue, mais la largue est pour mézière !

L'homme au haut-de-forme marcha lentement vers Victor tout en détaillant chacun des trois prisonniers. Sans un regard pour le jeune homme à la moustache duveteuse, il lui asséna un coup de pommeau de canne dans le sternum pour lui couper la respiration.

Victor émit un sifflement lugubre en cherchant son air et en se tenant la poitrine. Il tituba pour s'éloigner de son bourreau, laissant Faustine aux pieds de ce dernier qui lui tendit une main pleine d'écorchures.

— J'espère que mes servants ne vous ont pas trop brutalisée, madame ? demanda-t-il d'un ton trop poli pour être naturel.

Faustine refusa sa main et se releva toute seule.

Elle le fixait, mâchoires contractées, regard saphir pénétrant.

Guy ne l'avait jamais vue aussi énervée et sut que c'était la peur.

Faustine était terrorisée.

De son côté, Victor se cramponnait au mur et peinait à reprendre sa respiration.

— Je suis confus de ce malentendu, affirma celui que Guy devinait être le roi des Pouilleux. Je vous présente toutes nos excuses.

— Vous pouvez ! s'indigna Perotti en tirant sur sa veste pour en défaire les plis et en s'époussetant.

Le visage velu pivota vers l'inspecteur et les prunelles devinrent brûlantes de colère. Guy crut que la clémence du roi allait s'évaporer, au lieu de quoi, il se décontracta et afficha un sourire amusé.

— C'est que vous avez pénétré mon territoire sans autorisation, exposa-t-il. Rue Monjol, nous sommes peut-être des porcs à vos yeux de bourgeois civilisés, mais nous avons des règles, nous aussi. Quiconque les enfreint s'expose à être détroussé.

Guy remarqua combien il prenait soin de choisir ses mots, s'exprimant avec un débit lent, pour ne pas laisser son langage naturel reprendre le dessus.

— Que vous veniez vous soulager avec nos filles est une chose, que vous veniez poser des questions et troubler nos esprits en est une autre, ajouta-t-il.

— Nous ne voulons de mal à personne, rien qu'honorer la mémoire d'une amie à nous.

— Oui, c'est ce qui m'a été rapporté. Assassinée. Et puis-je savoir en quoi la rue Monjol est liée à votre amie ?

— Je l'ignore, mais la préfecture de police a flairé une piste. Et vous comme moi savons qu'il est inutile de compter sur eux pour nous instruire, alors nous faisons le travail, pour elle, nous le lui devons.

— Votre amie, c'était une catin ?

Cette fois, Faustine ne releva pas, probablement encore trop tétanisée par la peur.

— Oui.

Quelque chose dans l'expression du roi étonna Guy, un malaise ou une gêne manifeste qu'il ne put totalement masquer.

— J'aimerais comprendre, vous êtes d'honnêtes citoyens, pourquoi diable venez-vous vous compromettre ici avec vos questions ? Elle est morte, cela ne la fera pas revenir ! Êtes-vous partis en croisade contre celui qui l'a assassinée ?

— Les circonstances de sa mort sont abominables, répondit Guy du tac au tac. Et le peu d'attention qu'a manifestée la police à son égard m'a poussé à me renseigner, d'autant que... (il hésita, plus sur la formulation que sur l'envie de se confier) que tout nous porte à croire que notre amie n'est pas la première victime de ce monstre.

Le roi s'arrêta juste en face de l'écrivain.

Ses fentes noires le scrutaient avec une attention palpable.

— Fouillez-les, lança-t-il à ses sbires. Non, Emile, ces messieurs seulement !

Bien qu'indignés par ce traitement, les deux hommes ne protestèrent pas. Un des garçons s'attarda sur le portefeuille de Guy à l'intérieur de sa veste.

— Ne touche pas à ses affaires ! ordonna sèchement le roi des Pouilleux. Je veux savoir s'ils ont des armes, c'est tout.

— Non patron, rien de ça.

Le roi parut satisfait.

— J'ai un moment songé que vous pouviez être de la Sûreté générale, bien que vous ne ressembliez pas à leurs inspecteurs rustres et fourbes, mais maintenant j'en suis sûr : jamais ces lâches ne viendraient ici sans être armés ! (Il prit appui sur sa canne, une main sur les hanches.) Maintenant, imaginons que vous retrouviez celui qui a assassiné votre amie, que feriez-vous ?

— Je... n'imagine pas que... nous puissions aller aussi loin..., bafouilla Guy, qui réalisait soudain ne s'être pas posé *véritablement* la question de la finalité de ce qu'ils entreprenaient.

Jusqu'à présent, il s'était laissé conduire par sa curiosité pour lutter contre l'image obsédante du cadavre de Milaine. Il avait évoqué avec Faustine l'idée d'aider la police, de lui communiquer ce qu'ils pourraient apprendre pour que l'enquête ait une chance d'aboutir, mais dans le fond, il n'était pas certain d'avoir envie de partager. Qu'allait faire la police ensuite ? Procéder avec le même désintérêt manifeste ou réellement effectuer une arrestation ?

Il devait faire face à la vérité. Il ne pouvait plus le nier, plus se mentir. Ce qui l'avait conduit jusqu'ici était un peu plus qu'une envie de savoir. C'était le goût du sang. L'opportunité de frôler la mort violente, d'en sonder les méandres. De savoir ce qui se tapit dans les replis du crime, à l'instant même où la vie est prise.

Depuis longtemps Guy ne rêvait qu'à ça. Il voulait écrire sur le sujet.

Et, à force d'appeler le crime de tous ses vœux, il avait été entendu.

— Vous êtes à l'image d'un poisson mirant l'asticot au bout d'un hameçon, dévoila le roi des Pouilleux, comme s'il lisait en lui. Vous savez que vous ne devez pas en approcher et, pourtant, à chaque seconde qui passe, votre nageoire vous y conduit. Vous êtes parfaitement conscient que c'est une folie que de gober cet asticot et, malgré tout, vous allez le faire, n'est-ce pas ?

Guy déglutit en guise de réponse.

— Et vous savez pourquoi ? Parce que c'est votre nature. Vous êtes un chasseur. Je le vois. C'est dans votre posture, dans vos mirettes ! Un vrai chasseur, splendide et déterminé ! Mais qui s'ignore !

Le roi réprima le début d'un rire.

— Et je vais vous faire un magnifique présent, poursuivit-il, je vais vous offrir une odeur à traquer, pour remonter jusqu'à votre proie !

Guy sentit alors le liquide chaud qui inondait son bras.

Il saignait.

11

L'odeur du vin empestait tout l'étage.

Celle, pourtant forte, des lampes à pétrole ne suffisait pas à la couvrir.

Faustine, Perotti et Guy étaient assis sur une banquette rouge, dans le salon du roi des Pouilleux. De grands miroirs ornementés en laiton recouvraient la plupart des murs, si bien que la pièce semblait démesurément grande. Cela suffisait à peine à en masquer la vétusté. La corniche de plâtre était maculée de taches sombres d'humidité, et les cariatides soutenant les deux cheminées étaient amputées de leurs nez, bras ou de leurs poitrines.

Dehors la pluie tombait, drue et volontaire, cognant aux carreaux comme une armada de corneilles curieuses.

Guy avait reçu un soin rapide de la part d'une des filles de la rue, un peu d'alcool sur sa plaie et un bandage avec du tissu qu'il avait inspecté pour s'assurer qu'il était propre. L'estafilade n'était heureusement que superficielle. Un reliquat de son affrontement avec l'homme au couteau qui lui rappellerait qu'il s'en était fallu de peu qu'il se fasse sectionner les veines.

Le roi des Pouilleux tira un fauteuil à la peinture défraîchie et déposa son chapeau sur un guéridon à ses côtés.

— Je m'appelle Gilles, bien que la plupart ici m'appellent le roi des Pouilleux. D'aucuns pourraient s'offusquer d'un titre aussi vilainement glorieux, mais c'est que par ici, nous devons faire peu avec du vide, la misère est notre maîtresse et nous l'avons érigée en parangon de toutes vertus !

— Vous êtes instruit, pour...

Perotti, se rendant compte qu'il risquait d'être insolent, s'arrêta, confus, au milieu de sa phrase.

— Pour un misérable ? termina le roi. N'oubliez pas que le néant n'existe que parce que la matière existe ! Avant d'être tout ici, j'étais peu ailleurs.

Depuis qu'il était seul avec eux, débarrassé de ses ouailles, le roi ne cherchait plus ses mots, il n'hésitait plus et en quelques phrases, il avait perdu son accent dur et réarticulait naturellement.

Guy espérait par-dessus tout que Perotti ne trahirait pas sa profession qui, en ces lieux, risquait de les mettre dans une fâcheuse position.

Il détourna l'attention :

— Pourquoi nous avoir conduits jusqu'ici ?

— Pour vous aider. Si trois honnêtes habitants de cette fangeuse ville se mettent à traquer le monstre qui étrille ses bas-fonds, alors il est permis d'espérer en des jours meilleurs ! Et il est de mon devoir de vous assister.

— Vous connaissiez Viviane Longjumeau ? demanda aussitôt Guy comme s'il craignait un revirement d'humeur.

— Oui. Une catin fraîchement débarquée sur Paris.

— Une catin qui n'en avait que l'apparence, d'après ce que nous avons vu tout à l'heure.

— En effet. Elle nous a tous bernés. Je pense qu'elle était ici pour retrouver sa fille, Louise. Cette dernière est arrivée pendant l'été de l'année dernière, sans le sou. Tout juste quinze ans. Victor l'a mise sur le pavé en échange d'un lit et de repas chauds. On a pensé que la fille avait fugué.

— Personne ne s'est soucié d'en savoir plus sur elle ? s'étonna Perotti.

Le roi lui jeta un regard condescendant, et Guy craignit un instant que sa fonction fût démasquée.

— La rue Monjol, monsieur, on n'y séjourne pas, on y épuise toute dignité. Ceux qui y finissent n'ont que rarement envie de parler d'eux, et ceux qui les accueillent encore moins envie de savoir.

— Cette Louise, qu'est-elle devenue ? questionna Guy.

— Disparue. Mi-février, juste avant que Viviane n'apparaisse. On se doutait qu'il y avait quelque chose de louche avec la fillette, car dans la semaine suivant sa disparition un homme est venu nous poser des tas de questions à son sujet. Il n'avait rien d'un inspecteur, plutôt un de ces gars des agences privées. Avec le recul, j'en déduis qu'il était employé par Viviane Longjumeau. Je suppose qu'elle a mis du temps à retrouver la piste de sa fille, et que lorsqu'elle était à deux doigts de lui mettre la main dessus, celle-ci s'est volatilisée. Sauf qu'elle n'avait rien la gamine, elle ne pouvait aller nulle part. Si elle a disparu, c'est qu'on l'a enlevée.

Faustine décocha ses premiers mots depuis l'agression :

— Fuir cet endroit ne serait pas inconcevable si vous voulez mon avis !

— En effet, admit le roi. Mais il y a des précédents… Entre septembre et février dernier, nous avons eu cinq disparitions. Sans compter celles de Louise puis de Viviane. À chaque fois, il s'agissait d'une des filles traînant sur le pavé le soir. Personne n'a jamais rien vu ni entendu.

— Elles ont pu quitter cet enfer, insista Faustine.

— Pas en laissant toutes leurs affaires. Quand on ne possède presque rien, ce pas-grand-chose, c'est toute votre existence. L'une avait une créance à recouvrer, elle ne serait pas partie sans cet argent, une autre avait deux très bonnes amies, jamais elle n'aurait pris le large sans leur en parler. Je vous le dis : elles ne sont pas parties, elles ont été enlevées.

— Par qui ? Vous avez un… « concurrent » dans ce coin ? s'enquit Perotti.

— Non, personne ne veut des filles de la Monjol, monsieur. Pour beaucoup, elles ne sont que l'égout des vices, pas même des femmes, tout juste des déversoirs séminaux.

— Donc la petite Louise disparaît mi-février, reprit Guy qui se prenait au jeu des déductions. Un enquêteur privé vient secouer le quartier peu après, et Viviane, la mère, suit rapidement.

— Oui. Et je peux vous garantir que c'était bien la mère, elles se ressemblaient, ces deux-là, je n'ai fait le rapprochement que lorsque Victor a découvert sa pièce secrète, alors que c'était pourtant une évidence. On reconnaît Louise sur la photographie. J'imagine que la mère, désespérée de ne parvenir à retrouver sa fille, s'est dit que l'unique solution consistait à s'immerger là où elle avait vécu, là où elle avait disparu.

— Tout de même ! s'indigna Perotti. Vendre son corps dans ces conditions !

— Croyez-vous qu'une mère ne serait pas prête à cela pour retrouver l'enfant qu'elle chérit ?

Le roi des Pouilleux pouffa derrière sa main pour moquer une fois encore la naïveté de Perotti qui, manifestement, ne lui revenait pas. Il pivota vers Guy qui, au contraire, concentrait tout son intérêt :

— Viviane a tenu deux mois ici. Deux mois à gagner lentement la confiance de chacun, à poser des questions parmi d'autres, notamment sur Louise. Jusqu'à ce qu'elle se volatilise à son tour. Comme vous avez pu le constater, elle n'a rien pris de ses affaires.

— La police est venue vous rendre visite suite à sa disparition ?

— Oui, deux jours plus tard. Ils ont semé la pagaille, interrogé tout le monde, sans résultat. Viviane a été tuée. C'est la seule différence avec les autres.

— Parce qu'il n'y a jamais eu de police pour les autres crimes ? demanda Perotti.

— Il n'y a pas eu de crime, rien que des disparitions. Jamais eu de cadavre, Viviane était la première.

— Peut-être n'ont-elles pas été identifiées, proposa Perotti.

— J'y ai pensé. Tous les trois jours, pendant deux mois, nous avons envoyé une de nos filles à la morgue, pour le défilé des anonymes. Rien.

Guy découvrait qu'il existait tout de même une certaine solidarité dans ce cloaque. On se souciait de l'autre, et même Gilles, qu'il avait d'abord pris pour un tyran sanguinaire, voulait savoir ce qu'il était advenu de ses filles.

— Une idée sur la raison qui aurait poussé une adolescente de quinze ans à fuir une mère qui n'était apparemment pas dans le besoin ?

— La petite était accro à l'opium. Elle fumait tout le temps. Ne cherchez pas plus loin. Elle a été initiée par un « ami » *bien intentionné*, et très vite, elle est tombée dans l'addiction. Ce ne serait pas la première à fuir sa famille pour préférer une autre compagnie plus éthérée.

— Et parmi les affaires de Viviane, y avait-il des notes, un journal, du courrier, quelque chose qui permette de remonter sa piste ?

— Rien du tout. Je présume que Longjumeau n'était pas son véritable nom de toute façon.

Il se leva et déboutonna son gilet.

— Je vous ai dit tout ce qu'il y avait à savoir. Faites-en bon usage, et débarrassez-moi les rues de celui qui enlève mes filles. Maintenant, si vous ne vous sentez pas le cœur de refroidir cette ordure, si vous le retrouvez, faites-moi signe, je me ferai un plaisir de nettoyer le monde de sa présence.

Devinant que c'était la fin de l'entrevue, Guy voulut se lever, mais fut interrompu dans son élan par le roi :

— Ne bougez pas Vous êtes mes hôtes, et vous ne repartirez pas sans goûter à mon meilleur vin.

Les échos des conversations chahutaient les accords du piano qui jouait une mazurka de Chopin.

La grande salle du Café Anglais, sur le boulevard des Italiens, était aussi bruyante que l'odeur de rôtisserie qui y régnait était appétissante. Assis sur deux banquettes de cuir, entre les boiseries d'acajou et de noyer, sous les grands miroirs dorés à la feuille, Guy s'exprimait à toute vitesse :

— Si nous résumons : les filles de la rue Monjol disparaissent une par une, au rythme d'une presque tous les mois ; en février, c'est le tour de la jeune Louise à peine arrivée. Sa mère, qui venait de retrouver sa trace juste avant l'enlèvement, décide de vivre la vie de sa fille en espérant la rejoindre, ce qu'elle finit par faire, deux mois plus tard. C'est la seule des... (il prit le temps de recompter mentalement) sept disparues qui sera retrouvée : morte sur les quais du jardin des Plantes. À cela nous pouvons ajouter Anna Zebowitz et notre Milaine. Neuf femmes dont trois sont assurément mortes.

— Je crains qu'elles ne le soient toutes, intervint Perotti en repoussant son assiette d'asperges à demi terminée. Personne n'enlève autant de femmes pour les séquestrer si longtemps, ça n'aurait pas de sens.

— La traite des Blanches ? Un commerce vers l'Orient ?

Perotti lissa sa moustache que sa serviette avait truffée d'épis.

— Pourquoi en tuer la moitié ? Aussi sordidement ?

— Vous avez raison. La *mise en scène*, je l'oubliais ! Et pourtant, je suis certain qu'elle a son importance. Aucun être ne se donnerait autant de peine, à souffrir pareil spectacle, à le monter même, s'il n'avait derrière cela une bonne raison.

— Vous semblez vous y connaître, vous avez fréquenté les asiles d'aliénés pour nourrir cette vision ?

— Non, je construis des histoires. Je suis romancier, dit Guy en lançant un regard complice à Faustine. C'est un art qui nécessite l'observation et l'empathie pour l'espèce humaine. Avant de construire chaque personnage, je le fouille en profondeur, jusqu'à ses racines les plus intimes, celles-là mêmes qui expliquent *vraiment* son comportement. Dans le cas de notre… affaire, je ne fais qu'appliquer à la réalité les filtres que j'utilise pour mes personnages. Rien n'est incohérent dans notre comportement, sauf pour les aliénés bien entendu, mais je ne pense pas que c'en soit un.

— Pourtant, la nature de ses crimes pourrait le laisser présager !

— Au contraire, ils sont complexes et élaborés, s'il s'agissait d'un aliéné, il y aurait un désordre total, et surtout : il aurait été vu maintes fois ! Je crois qu'il est important de distinguer le crime lui-même et tout ce qui l'entoure : la préparation. Sur cette dernière, l'homme peut être méticuleux, consciencieux, alors que le crime est davantage dans l'émotion, plus rapide, c'est le moment de la brèche dans le masque qu'il porte, car il ne peut être que lui-même en pareil instant ! Là, notre coupable est méthodique et organisé ! Personne ne passe inaperçu aussi souvent pour commettre ses méfaits s'il n'y prend pas particulièrement garde !

— Messieurs, intervint Faustine, vous êtes très… enthousiasmés par ces déductions, et je ne saurais que trop vous avouer mon embarras.

Guy laissa tomber son regard sur les restes de caneton à la rouennaise qu'il venait d'engloutir.

— Pardonnez-nous, Faustine, mais il y a une excitation certaine, je ne peux le nier, à l'idée de cerner ce monstre qui a tué Milaine.

— Je le vois bien et je m'en inquiète ! Ne vous méprenez pas : je suis satisfaite que la mémoire de Milaine soit honorée par votre ardeur à la défendre, à poursuivre son assassin et, en même temps, je ne sais si c'est véritablement sain de continuer ainsi…

— N'est-ce pas vous qui êtes venue m'alerter sur l'indifférence des inspecteurs de la Préfecture ? Pourquoi ce revirement ?

— Je suis prise de doute, c'est tout ! Hier, je me suis confiée à vous comme si je réfléchissais à voix haute, aujourd'hui, avec le recul, je suis troublée, ce n'est pas notre rôle. Bon sang, suis-je la seule à encore trembler de ce qui nous est arrivé ce matin ?

— Certainement pas ! avoua Perotti en tendant la main au-dessus de leurs verres et en feignant un tremblement pour la rassurer.

Faustine n'avait pas touché à son assiette, une sole à la vénitienne. Sa poitrine se soulevait avec difficulté, nota Guy.

— La vie est une immense pelote de laine, expliqua-t-il, nous la remontons, chacun sur notre fil, et, exceptionnellement, il survient un fil de couleur différente. La plupart des gens choisissent de l'ignorer, ne sachant s'il sortira de la pelote. C'est le choix qui s'offre à nous. Pour la première fois de notre existence, il nous est permis d'apercevoir ce fil rouge qui s'enfonce dans le treillis complexe, la question est maintenant de savoir si nous l'abandonnons ou si nous nous y accrochons, vaille que vaille.

Faustine but une gorgée d'eau pour se rafraîchir et releva ses immenses yeux bleus sur l'écrivain.

— C'est bien la question que je me pose, avoua-t-elle.

— Milaine était votre amie, c'est votre choix. Pour moi, j'ai déjà pris ma décision. Le roi des Pouilleux m'a ouvert les yeux sur ma trajectoire. Je ne peux me mentir plus longtemps. Outre l'esprit de vengeance qui m'anime, au nom de Milaine, je ne peux qu'admettre une réelle fascination pour… pour ces crimes. (Il baissa le regard, s'accrochant à un morceau de pain encore tiède.) Je suis au milieu d'un flux d'émotions extrêmes, que peu d'êtres humains côtoient dans une vie, et je ne compte pas m'y soustraire. Au contraire, je veux savoir. Je veux approcher la vérité. Car c'est cela le fil rouge : un guide vers la vérité. Mais je ne forcerai personne à me suivre, même si j'avoue que M. Perotti, de par sa fonction, me serait d'une grande aide !

L'intéressé hoqueta de surprise.

— Je… Mon intervention se limite à ce qui a été accompli, dit-il, je ne peux aller plus loin…

Faustine se pencha vers Guy, une boucle brune se détacha de sa coiffure parsemée d'épingles invisibles et de broches étincelantes.

— N'est-ce pas… malsain ?

Guy haussa les épaules et les maintint ainsi un long moment en inspirant, le temps de réfléchir.

— Ne l'est-ce pas que de ne rien faire alors que nous pourrions continuer ? Ne serait-ce pas là l'acte fondateur des fantômes de nos vieux jours ? Nous avons une opportunité d'approcher la nature criminelle dans ce qu'elle a de plus pur ! Nous pourrions contempler l'essence même du crime ! Car c'est ce qu'est cet homme, la répétition de ses actes abominables nous le prouve ! Le cerner, c'est un peu comme d'étudier Caïn en personne ! C'est toucher du doigt l'origine du crime !

— Je ne vois plus l'homme en vous s'exprimer, s'inquiéta Faustine, mais le romancier.

— Ils ne font qu'un ! L'un alimente l'autre et vice versa. Croyez-moi, ma chère, il y a plus que ce que nous imaginons dans cette quête !

— Il y a le danger ! Ce matin, nous aurions pu y laisser notre peau !

— Pour le coup, je ne peux qu'abonder dans le sens de Madame, intervint Perotti. Monsieur Thoudrac-Matto, c'est là un métier ce que vous décrivez, et ce n'est pas le vôtre, ne vous engagez pas dans cette voie, croyez-moi, il y a là des risques que vous ne soupçonnez pas.

— S'ils sont physiques, je suis prêt à les assumer. S'ils sont moraux, alors je suis impatient de m'y confronter.

— Par quoi proposez-vous de poursuivre ? demanda Faustine.

— Dois-je en déduire que vous êtes de la partie ?

— Je ne le vois pas comme un jeu, Guy, mais il est certain que je ne peux vous laisser seul, car j'ai bien peur d'avoir été la mèche qui a allumé votre intérêt pour cette folie.

— Non, Faustine, vous êtes la flamme qui a allumé la mèche. Celle-ci existe en moi depuis que je suis installé dans votre établissement, depuis que je cherche à écrire sur la vile nature humaine. Quant à la suite, j'aimerais faire un tour à la morgue.

Perotti ne dissimula pas son embarras.

— Monsieur... laissez aux professionnels cette tâche, croyez-moi, ce n'est...

— C'est bien pour cela que nous avons besoin de votre assistance ! Je vous la demande, au nom de ce qui vous reliait à Milaine.

Les yeux de Perotti s'écarquillèrent comme s'il venait de voir apparaître le Diable en lieu et place de Guy.

— Nous devons accéder aux archives de la préfecture de police, continua Guy. Et sans votre aide, ce sera impossible.

— Mais enfin, vous n'y songez pas !

Guy lui attrapa la main.

— Je suis déterminé, déclara-t-il, et j'irai jusqu'au bout. Aucune loi n'interdit l'enthousiasme.

Perotti se passa la langue sur les lèvres plusieurs fois, puis termina son verre de vin blanc avant de repousser sa serviette sur la table.

— Je suppose que vous êtes de ces hommes bornés qu'il est inutile de sermonner, devina-t-il. Alors mieux vaut être ensemble que de vous laisser agir n'importe comment seul. Toutefois, je veux la promesse que vous me donnerez accès au journal de Milaine.

— Si nous le retrouvons, cela ne fait aucun doute, répondit Guy.

— Et je voudrais accéder à ses appartements.

Guy guetta la réaction de Faustine qui acquiesça.

— C'est tout naturel. Il faudra cependant vous trouver un prétexte solide pour nous rendre visite régulièrement, sans quoi Julie va suspecter notre activité.

— Julie ?

— Mme de Sailly, la propriétaire de l'établissement. Milaine ne vous en a jamais parlé ?

La surprise s'affichait sur les traits de Perotti.

— Non…, avoua-t-il. Je suppose que je ne devrais pas m'en offusquer après tout, Milaine est… était… (il marqua une courte pause pour contenir ses émotions)… adepte du secret. Elle refusait de m'en dire beaucoup sur elle, et se voulait indépendante face à moi.

— Cela ne m'étonne pas d'elle, déclara Faustine. Comment l'avez-vous connue ?

— Lors d'une soirée pour la présentation d'un artiste peintre. Elle était là, seule, et moi aussi. Je…

Je ne suis pas naïf vous savez, j'ai rapidement deviné sa… ce qu'elle était. Mais elle m'a séduit.

— Elle ne vous a jamais fait venir rue Notre-Dame-de-Lorette ?

— Non. Je savais qu'elle y logeait, elle m'avait donné l'adresse. À vrai dire, je suis passé devant plusieurs fois, c'est là que j'ai compris, un soir, que ce n'était pas une pension, mais une maison de tolérance. Cela dit, je ne lui en ai pas voulu. Milaine donnait de l'illusion à ses clients, n'est-ce pas ?

Sentant que la conversation allait déraper vers l'émotion, Guy conclut :

— Vous êtes donc des nôtres, je m'en réjouis, monsieur Perotti.

Un sourire de composition redonna son éclat au visage de Martial Perotti.

— Au moins, j'aurai l'œil sur vous ! dit-il. Pour ce qui est des archives en revanche, je ne peux rien vous garantir.

— Vous êtes de la police, non ? Prouvez-le !

Sur quoi, Guy lui donna une tape amicale sur l'épaule et se leva.

Dans le cabriolet qui l'emmenait avec Faustine vers l'île de la Cité, il retira sa veste et remonta la manche déchirée de sa chemise pour vérifier l'état de son bandage qui contenait une tache rouge en son centre.

— Vous souffrez ? s'enquit Faustine.

— Très peu, à vrai dire. C'est heureusement superficiel. Je crains malgré tout des complications, avec l'hygiène qui règne sur la Monjol, j'ai peur que leurs couteaux soient le repaire des pires infections du monde !

— Nous pouvons nous arrêter à l'hôpital, sur notre chemin, il…

— C'est inutile. (Guy balaya la proposition d'un geste de la main.) Nous allons dans un lieu déjà plein de médecins.

Faustine s'écarta de lui pour mieux l'observer, décontenancée par sa réponse. L'intérieur du petit cabriolet les avait contraints à s'asseoir sur la même banquette, le jupon gonflait la robe de Faustine jusqu'à prendre une large partie de la place, et son paletot de laine contribuait à cet étalage. Guy avait fait ce qu'il avait pu pour ne pas empiéter sur ce territoire, déposant chapeau melon et canne entre ses genoux ; malgré tout, il s'enfonçait à chaque virage dans les épaisseurs de ces couches douces et colorées.

La capote mobile était refermée pour les protéger de la pluie et, ainsi enveloppés, il se créait une proximité qui ne mettait pas Guy très à l'aise.

Ce fut pire encore lorsque le cabriolet tourna un peu sèchement devant le Théâtre-Français et qu'il projeta Guy contre Faustine.

L'écrivain s'empressa de reprendre sa place en s'excusant, conscient d'avoir les joues en feu.

— Je suis désolé, répéta-t-il plusieurs fois.

— Ne le soyez pas, le reprit Faustine. Ce n'est pas votre faute, et…

Comme elle ne semblait pas sur le point de poursuivre sa phrase, Guy insista :

— Et ? Qu'alliez-vous dire ?

— Eh bien… Après l'épisode de ce matin, j'avoue que votre présence me rassure.

Elle fit alors quelque chose que Guy n'aurait jamais cru possible : elle lui prit la main et la serra fort.

— J'ai eu très peur, avoua-t-elle tout bas, le regard perdu dans le paysage.

Guy réalisa alors combien cette femme, dont la beauté mettait à ses pieds tous les hommes de la capitale, dégageait soudain une détresse palpable. Il ne savait presque rien d'elle, de sa vie, de ce qui l'avait conduite à devenir courtisane, tout juste avait-il deviné qu'elle était un peu plus âgée que lui – il lui donnait trente ans – mais c'était tout. Se satisfaisait-elle de sa vie de prostituée de luxe en vivant au jour le jour ? Amassait-elle un pécule en vue de fuir le métier dès que possible ? Au fond, Guy se demandait tout à coup si cette beauté au regard étourdissant était heureuse.

Car si elle avait le privilège de choisir ses rares clients, il n'en demeurait pas moins qu'elle dormait presque chaque nuit dans un grand lit vide.

Faustine devait se sentir terriblement seule.

Alors, il serra sa main.

12

Notre-Dame surgit d'un coup par la petite lucarne de la capote, en même temps que s'étiolaient les derniers nuages pour laisser filtrer les rayons dorés sur les toits humides.

Le colosse minéral trônait sur l'esplanade, assis sur son porche massif, ses deux clochers dominant Paris, les abat-sons noirs comme des paupières fermées. Les arcs-boutants de ses flancs lui dessinaient les côtes, et la flèche du transept gardait ses arrières à l'instar d'une queue hérissée de pointes, terminant aux yeux de Guy de lui donner l'apparence d'une créature folklorique.

En traversant l'île, Guy ne put s'empêcher de songer à ces hommes de la tribu des *Parisii* qui luttèrent autrefois contre les Romains pour défendre ce qui allait devenir le grand Paris. Tant de forces vives en mouvement aujourd'hui ne devaient peut-être leur existence qu'à une poignée d'hommes, des barbares au regard de beaucoup, qui avaient fondé leur village à l'abri des arbres de cette petite île. Bien du temps avait passé depuis, et la cathédrale à elle seule témoignait des changements qui avaient secoué ce bout de terre au milieu d'un fleuve, et de tout le sang qu'il avait fallu sacrifier sur l'autel de l'Histoire pour exister.

Le fiacre emprunta la rue du Cloître-Notre-Dame, contourna le square qui s'étendait derrière le monument, comme s'il ne pouvait sortir de son sillage que de belles choses rappelant l'Éden perdu, puis la morgue apparut.

À l'abri du soleil, dans l'ombre de la religion, elle ressemblait à un temple romain oublié ici, au bout de l'île. Deux ailes droites flanquaient le bâtiment principal qui s'ouvrait sur trois hautes arches. S'il n'y avait eu les sinistres cheminées trouant les toits un peu à l'écart de la rue, la morgue aurait pu passer pour les reliques d'une colonisation ancienne, transformée en musée ou en édifice de la fonction politique.

Le fiacre rendit Faustine et Guy à la rue, et ils s'approchèrent de l'entrée où une dizaine de personnes s'entassaient en discutant. Des marchandes de fleurs tendaient leurs bouquets en braillant leurs prix cassés à ceux qui sortaient, livides pour la plupart.

L'accès était libre depuis plusieurs années et, si l'usage voulait qu'on vienne y reconnaître les anonymes exposés dans le hall pour leur donner un nom, dans les faits, la majorité des visiteurs ne venaient ici que pour satisfaire une curiosité morbide. C'était à tel point qu'il fallait « avoir vu son mort dans l'année » pour être un bon Parisien courageux et instruit.

Guy s'étonna malgré tout de voir des femmes avec leurs enfants, venant contempler des cadavres comme on se rend au musée.

Une fois le porche passé, le duo fendit la foule qui s'amassait devant de larges tableaux abritant des dizaines de photos des corps que la morgue avait accueillis au fil du temps. Puis ils entrèrent dans la grande salle noyée sous l'écho des talons sur le sol de pierre et éclairée par un demi-jour morbide. La lumière ne filtrait qu'à travers les fenêtres du fond et se perdait dans les hauteurs de ce qui aurait pu être un hall de gare. Les badauds défilaient au fond, devant de longues vitres, et s'il n'y avait eu la mine déconfite de celles et ceux qui en revenaient, on aurait pu croire qu'il s'agissait là des vitrines du Bon Marché ou des Galeries Lafayette.

Un courant d'air glacial parcourait les lieux, une caresse si froide sur les membres qu'il semblait que la morgue communiquât directement avec le royaume des morts et qu'une porte, quelque part dans ses entrailles, fût restée ouverte, propageant le froid des trépassés aux vivants.

En arrivant vers le fond, Guy entendit un ronflement sourd, et reconnut la longue alcôve derrière les vitres comme étant celle du Frigorifique, cette attraction en soi, capable de maintenir une température de 0° à l'année, pour conserver les corps et les préserver de toute décomposition.

Guy proposa à Faustine de rester à l'écart, le temps qu'il s'assure que Milaine n'était pas offerte aux regards des flâneurs et il se démit le cou pour tenter de voir par-dessus les têtes que personne ne prenait la peine de découvrir.

Derrière les vitrines, des hommes et des femmes se succédaient, allongés sur des lits de tôle, leurs effets disposés sur leurs corps livides pour couvrir leur nudité, la tête légèrement relevée pour mettre en évidence leurs traits impassibles. Un numéro inscrit à la craie sur une petite tablette permettait de signaler toute identification au gardien qui patientait, à moitié assoupi, sur un tabouret. Le délai d'exposition d'un corps était de quarante jours, ensuite, faute de nom, il partait pour le columbarium ou la fosse commune. Cette parade funeste, privilège des inconnus et de ceux, identifiés cette fois mais n'ayant pas de domicile connu à Paris pour y entreposer leur dépouille, ne souffrait aucune baisse de rythme : sept jours sur sept, de neuf heures à dix-sept heures, quiconque, sans distinction d'âge ou de classe, pouvait s'offrir gratuitement une bonne dose d'effroi.

Milaine ayant vécu dans une maison close qui ne pouvait accueillir son corps, Guy craignait qu'elle soit offerte sans pudeur aux regards de tous et, pouvant certifier de son identité, il savait qu'il lui était possible, par simple demande écrite, de la faire reposer dans une arrière-salle. En fait, il était à peu près sûr qu'elle devait être là, parmi cette dizaine de silhouettes blafardes et se félicitait d'avoir laissé Faustine à distance.

Pourtant, aucune chevelure rousse ne se détachait du groupe.

Se pouvait-il que la mort atténue la flamboyance capillaire ? Guy en doutait fortement, mais se glissa entre deux dames en s'excusant, pour en être absolument certain. Six hommes et quatre femmes, pas de Milaine, cette fois, il n'y avait plus aucun doute.

Guy était très surpris par son absence, il savait que les noyés, malgré leur apparence effrayante, étaient généralement exposés, ainsi que les pendus, en dépit du sillon violacé qui leur ceignait la gorge. Milaine et sa peau carmin, saisie dans une danse troublante, n'auraient pas dû déroger à la règle.

C'est un meurtre, c'est pour ça. Victime d'un assassin, si cela se sait, tout Paris va vouloir venir la contempler, saturant les lieux.

Guy se souvenait de la « femme coupée en morceaux », comme l'avait appelée la presse, qui avait été retrouvée dans Paris un an auparavant, l'affaire avait fait grand bruit ; dès que les journaux avaient titré sur sa présence à la morgue, la ville entière s'était précipitée, mue par une avidité grotesque de sensations fortes, et la déception d'apprendre son enfermement dans un box fermé au public avait provoqué bien des protestations.

Profitant de la cohue, Guy remonta sa manche et défit rapidement son bandage pour examiner sa plaie encore suppurante. Il pressa sur les bords jusqu'à déclencher un écoulement de sang.

D'un signe, il invita Faustine à le rejoindre tout au fond de la salle, près du gardien qu'il interpella :

— Il y a des médecins ici, n'est-ce pas ?

— Tout à fait, même morts, ces gens n'en restent pas moins des êtres humains, et c'est aux docteurs qu'il incombe de les ausculter avant de les livrer à la putréfaction de la tombe, pardi !

— Ça tombe bien, je me suis blessé contre le montant de la porte en entrant…

— C'est que… ce n'est pas un hôpital ici, nos médecins s'occupent des morts pas des…

Faustine perçut la confusion du gardien et en rajouta :

— Vous voyez bien qu'il saigne ! Et s'il attrape une infection ! Allons, il y a bien un docteur qui sera heureux de traiter enfin un vivant !

Le gardien soupira et toisa Guy comme s'il était stupide de s'être blessé.

— Bon. Attendez-moi là, je vais voir ce que je peux faire.

Il ne tarda pas à réapparaître pour les introduire par une petite porte en fer dans un couloir étriqué éclairé par des ampoules électriques.

— La porte tout au fond à droite, le docteur Ephraïm va s'occuper de vous.

Un petit barbu au poil noir, sous une chevelure hirsute grise, griffonnait sur un cahier à un pupitre d'écolier. Il leva les yeux par-dessus ses lunettes rondes à monture en écaille et se redressa. Des rides d'expression barraient son front et cernaient ses yeux.

— Bonjour, alors vous vous êtes accroché ? Faites-moi voir ça, dit-il d'une voix aiguë qui n'allait pas avec son physique velu. Asseyez-vous en face de moi.

Faustine et Guy le saluèrent avant que ce dernier n'exhibe son entaille.

— Vous ne vous êtes pas fait ça à l'instant, grommela le médecin, il y a des fragments de sang coagulé ici et là.

— Ce n'est pas à un spécialiste des blessures qu'on raconte n'importe quoi, n'est-ce pas ?

Le petit homme ôta ses lunettes et s'enfonça dans son siège.

— Qu'est-ce que vous voulez ?

— Vous présenter des excuses pour ce procédé grossier, mais j'en ai bien peur, nous n'aurions jamais pu vous approcher sans ce subterfuge – inoffensif, notez-le. Nous avons une amie décédée qui vient de vous être confiée. Nous étions très proches et… Ne perdons pas de temps : c'était une femme aux mœurs légères, je dois bien l'avouer, mais d'une générosité sans faille, une belle âme malgré tout. Et… il y a ce problème de père. Elle était enceinte et nous ignorons qui est le père. Cela a beaucoup d'importance pour les deux intéressés.

Le médecin soupira, agacé par ces détails.

— Je ne vois pas ce que je peux faire pour vous, on ne détermine pas le père d'un enfant à partir d'un fœtus mort ! C'est de la science la médecine, pas de la divination ! C'est un haruspice qu'il vous faut, pas un docteur !

— C'est qu'elle transportait toujours sur elle son journal, et sa demi-sœur ici présente voudrait y jeter un œil, rapidement bien entendu, pour pouvoir répondre à l'attente de ces deux hommes que le chagrin accable tout autant que l'incertitude !

Faustine hocha vigoureusement la tête, prenant son air le plus triste.

— Je ne vais pas entrer dans le Frigorifique pour satisfaire à vos besoins à moins que vous me donniez une identification !

— Elle n'est pas dans la vitrine.

— Alors, vous vous trompez, elle n'est pas là.

— J'ai toute raison de croire le contraire. Une belle femme rousse, elle n'a pu passer inaperçue, compte tenu de son état.

À ces mots, le médecin changea d'attitude : ses yeux s'étrécirent et sa tête s'inclina.

— Ah, celle-ci... En effet, elle ne passe pas inaperçue. Je viens de remplir le formulaire d'entrée, et je peux vous assurer qu'elle n'avait pas de journal, je suis désolé.

— En êtes-vous sûr ?

— Parfaitement, j'ai passé en revue toutes ses possessions. Et la police me donne un rapport de ce qu'ils saisissent sur les corps lorsqu'ils procèdent à une réquisition, il n'y avait rien.

— Je... Je suis déçu et confus. Et surpris, je dois le dire.

— Désolé pour ces messieurs.

Ephraïm désigna l'estafilade.

— Même si vous avez menti sur la chronologie, il faut soigner ceci, posez votre bras ici.

— Vous êtes bien aimable.

— Non, je fais mon devoir. Et puis, si je vous envoie à l'hôpital, j'aurai mauvaise conscience ce soir, et Edna va me le reprocher. Edna, c'est ma femme. Ces bouchers se donnent moins de mal pour ausculter les vivants que nous nous en donnons avec les morts ! Un comble ! Ah ! Voilà une bonne nouvelle pour vous : nous n'avons pas besoin de points de suture.

Pendant que le médecin s'affairait à panser correctement la plaie, Guy tenta de reprendre le dialogue :

— Elle a été assassinée, vous savez ? Notre amie est la victime d'un meurtre.

— Vous êtes complices de la police ?

— Pas vraiment, les deux qui mènent l'enquête sont taciturnes et, il faut le dire, acariâtres !

Ephraïm laissa entrevoir un rictus amusé.

— Vous voyez de qui il s'agit, n'est-ce pas ? devina Faustine.

— Oh oui ! Ces deux-là viennent souvent et vous avez tout à fait raison : acariâtre est le mot juste !

Il lâcha un petit rire sec en déposant une pince dans une bassine en fer et en attrapant une compresse dans la boîte qu'il avait ouverte devant lui.

— Mais c'est un meurtre, ça je peux le jurer, reprit Guy.

— Si vous faites allusion à sa position, sachez qu'il pourrait s'agir du tétanos ou bien d'une grave crise d'épilepsie.

— Mais vous avez vu son visage ? Cette grimace de terreur ?

— Les convulsions peuvent l'expliquer.

— Et tout ce sang qu'elle a sué ? Et son regard noir ? Ses yeux noyés dans l'encre des abysses qu'elle a contemplés juste avant de mourir ?

— Je ne sais ce qu'elle a contemplé avant son trépas, toutefois, vous avez raison, ces éléments-là penchent pour une mort non naturelle. Cependant, dans mon métier, il ne faut jamais jurer de rien ! Je dois l'ausculter en détail avant de me prononcer, et vous comprendrez que c'est à nos deux... *amis* communs que je dois en référer.

— Milaine n'est pas la première, n'est-ce pas ?

Le docteur Ephraïm s'interrompt pour fixer Guy.

— Que voulez-vous dire ?

— Vous en avez déjà vu passer, des mortes de... de cette sorte ? Figées dans une mise en scène morbide, n'est-ce pas ?

— Heureusement qu'elles sont rares.

— Alors, il y en a d'autres ?

— Bien entendu ! C'est une morgue ici, tous les corps finissent entre nos mains !

— Bien sûr, mais j'entends des cas similaires à celui de notre amie. Celui qui lui a fait ça a déjà sévi, vous en avez été le témoin ?

Ephraïm secoua la tête.

— J'ignore ce qui vous le fait croire, mais c'est une fausse idée que vous vous faites là.

— Pourtant... Puis-je vous poser une question ? (Sans attendre l'aval du médecin, Guy enchaîna, absorbé par son enthousiasme et sa curiosité :) Peut-on dissimuler plusieurs cadavres dans Paris pendant des mois sans que cela se remarque ?

— Quelle étrange interrogation ! Vous m'inquiétez !

— C'est que je suis romancier ; vous savez, comme ce Conan Doyle !

Ephraïm fit la moue, signifiant par là même qu'il n'était pas de ceux qui lisaient pareille littérature.

— En tout cas, n'écrivez pas une telle ineptie dans vos livres, dit-il.

— Car c'est impossible ?

— L'odeur, mon cher ! N'avez-vous jamais laissé un morceau de viande se gâter en plein air ? Une odeur de charogne pestilentielle !

— Même... en plein hiver ?

— Cela ralentit considérablement la décomposition, mais depuis que les beaux jours sont revenus, c'est impensable.

— Et un corps lesté dans un canal ou dans la Seine ?

— Il finit par remonter. Toujours. Sous l'effet des gaz de putréfaction, ou, s'il est bien lesté, lorsque les membres se décomposent et se déchirent, libérant le cadavre de ses entraves. Dites-moi, vous n'allez pas mettre ces détails morbides dans un livre j'espère ? Qui oserait lire pareille chose ?

— C'est la précision, docteur, qui plaît aux gens, et lorsqu'il s'agit de la mort, qui ne serait pas fasciné ?

Ephraïm afficha une expression d'homme sceptique.

— Quelle époque que la nôtre, soupira-t-il. Où l'on expose nos morts aux enfants, bientôt les photos des corps seront dans nos journaux et le cinématographe viendra filmer l'effet de la décomposition ! Vous verrez ! Au rythme où vont les choses. Et si le public s'éprend d'une telle précision funèbre, nous n'avons pas fini d'aller à la surenchère !

Revenant à son sujet, Guy insista :

— Donc, il n'est pas impossible de conserver des corps dans une cave durant l'hiver pour aller s'en débarrasser avant le printemps ?

— En théorie, oui. Dans la pratique, c'est plus compliqué. Prenez cet hiver, par exemple, nous avons eu des périodes d'accalmie, des semaines chaudes même, et la décomposition reprend aussitôt que le corps n'est plus gelé.

— Est-ce quelque chose qu'on peut déduire en observant un cadavre ?

— C'est possible. Les insectes peuvent aider pour cela.

— Les insectes ? répéta Faustine avec dégoût.

— Oui, les mouches essentiellement. Un de mes collègues, le professeur Mégnin, entomologiste au Muséum national d'histoire naturelle, travaille sur ce sujet. Il est capable, dans certains cas, de définir le moment de la mort à quelques semaines près, même lorsqu'il s'agit d'une mort vieille de plusieurs mois.

— Et au cours des derniers mois, vous avez exposé tous les corps de femmes dans le Frigorifique, sans exception ?

— À partir du moment où elles n'ont pas été identifiées, oui, toutes sans exception. Bien sûr, il y a celles dont l'état est tel qu'il interdit qu'on les expose…

— C'est-à-dire ?

— Les noyées restées trop longtemps dans l'eau, celles dont la tête est passée sous les sabots et les roues des omnibus, ce genre d'horreurs qu'il ne sert à rien de montrer au public.

— Cela représente beaucoup de cas ?

— Assez peu, fort heureusement. Et la plupart sont des accidents avec témoins, l'identité des malheureuses est connue. Et voilà ! Vous êtes prêt à retourner à votre manuscrit ! Allez tout de même faire contrôler cette blessure auprès d'un médecin dans quelques jours.

Guy et Faustine prirent congé du petit homme aimable et décidèrent de marcher un peu pour prendre l'air et chasser l'impression de porter sur leurs vêtements l'odeur de la mort.

— Bien que le docteur Ephraïm soit une personne charmante, cette visite n'aura servi à rien sinon à nous glacer le sang, déplora Faustine. Êtes-vous toujours enclin à poursuivre ?

— Plus que jamais. Nous avons au moins la confirmation que l'assassin de Milaine lui a dérobé son journal intime, et aussi que les filles de la Monjol ne sont jamais passées par la morgue. Les sbires du roi des Pouilleux ne les ont jamais vues dans le Frigorifique et nous savons qu'elles n'étaient pas enfermées derrière non plus. Cela nous renseigne énormément, Faustine !

Ils longeaient Notre-Dame par le quai de l'Archevêché, contemplant au passage la rive opposée du quartier Saint-Victor dans le cinquième arrondissement et ses hautes façades anciennes aux fenêtres étroites.

— Éclairez mon ignorance, s'exclama Faustine, et expliquez-moi comment vous déduisez quelque chose de tout cela !

— L'analyse, ma chère ! Tout comme je ferais pour écrire un livre : en fouillant dans les faits pour qu'ils soient logiques et cohérents. Nous savons que plusieurs femmes ont été enlevées et jamais retrouvées, cela nous renseigne sur le coupable : il est ingénieux, capable de passer inaperçu, aussi souvent, ce n'est plus de la chance, c'est du savoir-faire ! Il a une méthode ! De plus, s'il chasse sur un territoire avec autant de discrétion, c'est qu'il connaît ce territoire. C'est un homme du quartier ou au moins de Paris. Je ne l'imagine pas venir des banlieues ou plus loin encore et effectuer un si long voyage, s'empêtrer dans Paris, avec autant de monde, autant de témoins potentiels, s'il vit près des chiffonniers qui seraient des proies tout aussi faciles. Non, c'est un Parisien. Peut-être même un Parisien de pure souche, l'un de ceux qui considèrent les fortifications comme la fin du monde civilisé, sinon il n'hésiterait pas à les franchir pour en faire son terrain de chasse, ce serait même moins risqué que la rue Monjol. Vous me suivez ?

— Oui, un homme probablement né à Paris donc.

— Puisque nous savons qu'il ne tue pas sur place, c'est qu'il transporte ses victimes quelque part. Je ne l'imagine pas séquestrer une femme dans un fiacre, et, comme il a agi l'hiver, il devait y faire froid de toute façon, et puis cela aurait fait du bruit qu'un passant aurait pu entendre. Pour la même raison qu'évoquée à l'instant concernant ses origines, il ne serait pas sensé qu'il aille tuer et se débarrasser du corps à l'extérieur de Paris, dans ce cas, il se fournirait en victimes sur la route, et pas dans un coupe-gorge du dix-neuvième arrondissement. Donc, il reste dans la capitale. Il dispose forcément d'un lieu pour tuer. Un lieu suffisamment isolé pour ne pas alerter les voisins par des cris ou des coups sur les murs.

— Sauf quand il les tue avant.

— Il n'y a aucune trace rue Monjol à chaque disparition et, je vous l'ai dit : il ne peut tuer dans son fiacre, s'il en a un, sans se faire remarquer, pas six fois de suite ! Non, il opère forcément chez lui. Un lieu calme, peut-être avec assez d'espace pour séquestrer ces femmes. J'ignore où a été retrouvée et où vivait la première, Anna Zebowitz, mais toutes les autres sont originaires de la rive droite, la plupart de la rue Monjol. Pourquoi aller chasser là, sinon parce que c'est le plus pratique pour lui ?

— Parce qu'il vit non loin ?

— C'est très envisageable ! Et le quartier le plus aéré de Paris, c'est justement Ménilmontant, tout près de la rue Monjol. Il y a encore beaucoup de fermes, de grands jardins, des bois, des maisons espacées.

— Je suis stupéfiée par vos talents. Vous auriez dû exercer dans la police !

La sincérité du compliment toucha Guy. Il éprouva une vive joie à l'idée d'impressionner Faustine. Cela fit bouillonner son esprit déjà survolté et il poursuivit :

— Ce n'est pas tout ! Il y a un canevas à étudier. Il a toujours suivi le même : il a agi en fin de journée, ou en soirée, d'après le roi des Pouilleux, et normalement, il ne laisse pas de corps derrière lui. Sauf dans trois cas. Viviane le 7 avril dernier, c'est une fille de la Monjol, la seule des trois. Pourquoi abandonne-t-il son cadavre ? Quand on sait qu'il a sévi deux fois ensuite, ailleurs que sur la Monjol, j'en déduis que les choses se sont peut-être mal passées avec Viviane. C'est pourquoi il a été obligé de changer son schéma d'action. Les hommes, vous le savez, sont fidèles à leurs habitudes, tant qu'elles les satisfont. Ensuite, il frappe dans l'enceinte de l'Exposition universelle. Là, j'avoue avoir besoin d'informations supplémentaires. Mais, peu après, il s'en prend à notre Milaine. Toutes des cat… des courtisanes. Avec une incroyable accélération en quinze jours ! Il y a là beaucoup de choses sous-jacentes qu'il nous faut prendre le temps de digérer. Mais nous savons déjà plusieurs choses : c'est un homme malin, ingénieux, il dispose d'un minimum de moyens, probablement d'un véhicule de transport fermé. Il est costaud, capable de maîtriser des femmes en un instant sans qu'elles puissent donner l'alerte. D'après ce que Perotti nous a dit, il n'est pas sensible au sang. Nous pouvons légitimement présumer qu'il est un pur produit parisien, vivant potentiellement à Ménilmontant.

— C'est… pertinent. Et que faites-vous des mots de Perotti ? Il pense qu'ils sont plusieurs !

— Je sais que les bandes criminelles sévissent dans Paris et autour, que c'est la mode de les accuser de tout, mais cette fois, c'est un peu beaucoup. Il y a dans ces meurtres une démarche complexe, celle d'une personnalité torturée, je ne l'imagine pas s'entourer de complices, c'est à tel point qu'il… il leur ferait peur, je pense.

— Un criminel qui fait peur aux autres criminels ! gloussa Faustine.

— Oui, c'est à peu près ça. Ces gens chapardent, et tuent parfois, par opportunisme, par besoin, par manque de culture, pour autant de raisons que vous voudrez, mais ils ne sont pas dans un rapport à la mort qui les fascine, qui les transcende, or c'est justement ce qui se produit avec notre assassin ! Je crois que s'il accélère, c'est parce que cette fascination s'est intensifiée. Je vois davantage un homme très fort plutôt qu'un groupe d'individus.

— Vous êtes effrayant quand vous en parlez, je pourrais presque croire que vous le connaissez.

— Reste à trouver le plus important : le dessein exact.

— La folie est le seul qui me vienne en tête, Guy ! C'est un homme fou, un criminel qui ne peut se contrôler ! Personne d'équilibré ne pourrait tuer ainsi, encore et encore !

— Justement, c'est ce que je viens de vous dire : il n'est pas fou ! Pas au sens d'une perte totale de repères dans notre monde, au contraire même, il a des repères bien ancrés, mais ils ne sont pas les mêmes que les nôtres, c'est là toute la différence. Il tue par... plaisir, semble-t-il. Je suppose toutefois qu'il y a une raison précise à ces crimes. Car il est intelligent, cela ne fait aucun doute, ses méthodes le prouvent, il réfléchit à ses actes, les prépare et, assurément, améliore sa technique au fil de ses perpétrations !

— De là à envisager qu'il y ait un dessein derrière tout cela, j'en doute.

— Il y en a un ! Derrière chaque obsession, derrière chaque trajectoire singulière, se cache un dessein. Les hommes qui font des choses aussi prenantes, que ce soit par ambition, ou poussés par des désirs irrépressibles, cachent une intention, un but. Que ce soit devenir riche, plaire à ses parents, entrer dans l'Histoire, et même... tuer avec cette frénésie, tous les actes extraordinaires sont le fruit d'une pensée extraordinaire, d'un dessein. C'est ainsi que je construis mes personnages, je ne me suis jamais trompé, ils sont plausibles, presque vrais.

— Mais nous ne sommes pas dans la littérature, Milaine est bien mo...

— Faites-moi confiance, ce sont mes déductions sur notre société, et celles-ci sont justes. C'est en trouvant le dessein qui se trame dans l'ombre de ces crimes que nous pourrons les stopper.

Ils atteignirent le parvis de Notre-Dame et, ne trouvant pas de fiacre ni d'automobile libre pour les emporter vers le *Boudoir*, ils prirent la direction de l'Hôtel de Ville pour grimper dans une impériale sur la rue de Rivoli. Délaissant les bancs sur le toit qui restaient trempés par la pluie, ils s'installèrent à l'avant, derrière le cocher qui lança ses chevaux au petit trot.

Chemin faisant, Faustine détaillait le paysage, plongée dans ses pensées. Peu avant d'arriver à leur destination, elle se pencha vers Guy et, avec un regard un peu moqueur, elle lui chuchota :

— Vous prenez un plaisir malsain à tout cela.

— Pas du tout, s'indigna-t-il. Je suis... intéressé, excité parfois, je l'admets, car nous effleurons l'essence même de notre civilisation, le tabou ultime : le meurtre. Et pis encore : le meurtre répété, comme si notre homme cherchait à atteindre une forme de perfection primale, comme si ses actes lui permettaient de se rapprocher de notre fibre essentielle, de nos pères, de Caïn. D'une certaine manière, je me demande si son besoin de tuer encore et encore n'est pas un éternel recommencement pour peu à peu se libérer du carcan imposé à notre esprit par la société, par la *civilisation* dans ce qu'elle a de civilisé, justement. Un moyen de revenir à la quintessence de nos instincts...

— Prendre des vies ainsi, c'est se prendre pour Dieu.

— ... et de... (Il se redressa subitement.) Oui, c'est aussi ça, peut-être. Se prendre pour Dieu. Le droit de vie et de mort. Mais je vous défends de penser qu'il y a un plaisir malsain derrière mes motivations. Nous sommes face à un défi intellectuel passionnant, profondément humain, social et terrifiant de par ses enjeux.

— Alors, pourquoi aller à la morgue puisque toutes vos brillantes déductions, vous auriez pu les faire avant ?

— Pour être sûr. Et nous avons appris un élément primordial.

— Lequel ?

— Ces filles enlevées pendant l'hiver, elles sont peut-être encore vivantes. Quelque part derrière ces murs, cachées par un soupirail ou la porte d'une cave. C'est fort possible, Faustine, j'ignore pour quelle raison, mais il les garde peut-être en vie depuis tout ce temps, sinon comment expliquer l'absence de corps ?

Faustine enfonça ses mains dans les replis de sa robe et serra les coudes contre ses flancs, soudain mal à l'aise.

Brusquement, les somptueuses façades de Paris prenaient la forme d'un labyrinthe gigantesque. Faustine se sentit comme Ariane, prisonnière, à la merci d'un monstre. À la différence qu'elle n'avait aucun fil à donner au Thésée à ses côtés.

La ville était un labyrinthe dangereux.

Et le Minotaure en était le gardien.

Un gardien affamé.

13

Au début, lorsqu'elle pouvait encore le faire, Louise avait commencé par manger ses cheveux.

Les uns après les autres, elle se les arrachait pour les mettre dans sa bouche et elle les suçait jusqu'à les avaler.

Des plaques entières avaient disparu de son cuir chevelu.

C'était un geste à la fois rassurant et en même temps un moyen de croire qu'ainsi enlaidie, elle ne l'attirerait plus.

Lui, l'infâme Lucifer.

Le Diable incarné dans une enveloppe de chair, sous un visage aimable et affable.

Comment aurait-elle pu savoir que derrière ses doigts fins et doux, réconfortants, se cachaient en fait des griffes acérées, que de cette bouche rassurante surgiraient des crocs ?

Était-ce le pouvoir du Diable que de berner aussi aisément ses victimes ou devait-elle chercher ailleurs le coupable de son malheur ?

Dans l'opium.

Ce navire extatique.

Celui qui l'avait conduite sur des fleuves multicolores, parfois sur des mers tumultueuses ou dans des brumes poisseuses qui ne semblaient pas prendre fin. Chaque croisière était un rêve, l'oubli de soi, de ses racines, de son port d'attache et, à chaque fois que le navire la ramenait à quai, elle ne vivait plus que pour s'offrir un autre tour sur son pont envoûtant.

Pourtant au fil du temps, les croisières étaient devenues plus courtes, moins spectaculaires, il lui en fallait plus souvent pour compenser.

Jusqu'à porter sur elle les embruns du large, même de retour sur la terre ferme. Les derniers jours, avant que Lucifer ne la prenne, il n'y avait plus un instant où elle n'entendît pas le ressac du large, son appel, le besoin viscéral de courir se jeter à l'eau, de s'enfuir, avec l'envie de ne plus revenir.

Au lieu de quoi, le Diable l'avait cueillie.

Elle lui avait fait confiance avant de savoir qui il était véritablement. Bien qu'il ait tout fait pour l'éloigner de son obsession pour ce beau navire de rêve qu'elle prenait aussi souvent que possible. Il avait cherché à la dissuader de s'enivrer, au début du moins, il l'avait même suivie dans une fumerie pour la prendre sur le fait.

Elle n'avait pas su le repousser, elle s'était attachée à lui, il était son dernier lien avec ce que l'espèce humaine avait de beau. Elle espérait en lui.

Sa mère ne l'avait jamais comprise et, lorsqu'elle avait flirté avec l'opium, elle l'avait même battue.

Les relations de Louise s'étaient dégradées avec tout le monde. Ses proches, puis sa propre mère. Jusqu'à devenir un enfer.

Du moins le croyait-elle.

Avant de connaître cet endroit.

À présent, Louise s'en voulait. Quelle sotte elle avait été. Pourtant, elle avait bien eu un sursaut de lucidité, la veille de son enlèvement. Elle s'était réveillée, encore un peu ivre, avec ce parfait inconnu entre les cuisses. Le corps douloureux, souillé de la nuit. Pendant une heure, elle avait manqué d'air, elle avait suffoqué dans le petit réduit au bout du couloir où elle venait se cacher quand elle voulait avoir la paix, quand elle voulait fuir les clients que Victor lui amenait chaque jour.

Et en sortant, elle s'était précipitée sur une feuille, cherchant à grand-peine de quoi écrire. Elle n'avait pas dit grand-chose, juste quelques lignes à sa mère, pour lui demander pardon.

Pour qu'elle vienne la chercher.

Sa lettre à peine postée, Louise avait regretté son geste.

L'opium lui manquait déjà.

Cet amant doux et attentionné.

Mais elle n'avait pas eu le temps de s'interroger longtemps sur ce qu'elle devait faire, Lucifer était venu la prendre le soir même.

Un subterfuge facile et elle avait ouvert elle-même la porte de l'Enfer.

Ce lieu de désespoir qui la grignotait lentement.

Le froid, l'humidité, la faim, tout cela n'était rien à côté du manque.

Il manquait justement un mot à son vocabulaire pour décrire le vide glacial qu'il suscitait dans ses entrailles. Plus intense encore que le froid, un *vide* qui lui gelait les organes, qui lui tétanisait le cerveau jusqu'au bout des doigts qui ne se réchauffaient jamais.

Lucifer l'avait cloîtrée ici, dans cette tombe, la sienne qu'elle hanterait pour l'éternité désormais.

Il lui avait volé son âme.

Il avait commencé par sa confiance puis, peu à peu, il avait atteint les profondeurs de son être.

En lui prenant son amant des mers, en lui montrant son vrai visage, il avait déchiqueté tout ce qu'elle avait encore d'humain. Et son âme s'était répandue dans l'éther du monde.

Lucifer l'avait bue, sans aucun doute.

Elle avait perçu l'éclat obscène dans son regard.

Pourtant, il subsistait parfois les vestiges de l'autre homme en lui. Celui dont il avait pris le corps. Elle pouvait le sentir de temps en temps, lorsque le Diable venait à elle pour la torturer, pour lui parler. Dans les rares moments de faiblesse du démon, elle distinguait un bref retour à la surface de l'homme, toute sa détresse, avant qu'il ne soit englouti par la Bête.

Elle le sentait désespéré, prêt à tout, un peu comme elle.

Elle avait même essayé de lui parler, de le faire remonter à la surface ; au début pour lui demander de l'aide, mais comprenant que ça ne fonctionnerait pas, elle avait alors commis quelque chose d'horrible.

Elle l'avait poussé à se suicider. À détruire l'enveloppe du Diable, pour les libérer de son emprise.

Cela avait semblé porter ses fruits, il était revenu la voir deux fois, pour l'écouter.

La troisième fois, lorsque la porte s'était ouverte, Louise avait nourri le fol espoir qu'il vienne la sauver.

Mais il n'y avait plus rien d'humain en lui.

C'était Lucifer et plus rien que Lucifer.

Il l'avait battue longuement.

Depuis, elle n'avait plus revu l'homme, rien que la Bête.

Il descendait peu désormais. Et elle s'affaiblissait encore.

Incapable de bouger, elle restait prostrée sur son bout de paillasse, dans le noir. Seule, terriblement seule.

À quinze ans, Louise sentait que sa vie avait été déjà trop longue, elle n'en pouvait plus.

Soudain, elle entendit au loin, les chants de l'Enfer retentir. Une mélopée sourde, lancinante. Le rituel infernal.

Alors Louise fut soulagée.

Elle savait que Lucifer était occupé et qu'il ne viendrait pas avant un bon moment.

Car Louise l'avait bien compris : ici Lucifer était chez lui et, lorsqu'il recevait ses autres démons, l'orgie durait longtemps.

14

Le parfum de la rhubarbe caramélisée se diffusait jusque dans le salon de musique du lupanar.

Guy occupait la méridienne, une jambe allongée devant lui, une petite pile de lettres liées par un bout de ficelle négligemment jetée sur la cuisse.

Marguerite jouait du piano, d'abord quelques gammes puis elle avait enchaîné avec un air de Debussy avant d'improviser quelque chose de plus joyeux. Toute la maison faisait comme si Milaine n'avait jamais existé. Pour nier sa mort. Pour faciliter les sourires, la bonne humeur.

Même la musique se devait d'être enjouée.

Mais l'écrivain n'écoutait pas le piano.

Il était tout entier absorbé par la voix de Milaine et, surtout, celle de ses amants.

Les lettres récupérées dans sa chambre étaient pour la plupart des déclarations enflammées. Guy avait identifié six prétendants. Tous avaient eu un échange nourri avec la courtisane, et s'il n'avait que les réponses des hommes entre les mains, leurs tournures ne faisaient aucun doute : Milaine répondait et alimentait ces conversations épistolaires.

Jusqu'à un certain point.

Milaine avait conservé l'intégralité, semblait-il, de ces dialogues, et les dernières lettres consistaient systématiquement en courriers sur le ton de l'incompréhension, de l'indignation ou des geignements.

Ces messieurs se plaignaient de ne plus recevoir de réponses.

À lire entre les lignes, Guy comprit que tous lui témoignaient une grande admiration, certains, plus explicites, vantaient ses qualités de maîtresse exceptionnelle, toutefois ils semblaient rester flous concernant des demandes répétées de Milaine, les évoquant brièvement dans leurs lettres, sans pourtant y répondre.

Après plusieurs pages, il ne faisait plus aucun doute que Milaine les séduisait pour se trouver une situation. Elle voulait quitter le bordel, vivre une vie de maîtresse entretenue, avec un appartement, des belles parures, et un amant fortuné capable de la sortir au théâtre pour l'exhiber à ces messieurs, en gage de réussite sociale.

Et aucun ne répondait favorablement à ses demandes. Tous se cachaient derrière des prétextes à peine crédibles quand ils ne se contentaient pas de simplement renvoyer le sujet à « plus tard ».

Manifestement, lorsque Milaine comprenait que son amant ne lui offrirait pas ce qu'elle attendait, elle cessait toute relation du jour au lendemain, au plus grand désespoir de ces « pauvres maris ».

Marthe entra dans la pièce, chargée d'une assiette, et la mélodie du piano s'accéléra, passa à un air à trois temps.

Marguerite se lança dans un chant cristallin, improvisant les paroles :

J'ai un bon ami,
Qui s'appelle Guy,
Tous les jours plongé,
Dans ses bons papiers,
C'est un romancier,
Tendre et élancé,
Mais qui n'a la fibre
Que pour...

Marguerite s'interrompit la bouche ouverte, les doigts à demi enfoncés sur les touches, laissant un accord en suspens.

— Mousse ! Je n'ai pas la rime avec fibre ! s'exclama-t-elle.

— Inspire-toi davantage du personnage, intervint Marthe, moi quand je le regarde il me vient de suite la rime manquante !

— Bien sûr ! Chibre !

Les deux femmes rirent aux éclats et Marguerite reprit son improvisation :

Mais qui n'a la fibre
Que pour son gros chibre,
Nous le savons bien,
Nous les belles catins,
Car ce beau gourmand,
n'a besoin d'argent,
pour que nous voulions,
qu'il nous la mette au...

Marguerite plaqua un accord grave à la place du dernier mot et elle rit à nouveau avec Marthe.

— Je rêve que Gikaibo vous entende dans ces instants, déclara Guy qui avait été extrait de ses pensées par l'évocation de son nom, qu'il cesse de considérer que l'esprit déplacé de cette maison, c'est moi !

— Tenez, Guy, dit Marthe en lui tendant l'assiette. C'est de la rhubarbe caramélisée avec des fraises, les toutes premières des marchandes de quatre-saisons de la place Saint-Georges. Je vous en ai sauvé une part, car ce soir ces messieurs vont assurément tout dévorer !

— Merci, l'odeur depuis tout à l'heure m'avait mis en appétit. Dites, est-ce que les noms suivants résonnent à vos oreilles comme ceux de clients de cette maison ? demanda-t-il en déposant l'assiette sur la méridienne avant d'attraper les lettres. Philippe Daubant ? Raymond de Castillac ? Charles P. ? Jules Lamont ? Auguste Claudweiss et ce dernier dont je ne sais si c'est un prénom composé ou un nom de famille : Pierre Marie ?

— Aucun, répondit Marthe.

Marguerite secoua la tête également.

— Pourquoi ? demanda cette dernière. C'est pour l'un de vos livres ?

— Peut-être, mentit Guy. Aucun de ces messieurs n'est client ici, vous êtes certaines ?

— Je n'ai pas la mémoire du plaisir qu'on me donne, mais j'ai celle des visages et de leur identité, répliqua Marthe avec son franc-parler habituel. Sauf avec vous, bien sûr !

Cela signifiait que Milaine cherchait un maximum de clients à l'extérieur de l'établissement. Julie était-elle au courant ? Les absences de Milaine, si régulières, ne pouvaient passer inaperçues, Julie ne les tolérait que parce qu'elles rapportaient. Savait-elle que Milaine multipliait ces rencontres pour partir ?

Guy ne connaissait des relations qu'entretenait Julie avec ses filles que ce qu'il pouvait entendre, et parfois ce qu'on lui avait répété. Une femme autoritaire mais juste. Qui responsabilisait ses filles, pas de bonnes et une meilleure paie. Ici tout le monde participait aux corvées, une vie sociale riche, et Julie faisait tout pour que la joie transpire de son établissement. Pas seulement aux heures d'ouverture, mais à tout moment, pour que cela se remarque. Elle avait instauré beaucoup des principes d'un bordel de province, à commencer par celui de prendre son temps, plus rare à Paris où l'on donnait souvent dans le « vite fait ». Ici, l'ambiance était festive, on discutait au son de la musique, on grignotait, on buvait avec les filles, avant de monter aux chambres. Aucune fille du *Boudoir* n'enchaînait les passes, Julie y tenait, autant pour le client que pour elles, pour que « ce soit plus facile », l'avait entendue dire Guy. Les lanternes rouges devant la porte, un signe des bordels de province, en témoignaient, tout comme l'entrée unique, ici les clients se croisaient, parfois se connaissaient, et Julie n'était jamais aussi satisfaite que lorsque sa maison prenait des airs de *club*, un lieu de rendez-vous pour discuter, boire, manger et se divertir.

Il ne faisait aucun doute que dans Paris, c'était un établissement privilégié parmi toutes les maisons de tolérance.

Ce que Milaine voulait, c'était une situation. De l'argent.

Était-elle tombée sur l'homme de trop ? Celui qu'il ne fallait pas rembarrer sèchement ? L'avait-elle poussé à bout ?

Un homme qui ne supporte pas qu'on lui dise non. Un colérique. Comme un enfant trop gâté ? Ou comme celui qui n'a rien eu et qui a tout pris par lui-même ? Cela revient au même, c'est quelqu'un qui n'a pour autrui aucun respect, il s'est construit une personnalité sur l'habitude d'obtenir et non dans la transigeance que l'éducation doit nous inculquer. Lui considère qu'il n'y a que des moyens *pour obtenir ce qu'il désire. Peu lui importe que ce soient des êtres vivants, il est habile manipulateur si besoin, bon menteur, et n'éprouve aucune culpabilité.*

Guy réalisa qu'il venait de dresser un portrait qu'il estimait cohérent, mais également assez détaillé d'un homme qu'il ne connaissait pas du tout.

Je le dessine tel que ses actes le dépeignent. Comme pour mes personnages de romans lorsque j'ai des faits, et qu'il me faut inventer les êtres autour. À partir des faits seulement. Car nos actes sont le prolongement de nos personnalités. Faire, c'est donner du concret à nos pensées. Nos agissements sont la signature concrète de nos esprits.

Guy était partagé par l'envie de noter sans tarder ses conclusions et en même temps titillé par le sentiment d'aller un peu trop vite.

Milaine n'était peut-être qu'une victime comme une autre, peut-être l'a-t-elle seulement croisé au mauvais moment ? Elle ne l'a peut-être pas rejeté. J'ignore tout des circonstances... Il se peut qu'il soit en fait très timide, un introverti qui se révèle dans l'acte de tuer uniquement...

Il avait pris le mauvais raccourci. S'il voulait cerner la personnalité du monstre qui avait assassiné Milaine et toutes les autres filles, il fallait surtout ne rien négliger, chaque détail avait son importance, en ce qui concernait la méthode, mais aussi le choix des proies.

Guy devait comprendre qui étaient ses victimes, il ne les avait pas choisies au hasard, elles correspondaient forcément à quelque chose, une attitude, un physique, il ne pouvait y avoir que les circonstances, il en était convaincu. Sinon pourquoi s'attaquer systématiquement à des prostituées ? Pourquoi pas à des enfants de la rue, proies faciles ? Des mendiants dont la disparition ne serait remarquée par personne ? Non, le choix même des prostituées n'était pas anodin.

Elles représentent le plaisir. Mais aussi l'avilissement, surtout rue Monjol. Les prostituées sont des femmes que peu respectent. Des moins que femmes au regard de beaucoup ! S'en prend-il à elles parce que c'est plus facile ? A-t-il moins l'impression de détruire un être humain ?

Cette fois, Guy sentit qu'il tenait une réflexion intéressante. C'était cette piste qu'il fallait creuser.

— Vous allez bien, Guy ? Vous avez une curieuse expression ? s'inquiéta Marthe.

— Oui, je suis songeur, c'est tout.

— Ça, c'est évident. (Elle se rapprocha et baissa le ton pour s'assurer que personne d'autre ne pourrait l'entendre :) C'est à cause de Milaine, n'est-ce pas ?

Guy ne répondit pas.

— Je vois bien que ça vous turlupine. À vrai dire, ça nous retourne toutes.

— Sauf que Julie nous interdit d'évoquer le sujet, ajouta Marguerite.

— Vous savez ce qui a pu la mettre dans un tel état ? enchaîna Marthe.

— Non, et vous ne devriez pas vous poser trop de questions. Julie a raison, c'est une sinistre affaire que celle de Milaine, il est préférable de l'enterrer avec ses souvenirs.

— Mais, c'est... c'est un assassinat ? questionna Marguerite.

— Je l'ignore, c'est à la police de faire son travail.

Guy rassembla ses affaires et s'apprêtait à remonter lorsque Marthe s'indigna :

— Vous n'avez même pas touché à l'assiette que je vous ai apportée.

— Oh, pardon, en effet ! Je vais l'emporter chez moi si vous le voulez bien, j'ai des notes à prendre. Je vous remercie, mesdames, dit-il en les saluant d'une courbette.

Et il monta s'enfermer sous les combles pour mettre par écrit tout ce qu'il avait en tête.

Avant l'heure du souper, il aurait noirci une dizaine de pages d'analyses, de déductions et de propositions.

Il venait de se convaincre que toutes ces femmes n'étaient pas mortes par hasard.

Martial Perotti se présenta à la porte du *Boudoir de soi* en milieu de soirée, après avoir attendu cinq longues minutes pendant lesquelles il n'avait osé frapper jusqu'à ce qu'un élan de courage le pousse vers le heurtoir.

Julie en personne l'accueillit, avant de lui indiquer l'accès aux combles, l'œil surpris.

— Je me suis présenté comme votre nouvel éditeur, j'espère que j'ai bien fait, rapporta-t-il à Guy, un peu mal à l'aise. Je me suis dit « quoi de plus légitime qu'un éditeur pour rendre visite à un romancier » ?

— C'est très judicieux de votre part. Venez, asseyez-vous sur ce fauteuil. Je suis navré pour le lieu, la pagaille, c'est un endroit qui sied peu pour recevoir, il m'est cependant très utile. Et peu cher, vous savez ce que c'est pour un auteur qui n'est pas publié que de vivre, vous qui êtes maintenant éditeur !

Un sourire détendit les deux hommes.

— J'ai une bonne nouvelle, enchaîna Perotti. Un miracle, devrais-je dire ! J'ai graissé la patte du gardien, et les archives de la préfecture de police nous sont ouvertes pour peu que nous ne dérangions ni ne prenions rien.

— Formidable ! Quand pouvons-nous nous y rendre ?

Perotti consulta sa montre qu'il sortit de son gousset.

— Le temps de faire le voyage, nous serons attendus !

Guy leva les bras en guise d'émerveillement.

— Laissez-moi le temps d'enfiler une veste et je suis à vous.

— Mlle Faustine ne vient pas avec nous ?

— Nous sommes le soir, mon ami, et le soir, elle travaille. Et votre service, tout s'est bien passé ?

— Je le termine à peine. Un après-midi et la soirée derrière un bureau à faire de la paperasserie ! Rien de bien émoustillant, surtout au regard de la matinée que j'ai vécue !

Les deux hommes descendirent l'escalier et Guy s'arrêta sur le palier du premier étage pour tendre l'oreille.

— Je préfère que notre sortie passe inaperçue pour ne pas déranger la clientèle. C'est bon, nous pouvons y aller, j'entends ces messieurs qui rient dans le grand salon. Venez.

Ils durent marcher jusqu'à la rue La Fayette pour trouver un fiacre-automobile qui ralentit en pétaradant pour les prendre. Guy négocia la course auparavant ; sous prétexte que l'automobile était un progrès de la science en même temps qu'une attraction agréable, les chauffeurs avaient tendance à faire flamber les prix si on ne les demandait pas *avant* d'effectuer le trajet.

Le moteur ronfla en projetant le petit véhicule en avant. Guy ressentit une impression de puissance qu'il n'y avait pas avec des chevaux et le vent les fouetta aussitôt. Il comprenait mieux les gros manteaux qu'arboraient tous les chauffeurs d'automobile, leur casquette bouffante ainsi que les lunettes couvrantes.

La voiture se faufilait entre les cabriolets, les charrettes et les bicyclettes, un coup par la droite, un coup par la gauche, en ce domaine, il n'y avait pas de règles strictes, sinon pour les piétons : rester toujours vigilant en traversant ! Si les accidents avec les chevaux étaient monnaie courante à Paris, ceux avec les automobiles commençaient à le devenir encore plus, malgré le bruit, car cette fois, c'était la vitesse qui les rendait dangereuses.

Guy remarqua comme les roues glissaient dans les virages un peu serrés et craignit un instant qu'ils ne partent en tête-à-queue. Ils roulaient beaucoup plus vite que les douze kilomètres-heure autorisés par la préfecture de police de Paris.

Chaque fois qu'ils étaient ballottés, Guy grimaçait en se tenant le flanc gauche, la douleur de sa bagarre récente restait vive.

Les lampadaires à gaz, puis électriques, défilaient de plus en plus vite. Guy se cramponnait à la rambarde sur le côté du véhicule.

Ils approchaient enfin de l'île de la Cité et des tours de la Conciergerie qui érigeaient leurs pointes sombres dans la nuit. Presque toutes les fenêtres du long bâtiment étaient éteintes, c'était rassurant. Guy n'avait pas envie de se faire prendre à consulter des archives interdites au public, même s'il était accompagné d'un inspecteur.

Sur le pont au Change, il contempla la tour de l'Horloge, son aspect médiéval, presque inquiétant, et se demanda s'il y avait des geôles anciennes à l'intérieur. L'époque où les rois de France siégeaient ici n'était pas si lointaine, une époque où les têtes tombaient à la hache... Heureusement l'homme avait inventé la guillotine, plus moderne et plus propre, ironisa Guy in petto.

Au moment de tourner devant la tour, Guy put lire l'heure sur son horloge, la première horloge publique de Paris, égrenant le temps depuis plus de six cents ans : presque vingt-trois heures.

C'était une bonne heure. Guy s'y sentait à l'aise. Un moment de la nuit où Paris n'était pas encore parti dans les limbes du sommeil, mais déjà assoupi, plus calme, le moment de tous les possibles, celui où les réticences cédaient plus facilement...

Perotti le tira de ses songes :

— Nous y sommes !

Ils s'étaient arrêtés au bout du quai de l'Horloge, face à la statue d'Henri IV.

— Comme c'est ironique, dit Guy pour lui-même.
— Pardon ?
— Je trouve cela ironique, l'emblème d'un roi assassiné en face des bureaux de la police.
— Paris n'est plus à un paradoxe près, je crois. Allons, venez, c'est par ici. Normalement l'accès ne sera pas fermé.

Ils longèrent l'imposante façade et Perotti poussa une petite porte qui commandait de baisser la tête pour la franchir sans se cogner le front dans le linteau de pierre et, après un long couloir et un escalier vers les caves, ils débouchèrent sur un grand hall voûté occupé par des rayonnages. Des ampoules électriques tombant du plafond éclairaient les allées et Guy repéra un comptoir derrière lequel un homme leva la tête de son journal.

Perotti le salua et l'homme, après avoir jeté un coup d'œil à droite puis à gauche, lui répondit d'un signe de tête.

— Ce qui nous intéresse se trouve au fond, dans les dossiers de la première division de la préfecture de police.

Guy le suivit sans un mot, fasciné par ce spectacle, il avait la chance de pénétrer au cœur du système judiciaire parisien, lui qui rêvait d'écrire un roman policier. Des plaques posées sur le côté des hauts meubles renvoyaient vers les différentes sections : « Brigades de recherches », « Brigade des mœurs », « Brigade des garnis » …

Perotti leva l'index devant lui, comme pour détecter dans l'air le chemin à suivre, puis s'élança d'un pas rapide vers une rangée de boîtes en bois entre lesquelles s'entassaient des piles de papiers nouées par des lacets.

— Nous y sommes, voilà. Ce devrait être par date, puis par ordre alphabétique…

— Vous descendez souvent ici ?

— C'est la première fois ! Le gardien m'a tout expliqué tantôt.

— Je suis très excité, je vous l'avoue ! Pénétrer dans pareil endroit ! Et avoir l'opportunité de lire les dossiers de l'enquête ! Quelle chance !

Perotti prit un air contrarié.

— Je n'ai jamais affirmé que nous aurions accès aux dossiers de l'affaire, mais aux archives ! L'affaire est en cours, nous ne pouvons rien lire à son propos, tout est dans les bureaux des inspecteurs.

Guy était déçu.

— Mais alors... que pouvons-nous espérer ici ?

— Que les inspecteurs Legranitier et Pernetty continuent de traiter ces enquêtes comme ils le font : avec désinvolture, et qu'ils n'aient pas songé ou eu envie de descendre consulter leurs archives pour vérifier s'il n'y a rien au sujet des victimes !

Sur ces mots, Perotti se remit à suivre de l'index les noms sur les dossiers et marcha sur plusieurs mètres en se penchant régulièrement pour vérifier ce qu'il lisait.

— Vous croyez vraiment que Pernetty et Legranitier ne s'intéressent pas à ces meurtres ? C'est pourtant là un cas formidable, si je puis dire, pour des professionnels de l'investigation criminelle !

— Ils ne font qu'obéir aux ordres, la décision vient d'au-dessus d'eux, bien au-dessus !

— Comment le savez-vous ? Je croyais que vous n'étiez pas proche d'eux ?

— Je suis observateur, c'est tout. Le soir où vous avez trouvé Milaine, il y avait plusieurs inspecteurs en bourgeois, et des policiers en uniforme, mais pas trace du procureur de la République de votre arrondissement. Pourtant, sur tous les faits passibles d'une peine supérieure à cinq années de réclusion, il doit obligatoirement se rendre sur place et dresser les procès-verbaux de constatation. C'est la loi. L'avez-vous vu ? Non. Sur un crime pareil, si Pernetty et Legranitier ne l'ont pas fait prévenir pour qu'il vienne, c'est qu'ils avaient des consignes. De la part du procureur général ou d'encore plus haut, je l'ignore, mais ils n'ont fait qu'obéir à un ordre ! C'est évident !

Guy était stupéfait. Qui – et pourquoi ? – avait donné l'ordre, en haut lieu, de ne pas ouvrir d'enquête sur les meurtres de prostituées ?

— Il me vient soudain une désagréable impression, dit-il, songeur, celle de revivre en France cette sordide chronique d'agressions sauvages à Londres il y a une dizaine d'années, ce Jack l'Éventreur !

Perotti se figea brusquement.

— Alors ça…, dit-il, étonné.

— Eh bien ? Qu'y a-t-il ?

— Le dossier d'Anna Zebowitz, il est énorme, dit Perotti en s'emparant d'une liasse. On dirait que la dame était très connue des services de la Préfecture !

Guy partit en arrière et se mit à sonder à son tour les rayonnages avant d'enfin trouver ce qu'il cherchait :

— Vous ne le croirez pas ! s'exclama-t-il. Il y en a également un pour Viviane Longjumeau, tout aussi fourni !

Perotti pivota vers Guy.

— Êtes-vous sûr que c'est le bon ?

— Oui, je l'ai entre les mains !

Perotti fronçait les sourcils, affichant l'expression de celui qui ne comprend pas.

— Ça ne devrait pas ! s'étonna-t-il. Ces dossiers sont normalement antérieurs aux meurtres, ce sont les archives constituées par la police à propos d'infractions concernant ces deux femmes. Or Viviane Longjumeau est un pseudonyme, c'est le nom qu'elle a inventé pour passer incognito dans la rue Monjol lorsqu'elle est venue rechercher sa fille ! Vous n'allez pas me dire que la mondaine a bâti un dossier aussi épais en seulement deux mois ! Prenez-le, il faut regarder ça de plus près.

À l'évocation du pseudonyme, Guy ne se sentit pas très à l'aise. Et si la mondaine disposait d'un dossier similaire à son sujet ? Il fut un instant tenté d'aller jeter un œil, mais se ravisa, la présence de Perotti l'en dissuada.

Les deux hommes s'assirent autour d'une table au milieu de la cave, sous une lampe électrique tombant du plafond juste au-dessus des deux dossiers. Un halo virginal auréolait les étiquettes manuscrites des deux noms des mortes.

Perotti ouvrit celui d'Anna Zebowitz d'une main et se lissa la moustache nerveusement de l'autre.

— Procès-verbal de la levée de corps, lut-il à voix haute. Nom d'un chien ! Mais c'est le dossier criminel !

— Je croyais qu'il n'était pas là...

— Il ne devrait pas ! À moins que...

— Que l'affaire ne soit classée ? C'est ça ?

Perotti hocha la tête, méditatif et circonspect.

— Cette fois il y a la signature du procureur de la République, celui du seizième arrondissement, lut-il. Elle a été retrouvée le matin du 12 avril, au sommet de la tour nord du palais du Trocadéro à l'Exposition universelle. Deux jours avant l'inauguration officielle. Tenez ! Voici le rapport rédigé par l'inspecteur Pernetty, en charge de l'enquête avec son collègue Legranitier. Ils ont interrogé celui qui a retrouvé le corps, un peintre en bâtiment. L'homme était si choqué par le spectacle macabre que Pernetty l'a écarté aussitôt de la liste des suspects, affirmant, je cite : « M. Pacrel était si bouleversé que ses mots s'embrouillaient, ses yeux s'embuaient, ses joues s'enflammaient et que sa gorge même s'agitait d'une inquiétante manière. Il ne fait aucun doute que M. Pacrel a les nerfs en pelote et que, par conséquent, il ne peut avoir commis le crime, une telle nervosité ne peut se feindre. »

— Une vraie prose, commenta Guy.

— Ils ont ensuite interrogé les gardiens de la paix en charge de la surveillance du site pendant toute la durée des travaux et de l'Exposition. Aucun n'a rien vu, rien entendu. L'un avoue cependant que cette zone de l'Exposition est assez peu surveillée car c'est là que vivent les sauvages importés des quatre coins du monde pour fournir un spectacle vivant aux pavillons coloniaux. « Leurs mœurs bruyantes, festives et odorantes », selon le policier, « dérangent les confrères qui laissent ces peuples se débrouiller dans leur coin sans trop les approcher. »

— On croit rêver ! s'indigna Guy. Quel professionnalisme !

— Legranitier est allé sur place rencontrer ces sauvages. Voici ce qu'il conclut : « Leur nombre est imposant. Leurs conditions de vie loin d'être aussi mauvaises qu'on pourrait le croire, mais ils ne parlent pas français pour beaucoup, ils ne savent ni comment se tenir, ni comment s'habiller, aussi nombre d'hommes et de femmes sont immoralement vêtus ou plutôt dévêtus, devrais-je écrire. Leurs mœurs sont incorrectes, leurs usages si différents des nôtres qu'il est impossible de les comprendre, et qu'il semble envisageable qu'un crime aussi abject que celui commis sur la victime Anna Zebowitz soit leur œuvre, tant ils nous sont différents et détachés des usages de notre civilisation. » Et ces taches – de gras semble-t-il – tendent à prouver que le sieur Legranitier aurait goûté à la cuisine des sauvages au passage ! Mais attendez, il conclut par ceci : « En discutant avec les indigènes du Congo français, j'ai eu le sentiment qu'ils ne me disaient pas tout. Je crois qu'ils ont peur. Ils logent non loin d'une entrée du palais du Trocadéro, il est envisageable qu'ils aient vu quelque chose ce soir-là, mais ils ne partageront pas leur savoir, de toute évidence. Inutile d'insister avec ces sauvages, ils ne se confieront à personne. »

— Il n'y a rien sur la victime elle-même ? Comment l'ont-ils identifiée ?

— Attendez… Cette grosse liasse, ce sont les procès-verbaux de tous les sergents de ville, ouvriers, artisans et architectes questionnés sous prétexte qu'ils travaillaient sur place ou qu'ils auraient pu entendre ou voir quelque chose la veille de la découverte du corps… Les inspecteurs ne leur ont pas dit la raison exacte de ces interrogatoires pour dissimuler le meurtre.

— À trop peu en dire, on ne récolte généralement pas grand-chose !

— Ah, voilà ce que vous vouliez ! Anna Zebowitz. Identité établie par la présence d'une lettre de créance dans le fond d'une poche. Prostituée, 24 ans. L'inspecteur Pernetty, estimant qu'une prostituée retrouvée morte dans l'enceinte de l'Exposition universelle avant son ouverture officielle a forcément été introduite par un employé des derniers travaux, a conclu qu'elle avait été ramassée non loin. Il a donc procédé par étapes : du secteur connu pour abriter des prostituées le plus proche au plus éloigné, une photographie de la victime à la main, pour demander aux travailleuses du trottoir si elles la reconnaissaient. Il n'a guère fallu de temps pour que les filles de la place de la Concorde l'identifient. Anna Zebowitz confirmé comme identité connue. Vivant dans le dix-huitième arrondissement de Paris. Pas d'enfants connus, ni de mari. Pas de souteneur. « Origine provinciale », d'après les filles qui la connaissaient vaguement. Peu regardante sur le client, cherchant un maximum de gains, parfois imprudente, elle n'hésitait pas à quitter les environs de la Concorde – les passes s'effectuent habituellement dans les fourrés au bas de l'avenue des Champs-Élysées – pour s'aventurer avec des clients, manifestement peu fortunés, pour peu qu'ils agitassent quelques pièces sous son nez. La prostitution sur la Concorde n'apparaît normalement que tard le soir, et seulement pour la nuit, mais Anna faisait partie des quelques filles qui venaient également le jour, régulièrement arrêtées par la mondaine.

— Vous étiez sur place, n'est-ce pas ? Qu'avez-vous vu de particulier ?

— Hélas, pas grand-chose, je suis un inspecteur débutant, comme vous le savez, et on ne me confie rien de bien palpitant. J'ai vu la pauvre Anna, ça je ne l'oublierai jamais ! Ensuite, il m'a été demandé de sillonner tout le palais du Trocadéro pour m'assurer qu'il n'y avait pas de traces de sang, de vêtements abandonnés ou peut-être l'arme du crime. En vain.

— Ce que je vais vous dire va peut-être vous surprendre, mais acceptez de jouer le jeu, intervint Guy. Imaginez que l'homme qui commet ces crimes soit un animal, à quoi pensez-vous ?

— À un lion, un tigre, ou peut-être un loup. Pourquoi ?

— Des prédateurs. Qui chassent.

— Pour se nourrir ! Ce n'est pas son cas ! Fort heureusement d'ailleurs !

— C'est ce qui le différencie, mais c'est un prédateur tout de même. Et si les animaux chassent pour manger, il ne semble pas idiot d'affirmer que lui a forcément aussi une raison de chasser ! Avez-vous déjà chassé vous-même ?

— Moi ? C'est-à-dire ? demanda Perotti, mal à l'aise.

— Avec un fusil ou un arc ou je ne sais quelle autre arme !

— Ma foi, non.

— Eh bien, sachez, monsieur Perotti, que les chasseurs ont leurs habitudes. Une arme préférée, qu'ils adaptent parfois à la proie, au terrain de chasse, le calibre, le modèle, etc. Il n'en demeure pas moins que les chasseurs ont leurs habitudes, de territoire, de type de proies, de façon de procéder, pour pister, pour la battue, pour tuer…

— Vous me dites que le meurtrier de Milaine est un chasseur ?

— D'une certaine manière, oui. C'est ce qui me vient à l'esprit quand je rassemble tout ce que nous savons. Il a un comportement répétitif qui le rassure. Qui le met en confiance pour chasser, pour se sentir prêt à tuer.

Perotti posa l'extrémité de son index sur le dossier d'Anna Zebowitz.

— Et vous pensez qu'il tue des prostituées par habitude, parce que cela le rassure ?

— D'une part, mais également qu'il ne choisit pas n'importe lesquelles. Cela m'a sauté aux yeux en vous écoutant, si je puis dire. Anna et Milaine se ressemblaient ! Elles étaient prêtes à tout pour…

Soudain Guy s'interrompit et fixa Martial Perotti, en réalisant qui il était par rapport à Milaine. L'enthousiasme qui venait de l'emporter retomba d'un coup et Guy chercha ses mots pour être le plus délicat possible :

— Monsieur Perotti, commença-t-il.

— Martial. Appelez-moi Martial.

— Très bien. Martial, je vais devoir être un peu direct avec vous, brusque même. Et je vous présente toutes mes excuses, mais je ne peux continuer sans toute la franchise que je vous dois à propos de Milaine.

— Vous me faites peur.

— Elle... Elle était la femme de plusieurs hommes, cela vous le savez. Mais savez-vous pourquoi ? Milaine voulait une situation. Elle acceptait toutes les rencontres possibles, espérant décrocher enfin la bonne. Elle ne se contentait pas d'être une agréable compagnie d'un soir ou deux, elle avait de l'ambition.

Perotti déglutit difficilement et acquiesça.

— Je le savais, dit-il tout bas. Milaine n'était pas toujours bonne comédienne. Mais je vous suis reconnaissant de cette franchise.

— Compte tenu de ce que nous sommes en train de faire, il le fallait. Je vois votre attachement pour elle, et je ne peux vous mentir sur ce qu'elle était en réalité.

— C'est une façon gentille de me dire que je ne dois pas me faire d'illusions, que Milaine n'avait aucun autre attachement pour moi que celui de l'argent, et de ce que j'aurais pu lui offrir ? Je le sais. Et vous serez surpris d'apprendre que c'était là un objectif pour moi, parvenir à la sortir de sa vie de cat... de courtisane, se corrigea-t-il.

Guy lui tapota amicalement le dessus de la main.

— Je suis certain qu'elle aurait été une femme comblée avec vous. Pardonnez-moi d'avoir abordé ce sujet sensible.

— Je tenais à elle, malgré tout ce qu'elle était. C'est pour ça que je suis ici ce soir, à vos côtés. Pour ça que je suis allé rue Monjol avec vous ce matin. Parce que j'avais pour elle une affection sincère.

Ses yeux étaient rouges. Il détourna le regard et fouilla le dossier pour dissimuler sa peine.

Guy en profita pour continuer sur sa lancée première :

— Milaine et Anna ont en commun d'avoir été prêtes à tout pour l'argent, peu prudentes. Si j'ajoute à cela que Viviane Longjumeau était certainement tout aussi volontaire et peu farouche pour retrouver sa fille, cela nous donne trois victimes qui n'avaient pas froid aux yeux, qui pouvaient être des proies faciles, qu'on entraîne à l'écart sans difficulté. Il y a donc entre ces victimes plus d'un point commun ! Je vous le dis : leur assassin ne les a pas tuées par hasard. Il les a choisies, et il y a probablement d'autres critères qui nous échappent !

— Et ce dossier ? demanda Perotti en désignant celui que tenait Guy entre ses mains. C'est bien celui du meurtre de Viviane Longjumeau ?

Guy défit le lacet et écarta le rabat cartonné avant de hocher la tête.

— Oui. L'affaire est également classée.

Il feuilleta les différents éléments du dossier, procès-verbaux, comptes rendus, croquis, rapports de dissection et tomba sur ce qui clôturait l'affaire : des photographies prises sur les lieux du crime.

Clichés où le contraste était trop poussé, les noirs engloutissaient toute nuance, les blancs étaient presque brûlés et, pourtant, cela ne suffisait pas à masquer l'horreur. Les pavés d'un quai avalés par une flaque de néant, celui d'une vie répandue sur la pierre.

Viviane Longjumeau gisait sur le flanc, les jupons relevés sur les cuisses. Il était impossible d'identifier les plaies du tissu de sa robe tant il y avait de déchirures et de coups de couteau. Ses paupières étaient fermées, mais sa bouche ouverte, comme un dormeur ridicule à la mâchoire pendante.

Des dizaines de jambes encadraient la morte, ainsi que des roues de charrettes.

D'autres photos, sous d'autres angles. Guy était hypnotisé par le visage de Viviane. Il avait souvent considéré la mort comme un état nouveau qui venait envelopper le corps après la vie. Confronté à ce qu'il voyait de cette femme, cela ne faisait plus aucun doute : la mort n'existait pas en tant que telle, elle n'était que l'absence totale de vie, une conséquence, ce n'était que ce qui restait une fois toute once de vie dissoute. La lèvre inférieure ballante, les paupières molles, pas tout à fait refermées sur des yeux tombants, l'absence totale de vigueur pour maintenir l'ensemble des organes, pour tendre un minimum ces muscles qui donnaient, même pendant le sommeil, une fermeté nécessaire pour tout bien ordonner face au poids permanent de la gravité ; voilà ce qu'était la mort. Vivre consistait, pour nos corps, à lutter contre l'attraction terrestre. Sur les clichés, il semblait que Viviane n'était plus qu'un fruit gâté, s'affaissant de toutes parts, dans l'attente de la putréfaction.

— Vous voulez que nous sortions prendre l'air ? demanda Perotti.

— Non, ça va.

— Il y a les mêmes pour l'affaire Zebowitz, mais j'ai préféré ne rien vous dire, elles sont tout aussi… obscènes.

— Viviane est morte dans la nuit du samedi 7 au dimanche 8 avril, sur les quais près du jardin des Plantes. Pas un témoin. Et pourtant elle s'est débattue, semble-t-il, les inspecteurs ont découvert sur place des traces de sang sur plus de vingt mètres de distance, des éclaboussures, des projections, et des empreintes de pas, autant d'indices qui prouvent qu'elle est restée vivante un moment, qu'elle a tenté de s'enfuir.

— Ont-ils fait un croquis des empreintes de pas ?

— Je n'en ai pas vu. Viviane était une anonyme exposée à la morgue, le corps dissimulé sous des couvertures, jusqu'à ce qu'une catin de la rue Monjol la reconnaisse. Et... elle a subi un viol.

— Ce qui n'est pas le cas d'Anna ! Ni de Milaine, si je me réfère à ce que j'ai vu dans la rue. Elle n'avait pas la robe déchirée ou relevée.

— Cela n'exclut pas le viol. Cependant, je dois vous avouer un sordide détail : j'ai remarqué la présence d'un liquide blanchâtre dans sa bouche, hélas la mâchoire était crispée, impossible de regarder de plus près.

— Vous pensez à du...

— Liquide séminal ? Je n'en suis pas sûr.

— Bon.

Perotti sembla accuser le coup.

— Ce que je ne vous ai pas encore dit, c'est que Viviane n'a pas été violée par un homme mais par un objet. Une figurine enfoncée dans les parties intimes.

— Mon Dieu, fit Perotti en se couvrant la bouche de la main. Quel genre de figurine ?

— Ce n'est pas précisé. Une enquête menée par des sagouins, je vous le dis !

La série des photographies de Viviane assassinée avait tellement secoué Guy qu'il se sentait presque comme un étranger à l'intérieur de son propre corps.

— Pourquoi y a-t-il eu viol sur certaines et pas sur d'autres ? se demanda-t-il tout haut.

— Parce qu'il les connaissait personnellement et n'a pas eu le courage ? proposa Perotti. Parce qu'il n'a pas eu le temps ?

Une porte quelque part claqua et résonna dans toute la cave, faisant sursauter les deux hommes. Ils attendirent, aux aguets, se préparant à décamper à toute vitesse, jusqu'à ce qu'ils soient sûrs que personne ne descendait. Dans le prolongement des longs rayonnages, Guy pouvait distinguer le gardien, tout au bout, derrière son comptoir, occupé à lire. Il n'avait pas bronché.

Perotti continua de tourner les pages de son dossier puis s'arrêta sur un document manuscrit accompagné de croquis anatomiques.

— Le rapport de la dissection d'Anna Zebowitz, dit-il. Le médecin rapporte la présence d'une blessure béante au niveau du thorax, et des coups d'un objet très tranchant, probablement un couteau, si nombreux qu'ils ont entraîné la rupture de la poche abdominale, ce qui explique que les intestins de la victime étaient répandus au sol. Sa gorge a été tranchée avec brutalité, mais le cœur ne battait déjà plus, d'après lui, car il n'y a pas de projection de sang sur les murs, près de la tête. Oh, mon Dieu, attendez la suite : sa langue a été tranchée, cette fois, c'est une blessure intervenue plusieurs heures *avant* la mort. Tiens, étrange, le médecin pense qu'elle a été tuée sur place !

— Et alors ?

— C'est que... avec tout ce sang dans l'escalier, je pensais plutôt qu'elle avait été transportée, et que pendant ce voyage elle s'était... répandue. Pardonnez-moi d'être aussi cru...

Guy balaya l'excuse d'un revers de main, comme si les détails morbides ne l'affectaient plus.

— Si le médecin a raison, c'est le tueur qui en était couvert ! Comment passer inaperçu ensuite dans la rue ?

Perotti haussa les épaules et retourna à sa pile de feuilles.

— Une substance huileuse non identifiée, lut Perotti, a été retrouvée tachant la robe de la malheureuse, et également sur sa peau.

— Voilà qui ne nous avance pas beaucoup.

Le jeune policier se recula sur sa chaise et se plongea dans ses souvenirs.

— Il y a autre chose... Je vous l'ai déjà dit, la vision de ce qui restait de la malheureuse me faisait penser à un tableau des Enfers. Parce qu'elle était véritablement éparpillée... Et... je crois pouvoir dire qu'elle était... incomplète.

— Incomplète ? Vous pouvez préciser ?

— Il manquait des organes, ou du moins des morceaux de son anatomie. Tout son intérieur était vidé devant elle. Et je peux vous certifier qu'il en manquait. C'était évident, même pour quelqu'un qui n'a pas fait médecine ! C'est pour ça que j'ai pensé qu'elle avait été tuée ailleurs puis transportée ici. Je n'imagine pas un homme s'enfuyant avec des organes humains dans les poches !

— Qu'en dit le médecin ?

Perotti se replongea dans le rapport avant de hocher la tête et de lire à voix haute :

— « Absence des poumons, du cœur, ainsi que de la veine cave supérieure, de l'arc aortique, ainsi que de l'ar... »

— Absence ? C'est-à-dire ?

— On ne les a pas retrouvés.

Guy émit un long sifflement étouffé entre ses lèvres.

— Une vraie boucherie, murmura-t-il. Et bien des mystères. Et en plus de l'avoir... volée, il s'est acharné sur elle en lui tranchant la gorge *après* sa mort ? C'est étrange.

— Je pense à un acharnement non maîtrisé, suggéra Perotti, un emballement dans la violence ! Celle-ci monte au fur et à mesure qu'il frappe cette pauvre Anna Zebowitz, et il se laisse emporter, grisé qu'il est !

— Grisé ne me semble pas le bon terme, aveuglé serait plus approprié, vous ne croyez pas ?

— Peut-être. Je ne suis pas spécialiste. À vrai dire, qui l'est ?

Guy pointa son doigt vers Perotti comme pour l'accuser.

— C'est exactement ce qu'il nous faut. Un spécialiste.

— Vous voulez dire ces gens qui travaillent sur la psyché ? Aliénistes et autres explorateurs de nos cervelles ?

— Je ne pensais pas aux disciples de Charcot, non, plutôt à quelqu'un qui aurait à la fois l'analyse fine des caractères humains et en même temps l'expérience du prédateur.

— Alors là, je ne vois pas, vous m'en posez une bonne ! admit Perotti.

— Allons, Martial, un homme solitaire, qui connaît bien son espèce, qui la décortique, qui étale chaque jour de son ouvrage l'âme humaine pour la détailler !

— Eh bien... vous !

— Oui, un romancier ! Mais pas n'importe lequel ! En plus d'être romancier, il faut que ce soit un de ces rares hommes à connaître les instincts du prédateur, prêt à tout sacrifier pour la traque, qui en connaît parfaitement les secrets, qui a passé sa vie à chasser, pendant des heures d'affilée, parfois pendant des jours sans s'arrêter !

— Allons, cela n'existe pas !

— Oh que si ! Un individu qui maîtrise parfaitement l'acte de tuer, à tel point qu'avec lui, cela devient de l'art ! Allez, je vous le dis : un chasseur de safari ! Et il se trouve qu'il y a à Paris un homme qui mêle les deux, romancier et chasseur.

— Vous pouvez nous mener jusqu'à lui ?

Guy prit une grande inspiration, comme pour aller au fond de lui puiser du courage.

— Oui, mon ancienne vie peut nous ouvrir ses portes.

15

La bourgeoisie s'était mise derrière les barreaux.

Dans le quartier d'Auteuil, dans l'ouest du seizième arrondissement, la Villa Montmorency s'était bâtie là où trente ans plus tôt s'étendaient encore plusieurs hectares de champs et de vignes cultivés par des paysans n'ayant, pour certains, jamais foulé le pavé de Paris, pourtant à leurs pieds.

À la place du raisin et des blés, s'était dressé un parc de demeures élégantes, entourées de jardins fleuris, fermé par d'imposantes grilles en fer forgé.

Le gardien sortit de sa loge pour saluer Guy et Martial Perotti qui descendaient à peine de leur fiacre.

Le soleil de la fin de matinée tombait sur les grilles pour projeter leur ombre sur les parterres de fleurs et de buissons taillés, comme si la nature elle-même était emprisonnée en ce lieu.

— Messieurs, les promeneurs sont autorisés sous réserve qu'ils respectent les consignes strictes de la Villa Montmo…

— Nous venons visiter un ami, le coupa Guy en tendant sa carte de visite comme le voulait l'usage. M. Maximilien Hencks.

— Est-il prévenu de votre venue ?

— Non.

Le gardien les jaugea un instant. Si Guy portait une tenue bien coupée, d'un certain raffinement, le costume de Perotti était bien plus modeste et simple : veste un peu élimée à l'extrémité des manches, boutons de gilet sobres, ainsi qu'un pantalon légèrement usé sur les ourlets. Le gardien entra dans sa guérite pour décrocher un téléphone et Guy entraîna Perotti un peu à l'écart.

Guy n'avait toujours pas avoué son mensonge à son nouvel ami.

Sa véritable identité.

Il n'avait pu le faire durant le voyage en fiacre – déjà trop heureux d'avoir échappé à Faustine dans la matinée, à qui il préférait épargner toutes les émotions que ne manquerait pas de susciter la rencontre avec Hencks –, et Guy avait décidé de s'en remettre à ce dont il niait l'existence dans ses romans : le destin bienfaisant. Si Maximilien trahissait sans le savoir son véritable nom, alors il serait encore temps de tout confesser à Perotti.

Le gardien revint vers eux en rendant sa carte à Guy qui la fit aussitôt disparaître dans sa poche intérieure et leur indiqua le chemin à suivre pour le domicile de M. Hencks.

De longues grappes de glycine violette tombaient par-dessus les murs de pierre ou les clôtures de fer peintes en noir qui fermaient les jardins.

Les deux visiteurs s'écartèrent pour laisser passer une dame très joliment vêtue, avec son grand chapeau surmonté de nœuds en soie et de fleurs aux pétales roses et blancs, elle portait un panier en osier et leur adressa un signe de tête en guise de salut et de remerciement pour leur politesse.

— J'aime ces endroits où l'on vous dit merci pour des choses pourtant naturelles ! s'exclama Perotti.

— Jusqu'à présent, nous n'avons pas parlé politique ensemble, mais je me dois de vous demander : Martial, avez-vous quelques sympathies pour les anarchistes ?

— Vous plaisantez ? J'avais vingt-deux ans lorsque Ravachol posait ses bombes dans Paris et j'en ai fait des cauchemars pendant plusieurs mois !

— Alors vous vous entendrez bien avec Maximilien Hencks. Il déteste les anarchistes, il les chasserait en personne s'il le pouvait ! C'est un fervent royaliste, ultranationaliste, on le dit proche de certains extrémistes tel Déroulède, mais pour ma part je n'ai jamais eu à me plaindre de son attitude. Cela dit, évitez d'aborder le sujet avec lui.

— Comment l'avez-vous connu ?

— Il a beaucoup apprécié un de mes romans, avoua Guy en se demandant s'il n'en disait pas trop. J'y comparais la haute bourgeoisie à ces parasites qui vivent sur les gros mammifères mais qui les nettoient en même temps. Il m'a invité à dîner pour en converser.

— Mais alors, vous avez été publié, petit cachottier ! Pourquoi m'avoir dit le contraire ? Serait-ce un ouvrage aux mœurs légères ?

— Non, non, fit Guy mal à l'aise, c'est... nous aurons l'occasion d'en reparler. Nous voilà arrivés.

Maximilien Hencks habitait un manoir de brique couvert de lierre, au milieu d'un long jardin rectangulaire à l'herbe trop haute, dans laquelle se noyaient un bassin mousseux avec des sirènes de pierre, et un puits un peu plus loin.

Guy tira sur la chaînette de la cloche et un domestique vint leur ouvrir.

— M. Hencks vous attend dans son cabinet, si vous voulez bien me suivre.

Ils furent conduits jusque dans une grande salle tapissée de boiseries brunes, des livres aux reliures de cuir couvrant les rayonnages, surplombés de têtes de lion, de tigre ou de gnou aux cornes acérées. Un télescope de cuivre occupait le devant d'une des fenêtres, l'autre étant en partie masquée par un imposant fauteuil dans lequel lisait un homme à la chevelure grise.

Il déposa son ouvrage sur un guéridon et se leva pour les accueillir.

Maximilien Hencks était très grand, bien plus que la moyenne, et il rendait au moins une tête et demie à Guy et Perotti. Sa chevelure noire et argentée, aux mèches rabattues en arrière, dominait un visage long et anguleux ; des maxillaires très marqués, sous des joues au contraire creuses, des arcades proéminentes coiffées de sourcils d'un noir d'encre au-dessus de petits yeux enfoncés, un nez étroit sur une bouche large et imposante, il était fait d'opposition, de contraste, de pointes et d'anfractuosité, un visage tumultueux, sévère et complexe.

Une tête presque plus effrayante que celles, empaillées, qui le surplombaient.

Soudain le visage s'ouvrit, le réseau de muscles sous la peau tira en arrière sur ce masque troublant, et la bouche s'agrandit encore, le front se détendit, et les joues se remplirent d'un sourire généreux.

— Guy, mon ami ! Que de temps sans nouvelles !

Il parlait d'une voix très grave.

Les deux hommes se serrèrent la main longuement, Hencks gardant celle de l'écrivain emprisonnée sous les siennes, énormes.

— Maximilien, je vous présente Martial Perotti, un compagnon d'aventures.

Sans leur demander leur avis, Hencks servit trois généreuses portions de cognac dans de lourds verres en cristal et les leur tendit.

— Que me vaut le plaisir de votre visite, Guy ?

— Pour tout vous dire, c'est un moment grave et triste.

— Je le vois à votre visage qui s'est soudainement décomposé. Que se passe-t-il ? Ce n'est pas Joséphine j'espère ?

Le nom de sa femme fit frémir Guy qui se reprit aussitôt.

— Non, c'est… une amie. Elle a été assassinée. Et tout porte à croire qu'elle n'est pas la première victime de son meurtrier. La police ne fait pas son travail, pour une raison qui m'échappe, ils classent les dossiers plutôt que de chercher à conduire ce monstre à la guillotine.

— Venez vous asseoir, intervint Hencks en les guidant vers deux banquettes face à face, devant une large cheminée. Qui mène l'enquête ? La Sûreté générale ou la police de la Préfecture ?

— La seconde, la police.

— Je n'ai, hélas, que très peu de contacts dans les hautes sphères de la Préfecture. J'ai bien peur de ne pouvoir vous aider beaucoup…

— Ce n'est pas cette aide-là que je suis venu chercher, en fait, ce sont vos compétences de… chasseur.

Hencks recula, seul sur sa banquette.

— Il va falloir être plus précis, Guy, dit-il.

— Martial et moi nous sommes mis en tête d'accomplir ce que la police ne fait pas : remonter la piste de celui qui a commis ces massacres pour le livrer aux autorités !

— Pourquoi donc ? Pour venger votre amie ?

Guy et Martial se regardèrent brièvement.

— Cela va bien au-delà de la vengeance, précisa Guy. Je... Je suis intéressé par cette affaire, je veux dire : professionnellement parlant. Je crois que je pourrais en faire un livre.

— D'un véritable crime ? Guy, êtes-vous sûr de ne pas aller trop loin ?

— Au contraire, c'est l'occasion pour un romancier d'approcher ce qu'aucun intellectuel n'a contemplé : l'âme la plus noire. Cerner le Mal absolu, s'y confronter et avoir l'opportunité de le détailler aussi certainement qu'un corps sur une table de dissection !

Hencks demeurait sceptique, fixant ses deux visiteurs avec une moue dubitative.

— Quant à moi, j'étais... un proche de la dame, avoua Perotti. Je ne peux laisser Guy seul, Milaine comptait énormément pour moi.

Hencks but une gorgée de cognac et croisa une jambe sur son genou.

— Je ne suis qu'un humble chasseur passionné, ce sont les animaux sauvages que je traque, pas les tueurs ! Je ne peux vous aider dans cette tâche.

— C'est pour mieux cerner son portrait psychologique que nous sommes ici, cet homme *est* un chasseur, précisa Guy.

— Qu'est-ce qui vous le fait penser ? Je n'aimerais pas que vous confondiez chasseur et tueur !

— Il tue toujours des femmes, toutes de la même condition, du même métier. Au début dans la même zone, mais il a changé depuis. Ses crimes sont barbares. Il doit avoir une sorte d'habitude, un rituel, car il ne se fait jamais voir, aucun témoin, il enlève et tue. Un homme malin, habile et rusé. Il se comporte comme un chasseur.

— Le même terrain de chasse dites-vous ?

— Oui, il n'en a changé que récemment. De septembre à début avril, il a choisi ses proies rue Monjol, sept disparitions, dont une seulement a été découverte... massacrée. Ensuite, il a changé par deux fois, deux crimes en à peine une semaine. Celles-ci aussi ont été retrouvées.

— Neuf victimes ! s'étonna Hencks en perdant son flegme. En êtes-vous sûr ?

— Six n'ont jamais été retrouvées, cela peut vouloir dire qu'il ne les a pas tuées, mais qu'il les garde en vie, quelque part.

Perotti fit signe qu'il n'était pas d'accord.

— Je ne partage pas cet avis, cela implique trop de dépenses, de nourrir ces femmes et les séquestrer, non, je n'y crois pas une seconde. Celui qui commet ces crimes est certes malin et minutieux, mais ce n'est pas un homme argenté, c'est assurément un pauvre hère qui n'a pas eu d'éducation, pas d'amour, et qui s'est construit dans le déséquilibre, dans la violence de la rue, il n'a que peu de moyens et certainement pas suffisamment pour posséder un domaine assez grand dans Paris pour qu'un voisin n'entende rien.

— Une simple cave suffirait ! contre-attaqua Guy.

Hencks mit un terme au débat :

— Les trois filles dont on est sûr qu'elles sont mortes ont-elles été tuées avec la même arme ? De la même manière ?

— Non, répondit Guy. Viviane et Anna ont été lardées de coups de couteau, en tout cas d'un objet très tranchant. Viviane a fui, blessée, avant d'être rattrapée. Pour Anna, c'est difficile à dire, elle se trouvait au sommet d'une tour, éventrée et égorgée après sa mort. Martial pense qu'il a fallu plusieurs hommes pour la transporter si haut. La dernière, Milaine, est décédée… étrangement. En transpirant du sang, les yeux entièrement noirs, et une grimace de terreur figée sur ses traits. Une vision dantesque que je n'oublierai jamais.

Hencks but à nouveau un peu de cognac et hocha la tête doucement.

— Les chasseurs, commença-t-il, contrairement aux croyances populaires, ne jurent pas que par la mise à mort proprement dite, le rapport de force est bien sûr trop déséquilibré avec une arme à feu. La mise à mort est une finalité de la chasse, c'est sa destination, mais le voyage compte au moins autant. La traque. Partir d'un environnement sans proie et se défier d'en débusquer une, trouver les indices, faire le tri pour se centrer sur *la* proie que l'on cherche, pas n'importe laquelle. Un chasseur qui part en quête d'un gros gibier ne va pas s'attarder plusieurs heures à remonter la piste d'un lièvre ! Quelle déception ce serait pour lui ! Quel affront à ses compétences ! Une journée de frustration certaine ! Non, le chasseur sélectionne sa proie et, ensuite, c'est elle et elle seulement qu'il doit affronter. Elle va se fondre dans son environnement, elle va glisser entre les sens du chasseur, pour sauver sa vie. Un affrontement silencieux entre deux cœurs qui battent, dont l'un est là pour arrêter l'autre. Notez bien cette différence, elle est fondamentale ! La chasse, c'est un couple. L'un veut éliminer l'autre, qui, lui, veut sauver son existence.

— Il y a différents types de chasse, n'est-ce pas ? demanda Perotti. Celle de nécessité, pour se nourrir, et celle du plaisir.

— En effet. Et il faut bien les distinguer. Votre homme n'est pas une lionne qui part tuer une gazelle pour manger, il est plutôt le chat qui joue avec une souris terrorisée jusqu'à ce qu'elle meure. Et plus elle se débat, plus elle crie, plus le chat est excité et lui tourne autour. Il cesse de s'y intéresser dès lors qu'elle ne bouge plus et demeure silencieuse même après plusieurs coups de patte.

Guy avait compris.

— Viviane et Milaine ne se sont pas enfuies…

— Certainement pas, approuva Hencks. Si j'ai bien suivi, il a déjà tué six fois avant elles, il a l'expérience nécessaire pour ne pas commettre d'erreur. Sauf s'il se laisse aller à trop d'assurance, mais cette première bévue l'aurait incité à plus de prudence. S'il a recommencé, c'est que c'est volontaire. C'est le mode de chasse qu'il apprécie.

— Il a… *joué* avec Milaine ? s'indigna Perotti.

Hencks haussa les sourcils.

— J'en ai bien peur. Et s'il le fait par plaisir, c'est donc qu'il recommencera. Neuf fois, c'est le signe qu'il ne peut s'arrêter. En revanche, son acharnement me laisse plus perplexe. Éventrée et égorgée ? Pour la sudation, je suppose que c'est un poison. C'est curieux. Il s'essaye à d'autres armes, comme un chasseur délaissant sa carabine pour tenter la chasse à l'arc. Mais habituellement, c'est un essai de curiosité, car le chasseur a ses armes fétiches, il n'en change que peu, elles font partie de son rituel rassurant, de ses codes, c'est presque une parure tribale.

— Et il y a eu une accélération, précisa Guy. D'abord cinq en cinq mois, puis une en février et trois en avril.

Cette précision chronologique effrayante fit tomber un long silence sur les trois hommes. Le lancinant balancement mécanique d'une horloge égrenait ses secondes dans le hall mitoyen.

— L'ivresse du sang, dit sombrement Hencks.

— Il a pris goût à l'excitation de la chasse ? devina Guy.

— Non. Il a pris goût à l'excitation de la mise à mort, j'en ai bien peur. Il ne se contentait déjà pas de tuer sobrement, voilà qu'il varie la méthode. D'abord, l'arme blanche, maintenant le poison. Je ne vois aucune chance qu'il s'arrête. Au contraire, il va continuer sur le même rythme s'il n'est pas inquiété. En multipliant les méthodes de mise à mort, pour éprouver le plus de plaisir possible.

— Le plus de plaisir ? répéta Guy.

— Oui. Prendre la vie peut être une forme de jouissance. C'est l'orgasme divin, comme je l'appelle. Le pouvoir de vie et de mort lorsque vous avez terminé la traque, que la proie est face à vous, que votre index est sur la détente, prêt à la presser. Il ne reste plus que vous pour prendre une vie ou pour la laisser. C'est votre pouvoir de vie et de mort sur ce que vous venez de pourchasser, un droit quasi divin. La décharge émotionnelle, au moment où le coup part, où vous savez que vous venez d'arracher une vie au cosmos, est une ivresse formidable. Il y a des hommes qui peuvent se faire happer par cette ivresse. C'est ce qu'il y a de pire. Car personne n'en revient. J'ai connu un chasseur qui a renoncé à la chasse à cause de l'ivresse du sang, car il s'est fait peur. Il en voulait toujours plus. Et dans les colonies africaines, la vie d'un lion est plus chère que celle de certains hommes.

— Que se passera-t-il lorsqu'il aura testé toutes les méthodes ? Il s'arrêtera ? demanda Perotti.

Hencks était aussi fermé et sinistre que s'il avait une terrible nouvelle à leur annoncer.

— La vérité est qu'il n'existe aucune méthode parfaite, c'est la décharge de l'orgasme divin qu'il recherche, et il se passera avec elle ce qu'il se passe avec toutes les formes de plaisir addictif. Que fait un alcoolique ou un drogué lorsque l'absinthe ou l'opium ne lui font plus assez d'effet ?

— Il augmente la dose, compléta Guy tout aussi sinistrement.

— Exactement. Il consomme encore et encore, jusqu'à l'orgie.

Perotti se passa la main dans les cheveux en penchant la tête et demeura ainsi prostré pendant plusieurs secondes.

— Ne peut-on rien faire pour l'arrêter ? demanda-t-il. Pour le sevrer ?

— Il est déjà difficile d'éloigner un homme de l'alcool ou de la drogue, mais lui faire abandonner l'ivresse d'un orgasme divin ? Non, je ne crois pas. Il faut savoir s'arrêter juste avant, comme l'a fait mon ami, car si on franchit le cap du crime, c'est trop tard. Rappelez-vous qu'il ne s'agit pas d'un meurtre par cupidité ou jalousie mais d'un assassinat par plaisir ! C'est là toute la différence ! Celui qui, de par ses actes, s'exclut du royaume des hommes, devient un fantôme de la civilisation. Et nul fantôme ne peut reprendre son enveloppe charnelle.

— C'est à nous de mettre un terme à sa folie, fit Perotti avec une détermination nouvelle. Vous aviez raison, Guy, faute d'autres éléments pour le retrouver, nous devons cerner ce qu'il est. Dites-nous, monsieur Hencks, ce qui fait un bon chasseur, que nous sachions qui nous avons en face de nous.

— Être un bon chasseur, c'est avoir de bonnes connaissances. Pour commencer, connaître l'environnement.

— Il chasse là où il habite ?

— Pas nécessairement, au contraire même. En revanche, il chasse dans un milieu qui ne lui est pas totalement étranger, ou en tout cas dans lequel il se sent assez à l'aise : la rue Monjol, dites-vous ? Alors, c'est un homme de la ville, coutumier de cet endroit sordide, il n'aurait pas choisi pareil coupe-gorge sinon. Cela correspond à ce qu'il aime. Une prise de risque supplémentaire, peut-être. Quoi qu'il en soit, il connaît les quartiers difficiles, ils ne lui font pas peur au point de le faire fuir.

— Vous parlez d'une prise de risque, nota Guy. Le risque est-il important pour le chasseur ?

— Cela dépend de l'homme. Certains ne jurent que par le risque. (Il désigna les trophées empaillés des prédateurs au-dessus d'eux.) Plus il y a de risque, plus la victoire est savoureuse. Cela vous renseigne sur l'homme ! Celui qui aime le risque, qui en prend lui-même pour chasser, est un homme sûr de lui, peut-être même un peu arrogant. C'est un débrouillard, un solitaire, car le summum du risque est de chasser seul, sans filet de sécurité ! Au contraire, celui qui n'en prend aucun, qui se confronte à des proies sans danger pour lui, qui balise le terrain à l'avance, voire qui dresse des pièges pour y rabattre l'animal, est un homme qui manque d'assurance, qui n'aime pas en imposer aux autres, qui ne dit pas facilement non. C'est une personne plus effacée.

— Tout cela rien qu'en déterminant le type de chasse ? s'étonna Perotti, sur un ton presque moqueur.

— Mais non, c'est la personnalité qui détermine quel type de chasse on préfère. Les hommes ne font pas les choses par hasard, pas lorsqu'ils les répètent encore et encore, et certainement pas lorsqu'ils le font pour leur plaisir. Le plaisir de chacun en dit long sur ce qu'il est. Rappelez-vous, le sien est l'orgasme divin.

— Donc, si nous étudiions la prise de risque de l'assassin, nous pourrions avoir une idée de sa personnalité ? voulut s'assurer Guy.

— Tout à fait.

— Quelles autres règles fondamentales y a-t-il pour être un bon chasseur ?

— Il doit connaître sa proie. Être capable d'anticiper ses réactions.

— Vous pensez que notre homme choisit ses victimes à l'avance ? suggéra Guy.

— C'est fort possible. Il doit les observer pour connaître leurs habitudes, savoir qui elles sont, comment elles vont réagir lorsqu'il apparaîtra, l'arme au poing. Pour ne pas se faire surprendre et qu'elles lui échappent. Ce serait une catastrophe, son plaisir longuement préparé tout à coup gâché. Sa colère ensuite pourrait être à la mesure de l'orgasme divin qui lui a filé entre les mains !

— Merci, Maximilien pour toutes ces précieuses informations, dit Guy, qui réalisait soudain l'incongruité de poser ces questions à un homme qu'il n'avait plus revu depuis longtemps et qui se prêtait au jeu sans rechigner.

Hencks le fixa avec une telle intensité que Guy en fut troublé. Son expression n'avait plus rien d'amical.

— Vous êtes comme deux brebis qui partent défendre leur troupeau, dit-il alors d'un ton si froid qu'il fit reculer Perotti sur son siège. Deux brebis qui croient qu'en se dressant face au renard elles sauront le faire fuir. Mais vous ignorez que ce n'est pas un renard qui décime votre cheptel. C'est un loup. Un énorme loup. S'il vous sent approcher, il saura vous contourner et vous prendre au piège. Et vous ne vous en rendrez compte que lorsqu'il sera trop tard. Croyez-moi, Guy, vous devriez laisser cette histoire, vous n'êtes pas à la hauteur. Celui qui est capable de tuer neuf fois sans se faire prendre est un prédateur redoutable. La quintessence du chasseur. Il saura vous renifler à des lieues de distance, et s'il lui prend le désir de s'attaquer à vous, vous ne le verrez pas venir !

— C'est important pour moi, répondit l'écrivain tout bas, presque d'une voix d'enfant. Ma vie a changé, Maximilien. Énormément. Et je crois qu'à travers ce loup, comme vous dites, je pourrai m'affranchir de mes démons.

Hencks posa son verre vide à côté de lui et se pencha vers Guy.

— Je sais, dit-il. Joséphine est venue me trouver peu avant Noël.

Guy eut brusquement le sentiment qu'un lézard géant lui léchait la colonne vertébrale. Un fourmillement désagréable le traversa jusqu'à la pointe des pieds.

— Je ne lui dirai pas que je vous ai vu, le rassura Hencks. Mais si vous voulez mon avis, ne la laissez pas ainsi, sans rien lui dire. Elle a le droit de savoir que vous êtes en vie. Vous lui devez cette vérité.

Guy plongea le regard dans son verre auquel il n'avait pas encore touché et il le vida d'un trait. La brûlure de l'alcool lui fit du bien, elle le réchauffa.

— Je ne lui dirai rien, insista Hencks en lui donnant une tape réconfortante sur la main. Mais sachez que son père aussi vous recherche. Il n'a pas capitulé, l'honneur de sa fille est en jeu, et il est prêt à tout pour vous retrouver, et vous faire interner dans un asile si nécessaire ! Voyez, vous avez bien d'autres problèmes à régler. N'allez pas vous risquer dans cette sordide affaire. Vous n'êtes pas de taille, Guy ; je vous connais, et d'après ce que vous m'avez dit de cet assassin, il est au-dessus de vos capacités. Laissez-le aux professionnels.

— La police de la Préfecture classe les meurtres ! Ils ne veulent pas s'en charger !

— C'est qu'ils ont une bonne raison. C'est un monde tout autre que le vôtre, dans lequel vous n'avez pas vraiment envie de vous perdre, croyez-moi.

— Il le faut.

— Vous ne l'empêcherez pas de tuer à nouveau. Il a déjà accéléré, trois fois au mois d'avril vous m'avez dit.

— Le 7, le 12 et le 18 avril, précisa Perotti.

Hencks secoua la tête de dépit.

— Le délai se raccourcit de plus en plus. Et nous sommes le 21. Si vous voulez mon avis, il va tuer à nouveau très bientôt, peut-être même dès ce soir.

Guy et Perotti se jetèrent un regard inquiet.

— Et il va frapper fort, ajouta Maximilien Hencks. Pour s'enivrer encore plus.

16

Un dôme bleu coiffait Paris, comme pour souligner la blancheur de son architecture émaillée ici et là de grands espaces verts.

Guy et Martial Perotti marchaient rue Mozart. Tous deux avaient eu la même sensation d'être glacés en sortant de chez Maximilien Hencks, et ce malgré le cognac. Ils avaient opté pour une promenade afin de se réchauffer tout en faisant le bilan de cette rencontre.

— Je ne sais si c'est l'homme ou ce qu'il a dit qui m'a le plus fait frissonner, avoua Perotti. Ce Hencks est un sacré personnage !

— L'un des plus grands chasseurs de notre monde civilisé, précisa Guy non sans une pointe d'ironie quant aux choix de ses mots. Il parcourt le globe en quête de nouveaux exploits, de nouvelles aventures.

— Pardonnez ma curiosité mais… il a fait référence à une certaine Joséphine…

Guy sentit son ventre s'ouvrir et le vide s'y engouffrer. Il profita des pétarades d'une automobile qui doublait à toute vitesse les landaus et autres boguets sur le pavé, pour chercher les mots justes.

Le bruit s'éloignait qu'il ne savait quoi dire.

— J'ai été marié, improvisa-t-il. Enfin… je le suis toujours. J'ai quitté le domicile conjugal.

— Ah.

Perotti semblait encore plus désemparé que Guy lui-même.

— Je n'en suis pas fier. D'autant que… Je l'ai fait lâchement, sans rien dire.

— Votre femme ignore où vous êtes ?

— Elle ne sait rien. J'ai fui un matin, et plus aucune nouvelle depuis.

Le cliquètement des fers des chevaux au milieu de la rue lui parut soudain hypnotique. Guy eut l'impression qu'il pouvait les écouter et ne plus rien avoir à faire d'autre, s'oublier dans ce rythme perpétuel, dissoudre ses tracas dans l'oubli.

Perotti le rappela à la réalité :

— Je ne vous juge pas, Guy, sachez-le. Je suis moi-même célibataire, à trente ans, c'est pour beaucoup signe d'une tare ! Alors que j'estime n'avoir simplement pas trouvé celle qui fait chavirer mon cœur. Enfin, je crois que… que j'avais trouvé.

Perotti se racla bruyamment la gorge pour en chasser l'émotion qui l'encombrait brusquement.

Ce petit bonhomme au physique tout à fait banal, avec sa moustache, son costume un peu usé, et toute sa tristesse contenue, inspira de la pitié à Guy. Depuis qu'il était adolescent, Guy avait toujours eu une forte empathie, il se souvenait des balades avec ses parents où il ne pouvait se détacher des marchandes d'oranges, ou des blanchisseuses qu'ils croisaient tôt le matin, en se demandant à quoi pouvait ressembler leur vie lorsqu'il contemplait leurs mains fripées aux doigts tordus par l'effort. Il imaginait leurs logis, ouverts au vent, leurs estomacs pas assez remplis à chaque repas, leurs peines, leur sentiment d'injustice. Guy en faisait parfois trop, parfois pas assez, mais il n'était jamais à l'aise, un simple regard qui croisait le sien et il se sentait honteux d'être si bien né. Lui qui vivait dans un bel appartement, lui qui ne manquait de rien avec ses deux parents. Il était une véritable éponge à émotions, un peu de temps avec un individu et il en absorbait les chagrins et les joies. Et si cela lui permit de rapidement enrichir sa palette de connaissances des sentiments, cette faculté ne le préservait pas, il encaissait de plein fouet toute la misère du monde, et cela ne faisait que renforcer son malaise quant à sa propre existence.

Avec l'âge, il s'était rendu compte qu'il n'avait que deux options possibles pour moins souffrir de ce sentiment de culpabilité : enfermer ses émotions loin, au plus profond de soi et prendre une distance certaine avec toute chose ou s'en servir comme d'un moteur pour sa vie quotidienne.

Il avait fait le second choix.

Cette empathie lui avait ouvert les voies de l'écriture, il parvenait à se mettre à toutes les places grâce à elle, celle d'une institutrice, celle d'un charbonnier, tour à tour aristocrate royaliste puis intellectuel anarchiste, il brassait large et ne s'interdisait rien. Plutôt que de s'enfermer pour faire taire cette empathie incontrôlable, il sortit au maximum pour la saturer, multiplier les expériences et ainsi gorger son esprit de différences. Mais après plusieurs années d'écriture, il s'était rendu à l'évidence : écrire avait été un autre moyen de se mettre à l'abri. Derrière les mots, il se sentait plus serein, moins vulnérable ; avec eux, il pouvait justifier sa sensibilité tout en s'en détachant pour qu'elle le fasse moins souffrir. Finalement, l'empathie était devenue un instrument pratique pour son travail, un instrument dont il avait débranché peu à peu la prise directe avec lui-même, et dont il se servait pour alimenter l'écriture, juste pour ça.

C'était arrivé sans qu'il s'en rende compte. C'était un tout, à la fois la répétition inlassable de son quotidien de romancier : se mettre devant le bureau, prendre la plume et analyser froidement ce qui habitait son esprit pour en faire la meilleure histoire. Mais également son quotidien d'homme : une vie de famille, une femme à laquelle on s'habitue, avec les réflexes que le temps met en place pour se préserver des divergences qui agacent, une fille dont l'amour chronophage donne autant qu'il prend.

Fuir sa vie avait été un moyen de se laisser à nouveau envahir par les émotions. De les laisser libres, car il l'était lui-même. Libre de tout, de toute décision, de tout acte.

Et sentir en Perotti une certaine détresse ne lui fit pas tellement de peine, cela le rassura plutôt sur lui-même.

S'il ne pouvait sauver le monde, il pouvait tenter de le comprendre.

— Vous ne m'avez pas beaucoup parlé de vous, Martial, dit-il soudain. J'ai envie de vous connaître.

— Moi ? Eh bien, je... me connaître ? Pourquoi ?

— Comme ça, pour le plaisir de savoir qui vous êtes !

Le visage du petit inspecteur se détendit.

— Ah, vous me rassurez ! J'ai un instant cru que vous me soupçonniez !

— Votre métier rend paranoïaque, Martial ! Le mien rend curieux, allons, continuons notre marche, et racontez-moi qui vous êtes.

Martial n'était pas très à l'aise avec les mots, encore moins avec l'idée de se raconter. Benjamin d'une famille de six enfants, originaire des immeubles de Levallois-Perret qui bordent les énormes terrains vagues peuplés de chiffonniers et de leurs cabanes en planches, il avait une estime débordante pour sa mère qui s'était dévouée à ses enfants et son mari – que Guy devina violent à travers les silences et la gêne de Martial. Son père, employé de la Compagnie du gaz, était mort lorsque Martial n'avait que douze ans, et cela ne paraissait pas l'avoir affecté outre mesure. Une partie de ses frères et sœurs ayant déjà quitté l'appartement, Martial avait pris les choses en main, il s'était occupé des siens. Passionné de mécanique, il avait d'abord travaillé dans les ateliers des Chemins de fer de l'Ouest, en bordure du dix-septième arrondissement, avant que sa mère ne l'oblige à retourner sur les bancs de l'école. C'était à elle qu'il devait d'avoir pu entrer dans la police et d'avoir gravi les échelons pour être inspecteur à trente ans seulement.

Guy entendait la fierté de Martial et, en même temps, il se demanda si la violence de son père n'était pas à l'origine de sa carrière, le désir de pouvoir rétablir l'équilibre en sauvant les gens aujourd'hui comme il aurait aimé qu'on sauve sa mère et les siens d'un père maltraitant.

Avant qu'ils ne réalisent qu'ils avaient marché longtemps, ils parvinrent sur les hauteurs surplombant la Seine, dans l'ombre des hautes tours du palais du Trocadéro. L'édifice colossal, noir, ressemblait à la fois à une cathédrale moderne, avec ses immenses fenêtres sombres, sa multitude de tourelles et d'arches, et à un hommage aux constructions mauresques avec ses deux clochers rectangulaires se terminant par des belvédères coiffés de coupoles.

— Venez ! dit soudainement Perotti avec un empressement qui alarma Guy.

Le jeune inspecteur entraîna l'écrivain vers une série de guichets au pied du palais, paya deux francs pour deux tickets d'entrée, et ils pénétrèrent dans les couloirs résonnants de l'édifice. Perotti semblait s'y diriger comme s'il travaillait en ces lieux, se frayant un chemin à toute vitesse à travers la foule qui se déplaçait lentement entre les sculptures et les peintures. Il tendit le doigt vers les portes cuivrées d'un ascenseur et poussa Guy en direction d'un escalier étroit.

— Les ascenseurs sont fermés la nuit, exposa-t-il, et s'ils étaient activés, ils feraient un tel boucan que les gardiens n'auraient pas manqué de l'entendre !

— Mais enfin, allez-vous enfin me dire ce qui vous prend ?

Perotti s'arrêta sur le seuil des premières marches.

— La scène de crime, Guy ! C'est ici qu'Anna Zebowitz a été retrouvée ! Tout là-haut !

Tout à coup, le brouhaha des badauds disparut, la splendeur et la grandeur des lieux s'estompèrent, comme si la lumière baissait brusquement. Guy n'était plus dans l'admiration. Une femme était morte ici. Et dans l'ombre de chaque passant pouvait se dissimuler celle de son meurtrier.

— Montons, commanda Perotti.

À mi-chemin, Guy dut faire une halte, sa blessure aux côtes l'empêchait de bien respirer, il n'en pouvait plus.

— J'ai... les jambes... en feu ! haleta-t-il.

— Imaginez un peu... faire ce trajet... avec une femme mutilée sur les bras ! Vous comprenez mieux... ma théorie de plusieurs tueurs désormais ?

Guy acquiesça entre deux grimaces pour reprendre son souffle.

— À moins qu'elle... n'ait été... tuée que là-haut !

— Et tout le sang sur les marches ?

— Laissé par le tueur... car il en était lui-même... imbibé. Y avait-il beaucoup de... sang au sommet ?

— Elle était éventrée et égorgée... je vous laisse imaginer...

— Des projections sur les murs ?

— Très peu.

Guy fit la moue. Ils reprirent leurs efforts pour parvenir, en sueur, tout en haut de la tour nord. Une dizaine de dames en belles toilettes, tenant leurs ombrelles refermées, accompagnées par autant d'hommes, canne à la main, venaient de sortir de l'ascenseur pour contempler la vue.

Une petite brise bienvenue soufflait entre les colonnes qui soutenaient la cloche de pierre.

— Elle était ici, dit Perotti en désignant un recoin contre la maçonnerie encadrant l'ascenseur.

— Je n'ai pas regardé les photographies l'autre soir aux archives, pouvez-vous me décrire la disposition du corps ?

— Oui, elle était ainsi, allongée, les bras écartés, et... (il baissa d'un ton pour parler à voix basse)... son abdomen n'était plus. À la place : un énorme trou, et tous ses intestins étalés par terre, enroulés comme si on avait voulu en tester l'élasticité ! Avec du sang partout ! Un cauchemar !

— Et pas de projections, dites-vous ?

— Pas que je me souvienne. Ah, si peut-être un peu, maintenant que vous le dites, je crois me souvenir qu'il y avait des traits qui fusaient ici, contre le mur. Mais très peu. Cela pouvait être produit par les mouvements rapides et répétés d'un couteau qui s'enfonce et se retire des chairs !

— Et si l'assassin était presque couché sur sa victime, pour l'immobiliser, et peut-être la bâillonner d'une main ? Il aurait ainsi pris sur lui l'essentiel des projections !

Perotti haussa les épaules.

— Encore faudrait-il qu'il puisse la monter jusqu'ici. Vous l'avez constaté vous-même, seul c'est impensable !

Guy acquiesça et fixa le carré de grès en silence. Il poussa finalement un soupir de frustration et s'approcha du parapet pour contempler le panorama prodigieux de l'Exposition universelle.

Ils étaient si haut qu'ils dominaient tout Paris, seule la Dame de fer, en face, les dépassait largement.

Toutes ces tours somptueuses, démesurées, reflétaient les cultures du monde entier, sous la dentelle d'acier de la tour Eiffel – repeinte en jaune pour l'occasion –, habituellement si massive qu'elle écrasait toute autre construction, cette fois elle paraissait presque petite face à l'étendue du bâtiment des sciences qui s'étalait à ses pieds. Un grand globe terrestre de près de cinquante mètres de haut dominait la gare du Champ-de-Mars, et, au loin, l'immense grande roue tournait lentement au-dessus de la capitale. Partout où il regardait, Guy sentait poindre l'émerveillement, comme si l'Exposition s'étendait à l'infini. De part et d'autre de la Seine, remontant en direction de la Concorde, des dizaines et des dizaines de bâtisses extrêmement détaillées représentaient les différentes nations du monde, et le vieux Paris – réplique parfaitement crédible de la capitale au Moyen Âge – s'étendait sur la rive droite. C'était un spectacle éblouissant.

— Quel témoignage prodigieux du génie humain, lança un des hommes, les yeux brillants.

— Quand on sait le coût ! répondit un autre. Et dire que tout cela va être détruit en fin d'année !

— Peut-être pas tout, regardez la maudite Eiffel, elle est encore là depuis la dernière Exposition universelle !

— Sans l'armée qui a installé ses expériences de communications à son sommet, il faut bien dire qu'elle n'aurait pas survécu au scandale de Panamá. Vous y aviez de l'argent ?

— Non, fort heureusement. Je ne suis pas dans le cas de beaucoup de Parisiens à qui elle rappelle comment ils se sont fait duper en suivant les conseils du bon Eiffel lorsqu'ils ont investi leurs économies dans l'emprunt catastrophique du canal de Panamá !

La femme du premier haussa les épaules, comme pour dire que pareille réussite technique méritait bien quelques faillites.

— J'ai entendu dire que le Grand et le Petit Palais ainsi que le pont Alexandre-III survivraient à la destruction, fit-elle d'un air songeur.

— Rien de plus ?
— Non.
— Quel gâchis.

À leurs côtés, Guy et Perotti restaient là, à admirer le panorama envoûtant, oubliant momentanément la raison de leur présence. Tant de tours d'inspirations variées, de tous les pays, de toutes les époques, de palais aux dômes miroitants, de structures d'acier moderne, rappelant la plus folle des inventions de Jules Verne, et une foule infinie recouvrant les allées qui entrait et sortait des bâtiments comme le ressac d'une marée inépuisable. Guy pouvait distinguer les silhouettes, les grappes de ballons accrochés ici et là aux roulottes de vendeurs de nourriture, il pouvait presque sentir la bonne humeur générale, l'enthousiasme des visiteurs.

Tout à coup, il lui vint une idée. Il désigna l'énorme dôme, à leurs pieds, qui séparait les deux tours du palais du Trocadéro.

— Qu'est-ce que c'est que cet endroit que nous surplombons ?

— La salle des fêtes du palais, monumentale, il faut que vous alliez la voir, cinq mille personnes peuvent y tenir commodément assises. La plus grande du monde jusqu'à ce qu'on construise celle, éphémère, du palais de l'Agriculture et de l'Alimentation derrière la tour Eiffel.

Guy fronça les sourcils.

— Pourquoi cette question ? s'enquit Perotti.

Plongé dans ses pensées, Guy répondit du bout des lèvres, à peine audible :

— Nous en reparlerons ce soir... J'ai besoin d'y réfléchir.

Ils demeurèrent ainsi, hypnotisés par le spectacle pendant de longues minutes avant que l'écrivain ne lance subitement :

— Perotti, il va nous falloir visiter cette Exposition très prochainement !

— C'est que je suis de service cet après-midi jusqu'en soirée...

— Faustine m'accompagnera, cela sera un bon prétexte pour la divertir.

— Vous l'aimez bien, n'est-ce pas ? Cela se voit dans votre attitude vis-à-vis d'elle.

Guy n'était pas très à l'aise, il était temps de mettre un terme à cette proximité pour la journée, peu à peu Perotti s'immisçait dans son intimité et cela le dérangeait.

— Elle me touche, concéda-t-il, avant d'enchaîner sur un ton plus pressé : allons, il est déjà tard, vous allez être en retard, filez donc, et repassez ce soir me rendre visite, nous ferons le point. J'ai quelques achats à effectuer pour transformer mon appartement sous les combles en un véritable bureau d'étude des mœurs criminelles. Nous avons de nombreuses choses à étudier. Ne faites pas cette tête, Martial, je vous assure que nous allons faire un grand pas vers lui d'ici à demain matin !

— J'aimerais vous croire. Mais si je ne partage pas votre joie, c'est que je repense aux mots de M. Hencks. Ce soir, pendant que nous poserons les faits pour nous approcher un peu de ce criminel, il est possible qu'il repasse à l'acte, et qu'il tue à nouveau. Je pense à cette pauvre fille qui ignore que ce midi, elle vit ses dernières heures. Et cela me terrifie pour elle.

Guy poussa la porte du *Boudoir* avec un bouquet de jonquilles qu'il venait d'acheter sur le chemin. Il jeta un œil dans le grand salon, puis dans la bibliothèque et enfin le salon de musique avant de grimper à l'étage, pour chercher Faustine. N'ayant aucune réponse à la porte de sa chambre, il allait redescendre vers la cuisine lorsqu'il croisa Rose.

— Les fleurs sont pour moi ? dit-elle avec un sourire espiègle.

— As-tu vu Faustine ?

— Elle est sortie, il y a une heure de cela, une invitation à déjeuner.

— Avec qui ?

— Un galant homme. Il s'est présenté à Julie en expliquant qu'il avait besoin de la plus belle fille de la maison pour un déjeuner important.

— Et Faustine est partie avec lui ? Un homme qu'elle ne connaissait pas ?

— C'est qu'il a posé sur la table une très belle somme ! Diane était là, elle a tout vu !

Guy était dépité.

— A-t-il dit qui il était et où il l'emmenait ?

— Non, c'est le genre de monsieur à cacher son identité, déjà qu'il n'a pas retiré son chapeau en entrant…

Guy lui tendit son bouquet de fleurs.

— Que tu es attentionné ! S'il n'y avait cette règle, je te proposerais bien un peu de chaleur pour cette nuit…

Mais Guy avait déjà tourné les talons pour monter chez lui.

Tout l'après-midi, Guy tenta de calmer son inquiétude en réaménageant sa longue pièce à vivre, il poussa le lit derrière un grand paravent dont il rafistola un pied, positionna son bureau un peu plus sur le côté, sous une des mansardes, et disposa deux banquettes et un fauteuil autour du grand tapis élimé. Il débusqua dans la cave une large planche de bois vermoulu qu'il installa au centre de sa pièce, contre une poutre. Il avait les feuilles de papier, l'encre, ne manquait plus qu'une boîte de petits clous et il serait paré.

Faustine rentra à dix-sept heures passées et vint frapper à la porte du grenier.

— Quelle mouche vous a piquée ? fit Guy en guise d'accueil.

— Pardon ?

— De partir avec le premier venu !

— Guy, je ne vous permets pas de me parler ainsi.

— Je me suis fait du souci !

Faustine croisa les bras sous sa poitrine. Ses yeux d'opale le fixèrent, le faisant taire d'un coup.

— Je suis une grande fille, dit-elle posément, insistant sur chaque mot.

— C'est probablement ce que disaient Viviane et Anna, et même Mi...

Faustine brandit un index menaçant.

— Ne parlez pas au nom de Milaine ! ordonna-t-elle. Nous faisons ce que nous voulons de nos emplois du temps, de nos fréquentations, de nos corps et de nos vies ! N'en déplaise aux puritains, nous autres putains, comme ils nous appellent, sommes les vraies femmes libres de cette société ! Et ils feraient bien de se souvenir qu'entre eux et nous, la différence ne tient qu'à une syllabe !

La tension et la peur de Guy retombèrent tout à coup. Il lisait une colère vive en Faustine, et cette dernière phrase, qui ne pouvait le concerner – il ne se considérait pas comme un puritain, bien au contraire – n'était pas sortie de sa bouche par hasard.

— Votre rendez-vous s'est mal passé ? devina-t-il. Venez, entrez.

Il la fit asseoir sur une des banquettes et lui tendit un verre d'eau qu'elle refusa.

— Un politicien qui avait besoin d'exhiber une belle dame à son bras, pour ne pas trahir son célibat, pour faire bonne figure au milieu des couples de l'aristocratie internationale. Qu'il m'ignore pendant tout le repas pour parler affaires est une chose, mais que les femmes de ces messieurs soient aussi insultantes, ça je ne peux le tolérer ! Elles ont rapidement compris que nous n'étions pas mariés, elles m'ont prise pour une maîtresse. Leurs regards étaient mauvais ! Ces hypocrites dont les maris fréquentent les grands bordels de Paris !

Guy s'assit à ses côtés.

— Ignorez-les, quelle peine pour des femmes que vous ne reverrez jamais !

— Je les déteste ! enragea Faustine en étouffant son cri et en tapant du poing contre la feutrine de l'assise.

— Calmez-vous, Faustine, je ne comprends pas que cela vous touche autant...

Elle leva sur lui ses grands yeux bleus.

— Elles me rappellent ma mère. Ses *a priori* de bourgeoise, ses amies engoncées dans leurs préjugés ! Voilà pourquoi.

Guy reçut la réplique comme un crochet en plein menton. Il s'était toujours interrogé sur la vie de Faustine avant d'entrer au lupanar, sur ses origines. Jamais il n'aurait pu imaginer qu'elle vienne d'un milieu aisé.

— Oui, Guy, je suis née dans une bonne famille. Dans un monde où rien ne me prédestinait à vivre ici, dans un bordel. Les choses vont vite, il faut croire.

Elle se leva et sortit sans un mot de plus.

17

Une interminable chape grise avait glissé au-dessus de Paris au fil de la soirée, buvant les lumières du crépuscule pour finalement brumiser une fine pluie sur la capitale dès le soleil couché.

Les gouttes tapotaient aux lucarnes des combles où Guy était installé, un long espace qu'il avait saturé de lampes à pétrole comme s'il craignait les ténèbres en cette soirée particulière.

Car cette nuit, il l'avait décidé, il allait entrer dans l'intimité d'un meurtrier.

Il ressentait cette même excitation que le premier jour d'écriture d'un roman, lorsqu'il s'apprêtait à pénétrer dans la peau de nouveaux personnages, de nouvelles intimités à densifier, de nouveaux compagnons à fréquenter pour de longues heures.

Le thème principal de chacun de ses romans lui dictait la nature des êtres qu'il devait inventer, la raison d'être de son histoire lui suggérait les vies et personnalités de ces rôles à développer. Il allait en être de même cette nuit, mais il devait remplacer le thème et les faits romanesques par des faits criminels. Ce n'était plus une structure narrative commandée par une ou des idées porteuses qu'il devait décortiquer, mais les détails de crimes sanglants. Sauf que la finalité demeurait identique : se servir de ces éléments pour aboutir à un personnage.

Car Guy en était intimement convaincu : tout autant qu'un bon roman se construit sur la crédibilité des liens entre la personnalité du « héros » et son impact sur l'histoire relatée, des crimes répétés ne pouvaient être détachés de leur auteur. Il y avait dans cette répétition le martèlement d'une obsession, le besoin irrépressible d'expression d'une personnalité forte. Restait à la discerner en disséquant ses actes.

La clarté ondoyante des flammes sous les combles conférait au lieu une ambiance presque gothique avec le tapotement de l'eau contre les fenêtres. Pour un peu, Guy se serait cru dans un récit de Mary Shelley, de Poe ou de Charles Maturin.

On toqua à la porte et Faustine entra.

Elle s'était emmitouflée dans une robe de chambre en soie rose, et dans l'entrebâillement de ses pans se remarquait une longue chemise de nuit en satin couverte d'une tunique transparente de mousseline blanche. Faustine s'était mise à son aise, comme si elle pressentait la nécessité de se protéger pour entrer dans la tête du monstre.

Elle tenait un plateau avec une théière fumante et trois tasses en porcelaine qu'elle déposa sur le bureau de l'écrivain avant de déambuler dans la pièce, les mains jointes devant elle.

Guy ne savait quoi dire, après l'épisode de la fin d'après-midi, il craignait de vexer la jolie brune au caractère affirmé.

Il se contenta de l'admirer du coin de l'œil, feignant de relire ses notes. Elle avait détaché ses longs cheveux noirs, les torsades de ses mèches recouvraient ses épaules, et il la vit s'humecter les lèvres plusieurs fois comme si elle s'apprêtait à prendre la parole sans y parvenir.

Guy essaya de lui faciliter la tâche :

— C'est samedi soir, vous ne travaillez pas ?

Elle secoua la tête.

— Julie doit être contente, insista Guy, j'ai entendu qu'il y avait du monde…

Cette fois, Faustine se lança :

— Je vous présente mes excuses pour tout à l'heure, j'ai été un peu rude avec vous, je n'aurais pas dû.

— Vous n'avez pas à vous en faire, c'est tout pardonné.

Elle se tourna pour lui faire face, ses grands yeux bleus buvant les lumières de la pièce.

— J'avais dix-sept ans, dit-elle sur un ton grave qui fit comprendre à Guy qu'elle allait révéler une part importante d'elle-même, lorsque ma mère a voulu me marier. Je suis née dans une très bonne famille, de celles où les mariages se font plus souvent par intérêt que par amour. Dix-sept ans et le caractère que vous me connaissez. Avec le rêve en plus. Lorsqu'on m'a présenté mon futur mari, un jeune homme laid et grossier, j'ai pris peur. Il s'appelait Nathan et était à peine plus âgé que moi. J'ai voulu m'opposer à cette union, j'ai tenté de refuser, mais c'est quelque chose d'impossible chez moi, on ne dit pas non à ma mère. Alors j'ai paniqué. La semaine précédant le mariage, je me suis enfuie. Sans le sou, j'ai erré dans la rue jusqu'à ce qu'une femme prenne pitié de moi et m'héberge. Lorsque j'ai appris le suicide de mon futur mari, qui n'avait pas supporté d'être ainsi rejeté et humilié, ma vie s'est effondrée. Ma bienfaitrice m'a non seulement accueillie mais elle a également réussi à me tenir en vie après ce drame. Pendant plusieurs semaines, elle s'est occupée de moi, sans rien réclamer en retour. Le temps que je refasse surface. Que je retrouve le moyen de me regarder en face. C'est grâce à elle que j'ai pu avoir une deuxième chance, que j'ai pu refaire ma vie. Pendant neuf mois, elle m'a prise à sa charge, elle était gouvernante dans une grande maison close de Paris. Cette femme, c'est Julie.

Guy ne dissimula pas sa surprise et croisa les bras sur sa poitrine en attendant la suite.

— Après neuf mois d'existence dans le noir de sa chambre, j'ai pris ma décision. Julie m'a fait entrer au service de l'établissement, comme bonne. Je me payais sur les commissions quotidiennes. Depuis les coulisses, j'ai tout appris du métier de courtisane, mais j'ai également appris à me défendre, à m'affirmer devant ces messieurs qui me croisaient parfois et réclamaient une nuit avec moi. J'ai découvert quel pouvoir d'attraction je pouvais dégager, et Julie m'a enseigné à en user avec subtilité. Je suis devenue la maîtresse de certains, je crois pouvoir dire que c'était à la fois un pied-de-nez magistral à ma famille, et peut-être aussi un moyen de me faire pardonner ma faute, en donnant à cent hommes le plaisir que j'avais refusé à un seul.

— Mais vous n'étiez pas respon…

— Jusqu'au jour où Julie a mis son pécule en jeu pour ouvrir sa propre maison, enchaîna-t-elle sans entendre Guy. Six années ont passé depuis, et, si j'ai accepté cette nouvelle vie, j'ai en revanche, parfois, beaucoup de mal à supporter ce qui me rappelle la précédente. Avec le… la mort de Milaine, j'ai les nerfs à fleur de peau. Voilà pourquoi cet incident, ce midi, a déclenché mes foudres contre vous, vous n'y étiez pour rien, je vous présente mes excuses.

Guy s'était approché, il se tenait juste face à elle, il lui prit les mains, qu'elle avait glaciales, pour lui chuchoter :

— J'ignorais tout de votre histoire, Faustine, je suis...

— Il y a autre chose : Faustine n'est pas mon vrai nom. C'est celui que j'ai choisi lorsque j'ai passé un pacte avec Julie pour une seconde vie.

— Quel est le vrai ?

— Je me suis promis de ne le dire à aucun homme. J'aime Faustine.

Guy approuva doucement :

— Moi aussi.

— Maintenant vous savez pourquoi j'ai gardé mes distances avec vous pendant si longtemps. Vous ne faisiez pas secret de votre parcours... singulier. Je dois vous avouer que nos ressemblances m'ont effrayée.

— Qu'est-ce qui a changé ?

— Ces derniers jours, j'ai... en vous découvrant réellement. Je... Vous me faites me sentir moins seule en vérité.

Et elle se blottit contre lui, enfonçant sa tête dans le creux de son épaule. Elle respirait fort, Guy ne tarda pas à percevoir une humidité tiède contre la peau de son cou, au milieu des cheveux en bataille de la jeune femme. Alors il passa sa main dans son dos, comme l'aurait fait un père pour consoler sa fille.

Ou comme un mari aimant.

Les marches grincèrent, annonçant l'arrivée de Martial Perotti, et les deux silhouettes s'éloignèrent aussitôt, comme deux fantômes chassés par l'aurore.

Faustine tourna le dos à la porte le temps de sécher ses larmes et Guy vint accueillir le jeune inspecteur.

— Martial, nous n'attendions plus que vous, venez, installez-vous sur cette banquette. Je vous sers un thé ? Comment s'est passée cette journée de votre côté ?

— D'un profond ennui ! De la paperasse, encore et toujours ! Aussi fou que cela paraisse, j'en viens à trouver dans notre relation de détectives amateurs davantage de satisfactions que dans mon métier de policier ! Damnées soient les premières années d'inspecteur ! Les doyens en profitent pour me donner à faire tout ce qui n'a pas d'intérêt pendant qu'ils accourent sur les lieux où les choses passionnantes se produisent !

Faustine apparut pour lui tendre une tasse de thé.

— Ah, bonsoir Faustine ! Merci.

Guy en profita pour montrer la planche de bois posée contre la poutre, face à eux. Longue, elle grimpait presque jusqu'au plafond.

— Bien, ne tardons pas plus. Je vous présente la tête d'Hubris.

— Pardon ? fit Perotti. La tête de qui ?

— Hubris est cette notion de démesure que les Grecs de l'Antiquité utilisaient pour caractériser les comportements excessifs, violents, qui transgressaient largement la tolérance et les codes. Avant l'existence des péchés capitaux de notre Bible, Hubris faisait figure de garde-fou spirituel, si vous préférez. C'est ainsi que j'ai baptisé notre tueur. Hubris.

— Et en quoi cette… planche, est-elle sa tête ?

— Pour l'heure, nous ne voyons qu'un crâne lisse et, justement, notre mission consiste à l'ouvrir pour voir tout ce qu'il contient. Les faits vont nous y aider. Car toutes nos actions sont un langage, tout acte est expression, j'en suis convaincu. A fortiori ceux que nous répétons souvent, volontairement ou pas. Tuer avec ce besoin de mise en scène, et le faire plusieurs fois, c'est évidemment une forme de langage. Je m'interroge cependant sur la nature du destinataire : se parle-t-il à lui-même ou s'adresse-t-il à la société ? Que disent ses crimes ? Voilà ce que nous allons décrypter ensemble !

— Et comment comptez-vous vous y prendre ?

— En analysant les faits. Commençons par le principal : les victimes.

Guy prit son stylo à encre et la liasse de feuilles qu'il avait préparée et entreprit de marquer le nom de chacune des victimes identifiées sur une page distincte qu'il alla ensuite clouer sur la planche. Le bois était si vermoulu qu'il put enfoncer les petits clous à main nue.

Il se tourna pour expliquer son travail :

— Pour chacune, j'ai pris soin de noter ses nom, lieu et date de disparition et l'endroit où a été retrouvé son corps. J'y ajoute la méthode de... mise à mort.

Il s'écarta pour laisser voir l'assemblage :

5 disparitions entre septembre et février rue Monjol. Toutes des femmes, prostituées. Identités inconnues de nous (voir le roi des Pouilleux pour plus d'informations). Manquantes.

Louise Longjumeau – mi février. Rue Monjol. Manquante.

Viviane Longjumeau – 7 avril. Rue Monjol. Quai du Port Saint-Bernard, près du Jardin des Plantes – Poi-

gnardée à mort. Violée par un objet, une figurine. Yeux noirs.

Anna Zebowitz – 12 avril. Place de la Concorde. Sommet du palais du Trocadéro – Éventrée. Mutilée/ vol d'organes. Égorgée post mortem.

Milaine Rigobet – 18 avril. Rue Notre-Dame-de-Lorette – Sudation sanguine. Crispation musculaire générale. Yeux noirs. Liquide blanc dans la bouche.

— Neuf disparues ou mortes en tout, résuma-t-il.
Faustine désigna la dernière page.
— Liquide blanc ? Dans la bouche de Milaine. Comment le savez-vous ?
— Je l'ai remarqué sur place.
— Est-ce que ça pourrait être du sperme ?
Les deux hommes, mal à l'aise, détournèrent le regard.
— Ne faites pas ces têtes-là ! s'indigna Faustine. Je vous rappelle que j'ai fait de l'orgasme mon commerce, alors arrêtez cette pudeur déplacée ! Nous parlons de meurtre, de corps éventrés, le sexe ne devrait pas vous choquer au milieu de cela !
— Non, ce n'en était pas, répondit Guy sur la défensive. Enfin, je ne suis pas sûr. Mais je ne crois pas.
— Votre hésitation nous avance bien ! railla la jeune femme. La prochaine fois, appelez-moi ! Je vous renseignerai de suite. N'y avait-il pas d'odeur ? Messieurs, si vous vous connaissiez mieux, vous sauriez que le sperme dégage de profonds arômes de châtaigne.
— Je n'ai pas le souvenir d'une odeur particulière, avoua Guy.

— C'est dommage. Je vais vous donner mon point de vue de femme : je trouve étrange qu'il y ait eu viol sur Viviane et pas sur les autres. Tout d'abord que cet homme, Hubris comme vous l'appelez, ne viole pas directement Viviane, mais le fasse par le biais d'un objet, vous savez à quoi il me fait penser ? À un enfant. Qui n'ose pas, alors il procède par étapes. D'abord, il substitue à son propre corps un objet, puis il ose enfin accomplir l'acte lui-même, cependant il ne va pas directement à l'intimité de Milaine, il s'attaque à sa bouche, comme une ultime étape avant le viol réel. Son problème est d'ordre sexuel.

Guy et Perotti se regardèrent, circonspects.

— Je suis un peu dubitatif, intervint Martial Perotti. Tout nous porte à croire que la motivation d'Hubris est plutôt dans le pouvoir, un désir divin. Il chasse pour tuer, il s'octroie le droit de vie et de mort, il se prend pour Dieu.

— Et qu'est-ce qui est sous-jacent à la domination ? demanda Faustine en connaissant manifestement la réponse. La sexualité !

Guy coupa court au débat en levant le bras :

— Avant de bâtir des hypothèses sur l'origine de ses actes, recentrons-nous sur ce que nous savons, sur les faits. Tout d'abord, il ne s'en prend qu'à des femmes. Toutes prostituées. Il s'attaque à des filles pas farouches, il ne choisit pas les plus méfiantes, au contraire même, nous savons qu'elles sont plutôt imprudentes ! Anna et Milaine n'hésitaient pas à suivre le premier venu dans une allée sombre du moment que l'argent était au rendez-vous. Viviane en faisait probablement autant, pour peu que cela puisse la rapprocher de sa fille disparue.

— C'est donc un chasseur qui n'aime pas prendre de risque, conclut Perotti en faisant allusion aux propos de Maximilien Hencks.

Guy leva un index :

— Justement, c'est ce que nous pourrions croire s'il n'y avait les scènes de crime ! Or celles-ci sont, au contraire, des lieux à risque ! Le quai du port Saint-Bernard, même en pleine nuit, est à découvert, visible des berges opposées en plus. La rue Notre-Dame-de-Lorette est fréquentée, même tard, il peut y avoir du passage ; si j'étais prudent et méfiant, je m'attarderais davantage sur des terrains vagues, dans des cimetières ou des parcs, certainement pas si près des habitations !

— Alors pourquoi une telle différence entre le choix d'une victime facile et celui d'une scène de crime dangereuse pour lui ? s'étonna Perotti.

— Il veut s'assurer d'avoir sa proie, proposa Faustine. Comme un homme désireux de plaisir acceptera n'importe quelle fille pour peu qu'il ait l'assurance d'en jouir, plutôt que de risquer d'être bredouille en se montrant trop difficile. Ensuite, son fantasme prend le pas, lui ordonne d'exposer, son excitation est fonction du danger.

— Encore le sexe ! s'exclama Perotti. Pourquoi rapportez-vous tout à la sexualité ?

— La civilisation de toute l'humanité s'est bâtie sur la sexualité ! Nous lui devons notre survie ! C'est en nous, profondément enfoui dans nos comportements, elle est au cœur même de nos trajectoires personnelles, c'est le moteur de la vie !

— Mais enfin, nous ne sommes pas des animaux ! Nous savons contrôler nos... pulsions !

— Darwin l'a prouvé : nous sommes des animaux ! À un stade avancé de leur évolution, mais des animaux tout de même ! Et vous soulevez justement le problème d'Hubris : il est envahi de pulsions qu'il ne maîtrise pas. Un être humain, civilisé en apparence, qui abrite toutefois la bestialité la plus primaire, incapable de la contenir trop longtemps, il faut qu'il la laisse exploser.

— Vous me semblez bien sûre de vous, ma chère, qu'est-ce qui vous donne cette assurance de si bien connaître l'humanité ? demanda Perotti avec un brin de sarcasme dans la voix.

— C'est que j'ai une expérience que vous n'aurez jamais dans l'observation de l'homme dans ce qu'il a de plus instinctif et primaire : sa sexualité et même sa jouissance. Elle vous obsède parfois, je le sais bien ! Dans ces moments-là, l'homme a quelque chose de particulièrement sauvage en lui, plus un animal qu'un être au comportement supérieur ! Je sais comme vous êtes dans l'intimité !

Guy intervint à nouveau pour clore le sujet :

— Hubris est un homme prudent, son choix des victimes le prouve, s'il prend davantage de risques pour choisir la scène de crime, c'est que celle-ci est primordiale ! Notez comme il élit toujours des lieux de passage, où il est certain que sa victime sera rapidement trouvée. Il veut que les gens soient choqués, il veut qu'on connaisse son existence, ses actes. Il a donc un message à faire passer à la société !

— Il veut qu'on parle de lui ? répéta Faustine. Dans les journaux ?

— C'est un moyen d'exister, d'avoir de l'importance, peut-être de prendre une revanche.

— Mais jusqu'à présent aucune de ces affaires n'a été ébruitée, rappela Perotti, mes supérieurs y veillent farouchement !

— Cela doit être terriblement frustrant pour Hubris. Et s'il accélérait le rythme de ses crimes pour cela, pour attirer la presse ?

Perotti se lissa machinalement la moustache et reprit la parole :

— Le procureur de la République ne vient pas sur les scènes de crime, les inspecteurs ne l'appellent pas, ce qui prouve qu'ils ont des consignes et qu'elles viennent de très haut ! L'État ne désire pas que cette affaire transpire jusqu'à la presse. Quoi que fasse Hubris, ce sera vain. Sa colère risque d'être de plus en plus forte !

— L'État veut taire ces meurtres à cause de l'Exposition universelle, proposa Faustine. Une des filles a été retrouvée là-bas, ce serait une très mauvaise publicité pour Paris ! Tout le monde sait que les enjeux économiques et politiques sont majeurs, elle a coûté si cher qu'il faut absolument éviter de faire peur aux visiteurs. Et je peux vous garantir que les diplomates de tous les pays accourent dans l'ombre pour multiplier les tractations et les alliances, mon déjeuner d'aujourd'hui m'aura au moins confirmé ce point !

Guy tendit le doigt vers la jeune femme :

— C'est fort probable ! L'annonce d'un crime abominable deux jours avant l'inauguration, cela n'aurait pas été apprécié du tout ! Et l'idée d'un monstre errant dans Paris en quête de victimes n'est guère mieux. Comme il ne tue que des prostituées, c'est moins grave à leurs yeux, cela ne dérange pas grand monde, les autorités enterrent l'affaire pour que personne n'en parle.

— Le fiasco de l'enquête sur l'Éventreur de Whitechapel en Angleterre est encore présent dans toutes les têtes des policiers, précisa Perotti, je peux vous l'assurer !

Guy enchaîna :

— Revenons à notre homme : nous savons qu'il connaît Paris, il n'a pas peur des quartiers difficiles puisqu'il a longtemps chassé sur la Monjol, il est organisé et prévoyant. S'il est un bon chasseur, il aime connaître sa proie avant de l'attaquer, il fréquente peut-être des prostituées, il les surveille.

— Il a certainement un moyen de transport ! intervint Faustine. Pour pouvoir enlever les filles sans se faire voir.

— Une automobile serait trop bruyante, compléta Guy. C'est certainement une berline, il faut un véhicule couvert et fermé sur les côtés. Je doute qu'il puisse avoir un complice assez pervers pour accepter de l'accompagner dans sa sinistre besogne, cela implique qu'il conduit lui-même. Donc qu'il doit bâillonner sa victime et l'attacher, ou l'étourdir fortement, le temps d'arriver jusqu'à la scène de crime.

— Et toutes les filles manquantes ? demanda Faustine.

Guy s'approcha de sa petite cave à cigares pour se servir un partagas.

— Martial ? (L'inspecteur refusa poliment.) Les filles disparues, voilà ce qui est curieux. Pourquoi les premières n'ont-elles jamais été retrouvées ? Pourquoi ne retrouve-t-on les corps que des trois dernières ? Qu'a-t-il bien pu faire des six autres ? (Devant l'hésitation de ses camarades, Guy leva les mains pour les exhorter à parler.) Allez-y, proposez tout ce qui vous vient en tête, c'est ainsi que nous nous rapprocherons du plus plausible, du plus cohérent !

— Au départ, il avait honte, suggéra Perotti. Il les a cachées quelque part.

Guy approuva.

— Pourquoi pas. Faustine, une idée ?

La jeune femme adressa un regard méfiant à l'inspecteur avant de dire :

— Il s'est constitué un harem. Cet homme n'a aucun respect pour les femmes, compte tenu de ce qu'il est capable de leur faire, il ne les considère pas comme des êtres humains, elles ne sont qu'objets pour satisfaire ses pulsions. D'abord sexuelles, mais cela ne lui suffit pas, alors les suivantes, il les tue.

— Oui, c'est intéressant. Mais il y a un autre aspect que nous n'avons pas évoqué : si la substance blanche dans la bouche de Milaine n'était pas du... enfin vous savez. Dans ce cas, nous pourrions envisager le viol de Viviane autrement : pourquoi la pénétrer avec un objet plutôt qu'avec son sexe ?

Faustine comprit immédiatement où Guy voulait en venir :

— Parce qu'il n'en a pas ! Une femme !

Perotti s'indigna aussitôt :

— Vous n'y songez pas ? Tout de même ! Une femme ne pourrait faire cela ! Quand bien même vous en trouveriez une assez machiavélique pour perpétrer pareilles horreurs, elle n'aurait pas la force d'enlever ses victimes, encore moins de transporter Anna Zebowitz au sommet du palais du Trocadéro !

— Je suis d'accord sur la force. Cependant, les femmes disposent d'une ruse redoutable : les prostituées ne se méfieraient pas d'une femme, elles pourraient la suivre plus aisément.

— Je ne suis pas d'accord, s'opposa Faustine. Vous n'avez pas idée comme nous sommes suspicieuses entre nous, en tout cas les filles du pavé, certaines sont prêtes à tout pour éliminer la concurrence !

— Bon. Écartons l'hypothèse d'une femme, alors. Nous avons donc un homme, costaud, qui n'est pas sensible au sang...

— Qui a quelques notions, même élémentaires, de... d'anatomie. Car Anna était éventrée avec soin.

— Ce qui n'était pas le cas de Viviane, rappela Guy, au contraire, c'était un acharnement confus et bestial, ai-je envie de dire.

— Viviane a été tuée avant Anna. Cela lui a peut-être servi de... d'entraînement ?

— Donc un homme fort, habitué au sang, peut-être à découper des corps, qui dispose d'un véhicule, qui n'a pas peur des quartiers louches, qui possède certainement une habitation à l'écart, du moins dans l'hypothèse où il aurait séquestré ses premières victimes. Autre chose : la plupart des enlèvements ont eu lieu en fin d'après-midi et surtout en soirée, voire tard ! C'est donc quelqu'un qui a du temps libre, il peut se préparer et se reposer avant ou après son acte.

Faustine dardait ses prunelles de glace bleue sur l'écrivain.

— J'ai le sentiment que vous avez une idée précise, n'est-ce pas, Guy ? demanda-t-elle.

— Je procède par logique, par élimination, comme je le ferais pour trouver *le* bon personnage pour un de mes romans. Et je pense de suite à un médecin, à un chirurgien, voire à un boucher ! Mais les premiers travaillent énormément, je doute qu'ils puissent se libérer ainsi, de manière aussi rapprochée, et il faut bien l'avouer : leur profession exige une maîtrise de soi, de ses nerfs, et surtout une stabilité psychique qu'il est difficile d'associer à un criminel comme celui que nous traquons ! En revanche, les bouchers… Mais c'est une profession bien plus festive et joyeuse que l'on ne pourrait croire. J'ai été du côté des abattoirs de la Villette l'autre jour, et j'ai été surpris par la bonne humeur générale. Et ils découpent pendant la journée… Il y a, en revanche, une catégorie professionnelle qui pourrait correspondre : les bouchers des Halles. Ils ont la réputation d'être taciturnes, solitaires, travaillent tôt le matin, peuvent se reposer le midi pour être parés le soir. Je serais d'avis d'aller y jeter un œil, par curiosité, ne serait-ce que pour y glaner d'autres pistes, d'autres idées.

— Pourquoi pas ? admit Perotti. Faute de mieux.

— Notre homme est quelqu'un de très renfermé sur lui-même, de ceux qui parlent peu, dont on sent qu'ils gardent à l'intérieur tout ce qu'ils ressentent, un homme qui observe beaucoup, dont…

— Attendez un instant, d'où sortez-vous tout cela ? questionna Perotti.

— De ses actes, mon cher, de ses actes ! Il est très prudent, c'est un observateur, peu sûr de lui, du moins en apparence. S'il était sûr de lui, il y aurait une forme d'arrogance dans ses crimes, du moins dans le choix de ses victimes, mais non, il fait tout pour sélectionner celle qu'il pourra facilement entraîner à l'écart et maîtriser. S'il est désireux de heurter la société, il n'ose encore s'attaquer à des proies hautement symboliques. Tuer un policier ou un homme politique serait bien plus marquant, mais ce sont des cibles difficiles. C'est un homme qui parle peu qui préfère écouter les autres, à vrai dire, il n'aime pas les autres, c'est un solitaire misanthrope. Il dépose ses victimes en évidence pour exister aux yeux du monde, car autrement il n'a pas sa place. Il doit avoir un métier peu reconnu, ou ne pas être bien considéré dans sa profession. Et pour qu'il soit à ce point dérangé, c'est ainsi de longue date, inscrit dans son évolution personnelle. Il est issu d'une famille où il n'était pas bien traité, on devait le voir comme un moins que rien, peut-être le frapper. Il ne se sent d'attaches avec personne. Il a de la colère contre tous. Et il est célibataire.

— Pourquoi cela ? s'enquit Faustine.

— Un père de famille n'aurait pas déposé ses victimes dans des lieux de passage fréquentés par des familles, comme la rue Notre-Dame-de-Lorette.

— Sauf s'il a de la haine envers sa propre femme, et que ses enfants le considèrent eux aussi comme un moins que rien !

— Oui, c'est vrai. Toutefois la répétition des crimes me laisse penser qu'il est très libre de son emploi du temps personnel. Ce qu'une famille ne lui permettrait pas. J'ajouterais qu'il a au moins bien entamé la vingtaine, plus probablement la trentaine. Tout simplement parce qu'il a les moyens de s'offrir un transport personnel, donc qu'il a eu le temps de travailler un bon moment, ensuite parce qu'il doit être physiquement apte à contrôler des femmes vigoureuses, aucune n'avait de traces de liens, à ce que j'ai pu constater. Il n'est donc pas trop âgé. Et puis, il faut que sa haine de la société ait eu le temps de macérer en lui pour qu'elle devienne si obsédante qu'il passe à l'acte ! En même temps, il ne s'est pas écoulé tellement de temps, car s'il était parvenu à se contenir pendant plus de vingt ans, je ne vois pas de raison d'exploser sur le tard. Non, je crois que nous pouvons même réduire la fourchette à vingt-cinq, trente-cinq ans.

Guy coupa la pointe de son cigare et l'alluma enfin, s'entourant d'un épais brouillard bleuté.

Perotti se racla la gorge.

— La fumée vous dérange ? demanda Guy.

— Du tout. C'est juste que... je trouve que le portrait que vous en dressez me ressemble beaucoup ! Et... ça me met assez mal à l'aise.

— Martial, ce portrait correspond à beaucoup d'hommes célibataires ! Et les trentenaires seuls, comme vous, se ressemblent ! S'ils sont encore célibataires, c'est que beaucoup sont plutôt timides, davantage observateurs que beaux parleurs ! Et peu sûrs d'eux en public. Ce repli obligé sur soi a développé une forme de vie intérieure riche, un monde de fantasmes personnels qu'une longue solitude a contribué à faire proliférer. Un rêveur que le temps a renforcé dans cette voie. Voilà ce qu'est notre homme, et voilà ce que vous êtes ! Cela n'a rien de honteux ! Car il y a une différence majeure entre vous : la qualité des fantasmes nourris par cette vie de solitaire ! Les vôtres sont normaux, ceux d'un homme... Les siens sont orientés par tous les déséquilibres qui l'ont façonné comme individu, les déboires d'une enfance malheureuse, peut-être, ont faussé ses références, ses modèles, ses besoins. Et dans cette construction solitaire, il n'a fait que ressasser ce qui était perturbé en lui, encore et encore, jusqu'à l'obsession, jusqu'à en faire son modèle, ses besoins d'adulte. Tout est dans la qualité de notre nature, ce formidable terreau de nos fantasmes. Et cette nature, je le crois profondément, se structure pendant toutes les étapes essentielles d'apprentissage de notre vie : l'enfance et l'adolescence.

Perotti haussa les sourcils en buvant une longue rasade de thé tiède.

— Je vous remercie de me rassurer quant à la qualité de mes fantasmes ! gloussa-t-il.

Sur une feuille à part, Guy rédigea :

Hubris.
25-35 ans. Célibataire. Renfermé, timide, observateur, taciturne. Peu sûr de lui en public.
Dispose d'un véhicule. Un habitat isolé (à Ménilmontant – proche des meurtres) ?
Costaud.
Fréquente les quartiers durs. Les prostituées ?
N'a pas peur du sang. Habitué ?
Sait découper la viande ?
Enfance malheureuse.
Veut choquer la société.

Il recula pour se relire et fit à nouveau face à ses compagnons :

— Autre chose : la méthode pour tuer. Elle change. Il se cherche.

— Après neuf enlèvements cela commence à durer, précisa Perotti.

— C'est justement ce qui me pose problème. Il n'a toujours pas trouvé la bonne méthode. C'est pourquoi il me vient en tête deux choses : primo, il cherche encore car les six premières, celles qui n'ont jamais été retrouvées, n'ont pas été tuées. Et donc il n'a, en fait, assassiné « que » trois femmes. Il est seulement en train de se perfectionner. Secundo, il a une grande expérience, mais n'est toujours pas satisfait de la méthode. Cela indiquerait qu'il n'a pas fantasmé la mise à mort proprement dite, il est obsédé par autre chose. La mort n'est qu'une conséquence.

— J'ai peur de ne pas vous suivre, que voulez-vous dire ? demanda Faustine.

— Cet homme n'est pas fou, nous le savons par la minutie et l'organisation dont ses crimes témoignent. Donc, pour qu'il passe à l'acte, qu'un jour il puisse tuer un être humain, alors qu'il est pleinement conscient de ce que cela implique, il faut que toutes ses barrières sociales aient cédé, l'une après l'autre. Il a fallu du temps. Et ce n'est pas une implosion personnelle passagère, puisqu'il a recommencé, encore et encore, avec toujours autant d'attention au moindre détail pour ne pas se faire prendre. Cela me pousse à dire qu'il a mûri ce fantasme de mort pendant longtemps, très longtemps. Jusqu'à ce que celui-ci devienne une telle présence, une telle obsession, qu'il fasse céder ses résistances, toutes, une par une. Un fantasme lancinant, en place chez lui depuis des années. Il tue, encore et encore, parce qu'il est envahi par ce qui est désormais un besoin pour trouver son équilibre. Dans sa construction corrompue, il a dû compenser, aussi simplement que les muscles de notre corps compensent, par exemple, une vertèbre déplacée en effectuant un travail qui n'est pas le leur, et qui, à terme, a des répercussions sur tout le reste. Et c'est ce déséquilibre qui devient notre nouvel équilibre. Même si celui-ci est mauvais et destructeur.

— Et donc les fantasmes qui l'habitent depuis si longtemps ne se centrent pas sur la mise à mort à proprement parler, c'est ce que vous voulez dire ?

— Exactement. Il y a autre chose. Dans la domination, ou dans le rôle qu'il leur fait jouer, ou je ne sais quoi encore, mais c'est une piste qu'il faut développer. Hélas, nous manquons d'informations à ce sujet.

Guy ajouta une ligne à son portrait :

Son fantasme ne porte pas sur la mort directement.
POURQUOI TUE-T-IL ?
Les cinq premières filles sont-elles ENCORE EN VIE *?*

Puis il poursuivit :
— Au-delà de la provocation envers la société, qui est l'aspect secondaire de son crime, nous devons identifier quel est son plaisir. Pour quelle raison il tue. Quelle est l'intimité de son crime ?

La pluie sur les lucarnes s'était intensifiée depuis quelques minutes, elle martelait le verre avec l'insistance de celui qui veut à tout prix entrer, obligeant les trois protagonistes à hausser la voix pour s'entendre.

— Comment allons-nous récolter plus d'informations ? pesta Perotti. Nous avons déjà eu accès aux dossiers des enquêtes et il n'y avait pas grand-chose !

— *Vous*, précisa Faustine, *vous* avez eu accès aux dossiers, pas nous.

Perotti regarda Guy, comprenant qu'il n'avait pas relaté leur petite escapade nocturne dans les sous-sols du quai de l'Horloge.

— En explorant de nouvelles pistes, intervint Guy. L'avantage d'une enquête bâclée, c'est qu'elle nous laisse le loisir de la poursuivre sans craindre que tout ait déjà été collecté ou détruit !

— Instruisez-moi, car moi qui suis inspecteur, je ne vois pas ce que nous pouvons faire de plus !

— À ce sujet, du côté des méthodes traditionnelles, pouvons-nous compter sur une aide quelconque de vos services ? Peut-être l'assistance de quelques policiers en uniforme…

— Certainement pas ! s'exclama Perotti en s'avançant sur la banquette. Si mes supérieurs apprennent que je fricote avec un romancier et une… jeune femme, pour faire avancer des affaires classées par les plus hautes sphères de l'État, ma carrière sera ruinée à jamais ! Cela doit rester absolument entre nous ! Sans quoi vous poursuivrez sans moi !

— Je me devais de demander même si je me doutais de la réponse. Restent donc les méthodes atypiques. Celles du romancier. Analyser des faits pour remonter à la personnalité qui rend ces faits cohérents. Prenons le cas d'Anna Zebowitz. Ce midi, au sommet d'une des tours du palais du Trocadéro, une évidence m'a sauté aux yeux. Quand bien même Hubris voudrait choquer la population, pourquoi aller *dans* l'Exposition, avec tous les risques que cela comporte ? Avouez que c'est une entreprise compliquée et totalement inutile ! Il aurait tout aussi bien pu abandonner le corps devant l'entrée principale au beau milieu de la nuit ! L'effet aurait été maximal ! Au lieu de quoi, il va tout en haut d'une tour, ce qui, cela dit en passant, ne lui laissait pas de fuite possible en cas de problème, puis il mutile Anna Zebowitz, et s'acharne, alors qu'elle est déjà morte, en lui tranchant la gorge. Pour quelle raison ?

— L'ivresse du sang, proposa Perotti, il s'est laissé griser par la violence…

Guy acquiesça mollement, pas vraiment convaincu.

— Un égorgement est un acte d'une barbarie totale, fit remarquer Faustine. Il y a quelque chose de cruel là-dedans, de colérique.

— Oui, c'est aussi ce que je ressens, avoua Guy. Un coup de sang contre Anna Zebowitz, c'est presque... personnel. Une haine absolue à son égard. La connaissait-il ?

— Nous n'avons même pas envisagé qu'il puisse y avoir de lien entre les victimes ! s'exclama Perotti.

— C'est vrai, admit Guy. Je crois que la ressemblance avec les crimes de l'Éventreur de Whitechapel nous a involontairement conduits vers ce schéma. Il va falloir nous renseigner. Je vais retourner à l'Exposition, j'aimerais comprendre pourquoi il a mis Anna Zebowitz à cet endroit. Il y a forcément une raison. Au moins symbolique ! Au-dessus de la salle des Fêtes pour en gâcher la magnificence ?

— Au sommet d'une tour, un objet phallique, à connotation sexuelle si on reste dans la symbolique..., insista Faustine. De mon côté, je peux aller place de la Concorde, essayer d'en savoir plus sur Anna Zebowitz.

— C'est la nuit que la plupart des filles sortent sur la Concorde, rappela Perotti. La nuit, c'est un lieu peu fréquentable...

— Je ne suis pas en sucre, ne vous en faites pas pour moi.

Les deux hommes se regardèrent à nouveau, partageant le même trouble. Savoir Faustine, une si jolie femme, arpenter le pavé de la Concorde très tard n'était pas pour les rassurer. Toutefois, Guy se garda de la sermonner, il la connaissait assez pour savoir que c'était peine perdue.

— Je vous écoute depuis tout à l'heure, continua la jeune femme, et je m'étonne que vous n'ayez pas donné davantage de place à Milaine dans votre analyse. Pourtant parmi les victimes, c'est la seule que nous fréquentions, j'étais sa voisine de chambre ! Nous la connaissions mieux que toute autre.

— C'est que…, rappela Guy, nous avons déjà exploré cette voie à la morgue. J'ai également lu ses lettres. Dans l'ensemble il y a bien quelques noms d'hommes qu'il sera peut-être utile de rencontrer à l'occasion, mais la piste Milaine ne nous a menés nulle part, jusqu'à présent.

— Milaine tenait un journal, nous en avons déjà parlé. S'il existe un lien entre les filles, Milaine l'aura certainement mentionné, peut-être même le nom de celui qui serait son bourreau !

— Très certainement, mais un journal que le tueur lui a pris ! Elle ne l'avait plus sur elle, le médecin de la morgue était formel à ce sujet.

Faustine secoua la tête.

— J'y ai repensé, et ça ne lui ressemble pas, je ne vois pas pourquoi elle l'aurait emporté. Un journal intime se garde précieusement. D'une certaine manière, c'était son cœur, celui auquel elle ne laissait pas accéder ses clients.

Faustine eut alors un regard gêné pour Perotti. Elle ne s'attarda pas et scruta à nouveau Guy.

— Nous avons fouillé sa chambre, insista l'écrivain, s'il n'y est pas, et qu'elle ne le portait pas sur elle, alors où aurait-elle pu le dissimuler ? Avait-elle une chambre dans une autre maison ?

— Non, elle me l'aurait dit.

— Dans la bibliothèque ?

— Non plus, jamais elle n'aurait pris le risque que quelqu'un tombe dessus.

Guy fronça les sourcils.

— Vous l'avez vue le remplir ?

— Non, mais elle écrivait souvent dans sa chambre. Je suppose que c'était sur ce journal.

— Elle ne s'en cachait pas en votre présence donc. Mais en votre présence seulement ?

— Je le crois.

Guy enfonça son menton dans sa main pour réfléchir en fixant le tapis élimé.

— À quoi songez-vous ? voulut savoir Faustine.

— Vous faites le ménage de vos chambres vous-même, c'est la règle de la maison. Et Milaine était du genre prudent. Si elle devait cacher un journal intime, elle ne l'aurait pas mis dans sa chambre, de peur qu'il soit un jour découvert par une rivale. Par contre, elle vous faisait confiance.

— Il n'est pas dans ma chambre, je peux vous l'assurer. Elle devait y accéder sans passer par mes appartements, j'en suis certaine.

— Mais il y a une pièce entre vos deux chambres ! Une pièce commune ! La salle de bains ! Et nous ne l'avons pas fouillée !

Guy se leva d'un bond, déposa son cigare sur un cendrier ébréché et se précipita vers l'escalier, aussitôt suivi par Faustine et Martial Perotti.

Guy alluma le gaz dans la petite salle de bains, et il ouvrit le placard sous le lavabo pendant que Faustine s'occupait de l'armoire. Perotti se tenait sur le seuil, comme s'il n'osait pénétrer dans cette pièce. Il toisait le bock à injections, au dessus du bidet, avec une expression horrifiée.

Guy s'écarta en soupirant, bredouille. Il demeura assis sur le parquet pour examiner la pièce. Faustine terminait son inspection sans plus de succès. Soudain, une irrégularité dans le décor attira l'attention de l'écrivain. Dans un souci d'originalité, la baignoire n'était pas totalement apparente comme cela se faisait habituellement, mais encastrée derrière un coffrage de lattes de bois. Les trois premières lattes n'étaient pas droites, Guy les saisit pour s'apercevoir qu'elles avaient du jeu. Il n'eut pas d'effort à fournir pour les désolidariser du mur, libérant un petit espace sombre sous la baignoire.

Faustine plongea sa main et en ressortit un carnet à la couverture de cuir, avec un lacet pour le fermer.

— C'est son journal, dit-elle presque religieusement.

18

À l'angle des Grands Boulevards et de la rue Drouot, au centre de l'intersection, avait été érigé un haut lampadaire au milieu duquel trônait une large horloge à fond blanc.

La lumière du gaz incandescent descendait sur les aiguilles sombres.

Quatre heures du matin.

Les pavés étaient encore tout humides de la pluie tombée quelques heures plus tôt.

Guy avait remonté le col de son manteau pour abriter son cou du vent frais qui remontait depuis l'Opéra, un vent sifflant un air monotone et sinistre, sorte de requiem nocturne pour les insomniaques.

Il ne s'était pas couché. Après la découverte du journal de Milaine, l'excitation du trio avait été à son comble, et si Faustine n'avait pas insisté pour en être la seule lectrice, par respect pour la mémoire de son amie, Guy et Martial Perotti l'auraient parcouru aussitôt.

Incapable d'aller se coucher, le cerveau en ébullition, Guy avait opté pour une visite aux Halles au meilleur moment : au cœur de la nuit. Il avait patienté sous les combles, un cigare à la main.

Et, tandis qu'il marchait d'un bon pas, un doute ne cessait de le tracasser.

Enivré par cette soudaine quête de la vérité, il commençait à éprouver un soupçon de culpabilité. La place qu'il laissait à Milaine dans sa motivation était moindre, il ne pouvait se mentir, son véritable moteur tenait en un mot : l'inspiration. Car il le sentait, ce bouillonnement formidable, le ragoût des idées sous le chaudron de son crâne, prêt à servir dès qu'il se sentirait d'attaque. Guy de Timée préparait la recette de ce qui allait être son chef-d'œuvre.

La réalité et la fiction, d'une certaine manière, s'étaient confondues ces dernières heures, il avait mélangé ses méthodes de travail avec celles d'une enquête bien réelle, et le personnage qu'il traquait depuis le fond de son crâne avait une existence concrète à présent. Restait à gérer la confrontation. Depuis le début, il ne prenait pas vraiment cette idée au sérieux, il n'avait pas véritablement envisagé de pouvoir approcher Hubris, tout juste l'avait-il rêvé, encore que cela tînt plutôt de la projection littéraire : il fantasmait une rencontre d'encre. Avec *son* tueur, lorsque inspiration et réalité fusionneraient pour lui permettre d'écrire *la* bonne histoire.

Mais il n'était pas encore prêt.

Et si je découvre l'identité d'Hubris ? Qu'en ferai-je ? Irai-je le scruter, l'étudier comme on examine une façade pour en appréhender les moindres recoins, pour sentir, *au-delà de ce qu'elle est, ce qu'elle dégage, pour mettre du sens derrière une simple description ?*

Guy le savait, au fond de lui, il n'avait que faire d'une identité. Ce qui comptait véritablement se situait dans le ressenti. Dans l'impression. Un visage, un corps, tout cela n'avait que peu d'importance, ce qui l'attirait était ce qu'il pourrait lire dans la démarche, dans l'élocution, dans les silences et, par-dessus tout : derrière le regard.

Guy voulait contempler l'esprit d'un monstre.

Il voulait plonger dans l'âme du Mal.

Une violente bourrasque du requiem le poussa en avant, et il pressa le pas pour suivre le tempo donné par la nature.

Les Halles de Paris grouillaient déjà d'une foule impressionnante. Pour avoir écrit à leur sujet, Guy se souvenait de quelques chiffres qui l'avaient impressionné : 14 000 voitures hippomobiles de cultivateurs arrivaient chaque nuit de la banlieue pour rassasier la population en légumes, 166 millions de kilos de viande fraîche s'y vendaient à l'année, 27 millions de kilos de poissons, et un demi-milliard d'œufs.

Depuis huit cents ans, cet endroit servait de plaque tournante au commerce, rien ne l'avait ébranlé, ni les épidémies, ni les guerres, même la mort avait été repoussée par le règne du profit, lorsque le cimetière des Innocents, mitoyen, avait été vidé dans les catacombes de la ville pour agrandir les Halles et dresser le square des Innocents – dont la terre était encore gorgée de fluides corporels, ce qui n'empêchait nullement les mandataires épuisés de venir s'y reposer un moment en fin de matinée.

Sous le halo bleuté des lampadaires à gaz que tamisaient une bande de petits peupliers, des centaines de charrettes et fourgons, aux chevaux dociles, étaient alignés, déjà tous vides. Des remparts de carottes, de poireaux, de choux, de salades et de pommes de terre dressaient des allées étroites sur les trottoirs pourtant très larges, et Guy le savait, avant midi, les rues seraient jonchées de légumes abîmés, de papiers et de morceaux de cageots que les chiffonniers viendraient nettoyer pour que la chaussée retrouve la lumière du soleil.

Plus loin, il pouvait distinguer les marchands de fleurs qui embaumaient les allées avec leurs montagnes de bouquets aux couleurs encore fades sous l'éclat spectral des becs trop espacés.

Il entendait également le gloussement d'une armée dont il n'y aurait bientôt aucun survivant, victimes d'une bataille inlassable, jour après jour, et qu'ils ne gagnaient jamais : de milliers de caisses en bois dépassaient les plumes et les crêtes de volailles filant vers l'abattoir.

Et ce n'étaient que les contreforts des Halles. Leur cœur s'étendait au-delà, le vrai commerce se faisait à la criée, aux enchères, dans les grands bâtiments pensés par Baltard, une succession de hangars modernes à la structure en fonte et en fer sur des fondations de brique. Ces hauts squelettes étaient entièrement fermés par des murs et des plafonds de verre les faisant ressembler à des temples modernes à la gloire des dieux du Commerce. Ces immenses vitrines polies brillaient de l'intérieur : des centaines de petites lampes blanches devant lesquelles un interminable ballet d'ombres chinoises dansait sans fin.

Guy se fraya un chemin entre les voitures des acheteurs qui commençaient à affluer de toute la ville, profitant de l'heure matinale pour parvenir à circuler à peu près correctement, avant les chalands de la vente au détail, que les marchands au panier ne manqueraient pas d'aborder, saturant chaque parcelle de pavé.

Le trafic se densifiait aux abords des pavillons du beurre et du fromage et surtout celui de la volaille et du gibier, les odeurs également gagnaient en présence, enveloppant le passant, si nombreuses que, de capiteuses, elles devenaient étourdissantes. Bientôt, Guy ne put plus avancer, il était coincé par une muraille de véhicules et de passants agglutinés.

Repérant un groupe de forts, ces hommes aux grands chapeaux de cuir gris-blanc chargés de transporter les marchandises, Guy se glissa entre deux porteurs. Une caisse sur le chapeau, deux sous chaque bras, ils avançaient à vive allure, fendant la foule de leur impressionnante carrure. Guy espérait ainsi approcher son objectif, mais les hommes s'engouffrèrent dans un autre pavillon.

Guy, qui ne voulait pas gêner celui qui se tenait juste derrière lui, se sentit obligé de suivre. Devinant un problème, le fort en question l'interpella avec l'accent traînant du sud de la France :

— Hey ! Où c'est que vous voulez aller comme ça ! C'est qu'on travaille nous !

— Je vous présente mes excuses, dit Guy en suivant la file. C'est l'autre bâtiment que je voulais atteindre, celui de la volaille.

— Passez donc par le dessous ! répliqua l'homme d'un ton chantant malgré sa charge. Il y a les souterrains qui communiquent !

Guy s'écarta dès qu'il put et trouva un escalier vers les sous-sols. Le parfum des fromages se dissipa presque aussitôt, remplacé par un remugle teinté de sueur et renforcé par une chaleur étouffante.

La cave était aussi vaste qu'on pouvait s'y attendre, sans fenêtre ni lucarne, rien que des trappes, toutes fermées.

Une centaine d'hommes, essentiellement des adolescents pour la plupart estropiés, se tenaient face à une bougie devant laquelle défilaient des milliers d'œufs. Guy reconnut les « compteurs-mireurs » des coquetiers dont le rôle consistait à écarter tout œuf présentant des taches intérieures, signe d'un début de décomposition. Il fallait une endurance, une concentration et une vue irréprochables pour y parvenir, et les adolescents satisfaisaient facilement ces critères.

Guy passa entre ces enfilades de flammes tremblantes pour atteindre un couloir mal éclairé qui, devina-t-il, traversait la rue.

Il y était presque.

Derrière une porte, il trouva enfin le pavillon qui l'avait attiré jusqu'ici.

L'odeur et le bruit étaient bien différents cette fois.

Les « gaveurs » nourrissaient des centaines et des centaines de pigeons dans de minuscules cages, se servant d'une pipette dans un long baquet rempli de pâtée liquide qu'ils enfournaient dans les becs des oiseaux d'un geste précis et rapide.

Guy passa dans la pièce suivante, la cave principale, et là, la fragrance chaude et ferreuse l'assaillit en même temps que la vision de cauchemar.

Les wagons déversaient les volailles qui terminaient leur course suspendues au plafond par les pattes où elles étaient égorgées, puis plumées, encore vivantes, par des hommes inondés de sang.

Guy eut alors une pensée amère pour le monde dans lequel ils vivaient. Cette civilisation bien-pensante, obligée de dissimuler son abject rituel alimentaire au cœur de la nuit, sous terre, dans les entrailles de la ville, comme honteuse de ce qu'elle accomplissait.

Il y avait beaucoup plus de personnes qu'il ne s'y était attendu et, soudain, il se rendit compte que son entreprise avait quelque chose de futile, presque de dément. Venir observer les bouchers de la nuit pour espérer se rapprocher d'un tueur sanguinaire. C'était d'un candide absolu.

Toutefois, Guy préféra ne pas y réfléchir et se porta vers l'action. Il déambula entre les fontaines de sang et de plumes, prenant soin de ne pas trop les approcher pour éviter les projections, à la recherche d'une idée, d'un détail saugrenu.

Il était étrange de constater que finalement l'homme avait toujours su maintenir la pérennité des lieux essentiels à sa civilisation. Pendant plus de huit siècles, cet endroit avait à la fois abrité le commerce et la violence la plus froide. Car Guy s'en souvenait, c'était ici, aux Halles, qu'étaient le gibet et le pilori du roi, c'était également ici qu'on écartelait, ici que les émeutes prenaient naissance pendant la Révolution. Commerce et mort avaient toujours fait bon ménage, et ce à toute époque et sous tous les régimes. Comme les nourrices nécessaires et indissociables d'une société que Guy considéra sous ce nouvel éclairage comme malsaine. Déséquilibrée.

Un homme releva la tête juste devant Guy pour le fixer et le blanc parfait des yeux, au milieu de ce visage recouvert de sang, le fit sursauter.

— Restez pas là ! On va vous asperger vos beaux habits ! s'écria-t-il.

— Pardonnez-moi, je... je ne voulais pas vous importuner.

— C'est pour vous que j'dis ça ! Moi j'suis payé à la pièce, pas l'temps d'faire attention à vous !

— Qu'est-ce qui se passe ici ? demanda un autre individu.

Celui-ci était plus présentable, un large tablier devenu rouge recouvrait son pantalon et sa chemise, et le bout de sa casquette avait protégé son visage des gouttes vermillon.

— Faut pas descendre ici, monsieur ! fit-il en apercevant Guy. Allons, remontez !

Guy décida de la jouer au culot :

— Je suis de la Sûreté. J'ai des questions à vous poser.

La Sûreté impressionnait souvent les gens, bien plus que la police, car, dans l'esprit de bien des Parisiens, elle était encore assimilée à une police politique.

— Diable ! Pourquoi moi ? s'étonna le bonhomme.

Il était assez grand, des mains larges, aux ongles noircis par le sang séché, et sa moustache trop longue lui tombait devant la bouche.

— Vous êtes le responsable de cet abattoir ?

— Oui, Jean Sylvain. Qu'est-ce qui se passe ? C'est à cause des rumeurs, c'est ça ?

Guy frissonna ; la discussion commençait bien.

— Les rumeurs, qu'est-ce que vous en savez exactement ? questionna-t-il.

— Que notre cave est un repaire d'anarchistes ! Mais c'est faux ! Je le jure ! Y en a pas plus ici qu'ailleurs ! Non plus que de royalistes, de nationalistes et autres !

Guy remarqua qu'une demi-douzaine de bouchers s'étaient arrêtés pour suivre la conversation.

— C'est pas vrai ! s'écria l'un d'entre eux, un type aux épaules et aux bras énormes, arborant un bec-de-lièvre très prononcé qui lui déformait toute la lèvre supérieure jusqu'au nez. Ici on est tous rouges !

Son rire gras et sonore fut aussitôt repris en chœur par tous ceux qui avaient entendu la plaisanterie.

— Combien de personnes travaillent ici chaque jour ? enchaîna Guy avant que les rires ne retombent.

— Pas loin de quarante, répondit Jean Sylvain.

— Vous les connaissez toutes ?

— Oui. De temps en temps, y a des nouveaux, ou des remplaçants, mais dans l'ensemble oui.

— Combien ont entre vingt-cinq et trente-cinq ans ?

Le chef siffla pour exprimer son ignorance.

— Je saurais pas vous dire ! Peut-être la moitié !

— Et dans cette moitié, il y en a qui sont particulièrement effacés, timides ?

— Qu'en sais-je ? Je ne les connais pas en dehors d'ici ! Je suis leur chef, pas leur père !

Constatant qu'à présent la plupart des bouchers s'étaient interrompus pour tenter d'écouter ce qui se passait, Guy prit son courage à deux mains et leva les bras au-dessus de lui pour attirer l'attention de tous et faire taire les chuchotements.

Il n'y eut alors que le bruit humide du sang qui terminait de couler des volailles tout juste égorgées, et quelques caquètements d'agonie.

— Écoutez-moi tous ! cria-t-il. Vous êtes payés à la pièce, donc chaque minute qui passe, c'est de l'argent de perdu pour tout le monde. Soyez attentifs et coopératifs et tout cela sera terminé dans cinq minutes. Je veux que tous ceux d'entre vous ayant entre vingt-cinq et trente-cinq ans aillent se mettre à ma droite. Allez ! Bon sang ! Dépêchez-vous si vous voulez reprendre le travail !

Après une hésitation, plusieurs garçons passèrent d'un côté à l'autre pendant que les plus réticents observaient le manège d'un œil mauvais. Guy insista en s'attaquant à l'un des plus costauds, se doutant que s'il le faisait céder, les autres suivraient :

— Vous voulez perdre une semaine de paye et dormir derrière les barreaux ? Faites ce qu'on vous a dit !

Rarement il avait fait preuve d'une telle autorité. S'il était habitué à parler devant un public appréciant son œuvre, c'était une tout autre affaire que de hausser la voix et de se faire obéir. Pourtant, il prenait un certain plaisir à ce rôle. Il n'était pas tout à fait lui-même, plutôt un personnage de ses livres, cela lui donnait une force nouvelle.

Les derniers récalcitrants suivirent le mouvement et se répartirent là où ils le devaient. Tous les masques de sang le contemplaient, le contraste avec le blanc des yeux et des dents était tel qu'ils devenaient menaçants.

Guy pivota face aux hommes de vingt-cinq à trente-cinq ans.

— À présent, ne restent que ceux qui sont célibataires, aboya-t-il.

Il n'y eut brusquement plus que six hommes. Guy en désigna un qui était petit et maigre et le fit sortir du groupe.

— Qui a un véhicule parmi vous, une carriole, une voiture, n'importe quoi pour transporter quelque chose de lourd ? Et ne mentez pas, nous allons enquêter. Si vous me mentez maintenant, c'est la prison à coup sûr.

Trois des bouchers restants firent un pas en avant.

Il y avait celui au bec-de-lièvre, le plus costaud des trois, un roux – ou un blond, avec le sang Guy ne parvenait pas à le savoir –, et un trentenaire dégarni qui peinait à regarder Guy dans les yeux.

— Messieurs, je vais prendre vos nom et adresse, c'est un simple contrôle, fit Guy en sortant son carnet et son stylo à encre.

Après avoir noté les informations de chacun, Guy se tourna vers le chef :

— Vous confirmez les identités données ? Attention, vous serez responsable en cas de mensonge !

— Je confirme. Enfin, ce monsieur-là... (il montrait le dernier, celui qui semblait le plus mal à l'aise des trois)... est nouveau, je ne le connais pas bien, mais c'est le nom qu'il m'a donné en arrivant le mois dernier.

Guy rangea ses affaires dans les poches de son manteau et salua la foule de bouchers couverts de sang qui le toisaient avec autant de curiosité que de méfiance.

— Merci, messieurs, ce sera tout. Vous pouvez reprendre votre activité.

Guy adressa un signe au chef et s'empressa de regagner la surface.

En sortant à l'air libre, au milieu de la foule qui affluait de toute part, pressée de trouver la meilleure marchandise au meilleur prix, Guy réalisa que la situation l'avait impressionné bien plus qu'il ne se l'était avoué, obnubilé qu'il avait été par son rôle. Maintenant que la pression retombait, ses jambes se mirent à trembler.

Le fiacre le déposa devant le *Boudoir* au petit matin, tandis que la ville s'éveillait. Guy avait besoin d'un bon bain. Il se sentait poisseux. Et puis il dormirait quelques heures avant de faire le point.

Il venait de gravir les marches menant à la porte lorsqu'il remarqua un autre fiacre, une cinquantaine de mètres en retrait du sien. Il venait à peine de s'arrêter. Guy attendit un instant, mais personne n'en sortit.

Le cocher se pencha pour parler avec son passager et, comme il s'agissait d'un véhicule couvert, Guy ne put le distinguer. Le cocher haussa les épaules et attendit à son tour.

Guy hésitait. L'avait-on suivi ?

Un frisson glacial lui parcourut l'échine lorsqu'il songea à son beau-père.

C'était impossible, il ne pouvait l'avoir traqué jusqu'ici.

Alors qui ?

Peut-être personne, c'est moi qui m'imagine des choses...

Mais manifestement il y avait bien quelqu'un qui ne souhaitait pas se montrer.

Guy décida de rentrer, ne pas insister, ne pas trahir sa méfiance.

À peine à l'intérieur, il se précipita vers la fenêtre du salon pour jeter un œil entre les rideaux tirés.

Le fiacre se remit en route et remonta la rue. Il sembla à Guy qu'il ralentissait en passant devant la maison close, pourtant il fut incapable de discerner l'occupant de la voiture.

Elle prit ensuite de la vitesse et disparut.

Les choses venaient peut-être de se compliquer.

19

Son esprit venait d'abandonner son corps. Puis son esprit lui-même se scinda en deux : la conscience entra en stase, laissant l'inconscient s'exprimer, à travers un langage plus imagé, une succession de courtes scènes, parfois très étranges.

Guy dormait à peine lorsque la main sur son épaule le réveilla avec insistance.

— Allons, Guy, revenez à vous !

Les paupières semblaient douloureuses, le visage au-dessus du sien lointain, tout comme la voix... Puis il se réveilla tout à fait en découvrant les yeux bleus de Faustine, et ses longues mèches noires qui lui caressaient le front.

Guy avait mal au crâne, il n'avait dormi qu'une demi-heure.

— J'ai attendu ce matin pour ne pas écourter votre nuit, confia Faustine tout excitée, mais cela fait plusieurs heures que je ne tiens plus. J'ai lu le journal de Milaine !

Guy s'assit dans son lit et Faustine se posa sur le bord, le fameux journal sur les genoux.

— Vous ne vous êtes pas couchée ? demanda Guy encore tout engourdi.

— Je n'ai pas pu. Milaine parle énormément de ses prétendants, elle avait dans l'idée de quitter l'établissement, elle voulait une situation, un amant riche et, depuis un an, elle multipliait les rencontres un peu partout.

— Vous avez leurs noms ?

— Oui, je les ai tous notés.

Guy se leva pour aller chercher le paquet de lettres et ils comparèrent les noms. Tous s'y retrouvaient.

— Il y en a deux que j'ai relevés, révéla Faustine, que vous ne m'avez pas cités. Le premier est un marchand d'art, le second est musicien et, à son grand regret, ils n'ont pas semblé prêts à lui offrir davantage que ce qu'ils avaient payé pour quelques heures, mais elle parle d'eux assez souvent. Non, à vrai dire, c'est plutôt l'endroit où elle les a rencontrés qui revient régulièrement. Un cercle privé, près de la Bourse, le... attendez, le nom est compliqué... Ah, voilà : le Cénacle des Séraphins !

— Quel curieux nom, en effet. Et quel genre de cercle est-ce ?

— Un club ésotérique. Milaine y a été introduite par le fondateur et président, Louis Steirn. Apparemment l'homme tenait à la présence de belles femmes, il payait grassement pour cela. Pour divertir ces messieurs.

— C'est davantage un club érotique qu'ésotérique ce que vous dépeignez là !

— Non, il ne leur demandait pas de coucher, enfin, pas tout à fait. Steirn tenait à la présence de jolies courtisanes pour faire plaisir à ses amis, ensuite Milaine était libre de négocier directement ; finalement, il ne la payait que pour qu'elle vienne ! Et là où c'est encore plus intéressant, c'est que Milaine dit ne pas être la seule ! Elle a croisé d'autres filles comme elle lors de ces soirées.

— Je n'imagine pas les filles de la Monjol au milieu des aristocrates en mal de sensations occultes ! s'esclaffa Guy.

— Peut-être pas celles de la Monjol, mais pourquoi pas Anna Zebowitz ?

Guy fit la lippe tout en réfléchissant, pas convaincu par les arguments de Faustine.

— En tout cas, c'est au Cénacle des Séraphins que Milaine effectuait sa chasse à l'amant fortuné ! Et je vous ai gardé le meilleur pour la fin : c'est là-bas qu'elle a passé sa... (Le ton changea subitement, pour devenir plus grave.)... sa dernière soirée.

— Elle a écrit dans le journal le jour de son meurtre ? s'enquit Guy avec une excitation morbide.

— Voici ses ultimes lignes :

Je ne tiens plus en place. Ce soir je retourne au Cénacle. Julie va encore s'énerver après moi, mais je n'en ai cure, elle touche aussi ses dividendes lorsque je fais des passes au-dehors, après tout ! J'ai un bon pressentiment cette fois. Jules et Raymond ne viennent plus depuis un moment, et Charles est déjà passé à une autre saveur, mais je sais qu'il y aura du beau monde, comme toujours. Je ne saurais l'expliquer, mais je sens que ce soir sera le bon. Je croise les doigts.

Au regard de ce qu'il était advenu de la pauvre fille, ces derniers mots étaient terriblement cruels.

Percevant l'émotion dans la voix de Faustine, Guy lui tapota amicalement la main.

— J'irai au Cénacle des Séraphins ce soir, dit-il, pour rencontrer ce Louis Steirn et le sonder au sujet de Milaine et de ces messieurs. On ne sait jamais...

Faustine planta ses prunelles hypnotiques dans celles de Guy. Il crut y déceler une pointe de colère.

— Enfin, Guy, c'est plus que sonder Steirn qu'il faut ! Ce sont tous les invités de mercredi soir que nous devons lister et étudier ! C'est le dernier endroit où Milaine s'est rendue avant son décès !

— Je serais étonné qu'Hubris ait chassé là-bas, ce n'est pas son genre, manifestement, il s'attaque à des filles de la rue, dans des lieux sordides, de ces coins où personne ne s'attarde, où l'on regarde surtout ses pieds, où l'on ne se mêle jamais de ce qui ne nous regarde pas. Pourquoi changer tout à coup ? Ce serait prendre un risque qui ne lui ressemble pas ! Je pense plutôt qu'elle l'a croisé sur le chemin du retour. Lorsqu'elle était seule. Peut-être en cherchant un...

Guy se redressa brutalement.

Faustine demanda, angoissée :

— Qu'y a-t-il ?

— Un fiacre ! Voilà qui pourrait expliquer bien des choses ! Et si Hubris était un conducteur de fiacre ? Milaine en cherchait un pour rentrer, elle ne se sera pas méfiée, il pourrait en être de même pour bien des filles ! Il les surveille, il les suit, dès qu'elles ont besoin de lui, elles le hèlent, et sans le savoir signent leur arrêt de mort !

— C'est une hypothèse intéressante mais j'aimerais vous proposer la mienne : Hubris est un des membres du Cénacle des Séraphins. Là-bas, il a l'occasion de rencontrer des courtisanes, vous expliquiez qu'il aime pister sa proie, en connaître les habitudes, c'est un bon moyen pour le faire. Elles sont invitées par Steirn, Hubris a l'occasion de les observer, de les entendre parler d'elles, de les voir et de les revoir. Le jour où il veut passer à l'acte, il n'a qu'à les approcher, dans un lieu isolé, elles le reconnaissent, sur le coup, elles ne se méfient pas de lui, c'est une connaissance, et il attaque.

Pendant qu'elle parlait, Guy s'était levé pour s'asperger le visage d'eau fraîche.

— Pourquoi pas ? dit-il, en s'ébrouant. Je verrai ce soir sur place.

— Nous. Je viens avec vous.

Guy pivota pour mirer ce petit bout de femme qui semblait prêt à retourner toute la ville pour venger son amie. Il céda

— Très bien, nous irons ensemble.

Il n'avait plus de pudeur à l'égard des femmes de la maison, il retira sa chemise de nuit, ne portant ainsi plus qu'un pantalon en toile légère.

Faustine détourna le regard.

— Vous sortez ? s'étonna-t-elle.

— Réveillé pour réveillé, je vais mettre à profit ma matinée pour aller faire un tour du côté de l'Exposition universelle, là où Anna Zebowitz a été retrouvée.

Il se rendit alors compte que Faustine lui tournait le dos.

— Oh, pardonnez-moi, je ne pensais pas vous indisposer.

— Il faut croire que je ne suis pas comme toutes les filles de la maison.

Guy, surpris, devina une pointe de froideur, entre colère et... jalousie.

— Je... Je n'ai pas couché avec Milaine, si cela peut vous rassurer.

Faustine se leva.

— Précision idiote, lâcha-t-elle. Vous faites ce que vous voulez, cela ne me regarde pas.

— Je ne veux pas passer pour un mauvais garçon à vos yeux.

— N'est-ce pas ce que les filles de la maison aiment en vous, ce côté mauvais garçon justement ? rétorqua-t-elle sur le même ton glacial.

— C'est le journal de Milaine qui vous a renseignée de la sorte ?

— Les filles parlent entre elles, Guy, ne l'oubliez pas. Il n'y en a pas une, dans cet établissement, qui ne sache tout de ce que vous êtes dans l'intimité. Pas une.

Elle fila vers la porte et ajouta, sous le regard circonspect de l'écrivain :

— Je vous laisse vous préparer, rejoignez-moi dans le salon, je vous accompagne. Milaine a également fait mention de l'Exposition dans son journal, un homme l'y a emmenée, elle ne donne pas son nom, mais il lui a fait visiter le pavillon de l'Industrie dans lequel il travaille. Un membre du Cénacle des Séraphins. Je vous le dis, c'est au Cénacle qu'Hubris se terre. À force d'invoquer la présence des esprits, ils sont parvenus à convoquer un monstre à leur table, c'est juste qu'ils l'ignorent. C'est à nous de l'identifier désormais.

— Dans quel but ? Qu'attendez-vous de tout cela, Faustine ?

— S'ils ont ouvert les portes de l'Enfer pour l'en sortir, nous allons devoir les rouvrir pour l'y remettre.

— Vous ne cherchez pas seulement à savoir qui il est, n'est-ce pas ? Vous voulez également l'affronter.

— C'est possible, dit-elle avec une détermination effrayante.

— Les Grecs avaient un nom pour celle qui punit l'Hubris. Ils l'appelaient Némésis. Je crois que notre

Hubris a trouvé sa Némésis, répliqua Guy avec une pointe d'appréhension.

Car, pour la première fois depuis cinq mois qu'il la connaissait, il lut en la jeune femme une force et, surtout, une férocité qu'il n'avait jamais vues chez personne. Un frisson le traversa de part en part.

Faustine lui faisait peur.

20

L'homme avait rétréci le monde.

À force d'ingéniosité, il était parvenu à le réduire à sa taille, la Terre entière et toutes les cultures modernes, et parfois anciennes, s'étaient vues rassemblées sur quelques centaines d'hectares, au cœur de Paris.

Guy entraînait Faustine, un guide du journal *Le Matin* à la main ; n'ayant pas le temps de flâner, ils avaient esquivé l'entrée principale sur la place de la Concorde pour se rendre directement au Trocadéro, sous l'ombre de son palais colossal aux allures de cathédrale noire.

Circulant au milieu d'une foule déjà compacte malgré l'heure – c'était le dimanche, jour de grande affluence –, ils traversaient le secteur dévolu aux colonies et protectorats français, apercevant çà et là des étrangers aux traits variés : peaux déclinant toutes les nuances de noir, de bronze, de cuivre et même des ocres plus ou moins jaunes ou orangés. Et leurs tenues n'étaient guère plus discrètes : là où la mode des pays occidentaux imposait des couleurs sombres pour les messieurs, bien des étrangers – surtout les Asiatiques – arboraient fièrement des parures chatoyantes.

Au gré d'une pente douce qui descendait vers la Seine, les pavillons exotiques jaillissaient au milieu d'une végétation abondante. Après les minarets et coupoles algériens et tunisiens, la grande véranda créole au milieu de ses plantes tropicales, le couple dépassa les pagodes cochinchinoises pour contourner l'aile gauche du palais du Trocadéro afin d'accéder à une partie encore plus sauvage.

Le dévers s'intensifiait, le chemin se rétrécissait et les visiteurs grimpaient avec lenteur, enjambant avec précaution chaque marche en ciment imitant le bois. Il y avait plus d'arbres ici que partout ailleurs dans l'Exposition, si bien que Guy et Faustine ne tardèrent pas à se sentir coupés du monde. C'était une réussite totale : le promeneur se transformait en voyageur, en quelques efforts, il avait quitté Paris pour l'Afrique profonde. Un ruisseau serpentait au fond d'une minuscule ravine, se déversant en une série de petites cascades vers des bassins mousseux, ils le longèrent sur une centaine de mètres avant d'entendre les accords disharmoniques – à leurs oreilles de Français – d'instruments à cordes qu'ils ne connaissaient pas. Le chemin opérait un coude avant d'arriver devant une hutte en terre rouge couverte par un toit pointu en paille. La frondaison des arbres offrait un ombrage agréable sous lequel attendaient plusieurs individus – manifestement des Congolais – en tenue légère : des voiles blancs passés autour du bassin et sur les épaules, pour accueillir les passants avec de larges sourires. Deux hommes jouaient de la musique traditionnelle à l'aide de longues guitares à quatre cordes.

Un grand Noir approcha de Faustine et Guy pour les saluer avec un accent lui faisant articuler lourdement chaque syllabe :

— Bien le bonjour ! Voici une case des Langouassis, dans la région du Chari, au Congo français ! Continuez votre visite sur ces terres, le pavillon congolais n'attend que vous !

Faustine replia son ombrelle, et ils passèrent sur un charmant pont en bois enjambant le ruisseau où était amarrée une étrange pirogue indigène, avant d'accéder au bâtiment principal, tout en bois blanc, en carreaux de plâtre et recouvert de tôle ondulée. Une véranda faisait tout le tour du premier niveau, d'où l'on pouvait voir bon nombre de Congolais en habits typiques circuler au milieu des visiteurs pour renforcer l'illusion d'être là-bas, sur le continent africain.

— Maintenant que nous sommes ici, commença Faustine, allez-vous me dire pourquoi cet endroit plutôt qu'un autre ?

— Perotti m'a permis de lire les rapports de Legranitier et Pernetty concernant plusieurs crimes dont celui d'Anna Zebowitz. De toute évidence, certains Congolais ont vu quelque chose cette nuit-là, Legranitier a perçu de la peur chez les gens qu'il a interrogés. J'aimerais m'entretenir avec eux à ce sujet, même s'ils n'ont rien voulu dire à Legranitier.

— Qu'est-ce qui vous fait croire que vous aurez plus de succès ?

— J'imagine sans peine Legranitier exiger des réponses, imposer sa... *forte* présence ! Sur des gens effrayés, aux mœurs si différentes, cela ne pouvait pas fonctionner. S'ils ont eu peur, c'est une aide qu'il faut leur proposer ! Mais, avant toute chose, j'aimerais faire un tour pour comprendre leurs conditions de vie. Venez, l'entrée est par ici.

Ils déambulèrent parmi une collection d'énormes billes de bois précieux, puis tout un campement et son matériel d'exploration – il y avait même une automobile ayant servi là-bas – et, enfin, un modèle de case pour Européens.

À l'étage, Guy circula entre les présentoirs couverts de vases en paille, d'armes locales, d'ivoire sculpté, de manioc ainsi que de caoutchouc, pour atteindre un balcon duquel il contempla les alentours.

Les deux tours du palais du Trocadéro surplombaient le dôme de la salle des fêtes, pour le reste, le paysage était masqué par les hauts arbres noyant la colonie du Congo français à l'écart.

Ce fut Faustine qui attira son attention sur ce qu'il cherchait :

— C'est étrange, il y a des habitations derrière le petit lagon, mais je ne vois aucun sentier pour s'y rendre. Ce doit être en dehors des visites.

— Ce sont leurs logements ! C'est exactement ça !

Guy entraîna Faustine vers la sortie et entreprit de trouver le passage qui conduisait au hameau avant de s'arrêter face à une petite porte de palissade avec un écriteau : I&#xNTERDIT AU PUBLIC.

— Il y a du monde, personne ne prêtera attention à nous, venez, dit-il en poussant la porte.

À vive allure, ils remontèrent en direction des constructions récentes, tout en bois. Elles encadraient une petite mare, source du ruisseau et l'odeur d'une cuisine riche en épices les assaillit. Du linge séchait sur des cordes tendues entre les habitations.

Une Congolaise sortit pour les saluer, un peu étonnée, et attendit qu'ils parlent les premiers.

— Bonjour, je m'appelle Guy, je voudrais m'entretenir avec... Y a-t-il un représentant ou...

— Le chef, il vous faut le chef ! s'exclama la femme en repartant avant de réapparaître accompagnée par un homme habillé d'un costume taché, à la chemise mal boutonnée.

— Bonjour ! Je m'appelle Lukengo. Que puis-je pour vous rendre la journée meilleure ? demanda-t-il avec le même accent chantant que ses compatriotes.

Tout d'abord surpris qu'on ne leur précise pas qu'il était interdit de venir jusqu'ici, Guy se reprit en posant une main dans le dos de l'homme, pour l'écarter de la femme, et lui dit :

— Je cherche quelqu'un. Une très bonne amie à moi est, hélas, morte, ici, il y a peu de temps. Je crois que nous avons besoin d'une aide mutuelle, vous et moi.

Lukengo fronça les sourcils et croisa les bras sur son torse.

Guy poursuivit :

— Je suis là pour vous aider. Notre intention est de retrouver celui qui lui a fait ça et de l'éloigner de vous. Si vous acceptez de partager avec nous ce que vous savez, nous vous protégerons. Vous savez de quoi je parle, n'est-ce pas ?

Lukengo s'essuya du pouce la commissure des lèvres, plusieurs fois, nerveux.

— Nous pouvons vous débarrasser de la peur, ajouta Faustine, mais pour cela, il faut nous dire ce qui vous effraye tant !

— Vous savez de qui nous parlons, insista Guy. L'autre soir, lorsque la fille s'est fait tuer, vous avez vu quelque chose. Savez-vous qui était-ce ?

Lukengo inspira longuement.

— Quelle différence que nous sachions, si vous ne pouvez rien y faire ?

— Faites-nous confiance, répondit Guy. Nous pouvons vous libérer de votre peur, tout ce qu'il faut, c'est nous mettre sur la bonne piste.

— Parler, c'est attirer sa colère !

— Pas s'il est arrêté, intervint Faustine.

— Nous aider, c'est vous aider ! ajouta Guy.

Lukengo étudiait ces deux visiteurs, passant de l'un à l'autre en se mordant la lèvre.

— Je crois que vous n'avez pas idée de ce dont nous parlons, dit-il sombrement.

— Éclairez-nous, fit l'écrivain.

Lukengo regarda autour d'eux, puis sembla se résigner. Il leur fit signe de le suivre et ils pénétrèrent dans une petite pièce aux fenêtres masquées par des linges rouges. Des dizaines de bouquets d'herbes et de fleurs pendaient, suspendus à des clous dans les poutres du plafond. Lukengo referma la porte derrière eux et alluma une bougie au centre de la pièce. Il désigna des tabourets en bois pour qu'ils s'assoient en cercle, sans table.

Lorsqu'il reprit la parole, Lukengo parlait tout bas :

— L'autre soir, c'est un garçon lingala qui l'a vu, mais ce n'était pas la première fois. Des femmes et deux Kikongo l'avaient déjà aperçu depuis plusieurs semaines.

— Qui donc ? s'impatienta Faustine.

— Par chez moi, nous avons un nom pour lui, Ngungulu. Le monstre, si vous préférez. De là où je viens, on dit la Bête à la peau de lune.

Faustine et Guy échangèrent un regard dubitatif, ils ne s'étaient pas attendus à cela.

— Pourriez-vous nous dire ce que vous avez vu exactement ? demanda Faustine.

— Tous les témoins racontent la même chose : Ngungulu sort la nuit tombée, il jaillit de la terre, prend les enfants ou les femmes et entre dans la terre avec eux pour les dévorer.

Guy ne comprenait pas où Lukengo voulait en venir, il intervint :

— Ça c'est votre croyance, mais ici, l'autre soir, qu'avez-vous vu ?

— Ngungulu je vous dis ! Mais comme nous n'avons pas nos enfants ici avec nous, il ne chasse que les femmes ! Il nous en a pris une ! Et il se murmure qu'il a aussi chassé chez les Sénégalais auparavant ! Ils ont également un camp dans l'enceinte de l'Exposition, près de la Seine, à côté des palissades.

— Vous dites qu'un « monstre » sort de la terre, pour enlever les femmes ? répéta Faustine, incrédule.

— Je le savais ! Vous ne me croyez pas ! C'est toujours ainsi avec vous autres ! Je vous ai fait confiance ! Et…

— Nous vous croyons, lança Guy plus fort, pour le faire taire. C'est juste que… nous avons besoin d'éléments tangibles. Si nous voulons le traquer, il nous faut du concret, monsieur Lukengo.

Le chef de la communauté congolaise hocha la tête lentement.

— Attendez-moi là, dit-il avant de sortir.

La lumière du jour aveugla les deux investigateurs qui durent tourner le dos à la porte.

— Ne me dites pas qu'il vous a convaincu avec son folklore ! chuchota Faustine.

— Manifestement, Hubris leur fait très peur. Il doit y avoir quelque chose chez lui qu'ils ne comprennent pas, ils passent ses actes au prisme de leurs légendes, pour se l'expliquer. Cela étant, s'il a fait d'autres victimes ici avant cela, j'aimerais beaucoup le savoir !

Lukengo revint avec une petite boîte en bois et l'ouvrit sous la flamme de la bougie.

Elle contenait un long lambeau parcheminé d'une trentaine de centimètres, rouge et orange, très abîmé, aux bords racornis. Du bout du doigt, Lukengo le retourna pour dévoiler une face rouge sombre, de laquelle se détachaient des morceaux de viande séchée.

Faustine recula instinctivement, juste avant que l'odeur de pourriture ne vienne la gifler, elle fit un bond en arrière.

— Mon Dieu ! Mais qu'est-ce que c'est ?

Guy se couvrit le nez de la main.

— La fille qui a disparu chez nous était la femme du garçon lingala dont je vous ai parlé. Lorsqu'une nuit il a aperçu le Ngungulu, il l'a suivi jusqu'à ce qu'il rentre dans la terre. Et voilà ce que le Ngungulu a laissé derrière lui.

— Un fragment de peau, murmura Guy.

— Sa mue ! Il est en train de grossir ! s'alarma Lukengo.

— Vous dites qu'il emporte avec lui ses victimes ? (Guy pivota vers Faustine.) Anna a été déposée au sommet de la tour.

— Dites-moi, reprit Lukengo, votre amie qui a été tuée ici l'autre jour, elle avait le ventre ouvert, n'est-ce pas ?

— Oui, comment le savez-vous ?

— Et il lui manquait une partie de l'intérieur, non ?

Guy acquiesça à nouveau.

— Alors, c'est bien le Ngungulu ! Il l'a dévorée ! Il mange ses organes ! Pour grossir encore !

— Le garçon lingala, il saurait nous montrer où il a vu le monstre s'enfoncer dans la terre ?

— Oui. Pour l'heure, il travaille au pavillon, il n'a pas le droit de venir, mais il doit rentrer pour le déjeuner, il pourra vous montrer.

Les yeux de Lukengo renvoyaient la pâle clarté de la bougie, mais cela suffisait à trahir son air effrayé.

— Êtes-vous de grands chasseurs ? demanda-t-il.

— Pourquoi donc ?

— Seuls de grands chasseurs peuvent se mesurer au Ngungulu. Les meilleurs uniquement. Les autres meurent par excès de vanité. Et n'espérez pas le tuer. Tout juste pourriez-vous le blesser pour qu'il fuie. Mais il faut le contraindre à se replier, avant qu'il ne grandisse trop, avant qu'il ne s'étende sous toute la ville. Ensuite, il sera trop tard. À trop attendre, à laisser pourrir ce qui doit être nettoyé sous ses pieds, on finit par gangrener toute la Terre. Alors la violence s'abattra sur vous et vos enfants. Cette ville sera perdue !

Bomengo les retrouva peu avant midi et, après une longue conversation avec Lukengo, il vint saluer Faustine et Guy avant de repartir.

— Je reviens, se contenta-t-il de dire.

Ce qu'il fit cinq minutes plus tard, portant sous le bras un long paquet en peau de chèvre retournée.

— Venez, je vais vous montrer.

Ils suivirent l'homme enveloppé dans une bande de tissu blanc et marchant pieds nus, pour sortir du domaine du Congo français et circuler dans les allées bondées en direction de la Seine.

— C'est votre épouse qui a disparu ? demanda Faustine avec compassion.
— Oui. Il y a trois semaines.
— Comment s'appelait-elle ?
— Elikya.
— Vous avez aperçu le tueur mercredi dernier, vous souvenez-vous d'où il venait ?
— Du fleuve ! Il remontait du pont tout en bas ! Et la fille aussi ! Elle courait vite !
— En direction du palais ?
— Oui. Je l'ai vue entrer, paniquée ! Et aussitôt, le Ngungulu l'a suivie ! J'ai eu peur, alors j'ai attendu ! Puis quand je me suis décidé à aller voir, en pensant à ma femme, je ne les ai pas retrouvés ! C'est très grand là-dedans ! Et la nuit, beaucoup de portes sont fermées à clé. Mais après un long moment, j'ai entendu du bruit, c'est là que je l'ai vu qui sortait pour retourner dans son antre. Alors je l'ai pisté.
— Vous pourriez le décrire, vous avez vu son visage ?
— Il n'en a pas ! C'est une grande ombre qui se confond avec la nuit, il est presque invisible, et il faut être très attentif pour le remarquer ! C'est sa force, c'est comme ça qu'il surgit sur ses proies ! Invisible et féroce !

Guy préféra ne pas prêter d'importance à cette vision romancée de ce qui devait être un homme prudent, discret.

— Et où allons-nous ? questionna-t-il.
— Là où le Ngungulu s'enfonce dans la terre. À l'entrée de sa tanière.
— Sa tanière ? Rien que ça ?

— Oui ! Un royaume maudit, dans les ténèbres, à l'odeur de charogne, le labyrinthe des monstres !

Guy avait du mal à y croire. Ils se retrouvaient plongés en plein folklore congolais, à mélanger légendes et crimes, et s'il n'y avait eu l'enlèvement de cette femme, il aurait probablement balayé tout cela pour ne pas perdre de temps. Mais il devait vérifier. S'assurer qu'il ne s'agissait pas d'une autre victime d'Hubris.

Pourtant Guy y allait à reculons.

Imaginer la jeune femme courir, de nuit, à travers les grandes silhouettes des pavillons, pourchassée par une créature sanguinaire n'avait aucun sens ! C'était aussi incongru que...

Soudain Guy ralentit l'allure.

Depuis le début, il envisageait le crime d'Anna Zebowitz comme voulu, dans un endroit précis, choisi avec minutie, comme pour les autres. Mais c'était un meurtre différent. La méthode et l'acharnement n'étaient pas les mêmes. Le lieu très éloigné des lieux habituels, concentrés dans l'est de Paris...

Et s'il s'agissait d'un autre meurtrier ? Si ce crime n'avait rien à voir avec la série d'Hubris ?

Guy ne parvenait pas à s'en convaincre. Elle se prostituait, comme les autres, elle correspondait au modèle de victime type, comme les autres, non ça ne pouvait être une coïncidence.

C'était d'imaginer Anna Zebowitz courir, traquée par son assassin, qui avait soulevé un doute, déclenché une intuition, aussi Guy tenta-t-il de se projeter la scène à nouveau...

Son cerveau en ébullition fit aussitôt le rapprochement avec ce qu'il savait des lieux :

Les sorties ! Elle courait vers la sortie la plus proche !

Tous les éléments en sa possession s'assemblèrent et il comprit.

Faustine et Bomengo avaient pris un peu d'avance et se retournèrent pour le chercher.

— Vous vous sentez mal ? s'inquiéta Faustine devant le visage crispé de l'écrivain.

— Anna Zebowitz n'a pas été abandonnée là-haut volontairement. Ce n'était pas une mise en scène voulue par Hubris.

Faustine jeta de rapides coups d'œil alentour, pour s'assurer qu'on ne risquait pas de les entendre et elle se rapprocha pour l'inciter à parler plus bas.

— Ce n'est peut-être pas l'endroit pour cette conversation, indiqua-t-elle en désignant une famille avec ses quatre enfants qui passait tout près.

Guy l'ignora et continua sur sa lancée :

— Il s'est acharné sur elle, il lui a tranché la gorge de rage, pour libérer sa colère à son encontre. Elle le fuyait ! Elle voulait gagner la sortie, mais il était si près qu'elle n'a pas pu, elle a tenté de lui échapper en entrant dans le palais, mais au lieu de l'y semer, elle s'est retrouvée coincée dans une des tours.

Faustine vint se serrer contre lui, pour lui ordonner, entre ses mâchoires crispées par l'indignation :

— Parlez moins fort ! Il y a des oreilles chastes autour de nous !

Guy se mit à chuchoter à toute vitesse :

— Comprenez-vous la différence que cela fait ? Ce crime est différent des autres parce que Hubris y a été lui-même, sans le fard de la mise en scène qu'il nous joue habituellement. La différence de lieu peut être capitale ! Nous sommes peut-être proches de chez lui !

— Pourquoi n'a-t-il pas cherché à dissimuler son crime dans ce cas ?

— Il n'en avait probablement pas le temps, ni l'opportunité, une fois Anna Zebowitz coincée là-haut, il la tue, la massacre, devrais-je dire, mais il sait que leur folle poursuite a pu attirer un gardien, il est lui-même pris au piège s'il est repéré, et il ne peut prendre le risque de tirer un corps mutilé jusqu'en bas, les ascenseurs étant désactivés la nuit. Je crois qu'il n'a pas eu le choix ! Il a fui à toute allure !

Soudain, une nouvelle association d'idées se fit sous son crâne en effervescence.

— Bomengo a raison ! dit-il. C'est sa tanière ! Je crois que nous allons retrouver les filles manquantes, ma chère Faustine.

— Expliquez-moi.

— Bomengo a parlé d'une tanière à l'odeur de charogne, ce n'était pas un effet ou un excès de langage, je suis certain qu'il y a réellement cette odeur, n'est-ce pas, Bomengo ?

L'intéressé hocha vivement la tête.

— C'est la pourriture de la viande ! trouva utile de préciser le Congolais.

— Elles sont là, et c'est de là que s'est enfuie Anna Zebowitz. Elle avait la langue coupée avant qu'il ne l'attaque au palais du Trocadéro. Il la leur coupe pour les faire taire ! Pour qu'elles ne puissent plus parler ! Cela signifie qu'il les garde en vie un moment ! Allons-y, Bomengo, nous vous suivons.

Et cette fois, il emboîta le pas au Congolais avec un enthousiasme manifeste.

Ils traversèrent le pont d'Iéna et, parvenus sous les hautes façades des pavillons de la Navigation de commerce, Bomengo les entraîna vers un escalier de pierre qui filait sous le pont, sur un quai où, curieusement, aucun badaud ne traînait.

La raison les en assaillit rapidement. Une odeur épouvantable empestait malgré la brise qui filait sur la Seine. Bomengo désigna une grille de fer qui bouchait la sortie d'un souterrain d'un mètre cinquante de haut.

Guy s'agenouilla devant ce qu'il pensait être un collecteur d'eaux usées, probablement construit pour l'Exposition, car c'était un peu haut pour un égout et, surtout, l'eau qui s'en échappait se déversait directement sur le quai, dans une rigole filant droit vers le fleuve.

L'odeur persistait, remugle de viande pourrie et de gaz de décomposition, Guy ne pouvait plus tenir, il sortit un mouchoir qu'il appliqua devant son nez.

Au-delà de l'infection en elle-même, c'était ce qu'elle impliquait qui lui retournait les tripes.

Il craignait de deviner ce qui était au bout de ce couloir lugubre.

Il devait bien réfléchir aux mots qu'il allait employer pour convaincre les autorités de venir. Trouver les arguments imparables pour lancer une expédition souterraine.

Bomengo déposa son paquet sur un rebord du pilier le plus proche et défit la cordelette pour l'ouvrir. Il en sortit deux bâtons en bois se terminant par des pointes aiguisées, un couteau de chasse tribal et une lanterne à huile.

— Qu'est-ce que vous faites avec ça ? s'inquiéta Guy en le voyant approcher de lui, armes aux poings.

— Je les ai empruntés au pavillon. Tenez, prenez cette pique.

— Mais… pour quoi faire ?

— Pour chasser ! Votre venue est le signe qu'il est temps de repousser le monstre. On ne peut se dérober à son destin. En route, nous devons entrer là-dedans.

Bomengo tira sur la grille qui s'ouvrit sans peine. Et il plongea dans la tanière de la Bête.

21

Louise était contente.

Elle venait de trouver un petit cheveu qui avait réchappé à sa gourmandise. Juste au-dessus de l'oreille. Elle le prit délicatement entre son index et son pouce et tira un coup sec pour le porter à sa bouche.

Elle le garda longuement sur la langue, pour savourer cette satisfaction.

Louise était parfaitement chauve à présent.

Pourtant cela ne semblait pas perturber Lucifer.

Le Diable s'en fichait de son apparence au final, tout ce qu'il voulait, c'était son âme.

Les chants résonnaient en Enfer. Des incantations pour la gloire du Malin.

Louise s'y était habituée, elles sonnaient maintenant comme une berceuse durant laquelle, elle le savait, elle pouvait dormir tranquillement.

Il y avait des voix de femmes dans la chorale satanique.

C'était ce qui avait le plus surpris Louise. Des femmes priant pour la gloire du Diable.

Que leur prenait-il ?

Était-ce Lucifer qui les avait manipulées sous son apparence d'homme affable ? Louise le haïssait. Tout ces mensonges...

Le Diable construisait son royaume sur terre à l'aide des mensonges.

Et elle, où était-elle désormais ?

Était-ce vraiment l'Enfer ici ?

Au moins sa tanière, pensa-t-elle. *Peut-être son refuge sur terre...*

Si elle était encore sur terre, peut-être avait-elle une chance d'en sortir, un jour. Pour ça il fallait qu'elle lui obéisse, qu'elle soit bien sage.

Mais pour quoi faire ? eut-elle envie de hurler. *Je ne sais même pas ce qu'il attend de moi ! Il vient de moins en moins me regarder, me parler !*

Soudain, Louise réalisa qu'elle avait presque envie qu'il revienne la battre. Au moins se sentait-elle exister dans ces terribles instants.

Combien de jours, combien de semaines ? Sûrement des mois, ici, enfermée dans ce trou. Elle mourait de faim, il ne lui descendait de quoi se sustenter que de temps à autre, et avec de moins en moins de régularité.

Elle était si faible qu'il lui était impossible d'espérer fuir, quand bien même la porte resterait ouverte.

Une porte pour où ? Pour le temple des païens invoquant le Diable ?

S'il y avait bien une chose qu'elle avait remarquée, c'était l'incidence des cérémonies qu'elle entendait sur la vigueur de Lucifer. Il était tout juste vivant lorsqu'il venait la voir entre deux rassemblements festifs, il parlait peu, comme s'il peinait à contrôler son enveloppe humaine. Tandis qu'il était toujours énergique après une cérémonie. Lorsqu'il lui descendait quelques vivres, après les chants, il pouvait rester une heure au moins avec elle, à la regarder, content. Ils échangeaient quelques mots. Jamais grand-chose, surtout des banalités. À vrai dire, Louise ne s'en souvenait pas vraiment, elle était trop heureuse d'avoir de la nourriture pour se concentrer sur autre chose.

Mais elle remarquait ses déplacements aisés, son allégresse…

Lucifer tenait sa vitalité des célébrations à sa gloire.

Louise reconnut les chants qui se propageaient en ce moment même. C'étaient ceux de la fin, les tout derniers. Cela signifiait que Lucifer serait fort après ça. Il pourrait s'occuper d'elle et lui descendre à manger.

Oui, il en serait capable.

Ces chants avaient du bon maintenant qu'elle y songeait.

Alors Louise se recula contre la roche de son cachot et, parce qu'elle entendait ces chants depuis des mois, elle se mit à fredonner en même temps que les autres.

C'était un murmure inaudible, elle n'avait jamais entendu les paroles, mais elle percevait la mélodie, et cela lui suffit à superposer sa voix, faible, presque un souffle, aux litanies lointaines.

« Gloire à toi, Satan », dit-elle entre deux respirations. « Gloire à toi, mon Lucifer ! »

22

Guy s'interrogeait sur sa propre lâcheté.

Celle qui lui avait fait fuir sa femme et sa fille, sans un mot.

Cette lâcheté qui lui avait fait, parfois, préférer une absence à une explication, un mot manuscrit qu'un regard à affronter.

Et qui ne s'était pas manifestée au moment le plus opportun pour sa propre sécurité.

En voyant Bomengo s'enfoncer dans le boyau obscur, il n'avait pu se résoudre à le laisser seul.

Comme une évidence, il avait retiré sa veste pour la déposer, pliée, sur une corniche, remonté ses manches de chemise sur ses bras et pris la pique en bois d'un mètre de long.

Et la surprise fut double en constatant que Faustine le suivait.

Il avait bien tenté de la faire attendre sur le quai, pour prévenir les secours s'ils ne revenaient pas, elle n'avait rien voulu entendre.

— Vous et moi savons qu'aucun homme ne se cache là-dessous, avait-elle répliqué, il n'y a pas plus de danger qu'ici sous le pont, toutefois je veux être avec vous si vous découvrez quoi que ce soit.

Ses mots avaient résonné, capturés par l'écho que renvoyait l'arche de pierre comme autant de voix insistant auprès de Guy.

Ils s'enfonçaient donc à trois, sous la tour Eiffel, pliés en deux, Bomengo en tête, portant la lanterne à bout de bras, et Faustine fermant la marche.

L'odeur filtrait à travers leurs mouchoirs, nauséabonde, encore plus concentrée maintenant qu'il n'y avait plus le vent pour l'atténuer, et Guy se demandait s'ils supporteraient la vision qui les attendait. Il s'imaginait le pire, à la hauteur de ce qu'ils sentaient, Faustine qui ferait un malaise, lui-même diminué par le spectacle macabre et Bomengo effondré de découvrir les restes de sa femme... Quelle idée un peu folle que d'être ici, songea-t-il. Quelle obsession dérangeante... Mais il y était bel et bien. Agir. Se concentrer sur l'action, voilà ce qui primait.

Guy réalisa qu'il s'était transformé lui-même en chasseur.

Il repensa à Maximilien Hencks.

Le plus grand des chasseurs français... Un traqueur accompli, aux proies nombreuses... fier d'exposer ses trophées.

Soudain Guy perçut qu'il tenait là quelque chose d'intéressant.

Un chasseur est fier de ses exploits, par définition... La salle des trophées de Hencks est le cœur de sa résidence, sa tanière à lui. Et il doit en être de même avec Hubris ! C'est un chasseur accompli, il doit adorer revivre ses exploits au milieu de ses trophées, les contempler...

Guy fut pris d'un doute.

— Vous devriez ralentir, dit-il à Bomengo, on ne sait jamais.

Maintenant qu'il y songeait, il ne pouvait concevoir qu'Hubris abandonne ses proies ainsi, au contraire, il devait y avoir une forme de jouissance à s'en entourer à mesure que sa collection grandissait, c'était dans l'esprit du chasseur. Venait-il souvent ici ? Dans cet endroit glauque et peu pratique ? Guy en doutait. Alors se trompait-il ?

Et s'il avait fait fausse route ? Si cette odeur infecte n'était que celle d'un rat en décomposition ?

Toute une famille de rats, dans ce cas ! Car c'est insupportable...

Le couloir semblait sans fin, et lorsque Guy essaya de voir derrière lui, la sortie, il buta sur Faustine qui soulevait sa robe pour la salir le moins possible, bouchant tout le passage.

— Quelle aventure ! s'exclama-t-elle avec un sourire que Guy discerna à peine dans la pénombre.

— Vous pouvez vous appuyer sur mon dos, si vous le souhaitez, pour ne pas chuter.

Faustine posa une main sur la hanche de Guy, l'autre tenait fermement le mouchoir contre son nez.

Guy prenait soin de mentionner chaque détritus qu'il enjambait pour éviter de mauvaises surprises à Faustine.

Perotti serait estomaqué par le récit qu'il lui ferait ce soir, un bon cognac à la main...

Bomengo s'immobilisa enfin et s'accroupit. Plusieurs canalisations, toutes petites, tombaient du plafond, il était impossible de les emprunter, mais au-delà, après une marche, le Congolais tendit le bras vers ce qui ressemblait à un puits sans margelle.

— Il faut descendre, c'est le seul chemin ! Mais je dois vous informer que je vois de l'eau en bas, je pense que ce sont les égouts !

Guy jeta un regard à Faustine qui leva le menton, l'air résigné.

— Avec votre toilette, je crois qu'il serait préférable que vous retou...

— Au diable, ma toilette ! J'ai fait pire dans mon existence que d'être mal regardée pour une robe toute crottée !

La lumière disparut peu à peu tandis que Bomengo descendait l'échelle du puits, sa pique coincée sous un bras.

— Allez-y, Faustine, l'invita Guy, que vous ne restiez pas seule dans le noir total.

Avec une assurance et une agilité surprenantes, la jeune femme s'en alla rejoindre leur guide au niveau inférieur. Quand Guy les retrouva, ils se tenaient sur une plateforme exiguë surplombant un long tunnel rempli d'une eau noire. L'émanation méphitique était désormais à son comble.

— Aucun doute, nous sommes sur la bonne voie, conclut-il.

Bomengo huma l'air.

— Je dirais que l'odeur vient de cette direction, il y a un léger courant d'air qui la porte.

— Il n'y a pas de rebord pour marcher, pesta Guy.

— Si !

Bomengo s'accroupit et posa un pied sur le côté du tunnel, il s'enfonça dans l'eau jusqu'à la cheville.

— Le trottoir est étroit ! précisa-t-il. Gare aux faux pas si vous ne voulez pas plonger dans ce bouillon infect !

Guy le suivit, puis Faustine. L'écrivain se servait de sa pique pour sonder la profondeur devant lui et sur le côté.

Bomengo se figea brusquement.

— Qu'y a-t-il ? s'alarma Guy.
— Vous avez entendu ?
— Non, quoi donc ?
— Un souffle, rauque. Et là ? On dirait que l'eau s'est agitée devant nous !

Guy nota que Faustine s'était rapprochée de lui.

— Je n'ai rien remarqué, mais je suis derrière vous et je ne vois rien. Ce sont peut-être des rats qui fuient notre venue. Je crains que ce qui nous attend ne les attire en masse…

Méfiant, Bomengo leva sa pique devant lui et reprit la marche.

Les gouttes d'humidité qui tombaient du plafond émettaient un *floc* en heurtant l'eau qui résonnait dans l'interminable couloir.

Guy avait eu la naïveté de croire qu'ils allaient s'habituer aux effluves écœurants, au lieu de quoi, c'était de pire en pire. Ils commençaient à lui tourner la tête. Ils se rapprochaient.

Ils étaient même tout proches, devinait-il.

Alors les choses allèrent si vite que Guy ne put réagir.

Bomengo bascula en avant si rapidement qu'il ne cria même pas, il chuta, aussitôt englouti par les eaux noires de l'égout. Il en avait lâché sa pique et la lampe qui flottèrent un instant, chassés par les remous.

Guy se pencha pour tenter de distinguer leur guide, prêt à le secourir, mais chaque vaguelette qui heurtait le verre de la lampe à huile les expédiait dans les ténèbres, créant une ambiance stroboscopique. Faustine se contorsionna pour se glisser entre Guy et le mur pour tendre le bras et tenter de récupérer la lampe avant qu'elle ne coule.

Bomengo réapparut, paniqué, crachant de l'eau et nageant précipitamment.

Faustine attrapa la lampe et la leva au-dessus de la scène.

Leur tunnel venait d'en croiser un autre que l'Africain n'avait pas remarqué, il n'avait pas vu qu'il posait le pied au milieu du passage, là où l'eau était la plus profonde.

— Tendez-moi la main, fit Guy, venez, je vais vous remonter.

Mais Bomengo s'écarta.

— Que faites-vous ?

— Je cherche ma pique ! Nous en aurons besoin !

— Laissez tomber, nagez plutôt par ici, il ne faut pas rester là-dedans, vous ne savez pas quel genre de maladie y stagne ! Faustine, qu'est-ce qui vous prend, nous n'y voyons plus rien, revenez !

La jeune femme avait fait quelques pas sur le côté, dans le nouveau passage.

— J'ai entendu un bruit, dit-elle.

Soudain, elle se précipita vers Guy et se blottit contre lui.

— Nous ne sommes pas seuls ! chuchota-t-elle. J'ai vu quelque chose bouger !

— Quelqu'un vous voulez dire ?

— Non, quelque chose. C'était dans l'eau, grand, très grand !

— Éclairez-moi. (Il s'accroupit sur le rebord de ce qui servait de trottoir et brandit une main ouverte en direction de Bomengo.) Approchez, il faut sortir.

Comme le Congolais ne bougeait pas, Guy insista, plus fort :

— Maintenant !

— Je... Je sens du mouvement dans l'eau, avec moi, répondit Bomengo.

Guy agita la main au-dessus de la surface agitée.

— Sortez de là, bon sang ! s'écria-t-il soudain, comme s'il pressentait l'urgence de la situation.

Bomengo abandonna sa pique et, avec de grands gestes maladroits, nagea à toute vitesse vers Guy. Il parvint à son niveau et ses doigts effleurèrent ceux de l'écrivain.

Le visage de Bomengo se transforma.

Ses traits se figèrent, crispés, et ses yeux s'ouvrirent en grand.

Puis ses lèvres s'écartèrent pour laisser passer un cri qui n'eut pas le temps de sortir de sa gorge qu'il s'enfonçait dans les profondeurs.

Il disparut d'un coup, avec une violence inouïe, comme happé par un train à pleine vitesse.

Faustine émit un hoquet sonore, stupéfaite.

La lampe se mit à vaciller au bout de son bras tremblant.

Bomengo rejaillit de l'eau dans un cri de peur et de douleur qui déchira l'air, se propageant dans les tunnels de ténèbres, il projetait ses bras dans toutes les directions comme s'il cherchait à s'envoler.

Ses traits étaient à présent déformés par la terreur la plus primaire.

Aussi sûrement que si la mort en personne le tirait par les pieds.

Guy se reprit et chercha à lui attraper un bras pour le maintenir à la surface. Les ongles de Bomengo le griffèrent et il fut à nouveau entraîné sous l'eau, avec la même fureur qui ne lui laissa pas le temps de prendre sa respiration.

Le silence qui suivit fut terrible.

Rien que l'écho des cris effrayants du malheureux et le clapotis des vaguelettes.

Guy réalisa alors qu'ils avaient les pieds dans l'eau également. Il ignorait ce qui avait saisi Bomengo, mais c'était peut-être capable de s'en prendre à lui et Faustine désormais.

— Ne restons pas là, dit-il.

Avant même qu'ils puissent faire demi-tour, le Congolais réapparut, projeté, il fendit l'écume jusqu'à la ceinture, de l'eau ruisselant de sa bouche, l'air hagard, mais affichant un regard que Guy ne pourrait plus jamais oublier, celui d'un homme résigné à son sort, et en même temps terrifié par celui-ci.

Le torse du pauvre garçon fut balancé par une force prodigieuse, d'avant en arrière, sa tête alla claquer contre les murs, et lorsqu'il redescendit dans les abysses parisiens, il n'était plus qu'un pantin désarticulé dont on venait de couper les cordes.

Il y eut un bouillonnement étrange, l'eau devint plus épaisse, chargée de débris, puis plus rien.

Mais Guy n'avait pas attendu, il avait pris Faustine par le bras pour l'entraîner à l'opposé, dans le nouveau tunnel, aussi vite que possible.

Peu lui importait d'ignorer où ils allaient, voire de se perdre.

Il voulait surtout distancer la chose qui venait de s'en prendre à Bomengo.

Et, tandis qu'ils couraient dans leur bulle de clarté tressautante, Guy se souvint des mots de l'Africain :

« Un royaume maudit, dans les ténèbres, à l'odeur de charogne, le labyrinthe des monstres ! »

23

La mort habitait Paris.

Juste entre les quatre pieds de la tour Eiffel, comme si la Dame de fer était son oriflamme.

Elle avait établi sa demeure dans les égouts, entre des murs limoneux et un sol liquide.

Elle laissa Guy et Faustine approcher de son antre et se révéla à eux dès qu'ils eurent franchi le seuil de sa sinistre tombe.

Haletants, ils débouchèrent dans une pièce semi-circulaire qui se terminait en entonnoir. Légèrement surélevée par une pente douce, l'eau n'entrait que sur le premier tiers.

L'air y était vicié jusqu'à la nausée.

Une fragrance lourde, putride, qui rendait la respiration difficile, si chargée qu'elle se déposait sur les fibres des vêtements pour les corrompre à leur tour.

S'il n'y avait eu la peur qui absorbait toutes les autres sensations, Guy en aurait vomi son petit déjeuner.

Faustine, qui marchait devant pendant que l'écrivain sondait leurs arrières, espérant avoir semé la chose, vacilla. Guy le comprit lorsque la lumière de la lampe se mit à osciller.

Il se précipita pour la retenir et vit alors ce qu'elle éclairait.

Tout le fond de la pièce était occupé par un amas grouillant de jupons, de dentelles déchiquetées, de cotons colorés et de cuir, noyés entre de gros fragments de chairs infestées de vers. Des morceaux de viande reconnaissables sortaient çà et là du paquet infâme : les doigts d'une main, un pied nu, et même un sein.

Ils sourdaient d'un entrelacement de membres, d'os, de corps presque entiers, d'autres largement mutilés, et de tronçons dépecés, méconnaissables.

Puis les cheveux attirèrent le regard de Guy.

Des faces de spectres.

Les joues pendantes, les bouches ouvertes sur les abîmes du néant, les paupières affaissées, les orbites vides, ce n'étaient plus des êtres humains, mais des fantômes déformés de l'intérieur par l'au-delà.

Combien étaient-ils ?

Car il n'y avait pas que des femmes, mais aussi plusieurs hommes.

Une dizaine au moins, sinon le double, la pyramide pullulante d'asticots était trop grande et les chairs presque fondues entre elles sous l'effet de la décomposition pour pouvoir l'affirmer.

Le poids de Faustine entre ses bras fit s'agenouiller Guy.

Elle n'était pas inconsciente, mais son regard semblait perdu, sa poitrine se soulevait à toute vitesse.

Brusquement, elle se pencha sur le côté et un flot de bile coula entre ses lèvres.

Guy avait la tête qui lui tournait.

Pourtant, il s'interdisait toute faille, ce n'était pas le moment.

Pas avec ce qui avait massacré Bomengo dans les parages.

— Faustine, dit-il tout bas de crainte d'attirer le monstre, il faut vous reprendre.

Il lui tapota les joues jusqu'à ce qu'elle cille. Alors elle s'essuya la bouche avec le mouchoir qu'elle avait écrasé dans sa paume serrée et soupira longuement.

— Vous pouvez tenir assise ?

Elle acquiesça et se redressa.

Guy en profita pour faire le tour de la salle et son cœur s'emballa lorsqu'il découvrit une grille près du fond. Elle fermait l'accès d'un autre couloir. Il tira dessus sans parvenir à l'ouvrir avant de remarquer un cadenas à clé qui enfermait deux barreaux.

Guy abattit le poing dessus, de colère et de désespoir.

— C'est condamné ? demanda Faustine d'une petite voix chevrotante.

— J'en ai bien peur.

— Je ne veux pas repasser par là où nous sommes venus, je ne retourne pas dans le tunnel.

— Hélas, nous n'avons pas d'autre option.

Faustine secoua la tête.

Elle demeurait assise, sous le choc. Tout le bas de sa robe gouttait.

Puis il y eut un ronflement sonore, quelque part dans les égouts, qui fit sursauter la jeune femme et qui résonna longuement.

Maintenant que sa vue s'accoutumait à la pénombre, Guy nota que de nombreux débris humains jonchaient également le sol, en direction de l'eau. Il s'approcha et remonta la piste vers la pile à l'odeur insoutenable.

Elle émettait un bruit de succion humide, le fourmillement de milliers d'asticots en mouvement, se gavant jusqu'à l'obésité.

Guy vit qu'il y avait un effondrement du tas là où il se tenait. On avait arraché des morceaux entiers. Il se pencha pour saisir la lampe et la lever à la bonne hauteur.

Celle d'une jambe nue dans laquelle s'était plantée une mâchoire gigantesque. Dix fois celle d'un homme. Des crocs énormes.

Guy secoua la tête, refusant d'y croire.

Un grondement guttural traversa les tunnels, et s'il subsistait le moindre doute, cette fois Guy n'en eut plus aucun : ça ne pouvait être humain.

Il se précipita vers Faustine et l'aida à se relever.

— Nous ne pouvons pas rester là, dit-il, tout affolé.

— Si, nous le pouvons ! Les cris de Bomengo auront peut-être été entendus à la surface, où notre absence finira par être remarquée !

— Et qui saura où nous trouver ?

— Lukengo.

— Je doute qu'il s'aventure jusqu'ici et, quoi qu'il en soit, nous ne pouvons pas attendre.

— Au contraire, nous sommes au sec !

— Mais le... la chose va venir.

— Qu'en savez-vous ? Nous l'avons certainement semée !

Guy tendit la main vers le trou dans l'amas de viande et désigna les débris qui conduisaient jusqu'à l'eau.

— Nous sommes dans son garde-manger, dit-il sombrement.

Cette fois, il crut bien que Faustine allait défaillir, il se prépara à la retenir, au lieu de quoi, elle ramassa la pique en bois et se positionna face à l'entrée.

— Alors partons tout de suite, exigea-t-elle.

L'eau était parfaitement statique devant eux. Aucune onde sur sa surface, aucun bruit lointain sinon celui des gouttes d'humidité tombant du plafond et celui de leurs pas dans l'eau qui recouvrait le trottoir.

Guy tendait la lampe devant eux, et celle-ci ouvrait un œil orangé sur à peine trois mètres, si bien qu'ils ne savaient jamais tout à fait vers quoi ils avançaient.

Faustine guettait sur le côté, au début elle jetait également de brefs regards en arrière, mais l'opacité des ténèbres l'avait effrayée et elle préféra renoncer, de toute façon elle n'y distinguait absolument rien.

Lorsqu'ils franchirent le coude où Bomengo avait été emporté, Faustine attrapa Guy par la ceinture et serra de toutes ses forces.

Elle s'attendait à voir surgir sa tête tranchée ou un membre mutilé.

Rien de tout cela ne se produisit. La rivière souterraine était aussi paisible qu'un ruisseau de campagne par une nuit sans lune.

Encore une dizaine de mètres et Faustine estima qu'ils ne devaient plus être très loin du puits pour remonter.

Elle aperçut alors la pique du Congolais qui flottait au milieu.

— Guy ! dit-elle. Attendez, je veux la prendre.

— Vous en avez déjà une.

— Chacun la sienne, au cas où...

Elle se positionna face à l'objet flottant et tendit la main.

Il lui manquait une vingtaine de centimètres.

Elle chercha du bout du pied le bord du trottoir sur lequel ils progressaient et se mit aussi près que possible, pour gagner encore un peu d'allonge.

Elle se pencha à nouveau au-dessus de l'eau.

Une dizaine de centimètres de gagnés, mais qui ne suffirent pas.

Alors elle entreprit de l'attirer à elle à l'aide de sa propre pique.

De petits moulinets dans l'eau pour entraîner la dérive...

La pique se mit à approcher, tout doucement.

Faustine s'accroupit, les genoux dans l'eau, la robe trempée, et tendit à nouveau le bras pour tenter de la saisir.

Elle ne vit pas les ondes d'un mouvement qui approchait rapidement.

La main plongea dans le liquide noir.

Guy lui agrippa le bras et tira brutalement.

L'eau se souleva sous l'action d'une forme massive qui remontait à la surface, et l'écrivain plaqua Faustine contre le mur tandis que la chose passait à toute vitesse au milieu du tunnel.

Guy appuyait sa main sur la bouche de Faustine pour l'empêcher de hurler. Elle respirait fort, par le nez, les pupilles dilatées de peur.

Lorsque la silhouette se fut éloignée, Guy relâcha la pression.

— C'est passé, murmura-t-il.

Faustine déglutit plusieurs fois, comme si elle ne parvenait pas à avaler. Elle respirait toujours aussi fort.

— Nous sommes presque arrivés, la rassura Guy. Vous pouvez vous remettre en route ?

La jeune femme hocha la tête lentement, incapable de décrocher un mot.

Ils parvinrent au puits et Faustine remonta la première.

Guy demeura un instant seul dans les égouts.

Il sonda l'étendue placide autour de lui, ce miroir obscur qui reflétait toutes les fondations de la ville.

— Adieu, Bomengo, chuchota-t-il. Adieu, l'ami.

Et il se hissa à son tour dans le boyau sec qui rejoignait la civilisation.

24

— Les monstres n'existent pas ! répéta Perotti avec agacement.

— Il y avait pourtant quelque chose ! répliqua Faustine. Bomengo n'est pas mort tout seul !

— Ne peut-il avoir été aspiré par un tourbillon ou une poche de gaz sous un amas de débris noyés ?

— Non. Vous n'y étiez pas, sinon vous sauriez que c'est impossible.

— Alors un animal. J'ignore lequel, mais je ne vois que ça. Guy, qu'en pensez-vous ? Vous ne dites rien depuis tout à l'heure !

Guy avait les jambes croisées, un cigare éteint entre les doigts, le regard perdu dans le vague, il demeurait assis dans un siège en cuir, un peu à l'écart des deux autres, sous une des lucarnes de son appartement.

La lumière du soleil qui filtrait à travers le verre blanc le rendait encore plus blafard, l'air d'un mort.

— Hubris ne garde pas de trophées, dit-il d'un ton lugubre.

Il y eut un long silence avant que Perotti réponde :

— Et vous vous attendiez à quoi ? À une salle de têtes empaillées au mur ?

— D'une certaine manière, oui. Je pensais qu'il collectionnait. Comme un chasseur. Je me suis peut-être trompé sur toute la ligne, depuis le début.

— Trompé ? s'étonna Perotti. Vous venez de découvrir son charnier !

— Mais nous ne l'avons pas, lui !

— Prévenez la police ! Qu'ils se positionnent là-dessous, il finira bien par y revenir !

— De toute façon, il faut alerter les autorités.

Perotti considéra Guy un long moment.

— Je vous sens abattu, dit-il.

— Déçu.

— Mais enfin, allez-vous m'expliquer pourquoi ?

Guy haussa le ton :

— J'ai passé chaque heure de ces derniers jours à étudier les faits pour envisager la personnalité la plus habilitée à les commettre, pour que, le moment venu, je puisse la reconnaître, au milieu des autres. Et voilà qu'un élément, un seul, vient me faire douter de mon analyse.

— Je ne vois pas en quoi l'absence de trophées vient contredire tout ce que vous avez déduit !

— Nous avons établi que la mise à mort à proprement parler n'était pas la source de son désir, qu'il cherche autre chose. J'ai songé à l'excitation de la chasse, mais s'il se donnait autant de mal pour ce plaisir-là, il en garderait forcément un souvenir, après tout, c'est mesurer ses propres capacités à celles d'une autre vie, prouver sa force en prenant une existence, et je n'envisage pas pareille démarche sans le besoin de garder ensuite avec lui la preuve de son triomphe.

— Il garde peut-être quelque chose, qu'est-ce qui vous fait dire le contraire ?

— Le peu d'égards avec lequel il traite ses victimes une fois mortes. Elles étaient toutes entassées, pêle-mêle, à moitié nues, comme de vulgaires détritus. Le chasseur éprouve une forme de respect pour sa proie, il se plaît à conserver ce qui la caractérise le plus, sa tête ou toute la carcasse qu'il empaille pour…

Guy fronça les sourcils. Hubris n'avait aucune forme de compassion pour ses victimes. Aucune. Une fois mortes, elles n'étaient pas plus que ce qu'elles avaient été vivantes. La traque, la chasse l'excitait, il se plaisait à préparer son acte, mais sa proie n'avait aucune autre importance que le service qu'elle allait lui rendre…

— Hubris est pire que ce que j'avais imaginé, articula lentement Guy. Il n'éprouve absolument aucune empathie, ses victimes ne sont même pas des êtres humains pour lui, ce sont des instruments dont il se sert.

— Pour quoi faire ? demanda Faustine qui sortait de sa réserve.

— C'est bien là la question. Il ne tue pas pour tuer, il ne le fait pas pour se mesurer à ses victimes, il veut autre chose.

— Hier soir vous parliez de… déséquilibre, rappela Faustine. C'est peut-être tout simplement ça, un profond déséquilibre qui l'oblige à tuer pour éprouver du plaisir.

— Je n'en doute pas une seconde. Il s'est passé quelque chose à l'âge où il se construisait, au moment où l'adulte se façonne, où notre échelle de valeurs se construit, où notre rapport à l'autre et à nous-même s'établit, là où le plaisir s'élabore. Et ce quelque chose a bouleversé tout cela en lui. Aujourd'hui, il éprouve son plaisir d'une manière perverse à nos yeux, mais qui correspond à un rééquilibrage de sa personnalité par rapport à un traumatisme, à toute une série de traumatismes, même. Mais il y a autre chose, un moteur qui transcende le simple rapport au plaisir, il y a une frénésie… Combien étaient-ils dans cette pièce ? Dix ? Quinze ? Peut-être même vingt ! Et il y avait des hommes, je crois. J'ai le sentiment qu'Hubris mène une sorte de… quête. Comme s'il cherchait quelque chose. Cela ressemble à une sorte d'expérience.

— Et ce qui nous a attaqués dans l'eau ? insista Faustine.

— Son chien de chasse ? Un cerbère qu'il aurait placé là pour protéger son charnier. Ou tout simplement pour le faire disparaître.

— Un cerbère ? répéta Faustine, incrédule.

Guy regarda son cigare éteint et prit le paquet d'allumettes sur le guéridon pour le rallumer.

— Arrêtez-moi si je me trompe, intervint Perotti, mais j'ai l'impression que vous n'êtes plus aussi… marqués par votre agression que tout à l'heure.

— Je n'oublierai jamais la mort de Bomengo, affirma Guy dans un nuage de fumée épais. Mais je n'ai plus peur. Ce qui nous échappe nous effraye, lorsqu'on comprend, on se rassure.

— Vous savez ce qu'est la chose dans les égouts ?

Guy fit signe que c'était le cas.

— Elle est assez puissante pour happer un homme et le secouer comme une poupée de chiffon, elle sait très bien nager, est silencieuse, semble avoir un goût prononcé pour la viande faisandée, est capable de sortir de l'eau… Je ne vois qu'un suspect possible !

Perotti écarta les bras en signe d'interrogation.

— Eh bien ! Dites-nous !

Faustine avait compris.

— Un crocodile, fit-elle du bout des lèvres.

— Exactement, enchaîna Guy. Je suis sûr qu'en vérifiant nous aurions confirmation qu'un crocodile a été volé quelque part dans l'Exposition ces dernières semaines. Hubris l'a relâché dans les égouts et il nourrit le monstre avec ses victimes.

— Je vais prévenir mes collègues, il faut intervenir avant que la bête ne s'en prenne à des visiteurs sur la Seine !

— Restez encore parmi nous, vous avez un peu de temps, rassurez-vous. Hubris l'a fidélisée à une zone précise avec ce tas de viande, elle n'a aucune raison de s'éloigner et, de toute façon, elle doit être repue à l'heure qu'il est…

À ces mots, Faustine abrita le bas de son visage derrière son poing serré pour contenir le flux de souvenirs atroces qui remontait.

— Ce matin, continua Guy, je suis allé du côté des Halles, pour me confronter à ma théorie d'un boucher taciturne travaillant tôt dans la nuit. J'en suis reparti avec trois noms. Trois célibataires entre vingt-cinq et trente-cinq ans, costauds et disposant d'un véhicule.

— Vous auriez pu faire cela avec n'importe quelle profession, opposa Perotti d'un ton fatigué. Les boulangers aussi ont du temps libre en fin de journée, ou les livreurs, ou les marchands de légumes ou…

— Hubris a le goût du sang. Et il dispose de notions rudimentaires d'anatomie comme vous l'avez fait remarquer hier soir. Cela peut légitimement nous entraîner du côté des bouchers des Halles. J'ai exclu les médecins, trop occupés, et les bouchers de la Villette, trop fraternels, trop festifs et à l'emploi du temps plus compliqué. Il ne restait qu'eux. Considérons maintenant ce que nous avons découvert tout à l'heure. Un charnier, au cœur de l'Exposition universelle. Cela ne correspond pas à une mise en scène, nous n'étions pas supposés le découvrir, Hubris avait tout fait pour le dissimuler. Il l'a donc installé là pour une raison pratique.

— Il vit sur place ? Il y a des gens qui habitent dans l'enceinte de l'Exposition ? s'étonna Faustine, qui s'était dominée.

— Mis à part les gardiens, quelques techniciens et une partie des indigènes, je ne crois pas, rapporta Perotti.

— En tout cas, Hubris a un accès régulier à l'Exposition. C'est un point important. Je vais enquêter sur mes trois bouchers des Halles à ce sujet.

Faustine émit un rire sec, nerveux.

— Vous pensez *vraiment* que ce pourrait être l'un d'entre eux ? demanda-t-elle.

— En tout cas, je ne les écarte pas. Et sachez qu'ils me servent de... référence. Ils sont un moyen de confronter la réalité à mes théories.

— Et le journal de Milaine ? questionna Perotti. Il serait bien de le lire rapidement pour...

— C'est déjà fait, répondit Faustine. Elle y parle souvent d'un endroit dans Paris, le Cénacle des Séraphins, c'est apparemment là qu'elle... recrutait ses candidats pour devenir une riche maîtresse.

Perotti se pinça les lèvres et hocha la tête en baissant le regard.

— Et rien à mon sujet ? demanda-t-il plus bas.

Faustine posa une main sur son genou.

— Je suis désolée.

— Ne le soyez pas, je savais quel genre de femme était Milaine lorsque je me suis mis en tête de la sortir de là. Si j'avais eu davantage de moyens, elle m'aurait inscrit en tête de sa liste de prétendants, mais ce n'était pas le cas...

Il avala sa salive bruyamment et se fendit d'un long soupir.

— C'était une chic fille, ajouta Faustine. Elle se comportait ainsi parce qu'elle n'en pouvait plus, vous savez.

— Je sais. Le soir, je n'arrive pas à m'endormir, je pense à elle. Je me dis qu'elle serait certainement encore vivante si j'avais eu les moyens de la sortir de là, de la mettre dans un bel appartement, avec de jolies robes et du personnel. L'argent lui aurait sauvé la vie.

Guy se leva et alla se resservir un autre verre de cognac.

— Le pouvoir de l'argent..., lança-t-il froidement.

Faustine le transperça du regard.

— Vous pourriez compatir, le tança-t-elle. Quel genre d'homme êtes-vous, à la fin ? Nous venons à peine de ressortir d'une expérience effroyable, Bomengo est mort sous nos yeux, nous avons découvert le plus abominable des lieux et, au moment de nous réchauffer le cœur, à la mémoire de Milaine, vous gâchez tout avec vos réflexions cyniques !

— Milaine était cynique. Et calculatrice. Je déplore sa mort, mais sa géhenne ne la transforme pas subitement en sainte !

Faustine se leva d'un bond.

— Je vous laisse, j'ai eu mon content d'émotions pour la journée, je ne vous écouterai pas salir la mémoire d'une défunte.

Guy cracha la fumée de son cigare.

— Je pars à vingt heures pour le Cénacle des Séraphins, la prévint-il, si vous souhaitez vous joindre à moi, soyez ponctuelle.

Mais Faustine avait déjà claqué la porte.

Perotti attendit que les marches aient cessé de grincer pour demander :

— Vous l'avez provoquée exprès pour la faire fuir, n'est-ce pas ?

— Bravo, je suis démasqué. Je souhaitais m'entretenir d'un point avec vous, Faustine a déjà eu son lot d'épreuves, je préfère l'épargner.

— C'est une fille endurante, vous ne devriez pas la mettre à l'écart comme vous le faites.

— Je la préserve, c'est tout. Ce matin, dans cette sinistre tombe, j'ai tout de même pu remarquer un point qui m'a fortement étonné : au milieu des débris et des membres coupés, il y avait plusieurs corps entiers, ou presque. Tous étaient éventrés. L'abdomen affaissé.

— Le festin du crocodile ?

— Non, ils n'étaient pas dans la partie entamée, plus en surface.

— Et en quoi est-ce pertinent ?

Guy tira sur son cigare, embrasant l'extrémité de sa vitole.

— J'ai repensé à Anna Zebowitz. Aux organes prélevés. Je crois qu'il l'a fait également pour ces gens. J'ignore encore ce qu'il manigance, mais Hubris éventre certaines de ses victimes pour leur prendre une partie de leur anatomie.

— C'est peut-être son fantasme ?

Guy recracha la fumée qui dressa un voile autour de lui.

— Non, sinon il le ferait avec toutes. Ce n'est pas lié à son plaisir de tuer et, pourtant, il le fait. Souvent même. C'est au-delà du fantasme personnel, c'est une autre sorte de besoin. Et je crois que c'est lié à sa quête, celle-là même qui le rend frénétique. Qui l'a fait passer d'un tueur précautionneux, patient, à une véritable machine de guerre. Un prédateur féroce et acharné.

— Mais enfin quel genre de quête un homme peut-il accomplir avec des organes humains ?

— Médicale ? Un trafic morbide ? J'ai un doute. Ça ne lui ressemble pas, c'est un solitaire, je ne le vois pas s'acoquiner pour revendre des morceaux de ses victimes. Non, c'est autre chose.

Guy contempla son cigare à la saveur de noix. Il entamait le dernier tiers. Le plus corsé.

Chaque cigare était ainsi composé de trois parties : une entrée en matière pour découvrir les arômes, un second tiers pour gagner en intensité, appréhender toute sa puissance et, enfin, la dernière, celle des goûts le plus complexes, les plus forts, le cigare mis à nu.

Guy sentait qu'il en était là également de son portrait d'Hubris. Il était sur le seuil de cette dernière chambre, tout près de pénétrer ce qu'il avait de plus primaire, ce qu'il était tout au fond. Sa raison d'être et d'agir.

Le dernier pas vers son identité.

Et cette étape passait par comprendre pourquoi il prélevait les organes de ses victimes.

25

Le temple érigé à la gloire du dieu Argent se dressait place de la Bourse, vaste série de colonnades rappelant les temples grecs. On venait y prier chaque jour de la semaine pour que son offrande soit multipliée par dix ou plus.

Depuis aussi longtemps que s'en souvenaient les Parisiens, cet endroit avait toujours eu un rapport avec la religion, il accueillait autrefois un monastère, et cette nouvelle forme de croyance ne choquait personne.

Mais le dimanche soir, la place était aussi déserte que si le Diable l'avait occupée en personne. Pendant près de cinquante ans, le Tout-Paris avait pris l'habitude de venir jusqu'ici à toute heure du jour et de la nuit pour régler sa montre sur l'horloge de la Bourse, réputée être la plus fiable de toute la capitale. Cependant, cette tradition s'était peu à peu perdue.

Faustine et Guy étaient les seules silhouettes sur toute la place.

Ils marchèrent rue Vivienne et entrèrent dans un immeuble haussmannien pour frapper à la double porte du dernier étage.

Faustine avait très peu parlé pendant le trajet. Manifestement encore remontée contre l'écrivain, elle retrouva son plus beau sourire lorsqu'un majordome leur ouvrit. Guy avait préparé une carte de visite pour se présenter mais n'en eut pas la nécessité puisque l'homme reculait pour les laisser passer.

— Soyez les bienvenus, dit-il.

Ils furent introduits jusque dans un grand salon recouvert de boiseries anciennes, au parquet craquant sous des tapis colorés, trois lustres en cristal inondaient d'une lumière électrique des plus vives des canapés de velours et un grand billard rouge tout au fond. Une douzaine de convives discutaient, un verre à la main.

Un petit homme barbu, la quarantaine, assez séduisant, s'approcha.

— Bonsoir, dit-il en inclinant la tête et en fronçant les sourcils, trahissant par là même son incapacité à remettre un nom sur ces visages.

— Guy Thoudrac-Matto, et voici Faustine, nous cherchons Louis Steirn.

— Vous l'avez en face de vous.

— Enchanté. J'aurais souhaité découvrir votre Cercle dans de plus réjouissantes circonstances, mais hélas, nous devons vous informer du décès d'une de vos membres. Milaine Rigobet.

Les traits de Steirn se contractèrent.

— Milaine ? Partie ? Mais comment ?

Guy scruta le petit nombre des invités qui ne prêtaient pas encore attention à eux. Il s'approcha du président pour parler à voix basse :

— Assassinée. Mercredi soir dernier.

— Mercredi soir ? répéta Louis. Mais... elle était ici même !

— Sur le chemin du retour. Nous sommes ses amis, sa famille. Pourriez-vous nous accorder un instant ?

Louis les entraîna un peu à l'écart, près d'une bibliothèque vitrée d'où il sortit trois verres qu'il remplit d'alcool de poire.

— Je suis… sous le choc, avoua-t-il après avoir vidé d'un trait son verre. Milaine… elle qui était si… attentionnée. Le meurtrier a-t-il été arrêté ?

— Hélas, non. Et vous n'êtes pas sans connaître la condition de Milaine, cela n'incite pas la police à se dévouer à sa cause. C'est pourquoi nous sommes ici, nous tentons d'offrir à notre amie la décence de la vérité. À ce sujet, pourriez-vous nous dire en quoi consiste votre… club ?

Louis Steirn désigna les hommes en costume et les quelques femmes en belle robe en train de bavarder sous les lustres électriques.

— Comme vous pouvez le constater, c'est un endroit d'échange. Un cercle privé, l'on n'y entre que sur invitation.

— Vous y discutez de quoi ?

— Principalement de la vie après la mort. Du monde des esprits et, plus généralement, de tout ce qui nous échappe.

Faustine, qui n'avait pas touché à son verre, se pencha pour demander :

— Savez-vous comment Milaine a découvert votre Cénacle ?

— Habituellement, il faut être parrainé pour venir, dans son cas, je crois me souvenir qu'elle fut introduite par Félix Bertrand, un de nos plus anciens membres dont elle a été brièvement la maîtresse. Milaine fait partie de nos… invitées festives. Comprenez que cet endroit est parfois le seul que fréquentent certains hommes dont les affaires prennent l'essentiel du temps. Ils apprécient de pouvoir converser sur des sujets qui leur sont chers, tout en bénéficiant d'une bonne compagnie.

— Vos membres sont des gens puissants, devina Faustine.

Un léger rictus se dessina aux commissures des lèvres de Steirn.

— Influents, dirais-je. Mais ils viennent de tous horizons, politiciens, banquiers, poètes, médecins... Tenez, l'Anglais là-bas est horloger, un ingénieur de renom ! Le monsieur derrière lui, avec la barbe grise, est architecte, nous lui devons plusieurs constructions de l'Exposition, et l'homme avec qui il discute est explorateur, inventeur et diplomate, rien que ça ! Je vous le dis : le Cénacle fédère des gens formidables et cosmopolites. Tous rassemblés par leur désir d'explorer l'au-delà.

Guy s'attarda sur l'architecte, membre du Cénacle et ayant ses entrées dans l'Exposition, il aurait pu faire un suspect parfait s'il n'avait eu un âge avancé. En le voyant marcher avec un pied bot, Guy l'élimina aussitôt de sa liste.

— Je crois savoir que Milaine a fréquenté un marchand d'art, puis un musicien ici même, n'est-ce pas ? continua Faustine.

— En effet et, bien que cela ne me regarde pas, j'ai des yeux pour voir.

— Sont-ils présents ce soir ?

— Jules et Raymond ne viennent plus depuis qu'ils ont quitté Paris pour retourner en province.

— Elle m'avait parlé d'un Charles également, cela évoque-t-il quelque chose ?

— Charles Rabois, qui est là-bas, près du piano.

Il s'agissait d'un vieillard qui hochait la tête avec insistance pour signifier qu'il entendait ce qu'on lui disait alors que son expression laissait penser le contraire. En aucun cas, il ne pouvait être Hubris, songea Guy.

— Et comment procédez-vous pour faire vivre votre assemblée ? demanda Faustine.

— Chacun y va de ses lectures, de ses recherches personnelles à travers d'anciens manuscrits. Et ce sont surtout des séances avec un médium qui nous ouvrent les portes de la compréhension.

Plus pragmatique, Guy demeurait centré sur son sujet, le tueur :

— Puis-je vous demander combien de membres fréquentent votre maison ?

— Dix-sept.

— Et combien étaient présents mercredi dernier ?

Steirn se raidit.

— Pourquoi donc ? Vous n'êtes pas en train d'envisager…

— La police finira par venir vous interroger, le coupa Guy, et vous connaissez leurs manières ! Alors qu'avec nous, les choses se font dans la bonne humeur et, surtout, la discrétion qui sied à vos invités. Je tâcherai de rapporter tout cela aux inspecteurs, pour vous éviter leur venue.

Steirn fixait Guy intensément.

— Bien, c'est en effet mieux ainsi, admit-il.

— Et donc ? Combien ?

— Onze, je crois.

— Beaucoup de femmes ?

— Milaine, la comtesse Bolosky, notre médium, ainsi que les deux épouses de mes invités.

— Et parmi les sept hommes restants, combien ont moins de quarante ans ?

Steirn semblait dérouté par les questions. Il réfléchit un moment avant de répondre :

— Quatre.

— Sont-ils célibataires ?

— Enfin, quel rapport avec...

— Dites-moi, monsieur Steirn, cela nous fera tous gagner du temps.

— Non, je ne crois pas... Ah, si, peut-être pour Rodolphe Leblanc.

— Un homme timide ?

Steirn fit la moue.

— Un peu, oui... C'est l'homme que vous voyez là-bas, avec une coupe de champagne, celui avec les longs favoris qui lui descendent au milieu des joues.

— Qui est seul dans son coin ?

— C'est lui.

Guy but une gorgée qui lui brûla la gorge.

— Quelle profession exerce-t-il ? demanda-t-il d'une voix éteinte par l'alcool.

— Rentier. Ses parents sont décédés dans un incendie, ils lui ont laissé un petit pécule confortable. Nous avons tenté à plusieurs reprises de les contacter.

— De les contacter ? Ses parents morts ?

— Oui, plus exactement son père dont il était très proche. C'est pour cela qu'il vient ici. Nous obtenons des résultats confondants parfois.

Faustine détourna l'attention de Steirn du scepticisme évident qu'affichait Guy :

— J'aimerais beaucoup assister à l'une de ces séances.

— C'est que, et vous m'en voyez confus, elles sont réservées à nos membres.

La déception s'afficha sur les traits de la belle courtisane.

Louis Steirn se caressa la barbe du menton en la fixant.

— Je pourrais faire une exception, pour vous, dit-il.

La joie illumina Faustine.

— Ce serait formidable !

— Et si nous tentions de contacter Milaine ? Pour vous assister dans votre enquête ?

— Vous pourriez ?

— Tout est possible, au moins essayer ! Nous avons la soirée pour cela.

Guy s'adressa à Faustine :

— Nous avons rendez-vous avec Perotti dans moins de deux heures, pour faire le point sur ce qui s'est passé ce matin, fit-il sur le ton du mystère. Nous n'aurons pas le temps…

— Allez-y, je vais rester.

— Seule ?

Steirn se fendit d'un large sourire.

— Elle sera en bonne compagnie, monsieur, nous sommes là !

Guy n'aimait pas cela. Il n'appréciait pas le personnage, ni les lieux. Steirn avait visiblement compris que Faustine et lui ne formaient pas un couple, et il se positionnait comme un rival avec ses sourires mielleux et son regard provocateur lorsqu'il fixait l'écrivain.

— Je ne suis pas sûr que ce soit une bonne idée, opposa Guy, pas après ce qui est arrivé à Milaine.

— Soyez sans crainte, je veillerai personnellement à ce qu'elle monte dans un fiacre devant ma porte, insista Steirn. Allons, mademoiselle est sur le point de vivre une expérience qui pourrait bouleverser son existence, ses croyances, ne l'en privez pas !

— J'ai décidé de rester, trancha Faustine avec une certaine défiance à l'égard de Guy.

Ce dernier soupira et déposa son verre sur un buffet.
— Dans ce cas, l'affaire est entendue. Je vais vous laisser, je voudrais m'entretenir avec ce M. Leblanc avant de filer. (Guy toisa Faustine avec une certaine colère.) Bonne soirée à vous, et soyez prudente pour rentrer, Faustine.

Guy lui en voulait. Elle était insouciante et provocatrice.

À moins qu'elle ne réagisse ainsi pour me faire payer mon attitude de ce midi...

Il ne pouvait croire qu'elle fût prête à jouer avec lui à ce jeu-là, c'était futile et puéril. Mais après tout, n'était-ce pas lui qui avait commencé sur ce ton ?

Guy salua Rodolphe Leblanc. L'homme était élancé, assez grand, les cheveux courts et d'immenses favoris lui mangeaient la moitié du visage. Guy estima qu'il devait avoir la trentaine à peine. Il remarqua de suite la longue estafilade fraîche qu'il arborait sur le cou. Cela ressemblait à une blessure de rasage.

— Guy Thoudrac-Matto, se présenta-t-il. Je vois que vous êtes seul, vous permettez que je me joigne à vous ?

Leblanc leva la main en signe de bienvenue.
— Rodolphe Leblanc, soyez mon camarade.
— Je constate que vous êtes un peu comme moi, davantage un observateur qu'un parleur !
— Je suis sur la réserve, c'est tout. Ces messieurs-dames discutent de l'affaire Dreyfus et de l'antisémitisme. Je préfère éviter ce sujet, mes considérations politiques ne regardent que moi.
— La politique est pourtant une affaire de salon.

— Beaucoup ici ont des sympathies pour les orléanistes, les légitimistes, voire les bonapartistes. Il n'est guère bon d'avoir des opinions de gauche avec ces gens-là.

— Ce qui est votre cas ?

— Je suis républicain par tradition familiale et non par conviction, aussi je me soucie assez peu de défendre mes valeurs, mais je n'aime guère passer pour un extrémiste révolutionnaire, ce que sont tous les gens de gauche à leurs yeux de conservateurs.

— Vous venez souvent ici ?

— Oui. Davantage pour l'expérience occulte que pour la compagnie, vous l'aurez compris.

— Vous êtes franc, j'aime cela chez une personne. Moi, je suis politiquement ouvert à toute discussion. C'est sur l'ésotérisme que mon scepticisme peut agacer.

— Sceptique ? Alors pourquoi venir ici ?

— Pour changer d'avis. J'ai perdu une proche récemment.

— Toutes mes condoléances.

— Vous la connaissiez sûrement : Milaine Rigobet.

Guy guetta la réaction de Leblanc qui ne cilla pas, pas la moindre expression de surprise ou de tristesse.

— En effet, je l'avais déjà croisée. C'est malheureux, si jeune…

— Elle nous a quittés mercredi dernier, en revenant d'ici.

Cette fois, Leblanc exprima une profonde contrariété.

— Mercredi ?

— Oui, sur le chemin du retour.

Les prunelles grises de Leblanc s'agitaient, comme s'il cherchait à faire le tri dans des souvenirs s'étalant devant lui. Ses paupières ne cessaient aussi de s'abaisser et de se lever, chassant tout ce qui ne correspondait pas.

— Vous sentez-vous bien ? s'enquit Guy.

— C'est que... Le sceptique que vous êtes ne va pas me prendre au sérieux.

— Au contraire, je ne demande qu'à être convaincu. À quoi pensez-vous ?

— Avant cela, je voudrais vous demander : comment est-elle décédée ? Était-ce un accident ?

— Hélas, non. Un crime.

Leblanc parut presque soulagé.

— Ah. La main de l'homme, dit-il.

— J'ai l'impression que vous êtes... rassuré que ce soit un meurtre.

— Je préfère cela plutôt que vous m'annonciez qu'elle avait du sang dans les yeux et qu'elle était morte de terreur.

Cette fois ce fut au tour de Guy d'éprouver un certain malaise.

— Pourquoi dites-vous cela ?

— Parce que mercredi soir nous avons fait une séance qui a mal tourné.

— C'est-à-dire ?

— Nous avons invoqué l'esprit d'un défunt, mais c'est autre chose qui s'est manifesté ce soir-là. Un être mauvais.

— Si vous pouviez expliquer au profane que je suis...

— Lors de ces séances, nous tentons d'établir un pont entre le monde de l'au-delà et notre réalité. Nous cherchons à ouvrir une brèche dans l'éther qui les sépare et, à travers cette fissure, nous appelons de nos voix, de nos énergies, une personne bien particulière.

Il arrive que celle-ci nous sente et qu'elle se manifeste, parfois, c'est une autre, parfois, personne. Cependant, il est possible, même si c'est exceptionnel, que celui qui emprunte la brèche ne soit pas l'esprit pur d'un être humain avec sa neutralité bienveillante, mais celui d'une créature maléfique. La brèche peut ne pas avoir été ouverte correctement et, au lieu d'atteindre les esprits purs, nous touchons ceux de l'errance. C'est un travail complexe, à l'aveugle, et nous pouvons nous tromper.

— Parce qu'il existe différents niveaux d'au-delà ? s'étonna Guy avec une incrédulité manifeste.

— Si vous préférez : au lieu d'ouvrir un passage avec le Paradis, nous avons atteint le Purgatoire, peut-être pire.

— Et comment cela s'est traduit concrètement ?

— Par des insultes. Par la possession de l'un d'entre nous. Ses yeux se sont révulsés, il a convulsé. Et, avant de quitter son corps, il a dit qu'il allait boire l'âme de l'un d'entre nous. Que Milaine soit morte quelques heures après, cela pourrait mettre mal à l'aise plus d'une personne.

— Je viens de discuter avec Louis Steirn, il ne m'a pas fait part de cet incident.

— Steirn, vous allez l'apprendre en fréquentant notre cercle, est un cachottier. Il écoute tout, mais ne dit pas grand-chose.

Guy observa le barbu élégant en pleine conversation avec Faustine. Il était évident qu'il lui faisait la cour, charmé par sa beauté renversante. Et Faustine exprimait un sourire radieux.

Guy sentit une pique dans le ventre. Il avait un mauvais pressentiment à l'idée de la laisser ici.

— Mais si vous ne me croyez pas, enchaîna Leblanc, vous devriez causer avec Lucien Camille.
— Un autre membre de votre Cénacle ?
— Un prêtre. Il ne vient que rarement, mais il était présent mercredi dernier. C'est lui qui a été possédé.
— Un prêtre ici ?
— Tout le monde l'appréciait.
— Au passé ? Que s'est-il passé ?
— Il est devenu... Ce n'était pas la première fois qu'il se faisait posséder par un esprit maléfique. Il ne se montre plus que rarement. Avant, tout le monde l'aimait bien, les filles que Steirn fait venir surtout, il les écoutait, il les soutenait en les confessant. Maintenant, il fait peur à tout le monde.
— Par les filles vous voulez dire les catins ?
Leblanc approuva.
— Il les connaît bien ?
— Mieux que quiconque.
— Où puis-je le rencontrer ?
— En journée, à son église.
— Et le soir ?
— Dans une fumerie du dix-huitième. Il se gave d'opium jusqu'à oublier qui il est. Pour noyer les démons.

Des rires excessifs grondèrent, on trinqua, des coupes de champagne tintèrent, les regards brillèrent d'une même complicité. Les belles robes, les costumes parfaitement coupés, élégamment soulignés d'une chaîne de montre en or ou en argent massif dépassant du gilet, renvoyaient Guy à l'indécence de ces réunions où les puissants de la ville se rassemblaient pour invoquer les seules forces supérieures à leur propre pouvoir : celles de l'au-delà. Comme si, quelle que soit sa position sociale, l'homme avait systématiquement besoin de savoir une présence au-dessus de lui.

Il songea alors à Bomengo et ses croyances tribales.

Sa mort le fit frémir. Il revit l'eau des égouts tourbillonnante.

La disparition du Congolais lui fit remonter un jet de bile dans la gorge, qu'il étouffa à grand-peine.

C'en était trop pour une seule journée.

Alors, il vit Louis Steirn se lever et tendre la main à Faustine. Il l'entraîna à l'écart, derrière une lourde porte vernie, pour lui faire visiter l'antre des Séraphins, ces Anges suprêmes.

Pourtant, quand le battant se referma, plutôt que des ailes magnifiques, Guy eut l'impression que Steirn arborait une paire de cornes noires et une queue fourchue.

26

Perotti ressemblait à un Atlas désabusé.

Il portait tout le poids du monde, sans en avoir la carrure.

Ses épaules étaient basses, sa bouche affaissée, et même son regard ne parvenait pas à s'élever vers les autres.

Lorsque Guy entra dans la brasserie, face à l'église de la Trinité, le jeune inspecteur ne le vit qu'une fois au dernier moment.

— Une catastrophe, dit-il en préambule.

— Racontez-moi.

— Je me suis bien gardé de prévenir Pernetty et Legranitier, de toute façon je savais qu'ils l'apprendraient bien assez tôt, je me suis plutôt tourné vers un gars qui m'avait formé pendant quelques mois. Je lui ai dit qu'un témoin m'avait annoncé la présence de nombreux cadavres sous la tour Eiffel. Sur le coup, il s'est moqué de moi, puis j'ai insisté pour qu'il vienne au moins sur le quai avec quelques collègues. À l'odeur, leurs visages ont viré au vert.

Perotti trempa ses lèvres dans sa bière.

— Ensuite, je vous épargne les détails, vous connaissez le spectacle. En revanche, aucune trace d'un crocodile ou d'autre chose d'agressif. Mon supérieur était paniqué, plusieurs gars vomissaient dans leur coin, c'était pathétique et effrayant. J'ai proposé qu'on dispose un piège pour cueillir le coupable, j'ai lourdement insisté, sans résultat. On m'a rétorqué que c'était soit l'œuvre d'un animal sauvage, soit d'un fou qui ne reviendrait jamais sur place. Et vous savez qui ils ont appelé pour contrôler la situation ?

— Pernetty et Legranitier ?

— Exactement ! Par ordre du préfet ! Tout crime abominable ou rituel sur Paris, et a fortiori dans l'enceinte de l'Exposition, doit leur être rapporté dans les plus brefs délais. Soyez sûr qu'il n'y aura pas un mot de tout cela dans la presse de demain, les corps vont être évacués au milieu de la nuit, par la Seine certainement, pour être transportés sur l'île de la Cité, à la morgue. Par contre, vu l'ampleur du carnage, je doute qu'il classe l'affaire si rapidement. Je suis parti avant que les deux comparses ne soient là, je préférais éviter une confrontation.

— Et ils ne vont pas faire surveiller l'endroit ?

— Ça ne semblait pas prévu.

Guy leva les bras et les laissa retomber le long de son corps dans un geste de dépit.

— Hubris se rendra compte tôt ou tard que sa cachette est découverte, je crains sa réaction, là !

— Et de votre côté, le Cénacle des Séraphins ?

— Louis Steirn est un personnage singulier, manipulateur et un peu arrogant. J'ai également noté la présence d'un garçon suspect à la séance de spiritisme où se trouvait Milaine le soir de sa mort. Rodolphe Leblanc. S'il est moins timide que je ne le pensais, c'est un prudent, ça pourrait correspondre. Finissez votre bière, nous avons un rendez-vous.

— Où sommes-nous attendus ?

— Notre visiteur ignore tout de notre venue, mais cela pourrait être instructif, allons, venez, je ne vous dis rien, cela va vous surprendre...

La colline de Montmartre ressemble à un morceau de campagne échoué au milieu de Paris, par accident, comme tombé du ciel.

Des rues étroites, tortueuses, aux pavés descellés, et parfois même en terre battue, reliées entre elles par des escaliers irréguliers, comme les vertèbres soutenant la butte. Montmartre a deux faces. L'une festive, faite d'immeubles, abrite des cabarets aux noms tous plus pittoresques les uns que les autres : *L'Enfer, Le Cabaret du néant, La Fin du monde*, la *Taverne des truands* aussi connue sous le nom de *Cabaret de l'Araignée* ; on vient s'y « intoxiquer » en compagnie des Spectres et des Trépassés de service. L'autre face est discrète, des maisons délabrées pour la plupart, aux jardins privés, d'anciennes fermes, des couvents reconvertis en appartements pour infortunés qui sortent bien souvent de prison pour rentrer dans ces autres cellules. C'est un quartier populaire, bruyant le jour, criard le soir. Certaines rues ont très mauvaise réputation à cause des bandes qui y traînent et qui détroussent les passants s'ils ne sont pas du secteur.

Et entre ces deux faces, caché derrière la basilique du Sacré-Cœur flambant neuve, comme si Dieu ne voulait même pas y jeter un œil, il y a le Maquis.

Un terrain vague, une pente colonisée par la végétation, au milieu de laquelle se sont érigées des maisons de planches toutes de guingois, agglutinées les unes aux autres au gré du terrain. On y circule par des petits sentiers glissants, entre des arbres et des buissons drus, empruntant de minuscules escaliers irréguliers fabriqués avec des planches piquées, ou en équilibre sur une passerelle de fortune reliant deux baraques tendues au-dessus du vide sur des pilotis de bric et de broc.

Guy et Perotti longeaient le Maquis par le bas de la rue Saint-Vincent, jetant des coups d'œil inquiets vers cette friche où brillaient d'innombrables bougies au milieu des cris et des rires d'enfants, malgré l'heure tardive.

Des ombres se mouvaient derrière les branches surplombant la chaussée, des chats sauvages par dizaines se coursaient en miaulant.

Au sommet de la colline, les ailes déployées du *Moulin de la galette* coupaient la lune en deux, comme pour la protéger de ce paysage pathétique.

— Est-ce encore loin ? questionna Perotti. Vous savez que je n'aime pas les surprises, pourquoi ne me dites-vous rien ?

Le jeune inspecteur parlait trop, posait des questions sans attendre les réponses, il avait peur.

— Nous sommes presque rendus.

— Puis-je savoir pourquoi vous ne cessez de regarder derrière nous ? Êtes-vous perdu ?

— Non. Je suis prudent. Ce matin, en revenant des Halles, je crois bien que j'ai été suivi.

— Suivi ? Avez-vous vu par qui ?

— Hélas, non.

— Quand cela a-t-il commencé ? Avant ou après les Halles ?

— Je l'ignore, je doute qu'avec la foule j'aie pu être pris en chasse avant, mais sait-on jamais…

Perotti s'assura à son tour qu'il n'y avait personne dans leur sillage.

— Je n'aime pas cette idée, avoua-t-il. Et si nous avions mis le doigt sur la bonne personne ?

— Cela n'a peut-être rien à voir avec notre affaire. Ce pourrait être... ma belle-famille. Cela lui ressemblerait bien. À moins que ce ne soit Legranitier ou Pernetty qui m'aient à l'œil ; je n'en sais encore rien, mais je préfère être prudent.

Guy s'arrêta un peu plus loin, devant une fenêtre crasseuse qui retenait presque toute la lumière de l'intérieur.

Perotti désigna une enseigne à la peinture décrépite sur laquelle pouvait encore se deviner le nom de l'établissement :

— *Le Cabaret des assassins* ? Quel curieux nom pour se divertir !

La petite salle était basse de plafond, embuée de fumées mélangeant des senteurs camphrées, mentholées et d'autres plus piquantes encore bien qu'inidentifiables. Les globes de gaz qui diffusaient une clarté ondoyante ressemblaient à des phares perdus dans le brouillard d'une nuit agitée.

Les visages autour des tables rondes étaient mal rasés, les vêtements mal coupés, des sabots ou des godillots en cuir épais aux pieds. Aucune femme.

Le tenancier, un gros bonhomme dont le ventre retombait sur sa ceinture comme s'il voulait quitter son corps, lâcha le pupitre abîmé qui lui servait de bar pour accueillir les nouveaux venus.

— Nous voudrions fumer, exposa Guy aussitôt.

— En salle ou en alcôve ?

— À vrai dire, là où se trouve une connaissance, M. Camille.

— Oh, le père Camille ! Il est en bas, venez.

Le tenancier leur fit prendre un escalier en colimaçon vers une cave voûtée particulièrement sombre, dont chaque renfoncement était fermé par un rideau. Les pipes et les narguilés d'opium dégageaient un parfum capiteux, amer, dans un concerto de tétées et succions tour à tour gourmandes, goulues ou, au contraire, sur la retenue de la modération.

Le tenancier désigna une paire de souliers usés qui dépassaient de sous un rideau.

— Le voilà. Qu'est-ce que je vous apporte ? L'opium de Turquie ou celui d'Égypte ? Le premier est plus doux que le second.

— Nous allons commencer par discuter avec notre ami, je viendrai vous passer commande tout à l'heure, le remercia Guy en écartant la portière.

Un homme en soutane, avachi sur un matelas taché, tenait d'une main une longue pipe. En voyant ses visiteurs, il libéra un nuage laiteux de sa bouche qui se désagrégea devant ses yeux papillotants.

— Gustave ? dit-il, hébété.
— Je m'appelle Guy.
— Ah. Et c'est le Tout-Puissant qui te missionne ?

Guy, troublé, échangea un regard circonspect avec Perotti qui semblait encore plus désemparé.

— Je suis venu pour vous parler d'une amie commune. Milaine Rigobet.

Le prêtre cilla. Il avait une bonne trentaine d'années, mais les yeux d'un vieillard, des cernes comme des coquards, la peau fripée, marbrée de veines rouges. Sa bouche, un trait rose aussi fin qu'un pétale de fleur.

Il se redressa avec difficulté, des gestes d'une lenteur infinie.

— Milaine, dit-il doucement. Milaine, oui, je sais qui elle est. Une enfant de Dieu.

— Elle a été assassinée, lui confia aussitôt Guy en espérant un choc assez violent pour le sortir de sa léthargie.

Le bras du prêtre qui le soutenait se déroba et il s'effondra sur son matelas, sa tête heurtant le mur au passage. Une fine rigole de sang apparut sur son crâne dégarni. Il clignait des paupières comme s'il se réveillait à peine, sans savoir où il se trouvait. Cette fois Guy l'aida à s'asseoir et écarta la pipe.

— Comment vous sentez-vous ? demanda-t-il.

— Assassinée ? Mais assassinée comment ? Par la main de l'homme ou celle du Diable ?

— Cela s'est passé mercredi dernier, vous l'avez vue au Cénacle des Séraphins, vous souvenez-vous ?

Le prêtre acquiesça.

— Le soir de la possession, dit-il sombrement, le regard dans le vague. Le soir où nous avons ouvert un passage pour le Démon. Alors, c'est elle qu'il est venu prendre ? Cela ne m'étonne pas, il s'en prend toujours aux personnes les plus gentilles...

— Vous l'appréciiez ?

— Les filles comme elles me parlent, tu sais. Elles sont heureuses de trouver un prêtre qui ne les juge pas, Marie-Madeleine faisait commerce de son corps, il ne faut pas l'oublier.

— Milaine se confiait à vous ?

— Parfois. Elle était fragile. Comme Marie, elle voulait changer son existence, s'affranchir de sa condition.

— A-t-elle relaté un épisode curieux avec quelqu'un ? Un homme qui lui faisait peur, ou trop proche ?

— Louis était proche. Il lui tournait autour, sans oser. Louis est ainsi, il ne veut pas payer. Pourtant, il est riche. Mais il veut posséder les femmes sans contrepartie.

La drogue avait anéanti toute résistance et le père Camille se livrait sans retenue, sans même s'intéresser à ses deux visiteurs, comme s'il s'entretenait avec sa propre conscience.

— Louis Steirn ?

— Lui-même. C'est néanmoins un brave homme, il n'hésite pas à prêter à ceux qui en ont besoin.

— Et Rodolphe Leblanc ? Était-il un courtisan de Milaine ?

— Pas directement. (Un rictus déforma son visage.) Mais il l'aimait bien, je le sais. Les hommes d'Église ont le sens de l'observation, des rapports humains. Et je peux te le dire : ses regards pour elle le trahissaient. Il l'aurait bien séduite s'il en avait eu les moyens. Seulement, Milaine voulait un nouveau départ et, pour cela, il lui fallait un homme riche.

— Leblanc est rentier, il a les moyens.

— Non, c'est ce qu'il fait croire. Je l'ai déjà vu avec sa mère. C'est elle qui tient les cordons de la bourse, et elle ne lui laisse que peu, encore moins si elle apprenait que c'est pour entretenir une maîtresse ! C'est qu'elle n'est pas commode, Mme Leblanc !

Guy serra le poing. Voilà qui l'intéressait. Leblanc vivait avec sa mère. Une mère possessive, de surcroît.

— Savez-vous si Leblanc fréquente souvent les prostituées ?

— Je ne suis pas son confesseur. Ah, tiens, où est ma pipe…

Le père Camille se mit à chercher avec une telle détresse, que Guy préféra la lui rendre. Il tira une longue bouffée, tous les muscles de son visage crispés dans un effort étouffant, avant d'expirer dans un relâchement extatique.

Il s'affaissa encore un peu plus.

— Louis Steirn fait-il souvent venir des prostituées ? insista Guy.

L'esprit du père Camille dérivait dans les limbes du plaisir opiacé.

— Père Camille ?

Perotti tira Guy par la manche et lui fit signe de partir.

— Nous n'obtiendrons rien de lui, regardez-le !

Le prêtre se mit à rire, un rire sec, celui d'un homme mal à l'aise.

— Tu les as entendus chanter ? demanda-t-il.

— Qui donc ?

— Les Séraphins, pardi !

— Vous chantez pendant vos réunions ?

Lucien Camille secoua la tête.

— Non, pas moi, je ne suis qu'un ange chez eux. Mais il y a le premier cercle, les habitués, les intimes de Louis...

— Rodolphe Leblanc ?

— Entre autres... Ils voulaient initier Milaine, je les ai entendus en discuter tout bas ! Ils croient que je n'ai pas d'oreilles !

— L'initier à quoi ?

— Au premier cercle ! La faire entrer dans le Cénacle des Séraphins, pas ces rassemblements bon enfant que nous connaissons, mais leurs véritables tenues ! Ils voulaient l'introduire, pour s'amuser ! Pour s'amuser avec elle qu'ils ont dit !

Le père Camille s'agitait, il ouvrait de grands yeux injectés de sang, les pupilles dilatées. Une goutte pourpre glissa de sa blessure au crâne, laissant une traînée vive sur son passage. Elle coula sur la tempe, jusqu'au bord de la mâchoire où elle demeura en suspension.

— Pour l'une de vos séances de spiritisme ? Comme celle de mercredi dernier ?

Le père Camille se redressa d'un bond, si vite que Guy n'eut pas le temps de réagir, et il l'attrapa par le col de sa chemise.

— Vous ne comprenez rien ! aboya-t-il soudain. Ça c'est pour le divertissement de ces messieurs-dames, c'est une fenêtre pour attirer du monde, pour recruter des éléments intéressants ! Mais ce n'est pas ça le vrai Cénacle ! Tous ces invités ne sont que des angelots pendant que les Séraphins mènent le bal !

— Calmez-vous, mon père.

Lucien Camille n'écoutait pas, il parlait avec rage, les mots jaillissaient de son corps, comme s'il en avait besoin pour espérer retrouver le repos :

— Louis Steirn et sa bande se retrouvent pour *le* glorifier ! Pour *le* servir ! Pour implorer qu'*il* les couvre de ses pouvoirs terrifiants !

— Mais de qui parlez-vous ?

— Du Malin ! De Satan ! Le véritable Cénacle des Séraphins est un culte satanique ! Je le sais ! Je les ai entendus chanter ! Ils me prennent pour un imbécile, mais je sais tout !

Perotti fixait l'extrémité de la cave, atterré par les cris du prêtre.

— C'est de leur faute si la jolie Milaine est morte ! continua l'homme d'Église. Ce n'est pas moi ! C'est de leur faute si le démon est entré en moi ce soir-là ! C'est à cause de leurs prières maléfiques, ils l'ont attiré ! Je n'y suis pour rien !

Des larmes se mirent à envahir ses yeux et à couler sur ses joues.

— Je sais, tenta de le rassurer Guy. Ce n'était qu'une séance douteuse. Avez-vous déjà été sujet à des crises de convulsions ou une autre affection qui pourrait expliquer votre...

Le prêtre le tira en avant par le col qu'il n'avait pas lâché. Ils se retrouvèrent nez à nez.

— Ce n'est pas une maladie, j'ai vraiment été pénétré par le démon ! cria-t-il, les mâchoires serrées. Mais je n'en suis pas responsable. Ce sont les Séraphins qui ont tué Milaine. Eux et leur culte monstrueux ! Ne les approchez pas ! Ou vous serez les prochains !

27

Un cercle de bougies illuminait la table ronde.

Les flammes éclairaient les visages par-dessous, projetant des ombres difformes sur les plafonds, comme si chaque personne assise était un monstre.

La comtesse Bolosky présidait la séance de spiritisme, assistée par Louis Steirn. Elle parlait avec un fort accent des pays de l'Est, une dame âgée, aux cheveux blancs noués en un chignon complexe, arborant un collier de grosses perles nacrées et une robe de satin champagne, constellée de perles plus modestes.

Faustine avait été installée à la droite de Steirn, suivait un couple de quadragénaires, peu loquaces en début de soirée, les Pommart, puis un vieux monsieur chauve arborant une tenue militaire d'apparat, veste noire et épaulettes brodées avec du fil d'or, le colonel Olibert. Rodolphe Leblanc et ses longs favoris se tenaient en face de Faustine et un grand roux à l'accent anglais terminait le cercle, Marcus Leicester.

Chaque convive serrait la main de ses voisins, main droite sous la main gauche de son partenaire. Les paupières closes, ils avaient écouté les consignes de la comtesse qui parlait d'une voix grave, pour se focaliser sur leur respiration, pour percevoir la chaleur entre leurs paumes jointes, jusqu'à ce qu'ils puissent entendre leur cœur battre lentement.

La méditation avait duré un long moment, la comtesse désirait s'assurer que l'énergie passait dans la ronde des invités, elle exigeait une concentration totale.

— Nous avons à présent formé un tourbillon d'énergie, dit-elle, celle-ci circule entre nous, et j'en suis le catalyseur, c'est à travers moi que la brèche entre nos deux mondes va pouvoir s'ouvrir.

Faustine ne ressentait aucune électricité en elle, rien qu'une profonde relaxation, et la chaleur des mains de Steirn et de Mme Pommart. Puis des fourmis au bout des pieds.

Un souffle léger glissa sous la porte pour se faufiler entre ses chevilles.

Ce n'est qu'un courant d'air, se rassura-t-elle in petto.

— Je reçois vos énergies, continua la comtesse Bolosky. Je devine vos cœurs maintenant à l'unisson.

Était-ce possible ? s'interrogea Faustine. Que leurs cœurs se soient progressivement mis à battre à la même cadence ? Les mystères du corps humain n'étaient pas à cette performance près, à l'école de filles, à l'internat, durant son adolescence, elle se souvenait que lorsque plusieurs filles vivaient ensemble, elles finissaient par avoir leurs règles en même temps, comme s'il fallait s'accorder sur une partition commune dont elles ignoraient la véritable nature.

— Restez concentrés sur votre intérieur, insista la comtesse. Sur votre respiration, lente et profonde, sentez le sang véhiculer la vie jusqu'au bout de vos membres, projetez votre esprit à l'extrémité de vos doigts, devinez les mouvements du sang à ces endroits, le fragile picotement de l'immobilité, vous êtes tenus par cette cage d'os que vous pouvez maintenant percevoir, vous êtes bien en place sur vos sièges, les pieds à plat, et les forces telluriques pénètrent par là, elles irradient dans vos membres inférieurs et se dispersent en vous, en nous. Elles nous assistent dans l'ouverture de la brèche. Car le cosmos n'est qu'une succession de strates toutes intriquées. Nous vivons au milieu de plusieurs strates, celle de nos pensées conscientes et celle de notre inconscient, deux strates à la séparation fragile, deux plans différents et si proches. La mort n'est que la désagrégation de l'enveloppe physique qui maintient notre être dans une strate précise. À la mort, notre conscience n'est plus maintenue par rien, elle se renverse dans le monde comme de l'eau dont le verre se briserait. Notre esprit se disperse et, si petit au milieu d'un univers si vaste, il ne peut se maintenir, il se dissout dans l'absolu, nous ne sommes plus un être, mais partout, répandu, décomposé.

Elle parlait d'une voix posée, lente, articulant chaque mot avec précision malgré ses origines étrangères, et le son de sa voix grave apaisait.

— Notre conscience et notre inconscient fonctionnent comme deux aimants séparés par une feuille de papier, continua-t-elle. Lorsque nous perdons l'aimant de la conscience, l'inconscient devient mobile, il glisse alors sur son plan immatériel et libéré des contraintes d'un corps, il circule librement sur cette strate particulière qui n'est faite que d'impalpable, une dimension différente de la nôtre, si proche et pourtant sans élément concret, rien qu'une courbe épousant la vie, une strate où voyage l'inconscient collectif. C'est là qu'errent les esprits des défunts, et nous sommes sur le point de créer une ouverture entre nos deux strates. C'est avec l'inconscient du défunt que nous allons nous entretenir, ne l'oubliez pas, ce n'est pas exactement celui que vous avez connu, les êtres que nous attirons sont différents de ceux que nous fréquentions de leur vivant, ils sont désormais plus confus, plus complexes, débarrassés de leur conscience, ils sont plus... sombres également. Je suis une médium, à force de concentration, je peux deviner la lisière de ces strates. Je canalise vos énergies pour parvenir à percer une mince ouverture d'où nous pourrons appeler, parmi les esprits morts, celui que nous désirons sonder. Mais, au milieu de ces conglomérats de souvenirs à la dérive, existent nos propres inconscients. C'est à cela que nous devrons être vigilants. Ne pas laisser approcher notre inconscient de cette brèche, ne pas le faire venir sur notre plan, notre strate. Pour nous éviter une crise d'hystérie, ou tout simplement que notre propre personnalité et ses secrets enfouis ne vienne corrompre notre séance. C'est pour cela que je vous demande de bien rester concentrés tout au long de notre travail. Ne vous abandonnez pas à la fatigue, soyez vraiment concentrés, avec nous. Maintenant nous pouvons nous lâcher les mains et les poser à plat sur la table.

Le contact froid du bois sur ses paumes chaudes et moites fit frémir Faustine. Un frisson qui remonta le long de son échine, se propageant sur ses flancs, sa poitrine, jusqu'à ses épaules.

Était-ce le signe qu'il s'était passé quelque chose entre les strates qui l'entouraient ? La jeune femme balaya cette question pour se remobiliser aussitôt sur son rythme cardiaque, sur son corps, sur le contact de l'air sur sa peau comme le leur avait enseigné la comtesse Bolosky en début de séance.

— Vous pouvez ouvrir les yeux, notifia cette dernière.

Faustine mit plusieurs secondes avant que sa vision se stabilise, avant de parvenir à reconnaître les visages sur lesquels dansait le halo des flammes. La lumière était si faible que Faustine crut un instant être désormais sur le plan des inconscients, en train de flotter dans le néant, entourée de visages suspendus dont les bords se noyaient dans les ténèbres, comme des toiles de peau affleurant à la surface d'une eau noire.

La comtesse Bolosky, qui était la seule à garder les paupières fermées, reprit la parole, cette fois plus fort, sur un ton sentencieux :

— La brèche est ouverte ! Nos énergies brillent parmi les morts aussi sûrement qu'une lune dans un ciel nocturne. Nous t'appelons, Milaine Rigobet, souviens-toi qui tu étais ! Manifeste-toi ! Viens à nous, esprit perdu ! Approche cette lumière qui te parle, projettes-y tes mots, que le langage te revienne, que ta mémoire se raffermisse, nous t'appelons de tous nos êtres. Viens à nous, Milaine ! Viens ! Que toutes les pensées qui nous entendent s'agitent, qu'elles transmettent notre voix, notre attente, que Milaine glisse à nous, vers la lumière ! Vers le bruit ! Vers nous !

La grande table se mit à grincer, un craquement sec qui fit sursauter l'assistance.

La comtesse Bolosky ouvrit les yeux à son tour, des globes blancs écarquillés comme si on venait de lui planter un couteau dans le dos.

— Elle est là ! fit-elle dans un souffle rauque. Milaine est parmi nous.

Faustine fut traversée par un puissant courant d'air froid, il se faufila entre ses jambes, sur ses bras, caressant sa nuque de son souffle glacial.

Plusieurs flammes de bougies se mirent à vaciller, avant de se ressaisir.

Faustine était figée sur son siège.

— Ne rompez pas le cercle ! commanda la comtesse Bolosky. Gardez vos mains sur la table !

Faustine colla ses paumes au bois. Comment était-ce possible ? Elle s'était toujours considérée comme une fille terre à terre, pragmatique. Bien qu'elle eût toujours aimé se faire peur avec des histoires de revenants, qu'elle avait souvent joué à croire, jamais elle n'avait envisagé que ces pratiques pussent être sérieuses. En s'asseyant à cette table, tout juste avait-elle imaginé qu'ils feraient bouger un verre avec leurs doigts, qu'ils tenteraient de prendre contact avec l'esprit de Milaine, mais pas que cela puisse fonctionner. Car ce qu'elle venait de vivre ne laissait que peu de place au doute : le craquement de la table, le courant d'air glacé et les bougies sur le point de s'éteindre, tout cela n'était pas feint.

Il y avait quelque chose avec eux dans la pièce.

Elle pouvait le sentir.

Le duvet sur sa nuque et ses avant-bras se souleva.

— Milaine Rigobet, fit la comtesse Bolosky, si c'est bien toi, tape deux coups sur cette table.

Faustine anticipa un autre grincement du bois, son cœur cognait si fort dans sa poitrine qu'elle préférait se préparer.

La puissance des coups fut si phénoménale que les bougies se soulevèrent, faisant crier Faustine et Mme Pommart de terreur.

— C'est bien elle, fit Louis Steirn en tournant la tête vers Faustine sans se départir de son rictus charmeur.

— Milaine, continua la comtesse Bolosky, nous sommes ici pour t'aider, je sais que tu souffres, tu souffres d'avoir été privée de ta vie si tôt. Nous pouvons t'aider à t'apaiser. En vengeant ton honneur, en démasquant ton assassin. Veux-tu que nous le fassions payer pour ce qu'il t'a fait ?

Les deux coups résonnèrent si violemment qu'une bougie se renversa et une autre s'éteignit. Tous les membres de la séance remuaient sur leur chaise, mal à l'aise, troublés ou véritablement effrayés.

— Milaine, connais-tu l'identité de ton assassin ?

Deux nouveaux coups féroces, qui firent grincer la table. Elle allait finir par céder, songea Faustine, partagée entre une excitation formidable et une peur qui lui dévorait les entrailles.

— Le connaissons-nous ?

Deux coups. Les vibrations remontaient chaque fois dans les mains de Faustine, faisant trembler ses poignets, jusqu'à ses épaules.

L'assistance s'observa, stupéfaite.

Leicester et Leblanc se regardèrent médusés.

Mme Pommart fixa son mari, incrédule.

Seul le colonel Olibert semblait totalement détaché, guettant le cercle de bougies d'un air blasé.

— Est-ce quelqu'un assis à cette table ? questionna la comtesse Bolosky.

Il y eut un long silence. La médium ouvrait la bouche pour reposer une autre question lorsqu'un puissant courant d'air froid surgit dans la pièce et fit trembler les flammes des bougies. La moitié s'éteignirent avant que le courant d'air ne se dissipe.

Faustine tremblait sans savoir si c'était à cause de la fraîcheur ou de l'angoisse.

Steirn se pencha vers elle pour lui chuchoter :

— Je vous rassure, le Cénacle dispose de nombreux membres, nous avons beaucoup de connaissances, presque tout Paris à vrai dire. N'allez pas croire que c'est directement l'un d'entre nous que votre amie accuse !

— Puis-je lui parler ? demanda-t-elle d'une voix chevrotante.

— Madame la comtesse, Mlle Faustine souhaiterait s'adresser à la défunte.

D'un signe de la tête, la vieille médium invita Faustine à s'exécuter.

— Milaine ? C'est moi, Faustine. Je veux t'aider... Je veux te soulager. Comment puis-je faire ?

— Il faut des questions auxquelles elle puisse répondre par oui ou par non, précisa Steirn.

— Nous menons notre enquête avec Guy, reformula Faustine. Est-ce que de là où tu es, tu peux... tu peux nous voir ?

Deux coups terribles, rapides.

— Elle ne voit pas à proprement parler, intervint la comtesse Bolosky, mais elle ressent, à travers tous les inconscients des vivants, elle sent ce qui se passe.

— Nous sommes sur plusieurs pistes, reprit Faustine. Est-ce que parmi celles-ci, nous avons celle qui va nous conduire à... à ton meurtrier ?

Encore deux coups bien marqués, un « oui » bien affirmé.

Faustine hésitait entre passer en revue toutes les pistes ou commencer par vérifier la théorie de Guy.

— Nous avons étudié ton crime, et Guy pen...

Deux coups puissants résonnèrent jusque dans le buffet derrière la jeune femme. Sa phrase resta en suspens, coincée dans sa gorge.

— Guy ? répéta Faustine.

Le « oui » surgit immédiatement.

Steirn considéra la jeune courtisane, un sourcil relevé.

— J'ai peur de ne pas comprendre, avoua Faustine, est-ce que la théorie de Guy est bonne ou...

Soudain la table se fendit en son milieu, projetant un jet de poussière qui crépita dans les flammes. Mme Pommart, surprise, se recula si vivement qu'elle tomba à la renverse sur sa chaise, rompant instantanément le cercle.

La comtesse Bolosky émit un râle sifflant et se raidit sur place, comme transpercée par la foudre.

Et avant même que les uns et les autres reprennent leur souffle, elle se jeta sur la table pour agripper Faustine par les poignets et l'attirer à elle, tout contre son visage ridé.

— C'est toi ! hurla-t-elle d'une voix caverneuse, comme si elle parlait avec le fond de sa gorge. C'est toi la prochaine !

Louis Steirn repoussa la comtesse vivement et celle-ci s'effondra sur sa chaise, la tête rejetée en arrière, des mèches hirsutes échappées de son chignon.

Sa poitrine se soulevait à toute vitesse en émettant un sifflement à chaque inspiration.

Faustine demeurait pétrifiée.

Elle ressentait encore l'étau des serres de la médium sur sa peau. Leur contact glacial, son regard pénétrant.

Et, surtout, la férocité avec laquelle elle lui avait jeté ces phrases à la face.

Faustine ressentait au plus profond d'elle la colère qui s'était dégagée des mots. Des mots qui n'appartenaient pas à la comtesse, Faustine le savait. Des mots qui jaillissaient tout droit de l'au-delà.

Ceux de Milaine.

Et plus que leur sens, c'était la haine qui l'avait secouée.

La haine des morts pour les vivants.

Louis Steirn versa l'absinthe sur le sucre maintenu au-dessus du verre par une cuillère percée.

— Voilà, dit-il en faisant glisser le verre vers Faustine. Buvez donc, cela va vous faire du bien.

Faustine croqua le sucre aux saveurs herbales, devinant une pointe de fenouil derrière l'anis.

Son cœur avait retrouvé un rythme acceptable. Elle se remettait à peine de ses émotions. Tous les invités étaient passés dans le grand salon pour partager leur expérience, Faustine pouvait entendre leurs conversations passionnées où se devinait autant de peur que d'enthousiasme.

— C'est ainsi à chaque séance ? Aussi spectaculaire ?

Steirn se fendit d'un sourire, déformant sa barbe noire.

— Non, heureusement pour nos nerfs, je dois dire ! Ce soir c'était… exceptionnel. Votre présence peut-être. J'ai rarement vu une manifestation aussi évidente.

— Celle avec Milaine était dans ce genre ?

Steirn se passa la langue sur les lèvres en baissant le regard.

— Oui.

Il tapota nerveusement la table du bout des doigts.

— Mais rassurez-vous, ajouta-t-il, les menaces sont courantes dans ce genre de manifestations, et elles restent en général sans conséquence !

— Je ne suis pas effrayée, pas par les mots. C'est le ton qui m'a… Il y avait une telle colère quand elle m'a parlé.

Steirn tendit la main vers le plafond.

— Ils sont parfois facétieux, un peu agressifs, je suppose qu'il y a une forme de jalousie vis-à-vis de nous.

— Par « ils », vous entendez, les… défunts ?

— Oui, les morts. Buvez donc, vous en avez besoin.

Faustine prit une gorgée d'absinthe et l'avala en même temps qu'une boule de chaleur remontait par son œsophage, diffusant son parfum floral jusqu'à son cerveau.

— Je crois, enchaîna Steirn, que vous êtes un formidable catalyseur.

— Moi ? s'étonna Faustine en riant.

— Oui, la séance de ce soir tendrait à le prouver. Il y a des gens comme ça ; regardez la comtesse Bolosky, vous pourriez lui faire concurrence !

Faustine laissa son rire se poursuivre, il lui faisait du bien. Elle réalisa maintenant qu'elle avait été bien plus secouée qu'elle ne se l'était avoué. Elle était entrée sceptique mais curieuse, elle ressortait paniquée.

— Je ne suis pas sûre d'avoir ce don, dit-elle.

— Vous vous sous-estimez ! Tenez, que diriez-vous de réitérer la chose ?

Faustine serra son verre entre ses doigts.

— Je ne suis pas sûre que…

— Une séance plus détendue, pour vérifier mes propos. Pour tester votre don.

Faustine soupira, embarrassée. À la fois échaudée par sa première expérience et en même temps titillée par la curiosité. Elle se sentait flattée.

— Peut-être, lâcha-t-elle du bout des lèvres.

— Voilà ce que nous allons faire, répliqua Steirn en se rapprochant. Mercredi soir, vous allez venir ici, je vais réunir un tout petit comité, des proches de confiance. Et nous allons vous tester. Je suis certain que ce sera positif, faites-moi confiance.

— Bien, répondit Faustine en terminant son absinthe pour se réchauffer.

Steirn leva un index devant lui.

— Par contre, je vais vous demander la plus grande discrétion. Ce sera entre vous et moi. Personne d'autre. Pas même votre compagnon, ce Guy. Je l'ai senti plus que dubitatif tout à l'heure, et vous devez le savoir : les sceptiques annihilent toute énergie lors des séances.

Faustine acquiesça en reposant son verre.

— Parfait, se réjouit Louis Steirn, le regard brillant. Ce sera notre petit secret.

28

Les fanaux rouges du stupre brûlaient dans la nuit, consumés de l'intérieur.

Faustine s'étonna de les trouver encore allumés en descendant du fiacre qui la ramenait du Cénacle. Il était une heure et demie passée, un dimanche soir, cela était pour le moins surprenant.

Lorsqu'elle poussa la porte, elle n'entendit ni musique, ni rires, ni conversations et ne perçut qu'un fumet de cigares froids.

Plusieurs globes de gaz étaient allumés.

Julie apparut de la cuisine, l'ombre de Gikaibo sur le seuil.

— Où étais-tu ? demanda-t-elle sèchement.
— Sortie.
— Ça je l'ai remarqué ! Tu fais le client à l'extérieur maintenant ? Tu te prends pour Milaine ?

Cette remarque blessa Faustine qui croisa les bras sur sa poitrine.

— Je suis sortie me divertir.
— Un soir de travail ? Mais qu'est-ce qui t'a pris ? Sans me prévenir ? J'étais prête à envoyer Gikaibo dans tout Paris pour te secourir !

— J'aurais dû te le dire, c'est vrai, s'excusa Faustine. Je te demande pardon. Je ne t'ai pas trouvée tout à l'heure, et en ce moment j'ai un peu la tête ailleurs.

— Je m'en étais aperçue ! Il y avait M. Lambert ce soir, il est venu exprès pour toi !

— Julie, je n'ai pas le cœur à ces choses-là.

— Mais tu l'aimes bien M. Lambert ! Il est doux, romantique, drôle et ravissant avec ça ! Il nous a toutes bien fait rire ce soir.

— Je suis désolée.

Julie perdit patience.

— C'est ton métier, ma belle. Je t'accorde déjà de sacrés privilèges ! D'habitude, on ne choisit pas ses clients dans ce monde, il faudrait t'en souvenir !

— C'est passager. Ça va revenir.

— Il faut parfois se forcer !

Le ton montait.

— Si je suis aussi chère, c'est que je suis généreuse ! explosa Faustine. Aucun de ceux qui sont passés entre mes cuisses n'en parlera sans mélancolie ni désir d'y revenir ! Et pour cela, j'ai besoin d'être entièrement à mon labeur ! Ce n'est pas le cas en ce moment, c'est tout !

Surprise par la colère de Faustine, Julie s'était reculée d'un pas. Elle la toisa de haut en bas en défaisant un tablier blanc qu'elle roula en boule et jeta sur la rambarde de l'escalier.

— Je te rappelle que je ne t'ai pas forcée à faire ce métier, lança-t-elle en lui tournant le dos.

Elle réintégra la cuisine, et Faustine la vit s'essuyer la joue rapidement. Le géant japonais lui tapota amicalement l'épaule pour la réconforter.

Pleurait-elle vraiment ? Faustine la devinait à fleur de peau depuis le décès de Milaine. Elle devait tout gérer, tout encaisser, forcer les filles à se montrer dignes, à ne pas exprimer leur tristesse, pour que la maison tourne, que les clients soient satisfaits.

Elle s'était fait peur, comprit Faustine. Après Milaine, elle avait craint de perdre une autre de ses filles, qu'un fou écume le quartier à la recherche de nouvelles proies.

Elle n'avait pas tout à fait tort.

Julie avait cependant réagi comme une mère, plus que comme une matrone.

Soudain Gikaibo la prit dans ses bras et repoussa la porte du pied.

Faustine n'en revenait pas. Ce n'était pas un simple geste réconfortant, non, il y avait autre chose dans la façon dont elle s'y était aussitôt abritée... de l'affection ! Gikaibo et Julie ? Pourtant la patronne avait un régulier, un client fidèle et attentionné. Était-il une façade pour éviter qu'on ne jase sur le compte de cette maquerelle qui fricotait avec un *Jaune* ?

Le balancement lancinant de l'horloge du hall la tira de sa stupeur.

Faustine retrouva sa chambre et commençait à délacer sa robe et son corset lorsqu'une silhouette se déplia derrière elle.

L'homme approcha par la salle de bains qui reliait sa chambre à celle de Milaine. Faustine n'avait rien remarqué, encore plongée dans ses pensées.

— Vous n'auriez pas dû, dit-il.

Faustine bondit de sa coiffeuse en étouffant un cri. Elle reconnut Guy aussitôt.

— De quel droit...

— Oh pardon, je suis navré ! s'excusa-t-il en voyant ses épaules nues. (Il fit volte-face pour ne plus la voir, mais resta dans la pièce.) Je me suis assoupi à côté en vous attendant…

— Sortez de ma chambre, Guy !

— Je me suis fait un sang d'encre ! Vous n'auriez pas dû rester chez ce Steirn toute seule !

— Je suis une grande fille. Maintenant sortez.

— Le Cénacle des Séraphins n'est pas ce que vous croyez. C'est un lieu dangereux.

Faustine tenait sa robe ouverte avec ses deux mains plaquées contre sa poitrine, elle vint se planter devant l'écrivain :

— Très bien, vous voulez discuter, ça tombe bien, je ne suis pas fatiguée, mais allez m'attendre dans le couloir que je passe une chemise de nuit, bon sang ! Dois-je vous rappeler que vous n'êtes pas de ceux qui peuvent me demander plus ?

À ces mots, le visage de Guy se referma, ses mâchoires se crispèrent, ses sourcils se contractèrent.

Elle le mit dehors et revint le chercher dès qu'elle fut prête, en chemise de nuit sous une robe de chambre de satin.

Sa présence lui avait fait particulièrement peur après son expérience spirite. Pendant tout le chemin du retour, elle n'avait cessé de penser à l'insistance avec laquelle Milaine avait souligné le nom de Guy. Son importance. Faustine avait lutté plusieurs minutes en s'interdisant de formuler le pire, avant que ses réticences ne cèdent : Milaine avait-elle désigné Guy comme le coupable de son meurtre ? C'était impossible. Alors que voulait-elle dire ? Qu'il avait raison dans ses hypothèses criminelles ? À moins que tout ceci ne fût qu'une sombre machination…

— Vous êtes rentrée tard, dit Guy en s'asseyant sur le rebord du lit.

— Vous n'allez pas vous y mettre aussi !

— C'est à cause de Louis Steirn, je sens qu'il est fourbe.

— C'est un charmeur, voilà tout.

— Non, Faustine, c'est au-delà de ça. Son regard ne se contente pas de déshabiller, il traverse les individus, il fouille à l'intérieur.

— J'ai toujours su que contempler un miroir dérangeait l'âme.

— Que voulez-vous dire ?

Elle s'assit à son tour, de l'autre côté du lit.

— Vous ne l'aimez pas parce qu'il vous ressemble.

— Ne dites pas de sottises !

— Oh, mais si ! Il est charismatique, c'est le genre d'homme qu'on remarque de suite quand il pénètre dans une pièce. Et vous avez le même regard qui met mal à l'aise lorsqu'on le soutient. Vous ne vous en rendez plus compte, Guy, mais vos prunelles envahissent la tête des gens, aussi sûrement que si vous scrutiez le contenu de leurs pensées. Vous faites cet effet, tout comme Steirn, voilà pourquoi il ne vous revient pas !

Guy en resta bouche bée.

— J'ignorais... que vous me voyiez ainsi, bredouilla-t-il.

— Vous ignorez beaucoup de choses, trancha Faustine sèchement.

Elle s'en voulut aussitôt d'être aussi dure avec lui. Mais elle ne devait pas baisser sa garde, pas maintenant, aussi enchaîna-t-elle :

— J'ai vécu une expérience incroyable cette nuit. La séance de spiritisme a dépassé, et de loin, toutes mes espérances. Milaine est venue à nous !

Guy secoua la tête, l'air moqueur.

— Balivernes ! Steirn et les siens se sont payé votre tête.

— Ne commencez pas à juger sans savoir ! Vous n'y étiez pas ! La table tremblait si fort qu'il est impossible que l'un d'entre nous ait donné ces coups !

— Un complice caché derrière un rideau, dans la pièce d'à côté ou même l'appartement du dessous pourrait avoir fait l'affaire !

Faustine se pencha vers lui pour insister :

— J'ai vu la table se fendre devant moi !

— Y a-t-il eu des esquilles de bois ou de la sciure ?

— Pourquoi ?

— Les premières peuvent prouver que la table s'est fendue devant vous, la sciure tendrait au contraire à prouver qu'elle était déjà sciée et que c'était un subterfuge !

Faustine secoua la tête avec moins de virulence qu'auparavant.

— Non, dit-elle, troublée, c'était réel. Milaine est vraiment venue.

Guy, impatient, la prit par la main, puis d'un ton plus doux :

— Faustine, vous ne devez pas approcher Steirn et ses camarades. Ils sont... dangereux.

— N'exagérez pas, nous ne savons rien de...

— Au contraire ! Perotti et moi savons maintenant à quel jeu ils jouent. C'est une secte satanique !

Faustine se décomposa.

— D'où tenez-vous cela ?

— D'un membre du Cénacle, pas un de ceux du premier cercle, mais un régulier tout de même. Un prêtre.

— Un homme d'Église ? Il sait que ce sont des satanistes, soi-disant, mais il s'y rend ? Quel genre de prêtre avez-vous dégotté ?

Guy fit la grimace.

— Justement, un prêtre un peu… original. Il les fréquente parce que c'est le meilleur moyen de les avoir à l'œil. Et à vrai dire, il se fait du souci pour les filles que Steirn fait venir. Il pense qu'elles sont…

— Victimes de rituels sanglants ? Enfin Guy, Steirn ne tue personne ! Tout le monde voit bien qu'il fait venir des courtisanes. S'il les tuait, ça n'aurait pas manqué d'être rapporté à la police par ces réguliers comme vous dites !

— Le prêtre pense qu'elles servent à des orgies sataniques. Elles ne sont pas tuées, mais violentées.

Un lourd silence plomba la chambre.

— Promettez-moi d'éviter Louis Steirn et ses amis, demanda Guy.

Après un profond soupir, Faustine hocha la tête.

Guy était trop obsédé par sa sécurité, elle ne pouvait lui dire ce qu'elle avait manigancé. Pourtant, elle était fière de son plan. Fière de contribuer à venger Milaine en infiltrant le Cénacle.

Car il lui semblait désormais évident que l'assassin de son amie était un membre du Cénacle des Séraphins.

Un homme qui la connaissait, qui l'avait mise en confiance ce soir-là.

Et l'opportunité que Louis Steirn lui offrait en l'introduisant au milieu de ces membres habituellement taciturnes était un vrai miracle.

Mais Guy ne comprendrait pas. Il voudrait la protéger à tout prix, comme si elle ne savait pas s'occuper d'elle-même. Et il gâcherait ce qui était leur unique chance d'investir le Cénacle, d'en connaître chaque Séraphin.

Faustine n'était pas dupe, Louis Steirn était bel et bien un homme malsain, il avait ce regard perçant mais, à l'inverse de celui de Guy qui pénétrait pour savoir, celui de Steirn écrasait son vis-à-vis, pour le contrôler, le manipuler. Et sa tentative pour isoler Faustine en prétextant que Guy était un sceptique n'était pas très habile.

Cependant, Steirn, dans son désir évident de la posséder, allait faire entrer le loup dans la bergerie, songea Faustine.

Aveuglé par son désir de la séduire, il lui offrirait tout ce qu'elle demanderait. Il suffirait de jouer son jeu. Et contenter un homme, Faustine savait le faire mieux que la plupart des autres femmes.

Elle était une experte.

Le temps de s'en assurer était venu.

Les lanternes rouges s'éteignirent vers deux heures du matin.

Le fiacre resta sans bouger encore cinq minutes.

La mort y patientait, guettant la façade de la maison close du fond de sa grande capuche noire.

Puis la porte s'ouvrit et la mort sortit.

Sa cape claqua dans le vent et elle remonta jusqu'aux marches du *Boudoir de soi*.

Un gant en cuir surgit des replis du manteau et caressa l'anneau en cuivre qui servait de poignée.

La mort ne s'annonçait presque jamais.

Elle préférait frapper sans être vue.

Mais cette fois, elle allait changer de méthode.

Elle allait les prévenir.

Car il n'y avait jamais rien de mieux qu'une proie avertie.

Celle-là même qui sentait la peur à travers sa transpiration.

La mort se dressait face à la maison des plaisirs, sa grande houppelande frémissant avec la brise nocturne.

Un grand trou béant à la place du visage, les ténèbres pour faciès.

Et des couteaux à la place des doigts.

Elle les découperait en morceaux en les serrant contre elle. Les uns après les autres.

« *Pas trop vite !* » susurra-t-elle. « *Pour en savourer chaque seconde !* »

Et pour commencer, elle devait entrer.

Le cuir de son gant crissa en tournant la poignée.

Fermée.

Ce n'était pas grave. La mort pouvait l'ouvrir. Il suffisait d'un peu d'adresse.

La mort n'était pas pressée.

Elle avait le temps pour elle.

29

Guy mangeait un morceau de brioche avec un quartier de pomme lorsque Rose entra dans la cuisine.

Il croquait de petites bouchées, se forçant à avaler car, depuis son réveil, le souvenir de Bomengo et sa terrible mort le persécutait.

— Grande première, mon cher ! s'exclama-t-elle en déposant l'enveloppe devant lui. Vous avez du courrier !

Guy reposa la pâtisserie et poussa sa tasse de thé.

Il fixa le rectangle de couleur crème comme s'il ne pouvait exister.

C'était un beau papier vergé d'un grammage élevé.

À n'en pas douter, celui d'une personne aisée.

Le cœur de Guy s'était accéléré.

Il savait qui était derrière cette lettre.

Et soudain tous ses doutes s'envolèrent, il était bel et bien suivi depuis la veille, au moins.

Ils l'avaient retrouvé.

Son beau-père et ses hommes. L'avait-il dit à sa fille ? Joséphine était-elle déjà au courant de la retraite luxurieuse qu'il s'était trouvée ? Et sa fille ? Clara…

Au fond, c'était elle qui lui manquait. Elle et elle seulement. Quel genre d'homme abandonne ainsi sa fille sans un mot ? Quel monstre ferait une chose pareille ?

Un homme qui s'est perdu lui-même. Assez égoïste pour se sauver, pour choisir de s'enfuir tant qu'il le peut encore, pour survivre. Un homme qui pense à sa survie avant le bonheur de sa fille, voilà quel monstre je suis. Et c'est toi, ma puce, qui souffres de mes maux. Mais, vois-tu, ma belle Clara, j'ai été faible, je me suis laissé enfermer dans une vie que je ne voulais pas, par une société qui ne me ressemblait pas, et aujourd'hui, tu es la belle erreur que j'ai faite, son paroxysme, une cruelle mais magnifique erreur. Et c'est à toi de l'assumer... Je ne pense pas que tu pourras un jour me le pardonner, mais peut-être que tu me comprendras. Ce livre que je vais écrire, il sera pour toi aussi, pour que tu saches.

Guy fixa l'enveloppe comme s'il en attendait une réponse.

Il y avait ce qu'il pourrait un jour expliquer à sa fille, à travers la littérature, cette absence de courage, et tout ce qu'il ne pourrait raconter. Que la regarder, c'était contempler sa mère, cette femme qu'il n'aimait pas. Que ses bonnes manières le renvoyaient à sa belle-famille et à ses propres parents, guindés, enfermés par une morale stricte, aveuglés dans leurs fortunes familiales, étouffés de préjugés, refusant une vie de petits plaisirs pour une quête de perfection ridicule. Que chaque fois qu'il l'entendait parler de ses amis, il avait envie de la gifler pour la ramener sur terre. Il l'aimait pourtant, mais c'était le fruit de sa chair qu'il aimait, son innocence enfantine, avant qu'elle ne soit gâtée par cette bourgeoisie puante.

Était-il devenu anarchiste ? Il n'en avait pas l'impression. Guy aspirait à la stabilité politique de la IIIe République, c'était le mensonge quotidien qu'il ne supportait plus, celui qui avait fait de lui un homme qu'il méprisait, au service des siens, de son éditeur, des critiques et d'un public dans lequel il ne se reconnaissait pas.

Fuir sans rien dire, c'était se tuer à leurs yeux.

Pour reprendre goût à l'existence, pour faire renaître le jeune homme plein de rêves qu'il avait été.

Clara pourrait-elle, un jour, comprendre tout cela ?

Le rectangle de papier l'attendait.

Était-ce un ultimatum pour qu'il revienne auprès des siens sans scandale ?

Guy attrapa sa tasse de thé et prit une profonde inspiration. Il n'osait se lancer. Du bout des doigts, il retourna l'enveloppe. Aucune adresse, rien que son prénom.

Un moyen d'insister sur la familiarité entre son auteur et lui. Pourtant, il ne reconnaissait pas l'écriture.

Il fallait y aller. Faire preuve d'un peu de courage, pour une fois.

Pourquoi diable était-il à ce point lâche dès qu'il s'agissait de sa famille ?

Soudain, sa main se déroba à son autorité et il l'ouvrit. Un bristol de la même teinte crème que l'enveloppe.

Cette fois, aucun doute, il ne connaissait pas cette écriture.

Surpris, et toujours un peu nerveux, il commença à lire les quelques lignes.

Alors, il lâcha la tasse qui vint se briser sur le carrelage de la cuisine, répandant une longue flaque de thé brûlant.

Le bristol était cloué sur le panneau de bois, contre la poutre.

La lumière du soleil se répandait par les lucarnes, et Faustine commença par les ouvrir pour laisser entrer de l'air frais dans ces combles poussiéreux.

Guy était monté la chercher après avoir relu le mot une dizaine de fois.

— Êtes-vous sûr que ce n'est pas un canular ? demanda-t-elle.

— De la part de qui ? Soyons sérieux, personne ne sait que nous enquêtons !

— Vous le criez dans tout Paris depuis trois jours ! Sur la rue Monjol, aux Halles, à la morgue, à l'Exposition universelle, et hier au Cénacle des Séraphins !

— Ce n'est pas une mauvaise blague, Faustine. Tenez, lisez-le !

— Tout de même, je ne peux croire qu'Hubris viendrait jusqu'ici, s'adresser à vous…

Elle se planta face à la planche de bois sur laquelle étaient clouées toutes les notes de l'écrivain au milieu des noms des victimes et des détails de leurs morts sauvages.

Tic-tac, tic-tac, l'aiguille tourne,
Elles tombe elles tombe les largues,
Et leurs bonshommes !
Ceux de l'égout bien égoutés,
Comme le sauveur d'âmes et l'ange gardien !
C'est vous que je mets maintenant,
Tout en haut de la liste,
Je ne vous oublie pas, je vous surveille,
Et je vous égoute à votre tour,
Dès qu'il me sied, rien que pour rire.
Ah, ah, ah !

Faustine recula d'un pas en avalant sa salive.

— Quel odieux personnage, dit-elle sans parvenir à se détacher du mot.

— Nous l'avons vexé, fit remarquer Guy. Pour qu'il s'en prenne à nous ainsi, c'est que nous avons touché une corde sensible.

— Comment est-ce arrivé ? Par commissionnaire ?

Guy hésita avant de répondre.

— L'enveloppe a été déposée dans la nuit.

— Dans la boîte aux lettres ?

Ce fut au tour de l'écrivain d'avaler sa salive, embarrassé.

— Non. Posée sur le guéridon. Rose l'y a trouvée ce matin en descendant ouvrir les volets. J'ai fait le tour de la maison, personne ne l'avait vue avant.

Faustine eut un rire nerveux.

— Vous voulez dire qu'il... il est entré dans la maison ? Pendant que nous dormions ?

— C'est aussi pour ça que ce n'est pas un canular. Quelqu'un s'est introduit ici, il voulait que nous sachions qu'il peut s'en prendre à nous, à tout moment.

— Il aurait pu nous...

Les mots moururent dans la bouche de Faustine.

— Oui, et il l'a fait exprès, pour insister sur ce qu'il est capable de faire. Je vous l'ai dit : nous l'avons vexé ! Maintenant voyons le bon côté : l'opportunité qu'il nous offre de le rencontrer...

— Que voulez-vous dire ?

— Par ces quelques lignes, il nous offre un aperçu de qui il est.

Faustine prit le temps de relire le texte.

Puis elle se raidit.

— Attendez une minute ! Comment peut-il savoir que c'est nous qui avons découvert les gens dans l'égout ?

— Il sait que sa cachette est éventée, pas que c'est nous. Il ne nous accuse pas. Il en parle sans se soucier de savoir si nous saurons à quoi il fait référence, enfin, c'est ce que j'en déduis. Il en va de même pour tout le texte : pourquoi, par exemple, nous parler du sauveur d'âmes ?

— Il est dans son délire, il n'y a rien à en tirer.

— Au contraire, ma chère ! Il y a tout à en tirer ! Il nous a écrit ! Il s'est ouvert à nous ! Et les mots, vous le savez, je les fais parler..

— Mais là, c'est du charabia !

— Pas si sûr ! Il s'est appliqué, la tournure des phrases est recherchée, et, pourtant, il y a deux fautes d'orthographe, un accord qui n'est pas fait, et « égouter » auquel il manque un « t ». Et je ne parle pas de la ponctuation ! Ce n'est pas un littéraire, toutefois il a voulu bien faire.

— Si vous le dites.

— Ensuite, il y a le choix des mots. « Largues » pour « femmes », c'est un terme d'argot parisien. En vogue dans les ruelles et les arrière-cours, pas sur les Grands Boulevards ! Un terme péjoratif, qu'on emploie souvent pour parler des prostituées.

— Vous êtes bien renseigné, fit Faustine avec un brin d'ironie.

— J'ai fréquenté ces gens et appris ce paralangage durant mon adolescence. L'équivalent de largue, au masculin, serait chêne, ou marpaut, pour rester dans le péjoratif. Or il emploie « bonshommes » !

— Et alors ? Vous l'avez dit vous-même, il s'est appliqué.

— Justement ! Il a délibérément choisi un terme péjoratif pour les femmes, et pas pour les hommes. Cela peut signifier qu'il éprouve une colère ou un mépris pour la gent féminine ! Rappelez-vous, jusqu'à notre macabre découverte sous la tour Eiffel, il ne s'en était pris qu'à des prostituées, des femmes ! J'ai l'impression qu'il les a en horreur.

Guy prit un stylo à encre et inscrivit sur la feuille de son panneau qui servait au portrait d'Hubris : « *Haine envers les femmes.* »

— Il se met beaucoup en avant, nota Faustine. « *Je* ne vous oublie pas, *je* vous surveille. *Je* vous égoute… Dès qu'il *me* siet. »

— En effet, il aime parler de lui. Peu sûr de lui en public, je disais samedi soir, mais, par contre, au fond de lui, il se croit le plus fort. Le meilleur. S'il n'a pas sa place dans la société, c'est de la faute des autres. C'est le genre d'homme à imputer ses échecs à autrui.

Faustine se prenait au jeu. Elle étudiait le texte avec attention.

— La notion de contrôle. Il veut diriger, souligna-t-elle. Il est directif, il ne veut pas nous informer, il veut nous faire sentir que c'est lui le chef.

— Je suppose qu'avec toute la violence qu'il contient, il doit être colérique quand les gens ne font pas comme il voudrait.

— Il donne également dans le mysticisme : « sauveur d'âme » et « ange gardien ». Un rapport à Dieu ?

— Qui est sauveur d'âmes dans la religion catholique ? Et l'ange gardien ?

— Est-ce que ce serait nous ? Le sauveur d'âmes pour moi, dit Faustine, et l'ange gardien pour vous ?

Guy était sceptique.

— Il faut prendre le temps de mûrir tout cela, nous ferons un point avec Perotti, trois esprits valent mieux que deux. En attendant, j'ai une petite promenade à vous soumettre.

— Ce matin ?

— Oui, la nuit a fait son offrande de cadavres au docteur Ephraïm, et je pense qu'à l'heure qu'il est, il a le nez dedans, si vous m'autorisez l'expression. Je propose que nous allions nous rappeler à son bon souvenir ! J'ai quelques questions à lui poser...

— Maintenant ? s'étonna-t-elle en désignant la montre de gousset qui était posée sur le bureau. Il est un peu tôt.

— Faustine, nous n'avons plus de temps à perdre. Relisez l'avertissement qu'Hubris nous a laissé : « Tic-tac, tic-tac, l'aiguille tourne. » Il ne l'a pas écrit par hasard. Il prépare un sale coup.

Guy prit son chapeau melon, sa canne et accrocha sa montre à son veston.

— Vous croyez vraiment qu'il pourrait s'en prendre à nous ? questionna Faustine.

— Je le crains. La lettre n'est pas arrivée ici sans raison. S'il sait qui nous sommes, car il y avait mon prénom inscrit sur l'enveloppe, c'est que nous avons frappé à la bonne porte durant ces quatre derniers jours. Nous avons approché, sinon rencontré Hubris, sans même le savoir. Il était là, juste sous notre nez, et nous n'avons rien vu !

30

Ils étaient douze, allongés sur les tables.
Hommes et femmes. De l'adolescent au trentenaire.
Douze au moins.
Car il fallait encore s'assurer que les jambes, les bras, les têtes et ce qu'il restait des torses correspondent entre eux.
Au grand étonnement de Faustine, le docteur Ephraïm, avec ses lunettes rondes et sa voix aiguë, les avait accueillis sans se faire prier. En l'écoutant parler, face aux cadavres fraîchement livrés, il semblait même content de cette visite. Un homme seul, au milieu des morts, ne devait pas être contre un peu de vie.

— Vous êtes sûrs que ces morts sont liés à votre amie ? demanda le petit barbu au poil noir sous une chevelure d'argent.

— Absolument, affirma Guy. Pernetty et Legranitier ne vous ont rien dit ?

— Et pourquoi croyez-vous que je vous ouvre ? Vous débarquez ici en me soutenant que vous allez pouvoir m'aider à propos de la pile de morts qu'on vient de m'apporter ! Et, de l'autre côté, j'ai les deux inspecteurs taciturnes qui exigent un rapport rapide, sans rien me donner comme information !

— Ils ne vous tiennent pas au courant lors des enquêtes ? s'étonna Faustine.

— Pensez-vous ! On prend mes conclusions et voilà tout. Si j'ai envie d'en savoir plus, c'est à moi de courir après les résultats ! Et avec ces deux-là, vous pouvez toujours attendre... Or un légiste est un médecin obsessionnellement curieux.

Il se tourna vers les tables de dissection. Toutes débordaient.

Le remugle était toujours aussi écœurant.

Sous l'éclairage électrique, les chairs étaient presque marron, la peau jaune, parfois violette. Les rares vêtements encore présents sur les corps étaient déchirés, et des fripes humides s'amoncelaient sur le sol.

Faustine et Guy, qui n'avaient qu'entraperçu les cadavres en entrant, prirent le temps de les étudier.

Membres découpés.

Cuisses ouvertes, la peau flasque, sans chair à l'intérieur, comme un traversin vidé de ses plumes.

Torses béants, les cages thoraciques maintenaient un coffrage rigide sur le vide des abdomens. Guy distingua même une mâchoire inférieure sans rien au-dessus, seulement des dents, une langue et des tendons tels des élastiques rouges déchirés.

De temps à autre, une petite forme visqueuse et allongée, bien grasse de ses festins interminables, se tortillait dans le trou d'une plaie ou au fond d'une orbite.

Faustine s'agrippa au docteur qui ne s'y attendait pas et manqua tomber à la renverse. Il l'aida à s'asseoir sur une chaise et lui proposa un verre d'eau.

— C'est vous qui avez voulu les voir, rappela-t-il en guise d'excuses maladroites.

Guy respirait par la bouche, pour atténuer l'odeur et aussi parce qu'il manquait d'air.

Ce spectacle l'étouffait, il se détourna pour faire face au médecin.

— Il y en a douze, vous disiez ?

— Pour l'instant. Comme vous pouvez le constater, il faut encore s'assurer que les bras et les jambes vont bien avec le reste. Et il manque beaucoup de parties.

— Lesquelles ?

— Un peu de tout, plusieurs têtes, ou des morceaux du crâne, énormément de muscles prélevés dans les membres, tous les torses sont vidés de leurs organes et, apparemment, il n'y a plus aucun cerveau dans les quelques têtes restantes.

Guy étouffa un soupir de dégoût.

— Une idée de la façon dont ils ont été tués ?

— C'est encore trop tôt, et puis vous avez vu leur état de décomposition avancée ! Je les ai tous passés au jet pour éliminer les vers, mais ça grouille encore là-dedans.

— Au jet d'eau ? Mais il y avait peut-être des indices sur les corps ? Des fragments d'arme ou de tissu appartenant au meurtrier.

Ephraïm haussa les épaules.

— Il aurait de toute façon été impossible de savoir ce qui est à la victime et ce qui est à l'assassin, dit-il d'un air blasé.

— J'ai vu des traces de… de morsures. Immenses !

— En effet, pour qu'elles soient aussi grandes, elles sont animales. Allongées, des crocs pointus. Je ne peux en dire davantage.

— Une idée de l'espèce qui aurait pu causer pareils dégâts ?

— Franchement ? Aucune !

— Pas même un crocodile ?

Le docteur haussa les épaules.

— Peut-être. Je dois étudier les blessures de plus près.

Faustine, qui retrouvait peu à peu des couleurs, se releva pour approcher des corps, un mouchoir sur la bouche.

Elle tendit la main vers l'astrakan bouclé d'un pubis féminin.

— Y a-t-il des traces de sévices sexuels ?

Ephraïm sursauta à cette question.

— Pardon ? demanda-t-il.

— Des traces de viol ?

Le petit docteur semblait choqué.

— Tous ces corps sont arrivés cette nuit, je n'ai pas encore vérifié tout cela ! Mais il ne fait aucun doute que dans l'état qui est le leur, il sera difficile de relever ce genre de blessures !

— Il y aura peut-être des objets, précisa Guy en songeant à Viviane Longjumeau. Vous pourriez vérifier ?

— Dites, je vous trouve bien insistants ! Ce ne serait pas une attirance perverse pour écrire tout cela dans vos romans j'espère !

Guy décida de jouer franc jeu :

— Milaine était notre amie, et vous savez très bien que Pernetty et Legranitier n'enquêtent pas sur sa mort. Or nous voulons savoir, sa mort mérite d'être punie tout autant que celle de n'importe qui. Nous avons conduit nos propres recherches, c'est pour ça que nous sommes au courant pour tous ces corps. C'est le même assassin ! Si la police ne veut pas agir, au nom de notre amie disparue, nous n'en ferons pas autant. Aidez-nous, s'il vous plaît.

— Vous ne pouvez vous substituer aux autorités !

— Nous ne faisons que notre devoir. Pour la vérité. Vous avez vu ce carnage, dit Guy en désignant les monceaux de membres humains. Le coupable va continuer, encore et encore, et, pour ne pas déranger l'Exposition universelle et son cortège de visiteurs et de diplomates, les autorités, comme vous dites, demeurent bras croisés. Elles préfèrent étouffer l'affaire pendant quelques mois, plutôt que de risquer qu'une enquête et toutes les questions qui vont avec n'attirent les journalistes.

— C'est moche, répliqua le médecin en repositionnant ses lunettes rondes sur son nez.

— S'il vous plaît, acceptez de nous renseigner, ajouta Faustine.

Ephraïm lâcha un rire amer.

— Pour une fois qu'on s'intéresse à mon travail, dit-il. Je devrais être face à des inspecteurs curieux, respectueux de mon art, désireux d'en savoir plus, pour comprendre ces… pauvres gens ici, morts, découpés comme de vulgaires bêtes.

Il s'attarda à dévisager ce couple étrange, presque amusant, qui lui rendait visite.

— Bon, soupira-t-il. Que voulez-vous savoir ?

— S'il y a eu des violences sexuelles sur ces personnes.

Ephraïm souffla bruyamment, vidant ses poumons comme s'il expulsait son embarras avec. Puis il attrapa une longue pince et un scalpel et approcha des corps.

Faustine détourna le regard et Guy vint auprès d'elle.

Les bruits de chairs qui se décollaient suffirent toutefois à étourdir la jeune femme qui se rassit.

Après un long moment, le docteur Ephraïm jeta ses instruments dans une cuvette en métal, se débarrassa de son tablier en cuir taché, et conclut :

— Pour les viols, je ne me prononcerais pas, la putréfaction est trop avancée, en revanche, aucun objet, là je suis formel. Tout cela me fait penser à votre amie, celle dont vous auriez voulu connaître le père du fœtus...

— Milaine, compléta Faustine.

— J'ai de quoi interrompre la guerre entre les deux coqs qui revendiquent la paternité !

— C'est-à-dire ?

— Elle n'était pas enceinte ! Elle vous a menti à tous.

— Je le savais, fit Faustine. Elle m'en aurait parlé si ç'avait été le cas.

— C'est Perotti qui va être dévasté, ajouta Guy. Apprendre qu'elle s'est jouée de lui comme des autres, qu'elle l'a manipulé pour qu'il lui offre une situation rapidement, ça ne va pas lui plaire.

— Sauf si nous ne lui disons rien.

Guy regarda Faustine. Ses prunelles bleues semblaient capter toute la lumière de la pièce.

— Il a le droit de savoir.

— C'est un secret qui aurait dû rester à l'abri des entrailles de Milaine, il n'a pas à être divulgué.

Ephraïm les interrompit :

— Pour les causes de la mort, mon rapport stipule qu'elles demeurent inconnues. Je pense à un puissant cocktail de poisons, atropine pour expliquer les sclérotiques noires, strychnine pour les contractions musculaires qui retroussent les lèvres en une abominable parodie de sourire, et arsenic pour la sudation sanguine. À moins que...

— Que quoi ? voulut savoir Guy.
— Qu'elle ne soit morte de peur.
— C'est possible ?
— Tout est possible.
— Mais ça n'expliquerait pas les... les symptômes !
— Une réaction du corps. Le regard noirci par ce qu'elle a vu, le visage congestionné par la terreur, et la sueur de sang, tout ça a un côté très... diabolique.

Guy n'en revenait pas, le médecin semblait tout à fait sérieux.

— Vous seriez prêt à soutenir cette thèse devant la police ? s'étonna Faustine.
— Non ! Certainement pas ! Ce n'est que la divagation d'un vieux médecin qui a vu d'étranges choses dans sa morgue ! Le cocktail de poisons reste le plus probable... Surtout que la strychnine rend muet, cela expliquerait que votre amie n'ait pas crié dans la rue.
— Du poison donc. Ce pourrait être le liquide dans sa bouche ?
— Je n'en sais rien. Je n'ai pas pu identifier ce que c'était.
— Du sperme ? demanda Faustine.

Le médecin parut choqué qu'une femme puisse être aussi directe et il mit un instant avant de secouer la tête.

— Non, au microscope, je n'ai pas vu de spermatozoïdes, cela ressemblait plus à un rejet gastrique, bien que la couleur et l'acidité n'aient pas correspondu.

Il prit Guy par l'épaule et changea de ton, de grave il devint autoritaire :

— Dites, vous êtes allé faire contrôler votre blessure au bras comme je vous l'avais préconisé ? Non ? Je m'en doutais, allez, mettez-vous là que je regarde ça.

Guy retira sa veste et souleva sa manche de chemise.

— Vous avez de la chance, elle cicatrise correctement.

L'idée d'exposer ses chairs meurtries au milieu de ces corps en décomposition infestés d'asticots n'était pas pour plaire à l'écrivain.

— Pouvez-vous savoir à quand remontent les décès ? demanda-t-il.

— À plusieurs semaines pour certains, probablement davantage pour d'autres, je ne peux être plus précis.

— Lors de notre première visite, vous aviez mentionné un professeur qui étudie les insectes et qui pourrait affiner cette évaluation, pourquoi ne pas le solliciter ?

— Perte de temps pour rien. Comme vous l'avez si bien dit, Pernetty et Legranitier, de toute façon, se contrefichent que mon rapport soit détaillé ou non.

— Les vers que vous avez nettoyés, ils sont déjà partis à l'égout ?

Le docteur Ephraïm se redressa et fixa Guy par-dessus ses lunettes.

— Vous pouvez baisser votre manche, j'ai changé le pansement, vous n'aurez bientôt plus qu'une belle cicatrice.

Sur quoi, il quitta la salle pour revenir avec un seau, apparemment très lourd, qui grouillait d'un concerto de bruits humides semblables à ceux que produisent les malpolis lorsqu'ils mangent la bouche ouverte.

— Tenez, dit-il, servez-vous puisque c'est ce que vous avez en tête, n'est-ce pas ? Le professeur Mégnin au Muséum national d'histoire naturelle vous renseignera peut-être. Normalement, pour visiter le

Muséum, il faut rédiger une demande par courrier au directeur, mais si vous allez trouver le concierge de ma part, il vous introduira. Bon courage !

Des milliers de vers jaunes se dandinaient sous leurs yeux.

Le parquet du Muséum d'histoire naturelle grinçait à chacun des pas de Guy et Faustine. Ils remontaient entre les immenses étagères remplies de spécimens d'insectes du monde entier colligés ici depuis près d'un siècle.

Guy tenait devant lui une petite boîte en fer, avec un certain dégoût.

Ils trouvèrent le professeur Mégnin là où le concierge le leur avait indiqué : assis derrière un immense bureau couvert de collections de coléoptères cloués à des morceaux de feutrine.

C'était un vieil homme au visage rond, coiffé d'un bonnet de laine. Il mit plusieurs secondes avant de remarquer qu'il avait de la visite.

— Bonjour, professeur, fit Guy en déposant la boîte en fer sur le bureau. Nous aurions besoin de vos compétences.

— À quel sujet ?

— Voici quelques échantillons de mouches trouvés près d'animaux morts. Nous souhaiterions connaître le moment de la mort, il paraît que vous êtes capable de nous le dire.

Le professeur Mégnin attrapa la boîte et l'ouvrit. Une vingtaine de larves s'y tortillaient, Guy avait raclé à même le seau pour en capturer un maximum d'un coup. Mégnin renversa le contenu directement sur le sous-main en cuir et commença à les examiner en faisant le tri du bout du doigt entre mouches mortes de différentes tailles, asticots, et plusieurs morceaux séchés d'insectes.

— Ah, je vois que la plupart sont des mouches classiques, *Musca domestica...* À moins que ce ne soit *Stomoxys calcitrans* ou peut-être même *Fannia canicularis*, il faut vérifier… Où est ma loupe ? Et je vois qu'il y a des pupes, très nombreuses.

— Des pupes ? répéta Faustine.

— Oui, ces enveloppes translucides, ce sont les coquilles de chitine dans lesquelles vos diptères se sont développés avant de devenir les belles mouches que vous croisez au détour de vos assiettes.

— Et c'est bien qu'il y ait des pupes ?

— Essentiel ! Tenez, regardez ces cadavres de mouches-là, ce sont des mouches bleues comme on les appelle en général, les mouches à viande. À l'origine, elles ne sont qu'un œuf. Ensuite une larve, avec trois stades bien définis qui engendrent tous des mues lorsqu'elles grandissent tant elles mangent. Vient le stade nymphal où elles sont immobiles, la pupe, et pour finir l'imago : l'état adulte. Pour assurer ce développement final, notre mouche a besoin de chaleur, que nous pouvons mesurer en calories – c'est une unité qui permet de définir la quantité de chaleur.

— Alors vous allez pouvoir nous dire quand sont morts nos animaux ? En étudiant ces cycles ?

— Je vais essayer. C'est pour une expérience scientifique ? Vous êtes du Muséum ?

— Non, nous ne sommes pas d'ici, avoua Faustine.

Le professeur Mégnin secoua les épaules :

— C'est égal ! Entre scientifiques, nous pouvons bien nous rendre des services, n'est-ce pas ?

— Regardez, intervint Guy, qui était fier d'avoir involontairement récupéré des échantillons variés à la morgue, il y a même des petites mouches mortes et des plus grosses, des jeunes et des vieilles.

— La taille n'a rien à voir avec l'âge ! Les mouches sont toutes de même taille, sauf entre les mâles et les femelles, si deux mâles, par exemple, ne sont pas aussi gros, c'est qu'ils ne sont pas de la même espèce. Il faudrait que je sache où sont morts vos animaux, du moins où ils se sont décomposés.

— Dans les égouts, répondit Faustine.

— À l'ombre et dans l'humidité ?

La singularité du lieu ne semblait pas l'interpeller.

— Oui.

— Dans quelle région exactement ?

Faustine hésitait à répondre. Guy le fit pour elle :

— Sous la tour Eiffel.

— Je vais contacter le BCM pour avoir un relevé des températures à cet endroit de Paris au cours des douze derniers mois

— Le BCM ? fit Guy.

— Le Bureau central météorologique. Ils archivent tout depuis vingt ans maintenant ! Une mine d'or pour les gens comme moi. Ensuite, je n'aurai qu'à comparer les différentes pupes et espèces que vous m'avez trouvées, car il faut savoir qu'à chaque étape de décomposition diverses espèces se succèdent. Vous n'auriez pas d'autres échantillons par hasard ?

— Nous devrions pouvoir vous obtenir cela.

— Ce serait plus simple si je pouvais me rendre sur place, en fait.

— Je crains que ce ne soit pas possible, s'empressa de répondre Guy.

— Tant pis. Il me faut un maximum d'échantillons alors, de tout ce que vous trouverez, car chaque espèce est importante.

— Je vais vous faire porter... un seau entier.

— Parfait ! Les relevés de la température de chaque jour vont me fournir une idée du nombre de calories absorbées quotidiennement par nos petites amies, modérées par la fraîcheur et l'ombrage du lieu. Vous auriez la température moyenne de cet endroit ?

Faustine et Guy se regardèrent, ennuyés par cette question.

— Je dirais entre douze et vingt degrés, pas plus, estima l'écrivain.

— Bien. Il faut savoir que la température du sous-sol parisien est à peu près stable.

— Combien de temps ça va vous prendre tout cela ? demanda Faustine.

— Si je ne fais pas un élevage comparatif ? Quelques heures tout au plus.

— Et... votre tarif pour cette prestation ?

Le professeur balaya l'idée d'un revers de main.

— Je le fais pour vous rendre service. C'est un peu comme un jeu ! Ça va me sortir de ma classification fastidieuse d'aujourd'hui. Où puis-je vous faire parvenir les résultats ?

31

Le limonadier tenait son chariot à l'ombre du cèdre du Liban, dans le jardin des Plantes.

Guy offrit une limonade à Faustine et ils marchèrent parmi les buissons du Petit Labyrinthe, au milieu d'autres promeneurs.

Un peu plus bas, dans l'allée principale, des nourrices regardaient jouer les enfants, assises sur des chaises qu'elles devaient payer aux loueuses. Un ramasseur de crottes suivait à bonne distance un monsieur et ses deux chiens, prêt à remplir sa besace de cette offrande qu'il s'empresserait de revendre le soir même aux mégissiers des Gobelins pour que les bains ainsi préparés puissent blanchir et assouplir les peaux. Depuis cette découverte, les rues de la capitale n'avaient jamais été aussi propres, malgré la passion des Parisiens pour les canidés.

Un camelot déambulait en portant une lourde mallette pleine de broches rafistolées, de lacets, d'images pour enfants et de chapelure qu'il tentait de revendre aux dames pour leur cuisine du midi…

Guy avait toujours été fasciné par cet incroyable manège des rues. Il lui semblait que l'homme était chaque jour capable d'inventer une nouvelle profession pour subsister. Quand bien même ils seraient un jour deux milliards sur la planète, ils trouveraient d'autres choses à créer, de nouveaux métiers pour survivre. N'était-ce pas ce qui s'était passé durant ce siècle fou où l'industrialisation était apparue ? Pour tous ces ingénieurs créatifs, ces scientifiques géniaux, ces bourgeois investisseurs, combien de tondeurs de chiens, de cardeurs de matelas, de mégotiers, de rempailleurs de chaises avaient surgi du néant ? C'était cela aussi le progrès : permettre à chacun de se trouver une place, à tous de coexister. De parvenir à un équilibre.

Mais à contempler les jupes tachées des loueuses et les pantalons troués du camelot, Guy se remémora leur vie. Lorsque, adolescent, il avait traîné avec ces zoniers, ces gagne-misère, il avait connu la dureté de leur quotidien. Où était l'équilibre ?

Quelle injustice que le hasard d'une naissance dans un quartier plutôt que dans un autre ! Parfois, il se demandait comment le système fonctionnait encore, comment il n'y avait pas eu une nouvelle révolution.

L'instabilité politique témoignait de ce malaise.

L'aristocratie et sa nostalgie royaliste, la bourgeoisie et sa fierté républicaine, le prolétariat et ses idéaux anarchistes, et une poignée de nationalistes acharnés un peu partout. Grossièrement, voilà ce qu'était devenue la société, au tournant de ce nouveau siècle. Une pyramide d'idéalistes opposés avant tout par ce qu'ils avaient ou n'avaient pas.

Une société matérialiste en somme, sous l'autorité du roi Travail et de la reine Pognon.

— Vous avez l'air triste, fit remarquer Faustine.
— Je le suis, un peu.

— Pourquoi ? Vous repensez à Bomengo, n'est-ce pas ? J'essaye d'oublier ces images horribles. Je ne cesse de me dire qu'à présent il a retrouvé sa femme.

— À vrai dire, je n'y pensais plus.

— Oh, pardon.

— C'est l'injustice du monde qui m'attriste. La misère des uns et le bonheur insolent des autres.

— Ils profitent de ce qu'ils ont, croyez bien que le miséreux se conduirait à l'identique s'il était à la place du riche ! Ne seriez-vous pas en train de vous prendre d'affection pour les idées communistes de Marx ?

Guy s'arrêta.

— Hubris fait la même chose avec ses victimes, dit-il. L'injustice d'être bien né, et l'injustice d'être tué sans raison.

— Qu'en savez-vous ? Il y a sûrement un dessein derrière tout cela, même lui ne peut tuer autant et ainsi sans une raison.

— Et s'il n'en avait aucune ? Tuer pour tuer, juste pour le plaisir d'être l'émissaire de la Fortune !

— Ce serait insensé. Personne ne fait ça, sauf les fous peut-être, mais vous l'avez dit vous-même : il ne l'est pas !

— Non, c'est vrai, et sa lettre, bien que d'une arrogance presque puérile, en témoigne. Il n'est pas fou.

Guy fronça les sourcils, soudain pénétré par de violents recoupements sous le ciel de son crâne.

— Je ne sais jamais si je dois rire ou vous craindre quand vous faites cette tête-là, confia alors Faustine.

— Les petits métiers…, murmura-t-il en examinant l'allée principale et sa foule de promeneurs. Oui, c'est ça ! Comment n'y ai-je pas pensé de suite ! C'est tellement évident ! Hubris a un autre charnier quelque part !

— Pardon ?

— Lorsqu'il écrit « elles tombe elles tombe les largues, et leurs bonshommes, ceux de l'égout bien égoutés, comme le sauveur d'âme et l'ange gardien ! » il parle d'autres victimes. Ce sont des métiers, pas des métaphores ! Le sauveur d'âmes, chez les chiffonniers, c'est celui qui récupère l'âme des souliers usés pour les laver avant de les remettre dans de nouvelles chaussures ! Et l'ange gardien, on en trouve dans toutes les tavernes bon marché, ces hommes qui raccompagnent les clients éméchés jusque chez eux, pour les porter ou les protéger d'une agression ! Hubris a tué d'autres personnes que celles que nous avons trouvées. Au moins deux, nous dit-il.

— Pourquoi nous le dire, alors ? C'est idiot, puisque nous l'ignorions !

— Pour se vanter. Encore une fois, pour nous montrer que c'est lui qui dirige, il décide de ce que nous pouvons savoir. C'est un besoin maladif chez lui. Et il le fait avec ludisme, il s'amuse. Il nous met au défi de le concurrencer, du moins intellectuellement. Je crois même qu'il aime ça. En fait, nous ne l'avons peut-être pas autant mis en colère que je le croyais. À présent, il sait qu'il existe à travers nos yeux.

— Alors, cette lettre n'est pas une menace.

— J'ai bien peur que si, au contraire. Il pourrait bien s'en prendre à l'un d'entre nous, pour nous prouver à quel point il est puissant. À partir de maintenant, nous ne nous déplacerons plus seuls.

— Et d'ailleurs où est Perotti ? Ne vient-il pas tous les matins faire le point avec vous ?

— Si. Je n'ai pas eu de ses nouvelles aujourd'hui.

Guy se mordilla la lèvre nerveusement.

— Ne faites pas ça, vous allez vous abîmer la bouche.

— Je crois qu'il faut s'attendre à d'autres lettres. Il va vouloir jouer avec nous. Nous provoquer. Et, en attendant, nous pourrions essayer de retrouver ces deux meurtres, je vais demander à Martial qu'il se renseigne, on ne sait jamais. Venez, je préfère rentrer l'attendre à la maison.

— À la maison ?

— Oui, qu'est-ce qu'il y a ?

— C'est la façon dont vous l'avez dit qui était amusante. Comme si nous étions des époux.

Guy offrit son bras à Faustine.

— Alors faites au moins semblant, lui demanda-t-il avec un sourire crispé.

Perotti n'était pas passé de la matinée au *Boudoir de soi*.

Guy commençait à s'impatienter.

Jusqu'à présent, il n'avait jamais réalisé qu'il ne connaissait pas l'adresse du jeune inspecteur, ni celle de son poste de police. Il n'avait aucun moyen de le joindre. Il ne cessait de se répéter qu'il allait bien, qu'il était retenu par une affaire criminelle mais, pourtant, la boule dans son estomac ne le quittait pas.

Lorsqu'on sonna à la porte, en fin d'après-midi, et que Jeanne annonça de la visite pour lui, Guy sauta de sa chaise où il tentait de lire pour se rendre compte, avec une profonde déception, que ce n'était pas Perotti mais le professeur Mégnin.

— J'ai vos résultats ! s'exclama le scientifique en agitant une feuille de papier. Enfin, j'ai fait ce que j'ai pu avec ce que j'avais ! Vos animaux sont morts, il y a une vingtaine de jours pour les plus récents, et je pense qu'on peut remonter à l'automne dernier pour les plus anciens.

— Si loin ? s'étonna Guy.

— Et début avril, c'était il y a peu, ajouta Faustine, incrédule.

— J'ai trouvé de nombreuses escouades d'insectes, beaucoup de diptères, mais assez peu de cloportes. De très vieilles pupes, en partie décomposées, ainsi que des insectes morts, à mon avis ils datent d'avant l'hiver. Cependant, ils n'étaient pas non plus très nombreux, aussi je pense que c'était à une période déjà froide, à l'automne donc. D'après le BCM, la température est passée sous les cinq degrés à partir d'octobre dernier.

— Rien de plus vieux ? insista Guy.

— Non, pas pour moi. En revanche, vos animaux sont morts les uns après les autres, pas tous en même temps. Les escouades étaient presque toutes représentées à des stades très différents. Dites, des animaux dans les égouts sous la tour Eiffel, vous faites une étude des rats ?

— C'est à peu près cela, oui.

— J'en étais sûr ! triompha Mégnin. Sur les parasites ?

— Notamment, mentit Guy.

— Vous savez que les mouches véhiculent en moyenne une centaine d'agents pathogènes ! Choléra, salmonelle, dysenterie, tuberculose ou typhoïde sont souvent les compagnons de voyage de ces diptères ! Entre autres !

— C'est formidable, en effet, fit Guy en le raccompagnant vers le hall.

Dès qu'il revint, Faustine le gratifia d'un sourire complice :

— Quel curieux bonhomme.

Mais Guy n'était pas à la détente.

— À l'automne. Hubris a commencé à l'automne. C'est ancien. Pour qu'il accède à cet endroit isolé, en plein pendant les travaux de l'Exposition, c'est qu'il devait avoir une accréditation spéciale.

— Peut-être entrait-il beaucoup plus loin, par le réseau des canalisations ?

— J'en doute fortement ! Pourquoi s'imposer une longue marche avec ses victimes ? Les endroits comme celui qu'il a choisi pour son charnier ne manquent pas ! Il s'est installé là parce que c'était le plus pratique pour lui. Donc, il n'était pas loin. Je me demande à quoi correspond le mois d'octobre pour les travaux de l'Exposition.

— J'ai fait la connaissance d'un exposant justement, je pourrais le lui demander, il doit être au courant.

— Un client ? demanda Guy, méfiant.

— Non. Un ingénieur anglais. Marcus Leicester.

— Ah, lui. Je me souviens l'avoir aperçu chez Steirn. Pourquoi pas ? Et si nous commencions par nous rendre à l'Exposition ? Me permettez-vous de vous y inviter pour la soirée ?

Il sembla à Guy que les grands iris bleus de Faustine se mirent à pétiller.

— Avec plaisir, dit-elle tout sourires.

Elle monta se préparer et redescendit parée de sa plus belle robe – soie blanche, brodée de perles et de volants de dentelle – et coiffée d'un large chapeau fleuri.

Faustine terminait d'enfiler ses longs gants lorsqu'elle passa devant le regard courroucé de Julie.

La jeune femme grimpa dans le fiacre que Guy avait hélé et ils filèrent en direction de la place de la Concorde, se mêlant au trafic dense du soir.

Sans remarquer un instant qu'une autre voiture se mettait en branle à leur suite.

32

L'homme avait franchi un nouveau cap de son évolution.

Il ne faisait plus aucun doute désormais qu'il était non seulement la quintessence de la vie intelligente sur terre, mais aussi en passe de bientôt maîtriser tous les secrets du monde.

Il n'y avait qu'à se rendre place de la Concorde le soir pour s'en assurer.

La porte monumentale de l'Exposition universelle illuminait Paris, de la Madeleine au Louvre en passant par les Invalides.

Elle consistait en une série d'arcs ouvrant sur un énorme dôme culminant à près de quarante mètres, encadrés par deux magnifiques pylônes encore plus hauts, ressemblant à des obélisques modernes au sommet desquels brillaient deux globes intenses.

L'ensemble se voyait recouvert de cabochons lumineux, des centaines d'ampoules blanches, vertes, bleues et or qui projetaient dans le ciel noir leur halo généreux. L'éclairage était tel qu'il altérait les couleurs des drapeaux sur les mâts entourant la porte. Il semblait, à la nuit tombée, que les nations invitées venaient d'ailleurs, de pays inconnus.

Au-delà de la porte monumentale, le Petit et le Grand Palais surgissaient au-dessus des rangées d'arbres, étincelant de l'intérieur comme d'immenses vers luisants à l'abdomen de verre, d'acier et de pierre.

De l'autre côté de la Seine, c'était au tour des bâtiments sur l'esplanade des Invalides, rayonnant de mille feux, puis des pavillons étrangers, embellis par des projecteurs savamment disposés et, pour finir, face au Trocadéro tout en jeu d'ombres et de lumières, sous une tour Eiffel embrasée : le palais de l'Électricité, invisible par la distance, mais dont la désormais célèbre clarté nocturne faisait jaser toute l'Europe. La lumière y semblait pulsée, presque aveuglante, le palais de la Fée lumineuse irradiait vers le cosmos comme le phare de l'humanité à l'adresse des dieux.

Une Babel de lumière.

Faustine en restait bouche bée, à l'instar d'une enfant dépassée par le spectacle. Elle tendit la main vers la silhouette lointaine de la grande roue sur laquelle dansaient des lanternes, puis vers la centaine de navires de toutes tailles, de la simple barque à la péniche de transport, tous décorés à la mode de l'Exposition : des guirlandes d'ampoules bleues, vertes et or suspendues entre deux mâts.

Guy comprenait enfin ce nouveau surnom qui était donné à Paris : la Ville lumière.

Peu importait que tout cela disparaisse après seulement sept mois, il s'en dégageait une telle magnificence que les mémoires resteraient marquées à jamais. Bien des choses engendrées par l'Exposition perdureraient, des inventions, des surnoms, mais aussi des histoires.

Guy espérait seulement que celle d'Hubris prendrait fin rapidement, avant de gâter cette formidable débauche de réussites.

Sa canne sous le bras, il acheta deux billets, et ils pénétrèrent dans l'enceinte même des festivités. Le parfum des cidres, des vins aromatisés à la cannelle et des fruits caramélisés vendus à chaque coin de rue les enveloppa aussitôt.

Ne sachant par quoi commencer, paralysés par ce choix excessif d'attractions, de palais à visiter, ils marchèrent sans but pendant près d'une heure, contournant une immense serre, longeant les pavillons étrangers à l'architecture typique de chaque culture, admirant sur la rive opposée la longue reproduction du Paris du Moyen Âge, se promettant de revenir rien que pour s'y perdre.

— C'est maintenant acquis, dit Guy, la fée Électricité a détrôné le roi Gaz. Notre avenir passe par elle. Et si nous nous décidions enfin à entrer quelque part ? Tenez, le... *Maréorama* ! Qu'en pensez-vous ?

Faustine lut à voix haute l'affiche représentant un steamer filant devant Venise et Constantinople :

— « Un voyage inoubliable depuis Marseille à travers toute la Méditerranée. » Pourquoi pas ?

Ils se joignirent aux badauds qui se bousculaient, impatients, pour entrer dans ce grand bâtiment sans fenêtres, grimper un interminable escalier et, enfin, découvrir une immense salle occupée par le pont supérieur d'un steamer.

C'était parfaitement bluffant pour les visiteurs, chaque détail du navire était reproduit, du plancher lustré à la mâture en passant par tous les agrès nécessaires. Le bateau était prêt à prendre le large. Guy et Faustine firent le tour d'une des cheminées puis s'aperçurent qu'il était possible de s'asseoir à l'intérieur où les dames se dépêchaient d'aller se choisir un hublot pour profiter du spectacle en gloussant.

— Je préfère rester au-dehors, fit savoir Faustine.

L'immense hangar était entièrement décoré par une toile peinte représentant à bâbord – du côté de la passerelle d'embarquement – le port de Marseille, et ses calanques. À tribord, la mer s'étirait à l'infini.

— Regardez ! s'exclama Faustine en se penchant par-dessus la rambarde. Il y a même de l'eau tout autour de la coque !

Un habile jeu de lumière éclairait le steamer par la poupe, pour simuler un soleil levant.

Soudain, les cheminées se mirent à gronder et un épais nuage de vapeur blanche en sortit, suivi d'un coup de sirène qui fit sursauter la plupart des visiteurs. Des hommes d'équipage jaillirent par une petite porte, suivis du capitaine, et lancèrent la manœuvre d'appareillage. L'eau tout autour du paquebot s'agita et devint bouillonnante tandis que l'ancre remontait sous les ordres du capitaine.

Faustine avait joint les mains sous son menton et ne parvenait pas à se départir d'un sourire enfantin.

— C'est extraordinaire ! commenta-t-elle.

Brusquement, tout le pont fut secoué d'un mouvement de tangage, et les toiles, hautes de quinze mètres, se mirent à défiler depuis l'avant jusqu'à l'arrière du navire. Marseille s'éloignait, avec la terre, ne laissant plus place qu'à la mer, de part et d'autre. Un souffle puissant tomba du plafond par la proue, imprégné d'embruns marins.

— C'est incroyable ! continua Faustine, subjuguée.

Ses cheveux ondoyaient sous son chapeau, sa robe dansait avec le vent.

La musique d'un modeste orchestre débuta ses premiers accords, une sérénade agréable jouée par des musiciens invisibles.

L'éclairage évoluait en même temps, l'intensité passait au-dessus du bateau comme l'arc d'un soleil artificiel.

À mesure que les ampoules s'éteignaient, plongeant le pont dans une semi-pénombre, les toiles de chaque côté devenaient plus sombres aussi, dessinant des étoiles. Puis au tangage vint s'ajouter le roulis.

Le vent s'intensifia en même temps que le clapotis de l'eau en contrebas et un flash traversa le hangar aussi vivement que si l'un des projecteurs venait d'exploser, aussitôt accompagné par un coup de tonnerre qui résonna plusieurs secondes. La musique s'était mise au diapason : cordes stridentes et cuivres menaçants.

Plusieurs personnes crièrent de surprise.

Les passagers qui ne s'étaient pas réfugiés à l'intérieur durent se cramponner pour éviter de vaciller, et ils reçurent un fin crachin sur les épaules forçant les dames à s'abriter derrière leur compagnon.

Faustine se serra contre Guy.

Puis les étoiles sur les gigantesques peintures s'estompèrent pour laisser la place à un ciel bleu pendant que les projecteurs reprenaient vie.

Alger défila alors par bâbord, ville blanche aux ombres violettes, avant que la mer ne reprenne la place.

Les projecteurs changèrent la luminosité, des tons moins jaunes et plus orange apparurent, mâtinés de brun, et de rouge. La musique devint subitement plus joyeuse, vive, accompagnée d'un tambour martelant une cadence infernale. Puis la terre revint, par tribord cette fois, et Naples se profila sur la toile. Un décor d'ocre et de terre de Sienne brûlée avec ses *pifferari* dansant la tarentelle.

— L'Italie ! dit-elle en courant vers la rambarde. J'ai toujours rêvé d'y aller !

Ce bonheur enfantin enchantait Guy. Il ne se lassait pas de la contempler, son minois pétillant lui réchauffait le cœur en cette période de doute.

Il aimait sa grâce, la malice dans son regard, le contraste de sa peau blanche sous ses cheveux noirs...

Guy se demanda soudain si, au-delà de l'attirance physique qu'il avait toujours éprouvée pour elle, comme pour d'autres filles du *Boudoir*, il n'y avait pas un sentiment bien plus fort.

Plus puissant que le désir sexuel.

Une énergie capable de transcender une personne.

Il avala sa salive, mal à l'aise.

Non, je ne suis pas amoureux. Cela n'a rien à voir ! Je suis touché par ce qu'elle est, par son parcours... par la ressemblance de nos trajectoires ! Ce n'est rien d'autre que ça...

Les mots sonnaient sans conviction.

Je l'apprécie. Je l'aime bien...

Et puis quelles étaient ses chances avec elle ? Combien d'hommes s'étaient brisé le nez sur sa porte ? Combien d'orgueils crevés comme des ballons de baudruche sur un simple « non » ?

Guy ne voulait pas de cette humiliation, il n'en avait pas besoin, se reconstruire après sa fuite était déjà bien assez délicat, il manquait de confiance en lui, il ne pouvait prendre le risque de...

De quoi ? se demanda-t-il. *De lui faire des avances ?*

Il était en train d'avouer. Il ne pouvait laisser passer cette seconde de lucidité.

Alors oui, je la désire. Non, c'est plus que ça : je ressens des picotements dans les jambes et dans le ventre quand elle est avec moi, je n'ose pas me comporter naturellement, de peur de lui déplaire... Et je ne veux pas tout perdre en la faisant fuir.

D'ailleurs il lui semblait que Faustine l'appréciait aussi, son attitude avait changé en quelques jours. Elle ne l'ignorait plus, au contraire, elle le guettait, elle épiait même ses réactions lorsqu'elle prenait la parole.

Se pouvait-il qu'il y ait une réciprocité dans le désir ?

Il contint un soupir.

Quand bien même elle aurait partagé ses sentiments, quel avenir avaient-ils ensemble ? Ils se ressemblaient trop ! Deux écorchés vifs, deux fuyards qui éprouvaient toutes les difficultés du monde à s'observer dans le miroir, à supporter ce qu'ils étaient. Faustine était comme lui, elle ne regrettait pas sa fugue, mais elle s'en faisait payer le prix chaque fois qu'elle faisait entrer un client dans sa chambre...

Et moi, quel est mon rituel de coupable ?

Il le savait déjà. Cette volonté d'entrer au plus profond de ses cauchemars, de descendre dans ses abysses personnels, d'explorer ce qu'il avait de pire en lui. Chaque homme, au fil de sa vie, enfouissait jour après jour la part d'ombre du monde à laquelle il se heurtait, qu'elle lui soit propre ou extérieure, il l'enfonçait tout au fond. C'était le terreau des peurs, la matrice des monstres de chacun. Et certains hommes en enterraient tant et tant que le monticule devenait colossal, un monde souterrain où trempaient les racines de la personnalité, un réservoir mouvant, envahissant, une créature étouffante : un Léviathan d'ombres.

Guy n'avait pas su domestiquer cette bête, il l'avait laissée croître au fil des années et, plutôt que de l'asservir, pour la noyer, loin, très loin au fond de lui, il l'avait même nourrie. En s'enfermant dans cette vie qu'il détestait, en se condamnant à ne pas dire sa souffrance, à encaisser, à écrire ce qu'il n'était pas. Il avait contribué à renforcer la chose nébuleuse en lui. Qu'était-elle exactement ?

Un golem de violences.

De la frustration, de la colère, de la haine même, mais aussi une bonne dose de perversion, de cruauté, de cynisme. Une neutralité malveillante qui n'avait pour objectif que de servir sa survie. Une construction déséquilibrée.

Comme celle d'Hubris.

D'où lui venaient toutes ces ténèbres ?

De sa trop grande sensibilité, qui l'avait confronté trop tôt à la noirceur du monde. Celle-ci s'était engouffrée en lui aussi facilement qu'une aiguille traverse la peau d'un enfant. Il n'était pas assez fort pour résister. Elle l'avait malmené. Ses angoisses étaient apparues très tôt.

N'y avait-il pas autre chose ?

Son déséquilibre ne reposait-il pas sur un trouble affectif ? Ses parents distants, peu démonstratifs, ne l'avaient-ils pas, à leur manière, façonné pour être le réceptacle parfait des angoisses du monde ?

C'était là son rituel pour se faire payer le prix d'avoir abandonné les siens. Devoir descendre affronter son Léviathan d'ombres, son golem de violences.

Son obsession d'écrire un roman policier n'en était que la démonstration concrète. Et, pour appréhender au plus juste le basculement du crime, il devait se transformer en explorateur pour ses lecteurs. C'était à lui d'aller chercher les matériaux nécessaires pour qu'ils adhèrent au voyage, pour qu'ils ressentent la véracité de ses mots.

À lui de déterrer toute la fange, de passer de l'autre côté de la société, dans les Ténèbres. Il s'en servirait pour connaître ce qu'on appelait le Mal.

Car c'était exactement cela, le Mal, cette énergie noire au plus profond de chacun. Il devait s'y frotter, jusqu'à la dépouiller de tout mystère, pour ensuite en habiller son récit. Ses lecteurs ne lui en seraient que plus redevables, car ils assisteraient à cette excursion nébuleuse depuis le confort de celui qui tourne les pages.

Dans cette croisière virtuelle, le lecteur aurait l'impression d'avoir fait le voyage, sans prendre réellement les risques nécessaires.

Et Guy avait choisi d'être le guide.

Il savait maintenant pourquoi.

Faustine revint vers lui.

— Vous pleurez ? s'inquiéta-t-elle.

Guy sécha la larme d'un geste brusque.

— Non, c'est le vent, le sel qu'ils mettent dans l'eau vaporisée, cela me pique.

Il n'avait même pas remarqué qu'ils étaient arrivés devant Constantinople et ses dômes rutilants, ses minarets encadrant le Bosphore, un groupe d'almées dansant sur un air oriental.

Les lumières orange blanchirent et la musique cessa tandis que l'équipage remettait la passerelle en place pour le débarquement.

Pendant qu'ils retournaient sur la terre ferme, un kilomètre de toile se déroulait en sens inverse sur toute la hauteur du hangar, pour la prochaine traversée. Avant la sortie, Guy remarqua le pivot sphérique et les quatre pistons qui manœuvraient le steamer pour recréer les sensations de roulis et de tangage.

D'ainsi contempler l'envers du décor le rassura. Il aimait comprendre le fonctionnement des choses. C'était un peu comme avec lui, se dit-il avec une pointe d'ironie.

Rappelé à leur montre par les cris insistants de son estomac, Guy invita Faustine au restaurant *Kammerzell*, tout proche. Une exacte reproduction de son original strasbourgeois.

Guy terminait sa coupe de champagne lorsqu'il dit :
— Pour qu'Hubris nous écrive et me connaisse, c'est donc que je l'ai déjà rencontré. Il sait que nous sommes sur sa piste. Qui est au courant ?
— Tous ceux que vous avez été interroger. Le roi des Pouilleux pour commencer.
— Et donc toute la rue Monjol.
— Les Séraphins du Cénacle, ajouta Faustine.
— Les bouchers des Halles. Le docteur Ephraïm, le professeur Mégnin d'une certaine manière… Le prêtre à la fumerie.
— Le prêtre ? Vous en faites un suspect ?
— Ils le sont tous. Tous ceux que nous avons croisés de près ou de loin.
— De là à y inclure un homme d'Église, et les deux scientifiques que *nous* sommes allés voir !
— Ephraïm ferait un bon suspect ! Il sait découper, n'a pas peur du sang, sa vie à côtoyer des cadavres peut l'avoir perturbé, à moins qu'on ne prenne le problème dans l'autre sens : il faut être perturbé pour choisir ce métier ! Il avait accès à toutes les informa-

tions pour se mettre en sécurité : il sait comment travaille la police. Bref, c'est un suspect idéal !

— Pourquoi pas Pernetty et Legranitier tant que nous y sommes ?

— Pourquoi pas, en effet. Il y a aussi les Congolais et même Perotti !

— Perotti ?

— C'est lui qui est venu à nous, ne l'oubliez pas !

— Vous êtes sérieux ?

Faustine semblait atterrée.

Guy haussa les épaules.

— Cela commence à faire du monde, dit-il. Mais ça nous prouve que nous avançons. Hubris se sent traqué, c'est donc que nous ne sommes pas loin.

— Et que comptez-vous faire ?

— Tout d'abord, étudier en détail ce qu'il nous a offert : son écriture. Passionné d'écriture que je suis, j'ai longuement étudié ce qu'on appelle la graphologie.

— L'étude de la personnalité par l'écriture ?

— Oui, c'est ça. J'ai besoin d'être au calme, concentré, je ferai cela cette nuit.

Constatant qu'il ne piochait que très peu dans son assiette de fois gras à la gelée de gewurztraminer, Faustine l'interpella :

— Qu'avez-vous aujourd'hui ? Je vous sens abattu.

Guy laissa passer plusieurs secondes avant de répondre :

— Je m'inquiète pour Perotti.

— Il passe de suspect à victime maintenant ?

— Il n'est pas au courant qu'Hubris nous a repérés. Je me fais du souci pour sa sécurité, c'est légitime.

— Il ne peut être avec nous tout le temps, ce garçon a une vie aussi !

— Permettez-moi d'en douter. Le temps a éparpillé ce qu'il restait de sa famille, il a tout sacrifié à son métier et, à voir le plaisir qu'il prend à me rendre visite, je pense qu'il n'a que très peu d'amis, sinon aucun.

— Avait-il décidé de venir aujourd'hui ?

— Non, mais depuis trois jours c'était devenu une habitude.

— Allons, Guy ! Voilà que vous êtes séparé de votre compagnon pendant une journée et vous déprimez ! Je me demande lequel des deux est le plus seul !

— Oh, j'avoue aisément ma solitude, je l'ai bien cherchée ! Vous allez rire si je vous dis que Gikaibo est mon unique confident !

— Mais il ne parle pas trois mots de français !

— Justement ! C'est là tout le bonheur ! Je peux tout dire sans craindre d'être jugé !

— Quand je pense à ce gros personnage, lui aussi doit se sentir bien seul... Décidément, vous les attirez !

Guy eut un sourire fatigué.

— N'est-ce pas l'établissement qui le veut ? Je n'ai pas échoué dans une maison close par hasard, vous ne croyez pas ?

Faustine lui rendit son sourire et lui prit la main qu'elle caressa affectueusement.

— Je suis heureuse de vous avoir rencontré.

— Vous en avez mis du temps à me voir !

— Vous me faisiez peur, vous me ressembliez...

— D'habitude, les gens sont attirés par ce qui leur ressemble.

— Et parfois ça les repousse. Et puis je me méfiais.

— De moi ?

— De moi. Vous aviez l'air de quelqu'un de bien, j'ai eu peur de trop vite céder à votre amitié, de me faire manipuler, et que cela finisse dans la déception.

— Je ne séduis pas les filles avec des mensonges, et je ne promets jamais mon amitié pour coucher, sachez-le. C'est pour ça que j'aime les lupanars ! Payer clarifie la situation des deux côtés.

— Payer vous donne bonne conscience.

Le ton monta aussitôt :

— Contre quoi ? Avoir quitté ma famille ? Si vous vous imaginez que je dois m'offrir une bonne conscience chaque fois que je veux prendre du plaisir avec une femme, vous vous trompez sur moi !

— Seriez-vous capable d'aimer à nouveau une femme ?

La colère de Guy s'effondra tout d'un coup.

Pourquoi lui demandait-elle cela ?

La main de Faustine serra la sienne.

— Si je me permets cette question, c'est parce que je ne voudrais pas que vous soyez l'esclave de votre culpabilité. Vous avez tout plaqué car vous étiez un fantôme, ne le redevenez pas pour d'autres raisons.

— Et vous Faustine ?

La jeune femme le pénétra de son regard d'azur.

— Je ne suis pas un fantôme, répliqua-t-elle un peu sèchement. J'ai fait le choix de devenir ce que je suis, ne vous en déplaise.

Guy voulut l'arrêter pour la calmer, lui dire que sa question concernait sa capacité à aimer à nouveau, mais il n'osa pas. Elle avait cet incroyable don de lui faire perdre ses moyens.

Elle lui lâcha la main.

— Je n'ai plus faim, dit-elle. Pouvons-nous rentrer ?

— Bien sûr.

Ils retrouvèrent la fraîcheur du soir, réchauffée par le fumet des saucisses grillées d'un restaurant allemand et Guy l'entraîna vers le viaduc qui surplombait tout un flanc de l'Exposition à plus de sept mètres de haut.

La plateforme roulante créait un attroupement et ils furent obligés de faire la queue pour enfin y accéder.

Ils grimpèrent un escalier pour profiter du panorama et découvrirent les tapis mobiles. Trois trottoirs parallèles, le premier immobile, le second circulant à une vitesse de quatre kilomètres à l'heure et le dernier au double. Les promeneurs marchaient sur le premier jusqu'à se sentir prêts à passer sur le plancher suivant et ils procédaient de même pour atteindre le plus rapide, par paliers. L'hésitation était palpable sur les visages, l'appréhension, en même temps que l'amusement, s'entendait dans leurs remarques.

Guy et Faustine s'élancèrent et portèrent un pied sur la plateforme roulante. En un rien de temps, ils furent entraînés à bonne vitesse tout autour des plus grands bâtiments de l'Exposition, jouissant d'une vue imprenable sur cette ville de lumière dans la ville.

La plupart des passagers se tenaient sans bouger, mais certains préféraient marcher pour gagner encore plus de vitesse. Il y avait ceux qui descendaient d'un tapis à l'autre, et ceux qui montaient.

Les rires et les moqueries.

Les gestes de salut qu'on adressait aux gens en contrebas ou aux habitants postés aux balcons de l'avenue La Bourdonnais, pas encore blasés de cette cohorte de voyeurs qui allait défiler devant chez eux pendant sept mois.

Sur plus de trois kilomètres, ces serpentins charriaient docilement une foule aux anges.

Un tel mouvement collectif et continu qu'il fut impossible à Guy de voir approcher le couteau dans leur dos.

Pourtant la lame se leva lentement.

L'agresseur prit le temps de préparer son attaque.

Pour tuer.

33

La sueur dans les yeux le piquait.

Il avait le souffle court, les jambes cotonneuses, les mains si moites qu'il craignait que le manche du couteau ne glisse.

Il remontait la file de passagers sans perdre de vue l'homme au chapeau melon et la femme au grand chapeau.

Il y avait beaucoup de monde.

Cela ne lui plaisait pas.

Ça le paniquait même !

Jamais il n'avait eu cette impression de si peu contrôler son corps.

Il était presque parvenu à leur niveau.

Il brandit le couteau sous sa cape.

Viser les reins, les transpercer, l'un après l'autre. Puis remonter. Deux coups rapides par-derrière.

Il écarta une adolescente qui le gênait, puis un couple qui ne cessait de bouger pour commenter le paysage.

Trop de monde.

Trop de mouvements.

Cela le couvrirait, mais c'était aussi très perturbant.

Il se passerait plusieurs secondes avant qu'on comprenne ce qui s'était passé, de quoi lui permettre de filer par le prochain escalier. Se mélanger à la foule plus bas, et se jeter dans une voiture du chemin de fer électrique, sous le viaduc, pour fuir l'Exposition au plus vite.

Il approchait de sa porte de sortie. Il fallait presser le pas pour être prêt à frapper au bon moment.

En un instant, il se tint juste derrière Guy et Faustine, paré à déclencher son assaut. Il attendit d'être presque au niveau de l'escalier de la descente et il arma son geste.

Un geste si rapide qu'il réalisa à peine qu'il avait perforé la peau et fendu les chairs à travers le vêtement.

Tout avait été si vite.

L'homme s'était cambré.

Mais ce n'était pas le bon.

Un jeune garçon s'était élancé juste devant lui au moment où le coup était parti.

C'était lui qui avait pris.

Trop de monde ! Trop de mouvements !

Dans la panique, l'homme hésita.

Il ne pouvait en rester là. Il lâcha les épaules du garçon.

Il fallait qu'il finisse le travail, sur sa véritable cible cette fois.

Guy s'escrimait à alimenter la conversation en banalités, ils parlaient essentiellement de ce qu'il admirait au fil de la promenade. La sortie approchait et il voulait s'assurer que Faustine ne lui en voulait pas pour la discussion au restaurant.

Il entendit un gémissement plaintif derrière lui et se tourna pour s'assurer qu'il n'y avait pas de problème.

Le visage congestionné et effrayé de l'adolescent le mit aussitôt sur ses gardes.

Puis il vit la grande silhouette encapuchonnée juste derrière.

Une silhouette inhabituelle dans ce paysage de joie et de couleurs.

L'éclat des ampoules sur un objet métallique attira son regard.

Une lame maculée de sang.

Elle fendit l'air dans la direction de son ventre, pour l'éventrer.

Instinctivement, Guy donna un violent coup de canne sur le poignet tenant l'arme.

Son expérience de la savate lui servait à nouveau.

À peine le coup dévié, son autre main frappait en direction de la capuche noire.

Le choc fit reculer l'assaillant, son menton et sa bouche apparurent, crispés par la surprise et la douleur.

Mais l'homme était costaud, il se reprit immédiatement pour jeter une femme de toutes ses forces contre Guy, qui trébucha sous le poids de la dame et ils tombèrent à la renverse.

Plusieurs personnes se mirent à crier.

Le temps que Guy se relève, la silhouette encapuchonnée avait disparu.

— Où est-il ? s'écria Guy. Dans quelle direction est-il parti ?

Mais les voyageurs les plus proches s'affairaient à relever la dame et à entourer l'adolescent. Un homme à son chevet hurlait en pleurant.

Faustine était agenouillée près du garçon et avait déjà déchiré le bas de sa robe pour faire un pansement. Le trottoir était couvert de sang.

La rumeur de l'agression se propageait alentour.

Guy fouillait la foule de têtes pour tenter d'apercevoir son agresseur, en vain.

Il regarda sa chemise, intacte.

Ce n'était pas passé loin.

À ses pieds, gisait le couteau.

L'adolescent, livide, le fixait de ses grands yeux verts, comme s'il était le coupable de sa géhenne.

— Il va vivre, s'écria Faustine en rentrant dans la bibliothèque du *Boudoir*. Le docteur l'a confirmé, la blessure n'était pas mortelle.

Gikaibo, qui l'avait accompagnée, salua Guy avant d'aller s'enfermer dans sa pièce préférée : la cuisine.

— Va-t-il garder des séquelles ?

— Il n'a pas su le dire. C'est encore trop tôt.

Guy se resservit un verre de cognac et Faustine se servit de l'absinthe.

— J'ai contacté le sergent de ville, lui confia-t-il. Je lui ai demandé de faire prévenir sans délai l'inspecteur Perotti. Par chance, le sergent le connaissait, il m'a indiqué où le trouver. J'ai envoyé un commissionnaire lui porter un message, il vient de m'être retourné : Perotti a terminé son service, il est rentré chez lui !

— Vous êtes rassuré ? Martial va bien !

Guy acquiesça sans se départir de son air contrarié.

— J'ai également contacté un ami par téléphone. Je l'attends d'un instant à l'autre. Il ne sera pas seul.

— Qui est-ce ?

— Maximilien Hencks. Il sera accompagné d'une connaissance à lui et d'une quinzaine d'hommes. Nous allons sortir cette nuit.

Ce fut au tour de Faustine se s'inquiéter :

— Cette nuit ? Mais il est déjà minuit passé !

— Le compagnon de Hencks est un proche de Déroulède, il a officieusement récupéré les adhérents de la Ligue des patriotes lorsque Déroulède a été banni en janvier dernier.

— Vous fréquentez les antisémites ? L'affaire Dreyfus ne vous a donc pas ému ?

— Ne vous méprenez pas, Hencks est un royaliste-orléaniste, les juifs y sont présents ! C'est son ami qui est un peu plus... obtus, bien qu'il se défende d'être du même bord que Jules Guérin et sa ligue antisémite. Ne mettez pas tous les sympathisants du général Boulanger dans le même panier.

— S'il est intolérant, expliquez-moi ce que vous allez faire avec lui à une heure pareille ?

— J'ai besoin de costauds disciplinés, Hencks a pensé à eux. C'est tout ce que j'ai sous la main. Nous allons arrêter notre agresseur.

Faustine, qui portait son verre à sa bouche, interrompit son geste.

— Vous... vous savez qui c'est ?

Guy montra du doigt le couteau encore taché de sang dans un mouchoir posé sur le guéridon.

— Ce n'est pas Hubris, dit-il. Il n'aurait pas agi ainsi, pas aussi... bêtement, avec la foule autour de lui. C'était un amateur, un homme qui voulait que son crime soit choquant, qu'il fasse grand bruit, au milieu de la foule, dans l'enceinte de l'Exposition universelle.

— Je ne comprends pas. L'homme semblait vous en vouloir personnellement ; d'après le père du garçon, c'est vous qu'il a essayé de planter lorsque son fils est passé devant.

— Oui, et ensuite, il a tenté de m'éventrer.

Faustine reposa son verre, le visage soudain décomposé par l'incrédulité :

— Votre beau-père ? Peut-il être à ce point furieux contre vous ?

— Avec lui, on ne sait jamais, bien que l'incident de ce soir n'ait rien à voir avec lui. Regardez le couteau : sa forme particulière, la lame très pointue, sa longueur, c'est ce qu'on appelle un désosseur. Un couteau de boucher. Je crois que je ne me suis pas fait que des amis hier en allant aux Halles.

— Pourquoi voudraient-ils votre peau ? Que leur avez-vous dit ?

— Je me suis fait passer pour un membre de la Sûreté. Apparemment, c'est un repaire d'anarchistes. Par les temps qui courent, il est préférable de ne pas trop les chahuter. Depuis les attentats de Ravachol, Émile Henry et consorts, tout le monde sait que c'est un milieu dangereux. Ils ont même assassiné un président de la République, alors un petit inspecteur qui vient jusque dans leur fief !

— Pourquoi avez-vous fait une chose pareille ?

— J'ignorais leurs idées ! J'avais un doute, mais ce sont eux qui m'ont suivi dimanche matin. Maintenant, il s'agit de régler le problème. Je ne vais pas laisser la menace planer sur ma tête indéfiniment.

— Vous pourriez leur expliquer que vous n'êtes pas ce qu'ils croient.

— Ils m'égorgeront pour leur avoir menti, pour leur avoir soutiré des informations ! Et je ne peux clairement pas envoyer la police là-bas, ça se retournerait contre moi, Pernetty et Legranitier pourraient même apprendre que je me suis fait passer pour un inspecteur.

— Alors votre solution, c'est d'envoyer leurs pires ennemis ? Vous allez être responsable d'un bain de sang !

— J'ai demandé à Maximilien Hencks qu'il me trouve des gars obéissants, ils sauront se tenir, ils ne viennent que pour m'escorter, il n'y aura pas de bastonnade, ce n'est pas le but.

Guy prit son chapeau et sa canne, enveloppa le couteau dans son mouchoir et se prépara à sortir.

— Je file. Après un coup pareil, il y a fort à parier que les anarchistes sont réunis dans leur cave pour en discuter. L'idiot qui nous a attaqués a utilisé un couteau avec un manche en corne, gravé de ses initiales ! Il sera facile de le confondre !

Faustine ne partageait pas son excitation, elle croisa les bras sur sa poitrine et lança :

— J'espère que vous savez ce que vous faites, car il n'est jamais bon d'enfermer deux extrêmes dans la même boîte.

En poussant la porte de l'établissement, Guy se demanda si, derrière cette phrase, Faustine ne faisait pas allusion à un peu plus que cette situation explosive. À eux deux.

34

Monstre insomniaque, les Halles de Paris accueillaient déjà les premiers chasse-marée et leurs carrioles pleines de poissons encore frétillants.

Guy conduisait la petite armée rassemblée par Hencks entre les bâtiments de brique, de fonte et de verre, circulant à l'ombre des rangées d'arbres, en dehors du halo des lampadaires, méfiants comme des bandits.

Ils étaient une vingtaine finalement, trois proches de Hencks, des aristocrates maniant le fleuret politique aussi habilement que l'épée des duels auxquels ils se livraient régulièrement pour laver l'honneur de leurs idéaux royalistes ; mais surtout des individus un peu rustres, amoureux du drapeau et d'une certaine idée de la France. Ce dernier groupe était représenté par un ami de Maximilien Hencks : Jean Maisier, petit rouquin à la moustache tombant sur les côtés de la bouche, jusqu'au menton, et coiffé d'une casquette.

Ils étaient presque rendus devant le pavillon n° 11, celui des égorgeurs de volaille. Guy pivota vers Hencks et Maisier :

— C'est bien compris ? Je ne veux pas de provocation ! J'ai un compte à régler avec l'un d'entre eux, personne d'autre, vous n'êtes là que pour les contraindre à ne pas intervenir contre moi.

— Il n'y aura pas de problème, assura Maisier. Mes types vous protégeront de cette vermine ! Personne ne vous touchera !

— Guy, je serai avec vous, précisa Hencks, au cas où.

Maisier siffla entre ses doigts et une quinzaine d'hommes se déployèrent autour du pavillon désert.

— La route est ouverte ! dit-il tout sourires.

Guy entra, accompagné de Hencks et de ses trois comparses, ils traversèrent les grandes allées vides et découvrirent un individu étendu sur le sol, inconscient.

Un des soldats de Maisier apparut.

— Y'f'sait l'planton ! chuchota-t-il.

— On accède au sous-sol par cette porte, les renseigna Guy.

Aussitôt, une douzaine de nationalistes se précipitèrent pour investir la cave, et lorsque Guy les rejoignit, il les découvrit encerclant huit bouchers assis sur des tabourets au milieu de l'abattoir.

Des crochets pendaient des plafonds, l'odeur de viande était forte, et une épaisse couche de sang séché recouvrait la terre.

Les anarchistes semblaient perdus, cherchant à comprendre ce qui leur arrivait. Deux voulurent se lever et ils furent immédiatement projetés contre les murs, un bâton sous la gorge.

— Du calme ! ordonna Guy.

Plusieurs bouchers ne purent masquer leur étonnement en le reconnaissant. L'homme au bec-de-lièvre le fixait droit dans les yeux.

— Vous savez pourquoi je suis ici, n'est-ce pas ? demanda l'écrivain.

— Pour nous arrêter, fit le plus gringalet des huit.

— Pour vous montrer que si vous vous en prenez encore à moi, mes amis ici présents sauront vous retrouver, tous, jusqu'au dernier, et vous le faire payer.

— Sale flic pourri ! Petit-bourgeois hypocrite ! s'énerva Bec-de-lièvre. Tu crois qu'on n'a pas vu ton manège ? Ça se dit au service de la morale, de l'État politique, et ça vit au milieu des largues !

Guy fit le tour pour venir à son niveau. D'un geste fulgurant, il lui attrapa le bas du visage d'une main et les testicules de l'autre. Le boucher se mit à gémir et à grimacer.

— Peu importe qui je suis, dit-il à quelques centimètres à peine de son nez. Peu importe ce que je fais. Si je vois un seul d'entre vous rôder autour de moi et des filles, je vous ferai émasculer pour être sûr que vous n'en profiterez jamais. Suis-je clair ?

Bec-de-lièvre lança une série de petits cris étouffés qui ressemblaient à une approbation et Guy le relâcha.

— Toi, fit-il, menaçant, en pointant un index accusateur vers le gringalet. Comment t'appelles-tu ?

— Moi ? Étienne Daistre.

— Les initiales correspondent et tu as un bleu au menton, là où j'ai frappé tout à l'heure. C'est toi qui m'as agressé.

Jean Maisier bondit dans le dos de Daistre et le frappa violemment derrière les genoux avec son bâton.

— Pas de ça ! s'écria Guy.

— Il a planté un môme que Maximilien nous a dit ! protesta Maisier. Qui s'en prend aux enfants de la nation s'en prend à la France !

Guy s'accroupit face au boucher à quatre pattes sur le sol.

— Tu vois, je ne tiens pas mes amis. Si tu recommences, jamais plus tu ne marcheras. Crois-moi, tu envieras le sort que tu réserves à tes poulets chaque matin.

Le gringalet hocha la tête frénétiquement.

— Oui, oui, j'ai compris. Ça ne se reproduira plus.

Il était terrorisé et Guy sut qu'il allait collaborer.

— Pourquoi moi ? demanda l'écrivain.

— Pour frapper l'autorité par celui qui était venu mettre les pieds sur notre territoire. C'était pas personnel, c'est juste que la spontanéité de masse ne fonctionne pas, la révolution sociale ne se fera qu'à travers la propagande par le fait. Il faut multiplier les actions, nous avons trop longtemps dormi, depuis 94, nos réseaux n'agissent plus. C'était l'occasion de relancer notre action. De motiver les autres cellules ! Rien de personnel, je vous dis !

Guy avait compris.

— Et je n'étais qu'un symbole...

Un moment il avait suspecté Hubris d'être parmi eux, et de les avoir manipulés pour s'en prendre à lui. Ce n'était qu'un groupe d'anarchistes lassés d'attendre le changement politique.

Il se releva.

— Je vais vous oublier, leur expliqua-t-il, mais si vous n'en faites pas autant, vous le paierez. Tous !

Sur quoi, il voulut repartir mais s'arrêta en bas des marches en constatant que Jean Maisier et les siens n'avaient pas esquissé le moindre signe de repli.

— Nous partons, dit-il au nationaliste.

— Je suis pas sourd, j'attends que vous soyez dehors.

— Nous partons *ensemble*, insista Guy.

Jean Maisier se fendit d'un rictus provocateur.

— *Tu* fais comme tu veux, l'ami. Moi et les miens, on ne va pas laisser une bande de terroristes prêts à sévir après ce que je viens d'entendre. Ce serait criminel !

Les anarchistes s'agitèrent, aussitôt contrôlés par les hommes de Maisier. Plusieurs regards convergèrent vers Guy.

— Je ne vous laisserai pas régler vos comptes maintenant. Nous avions un accord, une escorte et rien d'autre !

— Nous allons juste les corriger assez fort pour qu'ils n'aient plus jamais envie de menacer quiconque au nom de leurs idées fanatiques !

Guy s'élança vers Maisier, mais il buta dans la carcasse puissante de Hencks qui s'était interposé.

— Ce n'est pas la peine, dit-il tout bas. Vous ne pourrez rien faire, ils sont trop nombreux.

— Qui avez-vous ramené ? s'indigna Guy. Vous deviez me trouver des gens de confiance !

— Que croyez-vous ? Qu'il suffit de décrocher son téléphone pour se fournir en hommes de main serviles ? La violence entraîne systématiquement une réponse violente, quelle qu'en soit la forme. Maintenant remontons, vous ne pourrez pas empêcher ce qui va suivre. J'en suis navré, Guy, croyez-moi.

Guy était ivre de rage.

Il toisait Jean Maisier, prêt à en venir aux mains.

— Vous aurez à répondre de ça ! s'écria-t-il.

— Quand vous voudrez, les duels sont ma seconde passion, après la traque des anarchistes...

Guy le fixait.

Parce qu'il était incapable de regarder les bouchers dans les yeux.

35

Ce mardi matin, lorsque Perotti franchit le seuil des combles, Guy se précipita vers lui pour le serrer dans ses bras.

Des cernes profonds soulignaient le regard rougi par la fatigue de l'écrivain.

— Je me suis fait bien du souci pour vous ! admit-il. Sans nouvelles pendant toute une journée, cela ne vous ressemble guère !

— Rassurez-vous, je l'ai passée au poste, il ne pouvait pas m'arriver grand-chose, le commissariat était plein à craquer ! Nous avons à nouveau des problèmes avec les immigrés italiens, une poussée de racisme dans un quartier où on les accuse de tous les maux actuels de la France ! C'est toujours la même chose avec les imbéciles qui se mettent à la politique, ils commencent par accuser *l'autre* ! Aujourd'hui, ce sont les « Ritals » comme on les appelle, demain les Italiens seront nos amis et ce sera le tour d'un autre peuple ! Vous verrez !

— Vous semblez prendre le problème à cœur. Perotti, c'est originaire de l'autre côté des Alpes, non ?

— De Savoie, mes parents sont venus à Paris juste après le rattachement à la France. Sinon, concernant notre affaire, j'ai peut-être des informations qui pourront vous intéresser.

— Moi aussi, et c'est énorme ! Asseyez-vous, ce que j'ai à vous raconter pourrait bien vous faire perdre l'équilibre. Hubris sait que nous le traquons.

— Pardon ?

— Il nous a écrit. À vrai dire... Il est même entré ici pour déposer sa lettre dans la maison. Une enveloppe à mon prénom.

Perotti affichait l'expression de celui qui contemple un fantôme.

— Tenez, la voici, ajouta Guy en tapotant la missive clouée à la planche.

— Je n'en reviens pas...

— Vous comprenez mieux mon inquiétude maintenant ?

— Nous ne pouvons plus prendre cela à la légère...

— Était-ce le cas ? s'étonna Guy.

— Non, certes, mais là, il y va de nos vies ! Êtes-vous certain de vouloir poursuivre ?

— Croyez-vous que nous ayons encore le choix ? Hubris ne va pas nous lâcher ainsi ! Il faut, par contre, nous montrer particulièrement prudents. Plus de déplacements seul !

— Mais Guy, je vous rappelle que j'ai un métier ! Je ne peux rester avec vous !

— Dans l'exercice de vos fonctions, à l'abri des bureaux, vous serez en sécurité. Pour être sincère, c'est à Faustine que je pense : je ne veux pas prendre de risque.

Perotti roula des yeux en secouant doucement la tête comme s'il n'osait dire ce qu'il avait sur le cœur.

— Elle... elle est... l'archétype, bredouilla-t-il, l'archétype de la victime idéale. Femme, jeune, courtisane.

— C'est aussi ce que je me suis dit. Je n'ose lui en parler, vous connaissez son tempérament. Mais elle diffère en un point avec les autres : elle n'est pas du genre naïf ! Elle ne suivra pas un inconnu aisément !

Sur quoi, Guy songea au déjeuner où Faustine avait accompagné un riche politicien trois jours plus tôt. En réalité, les circonstances pouvaient parfois la rendre imprudente.

La jeune femme surgit au même moment, poussant la porte de l'appartement pour saluer Perotti.

— Guy vous a raconté l'agression d'hier soir ?

Le policier eut l'air paniqué.

— Une agression ? Hubris ?

— Non, intervint l'écrivain d'un air triste. Un anarchiste qui m'avait pris pour ce que je ne suis pas.

Faustine le dévisageait.

— Comment s'est passé votre petit règlement de comptes ? demanda-t-elle assez sèchement pour qu'il comprenne qu'elle n'approuvait toujours pas son comportement.

Guy baissa le regard.

— J'aurais probablement dû vous écouter. Si cela peut vous rassurer, nous ne serons plus importunés par ces messieurs.

— Vous leur avez donné une bonne correction, c'est cela ?

— Je ne voulais pas que ça se passe ainsi, croyez-moi.

Faustine fit claquer sa paume de main contre sa robe.

— Qu'espériez-vous ? Organiser un rassemblement de pareils extrémistes, c'était couru d'avance ! Vous feriez bien de mieux choisir vos amis, ce M. Hencks m'a tout l'air d'un dangereux personnage.

— Non, Maximilien n'est pas un tendre, cependant il n'est pas méchant.

— Pas avec les êtres humains, renchérit Perotti. Ceci étant, je n'aimerais pas être un animal isolé dans un bois avec lui ! Dites donc, ce fut une sacrée journée pour vous hier !

— Vous lui avez dit pour la morgue ? demanda Faustine à Guy.

— Non, répondit-il, embarrassé. Pas encore.

Guy fit le récit de leur matinée et des conclusions du professeur Mégnin.

— Et à propos de Milaine, ajouta-t-il, il y a quelque chose que vous devriez savoir.

Faustine se racla la gorge bruyamment en prenant place sur le sofa en face de Perotti.

— Eh bien quoi, Milaine ? s'enquit Perotti, contrarié par les sous-entendus qu'il ne saisissait pas.

— Nous avons discuté de sa mort avec le docteur Ephraïm, enchaîna Faustine.

— Les causes de sa mort sont inidentifiables, compléta Guy. Ce pourrait être dû à un cocktail puissant de poisons à moins… Qu'elle ne soit morte de peur.

— C'est lui qui vous a dit ça ? Un médecin ?

Guy haussa les épaules. Faustine lui était redevable de ne pas en avoir dit davantage, il pouvait le lire sur ses traits. Le mensonge de Milaine quant à sa grossesse fictive. Ne désirant pas se brouiller davantage avec elle, Guy estima que ce n'était pas le moment, et il repoussa la vérité.

Il se massa la nuque, ses paupières lui piquaient, il avait l'impression qu'elles étaient ourlées avec un fil de plomb.

— Vous avez l'air épuisé, nota Perotti.

— Je ne me suis pas couché. Je ne pouvais trouver le sommeil. (Il jeta un coup d'œil rapide à Faustine pour constater qu'elle ne lui souriait toujours pas.) Alors, j'ai décortiqué la lettre d'Hubris. J'ai fait son étude graphologique.

— Est-ce probant ? Au commissariat, j'ai toujours entendu dire que c'étaient des fadaises !

— Est-ce que la psychologie est crédible à vos yeux ? Est-ce que vous portez un quelconque crédit aux travaux de gens comme Charcot ?

— Tout comme des forces telles que l'électricité ou la gravité régissent notre monde physique, et que nous apprenons seulement à les maîtriser, je veux bien croire que des forces *psychiques* sont à l'œuvre dans nos corps et sous nos crânes complexes, oui ! Mais de là à faire le portrait d'un individu à travers ses mots ! C'est un peu exagéré !

— Vous êtes amateur de peinture, si je me souviens bien ? La graphologie n'est pas plus improbable que d'affirmer reconnaître un artiste rien qu'en observant une toile. Il suffit d'être attentif, de connaître les codes. Il en va de même avec la personnalité. Vous aurez remarqué qu'il existe une relation forte entre la personnalité d'un individu et ses gestes, sa façon de parler, de s'habiller, les expressions de son visage, bref, toutes les manifestations extérieures d'un être. Car l'extérieur reflète l'intérieur, il n'est que son prolongement, l'extérieur est le langage de l'intérieur. C'est tout à fait normal, après tout, c'est notre personnalité qui anime tout notre être, elle transpire à travers tout ce que nous sommes. Il en va de même avec l'écriture. Cette dernière est un moyen de communication, dont nous avons appris les codes très tôt, en même temps que nous faisions l'apprentissage de ceux de la société. Tous les symboles de notre vie se sont mêlés au même moment, selon un rituel que nous assimilons consciemment et inconsciemment pour une grande part.

— Vous êtes en train de me dire que notre écriture est le reflet de notre âme ?

— C'est exactement cela. Elle est symbolique, et donc elle traduit, de par ses mouvements, ceux de notre psychisme ! Avant de commencer, il faut que vous compreniez bien l'importance du contexte dans lequel l'humanité s'est construite, avec un symbolisme très fort, qui s'est accentué au fil des siècles, des millénaires, et cet héritage, qu'on le veuille ou non, chacun le porte, influencé par la société dans laquelle il a grandi, cette société assise sur cette expérience, érigée même sur ces symboles, les transmet invariablement à chacun de ceux qui la constituent, car ils se construisent à travers elle. Tout cela pour vous dire que nous vivons dans un monde de symboles dont une grande partie nous sont communs.

— Pourriez-vous être un peu plus concret ? demanda Perotti.

— Dans toutes les civilisations, la notion de ce qui est en haut, au-dessus, a été associée au ciel, au soleil, à la lumière, à l'infini, à l'espoir, le plan spirituel ou intellectuel. Voilà un exemple de symbolisme fort qui nous est transmis inconsciemment. Partout et depuis très, très longtemps. À l'inverse, le bas est assimilé à la terre, aux ténèbres, à ce qui est enfoui, l'inconscient, à l'action concrète. Au milieu, vous avez l'horizon, la vie quotidienne. Si vous prenez la notion de gauche, elle s'est inscrite dans nos mécanismes – et c'est peut-être lié aux hémisphères du cerveau autant qu'à l'histoire symbolique de notre espèce – comme étant celle du passé, des traditions, des normes et de la mère. À l'opposé, à droite, c'est l'avenir, ce qui n'est pas en nous, autrui, les projets, et enfin le père.

— Nos parents sont *vraiment* liés à des directions ? s'étonna Faustine.

— D'un point de vue symbolique, oui ! Le passé, celle qui donne la vie, qui nourrit et éduque, qui normalise, c'est la mère. Celui qui projette par son dynamisme et son autorité vers l'extérieur, qui altère la fusion entre l'enfant et la mère, c'est le père. La mère est liée à notre personnalité repliée sur elle-même, notre égocentrisme si vous préférez, le père vers l'autre.

— Admettons, fit Perotti. Quel rapport avec l'écriture ?

— Comme je vous l'ai dit, elle est elle-même symbolique, elle concentre ce que nous voulons dire, avec tout ce que nous sommes, l'apprentissage que nous en avons eu, altéré par nos perceptions, par notre personnalité. Elle est le lien entre le visible et l'invisible. Écrire, c'est conjuguer pensée, effort musculaire, tension nerveuse, regard, bref : tout l'être ! Et l'encre, par ce biais, est un peu le sang de l'âme.

Guy prit une feuille de papier sur son bureau et la tendit entre ses mains.

— On écrit comme l'on est. Par exemple, si vous décidez d'écrire une lettre à quelqu'un, dans quel sens allez-vous prendre cette page ? Dans le sens de la hauteur, comme c'est l'usage classique ? Vous agissez donc par raisonnement, par logique, c'est la pensée qui prédomine. Dans le sens de la largeur, à l'italienne ? C'est la notion de communication, l'instinctif ou le créatif.

— Rien que par le choix du sens de ma page d'écriture ? commenta Perotti, sceptique. Sans même avoir déjà posé un mot ?

— Sans un mot, certes, mais pas sans avoir agi ! C'est un choix que vous opérez, et il ne se fait pas par hasard. Il faut y être attentif. Continuons avec le mot laissé par Hubris.

Guy se positionna devant le panneau en bois.

— Que remarquez-vous en premier ?

— Son écriture un peu irrégulière ? proposa Faustine.

— Avant même cela.

Regards dubitatifs, interrogatifs.

— Le choix du papier ! s'exclama Guy, que la fatigue poussait à surjouer chacune de ses réactions. Hubris n'a pas opté pour ce papier un peu particulier par hasard !

— Et si c'était le seul qu'il avait sous la main ? fit Faustine.

— Il ne se contentait pas de rédiger une note pour lui-même, il s'apprêtait à prendre contact avec nous, c'était un moment important pour lui, cela ne fait aucun doute, il aura voulu y apporter un maximum d'attention. C'est un papier épais, lourd. Quelqu'un qui aime la matière, qui est dans le concret. Il a besoin de bien sentir sa feuille, son poids. De plus, il n'a pas pris du papier lisse, mais vergé.

— Quelle différence ? demanda Perotti.

— L'homme impatient, celui qui ne veut pas être ralenti dans la transmission de son idée, préfère le papier lisse, tandis que celui qui n'a pas peur de l'affrontement, voire qui aime qu'on lui résiste, le combatif, apprécie le grain bien marqué.

— Nous avions évoqué une personnalité ne supportant pas qu'on ne lui obéisse pas l'autre jour, rétorqua Faustine. C'est contradictoire.

— Il faut savoir modérer. Hubris n'aime peut-être pas qu'on s'oppose à lui, mais il peut être combatif. L'un n'annule pas l'autre. Je poursuis : la couleur crème, tirant sur le jaune. Le jaune est habituellement une couleur pétillante, celle de la lumière, de l'inspiration ou de l'intuition. C'est aussi celle de l'or, de la puissance, la couleur des dieux. Mais là, il est un peu terne, il peut renvoyer à la cruauté, la dissimulation.

Perotti reprit la parole :

— Je ne veux pas remettre en question tout ce que vous affirmez, mais j'avoue avoir du mal à envisager qu'une couleur puisse vouloir dire quelque chose !

— Et dans l'absolu, vous avez raison, les couleurs ne veulent rien dire. Sauf qu'une fois encore, les formidables éponges que sont nos cerveaux les ont assimilées de par notre expérience propre et de par notre culture, celle que nous héritons des milliers d'années de traditions, de codes, et ces couleurs sont associées, qu'on le veuille ou non, à de très nombreux symboles. Ensuite, que la teinte se charge de lumière pour être positive, ou d'ombre, plus sinistre, et elle n'évoque plus la même chose. Pour tout le monde, et ça vous ne pourrez le nier, jaune, c'est le soleil, c'est l'or, des choses positives, symboles de force, de puissance, de pouvoir, de prospérité. Le jaune des divinités aztèques ou égyptiennes, le jaune des vêtements des empereurs chinois, « Fils du Ciel », ou encore le jaune de l'auréole du Christ, l'or du ciboire ou de la chasuble du prêtre, autant de notions divines. Il peut aussi se décliner en jaune « sale », malade, celui de la vieillesse, de traître à la patrie dont on peint les volets en jaune, des cocus, des rires grinçants. Et c'est ainsi avec toutes les couleurs, le rouge du sang, du feu, de l'amour et de la violence. Bref, dans le quotidien de milliards d'êtres humains, les couleurs se sont transmises avec leur bagage d'associations qui sont autant de symboles acquis pour nous.

— Consciemment et inconsciemment, ajouta Perotti qui semblait à présent convaincu.

— C'est donc un papier tirant sur le jaune qui a été choisi, poursuivit Guy. Gardons cela en tête. Maintenant, avant de passer à l'écriture en elle-même, il est important de regarder où Hubris a choisi de placer son texte par rapport au cadre de sa page. Vous noterez qu'il n'a pas centré le texte, la marge, inférieure notamment, est très grande. Si vous rapprochez ceci de mes explications sur la symbolique des espaces, il se pourrait qu'Hubris cherche à s'éloigner de la terre, du pragmatisme, du corps, pour se rapprocher de l'âme. Une tendance à être dans ses pensées, un lunaire ? Rien de tout cela n'est figé, il faudra bien sûr le corréler à tout le reste pour qu'il fasse sens.

— La marge de gauche est très irrégulière, fit remarquer Faustine.

— Du côté des normes, de l'éducation, de la mère et de son être égocentrique. Qu'en concluriez-vous ?

— Qu'il est distant de son passé ? Il a un problème avec son histoire personnelle ?

— Possible, et qu'il n'est pas stable. Sujet à des déchirements intérieurs constants, il peut aussi ne pas être en phase avec les normes qui lui ont été enseignées, un être asocial ou, du moins, qui fait passer son intérêt personnel avant le respect des traditions, voire des lois. Il n'est pas constant sur ses bases, il peut être imprévisible. Et pourtant, observez la marge de droite : elle est régulière, il a le souci de ne pas couper ses mots, c'est un prévoyant. Par contre, cette marge est très grande, il met beaucoup de distance entre lui et autrui, entre lui et la vie.

— Que représente l'alinéa en début de paragraphe ? demanda Perotti. Car le sien est très marqué.

— L'alinéa, c'est une « marge sociale », un retrait de soi avant de prendre la parole, pour préparer son lecteur, par respect aussi, on lui laisse un peu de place avant de s'exprimer. L'alinéa d'Hubris est intéressant par le fait qu'il est très marqué, beaucoup trop. C'est presque obséquieux, il en rajoute, ce n'était pas naturel.

— Il se fiche de nous ? proposa Faustine.

— Je dirais plutôt qu'il n'en a que faire, ça collerait mieux avec sa marge gauche irrégulière, le défi aux normes, à l'éducation. Il surmarque l'alinéa, histoire que nous le remarquions bien, comme s'il y était forcé mais que ce n'était pas normal à ses yeux.

Guy joignit ses mains devant lui et croisa les doigts en scrutant ses deux auditeurs, il eut l'impression d'être un maître d'école en plein cours.

— Reste à observer la répartition et la densité générale avant de passer aux lettres, poursuivit-il. Ce qui m'a le plus marqué, ce sont les intervalles entre chaque lettre, entre chaque mot, et donc l'alternance entre blanc et écrit. Sa gestion du plein et du vide. Regardez, au début de chaque ligne, les espaces sont relativement courts, puis au fil des mots, les blancs s'allongent. Et c'est encore plus marqué sur la fin du texte. On sent qu'il s'est appliqué au début, mais le naturel est revenu à mesure qu'il se concentrait sur le sens et non sur la forme. Les trois dernières lignes sont sans doute son écriture la plus naturelle. Il y a allongement des espaces à mesure qu'on file vers la droite. L'homme est resserré sur lui-même, vers la gauche, et plus il file vers les autres, vers l'avenir, plus il se délite. À cela ajoutons que le mouvement de l'écriture est assez inconstant, une partie est droite, rigide même, et une partie est élancée. J'ai l'impression qu'il alterne recroquevillement sur soi, et créativité. Comme s'il avait une vie intérieure très riche, très fantasmée, mais qu'il la bridait de toutes parts.

— Vous parliez de densité, aussi, intervint Faustine. Je trouve que ses espaces entre chaque ligne sont très marqués, beaucoup trop même.

— C'est vrai, comme s'il refusait la norme, encore une fois. Il prend ses distances, avec ce qu'il écrit sur la ligne du dessus, et en même temps avec les convenances, avec la société. Maintenant, passons à la forme de l'écriture. Celle-ci est calquée sur ce qui nous est enseigné à l'école, puis nous la faisons évoluer, nous la personnalisons tous, pour qu'elle soit plus proche de ce que nous sommes, qu'elle exprime notre caractère, bref, qu'elle nous ressemble. Ce n'est d'ailleurs pas un hasard si cette transformation s'opère durant l'adolescence, lorsque notre personnalité s'affranchit de l'autorité pour s'affirmer, c'est bien la preuve que notre écriture est le reflet de ce qui nous habite.

— Il y a pourtant des écritures qui se ressemblent, intervint Faustine.

— Bien entendu, il y a des « groupes » d'écritures, des modèles génériques, toutefois, au-delà de ces grands traits de ressemblance, chacun développe des gestes qui lui sont propres. Revenons à notre cas. Les formes sont anguleuses, des bases étroites sur la ligne, l'écriture d'Hubris est agressive, tout en résistance. Au contraire de la mienne, ici, qui est très filaire, celle d'un esprit rapide, mais relativement insoumis. L'écriture en angle est signe de résistance psychologique, de force, mais peut aussi être symptôme d'un manque de contrôle de ses émotions, voire d'intolérance.

Perotti restait silencieux, ses pupilles passaient de l'écrivain à la lettre clouée, vérifiant tout ce qu'il entendait avec une profonde concentration.

— Martial, je ne vous entends plus, vous êtes toujours avec nous ?

— Oui. Je dois avouer que vous avez réussi à remiser mon scepticisme. Il serait peut-être utile de proposer vos services à la police, car à vous entendre, le coupable est en train de se dessiner sous nos yeux !

— Je n'irais pas jusque-là. La graphologie va nous permettre de nous en faire une représentation psychique qui pourra nous aider, si nous croisons Hubris, à le reconnaître. Je vais à présent aborder la dimension de chaque lettre. Ce qui frappe dans ce texte, ce sont les hampes et les jambages, c'est-à-dire les traits verticaux qui montent, comme dans les « 1 » ou les « t », et ceux qui descendent, comme pour les « g », ou les « p ». Les siens sont très accentués. La queue de son « p » descend bien trop bas, comme les « g » d'ailleurs, dont vous remarquerez l'agressivité de la boucle qui n'en est plus une, mais qui devient un triangle étiré à son maximum.

Faustine se prenait au jeu, elle proposa son explication :

— Il cherche à retourner vers la terre, vers ses instincts, et c'est un cérébral, il le fait avec la pensée et non avec le corps ?

— N'oubliez pas la marge inférieure disproportionnée !

— Le texte au centre, c'est l'action, le présent, n'est-ce pas ? Alors, naturellement, il est distant de ses bases, de ses racines, mais il le sait et tente de s'en rapprocher.

— Nous pouvons au moins en conclure qu'il est dans l'action, mais qu'il est tiraillé, violemment, regardez l'agressivité de ses hampes et des jambages. Il force le trait. Il *veut* agir pour s'équilibrer, il est dans l'action, mais celle-ci est violente. C'est renforcé par les lignes chevauchantes ici et là, des mots qui ne sont pas à la même hauteur que d'autres, certains sont un peu plus haut, d'autres un peu en dessous, témoignant d'une lutte permanente, le chevauchement vers le haut renvoie à l'impulsivité, et les autres à une tendance bilieuse, mais, quoi qu'il en soit, il y a volonté de tout contrôler.

— Les forces sexuelles ne sont pas représentées dans votre symbolisme ?

— J'allais justement y venir. Elles sont avec les instincts, avec la base, la terre et l'obscurité : en bas.

— En bas, bien évidemment, ironisa Faustine. Ne peut-on envisager qu'il ait un trouble sexuel avec toute la distance qu'il met grâce à sa marge inférieure ?

— Mais qu'avez-vous à la fin avec cette histoire de sexualité ? demanda Perotti. Ne mélangez pas tout ! Guy l'a très bien dit : il tue pour s'équilibrer, c'est la mort, le sang, le pouvoir qui sont ses moteurs. Cela n'a rien à voir avec la sexualité, vous allez nous embarquer sur une mauvaise piste avec ça !

— Je crois que Faustine a raison, intervint Guy avant qu'elle ne le fasse avec un peu trop de passion. Nous ne pouvons séparer sa sexualité de ses motivations, la sexualité est inhérente à notre comportement, elle est liée à ce que nous sommes. Et n'oubliez pas que Viviane a été violée par une figurine, ce n'était pas anodin ! D'ailleurs, les jambages sont anormalement gonflés sur les « j ». Surtout lorsqu'il écrit « je ». Il y a une attirance forte pour les profondeurs, ce peut être lié à ses propres ténèbres, mais aussi à sa sexualité.

— Concrètement, y a-t-il un trait de caractère que vous pouvez faire ressortir avec certitude de cette lettre ? s'impatienta Perotti.

— C'est un nerveux.

— Ah, et pourquoi ça ?

— À cause de ses liaisons entre chaque lettre et entre chaque mot. Les liaisons sont les respirations de l'âme pendant l'écriture, et Hubris a une écriture groupée, c'est-à-dire qu'il relie plusieurs lettres entre elles au sein d'un même mot et qu'il laisse des espaces entre d'autres. S'il le faisait à peu près par syllabes, ce serait la preuve d'un bon équilibre, mais ce n'est pas le cas, les liaisons sont totalement anarchiques, le fil de sa pensée est sans cesse interrompu, l'acte d'écriture est haché, c'est une respiration arythmique, preuve d'une forte anxiété. Hubris est un nerveux. La pression qu'il a exercée pendant qu'il écrivait le confirme. Regardez l'envers de la feuille, on peut presque lire rien qu'avec les sillons qui ont traversé le papier pourtant épais.

— Voilà du concret ! se réjouit le jeune inspecteur.

— Je vais vous en donner plus, confia Guy. Nous choisissons la façon dont nous traçons les lettres et, encore une fois, cela ne s'opère pas dans la confusion du hasard. Nos lettres peuvent être fermées, jointoyées ou ouvertes. Les siennes sont ouvertes par le bas et par la gauche, voyez comme il dessine ses « o », la boucle en haut à gauche n'est pas fermée, le trait du début de lettre ne vient pas clore le cercle. Ouverture par la gauche, donc. C'est aussi le cas avec ses « a » et ses « b » minuscules. Les « s », quant à eux, sont ouverts sur le bas, tout comme la boucle de ses « q » qui ne ferme pas.

— On dirait qu'il trace à l'envers, remarqua Faustine.

— C'est ce qu'il fait, et s'il n'y avait une telle cohérence entre l'ensemble, une telle souplesse dans la répétition de chaque lettre, je dirais que c'est une tentative de dissimulation, mais ce n'est pas le cas.

Perotti se pencha en avant, les coudes sur les genoux ; plus l'explication durait et entrait dans les détails, plus il semblait convaincu.

— Et qu'est-ce que ça veut dire, ces ouvertures à gauche et vers le bas ?

— C'est la zone de vulnérabilité. Notre faille, si vous voulez. À gauche, Hubris est si profondément marqué par son passé qu'il ne peut le boucler. En bas ce sont ses tiraillements vers le concret, vers le matériel, à moins que ça ne soit vers ses instincts, les ténèbres ou la sexualité.

— Ça pourrait être un problème qu'il n'a pas résolu avec sa mère, non ? demanda Faustine.

— Oui, ce serait lié à son histoire, à ses souvenirs. Je vais finir par la symbolique des lettres, car elles aussi, comme toute chose, sont connotées. Je vais m'arrêter sur deux lettres en particulier, ses « a » et ses « b ». Le « a » est la première lettre de l'alphabet et, pour vous donner une idée de son importance, l'alphabet de toutes les langues connues débute par le son « a ». Là encore, vous pourrez méditer sur l'absence de hasard dans la création de nos civilisations ! Est-ce parce que le premier son agréable qui sort de la bouche d'un nouveau-né est une sorte de long « a » ? Je l'ignore. Quoi qu'il en soit, le « a » ouvre l'alphabet et donc la connaissance, le langage. Le « a » ouvre à la vie, en somme. C'est une lettre rassurante, théoriquement fermée, bien assise, elle évoque l'amour, la vie donc, la sécurité, voire la joie. À l'image de toutes les lettres affectives, la boucle du « a » minuscule, le classique, dirons-nous, doit normalement se commencer par la droite et le haut et se dessiner dans le sens inverse des aiguilles d'une montre. Or Hubris trace les siens à l'envers, dans le sens des aiguilles d'une montre, ils sont inclinés, ressemblant presque plus à des « o », et ils sont atrophiés, lorsqu'on les compare avec ses autres lettres. Enfin, le « b » renvoie à la mère, comme le « f » et le « m », d'ailleurs. C'est la sécurité du foyer, l'enfance, la nourriture affective donnée par la mère, vers l'éveil, le développement de soi. Là encore, les « b » d'Hubris ne sont pas bien faits, la boucle de l'assise est grande ouverte sur la gauche, ce rond qui doit symboliser le socle bien construit vers l'élévation est incomplet chez lui.

— Il souffre d'un cruel manque d'affection maternelle, conclut Faustine en bonne élève. Il n'a pas d'amour en lui, n'en éprouve aucun, tout comme ses « a » sont atrophiés, ce sentiment est presque absent de son être. Sa personnalité n'a jamais été en sécurité, il est mal construit, sa relation avec sa mère n'était pas bonne, son passé le hante, il vit dans un monde de fantasmes, probablement sexuels, très élaborés qu'il s'acharne à combattre. J'ai bien résumé ?

Guy applaudit.

— J'ajouterai qu'il n'a que peu d'attirance pour les autres, ne se soucie pas des règles, ne respecte pas les lois si elles entravent son bien-être, mais a le désir de bien paraître, en tout cas de faire croire qu'il s'intéresse à autrui, alors que c'est juste une apparence. Il aime en imposer lorsqu'il s'adresse aux autres.

— La couleur jaune ?

— Oui, et sa façon d'insister avec son « je ». Il est prévoyant, organisé, mais relativement intolérant. Et, surtout, il y a une lutte permanente en lui, une anxiété profonde, une vie très fortement introvertie dans laquelle les autres n'ont aucune place. Et, parfois, ce contrôle lui échappe. C'est un être imprévisible.

— Il tue quand il perd le contrôle ? Cela ne va pas avec un assassin organisé !

— Peut-être qu'il a commencé sa « carrière » de criminel en perdant le contrôle, maintenant je dirais qu'il tue comme on ouvre une soupape de sécurité, pour dégazer le trop-plein. Et comme il a accéléré son rythme, je terminerai en disant qu'il y a pris goût, qu'il se passe quelque chose lorsqu'il tue qui lui procure une satisfaction puissante, qui mérite qu'il reprenne le risque de recommencer, encore et encore. Voilà qui est Hubris. Alors, parmi tous les gens que nous avons croisés, est-ce que ce portrait vous rappelle quelqu'un ?

Les regards de Faustine et de Guy convergèrent vers la même personne.

Martial Perotti.

36

Perotti se lissa la moustache nerveusement.
— Quoi ? Pourquoi vous me fixez comme ça ? Vous n'allez tout de même pas croire que...
— Calmez-vous, se moqua Guy. Vous êtes trop sensible, mon bon ami. Surtout pour un policier !
— C'est que cette histoire de mère, d'homme célibataire, tout ça, forcément, ça m'a bien retourné les méninges. Je commence à me demander si je suis normal !

Faustine le gratifia d'un sourire tendre.
— Rassurez-vous, personne ne l'est ! Et des problèmes avec sa mère, ou avec une femme, je crois que nous sommes trois ici à en avoir !
— Tiens oui, d'ailleurs, s'exclama Perotti. Qu'est-ce qui vous dit que ce n'est pas l'écriture d'une femme ?
— À vrai dire, rien du tout, sinon nos précédentes conclusions. J'ai une tâche à vous soumettre, Martial. Pourriez-vous vérifier dans vos archives s'il n'y aurait pas eu un assassinat de réparateur de chaussures et celui d'un ange gardien, au cours de l'année passée ?

À ces mots, Perotti se donna une tape sur le front.

— Bon sang ! J'avais presque oublié ! En entrant ici je vous ai dit que j'avais du nouveau de mon côté. Hier, après mon histoire avec les immigrés italiens, j'ai fait un tour aux archives. J'ai voulu vérifier s'il y avait eu d'autres crimes avec une mise en scène forte, une sorte de rituel : prélèvement d'organes, objets dans les parties génitales, etc. Alors j'ai ressorti tous les dossiers de meurtres non résolus des vingt derniers mois ! Une pile énorme ! J'y ai passé dix heures !

— Avec quel résultat ? demanda Faustine.

Perotti ménagea le suspense d'un silence accompagné d'un petit rictus de contentement.

— Quatre meurtres l'année dernière durant l'été, entre juin et septembre.

— Cela en fait un par mois ! dit Faustine. Et s'il y avait un rapport avec les cycles de la lune ?

— Il n'aurait pas accéléré, répliqua Guy, impassible. Martial, vous disiez ?

— Deux femmes, dont une prostituée, une sans identification, et deux hommes, probablement des chiffonniers. Des miséreux ! Éventrés, tous les organes manquant dans l'abdomen ! Et pour celle qui n'a pas été identifiée il manquait la tête également.

— Quelle horreur, souffla Faustine entre ses dents.

— Dans quel coin de Paris ? L'est ou le secteur de l'Exposition ?

— C'est là que ça devient compliqué : les quatre victimes ont été retrouvées à des endroits totalement différents. La première à l'angle du pont au Change et du quai de l'Horloge.

— Sous le nez de la police ! s'écria Guy. De la provocation assurément. Quand était-ce exactement ?

— Juin 1899, le 12, retrouvée par une brigade à quatre heures du matin. Éventrée, certainement pas sur place, il n'y avait que peu de sang. Le second, le 21 juillet, devant les marches de la Bourse. Mêmes circonstances.

— Un autre symbole, celui du commerce, du profit, du capitalisme, rapporta Faustine.

— Le troisième, le 10 août, du côté de Montmartre, rue des Deux-Frères, et enfin le 1er septembre, celle sans tête, place de la Concorde.

— Place de la Concorde ? répéta Guy.

— Oui, les chantiers de l'Exposition fermaient une bonne partie de la place, elle fut ramassée non loin des palissades. Nul n'a rien vu à chaque fois, aucun témoin. Tout porte à croire que ces personnes ont été tuées ailleurs, on a relevé des traces d'huile sur la dernière, une huile très fine ! À l'époque, les enquêteurs n'avaient, semble-t-il, pas encore de consignes pour en faire le moins possible, ils ont fait du très bon travail. Ils sont parvenus à faire analyser cette huile, elle avait un taux de viscosité extrêmement bas, et était pour le moins... exceptionnelle : ils sont parvenus à déterminer qu'il s'agissait d'huile de marsouin.

— Qu'est-ce donc que cela ?

— Hélas, leur enquête s'est arrêtée peu après, Pernetty et Legranitier ont pris la relève et l'on connaît leur volonté de l'enterrer.

— De l'huile de marsouin, fit Guy, pensif. (Son visage s'illumina brusquement.) Bien sûr ! Anna Zebowitz avait également une substance huileuse sur les vêtements ! Deux fois de suite, ce n'est plus un détail, c'est un indice.

— À quoi sert cette huile ? s'enquit Faustine.

Les deux hommes restèrent silencieux.

— Bien, reprit Guy, ce qu'il y a à tirer de tout cela est qu'Hubris a débuté sa carrière voilà déjà un an, et il n'a pas chômé depuis : nous en sommes à vingt victimes prouvées, en comptant Elikya, la femme de Bomengo.

En prononçant le nom du jeune Congolais, Guy éprouva un vertige. Il ferma aussitôt les vannes de sa mémoire, repoussant les vagues de terreur et de culpabilité qui se précipitaient sur sa conscience. Bomengo ne serait pas mort en vain, se dit-il. Pas si son sacrifice permettait l'arrestation d'Hubris.

— Vingt morts en dix mois ! précisa-t-il.

— Je n'arrive pas à croire que la police ne fasse rien, pesta Faustine. Et les journalistes ? Et les gens de la rue ? Personne ne réagit !

— Il n'y a aucune coordination, c'est peut-être là l'intelligence d'Hubris, il choisit ses victimes à des endroits différents, pour que les gens ne se rendent pas compte. Mis à part rue Monjol, mais il sait que c'est le Purgatoire, que là-bas personne ne viendra pleurer à la police, qu'on fera tout pour éviter les journalistes.

— Pourquoi s'est-il acharné sur les filles de la Monjol ? s'étonna Faustine. Sept filles tout de même !

— Je l'ignore. Compte tenu de son ingéniosité, il doit avoir une bonne raison. Martial, vous n'avez rien trouvé d'antérieur à ces quatre crimes ?

— Rien. Juin est le plus ancien. Les corps que vous avez vus à la morgue, hier, se pourrait-il que ce soient ceux des disparues de la Monjol ?

— C'est possible. Il faudrait que j'organise une rencontre entre le docteur Éphraïm et le roi des Pouilleux. Car si ces douze cadavres ne correspondent pas, alors nous dépassons les vingt. Nous serions à vingt-six.

— Vingt-six, répéta Perotti tout bas.

Le silence retomba sur les combles. Chacun fixait le néant, abasourdi par ce chiffre qui frisait le grotesque.

Une mélodie jouée au piano résonnait, lointaine, dans l'établissement.

— Il tue des hommes, des femmes, des adolescents, et des gens plus âgés, fit Guy qui songeait à voix haute. Comme si ce qui primait était un besoin de tuer, plutôt qu'un monde fantasmé à évacuer. Or je ne peux croire qu'un être intelligent puisse passer à l'acte sans que ce soit sous la pression d'un fantasme devenu si puissant qu'il le submerge. Nous le savons par l'analyse graphologique, Hubris est hanté par son passé, il a un problème avec sa mère, une large partie de ses mécanismes actuels sont pervertis à cause de tout cela. Je serais tenté d'affirmer qu'il tue pour régler cette anomalie.

— Quel genre d'anomalie, de fantasme, inclurait tous les sexes et tous les âges ? demanda Faustine.

— C'est exactement la question que nous devons nous poser. Et c'est forcément lié à cette ablation qu'il opère lorsqu'il prend des organes. Martial, vous avez vérifié s'il n'y avait pas eu de nouveau meurtre depuis deux jours ?

— Je pose mes questions, pour l'heure rien de particulier, aucun crime rituel n'est revenu à mes oreilles.

— Gardez toute votre attention sur ce point, chaque crime est, qu'Hubris le veuille ou non, un indice supplémentaire de son identité. Tentez de vérifier si les deux hommes morts place de la Bourse et à Montmartre n'étaient pas sauveur d'âme et ange gardien. Faustine, vous disiez avoir un contact pour vous renseigner sur l'Exposition universelle ?

— Un ingénieur anglais, oui.

— Demandez-lui où en étaient les travaux en octobre dernier, début des premiers crimes dans l'enceinte.

— Je croyais que nous ne devions plus nous séparer ?

— Vous irez avec Gikaibo. Perotti sera en sécurité avec ses collègues.

— Et vous, qu'allez-vous faire ? s'enquit Perotti.

— Aller sur les lieux des quatre premiers crimes, les plus anciens. Une première fois est toujours un moment unique, particulier. Il n'a pas choisi ces endroits au hasard, il y a trop de symboles à jeter un corps sous les façades de la police et sur les marches de la Bourse. Je voudrais faire le tour et essayer de comprendre ce qui se passe dans la tête d'Hubris.

Perotti prit un air sinistre.

— Faites attention, dit-il, je ne suis pas sûr qu'il soit bon de trop descendre dans ces abîmes-là.

— Je les connais, murmura Guy en se levant. Je les connais…

— Vous serez seul, lui rappela Faustine.

Guy hocha la tête avec insistance.

— Hubris sait qui je suis et où je vis. J'ai bon espoir que maintenant, il décide de me suivre. Car si je ne peux remonter jusqu'à lui rapidement, peut-être que c'est lui qui viendra à moi.

37

Faustine s'abritait du soleil sous son ombrelle blanche brodée de perles et de petits nœuds en tulle.

La masse énorme de Gikaibo lui fournissait une protection supplémentaire.

Ils attendaient depuis déjà dix minutes que Marcus Leicester vienne les retrouver.

Dans la matinée, Faustine avait téléphoné à Louis Steirn pour obtenir un moyen de contacter l'ingénieur anglais et elle avait pris rendez-vous avec lui devant le palais de l'Électricité.

Celui-ci étendait sa masse colossale derrière la tour Eiffel, si long et large qu'il la rapetissait. Mais Faustine était surtout captivée par le château d'eau qui masquait l'entrée du palais.

Une grotte aux perspectives étourdissantes se dressait face à elle, dominée par un fronton courbe, sous lequel s'étageaient des vasques de plusieurs dizaines de mètres de large où l'eau cascadait jusqu'à remplir un bassin grand comme un lac, agrémenté par des jets qui dansaient comme des nuages cherchant à décoller. Soixante mètres de pierre façonnée de nombreux détails : visages, pignons, vasques et corps se fuyant les uns les autres, tombaient du ciel, aussi merveilleux qu'un fragment du Paradis échoué sur terre.

Faustine était restée de longues minutes face à un bloc de rocher naturel, au centre de l'édifice, supportant un groupe de statues blanches, allégories pompeuses : l'Humanité s'avançait vers l'Avenir, conduite par le Progrès renversant deux furies se débattant dans l'eau : la Routine et la Haine.

Un instant, elle imagina Hubris à la place de l'Humanité.

Tous les coups étaient permis, sous couvert de survie, de progrès.

D'évolution.

Y compris balayer tout ce qui se mettait en travers de son chemin.

Il suffisait pour cela de se donner bonne conscience en octroyant à l'ennemi, à toute forme d'opposition, un visage déplaisant.

Il y avait beaucoup trop de prétention dans cette allégorie pour qu'elle plaise à Faustine et elle s'était mise sur le côté pour éviter les embruns projetés par le vent.

— Attends-moi là, dit-elle à Gikaibo.

Elle avait repéré un kiosque un peu à l'écart, sans aucune mention, comme s'il n'était pas ouvert au public et, Leicester ne se décidant pas à se montrer, elle s'en approcha.

Un écriteau « Personnel administratif UNIQUEMENT » barrait l'imposte.

Un homme en sortit en coiffant un petit chapeau mou et Faustine l'arrêta d'un geste :

— Pardonnez-moi, monsieur, dit-elle avec son sourire le plus charmant, je cherche quelques informations sur cet endroit.

L'homme papillota en contemplant la ravissante jeune femme et souleva son chapeau pour la saluer.

— Sur le palais de l'Électricité ? demanda-t-il.

— Oui, et sur les exposants, tout autour.

— Que désirez-vous savoir, mademoiselle ?

— Je recherche des détails originaux sur la construction, des anecdotes singulières, tout ce qui pourrait alimenter une bonne soirée entre amies !

— Je suis l'un des commissaires de cet espace, vous ne pouviez pas mieux tomber ! Théodore Sébillot, pour vous servir.

— Appelez-moi Faustine, lui répondit-elle en lui tendant la main pour qu'il mime un baisemain rapide.

— Des anecdotes, je n'en manque pas ! Voulez-vous que je vous fasse la visite ?

— J'aurais adoré, hélas j'ai un rendez-vous qui ne devrait plus tarder. Pourrions-nous…

— Quand vous voudrez, Faustine, répondit Sébillot avec empressement.

Le charme de la jeune femme opérait à merveille.

— Je reviendrai vous voir demain après-midi, dit-elle. Voyez-vous, je suis curieuse de tout ce qui touche aux fondations, aux sous-sols, bref, à ce que l'on ne voit pas ! Je ne peux nier l'intérêt de toutes ces formidables constructions, mais je suis encore plus désireuse d'en apprendre sur ce qui a été nécessaire pour les soutenir. Et j'ai un goût très prononcé pour les histoires… piquantes, pour ne pas dire effrayantes !

— Alors soyez assurée d'en avoir à profusion dès demain ! Mademoiselle, je ne vous retiens pas plus longtemps !

Il la salua à nouveau et retourna à ses affaires, affichant un sourire béat.

Faustine était ravie. Avec un peu de chance, s'il y avait eu des enlèvements de personnel ou d'autres découvertes morbides dans les sous-sols durant la construction, il les lui raconterait en détail.

Le pouvoir qu'elle parvenait à exercer sur les hommes n'avait cessé de la surprendre. Dans une société où il était de bon ton d'avoir une maîtresse, une belle femme sachant jouer de son physique et de ses atours pouvait tout obtenir de presque tous les hommes.

Julie l'avait bien formée pendant ces années. Elle lui avait appris à renverser sa condition de femme, à la diriger plutôt qu'à la subir.

Faustine ne voulait pas d'une existence d'épouse, obéissante à son mari, en tout point irréprochable dans la tenue de sa maison, dans le soutien à son époux, asservie et docile. Et puis les mots de Julie étaient gravés dans son esprit : « Un mari respectable est un homme fidèle, non à sa femme à qui il ne saurait imposer les caprices de sa chair que la nature lui dicte, mais à sa maison close dont il connaît les bonnes mœurs et l'hygiène, qui lui garantissent de revenir à sa femme en bonne santé, et bien préparé pour les choses nécessaires du lit conjugal ! » Julie s'inquiétait de ces politiciens qui commençaient à militer pour la fermeture des bordels, elle craignait, non pour son commerce, mais pour l'équilibre des couples, et se plaisait à répéter à qui voulait l'entendre que ce serait remplacer le bon sens par l'hypocrisie.

Faustine était sûre d'une chose : elle avait vu passer tant d'hommes à l'honneur public immaculé au *Boudoir de soi* qu'elle ne pouvait croire en l'amour romantique et fidèle. Elle s'était faite à l'idée qu'ils étaient ainsi constitués et ne pouvaient se contenter d'une relation tronquée. Seule plutôt que malheureuse.

Gikaibo s'approcha, la couvrant de son ombre.

— Je crois ton rendez-vous ici, dit-il d'une traite.

Marcus Leicester s'inclina devant eux. Le rouquin était élégamment vêtu d'un costume gris ajusté, soulignant ses formes longilignes, et d'un chapeau haut de forme. Il arborait une fine moustache clairsemée sur le rebord de la lèvre supérieure et des favoris taillés en pointe qui renforçaient l'angulosité de ses traits et de ses joues creuses.

— Je vous présente toutes mes excuses pour ce retard, j'étais débordé par mes visiteurs ce matin !

— Vous êtes tout pardonné, je me suis imposée au dernier moment. (Elle se tourna vers le géant japonais et lui posa quelques pièces dans la main.) Gikaibo, je connais ton amour pour les glaces, je t'épargne le piétinement et les explications que tu ne comprendras pas, et te retrouverai chez le glacier que nous avons croisé tout à l'heure.

— Guy a dit : je te suis partout.

— Et moi, je dis : va te détendre avec une glace, tu l'as mérité ! Allez, ouste !

Faustine le vit s'éloigner avec soulagement. Sa présence modifiait le rapport de ces messieurs avec elle, ils se livraient moins.

— Vous êtes dans l'horlogerie, n'est-ce pas ? demanda-t-elle à l'ingénieur anglais.

— Oui. J'aurais d'ailleurs dû être installé dans la section Horlogerie du premier étage au palais des Invalides, mais ils m'ont déplacé l'année dernière, pendant les travaux, pour me coller avec la section anglaise de l'Industrie. Mais finalement c'est une bonne chose, mon travail se démarque ainsi davantage des autres horlogers !

— Au nom du peuple français, je vous présente toutes nos excuses pour ce racisme, hélas, bien de notre temps.

— Oh, ne vous en faites pas, je vis à Paris depuis plus de dix ans maintenant, je me sens adopté à maints égards !

— Vous parlez d'ailleurs un excellent français ! Je vous en félicite.

— Puis-je vous conduire dans mon domaine ?

Faustine s'accrocha à son bras et se laissa entraîner au milieu de la foule, vers la fraîcheur d'un bâtiment à l'image de toute l'Exposition : démesuré.

Ils marchèrent dans des allées bondées, entre plusieurs centaines d'automobiles du monde entier, tous les modèles qui seraient bientôt en circulation, puis entrèrent dans un hall qui aurait fait pâlir d'envie n'importe quelle gare parisienne par sa vastitude. D'imposantes machines à vapeur, à gaz et à électricité s'égrenaient à l'infini, certaines reliées à des métiers à tisser pour les actionner bien plus rapidement que n'importe quel ouvrier n'aurait pu le faire.

Dans un chaos de ronflements, de stridences, de bourdonnements et de cris d'émerveillement, Faustine et Marcus Leicester traversèrent le hall dans le sens de la largeur avant de gagner un escalier monumental, tout de dentelle d'acier et de grès, pour gagner le premier étage bien plus calme.

— Vous êtes arrivé en France juste avant les vagues d'attentats des anarchistes, non ?

— En 1889 exactement.

— Et cette violence n'a pas fait fuir le monarchiste que vous êtes ? plaisanta Faustine.

— Certainement pas ! Je ne me sentais plus à l'aise chez moi, des histoires de famille m'ont poussé à quitter ma terre natale.

Repensant au portrait psychologique qu'avait tracé Guy, Faustine se montra encore un peu plus curieuse :

— Des histoires de famille ? C'est terrible de ne plus pouvoir se sentir en confiance avec ceux de son propre sang !

— Oui, mon frère aîné n'a pas bien vécu la mort de nos parents, il s'est braqué et nous nous sommes fâchés. Mais il est parvenu à retourner toute notre famille contre moi. Alors, j'ai préféré quitter Londres et changer d'air ! Et puis, Paris est réputé pour la qualité de son orfèvrerie, et pour ses horlogers ! Je savais que je serais bien accueilli ici. Je n'ai pas été déçu, soyez rassurée !

Ils entrèrent dans la section de la Grande-Bretagne, exclusivement consacrée aux mines et à la métallurgie, contournèrent des pyramides de câbles et de lingots d'acier anglais, de clous, de vis, d'outils et plusieurs vitrines d'explosifs Nobel. Les noms Nettlefolds ou G. Craddock et Cie s'inscrivaient en grandes et belles lettres d'or au-dessus des présentoirs, et des représentants des entreprises en question abordaient les passants pour leur vanter les mérites de leur matériel.

Faustine réalisa alors que l'Exposition n'était pas seulement prétexte à divertir les foules pendant que les diplomates se retrouvaient pour fixer les futures alliances, mais elle était aussi une plateforme inestimable pour l'industrie et le commerce mondiaux.

L'horlogerie Leicester occupait le fond du bâtiment : deux grandes bibliothèques vitrées chargées de mécanismes complexes, de pièces minuscules et, enfin, de belles montres rutilant sous l'éclairage électrique.

— Voici mon royaume ! s'exclama fièrement Marcus Leicester.

— C'est vous qui avez fabriqué toutes les montres ici ?

— Oui, moi et mon équipe, bien entendu.

— Vous êtes nombreux ?

— J'ai un assistant et un apprenti. Enfin j'avais ! L'apprenti nous a quittés au début de l'année.

Faustine, méfiante, demanda :

— Quitté ? Vous voulez dire…

— Non ! Grands dieux, non ! Pas dans ce sens-là, il a juste préféré rejoindre la concurrence ! Rassurez-vous !

— Et donc vous exposez vos créations pour les commercialiser ?

— Oui, c'est un moyen de me faire connaître. Des boîtiers en acier anglais, solide, inoxydable, et des mécanismes résistants. Ma spécialité, ce sont les réserves de marche ! Mes montres peuvent fonctionner plus de quarante heures sans être remontées !

— Fantastique ! feignit de s'enthousiasmer Faustine.

Elle le laissa lui raconter les prouesses techniques qu'il était parvenu à accomplir, admirant avec attention chaque objet qu'il lui désignait. Pour elle, il alla même jusqu'à sortir des vitrines les mécanismes les plus sensibles qu'il lui déposa dans la paume.

— Et voici le modèle le plus convoité ! termina-t-il. La Leicester Tourbillon, du nom de ce petit cercle d'or en mouvement que vous voyez juste au-dessus des six heures.

— Qu'est-ce donc qu'un tourbillon ? demanda Faustine, qui cherchait désespérément un moyen d'orienter la conversation vers lui sans pour autant paraître indiscrète.

— Voyez-vous, la gravité exerce une force constante sur les fragiles mécanismes de nos montres et, pour contrecarrer cette attraction qui perturbe leur balancier, le célèbre horloger Breguet inventa autrefois une sorte de cage rotative qui répartit les positions de l'ensemble échappement-balancier afin d'obtenir une marche moyenne d'équilibre.

— En somme, l'homme est parvenu à triompher de la gravité dans ses mécanismes les plus pointus !

— C'est exactement cela ! Inutile de vous dire que la création d'un tourbillon est extrêmement compliquée et n'est à la portée que des meilleurs horlogers !

— Et comment avez-vous appris cet art ?

— Par mon père, j'ai repris une affaire familiale.

— Était-il célèbre en Angleterre ?

— Hélas, pas autant qu'il l'aurait souhaité. Son rêve était de faire ce que Breguet a accompli : fournir la royauté ! J'ai bon espoir d'y parvenir un jour !

— Ce serait une belle revanche ! Et d'une ironie savoureuse : un sujet de Sa Majesté exilé en France pour parvenir à en devenir le fournisseur ! Pourquoi avoir choisi notre pays ?

— Grâce à Louis Steirn ! Je l'ai connu à Londres, en 1887, il vivait sur Bedford Street, tout près de chez moi et, comme ma nourrice m'avait enseigné le français, un soir, dans un pub, nous avons fait connaissance. C'est une amitié qui ne s'est pas dénouée depuis treize ans maintenant.

— Steirn à Londres ? Qu'y faisait-il ?

— Dans sa passion pour le spiritisme, il s'était mis en tête de faire le tour du monde des grands médiums.

— Et il l'a fait ?

— Non, à vrai dire, je crois qu'il est resté à Londres, où il a passé beaucoup de temps auprès de la célèbre Helena Blavatsky, puis à New York et Chicago avant de revenir, épuisé par quatre années de voyages et de recherches.

— Je ne pensais pas que c'était une passion à ce point dévorante ! Je m'étais imaginé que le Cénacle était une sorte de salon que M. Steirn avait créé pour se divertir.

Leicester parut contrarié par les mots employés par Faustine, il répondit un peu sèchement :

— Cela n'est nullement un divertissement ! C'est au cœur de sa vie, c'est son œuvre !

— Un enfant d'Allan Kardec en somme.

— Certainement pas ! Louis n'adhère pas aux principes de Kardec. Certes, son périsprit est intéressant, mais sa théorie de la progression par la réincarnation n'est pas crédible ! Pour Louis, les esprits fusionnent parfois avec l'inconscient collectif qui influe sur la vie intra-utérine du nourrisson, mais cela ne peut aller au-delà. La réincarnation d'une âme, d'un esprit, dans un nouveau corps est totalement aberrante pour quiconque a eu une expérience comme celle que Louis et la comtesse Bolosky nous font partager.

Devinant qu'elle risquait de s'embourber dans un sujet délicat, Faustine préféra ne pas insister.

— Vous devez consacrer tout votre temps à cette exhibition, j'imagine ?

— Plus encore que vous ne pouvez l'imaginer !

— Et monter un projet pareil, ça se fait en combien de temps ?

— Des mois de préparation ! Rien que pour que ma candidature soit retenue, ç'a été un calvaire administratif !

— J'ai entendu dire que certains exposants avaient pris place ici dès l'été dernier.

— Ça m'étonnerait, le bâtiment était encore en construction. Par contre, début octobre, nous y avons eu accès pour préparer notre installation.

Octobre. Les premiers cadavres dans les égouts. Le cœur de Faustine s'emballa.

— Vous en étiez ? Vous veniez souvent ?

— Oui, bien entendu, pourquoi ?

Ignorant la question, la jeune femme continua :

— Et pendant cette période, vous n'avez rien vu d'étonnant ? Ou entendu des rumeurs effrayantes ?

— Des rumeurs effrayantes ? Qu'est-ce que vous cherchez, Faustine ?

— Je songe à écrire un livre sur le Paris de l'ombre, tout ce qu'on ne sait pas sur la ville, ses crimes les plus sordides, ses anecdotes les plus surprenantes, et il me faut des matériaux !

Le sourcil droit de Leicester se releva et il afficha une mine dubitative.

— Quelle drôle d'idée ! commenta-t-il. Eh bien, non, je suis désolé de vous décevoir, mais je n'ai rien de spécial à vous raconter. En même temps, je n'étais pas tout le temps là, je fais des voyages réguliers à Londres pour mes affaires.

— Ah, bon, tant pis. Londres doit être une ville splendide.

— Elle l'est ! Cosmopolite et tentaculaire ! Et je dois dire que la variété de nos colonies y apporte une touche d'exotisme qui la rend unique en Europe !

— Vous y allez souvent ?

— Je pars quinze jours tous les mois, parfois un peu plus. Par exemple juste avant l'Exposition je suis parti récupérer tout ce dont j'avais besoin chez mes fournisseurs, j'ai passé tout le mois de février sur mes terres d'origine.

Février, la disparition de Louise rue Monjol.

Depuis quelques minutes, Faustine regardait Marcus Leicester comme le suspect idéal, mais cet alibi le disculpait pour au moins un des crimes d'Hubris. Et ses absences fréquentes, si elle les étudiait, Faustine devinait qu'elles termineraient de le disculper. Hubris ne pouvait être tout le temps sur la route, c'était un sédentaire, il avait besoin de temps pour préparer ses meurtres, pour repérer ses victimes, les suivre, apprendre à les connaître...

Ils avaient déambulé au milieu de toute la collection de l'horloger anglais et parvinrent au bout, sur une mezzanine surplombant le rez-de-chaussée. En bas, Faustine apercevait les visiteurs entrer et sortir du bâtiment, les visages enthousiastes, conquis par cette débauche de matériel à la gloire de l'industrie moderne, malgré les stands encore inachevés comme celui qu'elle dominait, un grand espace recouvert d'une bâche blanche. Le progrès en était à ce stade, résuma-t-elle : en évolution permanente et éparpillé entre toutes les mains, sans réel contrôle. Tout était permis pour peu que cela se justifiât par une avancée pour l'humanité. Mais quelle humanité ? se demanda Faustine. La masse des êtres ou ce qui la caractérisait comme une forme de vie douée d'une empathie exceptionnelle ? En cette ère faste pour l'avenir de l'homme où étaient les philosophes pour tenter d'apporter un peu de bon sens à cette furie industrielle ? Était-ce un hasard si les penseurs les plus présents étaient les plus radicaux ?

— Quelle fourmilière, n'est-ce pas ? fit remarquer Leicester.

— C'est exactement ça ! J'espère qu'à terme nous saurons au moins conserver notre identité ! Imaginez donc un monde qui serait régi par toutes ces machines, dans lequel l'homme n'aurait qu'une place de consommateur !

— Cela n'arrivera jamais.

— Et pourquoi donc ?

— Parce que dans un monde où les machines seraient omniprésentes, il n'y aurait plus assez de place pour tout le monde : regardez-les ! Elles font le travail des ouvriers ! Que deviendraient tous les ouvriers du monde s'ils étaient remplacés par ces inventions ? La société est pyramidale, il y a une place pour chacun, et la base c'est eux, notre civilisation s'est construite de cette manière. Si vous les remplacez, alors qu'en faites-vous ? La société n'a plus de fondations ! Elle finit par s'effondrer ! Non, je vous le dis : jamais nous ne laisserons cela se produire.

— J'espère que l'avenir vous donnera raison…

Ils discutèrent pendant encore une heure, avant que Faustine ne prenne congé.

Lorsqu'elle retrouva Gikaibo, elle se sentait mélancolique, habitée par de profonds doutes. Après la fontaine prétentieuse, le discours idéaliste de Leicester, elle réalisait que cette Exposition tout entière n'était qu'une illusion gigantesque.

Elle servait à rassembler le peuple, à le divertir, à lui donner foi en l'avenir industriel, à cautionner les directions parfois folles que le monde prenait. Il n'y avait qu'à regarder l'Exposition coloniale, elle avait été installée à grands frais au Trocadéro pour, paraît-il, donner un goût d'exotisme et permettre aux Parisiens de voyager sans frais parmi les colonies. Mais chaque pavillon cherchait avant tout le pittoresque, le tribal, jamais on ne vantait la culture réelle des peuples, on se contentait de les mettre en situation, des « sauvages » qui ne servaient en réalité que de révélateurs au contraste entre l'homme primitif et le progrès formidable qui s'étalait de l'autre côté de la Seine.

Ce paradoxe, cette société à deux visages n'était pas saine.

Il n'était pas étonnant que des êtres comme Hubris naissent au milieu de cette démence qui rongeait le monde moderne.

Des êtres aux repères tronqués, déconstruits.

Ils rentrèrent au *Boudoir* où Jeanne l'accueillit discrètement.

— Julie est furieuse contre toi ! dit-elle tout bas.

— Pourquoi ? Parce que je ne travaille pas ?

— Tu pourrais faire un effort ! Ça commence à jaser… Ah, au fait, un monsieur est passé pour te voir.

— Je ne prends aucun rendez-vous pour l'heure, j'ai besoin de me reposer.

— Ce n'est pas grave, quand on lui a dit que tu n'étais pas là, il a demandé après Rose à la place.

— Parfait.

— Avant de partir, il a donné ceci pour Guy, tu pourras le lui transmettre ?

Jeanne lui tendit une enveloppe.

Papier ivoire.

Le sang fusa aux tempes de Faustine, ses oreilles se mirent à bourdonner.

— Il est encore là ? demanda-t-elle, tremblante.

— Non, en fait il a pris Rose avec lui, il voulait l'inviter à déjeuner *avant*.

— Ils sont sortis ? Et Rose n'est toujours pas rentrée ?

Jeanne se tourna vers la pendule du hall.

— Non, et ça commence à durer leur affaire !

Faustine retourna l'enveloppe et vit le nom « Guy » écrit. Elle fut immédiatement prise de vertige.

C'était la même écriture que sur l'enveloppe précédente.

L'écriture d'Hubris.

38

Des coups sourds.

Répétés inlassablement.

Un maillet de bois frappant encore et encore contre le cylindre accroché à la hanche de la marchande de quatre-saisons, pour attirer les clients.

Elle beuglait sur les passants, postillonnant sur les épaules de chacun, aussi peu aimable que ses légumes étaient beaux et mûrs.

Guy la dépassa, devant l'entrée du *Moulin de la Galette* où retentissaient les grincements des chaises et des tables qu'on tire pour laver le sol. La veille, l'endroit avait croulé sous les pas des chanteurs et des danseurs jusqu'à plus soif, comme tous les soirs.

Il trouva enfin la rue des Deux-Frères, qui n'était en fait qu'une impasse coincée entre le *Moulin* et le Maquis.

Le lieu était calme, isolé, d'un côté la végétation de la grande friche débordait par-dessus une palissade couverte d'affiches pour les spectacles des cabarets de Montmartre, de l'autre un mur enfermant le *Moulin de la Galette* et son jardin. En pleine nuit, ce devait être bruyant, les clients festoyant juste à côté. Hubris pouvait y avoir tué sa victime.

Guy sortit son petit carnet noir de sa veste pour relire ses notes.

La victime était un homme.

Si peu de précisions ! pesta l'écrivain. Que pouvait-il faire avec si peu de détails ?

Il décrivit des cercles au fond de l'impasse pour observer les moindres aspects des lieux, il n'y avait plus rien à glaner au sol, c'était évident, pas si longtemps après !

Guy entendit un grincement dans son dos et découvrit en poussant une vieille porte que l'impasse donnait sur une petite cour. Une ancienne meule de moulin reposait dans un coin et un modeste obélisque pointant vers les cieux occupaient cet étrange renfoncement.

C'était parfaitement accessible, Hubris pouvait y être venu, à bien y songer, c'était même très probable.

Guy se pencha pour lire l'inscription érodée sur la colonne de pierre :

« *L'an MDCCXXXVI, cet obélisque a été élevé par ordre du Roy pour servir d'alignement à la méridienne de Paris, du côté du nord. Son axe est à 2,931 toises, 2 pieds de la face méridionale de l'Observatoire.* »

Cela pouvait-il avoir un rapport avec Hubris ? Quel message y lire ? Pour le quai de l'Horloge, c'était assez évident, une volonté de provoquer la police, mais ici, devait-il y avoir une signification ?

Hubris a probablement choisi cette impasse pour son calme et rien d'autre.

Une impasse… c'était risqué. S'il se faisait prendre en train de tuer ou de déposer le corps, il n'avait aucun moyen de fuir. La seule fois où il avait été aussi imprudent c'était au sommet du palais du Trocadéro, et il semblait maintenant acquis qu'Anna Zebowitz y était morte parce qu'elle fuyait son assassin, il n'avait en rien choisi le lieu.

Hubris est prudent. Prévoyant ! Il ne serait pas venu ici, et pris ce risque sans raison, cela ne lui ressemble pas.

Pourtant Guy ne distinguait aucun signe particulier sinon l'aiguille minérale et la meule abandonnée. Puisqu'il fallait creuser de ce côté, quel symbolisme pouvait-il leur affecter ? La roue qui nourrit le peuple et l'élévation vers les dieux ? Un rapport historique ? 1736, à quoi Hubris pouvait-il faire allusion ? Un royaliste ?

Guy soupira et décida d'aller sur la scène de crime suivante, celle-ci ne lui livrait aucun de ses mystères.

Il marcha dans Montmartre, avec cette impression permanente d'être à la campagne, avant que l'agitation de Paris ne vienne perturber le babil des oiseaux. Il sauta dans un omnibus et parvint place de la Bourse à midi. Les ouvrières du Sentier sortaient de leurs ateliers en masse, les « midinettes » – comme on les appelait désormais dans tout Paris –, leur boîte en fer à la main, partaient déjeuner sur les bancs, dans les parcs ou les arrière-cours.

Guy se faufila dans cette marée humaine qui remontait la rue en direction du jardin du Palais-Royal et se posta face au palais Brongniart. Des individus en costume noir montaient et descendaient les marches, pressés comme si l'avenir du monde se jouait à la minute près.

Guy imagina le corps d'un homme, allongé sur les marches du temple inspiré de celui de Vespasien, le sang ayant coagulé en cascades sombres sur plusieurs niveaux.

Pourquoi la Bourse ?

Pour dénoncer le commerce des banquiers ? Hubris avait-il, cette fois, une tendance anarchiste ?

Il était évident que le crime ne pouvait avoir été commis ici, l'endroit était trop à découvert, trop de fenêtres donnaient sur la place, le trafic était intense, même tard dans la nuit.

Hubris avait un véhicule, c'était certain.

Il enlevait ses victimes pour les tuer quelque part et les abandonnait, vidées de leurs organes, à des coins de rues de Paris chargées de symboles. Restait à trouver lesquels.

Guy était impressionné par l'alignement de colonnes et il se demanda s'il ne pouvait y avoir quelque chose de ce côté-là, aussi entreprit-il de les compter.

Soixante-six tout autour du palais.

Le six était un chiffre diabolique, particulièrement le triple six.

Mais que pouvait vouloir dire soixante-six ?

Pas grand-chose, j'en ai peur !

Lassé, il héla un fiacre et se fit conduire place de la Concorde. Il n'avait plus le courage de filer quai de l'Horloge et, de toute façon, il le connaissait pour s'y être rendu quatre jours plus tôt.

Il se fit déposer à l'entrée du pont de la Concorde pour jouir d'une vue globale. En contrebas, les péniches déchargeaient leur lot quotidien de sable, de gravier et de bois, mais sur la place, les chevaux fusaient en tractant leurs cabriolets, coupés, landaus, milords, charrettes, fardiers chargés au maximum, au milieu des impériales et des omnibus à vapeur. Plusieurs automobiles se glissaient entre eux, pétaradant à chaque accélération.

L'obélisque tranchait parfaitement avec les hautes façades de l'autre côté de l'esplanade, avec la Madeleine en fond.

Encore un édifice à colonnes, nota Guy.

Puis il remarqua l'évidence.

Deux obélisques !

Celui de Montmartre et celui-ci.

Les colonnes de la Bourse.

La tour de l'Horloge surplombant le quai du même nom.

Des constructions se projetant vers le ciel.

Évoquant la puissance. Le pouvoir. La volonté de l'homme de se rapprocher de Dieu.

Ces pointes firent aussitôt écho à un discours que tenait Faustine.

Elle voyait un rapport à la sexualité dans tout ce que faisait Hubris.

Ces objets pouvaient également se rapprocher d'un sexe d'homme, forme allongée, tendue.

Elle avait raison, Hubris avait un problème avec sa sexualité.

Était-ce pour cela qu'il connaissait la rue Monjol, qu'il ne tuait que des prostituées ?

Il y avait là une piste à ne plus négliger.

Cela amena Guy au roi des Pouilleux.

Il avait besoin de son assistance.

Alors, sans plus attendre, il sauta dans un nouveau fiacre et se fit transporter de l'autre côté de Paris, pour remonter la rue Asselin.

Lorsqu'il bifurqua dans la Monjol, deux femmes édentées et courbées, le dos trop longtemps malmené se précipitèrent sur lui :

— Viens, beau chêne ! Viens m'offrir ton suc !

— Je te ferai toucher les étoiles, dit l'autre.

— Merci, mais j'ai rendez-vous, fit Guy en les repoussant.

Les deux femmes gémirent et crachèrent sur son passage.

Guy retrouva Victor, le jeune homme à la moustache duveteuse – il arborait cette fois un beau coquard – qui l'accompagna jusque chez le roi des Pouilleux, dans un appartement obscur, aux volets tirés, qui sentait le tabac et l'absinthe.

Gilles l'accueillit froidement, toujours mal rasé, avec ses cicatrices sur le front et le menton, ses sourcils broussailleux et ses petites fentes en guise d'yeux.

— Dites-moi que vous avez étripé l'ordure qui nous a fait tant de mal ? dit-il.

— Pas encore. Mais nous nous rapprochons de lui. Nous avons découvert des corps. J'ai besoin de savoir si ce sont des filles de votre rue.

— Elles ne le sont pas.

— Comment le savez-vous ? Je n'ai même pas emmené quelqu'un de chez vous à la morgue pour les identifier !

— L'obèse et la fouine sont revenus. Ils nous ont passés à tabac avec leurs gars.

Pernetty et Legranitier.

— Pour quelle raison ?

— Pour le plaisir ! Ils n'ont posé les questions qu'après… Victor a été obligé de les accompagner à la morgue pour voir les cadavres. Il n'en a reconnu aucun, même après qu'ils l'ont à nouveau rossé.

— Ce sont des ordures, s'indigna Guy.

La police intensifiait-elle son enquête ?

Il faudrait pour cela qu'ils l'aient déjà commencée ! Je crois plutôt que le grand nombre de corps, sous l'Exposition, doit leur faire peur. Surtout tant qu'ils ne seront pas identifiés, s'il s'agit de bourgeois en goguette, l'affaire ne pourra plus être tue longtemps...

— Si vous n'avez rien d'autre à m'annoncer, partez, je ne suis pas d'humeur à recevoir de la visite ! Sauf, si c'est pour vous saouler avec moi. Vous voulez un verre d'absinthe ?

Guy refusa poliment et recula jusqu'à ce qu'il pût ressortir de l'appartement qui l'oppressait. En redescendant l'escalier grinçant, il demanda à Victor :

— Il ne va pas bien votre roi ?

— C'est sa période de déprime. Il est comme ça, un coup heureux, un coup triste à mourir. Dans ces moments-là, faut pas l'chercher, il vous chourine pour un rien !

— Alors vous n'avez reconnu aucun des corps de la morgue ?

— Nan, aucun. Pour ceux qu'avaient encore la sorbonne sur les épaules ! Et y en avait des moches !

Constatant qu'il avait des hématomes sur les bras en plus de son coquard, Guy lui demanda :

— Ils ne vous ont pas raté ces deux salauds. Vous allez bien ?

— J'm'en r'mettrai.

— Vous avez vu un médecin ?

— Pour qu'il m'pique mes picaillons ? J'me soigne comme un fort, avec le temps !

— Le docteur à la morgue pourrait vous ausculter, je suis sûr qu'il ne...

— Le guinal ? Il est complètement fou ! Il parle sans cesse de sa femme comme si elle était encore vivante !

— Edna ? se remémora Guy.

— Ouais, c'est ça !

— Comment savez-vous qu'elle est morte ?

— Sont les deux salauds qui m'l'ont dit.
— Pour vous faire peur.
— Non, c'était pour de vrai ! J'l'ai vu à leur regard. Eux-mêmes, ils l'aiment pas.

Guy balaya les doutes qui montaient en lui, il n'avait pas de temps à perdre avec un vieux médecin qui s'était montré sympathique, Ephraïm avait bien le droit de mal vivre le deuil de sa femme.

Perdre un être aussi cher était parfois impossible à accepter.

Guy salua Victor et regagna le boulevard de la Villette où il marcha pour prendre le temps de réfléchir sur la suite.

Les douze cadavres des égouts ne correspondaient à personne de la Monjol.

Vingt-six morts.

C'était aberrant. Essentiellement des femmes, des prostituées pour la plupart, mais également des hommes et des adolescents.

Qu'est-ce qui conduisait Hubris dans ses choix ? Il ne pouvait frapper au hasard, Guy n'y croyait pas. C'était le fruit d'une réflexion, d'une préparation. Mais pourquoi changer ? Autant les catins représentaient des victimes faciles, il pouvait le comprendre, mais pourquoi les autres ?

Guy sentait qu'il y avait déjà assez de pièces du puzzle sous ses yeux pour qu'il puisse les assembler et entrapercevoir une large partie de l'âme d'Hubris, pourtant il n'arrivait pas à faire les liens. C'était juste là, à portée de main, et la frustration de ne pas y parvenir l'enrageait.

Fallait-il prendre une carte de Paris et marquer les scènes de crime en vue de reconnaître un pentacle ou un dessin ésotérique ?

Guy s'arrêta soudain devant la devanture d'une épicerie aux vitrines remplies de petites fioles.

Il s'approcha du comptoir et demanda au vendeur :

— Auriez-vous de l'huile de marsouin ?

— De l'huile de mâchoire et de tête de marsouin ? Oui, j'ai cela, vous êtes chanceux !

— Pourquoi chanceux ?

— Car on n'en trouve pas beaucoup à Paris, pardi !

— Je l'ignorais. C'est une course qu'on m'a confiée. Je suis curieux : à quoi sert-elle exactement ?

— Oh, à tout ce qu'on veut, c'est une huile d'excellente qualité, c'est surtout pour la cuisine qu'on me l'achète, mais c'est un très bon lubrifiant, et je vais vous dire : certains la mettent même dans leur lampe à huile, paraît qu'elle dure plus longtemps et fait moins d'odeurs ! Au prix que ça coûte, c'est un beau gâchis, si vous voulez mon avis !

— Je vais vous en prendre un flacon. D'où vient-elle ?

— Directement du Canada, elle m'arrive tous les trois mois environ. Tenez, c'est ma dernière ! Avec ça, votre dame va vous cuire de bons morceaux de viande !

Guy ne savait qu'en penser. Là encore c'était un mystère. Cette huile était malgré tout indissociable d'Hubris, deux de ses victimes en avaient sur elles ; pour un produit aussi rare, ce n'était pas une coïncidence.

L'hypothèse la plus folle lui vint durant le trajet du retour.

Une huile exceptionnelle pour un usage qui le serait tout autant.

Non, c'est impossible.

C'était surtout impensable. Guy ne parvenait pas à le formuler en mots.

Pourtant cette hypothèse, aussi démesurée fût-elle, expliquait presque tout.

L'ablation des organes. Les victimes de plus en plus nombreuses à mesure qu'Hubris y prenait goût.

Le mot était écœurant.

Terrifiant.

Au fond de lui, Guy ne cessa pendant tout le voyage de se répéter qu'il faisait fausse route, qu'il exagérait.

Mais le doute persistait.

En arrivant devant la maison close, le mot sortit, et il dut pour cela le prononcer à voix haute, du bout des lèvres :

— Cannibalisme.

39

Les lettres noires, aux hampes étirées, aux jambages anguleux, la marge gauche irrégulière, Guy les reconnut sans doute aucun.

Il respirait lentement, hypnotisé par ce rectangle de papier et par ce qu'il impliquait.

— Rose est partie avec lui sans hésitation ? demanda-t-il pour la seconde fois.

Faustine approuva.

— Et ni Jeanne ni personne n'a pu le voir ? Qui a ouvert la porte ?

— Jeanne. Mais elle n'a pas fait attention, il avait un chapeau et une moustache noire. Ce pourrait être un commissionnaire, Hubris n'aurait pas pris le risque de se montrer, vous ne croyez pas ?

— Possible. Il peut aussi avoir péché par orgueil, le désir d'enfin se dévoiler, de jouer.

Au jeu des plus malins, verra bien qui verra le dernier,
Le Roi vient de faire échec à la dame en prenant sa Tour,
Et maintenant, que va faire le fou ?
Tic-tac tic-tac, l'aiguille est presque à l'heure,

*Pour la fin de partie, pour le triomphe du Roi,
Pour en finir avec vous, Melmoth rentre à la maison.
À ce soir.*

Guy tapota la feuille de l'index.

— L'écriture s'est altérée, vous avez remarqué ?

— Il écrit beaucoup plus gros cette fois, et il n'a presque pas laissé de marges.

— En effet, c'est assez enfantin comme réaction. Il veut s'accaparer tout l'espace, il est envahissant, il désire s'imposer, il pourrait se sentir très frustré et compenser. Mais ce qui me saute aux yeux en premier lieu, c'est la taille de l'écriture : elle a quadruplé ! Et tous les signes que nous avions étudiés y sont à nouveau présents mais amplifiés. Je crois que, la première fois, il s'était appliqué, il avait la volonté de s'adresser à nous à travers un message, il *pensait* à nous en le rédigeant. Cette fois, tout ce qui compte, c'est ce qu'il ressent. Nous avons disparu de la composante. Il est totalement replié sur lui-même. Les très grandes écritures trahissent le culte de soi, il s'agit aussi de personnes à l'imagination débordante, mais dont on ne peut attendre d'objectivité car trop envahies par elles-mêmes.

— Il ne termine pas toutes ses lettres, les barres des « t » n'y sont pas toutes bien présentes, les « e » non plus ne sont pas finis, les « s » tellement aplatis qu'on les distingue à peine, ce n'était pas le cas la première fois.

— Il est coupé dans son élan, dans sa spontanéité, il ne parvient pas à aller jusqu'au bout de sa pensée, il est méfiant. Mais voyez le tracé de ses lettres, il se livre encore plus ici que la première fois. Les « f » sont très intéressants, seconde lettre que l'on rattache à la mère, à la femme. C'est d'autant plus pertinent que c'est la seule lettre à évoluer sur les trois plans, avec une hampe symbolisant l'idéal féminin, qui monte vers la zone de l'esprit, de l'espoir, de l'idéal donc ; un jambage qui s'ancre dans l'instinct, et le trait horizontal qui doit normalement relier le « f » aux autres lettres, dans l'instant présent, mais qui peut s'étirer vers le passé ou l'avenir. Et ses « f » ne sont absolument pas harmonieux. Le jambage est droit, sec, sans boucle, aride, ai-je envie de dire. Hubris n'a pas une bonne image de la femme, regardez comme il ne fait presque pas la barre de liaison, ses « f » sont coupés des autres lettres. Les femmes ne sont pas un élément équilibrant pour lui, il les éloigne, les sépare de la société, des autres. Ses hampes ressemblent à un hameçon à l'envers, ce qui est très imagé lorsqu'on sait ce qu'il en fait.

— La barre horizontale commence parfois bien avant la partie verticale, remarqua Faustine.

— C'est vrai, ici et là, il débute bien en avance.

— Signe qu'il a une histoire à régler avec les femmes, un souvenir douloureux ?

— Notez que les « f » sont un peu mieux dessinés quand il fait cette barre longue. Je pencherais plutôt pour une omniprésence de la mère dans son souvenir, dans son rapport à la femme. Si vous préférez, il n'y a que sa mère de bien. Autre chose qui s'y rapporte : les « p ». Une des trois lettres liées au père. Si je vous dis que le jambage correspond à la force, à la virilité, et la boucle du « p » au domaine affectif, à l'amour paternel ressenti, qu'en déduisez-vous ?

— Ses « p » sont minuscules, jambage très marqué, qui descend anormalement bas par rapport aux proportions des lettres, et boucle totalement absente, il a peu d'estime pour son père, il est viril et ne s'est pas senti aimé ?

— C'est à peu près ça, en effet. Un père absent. Peut-être a-t-il grandi sans lui, bien que le symbole de force, le jambage, aille chercher loin dans les profondeurs, si la lettre n'était pas si petite, j'aurais dit qu'il n'en avait pas eu, mais là je serais tenté d'affirmer que son père était non seulement absent, mais plus probablement violent. Hubris minimise tous ses « p », et pourtant ses jambages sont longs, il en souligne la virilité.

— Se pourrait-il qu'il ait été... violenté par son père ?

— Battu, peut-être. En tout cas, il n'y a pas d'amour, il en refuse l'existence.

— Nous sommes remontés à l'origine potentielle de ses troubles, de son déséquilibre, triompha Faustine d'un air contrarié. Un amour envahissant et idéalisé pour sa mère, peut-être même incestueux, un père violent et froid, c'est pour ça que lorsqu'il s'en prend à des femmes, il choisit des courtisanes, symbole de perversion ultime à ses yeux, l'anti-mère par définition.

— À moins que ça ne soit pour le côté pratique : des proies plus faciles, dans la rue, tard le soir, qui n'hésitent pas à monter en voiture avec un client, il ne faut pas nier l'adaptation dont il a su faire preuve. Autre chose me saute aux yeux : le texte et son sens. Il utilise la métaphore des échecs, comme si tout ça n'était qu'un jeu pour lui, il se donne le rôle du Roi, avec une majuscule, beaucoup d'amour-propre encore une fois ! Je pense que la dame, c'est vous, Faustine, et la Tour, c'est Rose. Il devait avoir préparé deux cartons différents dans sa poche, car si vous aviez été là, ce message n'aurait plus eu de sens, or il a d'abord demandé après vous et s'est reporté sur Rose, par dépit. Il a donc bien manigancé son coup, c'était étudié.

— Et vous êtes le fou ?

— J'en ai bien peur. Il me dénigre, il me donne le rôle le plus dégradant, je dois l'avoir blessé, ou être passé très près de lui, il s'est senti menacé et il veut me rabaisser. Il nous montre qu'il a le contrôle sur le jeu, c'est lui le maître, le gagnant. Il ne joue pas pour le plaisir de jouer, mais pour triompher. Si nous nous mettons en travers de son chemin, il va s'énerver. Je pense que la moindre contrariété peut provoquer une colère redoutable.

— Et il insiste à nouveau sur la notion de temps que nous n'avons pas.

— Encore et toujours pour nous mettre sous pression, pour prouver qu'il a le contrôle, pas nous, que c'est lui qui dirige. Ce qui me surprend, c'est la référence à Melmoth.

— N'est-ce pas le pseudonyme de cet écrivain anglais ? Oscar Wilde ! Oui, je l'ai lu dans le journal dernièrement, il s'est exilé en France il y a trois ans et vit sous ce nom ! Hubris aurait-il percé à jour votre véritable identité ? Il vous menace de vous condamner à retourner auprès de votre famille ?

— C'est une possibilité. Mais je pensais davantage au roman *Melmoth* de Charles Robert Maturin, le roman phare de la littérature gothique et probablement le récit le plus abouti sur l'errance et la damnation. C'est également une critique sociale très appuyée et un livre virulent contre le catholicisme.

— Il politiserait ses crimes ? s'exclama Faustine, sans y croire.

— *Melmoth* est l'histoire d'un génie qui vend son âme au Diable pour vivre cent cinquante ans de plus. Il y est question de famille déchirée, de grand amour et, bien entendu, d'une fin tragique.

Faustine devint pâle.

— Est-ce que c'est en rapport avec… moi ? Mon nom ?

— Je l'ignore. Probablement un peu de tout ça. Peut-être est-ce aussi de lui dont il parle, un être qui a erré longuement, qui a souffert sur la route de la vie et qui, enfin, a trouvé le moyen de sa rédemption, le chemin de la paix.

— À travers les crimes abominables d'innocents, rappela Faustine sombrement. Nous ne pouvons rester sans rien faire, il a Rose avec lui ! Il faut agir !

Guy s'énerva soudain.

— Je ne demande que ça ! Seulement, j'ignore comment faire ! Je suis face à mes limites, Faustine. Je suis un homme de mots, de réflexion, je structure, j'élabore, je rédige, mais je ne suis pas un homme d'action ! Je ne sais comment enfin lier toutes ces feuilles clouées à la planche au réel ! Pourtant, je *sens* que toutes les pièces là, sous nos yeux, mais je ne parviens pas à les assembler pour agir !

— Hubris abandonne les corps à la nuit tombée, cela veut dire que Rose est encore vivante. Rendons-nous chez tous ceux que nous avons rencontrés depuis une semaine, frappons à toutes les portes, tendons l'oreille, entrons dans les appartements, je me fiche de la bienséance, il s'agit de sauver Rose !

Guy observait Faustine avec de la tristesse dans le regard.

— Il abandonne les corps, comme vous dites, cela ne veut pas dire qu'il ne les tue pas bien avant. Sa

dernière phrase est sans équivoque. Il va nous recontacter. Lorsqu'il aura accompli sa sordide besogne.
— Eh bien, restez là à contempler votre beau travail, enragea-t-elle tout en prenant la direction de l'escalier, je n'attendrai pas les bras croisés qu'il tue à nouveau !

Guy voulut la rattraper par le bras mais elle se dégagea d'un geste vif.
— Faustine ! Ne soyez pas entêtée, cela ne servira à rien…

Mais la jeune femme dévalait les marches aussi vite que sa robe le lui permettait.

40

La puissance était montée petit à petit.

Par paliers.

Des saveurs de moka, portées par l'embrasement des feuilles de tabac, puis des notes chocolatées, avant que le foyer ne déploie toute sa force dans le dernier tiers du cigare et rende les touches de poivre vert plus agressives, tonifiantes pour l'esprit.

Guy déposa le bout brûlant de sa vitole dans un cendrier.

L'air des combles était saturé d'une fumée âcre, une brume qui stagnait devant ses idées affichées sur la planche.

Il en avait fumé trois sans bouger.

Paralysé par l'enjeu.

Il n'avait cessé de se répéter qu'il laissait Rose mourir, rien n'y avait fait, il était incapable d'agir.

Il ignorait ce qu'il fallait faire.

Hubris avait eu raison de manifester sa supériorité, car elle ne faisait plus l'ombre d'un doute. L'écrivain s'était rêvé en Justicier triomphant, il s'était cru la Némésis du tueur. Mais la Némésis était restée dans la réflexion, Hubris dans l'action.

Perotti se présenta en début de soirée, l'air fatigué.

— Je viens de passer huit heures aux archives puis du côté des chiffonniers de Pantin ! Tout ça pour seulement vous confirmer que l'homme retrouvé à la Bourse l'année dernière était bien réparateur de chaussures, un sauveur d'âmes ! Quant à l'autre, l'ange gardien, je n'ai débusqué personne de fiable, ni aucun rapport, mais il y a fort à parier que c'était bien sa profession, je ne vois pas pourquoi Hubris aurait menti.

— Merci Martial, dit Guy sans entrain.

— Vous n'allez pas fort ? Venez, je vous offre à dîner sur les Boulevards, je meurs de faim !

Guy tendit sans un mot le rectangle de papier déposé par le tueur.

Perotti le lut et se laissa choir sur un des canapés. Il se mit aussitôt à lisser sa moustache, son geste favori lorsqu'il était nerveux.

— Vous avez une idée de ce que cela signifie ?

— Il est venu jusqu'ici ce midi, pour repartir avec Rose.

Perotti, atterré, porta sa main devant sa bouche.

— Mon Dieu…, murmura-t-il.

— Je crois qu'il est temps d'aller confier à la police tout ce que nous savons, ce que nous avons fait, car manifestement nous ne saurons pas l'utiliser contre Hubris.

— Vous baissez les bras ? s'indigna le jeune policier. Après tout ce que nous avons fait ? Vous savez pertinemment que les autorités classeront tout ce que vous leur donnerez tant que l'Exposition durera ! Et pire : j'ai peur qu'ils viennent s'assurer que nous ne parlerons pas de ça aux journalistes ! Ma carrière se finira à peine commencée au fin fond d'un bureau sans fenêtre, vous serez épié matin et soir, s'ils ne vous renvoient pas directement à votre femme, et Faustine sera muselée par la force, s'il le faut ! Ne faites pas ça !

— Il a tué notre Rose ! s'emporta Guy.

— Pas encore ! Nous n'en savons rien !

— C'est évident ! Hubris a besoin de tuer comme vous et moi mangeons, dormons, baisons ! C'est sa nourriture ! Rose n'aura pas duré deux heures entre ses mains expertes ! S'il a pris la peine d'écrire « *À ce soir* », c'est pour mieux nous narguer, nous faire souffrir, nous renvoyer très lucidement à nos limites !

— Alors, vous lui accordez du crédit désormais ? Ce n'est plus le pauvre hère amoureux de sa mère et déséquilibré, mais le grand Hubris, vainqueur du non moins grand écrivain que vous êtes ? Vous êtes lamentable, mon cher ! Vous puez le cigare, vous avez le regard rougi et les épaules affaissées, que va dire Faustine en vous voyant de la sorte ? Est-ce ainsi que vous allez la séduire ?

— Ne racontez pas n'importe quoi…

— À d'autres ! Je ne suis pas aveugle ! Reprenez-vous, ce n'est pas le Guy que je connais. Rose a besoin de vous.

— Je suis à court d'idées, avoua Guy en faisant retomber bruyamment ses paumes sur les accoudoirs de sa bergère rafistolée. La page blanche.

— Et Faustine, où est-elle ?

— Sortie tambouriner à toutes les portes de Paris pour retrouver Rose.

— Vous l'avez laissée sortir seule ? s'alarma Perotti.

— Gikaibo est avec elle.

— Ah. Bon, eh bien je crois que nous pouvons l'attendre, à défaut de mieux. Mais laissez-moi aérer cet endroit !

Faustine rentra une heure plus tard, abattue. Elle n'avait trouvé que portes closes, sauf Louis Steirn qui était en pleine conversation avec la comtesse Bolosky. Gikaibo l'avait empêchée de se rendre sur la Monjol, craignant de ne pouvoir garantir sa sécurité, et le docteur Ephraïm ne travaillait pas à la morgue aujourd'hui.

La troisième lettre arriva peu avant minuit, alors qu'un silence pesant planait sur les combles, les trois silhouettes assoupies par l'attente.

Un enfant de la rue l'apporta, elle lui avait été remise par un autre enfant, place Saint-Georges. Il était inutile d'insister de ce côté-là, Hubris prenait soin de brouiller les pistes, Guy l'avait compris.

Chaude comme la braise et pourtant
Toute fanée la belle Rose,
Elle ne s'est pas plu impasse de la Chapelle...

Guy sauta sur l'*Atlas de Paris* et trouva une impasse de la Chapelle dans le dix-huitième arrondissement, près de la gare de marchandises.

Il attrapa sa veste, son chapeau et sa canne, accompagné par Perotti et constata que Faustine n'avait pas cillé, toujours assise, les yeux sur les mots d'Hubris.

— Restez là, dit-il, je vous envoie Jeanne.

— Il l'a tuée, répondit-elle d'un ton monocorde. Il a tué Rose.

Elle se leva et se joignit aux deux hommes sur le point de partir.

— Faustine, je ne pense pas que ce soit une bonne idée que vous assistiez à cela, insista Guy.

— Je veux la voir.

— Ce sera éprouvant, et vous…

— Je veux lui dire adieu, le coupa-t-elle avant de sortir.

Le vacarme des trains à vapeur fit frissonner Guy lorsqu'il approcha de l'impasse obscure. Derrière un mur en brique de trois mètres de haut, il voyait s'envoler dans la nuit des panaches de fumée, nuages noirs dans un ciel bleuté. Il avait le sang glacé à l'idée que Rose ait vécu ses derniers instants ici.

Il y avait tant de bruit qu'elle aurait pu crier pendant une heure sans que personne ne l'entende. Dans la rue de la Chapelle, sur laquelle ils marchaient, ne passaient que des carrioles filant vers les fortifications pour gagner la banlieue. C'était un endroit triste, peu fréquenté car trop proche des faubourgs, les Parisiens craignaient les bandes de Saint-Denis, Saint-Ouen et Aubervilliers qui opéraient des descentes aux limites de la capitale pour détrousser les bourgeois.

Hubris avait été tranquille pour agir.

Dans l'impasse, étroite et sale, sifflaient des affiches décollées sur les murs, vibraient des tissus déchirés sur la terre battue, au milieu de bidons vides contre lesquels le vent venait cogner en émettant un bruit sourd.

Le cœur de Guy accéléra. Il avait la bouche sèche.

Faustine l'aperçut la première, malgré le rideau de pénombre qui fermait l'impasse. Elle poussa un cri d'horreur, aussitôt étouffé par le rugissement d'une locomotive.

Guy alluma son briquet au-dessus de la forme étendue sur le sol, face contre mur.

Il reconnut immédiatement les boucles rousses.

La jolie Rose.

Ses traits étaient figés dans une abominable grimace : lèvres retroussées, mâchoires serrées, front plissé, les muscles du cou saillants, comme si la mort l'avait cristallisée au pire moment de sa souffrance.

La flamme du briquet se reflétait étrangement dans ses yeux.

Guy se souvint des abysses qui avaient englouti ceux de Milaine.

Le blanc de l'œil entièrement noir.

La robe était déchirée, tout comme le corset. La poitrine de la jeune femme découverte.

Sa peau blanche contrastait horriblement avec les profonds sillons qui tailladaient ses seins. Deux coups de couteau pour trancher les mamelons, une croix de sang sur chaque sein.

Sa robe était relevée sur ses cuisses, un de ses bas de soie lacéré, descendu sous le genou.

Guy voulut prendre Faustine dans ses bras pour l'écarter avant qu'elle n'en voie plus, mais elle se dégagea pour s'agenouiller à côté de son amie dont elle prit la main.

Les sanglots la secouèrent.

— Elle... elle est encore tiède, murmura-t-elle en reniflant. Ma jolie Rose, mon Dieu, pourquoi fallait-il que tu sois là ?

Guy, de son côté, ne ressentait plus rien.

Son cœur battait à nouveau normalement, il s'était habitué à la pénombre, aux odeurs d'humidité, de champignons et d'urine, et il étudiait la silhouette que les vêtements clairs faisaient doucement ressortir dans les ténèbres.

À peine morte et déjà spectrale, songea-t-il.

Tout l'après-midi, il s'était préparé à cet instant. Il le savait inéluctable. Rose était morte à l'instant où elle avait accepté d'accompagner l'homme qui venait la chercher.

Il l'avait appréhendé, il l'avait redouté, mais à chaque bouffée qu'il tirait sur ses cigares, il avait enfoncé un peu plus en lui l'idée d'une mort implacable.

Il était à présent totalement coupé de ses émotions. Dès lors qu'il avait eu la macabre confirmation de ses certitudes, un loquet était tombé, une dérivation privant le cerveau d'empathie, l'empêchant de réfléchir à celle qui était étendue devant lui autrement qu'en termes rationnels, pour analyser les faits.

Il s'interdisait toute compassion.

Pour tenir le choc.

Et son épuisement l'y aidait. Il n'avait plus dormi depuis deux jours.

Lorsque Faustine se leva enfin pour s'écarter, Guy guetta la réaction de Perotti. Il toisait Rose comme s'il s'attendait à ce qu'elle reprenne vie.

L'écrivain ralluma son briquet, ce qui fit ciller Perotti.

— Sa posture, releva l'écrivain. Elle est étrange.

— Comme Milaine, tétanisée.

— Je pensais à la façon dont elle est repoussée contre le mur.

— C'est vrai, comme un vulgaire détritus.

— Ou comme quelque chose qu'on ne supporte pas, qu'on préfère éloigner, qu'on ne veut pas voir.

Comme s'il n'avait pas assumé cette fois. Aidez-moi à la tirer vers nous.

Ils prirent le corps par les épaules et les hanches, avec grand soin, dans la volonté de ne rien altérer, et le reculèrent d'un mètre.

L'écrivain attrapait le bas de la robe et commençait à la remonter lorsque Perotti l'arrêta d'une poigne ferme :

— Guy, êtes-vous sûr de vouloir faire cela ? Et la dignité de Rose ?

— Elle n'en a guère plus, Martial.

Guy assura sa prise sur le tissu et l'inspecteur le relâcha.

La culotte manquait.

L'écrivain s'assura que Faustine ne voyait pas. Elle était repartie à l'entrée de l'impasse et sanglotait, le dos tourné au triste spectacle.

La flamme n'éclairait pas assez et Guy se pencha pour distinguer un peu de sang qui coulait entre les lèvres de la prostituée. Il prit une profonde inspiration et enfonça deux doigts dans son sexe tandis que Perotti hoquetait de surprise.

— Il n'y a rien, avoua Guy en s'essuyant avec son mouchoir. Je suis désolé, il fallait que je le fasse, avant que la police ne vienne et fasse disparaître tous les indi… Qu'est-ce que c'est ?

Il posa un genou à terre pour mieux distinguer un reflet gras sur la cuisse et un sillage brillant qui avait goutté jusque sur la terre.

— C'en est, dit-il aussitôt.

— Quoi donc ?

— Du sperme ! Mais il a été… essuyé. Enfin pas tout à fait, pas très bien. Hubris a nettoyé les cuisses de Rose, regardez, le duvet, ici, est un peu poisseux.

— Quelle horreur.

Guy ne partageait pas le dégoût de son compagnon, au contraire, il exultait d'enfin découvrir une trace qui relançait son inspiration.

— Tenez, prenez mon briquet, dit-il, et vérifiez de votre côté si elle n'a rien sous les ongles. Cherchez du tissu, un poil, n'importe quoi qui prouverait qu'elle a lutté et qui nous renseignerait sur notre homme.

— Non, rien de rien. Ses ongles sont parfaitement manucurés.

— Elle ne s'est pas défendue. Je ne sais pas comment il fait, mais il parvient à les mettre en confiance, elles ne voient rien venir. Et ses attaques doivent être fulgurantes, pour ne pas leur laisser le temps de réagir.

— Guy, vous… vous n'éprouvez donc rien à la vue de cette pauvre fille ? Vous la connaissiez, non ?

— J'ai couché avec elle, fit Guy avec, pour la première fois depuis qu'ils étaient dans l'impasse, un soupçon de tremblement dans la voix.

— Vous êtes totalement coupé de vos émotions, remarqua Perotti avec une pointe de peur.

— J'ai préparé ce moment dans ma tête toute la journée. J'ai fait le deuil de son sauvetage, Martial. En tout cas pour l'instant. Viendra un moment où toute cette culpabilité remontera à la surface. J'espère seulement qu'Hubris aura été mis hors d'état de nuire d'ici là.

— Vous finirez par vous déclencher un cancer à toujours ravaler vos sentiments, ils vont pourrir à l'intérieur, c'est ça le cancer : trop de sentiments qu'on a entassés plutôt que de les exprimer, les cancers sont l'expression des sentiments pourris.

— Aidez-moi plutôt à lui desserrer la mâchoire au lieu de raconter n'importe quoi.

Ils durent forcer à deux, pour parvenir à écarter les lèvres.

Un liquide blanchâtre s'écoula aussitôt.

— Rendez-moi le briquet ! ordonna Guy en l'arrachant des mains de Perotti. Oui ! Je vois quelque chose !

Il avait le nez presque à l'intérieur de la bouche de la morte.

— On dirait... des fragments d'une pastille blanche, très fine, elle a en grande partie fondu.

— Un médicament ?

Guy pointa le doigt vers le visage terrifiant.

— Je pencherais plutôt pour une pastille contenant le mélange de poisons qu'il leur fait absorber. Elles croient prendre une pastille rafraîchissante et c'est en fait la mort en quelques secondes.

Guy palpa le ventre et termina en considérant les seins aux mamelons ouverts.

— Il faut prévenir la police, fit Perotti. Si on nous trouve ici, nous serons les suspects évidents de ce crime ! Nous la connaissions tous. Je ne veux pas finir sous la guillotine pour un meurtre que je n'ai pas commis !

Guy ne répondit pas, comme s'il n'entendait plus.

Il tendait un doigt vers le mur, les cuisses, les seins de Rose, et sa bouche s'agitait tandis qu'il se parlait à lui-même, si bas que Perotti ne pouvait comprendre.

— Enfin, Guy, qu'avez-vous à la fin ?

— Il n'a pas prélevé d'organes cette fois. Il n'a pas non plus massacré sa victime à l'arme blanche. Il recommence avec son autre rituel, celui où l'aspect sexuel prédomine. J'ai l'impression qu'il va mal. Hubris a deux façons de procéder : celle réfléchie, où il opère à l'instar d'un homme ayant autre chose que le meurtre en tête, comme s'il avait un but différent. Et celle où il ne contrôle pas bien sa scène de crime, à l'image de celle-ci. Il est tiraillé jusque dans ses fantasmes de mort, qu'il ne parvient pas à établir correctement. Et ce soir, il allait mal.

— Pourquoi dites-vous ça ?

— Il savait que nous allions la trouver là, puisqu'il nous y a conduits. Il met tout en scène pour nous impressionner, pour nous manifester sa supériorité. Et pourtant, au lieu de disposer le cadavre de manière un peu... étudiée, pour nous terrifier encore plus, il l'abandonne dans un coin, comme s'il était honteux de ce qu'il a fait. Ensuite, il y a un degré franchi dans la connotation sexuelle, les seins ainsi mutilés, cette croix sur ce qui donne le lait, c'est assez parlant ! Et nous renvoie, une fois encore, à sa mère !

— Ou tout simplement à sa colère contre les femmes, contre la maternité, contre cette fille de joie qui ne mérite pas de donner de la nourriture à un enfant, voire même d'en enfanter !

— C'est vrai, bonne remarque, Martial. Enfin, il y a le sperme essuyé, ce détail-là, il ne s'attendait pas à ce que nous le remarquions, il a tout fait pour le masquer. Mais le choix d'un lieu aussi sombre l'aura certainement handicapé dans sa besogne. Il n'assume pas ce plaisir. Ou plutôt cette absence de virilité, car, pardonnez-moi d'être aussi cru, le vagin de Rose est entaillé, je l'ai clairement senti. Hubris lui a enfoncé quelque chose de tranchant à l'intérieur, plusieurs fois même. Mais il n'est pas parvenu à la violer avec son sexe, il a joui à l'extérieur. Je vous le dis : Hubris va mal. Il se passe quelque chose.

— Tant mieux ! Cela va peut-être l'amener à se rendre !

— N'y comptez pas, il a trop d'amour-propre, il s'est engagé dans une joute avec nous, il va aller jusqu'au bout. En revanche, je crains qu'il ne perde les pédales.

— C'est-à-dire ?

— Qu'il décide d'y aller de front. De nous attaquer directement. Rose n'était qu'un crime de substitution, c'est Faustine qu'il était venu chercher. Après ce qu'il a fait ici, la pression en lui va monter encore d'un cran, j'ai peur qu'il n'attende plus.

— J'ai une arme chez moi, je peux la prendre si vous voulez.

— Faites donc, on ne sait jamais.

Guy caressa le front de Rose et écarta les mèches bouclées qui masquaient en partie ses traits.

— Je vais te venger, ma douce Rose, dit-il tout bas. J'y suis presque, je le sens. Nous avons tout pour le démasquer, mais l'étincelle ne vient pas.

Il lui déposa un baiser sur la joue.

La joue d'un visage déformé par la douleur et la peur.

41

Guy se leva à midi.

Le crâne enfermé dans un étau à cause des cigares qu'il avait fumés la veille sans discontinuer.

Il se trempa la tête dans une bassine d'eau froide et resta en apnée aussi longtemps que possible pour se remettre les idées en place.

Rose était à présent allongée sur une table de dissection à la morgue, sur l'île Saint-Louis.

Perotti avait prévenu la police, un message anonyme apporté par un jeune commissionnaire ramassé sur le trottoir. La procédure avait fait débat entre Guy et Faustine, le premier ne voulant pas attirer Pernetty et Legranitier à la maison close. Deux crimes en une semaine allaient éveiller les soupçons et risquaient de les entraver dans leurs propres investigations, tandis que la jeune femme ne voulait pas que Rose soit traitée comme une inconnue. Guy obtint un sursis de deux jours. Après quoi, Faustine irait à la morgue identifier Rose, pour qu'elle ait droit à une sépulture avec son nom.

Mais le plus difficile avait été de la convaincre de ne rien dire aux autres filles de l'établissement.

— Je ne jouerai pas la comédie devant elles ! s'était écriée Faustine.

— Deux jours seulement. C'est tout ce que je vous demande, ne rien leur dire avant. Après le décès de Milaine, celui de Rose va faire s'effondrer le *Boudoir*, elles ne tiendront plus, et Julie non plus. Elles préviendront la police et nous serons pieds et poings liés. Je vous demande deux jours, Faustine !

— Je vais faire ce que je peux, avait-elle soupiré, contrainte. Mais l'absence de Rose dans la maison va les alarmer tout autant, soyez-en sûr.

— Même si Julie va prévenir le sergent de ville, il n'ouvrira pas une enquête pour une prostituée absente. Surtout si on lui raconte qu'elle est partie avec un gentilhomme.

Guy disposait donc de deux jours.

Deux journées pour faire parler les faits, pour arrêter Hubris.

Perotti avait promis de passer sur le chemin de son travail et il toqua à la porte des combles peu avant treize heures.

— Je vais tâcher de me renseigner sur ce qu'ils ont fait de Rose, dit-il. Les circonstances du crime auront probablement fait appeler nos deux inspecteurs préférés sur place.

— En espérant qu'ils ne reconnaissent pas Rose.

— Dites-vous qu'ils voient tant de visages. Je doute que celui de Rose leur soit plus familier qu'un autre.

— De toute façon, ils viendront ici tôt ou tard. Je dois agir avant eux.

— Qu'est-ce que vous avez en tête ?

— Cette pastille qui était dans la bouche de Rose, c'est la même chose que pour Milaine. Je vais me renseigner sur sa fabrication, sur les endroits où on peut se procurer de l'arsenic, de la strychnine et de l'atropine. On ne sait jamais.

— L'atropine est utilisée pour améliorer le rythme cardiaque, la strychnine pour la respiration, et sert aussi à forte dose de poison antirongeurs, on peut en produire soi-même en achetant des noix vomiques, et, enfin, l'arsenic est un conservateur bien connu que l'on peut se procurer dans toutes les drogueries parisiennes. Dans l'ensemble, ces ingrédients ne sont pas très difficiles à trouver, et bien sûr, un médecin serait le plus à même d'en avoir facilement et à tout moment.

— Votre culture en la matière me sidère !

— Je n'ai aucun mérite, j'ai passé mon concours d'inspecteur récemment et les poisons sont au programme ! Ils sont hélas souvent utilisés pour les crimes, et un bon policier doit savoir les identifier. Je dois me dépêcher, je suis attendu, je termine mon service à dix-sept heures, je repasserai à ce moment pour vous informer de ce que l'affaire Rose a donné.

À nouveau seul, Guy se posta devant sa boîte de cigares et hésita.

Il la lâcha pour venir s'asseoir dans un des canapés, face à la planche couverte de feuilles clouées.

5 disparitions entre septembre et février rue Monjol. Toutes des femmes, prostituées. Identités inconnues de nous (voir le roi des Pouilleux pour plus d'informations). Manquantes.

Louise Longjumeau – mi-février. Rue Monjol. Manquante.

Viviane Longjumeau – 7 avril. Rue Monjol. Quai du Port-Saint-Bernard, près du Jardin des Plantes – Poignardée à mort. Violée par un objet, une figurine. Yeux noirs.

Anna Zebowitz – 12 avril. Place de la Concorde. Sommet du palais du Trocadéro – Éventrée. Mutilée/ vol d'organes. Égorgée post mortem.

Milaine Rigobet – 18 avril. Rue Notre-Dame-de-Lorette – Sudation sanguine. Crispation musculaire générale. Yeux noirs. Liquide blanc dans la bouche.

Il ajouta :

4 autres meurtres (les premiers ?) entre juin et septembre. Deux hommes et deux femmes, des gagne-misère. Dans tout Paris. Éventrés et organes prélevés.

12 victimes tuées entre octobre et début avril. Hommes et femmes, de l'adolescent à l'adulte. Découpés. Membres parfois absents. Viscères prélevés.

Elikya, femme de Bomengo, tuée début avril. Enlevée par Hubris sur le site même de l'Exposition.

Rose – 24 avril, au Boudoir. Impasse de La Chapelle – empoisonnée. Violée par un objet tranchant. Trace de sperme essuyée sur ses cuisses. Pastille blanche dans la bouche.

En dessous, le visage du monstre prit un peu plus forme lorsqu'il mit en mots les résultats de l'étude graphologique :

Hubris.
25-35 ans. Célibataire. Renfermé, timide, observateur, taciturne. Peu sûr de lui en public.

Dispose d'un véhicule. Un habitat isolé (à Ménilmontant – proche des meurtres) ?
Costaud.
Fréquente les quartiers durs. Les prostituées ?
N'a pas peur du sang. Habitué ?
Sait découper la viande ?
Enfance malheureuse.
Veut choquer la société.
Son fantasme n'est pas la mort directement. POURQUOI TUE-T-IL *?*
Les cinq filles de la Monjol sont-elles ENCORE EN VIE *?*
A un problème avec les femmes pour lesquelles il n'a aucune estime, et avec son amour maternel. Père violent ? Il aime le pouvoir, tout contrôler, et est relativement intolérant. C'est un être asocial, qui ne respecte pas les normes, mais qui fait attention en public, il sait jouer avec les codes et se montrer à son avantage bien que, par nature, il soit distant avec les autres. Un solitaire. Nerveux. Il est prévoyant, et méfiant. Sans cesse tiraillé entre ses fantasmes et la réalité.

Guy recula pour contempler l'ensemble.

— Tu as un compte à régler avec le monde, pas vrai ? dit-il, comme si Hubris était dans la pièce. Les choses se sont mal passées pour toi, lorsque tu étais petit, ton père te battait, ta relation avec ta mère n'était pas bien définie. Venait-elle se faire pardonner de ne pas te défendre, lorsque tu étais seul, en te démontrant un peu trop d'amour ? Maintenant que tu es adulte, tu aimes te sentir puissant, enfin capable de faire payer ce que tu as subi. Mais comme tu es incapable de t'en prendre à ta mère qui ne t'a pas défendu, qui a complètement bousillé tes repères, tu frappes les femmes en général, parce que tu les détestes. Tu hais l'idée même qu'elles enfantent, non ? Et quand la haine du père remonte, trop forte, ce sont des hommes que tu attaques.

Guy hocha la tête. Oui, c'était ça, il tenait là quelque chose.

— C'est pour ça que tu t'en prends moins aux hommes ! Ton père était un salaud, il te battait, tu voudrais lui rendre la monnaie de sa pièce, mais au fond, la violence tu as appris à vivre avec, tu t'es adapté, c'est un langage que tu maîtrises désormais, tu peux l'utiliser à ton tour. Mais ce qu'a fait ta mère, ça, tu ne peux l'accepter. Elle a transgressé tous les tabous. Certes, elle ne te protégeait pas lorsque les coups pleuvaient, mais ça, tu aurais pu l'accepter. Cette indifférence, tu aurais pu la surmonter, comme la violence du père. Mais elle a été beaucoup trop loin, c'est sur elle que se focalise ta colère. Ta mère a commis l'irréparable. Tu as trop peu de respect envers les femmes, ton idéal féminin est inexistant, car la femme originelle, la source de ton rapport à elles, a été faussée dès le départ.

Guy eut une illumination. Une certitude. Tous les éléments du portrait coïncidaient dans cette direction, c'était la même évidence que lorsqu'il créait des personnages pour ses romans et que, soudain, toute leur histoire s'emboîtait dans son esprit, lorsque tout faisait sens avec le récit qu'il souhaitait rédiger, il savait qu'il tenait *la* bonne idée.

Il reprit son stylo à encre et écrivit en gros :
« *Hubris couchait avec sa mère.* »
Cette fois il touchait l'essence même de ses crimes.
Vingt-six en dix mois.

Cela faisait beaucoup. Il était en train d'accélérer, en train d'imploser. Ses conflits intérieurs se bousculaient. Après avoir fait sauter la soupape de sécurité en le faisant passer à l'acte pour la première fois, ils le conduisaient peu à peu à l'autodestruction.

Comme si tuer encore et encore ne parvenait finalement pas à l'apaiser, que tuer ces personnes avait été tuer son père, et surtout sa mère, pour se rendre compte qu'après l'adrénaline première, cela ne résolvait rien en lui. Cette accélération, cette frénésie de tuer l'autre était devenue en fait un moyen de se détruire lui-même.

Hubris était-il, en définitive, capable d'éprouver de la culpabilité ?

— Non, dit Guy tout haut. Mais il y a trop de conflits en lui. Cette bataille permanente, ce mal-être qu'il était parvenu à calmer à travers ses crimes s'est en réalité accentué lorsqu'il a pris conscience que tuer ne le soulagerait pas même si, sur le moment, il avait l'impression, que tout n'allait pas s'améliorer. Il ne le supporte plus, Rose en est la preuve. Il ne se contrôle plus totalement sur la scène de crime.

Les idées fusaient sur la page blanche de l'inspiration, Guy retrouvait enfin ses sensations. Tout s'imbriquait parfaitement. Il se savait en plein épanouissement créatif. Il fallait en profiter.

Il relut une fois encore toutes les données.

La manière dont avaient été tailladés les mamelons de Rose le hantait.

Était-ce de l'ordre du personnel ? Car Guy connaissait ses seins, il les avait aimés. Ou bien y avait-il un élément que son inconscient relevait sans parvenir à le faire passer dans le domaine du conscient ?

— Deux coups de couteau perpendiculaires, l'extrémité du mamelon fendue, les plaies partant d'au-dessus de la poitrine, jusque sur les flancs, un trait horizontal barrant chaque sein.

Soudain Guy se figea.

Ses yeux s'écarquillèrent tandis qu'il prenait une interminable inspiration.

Comment étaient-ils passés à côté de ça ?

Tout était bien là, sous leurs yeux.

Non seulement le portrait précis d'Hubris, mais également son identité.

Et Guy ne s'était pas trompé.

Ils le connaissaient.

42

La lame du couteau brillait devant ses yeux comme un bijou en argent.

Le fil, en particulier, traçait une ligne hypnotisante, qui semblait capable de trancher l'infini.

Et pourquoi pas les différentes couches de matière entre le monde des vivants et celui des esprits ? se demanda Faustine.

Cette arme, un couteau à viande qu'elle avait prélevé à la cuisine du *Boudoir de soi*, prenait dans son esprit l'allure d'une clé.

Une clé vers la vengeance.

Milaine pour Rose, et pour toutes les autres.

Pourquoi n'avait-elle pas été là, la veille, lorsque Hubris s'était présenté ?

N'y tenant plus, Faustine quitta sa chambre et se faufila vers le hall en s'arrangeant pour ne croiser personne.

Rose n'était pas rentrée cette nuit et tout le monde en jasait depuis le réveil. Faustine ne se sentait pas prête à supporter les regards inquiets de ses amies et à leur mentir.

Elle n'était pas non plus d'humeur à s'embarrasser de Gikaibo.

Guy lui avait fait promettre qu'elle ne sortirait jamais sans le colosse japonais, pourtant elle décida de rompre le pacte.

Que risquait-elle en pleine journée ?

Hubris ne viendrait jamais l'attaquer de front, ne tenterait pas de l'enlever par la force, il opérait par ruse uniquement. Il était bien trop lâche pour procéder autrement.

Et quand bien même il m'approcherait, je saurais le recevoir, songea-t-elle en palpant le couteau coincé contre sa cuisse avec sa jarretelle.

Faustine ne savait où aller, son rendez-vous avec Théodore Sébillot n'était qu'en début d'après-midi, aussi se laissa-t-elle porter par ses pas... square de la Trinité, boulevard Haussmann, les façades somptueuses du Printemps où Faustine se souvenait avec nostalgie d'être venue pour la première fois prendre l'ascenseur avec ses parents...

Qu'était devenue sa mère ? Cette femme autoritaire, froide comme la glace. Elle ne lui avait pas pardonné sa fuite, Faustine en était certaine, c'était probablement une blessure si vive que sa fille était morte à ses yeux depuis longtemps. Et son père ? Toujours aussi effacé ? Homme de pouvoir et de décision en affaires ; discret et soumis en famille. Des deux, c'était assurément lui qui devait souffrir le plus de cette absence, de cette fuite.

Faustine eut un pincement au cœur en repensant à lui.

Savoir sa fille dans un bordel l'aurait tué à coup sûr.

Il ne s'était probablement pas remis du suicide de Nathan, ce fils d'une famille influente avec laquelle il traitait ses affaires.

Cette vie de codes, de bonnes manières, d'alliances, ce reliquat d'une aristocratie qui n'avait pas totalement périclité depuis la Révolution, renforçant au contraire ses traditions en même temps qu'elle se repliait sur elle-même pour survivre, Faustine ne pouvait la supporter.

Prendre ces hommes dans sa couche n'avait pas été tous les jours facile à vivre, elle avait même, parfois, songé à la mort, et pourtant, jamais elle n'avait regretté son choix. Nathan était mort par sa faute, elle devait l'assumer jusqu'au bout.

S'en faire payer le prix.

Jusqu'à se sentir, un jour, acquittée.

Faustine arrivait place de la Madeleine, elle continua jusqu'à la Concorde d'où elle put faire la queue à la porte monumentale pour entrer dans l'enceinte de l'Exposition universelle.

Elle se promena entre les pavillons étrangers, puis prit un repas léger sur une terrasse dominant la Seine et les centaines de barques, bateaux et péniches qui la traversaient d'une rive à l'autre, transportant les visiteurs à l'instar des omnibus hippomobiles de la ville.

Elle retrouva Théodore Sébillot devant le kiosque administratif, le petit homme s'était fait tout beau : faux col fermé par une cravate en soie, boutons de manchettes rutilants et moustache bien taillée, il arborait un sourire extatique en la voyant approcher.

— Votre présence suffirait à éclairer tout le château d'eau, s'exclama-t-il, nous aurions fait de belles économies en vous découvrant plus tôt !

— Je constate que vous vous échauffez la langue pour notre visite !

— Et j'ai fait le tour de mes collègues pour être sûr de ne manquer aucune anecdote ou bizarrerie ! Après cet après-midi, vous aurez de quoi alimenter vos soirées entre amies jusqu'au petit matin ! Allons, venez, commençons par le plus près : le palais de l'Électricité et les cinq mille lampes multicolores à incandescence qui embrasent, chaque soir, sa façade. Et il ne faut pas oublier les huit énormes lampes de couleur, les rampes phosphorescentes et toutes les lanternes accrochées aux pignons ! C'est derrière ces portes que repose le système qui alimente en électricité l'Exposition dans son entier ! Sachez que, d'une pression de l'index sur le commutateur central, vous pourriez plonger dans les ténèbres toutes les festivités ! D'un doigt ! Des milliers de visiteurs désemparés ! Tout autant d'exposants tétanisés ! Je trouve qu'il est formidable de se souvenir à tout moment que, pour n'importe quelle force colossale, existe quelque part, un moyen simple de la désactiver !

Il prit Faustine par ce bras et l'entraîna à travers les allées publiques, puis lui fit emprunter des coursives de service, où ils passèrent devant de gigantesques tuyaux vibrant sous la puissance de l'énergie qu'ils véhiculaient.

Pour chaque section, Théodore Sébillot se fendait d'une petite explication, d'un récit parfois humoristique, parfois technique, et Faustine écoutait avec attention, n'ayant presque pas à forcer ses rires tant le personnage se montrait amusant.

Mais tout ce qu'il lui racontait n'avait aucun intérêt du point de vue de l'enquête.

Au détour d'un hall immense qui abritait une collection de ballons dirigeables, Faustine tenta d'orienter le récit vers ce qui l'intéressait :

— Et sur le plan… criminel, n'y a-t-il rien de croustillant à savoir ?

— Ah, pas que je sache ! L'Exposition est extrêmement bien fréquentée, pas de bandes de miséreux dans nos rues, pas de gitans détrousseurs, ni de groupes organisés ! Soyez sans crainte !

— Pas même de disparitions étranges pendant les travaux ?

— Non, je ne crois pas.

Sébillot paraissait sincère.

— Oh, il y a eu un incident sous la tour Eiffel, reprit-il, des ouvriers qui sont tombés, mais c'est le seul fait dramatique que je me rappelle. Et c'est tant mieux !

— Et les sous-sols de l'Exposition, ils sont grands ?

— Vous n'imaginez pas à quel point ! Tout d'abord, il y a toutes les galeries qui acheminent l'électricité. Puis les niveaux inférieurs de certains pavillons, les caves, les grottes naturelles recréées du côté du Trocadéro et, enfin, les égouts de la ville qui nous servent à certains endroits pour faire passer les conduites de gaz.

— Peut-on y accéder ?

— Il n'y a rien de plus à voir que ce que je vous ai montré tout à l'heure dans les parties techniques, c'est assez sombre, humide et, pour tout vous dire, nous les évitons en dehors des rondes pour vérifier que tout va bien.

— Et tous les exposants peuvent y accéder ?

— Non, bien sûr que non ! C'est réservé aux techniciens de l'Exposition.

Faustine était déçue. Elle n'avait rien appris d'utile pour confondre Hubris. Malgré son insistance sur les sous-sols, Sébillot ne lui relata rien d'essentiel.

En approchant du bout d'un des palais qu'elle connaissait, elle reconnut la section anglaise où Leicester exposait. Ils le croisèrent à l'extérieur, en sortant du bâtiment, alors qu'il vidait une berline, dont l'intérieur sans fenêtre était entièrement capitonné.

— Mademoiselle Faustine ! s'exclama-t-il d'un air réjoui en l'apercevant.

— Je continue ma visite, avec un guide exceptionnel.

Sébillot se mit à rougir.

Faustine s'intéressa à la berline. Elle n'était pas très spacieuse mais sa singularité suffisait à éveiller son intérêt.

— C'est à vous ? demanda-t-elle à l'horloger.

— Oui, je l'ai apportée avec moi d'Angleterre. Il n'existe pas mieux pour transporter sur de longues distances des pièces fragiles et d'extrême précision ! Lorsque je fabrique des horloges particulières, elles voyagent là-dedans ! C'est très confortable, vous voulez essayer ?

— Non, merci, fit Faustine avec la chair de poule.

— Louis organise une séance ce soir, aurons-nous le plaisir de vous y voir ?

— Il m'en avait parlé, je viendrai peut-être.

— Ne la manquez pas, votre présence la dernière fois a contribué à d'incroyables résultats.

— Je m'en souviens bien, fit la jeune femme, un peu troublée.

— Ne vous inquiétez pas pour ce que la comtesse vous a dit à la fin, j'ai déjà vu la même chose se produire, et la personne est toujours bien portante. Je pense que les esprits sont facétieux, assez jaloux de nous qui sommes encore en vie, et ils aiment nous faire peur.

— Peut-être à ce soir, alors.

Faustine s'éloigna, son guide à ses côtés, encore perturbée par la berline et le souvenir de la séance de spiritisme.

Hubris a un moyen de transport, avait dit Guy.

C'était là un véhicule parfaitement adapté à un enlèvement.

Membre du Cénacle où il avait pu connaître Milaine, apparemment célibataire, Leicester ressemblait beaucoup au portrait qu'ils avaient du tueur.

Mais Leicester voyageait sans cesse. Circulant tout le temps entre son pays d'origine et la France, il ne pouvait tuer aussi souvent, pas vingt-six fois en dix mois.

Et s'il est sans arrêt sur la route dans sa berline capitonnée il peut s'en prendre à des filles de rencontre, pas systématiquement dans Paris, c'est encore plus pratique et moins risqué pour lui !

— Charmant garçon que ce M. Leicester ! affirma Sébillot.

— Vous le connaissez ? Vous retenez les noms de tous les exposants de votre section ?

— J'avoue que ce n'est pas le cas, ils sont trop nombreux, cependant on se souvient des gens un peu particuliers, ou des projets originaux. Je me souviens que, sur son dossier d'inscription, M. Leicester souhaitait un espace assez vaste, isolé du reste de son stand, un endroit hermétique.

— Hermétique ? répéta Faustine.

— Non, le terme exact était « stérile » ! Pour en faire un laboratoire de construction horlogère. C'est pour ça d'ailleurs qu'il est arrivé ici, dans ma section, plutôt que dans le bâtiment de l'horlogerie sur les Invalides, ils n'avaient pas la place. Je ne le connais pas personnellement, j'ai plus souvent eu affaire à son assistant.

Pourtant Leicester avait affirmé avoir été contraint de déplacer son stand, se souvint Faustine avec une pointe d'excitation. Pourquoi lui avait-il menti ?

— Et cet assistant, comment est-il ? demanda-t-elle.

— M. Legrand ? Discret. Il fait son œuvre, il obéit à son employeur. Pourquoi ?

— Par curiosité, j'avoue que je visiterais bien ce laboratoire.

— Ah, pour ça il faudra voir avec M. Leicester directement, je n'y ai pas accès.

— Cet espace stérile se trouve où exactement ?

— Sous l'entrée que nous venons de franchir, en contrebas de la mezzanine où il expose. Ce doit être un peu triste sans fenêtre, mais, au moins, il a ce qu'il voulait.

Faustine devait aller voir cet assistant sans plus tarder. Mais avant cela, il lui restait un exploit à accomplir.

Elle avait remarqué que Sébillot ouvrait toutes les portes de service avec la même clé, un passe. Il la rangeait chaque fois dans sa poche droite de sa veste.

Il lui fallait cette clé.

Faustine feignit de se tordre la cheville et perdit l'équilibre.

Sébillot la rattrapa aussitôt. Leurs deux corps se collèrent et le petit homme en fut tout ému.

— Vous ne vous êtes pas fait mal ? demanda-t-il d'une voix chevrotante.

Faustine pressa encore plus sa poitrine contre lui, sa robe l'entoura au niveau du bassin. Elle posa sa joue contre celle du commissaire et profita de sa stupeur pour plonger la main dans sa poche.

Elle saisit la clé et se redressa.

— Pardonnez-moi, dit-elle, j'ai glissé.

— Je vous en prie. Vous allez bien ?

— Oui, je vous remercie. Théodore, c'était un plaisir que de partager ce moment avec vous.

La déception envahit le visage du petit homme dès qu'il comprit qu'elle prenait congé.

— Vous ne voulez pas que je vous offre un rafraîchissement ? Il y a d'excellentes limonades sous la tour Eiffel !

— Je dois, hélas, filer. Merci pour tout.

Elle déposa un baiser sur sa joue et se coula dans la foule.

Elle avait un sous-sol à visiter.

43

La pastille blanche.

Tout était dans la pastille blanche.

Elle n'avait pas d'odeur particulière, était très fine pour un médicament, trop fine.

Guy comprit aussi quelle était la figurine qui avait été retrouvée enfoncée dans le sexe de Viviane Longjumeau, et il sut pourquoi il n'y avait pas plus de précisions à son sujet dans le rapport de la police.

Les croix taillées sur les seins de Rose l'avaient mis sur la piste.

Tout s'imbriquait.

Des hosties.

Voilà ce qu'il leur mettait dans la bouche.

Des hosties imbibées de poison.

Et, pour que les inspecteurs ne veuillent pas préciser quelle était exactement la figurine qui avait violé Viviane, ça ne pouvait être que pour éviter un blasphème. La figurine du Christ.

La croix chrétienne pour fendre les seins.

Les meurtres étaient des crimes religieux.

Ceux d'un être qui avait perdu pied dans la réalité.

Un homme qui s'était réfugié dans la religion pour se reconstruire, en espérant y trouver la paix, en croyant que Dieu lui rendrait son humanité, l'absoudrait de ses cauchemars, de ses démons.

Guy ne doutait pas que sa foi avait servi à le canaliser dans un premier temps, elle l'avait assisté dans cette lutte interne, pourtant, avec le temps, elle l'avait déçu. Il avait trop espéré d'elle.

Et la religion ne pouvait tout résoudre.

Cet homme s'était mis à douter. De lui-même, de son Dieu.

La société elle-même avait contribué à le faire vaciller en annonçant la prochaine séparation de l'Église et de l'État.

Un homme en proie au doute. Un esprit malade, rongé par les fantasmes les plus pervers, dévoré par un déséquilibre grandissant.

Guy l'imaginait sans peine se tourner alors de l'autre côté, pour voir.

Du côté de l'ésotérisme, des sciences occultes.

Dieu y était-il plus présent ?

La solution à son mal-être ?

Puis il avait entraperçu les satanistes.

Il avait basculé.

Tuer était-il, en plus de se soulager, un moyen de tester Dieu ? De le provoquer ?

Guy n'avait plus aucun doute.

Il savait qui était Hubris.

Un simple détail aurait pu le mettre sur la bonne piste, depuis longtemps.

L'opium.

La jeune Louise en fumait, le roi des Pouilleux le lui avait confié, c'était la raison de sa fugue, ce qui l'avait conduite sur le pavé.

Et ce n'était pas tous les jours qu'on rencontrait un prêtre amateur d'opium.

S'étaient-ils rencontrés à la fumerie ? Ou dans la rue Monjol où il venait proposer la confession aux filles ? Louise l'avait-elle initié à la drogue ?

Ce ne pouvait être qu'un homme.

Le père Camille.

Guy ne pouvait attendre.

L'inspecteur Perotti ne serait pas de retour avant la fin de journée, et il lui était insupportable de rester sans rien faire.

Faustine n'était pas dans sa chambre.

Guy demanda à Jeanne, mais personne ne l'avait vue depuis la matinée.

Et Gikaibo était dans la cuisine.

— Personne n'est venu la chercher, tu es sûre ?

— Oui, je suis sûre ! Qu'est-ce qu'il y a ? C'est à cause de Rose, c'est ça ? Elles sont ensemble ?

Mais Guy était déjà dans la rue.

Il promit le double du tarif à son cocher s'il le déposait au pied de Montmartre en moins de cinq minutes.

Faustine n'aurait pas suivi n'importe qui et elle ne sera pas sortie seule et sans prévenir...

Guy fut pris d'un doute. Après tout, elle était bien du genre à s'affranchir des règles. Autant il ne remettait pas en question sa méfiance, autant sa défiance à l'égard de ce que Guy lui imposait...

Pour aller où ? Pour faire quoi ?

Si elle ne lui en avait pas parlé, c'est qu'il s'y serait opposé.

Le Cénacle ? Elle y est retournée ?

Il préférait ne pas envisager le pire, ses inquiétudes étaient infondées. Faustine savait se défendre, jamais Hubris n'aurait pu l'enlever en pleine journée.

Non, il est plutôt du genre à lui tendre un piège, à la faire venir à lui, mais ça, elle saura le renifler, c'est une fille maligne !

Le fiacre s'arrêta brutalement, Guy était arrivé à destination. Il pressa le pas à travers les ruelles sinueuses de Montmartre et gagna la fumerie où il avait rencontré le père Camille.

Le tenancier précédé de son énorme ventre faisait rouler un tonneau devant son établissement, il transpirait à grosses gouttes et était tout rouge.

— Le père Camille est là ?

— Je suis fermé, j'ouvre à dix-huit heures.

— Savez-vous où je peux le trouver ?

— À son église, Saint-Denis-de-la-Chapelle, en face des ateliers de...

— Je sais où c'est, s'écria Guy en se mettant à courir.

C'était d'une telle évidence.

Hubris allait de plus en plus mal et il faisait de moins en moins d'efforts, peut-être même se fichait-il de brouiller les pistes, il était à bout.

Et, la veille au soir, ils étaient passés devant une église, tout près de l'impasse où gisait Rose.

Il retrouva son cocher qui attendait le client et se félicita d'avoir une nouvelle course pressée qui lui garantissait un beau pourboire.

— Je vous attends ? demanda-t-il en ralentissant devant l'église.

— Ce ne sera pas la peine.

Guy se positionna sur le trottoir d'en face et scruta les grandes portes noires.

C'était la tanière du monstre.

Il resta là, incapable de bouger, pendant de longues minutes, et fut réveillé par les cloches qui sonnaient deux heures de l'après-midi.

Il est là ! Sous ce clocher, au bout de cette corde...

Guy décida de contourner l'église par l'étroite rue de Torcy, et découvrit une minuscule impasse qui desservait le presbytère : une maison modeste, accotée à la nef, dont tous les volets étaient fermés.

Une dame lui passa devant avec son panier garni de victuailles.

— Pardonnez-moi, madame, la héla Guy, connaissez-vous le prêtre qui officie ici ?

— Oh oui, dit-elle avec regret. Le père Camille.

— Est-il malade ? Tous les volets sont tirés.

Elle parut gênée et hésita avant de répondre :

— Oui, je crains qu'il n'aille pas bien. Et encore, aujourd'hui il a sonné l'heure, c'est de plus en plus rare !

— Il est le seul prêtre pour l'église ?

— Oui, il n'y a que lui. Si vous voulez mon avis, ils devraient s'interroger sur les postulants qu'ils recrutent, les bancs seraient plus occupés dans les églises, et nous n'en serions pas là, avec cette histoire de séparation !

Elle le salua et reprit sa route.

L'endroit était calme, peu de fenêtres donnaient sur l'impasse. De quoi agir en toute tranquillité. Hubris pouvait ramener ses victimes ici.

Guy n'était pas sûr de ce qu'il devait faire.

Soudain, la porte du presbytère s'ouvrit et le père Camille apparut.

Guy reconnut les yeux cernés, la peau ridée de cet homme qui paraissait le double de son âge réel.

Debout, il était plus grand que Guy ne s'y était attendu.

L'écrivain se précipita dans le renfoncement d'une porte cochère et guetta le prêtre qui rejoignit la rue de la Chapelle.

Il hésita.

Le suivre ou profiter de son départ pour visiter son antre ?

En pleine journée, Hubris n'allait pas sévir, et il reviendrait tôt ou tard, lorsque Perotti serait là, avec son arme pour l'arrêter.

Guy fit son choix.

Il décida de le laisser filer. Il l'observa qui appelait un fiacre et attendit une bonne demi-heure pour s'assurer qu'il n'était pas parti faire une course rapide. Puis il retourna dans la rue principale où il n'eut aucune peine à trouver un adolescent qu'il transforma en commissionnaire :

— Tiens voilà un franc, tu pourras en réclamer un autre si tu te rends à cette adresse, dit Guy en griffonnant un message sur une page de son cahier de notes qu'il déchira pour la lui tendre. Donne ce mot à Jeanne en lui expliquant que c'est pour Perotti, mon éditeur. Compris ?

L'adolescent hocha vigoureusement la tête et partit à vive allure, le message en poche.

Maintenant, la maison.

L'écrivain s'approcha du presbytère et, après s'être assuré qu'il n'y avait personne alentour, il actionna la poignée de la porte.

Fermée.

Bien sûr. Hubris n'est pas du genre à laisser sa tanière ouverte.

Il prit un des volets en bois, ils étaient en mauvais état, et tira dessus. Un reste de peinture écaillée s'effrita pour tout résultat. Il tira encore un peu plus fort sans davantage de réussite.

Guy jeta un nouveau coup d'œil à l'entrée de l'impasse, toujours personne. Alors, il recommença avec les autres volets, jusqu'à en trouver un qui avait assez de jeu pour s'ouvrir. La fenêtre derrière était encore en plus mauvais état, le bois fendu, le verre en partie désolidarisé. Il poussa avec l'épaule mais ne réussit pas à l'ouvrir.

Énervé et à bout de ressources, Guy donna un bon coup de genou sur le carreau branlant qui tomba et se brisa à l'intérieur.

Il se dépêcha de se faufiler et referma les volets derrière lui en évitant de marcher dans les fragments de verre.

De toute façon, ce soir il dormira en prison !

La pièce principale était toute petite, sans ornement.

Rien qu'une longue table en pin, quatre chaises et un buffet.

Une timide clarté rasante se glissait à travers les lattes des volets.

Au milieu du mur, un crucifix avait délimité son espace avec le temps, marquant ses arêtes de poussière sous le clou encore présent.

Mais la croix elle-même avait été décrochée et gisait sur le sol.

La figurine du Christ y était absente.

Guy ramassa le crucifix et s'aperçut qu'il était abîmé, comme s'il avait été jeté contre un meuble.

Il passa en vitesse dans la cuisine, une pièce sale et mal rangée, pour grimper à l'étage.

La chambre était tout aussi spartiate que le reste : un lit défait, une penderie avec quelques vêtements, une table de chevet et un lavabo avec robinet. Le miroir était brisé, une myriade d'éclairs argentés irradiant depuis le point d'impact découpaient le visage de Guy en un kaléidoscope désagréable. Une odeur de renfermé et de transpiration alourdissait l'air.

Guy aperçut le mur aux papiers en faisant demi-tour pour sortir.

Les pages de la Bible étaient clouées sur tout un pan, des passages soulignés, des croix dans les marges, et il remarqua même quelques gouttelettes sombres sur celles du haut.

Guy frissonna.

Le père Camille avait-il sévi ici même ?

L'écrivain s'attarda à examiner le plancher, y cherchant des traces de sang séché, en vain. Ainsi agenouillé, il remarqua un objet sous le lit.

Il tendit la main et sortit un chat à neuf queues, tout en cuir.

Le prêtre se flagellait.

Constatant qu'il était de nature à dissimuler ses affaires, Guy entreprit de fouiller véritablement la chambre, il souleva le matelas, sonda la table de chevet et fit les poches des pantalons et vestes de l'armoire sans rien trouver d'autre qu'un crucifix rangé dans un tiroir.

Un crucifix duquel on avait arraché la figurine du Christ.

Où tuait-il ses victimes ? Il devait bien en ramener certaines ici…

Une cave ?

Avant de descendre, Guy s'approcha de l'autre porte de l'étage.

Avant d'entrer, il fut pris d'un curieux pressentiment.

Le père Camille était du genre à ne pas dormir, à lutter contre ses démons, le faisait-il dans son lit, sous le regard de la Bible, ou ailleurs ?

Il eut alors le pressentiment que le prêtre disposait d'un lieu, chez lui, qui le rassurait, un sanctuaire où il pouvait venir s'apaiser. Si sa chambre représentait la culpabilité, les fantasmes du sommeil et l'endroit où il se le faisait payer, Lucien Camille disposait d'un cocon, ailleurs.

Guy actionna la poignée et sut aussitôt qu'il avait vu juste.

Les murs, le plafond et le sol avaient disparu.

Guy se figea en distinguant une lumière tremblante.

Des bougies. Nombreuses.

Il marchait sur une surface irrégulière, glissante.

Du blanc partout.

Des veines, des tendons, des stalactites pointues et immaculées comme des os.

Cette seconde peau, qui avait entièrement recouvert la pièce, ressemblait à s'y méprendre à de la matière organique.

Guy comprit en voyant les centaines de bougies allumées.

Le prêtre avait tapissé l'intérieur de cire, des milliers de cierges répandus, fondus, jusqu'à faire disparaître le monde réel.

Chaque pas faisait craqueler ce tapis pâle.

Il a tout laissé allumé, il va revenir rapidement !

Mais Guy ne bougea pas.

Non, cette poche de cire devait être éclairée en permanence, Lucien Camille devait s'en assurer plusieurs fois par jour même. Car elle était un peu son âme, et la lumière lui garantissait de lutter à sa manière contre les ténèbres.

C'était son âme, sa cavité utérine, son sanctuaire de méditation, le lieu où il pouvait être lui-même, rassuré.

Il était inutile d'y chercher des traces de sang, il ne tuait pas ici, il fallait que le lieu demeure pur.

S'il me découvre ici, il sera fou de rage, songea Guy en rebroussant chemin.

Ce fut seulement là qu'il réalisa qu'il était venu sans arme, sans aucun moyen de se défendre. Armé de ses seules idées, de son obsession de vérité, de connaissance, il ne s'était pas préoccupé un instant de cet aspect.

Son cœur se mit à cogner.

Entendrait-il la porte grincer si Hubris rentrait ?

Et s'il était déjà dans la maison ? Alerté de sa présence par le verre brisé et par les couinements du plancher...

Guy serra les poings, ses paumes étaient moites, et il fonça vers la sortie.

Mais sur le palier, il sut qu'il ne pouvait pas repartir sans avoir entièrement visité la maison.

Même si au fond de lui il ne croyait plus du tout à l'hypothèse de filles enlevées et captives, il devait s'en assurer.

Alors, il emprunta l'escalier étroit dont chaque marche gémissait en ployant sous son poids.

De retour au rez-de-chaussée, il allait explorer le fond du bâtiment qu'il n'avait pas encore visité lorsqu'il remarqua que la porte de la cuisine était grande ouverte.

Il était persuadé de l'avoir fermée derrière lui.

Cette fois, il bloqua sa respiration.

Et son cœur jaillit hors de sa poitrine lorsqu'il entendit un choc métallique depuis la cuisine.

Il n'était plus seul.

44

La gueule du loup.

Béante et pleine de crocs.

Faustine la contemplait depuis son coin, sous la mezzanine où exposait Marcus Leicester.

Elle prenait la forme d'une porte de service.

Il y avait assurément d'autres accès, mais Faustine ne voulait pas perdre de temps. Celui-ci ferait l'affaire. Il suffisait de s'y glisser entre deux vagues de visiteurs pour que l'horloger anglais ne puisse la remarquer.

Pourtant, elle n'osait se lancer.

Quelque chose la retenait depuis près d'une heure qu'elle guettait.

Ce n'était ni la peur ni la méfiance.

Plutôt le sentiment que tout ça n'était pas cohérent.

Depuis le début, Faustine ne parvenait pas à faire de Leicester un suspect crédible.

Si c'était si simple que de sentir *le coupable, tous les criminels dormiraient derrière des barreaux*, se rassura-t-elle.

Pas une seule fois durant la visite qu'il lui avait fait faire il n'avait mentionné l'existence de la pièce stérile de son laboratoire. Il aurait normalement dû être fier d'une telle ingénierie, pourquoi la cacher ? Pour éviter de la contaminer ? À défaut de l'y emmener, il aurait au moins pu se vanter de son existence.

À moins de tenir à sa discrétion.

Parce qu'il y commet ses crimes !

Mais, pour s'en assurer, l'idéal était de le prendre sur le fait.

Faustine décida de patienter.

La porte en face d'elle, de l'autre côté du hall d'entrée, était la plus proche du stand de Leicester. Si sa chambre stérile se trouvait bien en dessous comme l'avait stipulé Sébillot, alors le chemin le plus simple et le plus rapide passait par cette porte.

Si l'Anglais venait à s'y présenter, elle n'aurait plus qu'à le suivre à bonne distance pour qu'il la conduise à son repaire.

Alors elle attendit.

Tout l'après-midi.

Elle s'était assise sur une corniche de pierre, un peu à l'écart, et avait une perspective parfaite sur l'ouverture dans le mur opposé.

Au début, elle avait observé les passants – il n'y avait rien d'exposé dans le hall, sinon une structure d'acier recouverte d'une bâche, attendant d'être achevée –, mais cela l'avait vite lassée. Elle jetait de brefs coups d'œil vers la mezzanine, au cas où Leicester ou son assistant, Legrand, s'y serait accoudé. La pire des choses qui pouvait lui arriver était de se faire remarquer par l'un des deux hommes.

Elle ne vit personne.

La journée touchait à sa fin.

Le public était moins dense, les visiteurs du jour repartaient et ceux du soir n'étaient pas encore là.

Peu avant dix-huit heures, un mouvement suspect attira son attention.

Quelqu'un se dirigeait droit sur la porte.

Elle mit plusieurs secondes à reconnaître la silhouette.

Mais lorsqu'il se retourna pour veiller à ce qu'on ne le voie pas, Faustine reconnut immédiatement cette barbe noire.

Louis Steirn.

Elle lui laissa trente secondes d'avance, puis s'élança à sa suite.

L'escalier débouchait sur un couloir éclairé par des ampoules électriques nues, disposées tous les dix mètres, laissant de longues plages de pénombre entre chacune. Des tuyaux couraient au plafond et sur un des murs.

Steirn avait disparu.

Un claquement métallique résonna, il provenait d'un peu plus loin sur la droite.

Faustine souleva sa robe pour éviter que son raclement sur le sol trahisse sa présence et approcha d'un coude derrière lequel se trouvait une lourde porte en acier.

Elle n'avait aucun sens de l'orientation, toutefois, il lui semblait très probable qu'elle était revenue juste au-dessous du hall.

Elle colla son oreille contre le battant froid mais n'entendit rien.

Qu'est-ce que Steirn était venu faire ici ?

Et si elle avait fait fausse route depuis le début ? Si Leicester n'était qu'un brave horloger ayant le culte d'un certain secret quant à ses créations ?

Steirn, en ami de longue date, venait lui rendre visite dans son atelier...

Faustine décida d'entrer pour en avoir le cœur net.

Au moindre danger, elle rebrousserait chemin et préviendrait Guy et Martial.

C'est déjà un danger que d'être descendue ici seule ! aboya sa bonne foi.

Faustine voulait bien faire. Elle agissait pour Milaine et pour Rose, et parce qu'il lui était impossible d'attendre, de prendre le risque qu'Hubris recommence. Mais elle ne voulait pas se tromper, elle ne voulait pas être ridicule devant ses deux compagnons, pas leur faire perdre de temps.

Elle devait s'assurer qu'il y avait quelque chose d'anormal ici, qu'il s'agisse de Leicester ou de Steirn, avant de rameuter les troupes.

Elle poussa le battant qui s'ouvrit sur un autre couloir, circulaire cette fois. Elle progressait à petits pas, aux aguets, prête à courir malgré ses jupons et tout le taffetas de sa robe.

Elle avait oublié son chapeau sur la corniche de pierre.

Tant mieux ! songea-t-elle. C'était déjà bien assez compliqué comme ça de ne pas faire de bruit.

Elle parvint à une pièce tapissée d'étagères, pleines de pièces de métal, d'outils, tout l'arsenal du parfait horloger.

Le couloir se poursuivait, faisait manifestement le tour d'une salle.

Un sas pour préserver l'environnement à l'intérieur.

Derrière la porte à deux battants, se trouvait la vérité.

L'innocence ou la culpabilité de Leicester.

Elle entra avec précaution, aussitôt aveuglée par les batteries de lumières électriques qui projetaient une clarté blanche sur le centre de la salle.

Le parfum qui régnait entre ces murs la surprit tout autant. Un remugle animal et piquant. Le soufre, reconnut-elle.

Elle releva le visage, les yeux masqués par son bras qu'elle tenait devant son front.

Il y avait quelque chose au centre, une forme assez grande.

Bien plus qu'un homme.

Elle arborait ce qui devait être des cornes.

Elle bougeait.

Puis grogna.

Faustine sursauta et recula.

Elle buta contre un corps.

Une personne s'était glissée derrière elle.

Elle voulut la repousser pour s'enfuir mais tout alla trop vite.

Une poigne d'acier lui enserra le menton et lui appliqua un morceau de tissu qui sentait très fort contre la bouche et le nez.

Elle lança ses bras pour se débattre, pour faire plier ces tentacules étouffants.

Ses gestes étaient ridicules en comparaison de la détermination qui animait son agresseur. Il n'était pas très grand, devinait-elle, mais d'une force et d'une volonté de fer.

Alors elle comprit.

Elle sut qu'il ne servait à rien de lutter.

Il avait l'expérience, il ne lui avait laissé aucune chance.

Il anticipait chacun de ses gestes de défense. Il avait répété cette scène maintes et maintes fois, si bien qu'il la connaissait par cœur.

Faustine n'eut d'autre option que de respirer l'odeur étourdissante.

Et de céder à Hubris.

45

Frapper en premier.

Guy le savait : porter le premier coup serait sa meilleure chance de s'en sortir indemne. S'il faisait mouche, à pleine puissance, il pouvait déstabiliser le père Camille.

Tout le buste devait accompagner le poing. Et, s'il choisissait le coup de pied, c'était à la hanche de bien sortir, au bassin d'opérer une rotation parfaite, pour que le poids du corps suive.

Ses années de savate, il devait se rappeler tous les entraînements.

Guy avança pour entrer dans la cuisine.

Ce n'était pas Lucien Camille.

Mais un chat noir, maigre.

Il fixa Guy de ses prunelles verticales cerclées de jaune et miaula.

L'écrivain se relâcha et vida ses poumons de toute la tension qui venait de s'accumuler, ses épaules s'affaissèrent.

— Tu m'as fichu une trouille bleue, sale matou !

Était-ce le signe qu'il ne devait pas s'attarder plus longuement ?

Je ne suis pas venu jusqu'ici pour repartir si vite.

Il devait au moins terminer son exploration.

Il gagna le fond de la maison d'où un escalier partait vers la cave.

L'odeur de moisissure imprégnait les murs.

Guy alluma un chandelier qui trônait sur la première marche et descendit.

La fragrance s'altéra.

Elle devint plus capiteuse, plus chaude.

Piquante.

Cette odeur n'était pas inconnue à Guy, pourtant il ne parvenait pas à l'identifier. La cave abritait un garde-manger chichement garni.

Au centre, sur la terre, reposaient deux récipients en fer d'où s'échappait l'odeur la plus forte.

Guy l'identifia en se penchant au-dessus.

Il l'avait souvent détectée lorsqu'il montait dans les automobiles.

De l'essence.

Et les cercles gravés dans la terre prouvaient qu'il y avait eu d'autres bidons.

À quoi jouait le père Camille ?

Il n'avait pas les moyens de s'offrir une automobile ! Et à quoi bon conserver autant d'essence, ce qui était dangereux en plus car tout le monde savait qu'elle s'enflam...

Oh non...

Le père Camille avait un sinistre plan en tête.

Guy prit soin de ne pas s'approcher trop près du bougeoir et fit un rapide tour de la cave pour s'assurer qu'il n'y avait rien d'autre puis il remonta à grandes enjambées.

Cette fois il pouvait sortir.

Pourtant il hésita.

Il y avait encore l'accès à l'église.

Il entrouvrit le rideau pour inspecter une tablette sur laquelle reposait une custode pleine d'hosties.

En songeant à leur sinistre destination, il eut soudain l'envie de les jeter pour les piétiner.

Il chassa les visages de Rose et de Milaine de son esprit et poursuivit.

Le coffre pour le calice, le corporal, la patène, l'encensoir et d'autres accessoires pour célébrer la messe. Rien d'intéressant.

Il ignora la chasuble et le reste pour faire quelques pas de plus en direction de l'église.

La nef se trouvait derrière une porte qu'un verrou fermait de l'intérieur.

Drôle de précaution pour un prêtre.

Guy remarqua alors que ses pas provoquaient un grincement anormal sur du carrelage. Il souleva le vieux tapis qui marquait l'entrée du presbytère pour révéler une trappe.

Armé de son briquet, il s'enfonça sous l'église, dans ce qui ressemblait à une ancienne crypte.

Si Guy avait découvert à l'étage le sanctuaire d'Hubris, il n'eut plus aucun doute : il était désormais dans sa chambre des sévices.

Des cordes étaient enroulées autour d'une patère, plusieurs couteaux aux lames maculées de substances obscures, de morceaux séchés disposés sur une étagère. Une demi-douzaine de christs arrachés de leurs croix. Guy nota également la présence de plusieurs fioles contenant un liquide blanc, translucide ou noir, son arsenal de poisons, devina-t-il. Et des bougies éteintes un peu partout.

Sur le sol, une chaîne était scellée au mur de pierre.

La nuit, le père Camille devait être tranquille ici pour ses sinistres besognes.

Une autre porte sécurisée par un verrou fermait l'espace.

Guy s'en approcha et poussa le loquet pour jeter un œil.

L'urine, la pourriture et l'excrément jaillirent à l'assaut de ses sens saturés.

Quelque chose bougea dans le fond.

Puis un petit être déplia ses membres pour ramper jusqu'au milieu de la pièce aveugle.

Guy se tint sur ses gardes, prêt à réagir.

Il leva le briquet au-dessus de lui.

Des membres rachitiques, rien que de la peau sur des os, se déployèrent pour caresser la terre dans sa direction.

La forme se mettait en position pour l'implorer.

Et une petite voix gutturale accompagna les gestes :
— Gloire à toi, Satan, que ton règne sur Terre débute. Gloire à toi et à tes anges noirs !

46

Une adolescente au crâne rasé.

Elle contemplait Guy de ses grands yeux hagards, une écume blanche aux lèvres.

Sa tête pivota lorsqu'elle eut détaillé le visage qui la surplombait.

— Tu n'es pas le Diable, dit-elle d'une voix fatiguée. Tu es son serviteur, toi aussi ?

Guy la reconnut. Il avait déjà vu cette fille, sur une photo dans l'appartement caché de Viviane Longjumeau. Elle n'avait plus un cheveu, était bien plus maigre, mais c'était la même, sans aucun doute possible.

Il posa un genou à terre pour casser le rapport de domination qu'il y avait entre eux.

— Je m'appelle Guy. Je suis venu te chercher. Tu es Louise, n'est-ce pas ?

Le visage en face de lui se contracta, soudain terrorisé.

— Me chercher ? Non ! Non ! Je suis à lui ! J'appartiens aux Enfers ! Non !

— Calme-toi ! fit Guy en lui attrapant les bras avant qu'elle ne se blesse. Calme-toi ! Je vais t'aider ! Je ne suis pas avec le père Camille, je suis venu t'en débarrasser, tu me comprends ?

L'adolescente avait d'abord essayé de se soustraire à son emprise, mais elle n'avait plus aucune force et elle céda, pour totalement s'abandonner à ses bras.

— Chut, c'est fini, je suis là, continua Guy en la prenant contre lui. Ton cauchemar est terminé, je vais te remonter à la surface.

Alors elle craqua. Elle se mit à pleurer, des gémissements d'enfant, des larmes chaudes entrecoupées de hoquets d'épuisement.

Guy la garda contre lui un moment, jusqu'à ce qu'elle se calme. Puis il la souleva et la remonta pour sortir par l'église.

Il prit le corporal de l'autel et enveloppa Louise dedans.

En réalisant qu'elle était dans une église, elle pointa l'index vers les bancs.

— Les chants, dit-elle... J'entendais les chants... Ce n'était pas à la gloire du Diable... C'est lui qui m'a trompée.

— Lui, tu veux dire le père Camille ?

— Oui. C'est mon père.

Elle lui raconta alors comment ils s'étaient croisés sur la rue Monjol, elle droguée jusqu'à la moelle, prête à tout pour avoir de quoi se payer une heure dans une fumerie de Montmartre, lui cherchant à confesser les filles. C'était lui qui l'avait reconnue, car elle ne l'avait jamais vu. Il avait quitté sa mère après une unique nuit charnelle, pour ne recevoir qu'une lettre et une photographie de temps à autre. C'était un secret entre sa mère et lui. Il avait d'abord essayé de la sortir de la rue, mais elle avait refusé, l'appel de l'opium était plus fort que tout.

Et, un soir, il était devenu fou.

Il l'avait manipulée pour la faire venir jusqu'ici pour l'y enfermer et ne plus jamais lui ouvrir. Il venait de temps à autre lui apporter à manger et à boire, et lui parler de l'abandon du Divin sur Terre.

Ainsi que de son plan pour forcer Dieu à revenir.

La provocation suprême, le rituel qu'il avait orchestré pour attirer à nouveau son regard sur sa Création.

Et le silence en retour.

Alors il avait écouté les chants de Satan...

Elle raconta les moindres détails durant tout le voyage du retour, à l'abri dans un fiacre et Guy comprit.

La présence de sa fille qui avait rendu Camille ivre de rage, la lettre de Louise à sa mère, dans un rare moment de lucidité, qui avait attiré Viviane rue Monjol, après sa disparition. Lucien Camille qui avait dû, un beau jour, tomber sur Viviane, cette femme qu'il avait connue autrefois, lorsqu'il se cherchait. Il l'avait entraînée à l'écart, pour la massacrer, probablement après une longue promenade.

En parvenant devant le *Boudoir de soi*, Guy lui demanda :

— Il entreposait beaucoup d'essence chez lui, sais-tu pour quoi faire ?

— Non.

— Il n'a pas parlé de mettre le feu quelque part ?

— Non. Ah, par contre il parle souvent du feu purificateur. Pour « les renvoyer en Enfer », qu'il dit.

Guy pressentait l'urgence de la situation. La plupart des bidons n'étaient plus au presbytère, probablement déjà en place, prêts à déverser la mort.

Le père Camille détestait les femmes, c'était son principal problème, les mères en particulier.

Non, les prostituées ! Il a surtout tué des catins ! Les filles des endroits où il traînait, les filles de la M...

La Monjol.

Hubris allait brûler ce qui ressemblait le plus à l'Enfer dans Paris.

47

Paris glissait à toute vitesse derrière la vitre du coupé.
Guy avait confié Louise à Jeanne.
Aucune nouvelle de Faustine ni de Perotti.
Cela commençait à sérieusement l'angoisser.
Ils ne sont pas en danger, Hubris en a après la rue Monjol pour l'instant, mais ensuite, dans la nuit, une fois qu'il aura brûlé tout le quartier, jusqu'où l'emmènera sa folie ?
Alors où étaient Faustine et Perotti ?
Le coupé ralentit sur le boulevard Saint-Martin juste avant la place de la République, un omnibus était renversé en travers de la chaussée, les chevaux hennissant, l'un était blessé, l'autre empêtré dans ses sangles, plusieurs personnes gisaient sur le pavé et la foule accourait de toute part pour leur prêter assistance. Un embouteillage de fiacres, charrettes, automobiles et un impérial s'était constitué.
Guy sauta à terre et continua à pied, à vive allure.
Cette fois, il avait pris sa canne, c'était mieux que rien s'il fallait se défendre.
Mais il espérait ne pas en arriver là.
Compte tenu de la déliquescence mentale du père Camille, il avait la présomption de croire que tout pou-

vait se résoudre par la parole. Il était encore temps de le faire craquer, de faire remonter à la surface l'être bancal et non le monstre froid et sanguinaire qui tentait de le porter dans son errance.

La rue Asselin était très calme pour une fin de journée, de rares badauds sortant du café auvergnat se dispersaient sur le trottoir.

Guy remonta l'artère à grandes enjambées pour gagner le cloaque un peu plus haut, entre les façades décrépites. À chaque renfoncement, il s'assurait qu'aucune silhouette n'y était tapie.

Il interrogea les premières filles sur la rue Monjol, mais aucune n'avait vu de prêtre aujourd'hui. S'était-il caché en attendant la tombée de la nuit ? S'il voulait frapper fort, c'était le plus probable.

Victor le reçut dans le sous-sol de son repaire qui sentait la chair et la sueur. Des filles l'observaient, nues, derrière des voiles troués. La plupart étaient ivres d'absinthe ou saturées d'opium.

— Vous connaissez le père Camille ?

— C'est un ratichon qui v'nait de temps en temps, avant.

— Il ne vient plus ?

— Ça fait bien trois semaines qu'il est pas r'venu.

— C'est lui qui a enlevé et tué vos filles. Et je pense qu'il va débarquer d'un instant à l'autre pour venir mettre le feu à toute la rue.

— Le calotin ?

— Oui, et compte tenu de l'état général des bâtiments, il ne faudra pas grand-chose pour que ça se propage vite et que tout parte en fumée. Vous pouvez rassembler vos gars, qu'on quadrille tous les accès à la Monjol ? Il faut être discret, le laisser approcher ;

s'il sent la moindre anomalie, il nous filera entre les pattes.

— J'vais chercher l'roi !

Le roi des Pouilleux prit les choses en main. Il disposa ses hommes à chaque entrée de la rue, avec pour consigne de « serrer tout ratichon qui entrerait », en particulier s'ils reconnaissaient le père Camille.

Guy se posta en hauteur, avec Gilles, le roi des Pouilleux, qui arborait une barbe de trois jours.

Il lui tendit une bouteille pleine d'absinthe :

— De la verte ?

— Non merci, je veux avoir les idées claires s'il approche.

— Pas moi. Il sera préférable que je sois alcoolisé si nous l'attrapons. D'après mes gars, je suis moins cruel quand je suis ivre.

Le roi des Pouilleux avait remisé son beau langage avec son rasoir. L'alcool le faisait s'exprimer avec davantage d'argot que lors de leur première rencontre.

Ils attendirent plus de deux heures que le ciel s'obscurcisse, avant que le roi n'interpelle Guy :

— Vous êtes sûr qu'il va venir ?

— Quasiment.

— Pourquoi ? Il vous l'a dit ?

— Non, je l'ai déduit.

— Déduit ? J'espère que vous êtes bon en déductions ! Je suis pas grand croyant mais de là à accuser le ratichon d'être ce que vous dites, ce doit être de belles déductions que les vôtres !

— Le prêtre est également sataniste, ça vous suffit ?

— Manquait plus que ça.

— Un sataniste qui fréquente…

— Qui fréquente quoi ? Les grues ? Parce qu'ici, le père Camille il a jamais fait que leur causer à nos largues, jamais il a fait de levage si vous voyez ce que je veux dire !

Guy eut brusquement les idées confuses. Le père Camille s'était tourné du côté des cercles ésotériques pour trouver des réponses qu'il n'avait pas avec la religion, avec Dieu. Il avait ainsi fait connaissance de Steirn et des siens, mais adhérait-il pour autant à leurs pratiques sulfureuses ? Lors de leur unique rencontre, le prêtre avait violemment mis Guy en garde contre eux.

Le père Camille errait entre deux mondes, sans parvenir à trouver sa place. Il était à cheval entre la réalité et ses fantasmes, à cheval entre son Dieu qui ne l'aidait pas et Satan vers qui ses prières se tournaient malgré lui.

Guy se souvenait parfaitement du visage effrayé et anxieux du prêtre ; sur le coup, il avait mis en grande partie son état sur le compte de la drogue.

Il éprouvait une colère vive à l'égard des Séraphins.

L'avaient-ils influencé vers la voie du Malin ? Les tenait-il pour responsables ?

Soudain, Guy songea qu'il s'était peut-être trompé.

Ce n'était pas contre les femmes délurées de la Monjol qu'il en avait le plus, mais contre les suppôts du Diable.

Le Cénacle des Séraphins.

Guy haletait lorsqu'il parvint au dernier étage de l'immeuble haussmannien de la rue Vivienne.

La porte était fermée.

Il n'avait vu personne dans le hall, ni dans l'arrière-cour, pas plus que dans l'escalier.

Il posa son poing fermé, prêt à frapper, lorsqu'il perçut une odeur qui lui hérissa le duvet sur la nuque.

Tous ses sens se réveillèrent immédiatement.
De l'essence !
Il prit la poignée et la tourna tout doucement.
Bon sang, Perotti, j'aurais tellement besoin de vous maintenant !

Il parvint à se glisser dans le vestibule sans un bruit et entendit la voix du prêtre, chevrotante, s'écrier :

— J'ai vu clair dans votre jeu ! Vous vous êtes servis de moi ! C'est à cause de vous tout ça ! Les cauchemars chaque nuit ! C'est vous ! Je n'aurais pas dû vous écouter ! Le Diable ne m'aidera pas ! Il n'est pas plus capable que Dieu ! Regardez, où est-il votre sauveur ? Dites-le-moi ! Où est le Malin lorsque vous avez besoin de lui ?

Guy s'approcha jusque sur le seuil du grand salon. L'odeur d'essence y était particulièrement forte.

Lucien Camille était là, trempé, un briquet dans une main et une arme à feu dans l'autre, les yeux exorbités, les veines saillant sur le cou et sur les tempes.

Face à lui, une demi-douzaine de membres du Cénacle, dans lesquels Guy reconnut Rodolphe Leblanc et la comtesse Bolosky. Tous étaient hagards, complètement désemparés.

Et tous gouttaient abondamment.

Les bidons de fer gisaient au centre du salon. Le prêtre avait aspergé tout le monde.

Une latte du plancher grinça sous les pas de Guy.

Le père Camille le vit aussitôt et braqua le canon de son arme dans sa direction.

— Halte ! hurla-t-il. Pourquoi êtes-vous venu ? Je vous avais dit de ne pas les fréquenter ! Je vous avais prévenu ! Vous n'écoutez pas ! Personne n'écoute ! Personne !

— Lucien, calmez-vous ! fit Guy de la voix la plus posée qu'il put malgré le flot de bile qui remontait de son œsophage.

La peur lui enserrait la poitrine, comprimant ses poumons.

La gueule noire du pistolet le regardait, fixant son front, la balle prête à jaillir pour dévorer son cerveau.

— À genoux ! ordonna le prêtre. À genoux ou je tire !

Guy tendit ses paumes vers le prêtre en signe d'apaisement.

— Vous n'êtes pas obligé de faire ça, Lucien, tuer ces gens ne résoudra pas vos peurs.

— Vous ne connaissez rien à mes peurs !

— Je sais que vous vous êtes tourné vers Dieu pour chercher la paix intérieure, et qu'il ne vous a jamais entendu. Je sais que vous vous êtes mis à tuer pour le provoquer, pour l'obliger à vous écouter, à vous répondre. Parce qu'au fond, vous doutez de votre foi.

— C'est votre faute à tous si nous en sommes là ! Votre faute !

Une écume blanche se formait à la commissure des lèvres du prêtre, il crachait chaque fois qu'il criait et son visage était rouge, comme s'il allait faire une crise d'apoplexie.

— Vous avez essayé les pires blasphèmes, et *il* ne vous a pas répondu. Je sais tout cela. Vous vous sentez horriblement seul, comme si vous étiez l'unique être de votre espèce au milieu de créatures qui ne vous comprennent pas. N'est-ce pas, Lucien ?

Pour la première fois, le doute altéra le regard du prêtre, la détermination hystérique qui le commandait jusqu'à présent céda un peu de terrain à la raison. Guy devait s'engouffrer dans cette brèche.

— Il y a des solutions pour vous aider, ajouta-t-il. Vous n'êtes pas fou, Lucien, et vous le savez, mais il y a quelque chose en vous qui n'est pas comme ça devrait, vous êtes blessé, et des gens sont maintenant capables de vous réparer. Repensez à votre enfance, repensez à ce que vous avez vécu. Votre père vous battait-il, Lucien ?

Le prêtre secoua doucement la tête, le regard perdu au loin.

— Je suis orphelin. J'ai été élevée par les curés, dit-il tout bas.

— N'y a-t-il pas d'horribles souvenirs qui vous hantent ?

Lucien Camille acquiesça imperceptiblement.

Guy aperçut des larmes sur les joues du prêtre sans savoir si elles étaient provoquées par l'essence, ou par l'émotion qui se frayait un chemin en lui.

— Qui sont ces gens pour me soigner ? demanda-t-il avec moins de rage dans la voix.

— Des médecins qui explorent l'esprit, qui pansent les déséquilibres qui nous rongent.

— Ce sont des fadaises ! s'énerva à nouveau le père Camille. Tous des charlatans ! Je les connais, ils ne savent rien, ils expérimentent ! Ils vont m'ouvrir la tête et ausculter mon cerveau alors que je serai encore vivant !

— Non, Lucien, je vous assure qu'ils ont fait de grands progrès, ils peuvent être avec vous et vous aider à surmonter vos cauchemars.

Guy profitait de son discours apaisant pour faire un pas après l'autre, pour se rapprocher du prêtre.

Il n'était maintenant plus qu'à trois mètres.

Le canon du pistolet retombait peu à peu, il ne lui visait plus la tête mais le ventre.

— *Melmoth rentre à la maison*, articula lentement Guy en se remémorant la dernière phrase de la lettre écrite par Hubris. L'errance est terminée.

Le prêtre ne cilla pas, plongé dans d'intenses dilemmes, dans un monde de contradictions, de peurs, de souffrances, de perversions et de haines. Toutes s'affrontaient comme de puissantes vagues s'entrechoquant, une tempête sous un crâne épuisé.

— L'errance peut s'achever là, ajouta l'écrivain. Si vous me faites confiance. Si vous me prenez la main.

Il avait à présent les pieds dans la mare d'essence qui imbibait les tapis. Il était à moins de deux mètres.

Il tendit la paume vers l'arme.

Lucien Camille ne réagit pas. Sa poitrine se soulevait rapidement, il était perdu.

Guy effleura son poignet de ses doigts.

Mais il ne chercha pas à lui arracher le pistolet. Il voulait régler tout cela dans le calme. Il sentait qu'il y était presque.

— Arrachez-lui son arme ! hurla alors Rodolphe Leblanc en bondissant vers le prêtre.

Hubris avala Lucien Camille en une seconde.

Le monstre froid et cruel reprit le contrôle avant même que Guy n'ait pu lui bloquer le bras.

D'un coup de crosse en pleine tête, il renversa Guy et la détonation cueillit Leblanc en pleine course.

Une fleur pourpre se mit à éclore au milieu de sa poitrine, tandis que le jeune homme titubait, incrédule.

Le prêtre dévisagea les autres membres du Cénacle d'un air déçu.

Puis il gratta son briquet, libérant une flamme qui crépita devant lui.

— Vous êtes tous des porcs, dit-il tout bas. Des porcs qui vont rôtir en Enfer.

Le briquet s'envola dans les airs en direction du centre de la pièce.

Les Séraphins n'eurent que le temps de prendre leur respiration, tous ensemble, comme s'ils allaient plonger dans un bain profond.

Guy comprit ce qui allait suivre, il roula immédiatement sur le côté pour s'écarter du tapis d'essence au moment où le salon s'embrasait dans un souffle effrayant.

Tout l'air de la pièce fut aussitôt aspiré, avant que les Enfers expirent un flot incandescent.

Guy vit les visages terrorisés des Séraphins alors que le feu se jetait sur eux comme si le Diable en personne l'animait.

Le brasier courut aussi en direction de Lucien Camille qui l'accueillit en écartant les bras à la manière du Christ sur la Croix.

Les flammes l'enveloppèrent d'un suaire ardent.

Tous hurlaient en s'agitant.

Le spectacle anesthésia l'écrivain pendant plusieurs secondes avant qu'il ne parvienne à se relever et à s'emparer d'un double rideau qu'il arracha de sa tringle.

Rodolphe Leblanc passa devant lui en courant, ses cris insoutenables l'accompagnant à la manière du hurlement d'une locomotive lancée à pleine vitesse.

Il traversa les grandes fenêtres d'un coup et heurta des hanches le balcon avant de passer par-dessus bord.

Une boule de flammes fusa dans la nuit pour s'écraser sur les pavés.

Cela alla si vite que Guy ne parvint pas à agir.

Le prêtre criait avec les autres, mais sa géhenne semblait presque le soulager.

Il expiait ses atrocités.

Guy sauta à travers les flammes pour envelopper la comtesse Bolosky dans les rideaux et ils roulèrent ensemble à l'écart de la fournaise.

L'écrivain se redressa pour étouffer le feu en plaquant l'épais tissu contre la pauvre femme qui se tortillait de douleur.

Dans leur dos, l'incendie gagnait en ardeur.

Les corps se cambraient derrière un mur brûlant.

Il était trop tard pour espérer en sauver un autre.

Alors Guy hissa la vieille dame sur ses épaules et se prépara à l'évacuer avant qu'ils ne soient cernés.

Il eut un dernier regard pour Hubris, agenouillé, la peau du visage en train de fondre, un gargouillis de gémissements pour toute oraison funèbre.

Et il se précipita vers la sortie.

48

Julie était impassible.

Elle toisait Guy sans qu'il puisse deviner ce qu'elle pensait.

Il venait de tout lui raconter.

Il avait mis la comtesse dans un fiacre pour l'hôpital et était rentré aussitôt. Il était encore trop tôt pour qu'il se livre à la police et leur fasse le récit de tout ce qu'il savait.

Ses mains le lançaient, il avait plusieurs brûlures aux doigts et il les trempa une nouvelle fois dans la bassine d'eau fraîche.

Sa joue gauche également lui faisait mal, le père Camille l'avait gratifié d'un bel hématome.

— Vous devriez être à l'hôpital, dit enfin Julie. En train de vous faire soigner avec cette vieille dame.

— Mon état n'a rien à voir avec le sien.

— Il faut aller voir la police. Vous ne pouvez plus attendre, Guy.

— Je sais. Après ça, il faudra que je parte, vous le savez. Toute cette affaire va remuer pas mal de choses, elle risque de me rappeler au bon souvenir de ma famille. Je ne resterai pas à Paris pour qu'ils me retrouvent.

— Alors, Joséphine vous allez la fuir encore une fois ? Je ne devrais pas vous dire ça mais en l'épousant vous vous êtes engagé à un devoir marital. Elle a au moins le droit de savoir, vous devriez lui expliquer.

— Elle ne comprendrait pas.

— Ne prenez pas votre femme pour une imbécile, vous vous cachez derrière des prétextes.

— Bon, disons que je considère ma vie précédente comme morte. C'est ce qui me permet de jouir de la nouvelle.

Julie, qui jugeait les choses froidement, sans aucune méchanceté, lui répliqua avec franchise :

— Vous êtes égoïste et lâche.

Guy acquiesça.

— J'ai retrouvé la vie avec vous, avec les filles.

— Avec cette histoire sordide aussi, Guy, ne vous voilez pas la face.

Un long silence tomba entre eux.

— C'est possible, admit-il du bout des lèvres.

Il quitta son canapé pour se poster face à la planche couverte de feuilles clouées.

La tête d'Hubris.

Il se souvenait encore de l'expression circonspecte de Perotti lorsqu'il leur avait parlé de ce nom.

— Martial Perotti n'est pas venu ce soir ? s'étonna-t-il.

— Non, pas que je sache. Jeanne lui aurait transmis votre message si c'était le cas.

— Et Faustine n'est pas rentrée ?

— Toujours pas.

Guy prit une profonde inspiration.

Leur absence était étrange. Déplaisante même.

Ils ont droit à une vie en dehors de nous, *non ?* songea-t-il.

Il prit entre ses doigts la feuille qui détaillait le caractère d'Hubris.

Si la police faisait son travail jusqu'au bout, elle se renseignerait sur la vie de Lucien Camille, peut-être qu'alors il aurait accès à son histoire. Guy était curieux de savoir qui il avait été, si son portrait était fidèle.

Un orphelin élevé par les curés... Je ne l'avais pas envisagée, celle-là ! Était-ce la figure de Marie qu'il avait sublimée ? Peu probable... Sa mère, avant l'abandon ? Peut-être...

Ce qui était le plus décevant, au final, c'était de savoir qu'il lui faudrait vivre dans l'ignorance de la vérité. Car la vérité de chaque homme n'appartient qu'à lui et à son histoire, celle de l'ombre, celle qui s'écrit dans les ténèbres de nos cerveaux.

Au fond de lui, Guy était convaincu de l'avoir cerné avec justesse, au moins pour les grandes lignes.

C'était pour cela que le prêtre l'avait écouté, qu'il l'avait laissé l'approcher.

Juste au-dessus, la chronologie des meurtres et la liste des victimes buvaient la lueur des lampes à pétrole, faisant ressortir l'encre noire.

Le regard de Guy s'arrêta sur le nom de Louise.

— Comment va la petite ?

— Elle dort, elle est avec Marthe et Eugénie. J'ai fermé l'établissement pour ce soir ; trop d'émotions, trop d'événements.

Lucien Camille avait eu une fille.

La rencontrer sur son terrain de chasse l'avait complètement perturbé.

Le début de la spirale, l'accélération macabre.

Guy imaginait le choc émotionnel que ça avait pu être pour le prêtre que d'ensuite croiser la mère dans la petite rue Monjol.

Louise enlevée, Viviane massacrée, puis Anna Zebowitz, un crime totalement différent, un de ceux où il prélevait les organes, où la connotation sexuelle était moins évidente. Milaine, Rose... Et Elikya entretemps !

Guy ne s'expliquait toujours pas la présence d'Hubris sur l'Exposition. Était-ce cette foire fabuleuse qui le perturbait et qui l'amenait à changer sa façon de faire ?

Changer sa façon de faire..., répéta-t-il in petto.

Guy prit un peu de recul sur le panneau.

Les quatre premiers crimes dans tout Paris. Les organes prélevés. Puis les cadavres sous la tour Eiffel, organes et morceaux entiers disparus aussi. Venaient ensuite les cinq prostituées disparues sur la Monjol. Jamais retrouvées. Et Louise.

Viviane était la première des victimes dont le rituel de mise à mort était radicalement différent.

Parce que c'était plus personnel ?

Avec Milaine et Rose, c'étaient les trois crimes les plus atypiques, sans organes prélevés. Et a contrario de Milaine et de Rose qui avaient été empoisonnées, Viviane avait été tuée à l'arme blanche. Elle avait fui. Guy avait toujours mis cet incident sur le compte de la volonté d'Hubris de *jouer* avec sa proie, parce que le tueur était trop expérimenté pour la laisser filer ainsi.

Et si ce n'était pas le cas ?

Si Viviane avait fui parce que, au contraire, il manquait d'expérience ? Parce qu'elle était la première d'une série de trois et de seulement trois ?

L'arme blanche parce que ça lui semblait évident, mais le poison ensuite, pour s'éviter tout le sang, l'affrontement direct, car ça s'était mal passé la première fois avec un couteau.

Louise avait été le déclencheur.

Le père Camille n'avait tué personne avant de tomber sur sa fille faisant le trottoir dans le pire endroit du monde.

Cette tragédie personnelle l'avait tant ébranlé qu'elle avait achevé de faire sauter toutes ses soupapes. L'événement déclencheur.

— Vous avez pris une décision, Guy ? Concernant la police.

Il ne l'entendit pas.

Deux tueurs.

Cela expliquait la différence entre ces trois crimes et les autres.

Mais qui lui écrivait ?

Le père Camille n'avait pas bronché à l'évocation de Melmoth.

Et l'auteur de la lettre mentionnait les corps des égouts.

Mais c'est lui qui a écrit à propos de Rose ! C'est lui qui nous a conduits jusqu'à elle !

Et elle avait été tuée comme Milaine et Viviane, selon un rituel bien différent des autres.

L'auteur de la lettre connaît le père Camille ! Il sait que c'est un tueur !

Soudain les derniers mots du prêtre prirent un sens différent.

« J'ai vu clair dans votre jeu ! Vous vous êtes servis de moi ! C'est à cause de vous tout ça ! Les cauchemars chaque nuit ! C'est vous ! Je n'aurais pas dû vous écouter ! Le Diable ne m'aidera pas ! »

Guy se souvenait de chaque syllabe prononcée, de l'intonation et des expressions du visage. Il n'oublierait jamais cet instant.

« À cause de vous » ? « Vous vous êtes servis de moi » ?

Lucien Camille, un être fragile, un déséquilibré en pleine souffrance qui passe dans le champ de vision d'un prédateur qui le repère et qui le manipule.

La théorie était folle, mais pourtant Guy continua.

Lucien est en proie aux pires doutes de son existence, il est sur le point d'en finir avec la vie. Hubris, le véritable Hubris, le remarque, ils échangent, ils se confient... Est-ce un membre de sa paroisse qui se serait ouvert au confessionnal ?

Non, c'est un membre du Cénacle. C'est contre eux qu'il était le plus remonté.

Les deux hommes se lient d'amitié, ou du moins se rapprochent car il existe un lien entre eux, ce sentiment de n'appartenir à aucun clan de la société, de ne pas être comme les autres, d'éprouver une attirance malsaine pour des choses perverses... Et Hubris le manipule. Il l'incite à passer à l'acte. Pour qu'ils soient deux. Pour partager ?

Les lettres les avaient guidés jusqu'à Rose.

Se sentant menacé, Hubris s'était-il servi de son acolyte comme écran de fumée ? Et si depuis le début, c'était le plan ? Le pousser au crime pour qu'il puisse le sacrifier si une enquête menait jusqu'à lui ?

Un autre élément vint conforter Guy dans sa thèse : le père Camille n'avait pas de véhicule ! Comment avait-il pu transporter Viviane si loin de la rue Monjol ? Hubris l'avait aidé.

Au début. Avant de le laisser tomber.

De s'en servir pour dissimuler ses propres crimes.

Cette fois, Guy était convaincu.

Il y avait bien deux tueurs, c'était une évidence.

Et dire qu'il avait attendu si longtemps pour le comprendre.

Guy s'empara de son stylo à encre et entoura les quatre premiers crimes. Ils étaient le point de départ d'Hubris. L'acte fondateur de sa sinistre chasse.

Il souligna également « Huile de marsouin » puis « organes prélevés ».

— C'est une recette infâme que vous nous préparez là ? ironisa Julie.

— Pourquoi dites-vous cela ?

— À cause de ce que vous soulignez. L'huile de marsouin avec des viscères, c'est pour faire la cuisine, non ?

— C'est ce que j'ai pensé à un moment. Mais j'ai comme un doute.

— M. Courtois, mon régulier, l'utilise aussi dans son travail, je me souviens qu'il m'en a parlé un jour. Ça m'avait frappée qu'on utilise de l'huile aussi fine pour les machines à coudre et à écrire.

— C'est ce qu'il vous a dit ?

— Oui, de l'huile de mâchoire et tête de marsouin, je m'en souviens très bien. Elle sert dans l'industrie de pointe.

Les éléments s'assemblaient. Le Cénacle. L'huile de marsouin.

Et l'ensemble fit sens.

Les premiers meurtres ! Ce ne sont pas les meurtres en soi, mais les lieux qui comptent !

Guy sauta sur son vieux porte-plume et le fit glisser sur son bureau en direction de Julie.

— Que voyez-vous ?

— Un porte-plume, pourquoi ?

— Non, sa forme ! À quoi vous fait-elle penser ?

La plume se dressait à la verticale, enfoncée dans un réservoir qui était lui-même incrusté dans un cylindre de poirier.

— Dois-je y voir une allusion sexuelle ?

— Non ! Encore que ce soit peut-être lié, mais regardez si je mets cette lampe devant. Imaginez que ce soit le soleil. Alors ?

Julie prit le temps de réfléchir avant de proposer :

— Un cadran solaire ?

Guy fit claquer ses mains l'une contre l'autre.

— C'est exactement ça ! L'obélisque de la Concorde et celui de Montmartre ! On a longtemps considéré que les Égyptiens se servaient des obélisques pour lire l'heure ! Et le quai de l'Horloge comme son nom l'indique abrite la plus vieille horloge publique de Paris ! Enfin, la Bourse, où pendant des décennies les gens sont venus régler leur montre à celle de la place, considérée comme étant la plus fiable de la ville ! C'est le temps son obsession ! Hubris tue à cause du temps !

Guy attrapa sa canne et bondit en direction des marches.

— Je parie qu'on utilise de l'huile de mâchoire et de tête de marsouin pour lubrifier les mécanismes des montres.

49

Guy traversait la foule joyeuse et émerveillée de l'Exposition universelle en proie aux idées les plus infâmes.

Il envisageait le pire.

Il se souvenait encore de Louis Steirn en train de leur présenter les membres du Cénacle et, en particulier, cet Anglais, horloger.

Les facultés d'analyse du romancier firent le reste.

Marcus Leicester, un homme hanté par son passé, par une mère abusive, par un père violent, qui avait voué son existence à courir après son innocence perdue, un garçon solitaire, qui s'était développé dans un monde de fantasmes déséquilibrés et s'était passionné pour la quête du temps, comme s'il lui permettrait un jour de revenir en arrière.

Qu'imaginait-il alors ? Pouvoir frapper son père à son tour ? Pouvoir dire « non » à sa mère ?

La maîtrise du temps était-elle synonyme d'apaisement ? Quiconque contrôle le temps peut figer une émotion et refaçonner les souvenirs.

Tandis qu'il fendait le rideau humain, Guy réalisa comme cet endroit pouvait être formidable pour Leicester. Une matrice inespérée.

Les milliers de visiteurs circulaient d'un bâtiment à l'autre comme un flux sanguin entre des organes. Ils alimentaient de leur présence cette créature improbable, ce Léviathan façonné par la somme des savoirs humains, ce rassemblement international, une créature qui prenait le visage de leur avenir à tous, un monstre du docteur Frankenstein né d'un assemblage hétéroclite. Sans maître d'œuvre réel pour en garantir la trajectoire, pour lui inculquer une éducation, rien qu'un agglomérat industriel, mû par l'inébranlable volonté de progrès.

Un être sans conscience.

Sans morale non plus.

Fils de ce dix-neuvième siècle passé, qui allait guider les hommes de la planète entière vers le vingtième et au-delà.

Ce Léviathan universel qui allait glisser sous le tissu industriel du monde pour l'uniformiser, pour le globaliser.

Et, avant même que l'humanité ne comprenne ce qu'elle avait créé, elle serait l'esclave de son monstre devenu tout-puissant. Dépendante de ses richesses, de son réseau imbriqué dans une civilisation qui se croirait *civilisée* sous prétexte qu'elle était parvenue à artificialiser et synthétiser son environnement.

Il n'y avait pas meilleur endroit pour Hubris.

Sa quête du temps menait ici, car son œuvre donnerait un cœur à ce Léviathan.

50

Une peur primale envahissait Faustine.

À mesure que son esprit remontait du tunnel vaporeux au fond duquel il s'était assoupi, ses sens se réveillaient en lui indiquant, les uns après les autres, qu'il y avait un problème.

La lumière l'aveuglait.

Un bourdonnement lancinant lui pétrissait le crâne de l'intérieur.

Les vapeurs d'éther flottaient encore dans sa trachée, lui donnant envie de vomir.

Lorsque ses pupilles se furent acclimatées à la pièce, elle crut qu'un démon la surplombait, et lorsque sa figure floue, gigantesque, bougea, elle hurla et tenta de ramper pour s'éloigner, mais ses membres refusèrent d'obéir.

Elle était entravée.

Chevilles et poignets.

Elle se concentra pour ne pas perdre conscience à nouveau, se focalisa sur sa respiration.

Le voile laiteux qui parasitait sa vue se désagrégea peu à peu.

Mais lorsqu'elle leva les yeux sur ce qui la contemplait, elle se prit à regretter de ne plus voir flou.

Ce n'était pas un démon à proprement dit qui occupait le centre de la pièce circulaire.

C'était un golem de chair.

Un assemblage de thorax reliés par un complexe système de veines ; des poumons se gonflaient et se dégonflaient, des cœurs battaient ensemble, et des tendons et des muscles maintenaient l'ouvrage en équilibre au sein d'une gigantesque cage d'os couverte d'une huile bleutée. Faustine aperçut alors plusieurs têtes au milieu de cette infâme mécanique organique. Des visages béats, lèvres pendantes, paupières mornes, et elle étouffa un hurlement lorsqu'elle comprit qu'ils n'étaient pas morts.

Le regard d'un des captifs venait de pivoter dans sa direction.

Au pied de la machine infernale, des corps nus étaient assis dos à dos, comme pour former les pieds de cette œuvre démentielle. Des tuyaux partaient de leurs bras, de leurs poignets et des veines et artères du cou pour grimper dans l'assemblage.

Le sang circulait partout, les cœurs pompaient, les poumons respiraient. À bien y regarder, il existait une cohérence dans cet ensemble, une idée centrale l'animait, les tendons et les muscles se crispaient à intervalles réguliers, les os et les intestins tressés pour servir d'élastiques se déplaçaient selon un mouvement bien contrôlé et, soudain, Faustine comprit.

En apercevant ce qui ressemblait à une gorge et une langue au centre de la cage, elle sut ce que c'était.

Une goutte de sang tombait depuis la pointe de la langue avec une précision de métronome.

Elle filait dans le vide jusqu'à disparaître dans une autre bouche sans peau et sans visage autour, ouverte vers le plafond, un circuit fermé s'auto-alimentant.

Les gouttes de sang égrenaient les secondes.

Hubris avait fabriqué une horloge de chair.

Le garde-temps ultime.

Une nouvelle mesure du temps, calquée sur la vie, une horloge parfaitement synchrone avec le tempo de l'existence et son altération immanente. Chaque goutte qui filait symbolisait non seulement un cycle mesurable, concrétisé, mais également l'emprise de celui-ci sur la vie.

Hubris avait donné naissance au temps.

Il lui avait donné un corps.

En distinguant les vérins hydrauliques qui supportaient l'ensemble et le plafond parfaitement fendu sur toute la longueur, Faustine sut qu'Hubris avait sacrifié son existence à cette folie.

Et il allait l'exhiber au monde entier.

La structure métallique recouverte d'une bâche dans le hall allait abriter sa création.

Un autre mouvement capta l'attention de la jeune femme.

Une silhouette noire, cachée derrière sa houppelande, s'affairait autour d'une table de dissection. Le corps d'un homme y reposait.

Mais Faustine fut incapable de dire s'il était vivant ou mort.

C'était un écorché.

Il n'avait plus une once de peau sur les membres.

Hubris lui tournait le dos, manipulant de fins scalpels avec une précision effrayante.

Elle ne devait pas rester là. S'il l'avait gardée en vie, contrairement aux autres filles, c'est qu'il lui réservait un sort dont elle pouvait à peine imaginer l'horreur.

Elle allait terminer sous l'horloge de chair avec les autres corps, des tuyaux plantés dans les veines, pour alimenter le monstre jusqu'à ce qu'elle s'épuise.

Faustine tira de toutes ses forces sur ses liens, son effort fit ressurgir des bouffées d'éther qui l'étourdirent.

La corde n'avait pas bougé.

Faustine eut alors envie de pleurer, de s'effondrer, de s'abandonner au désespoir, à l'idée d'une mort inéluctable. Elle était à bout de nerfs, épuisée.

Mais la vie coulait en elle.

Et elle l'aimait.

Alors, elle tira encore, sans plus de réussite, lorsqu'elle perçut la forme allongée qui lui rentrait dans la cuisse.

Le couteau !

Avec ses poignets, elle fit remonter sa robe sur ses jambes jusqu'à pouvoir attraper le manche qu'elle fit glisser hors de sa jarretelle.

La lame entre les paumes, elle entreprit de découper le cordage qui la retenait prisonnière, jetant de rapides coups d'œil vers Hubris qui lui tournait toujours le dos.

L'odeur de viande et de produits chimiques était écœurante.

Le premier fil céda enfin.

Plus qu'un !

Elle vit alors, du coin de l'œil, une autre paire de jambes un peu plus loin sur sa droite. Des entraves aux chevilles.

Combien étaient-ils ainsi, prêts au sacrifice ?

Était-ce Louis Steirn, qu'elle avait aperçu descendre avant elle ?

Le dernier fil céda à son tour et Faustine put enfin s'attaquer à ses pieds.

Elle y était presque.

Pourtant, elle comprit en un instant qu'elle ne pourrait y parvenir.

Lorsque l'ombre d'une grande cape se posta devant elle.

Hubris lui faisait face.

51

Guy écartait les passants avec sa canne, s'attirant des protestations de tout bord.

Il n'avait eu aucun mal à se faire renseigner sur l'emplacement de l'Anglais. Pourtant, malgré tous ses efforts, il lui semblait que le trajet était interminable.

Il avait un mauvais pressentiment.

Les absences conjuguées de Faustine et Perotti l'angoissaient.

Ce n'était pas normal.

Il entra dans le palais derrière la tour Eiffel, Marcus Leicester occupait la mezzanine et l'entrée. Guy nota que cette dernière n'était habillée que d'un stand inachevé, une bâche empêchant de discerner ce qu'il y avait dessous. Du bout des doigts, il écarta le voile pour constater que c'était entièrement vide.

Leicester n'avait encore rien installé.

Il se débarrasse de ses corps dans les égouts, il communique donc avec le réseau souterrain de l'Exposition. Il dispose d'un accès pas loin.

Il remarqua la fente qui coupait le sol en deux sous la bâche.

Une immense trappe qu'un mécanisme, quelque part, devait actionner pour faire apparaître une de ses inventions.

Sous le hall ? Sous terre !

Guy était tout près, il en était convaincu. Il fit le tour du hall et s'arrêta devant une petite corniche sur laquelle reposait un chapeau blanc couvert de fleurs et d'un nœud de soie mauve.

C'était celui de Faustine, il en était certain.

Pourquoi l'avait-elle abandonné ici ? Guy inspecta le périmètre, cherchant une trace de sang ou n'importe quel indice qui aurait pu le mettre sur la bonne piste et, en désespoir de cause, s'assit.

De là, il avait vue sur la mezzanine et tout le hall.

Faustine s'y était-elle installée pour guetter Leicester ?

Et si elle avait tout compris avant lui ? Si elle était venue jusqu'ici pour s'assurer que sa théorie était juste ?

Face à lui, de l'autre côté du grand espace où résonnaient les bavardages et les pas des visiteurs, se trouvait une porte de service.

Il fonça dessus. Il devait vérifier, ne rien négliger.

Elle n'était pas fermée et donnait sur un couloir en colimaçon s'enfonçant dans les entrailles de l'Exposition.

Guy referma derrière lui.

S'il est arrivé quoi que ce soit à Faustine, je ne me le pardonnerai jamais !

Il serrait sa canne entre ses mains, malgré la douleur des brûlures.

Il éprouvait une telle peur pour la jeune femme qu'il était prêt à affronter Leicester, à le provoquer en duel s'il le fallait, tout serait permis pour la tirer de là.

Et si elle était déjà...

Guy chassa les mauvaises pensées de son esprit pour se concentrer sur le chemin à suivre.

Si Leicester s'était constitué un antre souterrain, il y avait de fortes chances pour qu'il soit juste sous l'entrée du hall, dans un secteur qu'il avait pu privatiser. Il se fia à son sens de l'orientation pour se diriger dans le labyrinthe de couloirs et poussa une lourde porte d'acier.

Je dois être tout proche.

Le mur qu'il longeait était circulaire.

Un cri lointain, étouffé, le fit bondir en avant.

Un cri de femme.

Guy parvint à une petite pièce pleine d'outils et de mécanismes d'horlogerie, il était au bon endroit.

Il traversa le sas qui suivait et entra dans le cœur d'Hubris.

La lumière l'aveugla et il se protégea avec son bras.

Hubris se tenait devant lui, de dos, s'affairant à maintenir Faustine allongée sur une table de dissection, une partie de ses vêtements déchirés, il s'apprêtait à lui enfoncer de longues aiguilles reliées à des cathéters sans fin dans les bras et la gorge.

Hubris s'interrompit.

Il savait qu'ils n'étaient plus seuls, Guy n'avait pas été discret en entrant.

L'heure du face-à-face sonnait.

Alors Guy vit à travers la lumière vive cette horloge monstrueuse qui les dominait, le Léviatemps.

Et le spectacle suffit à le paralyser.

52

Hubris avait accompli son chef-d'œuvre.
Il était devenu le maître du temps.
Et le temps lui obéit.
Il lui donna les précieuses secondes dont il avait besoin pour prendre l'ascendant sur Guy.
Pendant que l'écrivain demeurait médusé par la cage organique, il fit volte-face pour lui trancher la gorge.
Le scalpel découpa l'air en sifflant.
Dans un réflexe incroyable, Guy réussit à lever sa canne pour parer l'assaut.
L'autre poing d'Hubris s'abattit sur sa joue déjà tuméfiée, déclenchant une vague assourdissante de douleur qui envoya Guy au tapis.
La houppelande s'agitait, l'immense capuche tanguait, mais les ténèbres ne révélaient pas les traits d'Hubris.
Hubris n'était pas un être courageux. Il n'avait de détermination que pour accomplir ses fantasmes, pour répondre aux besoins de son esprit malade, aussi Guy ne fut pas étonné de le voir fuir dès qu'il le put.
La grande cape claqua tandis qu'il sautait derrière sa création pour actionner un levier.

La plateforme sur laquelle il se tenait vibra et les vérins hydrauliques se mirent à grogner.

Le Léviatemps remontait à la surface.

Le plafond commençait à s'ouvrir en deux.

Hubris voulait exposer son œuvre au public.

Ce serait son triomphe.

La promesse de son immortalité.

L'Histoire retiendrait son nom à jamais.

Pour *l'éternité*. Cette notion humaine du défilement infini de la vie, le *temps* suprême.

Et la boucle serait bouclée.

Guy se releva, chancelant, il enjamba le corps inconscient de Louis Steirn, et accourut au chevet de Faustine qu'il libéra de ses liens. Aucun tuyau ne s'enfonçait dans son corps.

Mais son regard en disait long quant à sa détresse mentale.

— Arrêtez le mécanisme ! lui ordonna-t-il, espérant déclencher une réaction. Cette abomination ne doit pas atteindre la surface !

Faustine le regardait comme si elle ne savait plus qui elle était.

Il la gifla.

L'orgueil de la jeune femme remonta aussitôt à la surface.

Son cerveau se reconnecta avec la réalité.

— Faustine ? Vous êtes avec moi ? lui demanda-t-il en la prenant par les épaules.

Elle hocha la tête, sans un mot.

— Alors interrompez l'ascension de cette chose ! Il ne doit pas réussir !

Puis il l'abandonna et s'engouffra par la porte du fond, à la suite d'Hubris, en espérant qu'il ne l'avait pas déjà semé dans les profondeurs de l'Exposition.

Guy avait le choix entre le couloir rond qui faisait le tour de la salle et une longue pièce mal éclairée en face de lui.

Il avança précautionneusement, les sens aux aguets, prêt à se défendre.

Pourtant, il ne s'attendait pas à une attaque, Hubris, lâche, devait être en train de fuir.

Un raclement sur le côté le prépara à l'assaut.

Il s'était peut-être trompé sur le compte du tueur.

Une chaussure bougeait entre deux caisses.

Perotti !

Le jeune inspecteur se trémoussait pour tenter de défaire ses liens et le bâillon qui lui entravait la bouche.

— Dénouez-moi les mains ! s'écria-t-il lorsque Guy lui eut libéré la bouche.

— Vous l'avez vu ?

— À l'instant, il est parti par là. Je crois qu'il y a une autre sortie à l'opposé, dépêchons-nous avant qu'il ne revienne.

Voyant que Guy suivait le sillage d'Hubris, Perotti devint livide.

— Mais que faites-vous ?

— Je ne le laisse pas filer.

— J'ai vu son visage ! Il n'ira pas loin ! Venez, ne prenez pas de risques inconsidérés !

Guy l'ignora et s'engouffra dans le petit accès qui terminait la pièce.

C'était une gaine de service, en partie occupée par de gros fils électriques. Aucune lumière. Guy alluma son briquet après plusieurs mètres dans l'obscurité.

Perotti jura et lui emboîta le pas.

— Êtes-vous armé ? demanda-t-il.

— Ma canne.

— Cet idiot ne m'a même pas fouillé lorsqu'il m'a étourdi, il m'a laissé mon pistolet. Comment m'avez-vous retrouvé ?

— Par déduction. Faustine est là aussi, ainsi que Steirn.

— Quand je suis passé au *Boudoir* tout à l'heure, un garçon m'a sauté dessus pour me remettre un message de votre part. Vous m'invitiez à vous retrouver ici, dans l'heure. J'ai cru à une nouvelle découverte macabre, je ne me suis pas assez méfié et il m'est tombé dessus en bas des marches.

— Il a sûrement procédé de même avec Steirn et Faustine, fit Guy en rampant dans le conduit. Il voulait donner encore plus de portée symbolique à son œuvre en incluant dedans ceux qui l'avaient pourchassé.

— Et pourquoi pas vous, dans ce cas ?

— Je ne sais pas. Il m'attendait peut-être pour l'inauguration.

— Ou par respect. Pour saluer la traque que vous avez menée, sorte de salut d'un chasseur à un autre.

Le conduit débouchait sur un couloir que reconnut aussitôt Guy : humidité des murs, odeurs acides et obscurité totale.

Les égouts.

Un raclement sur la droite l'alerta.

Hubris était juste là, en train de s'agripper aux barreaux d'une échelle.

Guy lâcha son briquet et se jeta sur les jambes du meurtrier.

Celui-ci dégrafa sa cape, qui le handicapait plus qu'autre chose, tenta de donner un coup de pied à Guy mais manqua sa cible. L'écrivain parvint à déséquilibrer Hubris qui s'effondra sur lui. Les deux hommes roulèrent sur l'étroite corniche, échangeant des coups de poing sans qu'aucun ne parvienne à maîtriser l'autre.

Guy lui décocha un coup de genou dans les parties et en profita pour reprendre le dessus.

Le visage anguleux d'Hubris apparut.

Ses favoris taillés en pointe. Sa fine moustache rousse, presque invisible dans la pénombre.

Marcus Leicester.

À cet instant, il n'avait plus rien du monstre qui semait la terreur dans tout Paris.

Ce n'était plus qu'un homme acculé, effrayé, qui se débattait pour fuir, la peur dans le regard, les membres tremblants.

Il en était pathétique.

Guy avait parfois salué la malice d'Hubris. Leicester, lui, l'homme derrière le tueur, n'était qu'un pauvre type.

Un déséquilibré sans empathie, qui perdait toute puissance lorsqu'il ne contrôlait plus les choses, lorsqu'il ne tenait plus l'arme face à une victime désemparée.

L'écrivain s'était fait du tueur une représentation presque mythologique, la créature sans visage qu'il avait imaginée n'était qu'un être de fiction, et la réalité était bien plus décevante.

Perotti ramassa le briquet et le leva devant lui.

Guy avait relâché la pression, Leicester en profita pour lui assener un coup de coude qui le sonna.

Mais l'écrivain s'agrippait à son tueur comme s'il était le personnage de son roman et qu'il ne devait surtout pas le laisser filer avant la fin.

Comme s'il risquait de lui échapper pour toujours.

Hubris, cette chose qu'il avait si bien décortiquée.

Sa chose.

Leicester glissa et bascula dans le vide, entraînant Guy avec lui.

Les deux hommes s'enfonçaient dans l'eau immonde, dans les abysses et dans la crasse de la civilisation. Leurs membres se mêlaient, ils se donnaient des coups et, en même temps, coulaient ensemble.

Guy avait l'impression qu'ils ne faisaient plus qu'un.

Ils avaient fusionné. Hubris avec Némésis.

Ils touchèrent le fond.

Et Guy réalisa qu'il se noyait.

Avec la fiction. Avec la réalité.

Alors il enfonça ses doigts dans les orbites de Leicester pour lui faire lâcher prise et donna une impulsion pour remonter. Il creva la surface en hurlant.

Perotti l'observait depuis le rebord, son briquet et son arme dans les mains, comme le père Camille quelques heures plus tôt.

Leicester jaillit à son tour. Il voulut saisir la corniche pour se hisser mais s'interrompit en regardant l'eau derrière lui, comme si la mort en personne venait de le frôler.

Guy devina un mouvement tout près de lui.

Quelque chose de puissant et d'agile.

Non ! Pas ça !

Il essaya à son tour de saisir le rebord, mais ses doigts glissèrent sur le limon.

Le monstre, le vrai, le frôla à nouveau.

Un crocodile de plusieurs mètres de long.

Dans la panique, Guy s'arracha deux ongles en voulant remonter.

Perotti semblait incapable de se décider entre aider Guy et abattre Leicester.

Puis l'Anglais se souleva et se cambra en gémissant.

Il prit une profonde inspiration avant qu'un flot de sang ne jaillisse de sa bouche.

Ses mains cherchèrent une surface solide à laquelle se rattraper, pour se tenir, et ne trouvèrent que le néant.

D'un coup de queue le crocodile l'aspira sous l'eau, dans un bouillonnement où les deux êtres s'affrontèrent sans que l'homme ait une chance de remporter le combat. Il luttait par instinct, par terreur.

Le fracas du tonnerre explosa dans le boyau, accompagné par une flamme aveuglante, et une balle vint se ficher sous les écailles de l'animal, juste derrière ses yeux.

Perotti avait pris le temps de viser au mieux.

Le crocodile s'enfonça dans les ténèbres, avec le corps de Leicester.

Et, tout à coup, le silence revint.

L'inspecteur prit Guy par les poignets et le tira hors de l'eau.

L'écho de la détonation résonnait encore dans tout le réseau de corridors, se répercutant à l'infini, comme pour propager la bonne nouvelle.

Le monstre était mort.

Et, pendant une seconde, Guy se demanda auquel il songeait.

53

La terrible machinerie grondait.

Ils étaient presque de retour au pied du Léviatemps, et Guy ne savait pas encore si Faustine était parvenue à l'arrêter avant qu'il ne perce la bâche et se dévoile dans toute son horreur au public, accomplissant ainsi la mémoire d'Hubris.

Il allait pénétrer dans la salle lorsque Perotti le retint.

— Que faites-vous ? Il faut sortir ! La police est certainement déjà sur le chemin, ils vont débarquer d'un instant à l'autre ! S'ils nous trouvent ici, vous aurez à répondre de tous nos actes !

— Faustine est là-dedans, avec Steirn.

Perotti le tenait toujours.

— Fuyons, Guy, vous et moi ne voulons surtout pas tomber dans les mains de mes collègues. Ma carrière serait terminée, et votre véritable identité dévoilée.

Guy fit un moulinet rapide pour se dégager.

— Je prends le risque.

Perotti recula d'un pas en secouant la tête.

— J'ai tout sacrifié pour en arriver là, dit-il. Tout donné. Je ne peux vous suivre.

Les deux hommes se toisaient.

Guy n'était peut-être pas aussi lâche après tout.

La véritable lâcheté se manifestait lorsqu'elle était mise à l'épreuve, il ne suffisait pas de fuir les confrontations pour l'être.

Et Perotti, lui, l'était à cet instant encore plus.

Il murmura quelque chose qui ressemblait à « Pardonnez-moi » et s'enfuit en courant dans les coursives techniques.

Guy pénétra dans la grande salle.

L'horloge organique était redescendue.

Faustine et Steirn se tenaient appuyés sur des leviers et des molettes, essoufflés.

La jeune femme cligna des paupières et les garda fermées un peu plus longtemps que nécessaire, elle était soulagée.

— Hubris a échoué, confia-t-elle. Personne n'a vu cette horreur. Nous l'avons fait redescendre avant qu'il ne soit trop tard.

— Maintenant il s'agit de la faire disparaître pour de bon, dit Guy.

Faustine se tourna vers les corps inconscients, ces réservoirs d'énergie, et vers les têtes hagardes qui les guettaient à l'instar de poissons rouges hors de leurs bocaux, implorant qu'on les replonge dans l'eau.

— Guy, tous ces gens... ils sont encore vivants.

— Nous ne pouvons plus rien faire pour les sauver. Hubris les a déjà condamnés. Ils sont mourants. Leur sang est empoisonné, et la plupart ne survivent que pour quelques heures encore. Nous devons abréger leur temps.

Il s'empara des bidons de l'alcool qui servait à désinfecter la pièce et en aspergea le sol.

Steirn était médusé. Il se posta sur le seuil et, avant que Guy ne poursuive, il sortit.

Lorsque Faustine fut à son tour en sécurité, Guy considéra l'horloge de corps une dernière fois.

Était-ce cette ère démentielle qui inspirait pareille folie ou bien l'homme avait-il de tout temps été capable d'autant de perversion ?

Tous les yeux de la machine infernale l'étudiaient.

Ils le soutenaient dans son geste.

Guy sut qu'ils l'aidaient à se décider.

Pour que tout s'arrête.

Que le temps retourne à l'impalpable.

Qu'il se dissolve dans l'infini.

L'écrivain prit une longue inspiration et serra le briquet entre ses doigts.

— Puissiez-vous trouver la paix, dit-il en le lançant au milieu de l'amalgame de corps.

54

L'aube tardait à poindre.

Le soleil semblait rétif à l'idée de lever le voile de ténèbres sur ce qui s'était passé cette nuit-là dans le monde des hommes.

Guy ferma sa petite valise.

Six mois plus tôt, il était parti sans rien.

Il n'avait pas amassé grand-chose depuis, tout juste de quoi écrire et quelques vêtements.

Il devait fuir à nouveau.

L'incendie sous le palais avait été maîtrisé rapidement, avant qu'il ne se propage aux stands ; avec un peu de chance les commissaires n'auraient pas à fermer la moindre section.

Mais le cauchemar vivant de Leicester était parti en fumée.

C'était l'essentiel.

Guy se doutait que même en épluchant la presse, il ne trouverait rien au sujet de ce qu'on sortirait des décombres. La police veillerait à ce qu'on garde les squelettes calcinés bien à l'abri des regards indiscrets.

Perotti le tiendrait au courant.

Combien de nouvelles victimes décompterait-on ? Qui étaient-elles ?

L'écorché était tout frais, et Faustine était persuadée qu'il s'agissait de l'assistant de l'horloger, un moyen de renier celui qui l'avait aidé, de le priver d'enveloppe, d'identité, comme s'il n'avait jamais existé ; le Léviatemps était l'œuvre d'Hubris et d'Hubris seulement. Sentant le grand finale approcher, il avait voulu terminer en beauté : Louis Steirn, Faustine, et même son propre assistant devaient alimenter sa création pour qu'il puisse la révéler au public.

Sur le chemin du retour, Steirn, épuisé et désorienté, leur avait confié être venu sur les indications d'une lettre de Leicester. Une invitation pour quelque chose d'exceptionnel.

Hubris n'était pas comme les autres êtres humains. Son regard voyait à travers la peau, à travers les âmes, pour ne retenir que l'essentiel : chaque vie était un garde-temps en soi, une tocante aux mécanismes formidables. Pour lui, cette force continue avait une enveloppe concrète. Et il avait rêvé de la maîtriser.

Quand et comment tout cela avait-il commencé ? En 1889, lorsqu'il avait fui son Angleterre natale, à la mort de ses parents ?

1889.

Quelques mois après les crimes de l'Éventreur de Whitechapel.

Et s'il y avait un lien ? Si Hubris avait commencé sa carrière en éventrant des prostituées à Londres avant de devoir fuir pour ne pas se faire attraper ?

L'assistant était-il au courant des atroces travaux de son employeur ? L'avait-il aidé dans sa sordide besogne ? Ils ne le sauraient jamais.

Pas plus que la biographie de Lucien Camille, celle de Marcus Leicester ne leur serait dévoilée.

Avait-il vraiment eu un problème avec sa mère ?

Guy le pensait.

La vérité dans ses moindres détails ne lui serait jamais connue, et il lui faudrait vivre avec cette frustration.

La réalité était, en fait, bien plus morcelée et incomplète que la fiction, comprit-il.

Elle s'en différenciait par nombre d'hiatus dans ce qu'elle voulait bien livrer.

Guy avait le cœur lourd. Il ne saurait jamais de Leicester et du prêtre que ce qu'il avait pu déduire avant même de les affronter.

L'action ne souffrait aucun verbe. Ce dernier était propre à la littérature.

Au-delà de la déception de ne pas tout savoir de ces deux assassins, leur mort suscitait une autre question en Guy.

Existait-il un traitement pour les soigner, comme il l'avait affirmé à Lucien Camille ? Il en doutait fortement. Ces êtres avaient été si profondément perturbés à des stades cruciaux de leur développement que les soigner aurait consisté à effacer de leur cerveau tous les repères émotionnels pour qu'ils repartent de zéro. C'était impossible.

Guy arracha toutes les feuilles encore clouées à la planche, et allait les jeter à la poubelle mais acheva son geste en les déposant dans sa petite valise.

Peut-être qu'il en ferait un roman.

Après tout.

Ce voyage dans ce qu'il avait de plus noir en lui valait une bonne histoire. Il en était capable maintenant.

Il comblerait les hiatus avec la fiction.

Cette inspiration nébuleuse, cette strate malicieuse de l'esprit.

Cela le réconforta.

Louise serait en sécurité ici, Julie la prendrait sous son aile, il n'avait aucun doute là-dessus. En grandissant, elle deviendrait une jeune femme redoutable, usant de ses charmes comme d'une arme létale. L'endroit n'était pas pire qu'ailleurs, après tout.

Les filles du *Boudoir* ne diraient rien sur lui, même cuisinées par Legranitier et Pernetty, elles seraient toutes solidaires de leur ami.

S'il partait vite, s'il restait loin de Paris le temps que toute l'affaire s'oublie, il passerait à travers les mailles du filet.

Il n'avait d'autre choix que celui de l'exil.

Guy était devant sa porte, sur le point de sortir lorsque Faustine entra.

Ses yeux se posèrent sur la valise.

— Vous filez sans nous dire au revoir ?
— Je reviendrai.
— Un jour, peut-être.
— Vous devriez en faire autant, répliqua-t-il. Des gens ont vu votre visage.

Faustine ne bougeait pas, l'empêchant de passer.

— Où allez-vous ? demanda-t-elle.
— Je ne sais pas encore, j'improviserai.

Elle désigna sa minuscule valise :

— Vous aimez voyager léger on dirait.
— En effet.
— Tant pis.
— Pourquoi dites-vous cela ?

Faustine fit un pas de côté pour dévoiler sa propre valise.

— Je ne sais pas où aller non plus. Nous pourrions faire un bout de chemin ensemble.

Guy plongea son regard dans ces saphirs étincelants.

Une furieuse envie de l'embrasser le traversa.

Pour célébrer la vie.

Pour repousser les images de ces derniers jours, pour chasser les cauchemars.

Et parce qu'il l'aimait.

Mais il n'en fit rien.

À la place, il lui tendit son bras et, ensemble, ils montèrent dans un fiacre pour nulle part.

Paris défilait devant eux.

— Me direz-vous votre vrai prénom ? demanda Guy.

— Peut-être. Nous avons le temps.

À ces mots, Guy songea à Hubris.

Il eut envie de répondre qu'au contraire, ils avaient brûlé le temps, que plus personne ne le possédait, mais n'en fit rien. Il préféra se recentrer sur Faustine et lui, sur une notion du temps plus universelle, moins palpable, et plus imagée :

— Oui, d'une certaine manière, dit-il avec amertume, je crois que nous l'avons.

Faustine posa sa main dans la sienne, comme pour sceller un pacte tacite pour cette nouvelle vie qui s'offrait à eux. Pleine de possibles.

Cette nouvelle page était vierge, libre de toute création.

Il n'y avait plus qu'à choisir les bons mots.

Hubris avait eu tort.

Melmoth ne rentrait pas à la maison.